JN415389

아팠던 시간들

O'tkan kunlar

아팠던 시간들

O'tkan kunlar

초판1쇄 발행 2025년 6월 16일
초판3쇄 발행 2026년 1월 15일

지 은 이 압둘라 코디리
옮 긴 이 김중순
펴 낸 이 신일희
펴 낸 곳 계명대학교 출판부
출판등록 제347-1998-1호(1970. 9. 1)
주 소 대구광역시 달서구 달구벌대로 1095
대표전화 053-580-6233
팩 스 053-580-6235
홈페이지 www.kmupress.com

ISBN 979-11-6516-253-5 03890 정가 27,000원

• 잘못된 책은 교환해 드립니다.
• 이 책은 저작권법에 따라 보호받는 저작물이므로 책의 내용 및 이미지에 대하여
전부 또는 일부를 무단으로 복사, 복제, 배포하거나 전산 장치에 저장할 수 없습니다.

불법복사는 지적재산권을 훔치는 범죄행위입니다.
저작권법 제136조(권리의 침해죄)에 따라 위반자는 5년 이하의 징역 또는
5천만 원 이하의 벌금에 처하거나 이를 병과할 수 있습니다.

Copyright © 김중순, 2025 All rights reserved.

아팠던 시간들

O'tkan kunlar

압둘라 코디리 저
김중순 역

계명대학교 출판부

작가의 말(1926년판 서문)

새로운 시대에 접어든 지금, 우리는 모든 분야에서 이 시대의 진보적인 정신을 충실히 따를 필요가 있습니다. 이 신선한 바람은 새로운 서사시, 소설, 단편소설의 등장을 요구하고 있습니다. 따라서 작가로서 우리의 의무는 새로운 영웅과 여성 영웅들을 창조하고 불러내는 일입니다. 우리는 이 시대가 필요로 하는 새로운 《타히르와 주흐라》*Tohir va Zuhra*, 《네 명의 수도승 이야기》*To'rt Darveshning Qissasi*, 《파라드와 쉬린》*Farhod va Shirin*, 그리고 《바흐람구르》*Bahromgur*를 탄생시킬 필요가 있습니다.

그런 뜻에서 나의 소설 《아팠던 시간들》*O'tkan kunlar*은 낭만주의의 영향을 받은 소박한 글쓰기의 시도입니다. 더 정확히 말하자면, 근대 소설을 창조하려는 진심 어린 소망의 표출이라고 할 수 있습니다. 물론 새로운 시도는 초기 단계에서 실수와 부족함이 따르기 마련이지만, 경험이 쌓이고 실력이 다듬어지면서 점차 완성도를 높여갈 것입니다. 이러한 깨달음 속에서 많은 단점들이 드러날 것을 각오하면서 과감히 도전해 보기로 결심했습니다.

"과거의 아픔을 돌이켜보는 것은 새로운 출발을 위한 밑거름이 된다."라는 지혜를 가슴에 새기며, 지나간 세월 특히 가까웠던 우리의 역사에서 너무나 참혹하게 피로 물들고, 더럽혀지고, 어두웠던 '마지막 칸들의 시대'[01]에 제 자신의 이야기를 바치고자 합니다.

압둘라 코디리 (나그네), 1926

---

01 18세기 말에서 19세기 사이에 칸khan들이 이끌었던 히바, 부하라, 코칸드 등의 국가들이 러시아 제국으로 합병되던 시기를 말한다.

추천사

존경하는 한국의 독자 여러분께!

우즈베키스탄 근대 소설의 창시자이자 저명한 작가인 압둘라 코디리의 소설 《아팠던 시간들》*O'tkan kunlar*이 한국어로 번역 출간된 것을 매우 기쁘게 생각합니다.

이 작품은 우즈베키스탄 문학을 대표하는 빼어난 걸작으로 세계 각지의 독자들에게 깊은 감동과 영감을 전하고 있습니다. 압둘라 코디리는 우즈베키스탄 문학사에 깊고도 선명한 발자취를 남겼으며, 그의 작품들은 오늘날에도 여전히 다양한 문화와 민족을 잇는 독창적인 가교 역할을 해 가고 있습니다. 《아팠던 시간들》을 통해 독자 여러분께서는 우즈베키스탄의 근대사뿐만 아니라 민족의 정체성, 언어, 전통과 관습, 그리고 삶의 지혜에 이르기까지 폭넓고 깊이 있는 이해를 하게 될 것입니다.

이 책의 한국어 번역은 무엇보다도 우즈베키스탄 국민과 그 문학에 대한 깊은 존경과 진심 어린 감탄의 표현이라 할 수 있습니다. 아울러 이러한 뜻깊은 발걸음은 양국 간 문화적 유대와 우호 협력 관계를 더욱 굳건히 하는 데 기여할 것입니다. 저는 이 작품이 지닌 예술적 가치와 더불어, 한국 독자 여러분께서 우즈베키스탄의 역사와 문화를 더욱 깊이 이해하는 데 큰 도움이 되리라 믿습니다.

원작의 내용과 분위기와 정신을 정확하고 아름다운 한국어로 번역해 독자들이 우즈베키스탄 문화를 더욱 가깝고 쉽게 느낄 수 있게 해준 김중순 교수님의 노고에 감사합니다. 또한 한국의 모든 독자 여러분께서 이 소설을 깊은 감동과 함께 즐겁게 읽으시기를 진심으로 기원하며 독자 여러분의 마음 깊은 곳에 오래도록 자리 잡기를 바랍니다.

존경의 마음을 담아,

우즈베키스탄 공화국 문화부 장관

오조드베크 나자르베코프

Qadrli koreyalik kitobxonlar!

O'zbek romanchiligining asoschisi, atoqli adib Abdulla Qodiriyning "O'tkan kunlar" romani koreys tilida nashr etilishidan behad mamnunmiz. Bu asar nafaqat o'zbek adabiyotining yorqin namunasi, balki dunyo kitobxonlarini ilhomlantirib, hayajonga solib kelayotgan haqiqiy madaniy qadriyat ramzi hamdir.

Abdulla Qodiriy o'zbek adabiyoti tarixida o'chmas iz qoldirgan. Uning asarlari bugungi kunda ham turli madaniyatlar, xalqlarni bir-biriga bog'lovchi o'ziga xos ko'prik bo'lib kelmoqda.

"O'tkan kunlar" asarini mutolaa qilar ekansiz, o'zbek xalqining yaqin tarixi, milliy xarakteri, tili, an'ana va urf-odatlari, kechinmalari haqida yanada kengroq tasavvurga ega bo'lasiz.

Mazkur kitobning koreys tiliga tarjima qilinishi, avvalo, o'zbek xalqiga va adabiyotiga bo'lgan yuksak hurmat va ehtirom ifodasidir. Qolaversa, bu ezgu tashabbus mamlakatlarimiz o'rtasidagi madaniy aloqalar va do'stlikni yanada mustahkamlashga xizmat qiladi.

Ishonchim komilki, ushbu asar koreys kitobxonlariga badiiy qadriyat bilan birga, O'zbekiston madaniyati va tarixini yaxshiroq tushunishlariga yaqindan yordam beradi.

O'zining yuksak tarjimonlik mahorati tufayli asarning asl mazmuni, mohiyati va undagi muhitni koreys kitobxonlariga etkazishdagi hamda ularni o'zbek madaniyati bilan yanada yaqinroq tanishtirishdagi mashaqqatli mehnati uchun professor Kim Tschungsunga minnatdorlik bildiraman.

Barcha koreys kitobxonlariga maroqli mutolaa tilayman.

Umid qilamanki, "O'tkan kunlar" asari koreys o'quvchilarining nafaqat kitob javonlaridan, balki qalbidan ham munosib joy oladi.

Hurmat bilan,

Ozodbek Nazarbekov,
O'zbekiston Respublikasi madaniyat vaziri

역자 서문

《아팠던 시간들》은 1926년 압둘라 코디리가 쓴 *O'tkan kunlar*의 번역이다. 우즈벡 근대문학에서 '소설' 장르에 해당하는 최초의 작품이라고 할 수 있다. 1991년 소련의 체제가 붕괴되고 우즈베키스탄이 독립을 되찾으면서 이 소설은 새롭게 주목을 받기 시작했다. 무엇보다 민족의 정체성과 모국어의 회복이라는 절박한 과제에 갈급하던 그들에게 이 작품은 희망의 불씨가 되었다. 꽃피는 미래를 위해서는 '아팠던 과거'에 대한 기억이 필요했던 것이다.

1876년 코칸드 칸국이 러시아에 병합되고 거의 120년 만에 독립 국가가 된 우즈베키스탄이 한국과 공식적인 외교 관계를 맺게 된 것은 1992년이었다. 이제 겨우 33년째, 단지 현재의 경제적·정치적 실체를 이해하는 것만으로 우즈베키스탄을 이야기할 수는 없다. 우리가 그들에 대해 알고 있는 것은 티무르[Timur, 1336-1405]에게서 비롯된 600년 이상의 오랜 전통과 역사 가운데 지극히 일부일 뿐이다. 그들의 역사와 문화 속에 축적된 가치를 이해하고, 그 내면의 정신적·심리적 경험에 공감하기 위해서는 문학이야말로 가장 강력한 수단일 것이다.

이 소설은 우즈벡 문학 가운데 아마도 가장 많이 외국어로 번역된 작품 가운데 하나일 것이다. 1958년 러시아어 번역을 필두로 독일어, 카자흐스탄어, 아제르바이잔어, 터키어, 영어, 아랍어, 중국어, 그리고 올해는 키르기즈스탄어 번역까지 나왔다. 하지만 그 대부분이 러시아어를 저본으로 한 중역이다. 여기에 내놓는 한국어 번역은 세 가지 영어본과 독일어본을 바탕으로, 우즈벡어 원문과 대조하는 방식으로 이루어졌다. 번역의 과정에서 소설의 배경이 되는 타슈켄트를 비롯하여 페르가나 주의 안디잔, 마길란, 코칸드 등의 도시를 둘러 보면서 주인공의 발자취를 따라가 볼 수 있었던 것은 큰 행운이었다. 원문의 단어 하나하나를 따지면서 읽을 수 있었고, 그 글 뒤에 숨어 있는 역사적 문화적 배경까지 이해할 수 있었기 때문이다.

자세한 각주를 삽입하여 용어를 설명하고 해설까지 첨부한 것은 한국문화라는 너무나 다른 맥락 속에서 자연스럽게 재구성하기 위해서이다. 우즈벡어의 한글 표기는 국립국어원의 '외래어 표기 원칙'을 따르지 않고 우즈벡어의 실제발음을 최대한 반영하고자 노력했다. 다만, 국제사회에서 통용되는 고유명사의 경우에는 예외로 했다. 예를 들어 Qo'qon은 Kokand라 쓰고 코칸드로, Xudoyorxon은 Khudoyar Khan으로 쓰고 쿠다야르 칸으로 읽었다.

번역 전문가도 아니면서 이 일에 뛰어든 것은 계명대학교 재직 중에 실크로드 연구원장직을 맡아 문명사 연구에 발을 담그게 된 것이 계기가 되었다. 이 땅에 인문정신을 구현하기 위해 평생을 헌신하신 나의 스승 신일희 총장님의 가르침이 아니었다면 감히 꿈도 꾸지 못했을 일이다. 벅찬 일이기는 하지만, 그 빚을 문명교류의 가치에 관심을 가진 분들에게 벽돌 한 장 만큼의 보탬으로나마 갚을 수 있으면 좋겠다.

이 책을 내는 과정에서 많은 분들에게 빚을 졌다. 특별히 독자의 이해를 돕기 위해 표지와 삽화를 통해 내용을 시각적으로 표현해주신 우즈베키스탄 최고의 화가이자 우즈베키스탄 국립예술원장으로 재직 중인 아크말 누르[Akmal Nur] 교수께 감사를 표한다. 추천사를 써주신 오조르벡 나자르

베코프[Ozodbek Nazarbekov] 우즈베키스탄 문화부 장관님을 비롯해 분에 넘치는 응원을 보내주신 많은 우즈베키스탄 친구들에게는 아래에서 따로 감사를 표한다.

멀고 험한 길에 길벗이 되어 준 호남대 윤영 교수님, 경희대 이명귀 교수님, 윤애숙 박사님 등 나의 젊은 동료들에게도 감사한다. 귀한 자료들을 구해준 나의 독일 친구 안[Jan Minu Raber]의 수고도 함께 언급하고자 한다. 책이 예쁜 모양으로 나오게 된 것은 임헌우 교수님과 최상근 선생님의 높은 심미안 덕분이다. 이런 여러 도움에도 불구하고 오류가 있다면 그것은 전적으로 역자의 책임이다. 질정이 있기를 바란다.

내 삶의 길벗이 되어 언제나 격려를 아끼지 않은 내 사랑하는 가족 나림, 새움, 효숙에게 고마움의 눈짓을 보낸다.

2025년 6월

淸厚 김 중 순

Acknowledgements

I am deeply grateful to Fazliddin Arziev, Minister-Counsellor of the Uzbekistan Embassy in South Korea, whose vision and steadfast support were instrumental in bringing this translation to life.

I am especially honored to have received a letter of recommendation from Ozodbek Nazarbekov, Minister of Culture of the Republic of Uzbekistan.

I am also profoundly thankful to those whose contributions enriched the depth and quality of this work: Akmal Nur, Chairman of the Academy of Arts of Uzbekistan, for generously providing exquisite illustrations; Khondamir Qodiriy, grandson of the author and director of the Qodiriy Museum, for invaluable materials and insights; Nazokatkhon Askarkhujaeva, my former student, for her meticulous comparison of the translation with the original text; and Kalanova Dilnoza, for her literary review.

Sincere thanks also go to the following individuals, whose support made this project possible: Alisher Abdusalomov, Ambassador of Uzbekistan to South Korea; Kudratilla Ganikhodjaev, First Secretary of the Embassy; Khayrullo Bozarov, Governor of the Fergana Region; Khurshidjon Akhmedov, Deputy Governor of Fergana; Shukurullokhan Nisbatkhanov, Mayor of Margilan; Maruf Usmanov, Mayor of Kokand; Yusuf Abdullaev, Rector of SITU; Kamolidon Urinbayen, Rector of the State Conservatory; Azamat Islamov, Director of the Museum of Musical Instruments; Oybek Rashidov, Doctor of Historical Sciences; Kudratjon Yorkulov, Director of the Medical Center in Andijan; Rustamjon Umurzakov, Professor at Fergana State University; Rakhmatullo Ziyaev, Director of the Museum of Great Scholars; Zafar B. Mustafaev, Chairman of Uzbek Leasing; and Sukhbatilla Nasimov, Founder of the farm A. Akhmadjonov.

Prof. Dr. Tschungsun Kim

목차

제Ⅱ부

제Ⅲ부

부록

제 I 부

제I부

•• 1장 ••

유수프벡 호지의 아들 오타벡

히즈라력曆 1264년 겨울, 달브 달의 열이레째 날[01]이었다. 해가 지자 온 사방에서 저녁 기도 시간을 알리는 아잔[02]소리가 들려왔다.

입구가 남서쪽을 향하고 있는 그 유명한 마길란의 카라반세라이[03]는 타슈켄트, 사마르칸트 그리고 부하라에서 온 상인들로 북적거렸다. 한두 개를 빼고는 모든 방이 먼 곳에서 온 여행자들로 가득 차 있었다. 하루 일을 끝내고 카라반세라이로 돌아온 투숙객들은 바쁘게 돌아다니며 저녁 식사를 준비하고 있었다. 낮에는 비어있던 이곳에 생기가 넘치기 시작했다. 활기찬 대화와 함께 터져 나오는 시끌벅적한 웃음소리가 엄청난 소음을 만들어냈다. 숙소 전체가 언제라도 하늘로 솟아오를 지경이었다.

마당 한쪽 끝에는 우아한 장식으로 꾸며진 아늑한 방이 보인다. 다른

---

01 예언자 무함마드가 메카에서 메디나로 이주한 히즈라hijra 사건기원후 622년 7월 16일을 기준으로 시작되는 이슬람력. 달의 변화를 기준으로 하는 순수 음력 달력이기 때문에 계절과 무관하게 매년 약 10~11일씩 앞당겨진다. 사우디아라비아를 비롯한 이슬람권 전반에서 사용되며 종교적 절기라마단, 하지 순례 등의 기준이 된다. 그러나 이 책에서는 태양력에 기반을 둔 이란력에 따라 당시 중앙아시아 지역에서 사용하던 전통 양력 히즈라력曆을 따르고 있다. 12개월이 별자리를 따라 배치되며, 계절과 일치되는 고정된 달력이므로 '달브'dalv는 이슬람력의 공식적인 달 이름이 아니라 대략 1월 21일부터 2월 19일 사이를 가리킨다. 따라서 위의 날짜는 그레고리력으로 1848년 2월 3일에 해당한다.

02 아잔azon: 기도 시간을 알리는 무아진muazzin의 노래

03 카라반세라이karvonsaroy: 대상隊商들을 위한 숙소

방의 바닥에는 평범한 코시마 양모로 만든 펠트가 깔려 있지만, 이 방에는 진홍색의 고급스러운 카펫이 깔려 있다. 다른 방에는 거친 담요가 쿠르파차[04]를 덮고 있지만, 이 방에는 실크와 아드라스[05]로 만들어진 커버가 그것을 대신하고 있다. 다른 방에서는 기름 램프가 연기를 내뿜고 있지만, 여기에서는 양초 불빛이 활기차게 춤을 추듯 깜박거린다. 이 방의 손님은 열기가 넘칠 만큼 분주한 다른 구역의 손님들과는 결이 다르다. 침착하고 점잖으며, 위엄 있는 몸집에 조각처럼 잘생긴 얼굴, 짙은 눈썹 아래의 검은 눈, 그리고 미세하게 보이는 수염까지 — 바로 이 젊은이가 우리의 주인공이다. 다시 말해, 이 방과 이 방의 투숙객은 카라반세라이의 다른 구역과는 차별되고 다른 손님들과도 분명히 다르다. 지금 혼자만의 생각에 잠겨 있는 이 젊은이는 타슈켄트의 저명한 귀족 유수프벡 호지[06]의 아들이며, 이름은 오타벡이다.

그때 두 명의 사내가 마당으로 들어왔다.

"여기 혹시 오타벡이란 분이 머물고 계신가요?" 두 명의 사내는 분주하게 오가는 무리를 향해 물었다. 사람들이 이미 우리가 언급했던 그 방을 가리키자, 두 사내는 그쪽으로 향했다. 그중 한 명은 대략 스물다섯 살 정도의 젊은 남자였고, 얼굴은 둥글고 키는 그리 크지 않았으며, 턱수염과 콧수염이 듬성듬성했다. 그는 마길란 출신의 매우 유복한 집안 사람인 지여 서히치의 아들 라흐맛이었다. 또 다른 사내는 대략 서른다섯 살 정도로, 흐느적거리는 듯 큰 키에 얼굴에는 얽은 자국이 있었다. 초점 없는 눈동자에 헝클어진 수염은 불쾌한 인상이었다. 이 사람도 돈 많은 부자이긴

---

04 쿠르파차kurpacha: 전통적인 방석이나 깔개로, 주로 손님을 맞이할 때 바닥에 깔아 사용하는 쿠션형 매트리스. 가정에서 흔히 볼 수 있는 생활필수품으로, 화려한 자수와 다양한 색상이 특징

05 아드라스adras: 주로 실크와 코튼 혼합으로 만들어지는 우즈베키스탄의 전통적인 직물로, 화려한 색상과 독특한 패턴이 특징

06 호지hoji: 메카 순례를 마친 자들에게 붙여지는 명예의 호칭

했지만, 그는 재력으로서가 아니라 '바람둥이 호미드'라는 별명으로 더 유명했다. 이 별명은 그에게 자연스럽게 붙여진 이름이 되었고, 그냥 '호미드'라고만 하면 사람들은 그가 누군지 모르는 경우가 많았다. 바람둥이 호미드와 오타벡은 모르는 사이였지만, 호미드는 라흐맛에게 외삼촌이며 지여 셔히치에게는 처남이었다.

두 사람은 방으로 들어가며 인사를 건넸다.

"느닷없는 방문으로 폐를 끼쳐 죄송합니다, 벡-아케.[07]"

라흐맛이 사과의 말부터 했다.

"천만에요, 전혀 방해되지 않습니다! 오히려 두 분이 와서 기쁩니다. 여기는 아는 사람도 없는 데다, 이 도시가 처음이라 외롭고 지루한 시간을 보내고 있었거든요."

오타벡은 손님들을 상석으로 모시며 깍듯이 맞이했고, 오히려 친절하게 대답했다. 그때 세 번째 사람이 방에 들어왔다. 그도 역시 방문객들을 환영했다. 그는 하산알리라는 이름을 가졌으며, 대략 예순쯤의 지긋해 보이는 남자였다. 얼굴은 길고 이마가 돋보이며, 거의 노란색에 가까운 굵은 눈에 길고 흰 수염을 늘어뜨리고 있었다. 수염이 있어도 워낙 단단한 몸을 가지고 있어서 나이를 가늠하기 어려울 정도였고, 자세와 피부 상태도 나이를 의심케 했다.

오타벡은 손님들을 산달[08] 쪽으로 앉게 한 다음, 짧은 기도를 하고 나서 하산알리를 향해 물었다. "아버지, 기분은 좀 어떠세요?" 하산알리가 대답했다. "알라께 감사드려야지. 조금 나아졌는데, 아마 내가 숯에서 나온 연기를 마신 모양이야."

---

07 벡bek은 일반적으로 높은 신분의 사람에게 붙여지는 경칭. 아케aka는 손윗사람을 부르는 호칭으로 형님 혹은 선생님으로 번역될 수 있다.

08 산달sandal: 작고 낮은 테이블 아래에 뜨거운 숯이 담긴 철제 화로를 놓아 겨울에 발과 다리를 따뜻하게 해 주는 용도로 사용된다.

"아버지, 저 좀 도와주시겠어요?"

"물론이지 아들아. 말해 보거라."

"그럼 차 좀 끓여주세요."

"그러마."

하산알리가 방을 나갔다. 오타벡의 건강을 다시 한번 묻고는 라흐맛이 말했다.

"벡-아케, 저 영감님과는 어떤 관계시죠?"

라흐맛의 질문에 잠시 침묵하다가 오타벡은 대답 대신 문 쪽으로 눈길을 보냈다. 그리고 하산알리가 문밖으로 나간 것을 확인하고서야 대답했다.

"우리 집 하인이랍니다."

호미드는 그의 말에 깜짝 놀랐다.

"하인이라고요?"

"네."

사실, 하산알리는 그가 아직 어렸을 때 오타벡의 할아버지가 금화 열다섯 틸라[09]를 주고 어떤 투르크멘 사내로부터 사들인 노예였고, 그 사내는 페르시아에서 아이들을 납치해 다른 곳에다 팔던 장사꾼이었다. 하산알리가 하인으로서 오타벡의 집에서 함께 산 지가 50년쯤 되었으니 이제 그는 진짜 가족이나 다름없었다. 그는 자신의 주인을 충심으로 모셨고, 유수프벡 호지와 특히 그의 아들 오타벡은 그를 신뢰와 존경으로 대했다.

하산알리가 서른 살이 되었을 때, 노예로 팔려 온 여인과 결혼했지만 아이가 없다. 몇 명의 아이를 낳기는 했으나 어렸을 때 모두 죽고 말았다. 그래서 하산알리는 오타벡에게 모든 애정을 쏟았고, 그를 마치 친자식처럼 소중히 여겼다. "내가 죽고 나서 이 아이가 내 영혼을 위해 기도하고, 내 영혼의 평안을 위해 쿠란을 읽어주고, 이 세상에 하산알리라는 아버지

---

09 틸라tilla: 금화의 단위. 금으로 만든 보석, 장신구 등을 지칭할 때 사용된다.

가 한때 살았다는 사실만 기억해준다면 더 바랄 게 없지."라고 말하곤 했다. 실제로 그는 이런 생각을 이미 오타벡과 의논한 적이 있었고, 오타벡은 하산알리를 위해 기도하겠다는 진심 어린 약속도 했다. 하산알리는 이처럼 순수한 마음을 지닌 하인이었다.

하산알리에 대한 이야기를 끝내자 라흐맛이 물었다. "벡-아케, 타슈켄트에서는 뭘 가져오셨나요?"

"아니, 뭐 특별한 건 없어요. 그저 옷가지 몇 벌에 구두 만드는 가죽이랑 쿰간[10]몇 개 정도가 전부입니다."

"옷가지랑 가죽은 마길란 시장에서 제일 잘 팔리는 물건이죠." 호미드가 맞장구를 쳤다. 오타벡은 촛불을 정리하느라 가위로 양초 심지를 잘라냈다. 다스투르혼[11] 위로는 약간의 어색한 분위기가 감돌았고, 대화는 끊기기 시작했다. 이야기는 잠깐 이어지다가 긴 침묵으로 이어지기 일쑤였다. 이 어색함을 해소하려는 듯 라흐맛이 분위기를 바꾸려고 말을 꺼냈다.

"벡-아케, 마길란은 어때요? 동네가 맘에 드시는지…"

오타벡은 약간 머뭇거리더니 말하기가 곤란한 듯 대답했다.

"글쎄, 뭐랄까. 마길란은 참 좋은 곳이지요. 우리 투르키스탄[12]에서 직조로 가장 유명한 도시가 아니겠습니까?"

이 다소 모호한 대답에 호미드와 라흐맛은 서로 눈빛을 교환했다. 그

---

10 쿰간qumg'on: 손 씻을 때 사용하는 주둥이가 달린 놋쇠나 구리 주전자

11 다스투르혼dasturxon: 음식을 차리는 식탁보로 바닥에 펼쳐 사용한다. 식탁을 대신하는 말이기도 하다. '푸짐한 식사'를 뜻하는 페르시아어로 중앙아시아에서는 식사 준비 전체를 가리키는 말로도 쓰인다.

12 투르키스탄Turkiston: 튀르크계 민족이 오랜 역사 속에서 살아온 지역을 포괄하는 개념으로, "튀르크인의 땅"을 지칭한다. 원래는 문화적·언어적·역사적 공동체를 의미했으나 러시아는 1867~1917년에 타슈켄트를 수도로 하여 총독부를 설치하고 현재의 우즈베키스탄, 카자흐스탄 남부, 키르기스스탄, 타지키스탄, 투르크메니스탄 일부를 포함시켰다. 1917년 러시아 혁명 후 1924년 중앙아시아의 민족 국경이 새롭게 설정될 때까지는 투르키스탄 소비에트 사회주의 자치공화국Turkestan ASSR으로 존재했다. 이후 행정적 개념으로서의 투르키스탄은 사라지고, 오늘날의 중앙아시아가 새롭게 모습을 드러내었다.

모습을 본 오타벡은 어색한 분위기를 알아차리고 농담처럼 말을 돌렸다.

"제가 마길란에 도착한 첫날부터 이 도시가 저를 짓누르는 느낌이었죠. 여기에는 아는 사람이 아무도 없으니 제가 낯선 외지인의 느낌을 가졌던 거지요. 하지만 이제는 상황이 달라졌습니다. 오늘 이렇게 저를 찾아주신 소중한 친구들을 만났으니, 마길란의 다른 면을 볼 수 있을 것 같습니다!"

라흐맛이 대답했다.

"죄송해요, 벡-아케. 사실 형님이 마길란에 도착했다는 이야기를 아버지께서 오늘에야 해주셨거든요. 그렇지 않았더라면 형님을 이렇게 지루하게 만들지 않았을 텐데."

"아, 그래요?"

"물론이죠." 라흐맛이 이야기를 계속했다. "우리 아버지는 타슈켄트에 갈 때마다 형님댁에서 머무르셨다는데, 형님은 왜 카라반세라이에 머무시는 거죠? 우리는 형님의 그런 처사가 유감스럽습니다!"

"맞는 말씀입니다만 첫날은 당신 집을 찾기가 너무 어려웠어요. 게다가 물건들을 가득 실은 카라반들이 이미 이곳을 숙소로 정해버렸거든요."

"그럴 수도 있겠지만, 변명으로는 약한데요."

하산알리가 다스투르혼을 펼치고 커다란 쿰간을 가져왔다. 그리고 손님들에게는 전통 방식의 음식상이 차려졌다.

호미드가 시럽에 빵을 적시며 말했다. "벡께서는 올해 나이가 어떻게 되시나요?"

오타벡이 막 대답을 하려고 입을 여는 순간, 하산알리가 차를 따르면서 그의 대답을 가로챘다.

"알라께서 그에게 더 많은 날들을 허락해 주신다면, 원숭이해[10]가 되

---

13 이는 중국의 음력에 따른 것이지만, 당시 간지干支 달력은 중앙아시아에서도 잘 알려져 있었다.

는 올해 스물네 살이 된답니다."

"제가 스물네 살이 된다고요, 아버지?" 벡이 깜짝 놀라며 소리쳤다. "아, 솔직히 제가 제 나이를 몰랐네요."

"그렇단다, 벡. 네 나이가 스물네 살이야."

호미드가 다시 물었다. "결혼은 하셨나요?"

"아직."

하산알리는 단답형의 그의 대답이 맘에 들지 않는 듯, 몇 마디를 더 보탰다.

"사실 우리는 벡에게 적당한 신부를 찾아주려고 몇 번 시도를 했지요. 그런데 자기가 결혼을 싫어하니 성사되지 않았고 결혼식 날도 잡지 못했답니다. 하지만 주인 어른께서는 우리가 여행에서 돌아가면 곧바로 벡을 결혼시키려고 애를 쓰고 계신답니다."

"세상에는 결혼만큼 예민한 문제가 없지요." 라흐맛이 오타벡에게로 얼굴을 돌리며 말했다. "일단 결혼하면, 가장 중요한 것은 아내가 남편의 성격에 맞아야 한다는 점입니다. 그렇지 않으면 세상에서 그보다 더 어렵게 운명이 꼬일 수는 없지요."

이 말에 오타벡은 고개를 끄덕이며 동의했다.

"맞아요. 당신 말이 옳습니다." 그의 말은 이어졌다. "하지만 덧붙이자면, 아내가 남편에게 어울려야 하는 것처럼 남편도 자신의 반쪽인 아내에게 잘 어울려야죠."

"제 생각에는 남편이 아내에게 어울리는지 아닌지는 그다지 중요하지 않아요." 호미드의 목소리는 이미 동의를 하지 않는 듯했다. "아내들에게는 '남편'이라는 단어만으로도 충분해야 하는 겁니다. 제 조카가 제대로 지적했듯이, 중요한 것은 '아내'가 남편에게 잘 어울리는지 아닌지 입니다."

라흐맛이 웃으며 오타벡을 바라보았다. 하지만 오타벡은 호미드의 말에 한심하다는 듯 살짝 비웃음을 머금었다.

"우리의 결혼은 우리 부모님의 손에 달린 겁니다." 라흐맛이 이야기를 시작했다. "신부가 아들의 취향에 맞지 않는다는 게 뭐 그리 중요합니까? 결정적인 것은 결국 부모님의 취향에 맞는지의 여부이니까요. 미래의 신랑과 신부에게는 자기 취향을 주장할 권리도 없습니다. 물론 그런 관습들이 샤리아[14]에 의해 허용되기는 하지만, 합리적이지 않다는 점에서는 비난을 받아야 한다는 말이죠. 예를 들어, 저는 부모님이 마음에 들어 하시는 여자를 아내로 맞이했습니다. 결국, 그 여자는 부모님에게는 적합한 며느리였지만, 제 성격과는 맞지 않았고 아마도 그녀도 저와는 어울리지 않는다고 느꼈을 것입니다. 형님 말씀은 정말 통찰력이 있습니다."

조심스럽게 동의하는 듯 라흐맛의 말을 듣고 있던 오타벡은 호미드를 쳐다보았다. 과연 그가 이 말에 어떻게 반응할지 궁금했다.

"조카, 내 말 좀 들어봐." 호미드가 라흐맛을 쳐다보며 말문을 열었다. "물론 너의 첫 결혼은 부모님이 시켰지. 그리고 넌 그걸 반대할 수도 없었고. 만약 배우자가 너의 영혼에 적합하지 않다면, 너에게 맞는 다른 여자를 취해 아내를 두 명이 되도록 하라고. 그런데 그 두 번째도 맞지 않는다면, 세 번째 결혼을 해. 성격이 맞지 않는 것으로 괴로워하고 슬픔에 잠기는 건 남자가 할 일이 아니지."

오타벡을 바라보던 라흐맛은 피식 웃으며 호미드에게 대답했다. "글쎄요, 아내를 여럿 거느린들 그들 때문에 고통이 더 커진다면 무슨 소용이 있겠어요? 인생에서 한 여자하고만 사는 게 나에게는 가장 합리적입니다. 예를 들어, 삼촌께서는 두 아내를 데리고 살면서 가정에는 한 번도 평화가 없었고, 다툼과 싸움이 끊이지 않고 있잖아요?"

"너 같은 젊은이들에게는 아내가 하나만 있어도 버거운 게 사실이지."

---

14 샤리아shariat: 이슬람의 사회의 종교 생활부터 가족·사회·경제·정치·국제관계에 이르기까지 무슬림 세계의 모든 것을 규정하는 포괄적인 이슬람 법체계

호미드가 웃으며 말했다. "아내가 여럿이면 힘들다는 게 뭔 헛소리지? 채찍에 피를 묻히더라도 백 번이라도 피를 흘리게 하면 되는 거야. 그러면 너의 삶은 근심으로부터 자유로워질거야. 내가 둘째 마누라를 들인 날부터 다툼이 끊이지 않았지만, 그렇다고 해서 셋째 마누라를 맞이할 생각을 하지 않는 것은 아니야."

"삼촌, 그렇게 말씀하시면 더 이상 할 말이 없군요."

호미드는 자존심이 상한 듯 오타벡을 쳐다보았다. 오타벡은 그의 말에 그저 쓴웃음을 지을 뿐이었다.

하산알리가 오쉬[15]를 요리하러 나가자 오타벡은 손님들의 찻잔을 채웠다. 열띤 토론은 호미드의 마지막 말로 깨져버렸고, 세 사람은 모두 각자의 생각에 잠긴 듯 보였다. 얼마 후, 라흐맛이 다시 삼촌에게 말을 걸었다.

"미르자카림 어른께서 따님을 약혼시켰다는 소문 못 들으셨어요?"

무슨 이유에선지 호미드는 그 질문에 짜증을 내며 마지못해 대답했다. "잘은 모르지만, 그건 아닐 거야."

라흐맛은 오타벡과의 대화를 계속 이어가기 위해 이렇게 말했다. "우리 마길란에는 한 처녀가 있어요. 얼마나 예쁜지, 이 동네에서 그녀만큼 매력적인 사람은 없답니다."

호미드는 수상쩍은 표정으로 조카를 응시했다. 라흐맛은 삼촌의 태도에 전혀 신경을 쓰지 않고 계속했다.

"우리 마을에 미르자카림이라는 상인이 있는데, 바로 그 사람의 딸이죠. 아마도 부호인 미르자카림을 아시겠지만, 그는 얼마 전까지만 해도 타슈켄트에서 경리부장을 지낸 분이죠."

---

15 오쉬osh: 고기, 당근, 양파, 쌀 등으로 만드는 중앙아시아 요리로, 잔치가 있을 때는 반드시 있어야 하는 음식이다. 한국의 볶음밥과 비슷하다. 플로프palov라고도 하는데, 이 책에서는 오쉬로 통일한다.

"아니, 나는 모르는 사람인걸요?"

호미드의 얼굴이 점점 어두워졌고, 불안한 기색이 역력했지만, 라흐맛은 이야기를 계속했다.

"그분의 집은 신기료 가게들이 늘어선 길모퉁이에 있지요. 큰 부자인데다 타슈켄트의 여러 지체 높으신 분들과도 친분이 있으시니 아마 형님의 아버지께서도 잘 아실 겁니다."

"그럴 수도 있겠지요."

오타벡이 대답했으나 그의 신경이 곤두섰음을 드러내는 미세한 떨림이 있었다. 라흐맛은 아무것도 알아채지 못했지만, 호미드는 오타벡에게서 큰 감정의 동요가 있음을 알아챘다. 하지만 그것이 대화 때문이었는지 단순한 우연이었지는 알 수 없는 일이다. 아무도 그 상황에 대해 말할 수가 없다. 남자들은 다시금 잠시 침묵했다.

"벡-아케, 언제 우리를 방문하실 겁니까?" 라흐맛의 질문에 오타벡은 침묵에서 벗어났다.

"알라의 뜻이 있는 날이라면…"

"아니, 벡-아케. 우리가 형님을 초대하기 위해 여기까지 왔는데 적어도 하루는 오겠다고 약속을 해 주셔야지요." 라흐맛이 다그쳤다.

"제가 당신을 번거롭게 하고 싶지 않아서 그렇습니다."

"그렇지 않습니다. 형님만 허락하시면, 형님을 카라반세라이에서 우리 집으로 모셔가겠습니다. 제발, 정확한 날짜를 정하고 우리 손님이 되어 주세요. 아버지께서는 형님을 꼭 만나서 타슈켄트의 소식을 직접 듣고 싶어 하십니다!"

"카라반세라이에서 옮기고 싶지는 않습니다만" 오타벡이 말했다. "당신 아버지는 언제든 기꺼이 찾아뵙도록 하겠습니다."

"고마워요, 벡-아케. 형님이 방문할 수 있는 날을 알려주세요."

"알다시피 저는 저녁 시간이 자유롭습니다. 하지만, 아버지께서 좋아하시는 날이 있다면 제가 거기에 맞추지요."

"신의 축복이 있기를!" 라흐맛이 대답하며 말을 이어갔다. "그러면 제가 한 가지 더 여쭙겠습니다. 만약 우리가 그날 다른 낯선 손님들도 초대한다면, 형님께 방해가 될까요? 우리와 매우 가까운 사람이 여럿 있는데, 그중 한 명이 방금 말씀드린 미르자카름 쿠티도르 어른이십니다."

오타벡은 다시 혼란스러워하면서도 자신의 감정을 드러내지 않으려고 애쓰며 대답했다.

"원하시는 대로."

오쉬로 저녁 식사를 마친 손님들은 작별 인사를 하며 한 사람씩 자리를 떴다.

•• 2장 ••

칸의 딸에게 어울리는 총각

지여 셔히치의 집에서 두 낯선 사람들과 마주치게 된 오타벡은 그들과 인사를 나누면서도 조심스레 살폈다. 이를 눈치챈 지여 셔히치는 그들을 오타벡에게 소개했다.

"이분들을 모르겠는가? 자네 부친과 가장 가까운 친구분들이라네. 이분은 미르자카름 쿠티도르라는 분이고, 그리고 이분은 안디잔 출신의 상인으로 아크람 호즈라는 분일세."

미르자카름이라는 사람은 사십대 후반 혹은 오십대 초반 정도의 나이로 세련된 외모를 지니고 있었다. 짙은 눈썹에 검은 눈을 가졌으며, 옷도 말끔하게 차려입고 있었다. 반면에 아크람 호즈는 열 살쯤 나이가 더 들어 보였다. 오타벡은 다시 한번 미르자카름 쿠티도르를 조심스레 살폈다.

"아버지의 가까운 친구분들을 뵙게 되어 매우 기쁩니다, 감사합니다."

오타벡은 아크람 호즈와 미르자카름에게 공손한 태도로 말을 건넸다. "아버지께서는 친구 어르신들께 따뜻한 안부를 전해달라고 부탁하셨습니다."

"고맙소. 신께서 그에게 건강을 허락하기를!"

파티는 오타벡을 환영하기 위해 마련된 자리였다. 파티에는 이들 말고도 호미드, 라흐맛, 하산알리, 그리고 다른 손님들도 있었다. 그들과 서로 인사를 나눈 후, 오타벡과 미르자카름은 가끔씩 눈길이 마주쳤다. 미르자카름은 오타벡에게 무언가를 묻고 싶어 했지만, 아크람 호즈와 지여 셔히치는 결코 이야기를 멈추지 않았다. 그들의 눈이 여러 차례 마주치고 나서야 미르자카름은 미소를 지으며 물었다.

"벡, 날 기억하겠나?"

오타벡은 미르자카름을 유심히 바라보며 존경하는 마음으로 대답했다.

"죄송하지만 잘 모르겠습니다, 어르신!"

"몇 살인가?"

"곧 스물넷이 됩니다." 미르자카름은 마음속으로 무언가를 세면서 이렇게 말했다.

"아, 그럴 수밖에 없지. 내가 타슈켄트에서 경리부장으로 있을 때 자네는 고작 대여섯 살쯤 되었을 거야. 하지만 내가 자네 집의 손님이었던 게 바로 엊그제였던 것 같은데, 그게 벌써 15년 혹은 20년 전의 일이로군. 그리고 자네는 어느새 어엿한 청년이 되었고. 세월이 정말 화살처럼 빠르게 지나가는군."

"저희 집에 오신 적이 있으시다구요?"

"한번이 아니고 여러 번이었네. 그때만 해도 자네 할아버지가 살아계셨지."

옆에 앉아 대화를 듣고 있던 하산알리가 끼어들었다.

"그때 우리 집에 오셨던 이 어른께서 널 데리고 마을을 돌아다니기도

했고, 카라반세라이까지 데려가기도 했단다."

오타벡은 겸연쩍은 표정으로 웃으며 미르자카림을 쳐다보았다.

"죄송합니다. 기억이 나질 않습니다."

미르자카림이 뭔가 더 말을 하려는데 아크람 호즈가 끼어들었다.

"자네 아버지께서는 지금 뭘 하시는가?"

"타슈켄트 총독님의 고문이십니다."

"아지즈벡이 아직 타슈켄트의 총독인가?"

"그렇습니다."

"그에게 벡이라니요! 그냥 아지즈 바흐차[16]라고 부르는 게 낫지 않을까요?" 호미드가 끼어들더니 아크람 호즈를 쳐다보며 히죽거렸다. "왜냐하면, 최근에 절름발이 무슬만쿨[17]의 축하 연회가 있었을 때 손님을 접대한 게 바로 아지즈 바흐차 자신이었으니까요!"

호미드는 마치 다른 사람들은 아직 모르는, 매우 중요한 정보라도 알렸다는 듯이 거만한 시선으로 사람들을 둘러보았다. 호미드의 이 부적절한 비난이 무례하게 여겨진 듯, 손님들은 서로 눈길을 주고받는 가운데 정적이 흘렀다. 정적은 아크람 호즈의 질문에 의해 깨어졌다.

"사람들이 말하기를 그 총독님의 통치가 가혹하다고 하던데, 정말 그런가?"

"네, 맞습니다." 오타벡이 대답했다. "사람들은 아지즈벡 총독의 폭정에 몸서리치고 있습니다."

---

16 바흐차bachcha: 원래는 귀족 남성들의 파티에서 연회를 담당하는 어린 소년을 의미하지만, 신중하지 못하고 가벼운 사람. 형편없는 인간에 대한 멸칭으로도 사용된다. 소년이면서 여장을 하고 춤을 추며 흥을 주도한다. 바흐차는 사회적·문화적 역동성을 보여주는 전통 찻집 처이호나choyxona의 문화 가운데 하나로, 유쾌한 농담과 상상력을 활용한 역할 놀이를 이끌기도 한다.

17 무슬만쿨Musulmonqul: 절름발이로 1845년 쿠데타로 쉐랄리칸을 폐위시켜 쿠다야르를 칸으로 옹립, 사위로 삼아 국사를 섭정한 밍보시 계급의 코칸드 칸국 실권자. 그러나 1847년 쿠다야르칸의 친위 쿠데타로 몰락

아크람 호즈뿐만 아니라 파티에 참석한 다른 손님들도 오타벡의 대답에 놀랐다. 자기 아버지의 주군을 폭군으로 규정한 것은 놀라지 않을 수 없는 일이었다.

사실, 아지즈벡은 투르키스탄 칸국 역사상 가장 악랄한 억압자이며 폭군 가운데 한 명으로 악명이 높았고, 타슈켄트 사람들에 대한 그의 잔인함은 페르가나에서도 이미 소문이 나 있었다. 그럼에도 불구하고 아크람 호즈가 아지즈벡의 측근으로 있는 사람의 아들에게 그런 질문을 한 데에는 이유가 있었다. 오타벡의 속내를 떠보고 싶었던 것이다. 그러나 오타벡의 반응에 아크람 호즈는 더욱 놀랐고, 이러한 태도를 보이는 이유가 궁금하지 않을 수 없었다.

“하지만, 자네 아버지는 아지즈벡 총독의 고문이신데” 아크람 호즈가 계속했다. “아버지께서는 왜 그 총독이 올바른 길을 가도록 조언을 하시지 않았을까?”

“죄송합니다, 어르신.” 오타벡이 미소를 지으며 이야기를 풀어놓았다. “어르신께서는 우리 아버지가 어떤 입장인지 명확하게 잘 모르시는 것 같습니다. 아버지가 비록 총독의 고문이긴 하지만, 고문의 자격으로 총독이 어떤 결정을 내리도록 역할을 하는 것은 불가능한 일입니다. 게다가 아버지께서는 여전히 그의 가장 가까운 자리에 있지만, 총독은 자신이 필요할 때만 아버지의 조언을 듣습니다. 한 가지 예를 들어보겠습니다. 꽤 최근에 일어난 일입니다. 특별 금요 축제일 중 어느 날, 한 사내가 아지즈벡을 칭송하자 다른 사내가 이렇게 비난했습니다. ‘무엇 때문에 그를 칭송하는 거요? 바흐차에 불과한 그 형편없는 인간에게.’ 그의 이 말은 근처에 있던 밀고자에 의해 바로 아지즈벡의 귀에 들어갔습니다. 다음날 아지즈벡은 두 사람을 소환했습니다.

칭송하던 사람은 높은 직위에 올랐고, 그를 비난한 사람은 사형선고를 받았습니다. 사형 언도가 내려지는 순간 그 자리에 계셨던 아버지는 그 사람의 죄가 무엇인지 제대로 설명해달라고 호소했습니다. 하지만, 대답 대신 사형집행자를 향한 아지즈벡의 외침만 들려왔습니다. '서둘러 끌고 가라!' 이를 본 아버지가 거듭 간청하자 아지즈벡은 농담처럼 말했습니다. '그놈을 풀어주고 대신 호즈를 끌고 가라!' 이것이 아버지가 충성을 바친 대가였습니다."

"그렇다면, 사람들은 왜 칸에게 직접 진정서라도 올리지 않았을까?"

"우리가 벌써 몇 번이나 진정서를 제출했는지 아십니까?" 오타벡이 물었다. "아지즈벡의 억압으로 고통받는 피해자들이 제기한 진정 외에도, 우리는 벌써 열 건의 진정서를 보냈습니다. 하지만 칸의 고문관[18]이 아지즈벡보다 더 실망스러운 사람인데, 우리가 무엇을 기대할 수 있겠습니까? 게다가 최근에는 아지즈벡이 공공연히 코칸드 칸국의 명령과 법령을 대놓고 무시하기 시작했습니다. 우리의 모든 진정은 아지즈벡이 코칸드의 권력에 복종하기를 바라는 희망에 기초해 있지만, 어쩌면 코칸드 쪽에서 우리의 청원을 일부러 외면하고 있는지도 모르겠습니다. 이제 타슈켄트의 모든 백성들은 아지즈벡의 만행에 지쳐 어디에 도움을 청해야 할지 모르고 있습니다."

유수프벡 호지의 입장이 어떠한지 이제 모든 사람들에게 분명해졌고, 아크람 호즈에게는 특히 그러했으므로, 더 이상의 토론은 진행되지 않았다. 따라서 대화는 다른 주제로 바뀌게 되었다.

다과는 품위 있는 손님들을 위해 최고의 정성과 존경심을 담아 준비되었다. 때때로 지여 셔히치와 그의 아들 라흐맛은 새로운 요리를 먹어보라고 손님들에게 권하기도 했다.

그러나 주인이 베푼 이런 후의에도 불구하고 오타벡은 깊은 생각에 잠겨 깨어나지 못했다. 무언가 그의 마음을 사로잡고 있었지만, 도대체 무

---

18 쿠다야르칸을 섭정하고 있는 무슬만쿨

슨 생각을 하고 있는지, 누구를 생각하고 있는지 추측하기 어려웠다. 생각에 잠긴 그의 눈길은 무심코 맞은편에 앉아 있는 미르자카림에게 멈췄다. 그가 오타벡의 눈길을 느낄 때면 그는 재빨리 다스투르혼에 가득 차려진 음식으로 눈길을 돌렸다. 오타벡의 이러한 모습을 다른 손님들은 눈치채지 못했지만 오직 호미드만이 그를 은밀하고 주의 깊게 지켜봤다.

"벡, 그런데 자네는 무역을 주로 어디서 했는가?" 미르자카림이 물었다.

"여러 도시들을 돌아다녔습니다. 그리고 러시아의 도시 샤마이[19]도 방문한 적이 있습니다." 오타벡이 대답했다.

"샤마이에도 가봤다고?" 지여 셔히치가 깜짝 놀라며 물었다.

"작년에 그곳에 갔었지만, 별로 좋지 않은 계절이라 고생을 많이 했지요."

"자네는 진정한 장사꾼이로군." 미르자카림이 말했다.

"우리는 이 나이가 되도록 우리나라의 대도시에도 가본 적이 없는데, 자네는 러시아의 샤마이까지 갔었다니 말이야."

"여행하는 자는 강물과 같고 머무는 자는 돗자리와 같은 법이지."[20] 아크람 호즈가 말했다.

그 당시만 해도 러시아 통치하에 있는 땅에서 무역 거래를 할 수 있는 투르키스탄 상인은 거의 없을 때였다. 따라서 외국으로 나가 본 적이 있는 오타벡은 모인 사람들로부터 존경과 부러움을 한 몸에 받았다. 미르자카림과 지여 셔히치는 러시아인들에 대한 이야기를 많이 들은 바 있었기에 오타벡이 샤마이에서 본 것이 진짜 어떤 것들인지 궁금했다.

---

19 샤마이Shamay: 오늘날 카자흐스탄 동부의 세메이Semey라는 도시로 러시아와 국경을 맞대고 있다. 과거에 투르키스탄과 러시아의 상인들이 모이던 무역 도시 세미팔라트 샤흐르Semipalat shahr였다. [저자 주]

20 "언제나 부지런한 사람이 원하는 것을 얻을 수 있다"는 속담이다.

"샤마이로 여행을 떠나기 전만 해도, 저는 정치란 세상 어느 곳에서나 마찬가지라고 생각했습니다." 오타벡이 이야기를 시작했다. "하지만 샤마이는 저의 그런 생각을 완전히 뒤집어 놓았고, 이제 저는 모든 것을 다르게 생각합니다. 러시아의 행정 체계와 비교하면, 우리의 기초는 그저 아이들의 어설픈 놀이에 지나지 않는다는 것을 인정하지 않을 수 없었습니다. 만약 우리의 행정 체계가 지금 그대로인 한, 앞으로 어떤 일이 우리를 기다리게 될지 상상할 수가 없습니다. 샤마이에 있는 동안 날개가 있다면 당장 집으로 날아가고 싶었습니다. 칸의 궁전에 찾아가서 러시아의 통치 제도에 대해 모든 것을 말해주고 싶었기 때문입니다. 칸께서 제 말을 듣고 제 부탁을 들어주기를 바랐습니다. 통치 체계를 러시아와 같은 방식으로 수행하겠다고 선언하면, 우리도 금방 러시아의 수준에 이를 수 있을 것이라고 생각했습니다. 그러나 아! 귀국을 하고 보니 나의 그 달콤한 꿈이 우리 정부의 관심사가 아니었다는 사실을 깨달았습니다. 아무도 내 말에 귀를 기울이고 싶어 하지 않았고, 심지어 누군가 있다 해도, 그는 즉시 나를 우울하게 만들었습니다. '어떻게 칸을 설득할 것이며, 어떻게 귀족들로 하여금 그 사명을 이행하게 한단 말입니까?' 처음에는 이런 반응에 짜증이 났지만, 나중에야 그들이 옳다는 것을 깨달았습니다. 사실, 무덤에서 '하야 알랄팔라!'[21]라고 외친들 누가 귀 기울이겠습니까?"

오타벡이 샤마이에서 겪은 일들을 모두가 흥미롭게 들었다. 그것은 지금까지 아무도 들어보지 못한 이야기였기에, 사람들은 그의 사려 깊음에 감동하고 놀랐다. 심지어 오늘날 백성들의 고통에 전혀 관심이 없던 사람들조차 오타벡의 이런 진심 어린 열정적 토로에 대해서는 무관심할 수 없었다.

---

21 하야 알랄팔라haya alalfalah: "어서 구원하시고 해방시키소서"라는 뜻의 아랍어 기도

"만약 우리의 지도자가 우마르칸[22] 같은 사람이었다면, 우리가 러시아인보다 앞섰을 텐데." 미르자카림이 말했다.

"우리는 이 비참한 상황에 대해 우리 자신을 탓할 수밖에 없다니까." 지여 셔히치가 덧붙였다.

"그건 사실이지." 아크람 호지가 말했다.

질세라 호미드도 끼어들었다.

"신께서는 이 불안정한 세상에서 불신자들에게 부를 주신 거지요."

"저는 그렇게 생각하지 않아요." 오타벡이 말했다. "러시아인들이 우월한 것은 그들이 뭉쳤기 때문입니다. 제 생각에, 우리를 날마다 아래로 추락하게 만드는 것은 우리가 끊임없이 서로 싸우기 때문입니다. 다시 말해서, 지여 셔히치 어르신의 말씀이 어느 정도는 맞다고 생각됩니다. 우리 가운데는 지금 우리가 처해있는 상황의 위험을 제대로 인지하고 있는 사람이 아무도 없습니다. 오히려 정반대입니다. 온갖 군벌 전쟁광들이 깃털을 부풀리고 수탉처럼 우쭐대고 있습니다. 그들이 뿌린 분쟁의 씨앗이 곳곳으로 퍼져 우리 백성들을 덫에 걸리게 하고 재난의 수렁으로 몰아넣고 있습니다. 예를 들어, 카라차폰[23]과 킵착[24] 간의 적대 관계를 보십시오. 우리가 우리의 형제인 킵착과 싸우면 도대체 무슨 이득이 있겠습니까? 오직

---

22 아미르 우마르칸Amiri Umarkhan: 18세기 초부터 1876년 러시아에 의해 합병될 때까지 페르가나를 중심으로 융성했던 밍Ming 왕조의 7대 칸. 1809~1822년에 코칸드를 다스렸으며, 예술과 과학을 발전시켰다.

23 카라차폰Qoracha'pon: 문자적으로는 검은 코트를 입은 사람들이라는 뜻이다. 일반 민중, 농민, 또는 다수 민족 우즈벡인을 상징적으로 지칭하는 말로서 전통을 중시하는 사회 구성원들이며, 역사적으로는 북 코카서스 출신의 투르크계로 정복자가 아닌 피지배층, 또는 일상 속을 살아가는 공동체 중심의 사람들이다.

24 킵착Qipchoq: '킵착'은 붉은 코트를 입은 사람들이라는 뜻으로, 유목 소수 민족임에도 불구하고 코칸드 칸국의 집권층이었다. 원래 투르크-몽골계로 유라시아 대초원, 특히 오늘날의 카자흐스탄, 우즈베키스탄, 키르기스스탄 지역에 걸쳐 살던 유목민이었으나, 18세기경 일부가 페르가나 계곡으로 이주하여 정착하게 되었다. 칸위 계승을 둘러싼 권력 다툼 속에서 정부와 충돌이 발생했고, 이 반란은 코칸드 칸국에 의해 가혹하게 진압되었고, 많은 킵착족이 학살되거나 추방당하는 결과를 맞이했다.

두 민족 간에 증오의 씨앗을 뿌리는 선동자들에게만 이로울 뿐입니다. 과연 무슬만쿨을 공정하고 균형 잡힌 사람이라고 할 수 있겠습니까? 그는 유혈사태나 야기시켰지, 사람들에게 무슨 이득을 가져다주었습니까? 그는 탐욕에 사로잡혀 불필요한 분쟁을 벌이더니 매제인 쉐랄리칸[25]을 죽이고, 죄 없는 무라트칸[26]을 처형했으며, 양같이 겸손한 타슈켄트의 통치자 살름속벡[27]조차 쓰러뜨리고 그 자리에 아지즈벡 같은 폭군을 세웠습니다. 그리고 스스로를 밍보시[28]로 선포하고 어린 사위 쿠다야르를 칸[29]으로 세워 사람들의 목을 깔고 앉았습니다.

맞습니다. 만약 무슬만쿨이 높은 이상을 추구하며 폭정자들을 제거하고 백성들을 평화롭게 살도록 했다면, 반대할 사람이 누가 있겠습니까? 하지만, 아지즈벡처럼 괴물 같은 폭군을 타슈켄트의 총독으로 임명한 게 다른 사람이 아닌 바로 무슬만쿨입니다. 이런 폭군은 우리 타슈켄트의 오랜 역사상 한 번도 없었습니다. 무슬만쿨이 그렇게 형편없는 인간이라는 것과 그가 여인의 몸에서 태어났다는 사실은 믿기 어려울 정도입니다! 자신의 이익만을 위해 권력을 잡고 사람들을 무자비하게 억압하는 폭정자들이 제거되지 않는 한, 우리가 여기서 해방될 수 있는 방법이 없습니다. 반드시 그들을 끌어내리고 공정한 사람들을 그 자리에 앉혀야 합니다."

어디서도 이런 이야기를 들어본 적이 없었던 손님들은 오타벡의 이런

---

25 쉐랄리칸Sheralixon: 코칸드 칸국이 1842년 부하라 에미레이트의 침공을 받았을 때 새로운 칸으로 등장하여 독립을 회복. 그러나 1845년 무슬만쿨의 쿠데타로 폐위

26 무라트칸Muradxon: 1820~1842에 코칸드 칸국을 다스린 칸. 당시 경제와 국방 정책에 기여했다.

27 살름속벡Salimsoqbek: 쿠다야르의 이복형으로, 쉐랄리Sherali 칸의 장남이다. 무슬만쿨은 살름속벡이 왕위를 주장할 것을 두려워하여 그를 제거하고 쿠다야르를 자신의 사위로 삼아 칸으로 옹립했다. 그리고 그는 어린 사위의 섭정자로서 권력을 행사했다. [저자 주]

28 밍보시mingboshi: 'ming'은 천千을 가리키고, 'bosh'는 머리를 가리켜, 천부장千夫長이라는 뜻의 최고위 관직이다. 이하 부원군府院君의 호칭인 '대감'大監으로 번역한다.

29 쿠다야르칸Khudoyar Khan: 1845~1875에 코칸드 칸국을 다스린 칸. 장인 무슬만쿨의 그늘에서 허수아비 칸이었다. 러시아의 침공을 이기지 못하고 망명

새로운 주장에 놀라움을 금치 못하고 귀를 기울였다. 실제로, 그는 내분의 원인과 결과를 명확히 이해하고 있었고, 듣고 있던 사람들에게 명료한 평가를 제시했다. 또한 사람들의 암묵적인 생각을 대변하며 복잡하게 엉킨 실타래에서 해결의 실마리를 찾을 수 있도록 길을 제시했던 것이다.

오타벡이 밤 기도를 위해 세정洗淨을 하려고 응접실[30]을 나서자, 지여셔히치는 다른 손님들과 의미심장한 눈빛을 교환했다.

"그 아버지에 그 아들이야!"

"맞아, 신께서 그에게 건강하게 살도록 허락하시면 좋겠군."

아크람 호지도 지지를 표했다. "그는 우리 젊은이들 가운데서 가장 총명한 사람이야. 만약 나에게 칸을 임명할 수 있는 권한이 있다면, 나는 오타벡을 임명하겠어… 그가 어떤 교육을 받았는지도 궁금하군."

자신이 섬기는 주인이 칭찬받는 것을 보고 가슴이 벅찬 하산알리가 대답했다.

"그는 타슈켄트 마드라사[31]의 가장 우수한 학생이었지요. 수재 가운데 수재라고 불렸답니다. 하지만 삼 년 후에 아버지 호지께서는 그를 마드라사에서 데려와 사업을 시켰습니다."

미르자카림도 맞장구를 쳤다.

"맞아, 신께서 이 젊은이를 여러 가지로 축복하신 거야."

모든 사람들이 오타벡을 칭송했지만, 호미드만은 불쾌한 기색을 보이며 오타벡을 칭찬하는 데 동참하지 않았다. 미르자카림은 오타벡이 결혼은 했느냐고 물었다. 하산알리가 오타벡이 지금까지 마음에 드는 여자를 찾을 수 없었다고 장황하게 설명하자 호미드는 다소 짜증이 난 듯 안색이 변했다.

---

30 응접실mehmonxona: 방문객의 접견, 접대, 숙식 등이 이루어지는 공간이다.

31 마드라사madrasa: 이슬람 종교학교

호미드는 조바심을 내며 이렇게 말했다. "당신들의 벡은 아마도 칸의 딸이라도 원하는 모양이군요." 그는 빈정거리는 목소리로 말했다. "이런 남자들은 결혼 후 평생 아내를 괴롭히는 법이죠."

하산알리는 이해할 수 없는 그의 빈정거림을 그냥 두지 않고 미소를 지으며 대답했다.

"벡이 칸의 딸과 결혼을 원하는지 여부는 제가 감히 알지 못하지만, 그는 그럴 자격이 충분하다고 생각합니다. 그리고 그는 저같이 팔려온 노예에게조차 어떤 가혹한 말도 함부로 내뱉지 않는 분이니, 고귀한 여성들에게는 물론 심지어 자신의 아내에게도 해를 끼칠 리가 없습니다. 오타벡이 자신의 아내를 못살게 구는 잔인한 사람이 될 것이고, 그것도 여러 아내를 맞아 그들의 삶을 망쳐버릴 것이라는 호미드의 말씀은 완전히 사실과 거리가 먼 얘기입니다!"

하산알리의 암시는 아주 명쾌했다. 최근에 호미드가 가끔 아내들을 가죽 채찍으로 때린다는 말을 들었기 때문이다. 하산알리의 이 마지막 말에 아무런 반박을 할 수 없었던 호미드는 눈의 초점을 잃고 말았다. 지여셔히치는 자신의 처남을 힐끗 쳐다보았다. 그의 눈에서는 '그래, 이제 만족하냐?'라는 질책을 분명히 읽을 수 있었고, 결국 하산알리에게는 사과했다.

"미안하오, 영감. 우리 호미드는 태어날 때부터 말도 안 되는 소리를 만들어 내곤 했었다오."

미르자카름도 하산알리를 안심시키려고 둘러댔다. "영감님 말이 맞소, 오타벡은 정말 칸의 딸도 차지할 자격이 있는 사람이오."

호미드만 오로지 침묵을 지키고 있었다. 그는 사악한 미소를 지으며 말없이 하산알리를 노려볼 뿐이었다.

오쉬로 저녁 식사가 끝나자 먼저 호미드가 떠났고, 다른 손님들도 차례로 흩어지기 시작했다. 오타벡과 미르자카름은 가는 길이 같아서 함께 걸었다. 미르자카림은 자기 집 근처에 이르자 오타벡에게 작별을 고했다. "언젠가 우리 집도 한번 방문해 주게나."

"고맙습니다, 어르신."

"여기 모퉁이 근처에 우리 집 마당으로 들어가는 쪽문[32]이 있는데, 차라리 오늘 여기 우리 집에서 머무르는 게 어떻겠는가?"

"정말 감사합니다만 오늘은 그저 잘 지내시고 건강하시라고 인사만 드려야겠습니다."

그들이 작별인사를 마치자, 초폰[33]을 걸친 한 사내가 모퉁이에서 나타나 방금 오타벡과 하산알리가 떠난 방향으로 발걸음을 재촉했다.

•• 3장 ••

사랑에 빠지다

카라반세라이는 깊고 고요한 정적 속으로 가라앉았다. 한밤중이었다. 하산알리는 긴 빗장을 열고 촛불을 켰다. 그리고 잠자리를 준비한 다음 벡을 기다리기 시작했다. 하지만 어찌 된 일인지 오타벡이 문지방을 넘는 소리는 들리지 않았다. 그는 기둥에 기대어 마치 뿌리를 내린 듯 뻣뻣하게 서 있었다. 문이 열려 있는 것을 처음 봤다는 듯이, 촛불이 켜진 것을 처음 봤다는 듯이, 그리고 잠자리가 준비된 것도 처음 봤다는 듯이.

---

32 쪽문kichik eshik: 가족 구성원이 일상적으로 사용하거나 여성들이 외부와 연결되는 통로로 활용된다. 대문과는 반대 방향이거나 측면 또는 후면에 배치되는 경우가 많다. 이슬람 문화권에서는 외부 손님과 여성 가족 구성원이 마주치지 않도록 동선을 분리하는 역할을 한다.

33 초폰chopon: 남성용 긴 롭robe 혹은 외투형의 겉옷. 겨울용으로는 솜이나 비단으로 누비기도 하고, 화려한 고급 원단을 사용하여 사회적 지위를 나타내는 예복으로도 사용된다.

"잠자리가 준비되었어, 벡."

그 말이 떨어지고 나서야 오타벡은 방으로 들어가 침대 옆쪽으로 나온 매트리스에 걸터앉았다. 하산알리는 촛불을 가져가기 위해 벡이 옷을 벗고 침대에 눕기를 기다렸다. 하지만, 오타벡은 침대 모서리에 앉은 채 아무런 움직임도 없이 다시 깊은 생각에 빠져들었다.

하산알리는 이미 여러 날 동안 오타벡에게서 어떤 변화가 있음을 눈치채고 있었다. 오타벡이 지난 대엿새 동안 보여 준 이런 이상한 태도에 하산알리는 걱정하고 있었다. 그는 더 이상 예전의 그가 아니었다. 정신이 나간 듯 산만하고, 일에도 무관심했다. 하산알리는 벡의 상태를 유심히 지켜봤다. 그러나 오타벡이 생각의 감옥에 사로잡혀 있는 시간이 길어질수록 하산알리의 조급함은 점점 더 커졌다.

"내게 뭐 부탁할 일이라도 없느냐?"

오타벡은 그의 말을 듣고 있지 않는 것 같았다. 눈을 들어 하산알리를 쳐다보더니 다시 빈 공간으로 눈길을 돌렸다. 하산알리의 걱정은 더 커졌다. 그는 벡의 이런 당황스런 행동을 어떻게 해석해야 할지 알 수 없었다. 오타벡은 마치 이제 겨우 잠에서 깨어나 놀란 듯이 그를 바라보았다.

"왜 주무시러 가지 않으세요?"

"혹시 내게 무슨 시킬 일이라도 없는가 해서."

"아버지, 제가 무슨 시킬 일이 있겠어요. 어서 촛불 들고 나가서 주무세요."

하산알리는 촛불을 들고 자기 방으로 돌아왔다. 그곳은 오타벡의 바로 옆방이었으며, 옷감과 신발 등 여러 물건들로 가득 차 있었다. 그 방에서 잠을 잔다는 뜻은 하산알리가 이 물건들을 지켜야 한다는 의미이기도 했다. 하산알리는 침구를 펼치며 "토브바"[34]라고만 중얼거렸다.

하산알리는 지난 일주일 이상 오타벡에게서 어떤 변화를 눈치채고 있

---

34 토브바tovba: 탄식의 소리 혹은 놀라움을 나타내는 감탄사

었다. 그는 이처럼 우울해한 적이 없었는데, 스스로는 그걸 모르고 있는 것 같았다. 오타벡의 상태는 하산알리를 깊은 고민에 빠지게 했고, 다른 이유를 짐작해보게 했다. 그는 침상에 앉은 채로 흰 수염을 쓰다듬으며 골똘히 생각했다. 혹시 오타벡이 하던 거래가 잘못된 게 있었던 걸까? 아니면, 어디가 아프기라도 한 걸까? 지여 셔히치의 집에서도 무기력해 보였으며, 음식도 겨우 집적거리기만 했다. 아니면 다른 걱정거리가 있을지도 모른다…, 하지만 아무것도 분명하지 않았다. 그는 자신의 어떤 추측에도 만족할 수가 없었다. 왜냐하면 그는 거래의 상황을 잘 알고 있었고, 벡이 아팠다면 분명히 불평이라도 했을 것이기 때문이다. 하산알리는 한참이나 이런저런 추측과 가정을 해봤지만 어떤 해답도 찾을 수 없게 되자 결국 벽감[35]에 있던 촛불을 끄고 방을 어둠 속에 빠뜨렸다.

하산알리는 더듬거리며 문 쪽으로 다가갔다. 삐걱거리지 않도록 안간힘을 쓰며 조심스레 문을 열었다. 밖을 내다보며 카라반세라이를 살폈다. 주위에 아무도 없다는 것을 확인한 뒤, 살금살금 발을 내디디며 안으로 들어가 오타벡의 방으로 다가갔다. 그리고 다시 걸음을 멈추고 안뜰을 돌아보았다. 카라반세라이는 어둠 속에서 조용한 잠에 빠져들어 있었지만, 마굿간에서 말들이 건초를 먹는 소리와 닭들이 울어대는 소리는 아무런 방해가 되지 않았다. 하산알리는 조용히 방 옆에 누워 귀를 기울였다. 조용했다. 한참을 기다리다가 자리에서 일어나려고 하는데 갑자기 안에서 무거운 한숨 소리가 들려왔다. 하산알리는 귀를 쫑긋 세웠고, 눈동자는 흔들렸다.

"이런, 아프구나." 동정 어린 심정으로 그는 단호하게 문 쪽으로 갔다. 그러나 그는 또 다른 생각으로 뻗었던 손을 거두었다. "아니, 아픈 게 아닐 수도 있지." 다시 머뭇거리다 그는 결국 자기 방으로 돌아가고 말았다. 그

35 벽감toqcha, 壁龕: 벽에서 우묵히 들어간 부분. 특히 이슬람 건축에서 장식적이면서 실용적인 용도이기도 하다.

러나 이번에는 오타벡에 대한 그의 불안감이 열 배나 커졌다. 하산알리는 옷을 벗고 잘 준비를 했지만, 벡에 대한 걱정으로 눈을 붙일 수가 없었다. 여러 가지 생각으로 그의 마음은 어지러웠다. 유수프벡 호지의 말이 떠올랐다. "내 아들은 아직 어리네. 자네는 산전수전을 다 겪어 만사에 밝으니, 내 아들을 돌보는 것을 최우선의 목표로 삼기 바라네." 오타벡의 어머니 오즈벡 부인이 눈물을 글썽이며 부탁을 거듭하던 목소리도 계속해서 귀에 울려 퍼졌다. "나는 자네를 전능하신 신께 부탁드릴 테니, 자네는 내 아들을 맡아주게." 이 말이 그 순간에 다시 그의 귀에 울려 퍼졌다. 졸림은 흔적도 없이 사라졌다. 하산알리는 잠옷 위에 초폰을 걸치고는 침실에서 나와 다시 오타벡의 문 앞에 웅크리고 앉았다.

그날 밤의 추위는 혹독했다. 밤의 냉기는 뼛속까지 파고들었고, 바람은 사방에서 휘몰아쳤다. 하산알리는 추위에 몸을 움츠리고 앉아 있었다. 찬 바람에 온몸을 덜덜 떨면서도 모든 신경을 오타벡의 방으로 집중시켰다. 한동안 안쪽에서 들리는 소리에 귀를 기울이던 그는 오타벡의 숨소리가 어느 정도 고르고 평안하게 들리자 안도의 한숨을 내쉬며 문에서 물러나 앉았다. 두려움과 의심이 서서히 사라지긴 했지만, 하산알리는 어쩐 일인지 그 자리에서 뿌리를 박은 듯 추위에 몸을 웅크린 채 여전히 움직이지 않았다. 시간이 흘렀다. 마침내 그도 진정할 수가 있었다. 막 돌아 나오려던 참에 방에서 잠꼬대 같은 소리가 새어 나왔다.

"…검은 눈동자, 반달 같은 눈썹…"

"아-하!" 하산알리가 감탄사를 내뱉으며 다시 문틈으로 귀를 기울였다. 이제 다시 정신을 가다듬은 그는 방으로 모든 주의를 집중시켰다. 얼마 지나지 않아 잠꼬대가 다시 시작되었다.

"달덩이 같은 얼굴, 장난기 어린 미소를 머금은 두 눈, 수줍게 도망치는 모습… 오-오-오!"

하산알리가 처음에 가졌던 모든 걱정은 이 마지막 한마디로 깨끗이 사라지고 말았다. 더 이상 추위에 머무를 필요가 없다고 생각한 그는 일어서서 방으로 들어가며 혼잣말을 했다.

"하하, 벡이 사랑에 빠졌군!"

침대 매트리스를 자신의 초폰으로 덮으며 안으로 비집고 들어간 그는 스스로에게 물었다.

"벡이 정말 사랑에 빠졌단 말인가? 도대체 이 낯선 도시 어디에서 여자를 만났단 말인가? 도대체 누구에게 그토록 마음을 빼앗겨 잠꼬대를 하는 것일까?"

그는 이 상황을 이해하려 애쓰면서 벡의 감정이 과연 진실인지 의심하기 시작했다. 그러나 한편으로는 벡이 잠결에 한 말을 떠올렸다. "장난기 어린 미소를 머금은 두 눈, 수줍게 도망치는 모습." 사랑이 아니고는 할 수 있는 말이 아니었다. 하산알리는 최근 오타벡에게 일어난 극적인 변화를 달리 설명할 수가 없었다. 이런저런 생각을 곰곰이 더듬어 보았다. 그는 여전히 벡의 열정을 믿기 어려웠지만, 그 말이 몇 번이고 머릿속을 맴돌았다. "장난기 어린 미소를 짓는 두 눈, 수줍게 도망치는 모습."

차츰 동이 터오자 밤은 점점 물러갔고, 하산알리는 결국 답을 얻지 못한 채 지치고 말았다. 마침내 그는 벡에게서 모든 것을 직접 알아보기로 결심하고, 편안한 마음으로 잠이 들었다.

•• 4장 ••

마길란의 우울한 날씨

아침 식사가 준비되었다. 오타벡은 우울함의 손아귀에 사로잡혀 있었고, 하산알리는 그에 대한 자신의 짐작을 확신했다. 차를 마시는 동안에도 무거운 침묵은 계속되었다. 벡을 여러 번 훔쳐보던 하산알리는 마침내 조용히 말을 걸었다.

"며칠 전부터 뭔가 우울해 보이는구나, 그렇지?"

오타벡은 그를 바라보며 고개를 끄덕였다.

"나도 모르겠어요." 잠시 침묵하더니 그는 다시 이야기를 계속했다. "아버지도 제가 낙담해 있는 것을 알아차리셨군요. 솔직히 저도 제 자신을 이해할 수가 없어요. 마길란의 날씨가 제게 잘 어울리지 않는 것 같아요."

"아, 그래?" 하산알리가 말을 받았다. "마길란의 날씨는 좋지 않아. 나도 지난 이틀 동안 몸이 좋지 않았어. 우리가 즉시 떠나지 않는다면, 나도 아플 것 같구나." 하산알리는 말을 끝내고 벡의 눈을 뚫어져라 쳐다보았다. 밤에 잠꼬대하던 내용이 사실이라면, 그는 떠난다는 말에 어느 정도 반응을 보일 터였다.

오타벡은 마치 자신의 머리에 자물쇠가 채워지기라도 한 것처럼 대답하기가 어려웠다. "떠나야겠어요." 이렇게 말하고는, "하지만 구매자들이 너무 적은 액수를 제시하니 그들과는 가격에 합의할 수가 없어요. 그래서, 한 며칠 더 기다려 볼 작정인데, 얼마나 오래 기다려야 할지는 모르겠군요." 하산알리는 이제 자신의 검증이 논리적으로 확인된 마당에 그런 대답을 들으니 더 이상 웃음을 참고 있기가 어려웠다. 다시 한번 그들은 말없는 침묵에 잠겼다. 하산알리는 더 깊이 파헤치고 싶은 욕망과 이미 거둔 승리에 만족하고 싶은 마음 사이에서 갈등했다. 그러나 그는 오타벡의 상태에 책임감을 느꼈다. 그리고 마치 친아버지인 양 어린 아들을 돌보는 마음으로 솔직히 이야기하기로 결정했다.

"오타벡, 나의 아들아."

"예."

"말해 보거라, 나는 너에게 무엇이더냐?"

오타벡은 하산알리가 하는 말에 무슨 의미가 담겨있는지 이해하지 못한 채 그를 쳐다보았다.

"당신이 저에게?" 그는 미소를 지었다. "비록 당신이 저의 아버지는 아니지만, 저를 친부모처럼 돌보는 가장 가까운 친구이자 신실한 분이십니다. 당신은 저에게 정신적인 아버지나 마찬가지지요."

하산알리가 대답하였다.

"고맙구나! 나의 아들, 내가 듣고 싶었던 것이 바로 그 대답이다. 이제, 내가 한 가지만 더 묻겠다. 주인에게 충성된 종이면서 혹은 네가 말한 것처럼 정신적인 아버지가 과연 아들이 잘못되기를 바랄 수 있는지, 이제 네가 대답해보아라."

이 예상치 못한 질문에 오타벡은 당황하여 말을 잇지 못했다.

"무슨 말씀인지 이해할 수가 없습니다. 그러나 제가 드릴 수 있는 대답은 당신은 저뿐만 아니라 우리 가족 모두의 아버지이며 우리는 당신께 항상 좋은 일만 있기를 바란다는 것입니다."

하산알리는 눈썹 하나 까딱하지 않고 말했다.

"여태까지는 그랬을지 몰라도 지금 어떠냐는 말이야. 특히 네가."

"특히 제가? 더 명확히 말씀해 주세요!"

"특히, 너의 신뢰가 이제 나에게서 끊어진 것 같구나. 이제 내가 네게 무엇을 잘못했는지 말해다오."

"충격적인 말씀이군요." 오타벡은 더욱 놀라며, "아버지가 제게 무슨 잘못을 했길래 우리의 신뢰가 무너졌단 말입니까? 그런 의심을 하시다니가당치도 않습니다. 저는 아직 아버지의 보살핌이 필요합니다. 아버지는 견고한 존재로 제 곁에 계셔 주셔야 합니다. 저의 재산과 다른 모든 것들을 어머니가 태중의 아이를 보호하듯 소중히 지켜주시리라 확신하고 있는데, 아버지께서는 그걸 알아주셔야 해요."

"내가 그것을 어떻게 알 수 있겠느냐? 사람의 혀와 영혼은 다른 것이어서 말과 마음이 다를지도 모른단다, 아들아."

서로 뼈있는 대화가 이어지면서 오타벡은 점점 부담을 느꼈다.

"아무래도 오해가 있으신 것 같군요, 아버지."

"아니, 나는 내 말에 자신이 있단다."

"그러면 제 말과 생각이 다르다는 것을 증명해 보세요."

하산알리는 기분이 상한 듯 미간을 찌푸리며 이렇게 말했다. "너는 여전히 나에게 하나를 감추고 있구나."

"제가 아버지께 무엇을 숨기고 있다구요?"

"그렇다, 아들아." 하산알리가 말했다. "그리고 만약 네가 나를 소중히 여긴다고 말한 것이 진실이라면, 그 비밀을 나에게 털어놓아라."

오타벡의 표정은 갑자기 바뀌었고, 짜증도 사라졌다. 그리고 감정을 통제하며 미소를 지었다.

"그래서, 아버지는 제가 뭔가를 숨기고 있다고 생각하시는 거로군요."

"물론이다!"

"자, 그렇다면, 아버지가 알아낸 것을 제게도 말씀해 주세요."

하산알리는 조용히 차를 한 모금 들이키고 나서 이야기를 시작했다.

"우리가 마길란에 도착한 첫날부터 너에게는 놀라운 변화가 생겼지. 너는 그것을 마길란의 날씨 때문이라고 했지만, 나는 뭔가 다른 것이 있음을 알아차렸어."

오타벡은 하산알리의 시선을 견디기 어려워 얼굴을 돌릴 수밖에 없었다. 마치 마술사 같은 아버지가 그의 표정에서 모든 비밀스런 생각들을 읽어낼 수 있을 것만 같았다. 하산알리의 눈길을 느끼며, 오타벡은 이마를 긁적였다.

"글쎄, 더 말씀해 보시지요." 오타벡이 중얼거렸다.

"너는 나에게 비밀을 숨기려고 하는구나." 하산알리는 자신의 판단이 옳다고 확신하며 말했다. "설사 그 비밀을 숨기는 게 옳다 하더라도, 이런 식으로 네가 원하는 것을 얻을 수 있을까?"

마치 가면이 벗겨진 듯, 오타벡은 얼굴을 붉히며 시선을 아래로 떨어뜨렸다. 하산알리의 얼굴에는 부성애 가득한 걱정의 빛이 스쳤다. 그는 어른에게 내재된 특유의 연민 섞인 어조로 벡의 영혼을 짓누르고 있는 짐을 덜어내 주기 시작했다.

"아들아, 그것은 부끄러운 일이 아니란다. 사랑은 젊은이의 마음속에 찾아갈 수 있는 가장 큰 행복이며, 몇몇 사람에게만 허락되는 축복이기도 하단다. 그러나 동시에, 사랑은 종종 고통의 원인이 되기도 하지. 그러므로 스스로를 다스리고 의지를 모아 감정에 너무 깊이 빠지지 않도록 잊어버리려고 노력하는 게 현명할 거야."

오타벡은 고개를 들어 하산알리를 쳐다보았다. 한숨을 쉬며 마치 '잊어버리는 것은 불가능한 일'이라고 단호하게 말이라도 하려는 듯이 다시 한번 시선을 아래로 깔았다. 침묵이 흘렀다. 둘 다 생각에 잠겨 있었다. 생각에 잠기게 되면 하산알리는 자신의 긴 수염을 씹는 버릇이 있는데, 이번에도 그의 입술은 수염 사이를 더듬고 있었다. 그리고 한참 생각을 하다가 더 이상 문제 해결에 매달리지 않고 미루기로 결정했다. 왜냐하면 오타벡은 이미 당황하여 얼굴을 붉히고 있었기 때문이었다.

•• 5장 ••

우리에게도 저런 사위가 있었으면

우리는 여기 신기료장수들이 모여있는 거리를 지나 모퉁이에 위치한 뜰에 이르렀다. … 독자들은 물론 이 뜰의 주인에 대해서 이미 잘 알고 있을 것이다. 세월이 흘러 검댕이가 덕지덕지 쌓인 지저분함 속으로 들어가면, 여러 해 동안 사용되어 낡고, 열고 닫을 때마다 삐걱거리며 신음 소리를 내고 있는 문이 나온다. 그 문을 통해 문지방을 건너 서너 걸음을 걸어 들어가게 되면, 마치 부하라 지하 감옥[36]의 어느 한 곳에 서 있는 느낌을 받게 된다. 그리고 자연스럽게 어두운 복도 끝에서 쏟아지는 빛을 향하게 된다. 비틀거리며, 그 지하 감옥의 통로 같은 곳을 빠져나와 웅장한 중정中庭을 관통하여 흐르는 커다란 개울을 마주하게 되면 드디어 숨통이 터지는 듯하다.

가장 먼저 눈에 띄는 것은 서쪽을 향한 집과 동쪽에 자리 잡은 아이완[37]이다. 특별한 찬사를 받을 정도는 아니지만, 아이완이 있는 제법 번듯한 건축물이 그렇게 나쁘진 않아 보인다. 집 앞의 뜰에는 아무도 없으니, 이곳은 외부인들을 위한 메흐몬호나임을 짐작케 한다. 서쪽과 동쪽 날개에는 작은 창고들이 있으며, 문에는 자물쇠가 달려있다. 창고 안에는 물건들이 가득 차 있을 것이고, 집주인이 부유한 사람이라는 것을 쉽게 알 수 있다. 중정의 남쪽은 가게들의 뒷벽이 둘러싸고 있지만, 울창한 체리 나무의 그늘 때문에 가게들은 거의 보이지 않는다.

---

36 부하라 지하 감옥Buxoro zindoni은 악명 높은 감옥이다. 부하라 성채arki에 있으며, 특히 1840년대 중앙아시아에서 영국과 러시아 사이에서 벌어진 그레이트 게임이 전개되던 시절, 영국 사신들이 처형된 곳으로 당시 외세의 침략에 대한 저항 공간의 상징으로 악명높은 감옥이다.

37 아이완ayvon: 페르시아식 발코니 형태의 건축물로 한 면은 열려있으나 나머지 삼면이 막혀있는 반개방형 구조로 저택에서는 바깥에서 내실로 연결되는 커다란 현관 형태로 대가족 모임이나 외부인들을 초대할 때 준비를 위한 공간으로 사용된다.

이제 그 마당을 나와 응접실을 지나면 안채[38]에 이르게 된다. 안쪽으로 들어가는 두 번째 통로는 첫 번째 것과 마찬가지로 폐쇄되어 있어 내부는 칠흑같이 어둡다. 다시 밝은 빛을 따라나서면, 오른쪽으로는 마구간에 이르고, 왼쪽으로는 첫 번째 것만큼이나 넓고 웅장한 또 다른 뜰로 들어서게 된다. 뜰의 네 면은 각각 부속 건물들이 차지하고 있고, 다른 구조물에 붙어있다. 그 사이에는 정사각형의 아이완이 보인다. 도자기 타일로 장식되어 있고 네 개의 나무 기둥에는 조각이 새겨져 있다. 안쪽 가운데에 사람들이 아틀라스[39] 커버로 장식된 산달에 둘러앉아 있고, 사람들 사이에는 한 남자가 눈에 띈다. 그는 검은 펠트로 안감 처리된 담비 모피 코트를 입고 벽에 기대어 있다.

우리는 이 사내를 독자들에게 다시 소개할 생각은 없다. 미르자카름쿠티도르라는 이름을 가진, 이미 우리가 잘 알고 있는 사람이다. 산달의 양쪽에는 두 명의 여성이 있다. 그중 한 명은 서른다섯의 나이로, 실크 드레스에 짧고 퀼트 처리된 민소매 펠트 재킷을 입고, 머리에는 흰 스카프를 두르고 있다. 품위가 있을 뿐만 아니라 아름답고, 개방적이고, 다정하고 온화한 그녀의 얼굴에서 남편에 대한 헌신이 느껴진다. 이 여인은 미르자카름의 아내, 옵톱 부인이다. 두 번째 여인은 약 70세쯤 된 할머니로, 옵톱 부인의 어머니인 오이샤 할머니다.

조금 떨어진 곳에서는 45세쯤 되어 보이는 찌든 얼굴의 여인이 난로 옆에서 쪼그리고 앉아 찻물을 끓이고 있다. 그녀는 하녀 토이 아줌마이다. 이들과의 본격적인 만남은 나중으로 미루고, 지금은 아이완의 왼쪽에 창문을 대신하여 자리한 자그마한 문을 통과하여 방으로 들어가 보자.

---

38 안채ichkari: 집안의 여성 공간

39 아틀라스atlas: 전통 수제 실크의 고급 직물

높은 침대 위에 한 소녀가 깃털 베개와 실크 아틀라스 담요에 몸을 기대어 누워 있다. 너무 추워서 게으름을 피우는 건지 다른 이유가 있는 건지 알 수 없지만, 그녀는 피곤해 보인다. 검은 머리카락은 베개 사이로 흐트러져 있고, 긴 속눈썹 아래의 새까만 눈동자는 마치 무언가를 눈치챈 듯 먼 곳을 응시하고 있다. 푸른 빛이 도는 검은 눈썹은 살짝 찌푸려져 있어 뭔가 걱정스러운 듯 보인다. 그녀의 맑고 순수한 얼굴은 수줍은 듯 살짝 홍조를 띠고, 보름달처럼 둥글고 빛난다. 담요 한 귀퉁이를 걷어내며 그녀는 곱고 흰 손으로 앙증맞게 코 옆에 자리한, 자연이 가장 적절한 위치에 남긴 듯한 검은 점을 쓰다듬었다. 베개에서 머리를 들어 올리며 앉자 봉긋 솟아오른 작은 젖가슴이 노란색 아틀라스 드레스의 목선 위로 살짝 드러났다. 소파에 앉아 고개를 뒤로 젖히자 그녀의 몸 전체가 가볍게 떨렸다. 얼굴을 둘러싼 흐트러진 머리카락은 그녀에게 신비로운 분위기를 더했다.

소녀의 모습으로 나타난 이 천사는 미르자카름의 딸 쿠무쉬였다.

쿠무쉬는 며칠 동안 감기와 두통, 눈에는 가려움증이 있다며 칭얼댔기에 어머니는 오늘 아침 기도 시간에도 딸을 깨우지 않고 잠을 자게 하고, 휴식을 취하도록 했던 것이다.

쿠무쉬는 옷을 갈아입고 방을 나가 토이 아줌마가 준비해 준 따뜻한 물로 세수를 했다. 그리고 몸을 단정히 한 후 아이완으로 가서 그곳에 모여있던 식구들에게 인사를 한 뒤 아버지 옆에 가서 앉았다.

미르자카름은 그녀를 자세히 들여다보았다.

"좀 좋아졌느냐, 딸아?"

"아뇨, 아직 머리가 아파요, 아빠."

미르자카름은 그녀의 이마를 짚었다.

"오, 이런, 쿠무쉬야, 아직 열이 내리지 않았구나! 몸조심하거라, 내 딸. 침대에 누워 더 따뜻하게 싸매고 땀을 내라. 그러면 나아질거야, 내 불쌍한 제비 새끼[40]! 토이 아줌마, 차에다 우유를 좀 섞어서 쿠무쉬에게 주세요."

옵톱 부인이 남편의 말을 가로챘다. "애가 열이 높아요. 얼굴이 벌겋게 달아오를 정도예요."

오이샤 할머니도 걱정스런 목소리로 대화에 끼어들었다.

"상상도 못할 거야. 어젯밤에는 내가 얘 때문에 놀라서 죽을 뻔했단다. 야경증인지, 열 때문인지 헛소리를 하는데 정말 정신이 아득해지더구나."

쿠무쉬가 할머니를 힐끗 쳐다보았다.

미르자카름이 나서서 대답했다. "맞아요. 열 때문이에요. 오늘 제가 타빕[41]을 만나 볼게요. 자, 아가야, 차 좀 마시거라." 그리고 다시 딸을 걱

40 제비qaldirg'ochim: 우즈벡 문화에서 귀엽고 소중한 대상을 지칭할 때 흔히 사용하는 표현

41 타빕tabib: 중앙아시아 지역에서 전통적인 자연요법 혹은 물리요법으로 치료를 담당하는 치료사

정스런 눈으로 쳐다보았다. 쿠무쉬가 차를 마시고 나자 미르자카름은 포티하[42]를 암송한 다음 일어서면서 이렇게 말했다. "쿠무쉬, 잘 들어라. 오늘 내가 손님 한 분을 초대했단다." 그리고 아내 옵톱 부인을 향해 이렇게 말했다. "하녀에게는 응접실을 잘 정리하라고 일러두고, 새로 만든 쿠르파차를 줘서 그걸로 산달을 덮고 큰 덮개는 벗겨버리도록 하소. 참, 그리고 우리 집에 과일은 좀 있소?"

"그럼요."

"좋소. 잠시 후에 내가 고기를 보낼테니 그걸로 고기 파이를 만드시구려."

옵톱 부인은 남편의 이러한 주문에 오늘 모시게 될 손님이 매우 특별한 사람임을 짐작했다.

"어떤 손님이길래요?"

"당신은 모르는 사람이오. 타슈켄트에서 온 젊은이 하나와 우리 마을 친구들 서너명이 될거요. 내 말 아시겠소?"

"알겠어요."

쿠무쉬는 아버지의 말에 별 관심을 두지 않았다. 미르자카름이 가게로 나간 후, 옵톱 부인은 토이 아줌마에게 응접실을 정리하게 했다. 그리고 자신은 앉아서 페이스트리 반죽을 준비했다. 그러나 쿠무쉬는 여전히 침울했다. 무언가 마음에 걸리는 일이 있었는지, 아니면 두통이 더 심해졌을 수도 있다. 그녀는 조용히 앉아 마치 밤에나 피는 꽃인양 시들어 있었다. 할머니가 맞은 편에 앉아 들려주는 온갖 이야기를 무심한 표정으로 듣고만 있었고, 웃음을 자아낼 법한 순간에도 그저 미소만 지을 뿐이었다.

쿠무쉬는 그렇게 거의 한 시간 가량을 보낸 뒤에야 일어났다. 그리고

---

42 포티하Fotiha: 쿠란의 개경장開經章

아버지가 최근에 선물한 가죽 구두[43]를 자신의 자그마하고 앙증맞은 발에 신고 부엌에서 요리하느라 바쁜 어머니에게로 향했다.

이 소녀는 이제 막 17살에서 18살이 되었다. 키가 커서 어머니를 따라잡았고, 몸매도 벌써 풍만했다. 어머니가 분주하게 움직이는 모습을 한동안 지켜보던 그녀는 다시 뜰로 나갔다.

쿠무쉬는 토이 아줌마가 응접실에 카펫을 깔고 있는 모습을 아이완에서 잠깐 지켜본 후, 가운데 기둥으로 걸어가 몸을 기댔다. 이제 그녀는 기분이 좀 나아졌다. 검은 눈에는 생기가 돌았으며 얼굴도 살짝 홍조를 띠기 시작했다. 기둥에 기대선 그녀는 검은색 아치 모양의 눈썹을 살짝 찌푸리고 큰길로 이어지는 골목길을 바라보았다. 그녀의 시선은 그곳에 머물렀다. 그리고 아이완을 뒤로 하고 개울 쪽으로 향했다.

물은 어떤 가게 아래에서 흘러나와 서너 길 정도의 탁트인 공간을 따라 흐르다가 다시 자그마한 다리 아래로 숨어버렸다. 둑 부근에 앉을 자리를 발견한 쿠무쉬는 폴짝 뛰어 건너편 둑에 앉았다. 그녀의 눈길은 미끄러지듯 물 위를 쓸고 지나갔다. 맑고 깨끗한 개울물이 아주 잔잔하게 흐르다가, 쿠무쉬에게 이르자 가벼운 원을 그려내더니 마치 젊은 요정의 매력에 홀린 듯 가벼운 파문을 일으켰다. 그리고 다시 작은 다리 아래로 조용히 사라졌다.

끝없이 흐르는 개울물을 한참이나 지켜보던 그녀는 손으로 물을 한 웅큼 건져내어 얼굴에 뿌렸다. 물방울들이 그녀의 얼굴에 입맞춤을 하며 다시 개울로 흘러 들어갔다. 하지만 그것은 마치 물속에서 어떤 음모라도 꾸미는 양 소용돌이를 일으켰다. 그렇게 두세 번 반복하고 나니 소용돌이는 점점 더 커질 뿐이었다.

쿠무쉬는 진주처럼 하얀 이빨을 두세 번 헹구고 나자 그녀의 앙증맞

---

43 카우슈kavsh: 외출용 전통 구두

은 발이 피곤해 졌는지 자리에서 일어났다.

기분이 한결 나아지고 나서야 안채로 들어온 그녀의 움직임에는 약간의 기쁨과 생동감이 있었다. 이러한 변화를 본 오이샤 할머니가 기뻐하며 말했다.

"기분은 좀 나아졌느냐, 아가야?"

"예, 감사하게도 많이 좋아졌어요."

"애야, 너무 무리하지 말고 푹 쉬어라!"

* * *

겨울에는 날이 너무 짧아서 황혼을 돌아볼 틈도 없이 어느새 땅거미가 진다. 오늘은 유난히 더 짧게 느껴져 손님들을 맞이한 지 벌써 30분이나 지났다. 미르자카림은 그들을 매우 따뜻하고 친절하게 대접했고, 음식의 종류도 다양하고 넘칠 정도였다. 토이 아줌마는 분리되어있는 사랑채[44]와 안채를 이리저리 뛰어다니며[45] 손님들의 접시를 바꾸어 주고 차를 나르느라 분주했다. 겨우 여유를 찾은 그녀는 이미 식어버린 오쉬라도 먹기 위해 옵톱 부인 가까이에 앉았다.

이야기를 나누던 옵톱 부인은 토이 아줌마에게 물었다.

"도대체 어떤 손님들일까, 우리가 아는 분들인가?"

"오, 아주 멋진 총각이 하나 있던걸요! 아직 못 보셨다면, 그건 우리가 인생을 산 게 아니에요." 토이 아줌마는 양쪽 볼에 음식을 가득 넣고 씹으며 신나게 떠들어댔다. "그 사람은 너무 잘생기고 똑똑해 보여요. 상석에

---

44 사랑채tashqari: 남성 공간, 특히 남성 손님을 맞이하기 위한 장소로 거실, 접객실, 혹은 야외의 아이반ayvon 등이 여기에 해당된다.

45 천민들에게는 남녀유별의 관습이 없었다. [저자 주]

앉으셨더라고요. 이제 막 콧수염이 자라나고 있으니 스무 살도 안 된 것 같아요. 지금쯤 사위로 삼아도 될 때라니까요." 그녀가 말을 덧붙이며 슬그머니 쿠무쉬를 쳐다봤다.

옵톱 부인도 딸을 바라보며 미소를 지었다.

"보렴, 쿠무쉬야, 아줌마가 하는 말 들었지? 토이 아줌마가 네 남편될 사람을 봤다는데, 넌 그저 머리가 아프다고 풀이 죽어있구나."

쿠무쉬의 입술에는 엷은 미소가 스쳐 지나가고, 진주 같은 치아가 살짝 드러났지만, 그녀의 얼굴은 이내 차가운 표정으로 굳어졌다.

"이제 아줌마에게는 제 남편감 찾는 일거리도 생겼군요!"

토이 아줌마는 쿠무쉬의 비꼬는 말에 개의치 않았다.

"이런, 아가씨, 우선 한번 보시라니까요. 아마 금방이라도 넋을 잃고 따라가게 될걸요? 심지어 이 나이에 나도 그 분을 꼬시고 싶던데요?" 말을 마치자 그녀는 크게 웃음을 터뜨렸다.

쿠무쉬는 토이 아줌마의 시선을 피하며 퉁명스럽게 말했다.

"그럼 얼른 가서 꼬셔보세요."

"제게 그런 복이 주어진다면 얼마나 좋겠습니까만, 제가 감히 그의 머리카락 한 올에라도 비할 수 있겠어요? 하지만 아가씨는 그와 아주 잘 어울릴 거예요. '사람마다 제 짝이 있지만, 거름은 자루 속에 있어야 한다!'는 말이 괜히 있는 게 아니라고요." 그녀는 다시 한번 크게 웃음을 터뜨렸다.

토이 아줌마의 농담에 보통은 쿠무쉬도 즐겁게 웃곤 했지만, 오늘은 그럴 기분이 아니었다. 마음이 상한 그녀는 자기 방으로 들어가 눕고 말았다. 옵톱 부인은 그들이 말하는 사람이 어쩌면 바흐차이거나 그와 비슷한 사람일지도 모른다는 생각에 아무 말도 하지 않았다.

"아줌마, 이제 응접실을 좀 들여다보세요." 옵톱 부인이 말했다. "아마도 차가 더 필요할지도 몰라요."

토이 아줌마는 급히 오쉬를 먹어치우고 밖으로 나갔다. 1분도 안 되어 그녀는 서둘러 아이완으로 돌아왔다.

"오, 젠장! 무서워 죽을 뻔했네요! 망할 놈 같으니라고."

오이샤 할머니는 한 시간 동안 꼼짝도 하지 않고 앉아서 묵주를 세며 기도하고 있었다. 그녀는 천천히 토이 아줌마를 아래위로 훑어보고는 다시 눈을 감았다. 산달 옆에 앉아있던 옵톱 부인은 못마땅하게 웃으며 물었다.

"무슨 일이길래 그렇게 놀랐나?"

토이 아줌마는 숨을 몰아쉬고는 기둥 옆에 앉았다.

"제가 주인 나리의 다스투르혼을 털려고 밖으로 나가다가 벚나무 옆에서 누군가를 맞닥뜨렸어요. 얼마나 놀랐던지 하마터면 소리를 지를 뻔했답니다. 마치 손님들을 염탐하는 것 같았어요."

"누구였을까?

"어두워서 확신할 수 없지만, 그 사람은 기분 나쁜 인간, 바람둥이 호미드였어요. 그 사람인지 아닌지는 오직 신께서만 아실 것이지만, 그는 약간 주춤거리더니 금세 도망갔어요."

* * *

손님들을 배웅하고 나서 미르자카름은 옷을 벗고 잠자리에 들 준비를 했다. 옵톱 부인이 그에게 물었다.

"토이 아줌마는 오늘 오신 젊은 손님이 잘생기고 영리하다며 침이 마르도록 칭찬하던데, 그 젊은이가 도대체 누군가요?"

"그래, 바로 우리 손님이었지." 미르자카름이 말했다. "타슈켄트에 사는 내 가까운 친구 유수프벡 호지의 아들 말이야."

"정말 토이 아줌마가 칭찬할 만한 사람인가요?"

"그렇고말고." 미르자카름이 신이 나서 말했다.

"사실은 신께서 그런 아들을 나 같은 종에게도 허락해 주시면 좋겠어."

옵톱 부인이 웃음을 터뜨리며 토이 아줌마가 그 젊은이를 어떻게 칭찬했는지를 말했고, 그리고 쿠무쉬와 벌였던 언쟁에 대해서도 남편에게 전했다. 미르자카름 또한 크게 웃으며 이렇게 덧붙였다.

"허허, 그 수다쟁이도 제법이네. 머리는 제대로 달고 있구만. 아닌 게 아니라 우리 사윗감으로 딱이겠어!"

•• 6장 ••

타슈켄트 하늘의 핏빛 구름

그 당시 마길란에는 소문이 퍼졌다. "타슈켄트의 총독 아지즈벡이 코칸드에 대항하여 반란을 일으켰다네. 그리고 칸이 토지세를 징수하러 온 칸의 세리들을 죽여버렸다는군!" 이 소문은 둘째 날이 되자 전혀 다르게 바뀌어버렸다. "무슬만쿨 대감이 노르무함마드 쿠쉬베기[46] 장군에게 5천 명의 군대를 주어 반란을 진압하려 한다네."

사람들은 이 소식을 그저 무심하게, 심지어 냉담하게 받아들였다. 아무도 충격을 받지 않았고, 특별한 일도 없었다. 사람들은 그런 일들에 익숙해져 있었기 때문이었다. 오늘은 아니더라도 내일이면 또 벼슬아치 나부랭이나 군빌 세력, 혹은 베이나 그들의 추종자들 중 한 사람이 나타나 그런 혼란을 일으킬 수 있으리라고 생각한 것이다.

---

46 노르무함마드 쿠쉬베기Normuhammad qushbegi: 코칸드에서 타슈켄트로 파견된 반란 진압대장. 히즈라력曆으로 대략 1270~1273서기 1853~1857에 타슈켄트의 총독을 지냈다. 그는 당대에 가장 친절하고 정의로운 사람이었다. 거의 10대 이상의 세월 동안 칸과 귀족들을 섬긴 바 있는 나의 아버지는 그를 아주 잘 기억하고 있었다. "그의 통치는 피로 얼룩지지 않았으며, 그 자신도 매우 훌륭한 사람이었다. 창조주께서 그를 높이시기를!" [저자 주]

하지만 우리는 오타벡을 이런 무감각한 대중들과 동일시할 수는 없는 일이다. 그는 다른 사람들과 달리 지난 며칠 사이에 일어난 사건들을 평정심으로는 받아들일 수 없었다. 이 소식을 듣자 평온했던 마음이 흔들리고 목이 메었다. 그의 명석한 두뇌와 통찰력은 이 비극적인 장면 전체를 꿰뚫어 보았고 그의 마음은 민족, 즉 무슬림들이 끔찍하고 깊은 나락의 끝자리에 서 있다는 것을 온전히 느꼈다. 그는 전율을 느끼며 이렇게 되뇌었다. "오 신이시여, 우리를 지키소서!"

이 소식은 그를 완전히 맥빠지게 했고, 그가 경험했던 옛 상처들을 다시 떠올리게 한 것이다.

"무지하고 단순한 사람들이 선과 악을 구분할 줄 모르는 채 이웃의 피를 흘리게 하고 있다. 그들은 소수의 탐욕스러운 자들의 손에 놀아나고 있으며, 이 모든 것이 끔찍한 미래를 예고하는 게 아니고 무어란 말인가!"

감정이 북받친 오타벡은 침울한 표정으로 앉아 있었는데, 하산알리가 편지를 들고 방으로 들어왔다. 그리고 편지를 건네며 이렇게 말했다.

"타슈켄트에서 온 편지란다. 아마도 아버님께서 보내신 것 같다만."

오타벡이 봉투를 열자 거기에는 큰 종이에 갈대 펜으로 써진 편지가 있었다. 그는 읽기 시작했다. 다음과 같은 내용이었다.

> 전능하신 창조주께서 허락하신 소중한 선물이자 우리 눈의 빛이며 힘의 원천이고 삶의 결실인 우리 아들 물라[47] 오타벡에게 소식을 전하노라. 그리고 알라께 감사하노라.
>
> 너의 아버지이자 창조주의 중재자인 나 자신과 나약한 네 어머니, 그리고 가까운 친지들은 모두 전능하신 분의 보호 아래 건

---

47 물라mulla: 이슬람 사회의 지도자를 부르는 경칭이지만, 여기서는 아들에 대한 애정의 표현이다.

강하게 지내고 있다. 우리는 밤낮으로 우리 눈에 넣어도 아프지 않을 자식을 창조주께서 은혜로 보살펴 주시기를 간절히 기도하며, 그분께서 정하신 시간에 너와 다시 만나게 해주시기를 간구한다.

더불어 알리고자 하는 것은 나의 아들아! 우리는 네가 마길란에서 안정적으로 체류하고 있다는 편지를 받고 창조주께 감사의 기도를 올렸다. 네가 타슈켄트의 상황을 궁금해 했지만, 그 이후로 아지즈벡이 알 수 없는 세력의 지원을 받아 코칸드에 대항해 반란을 일으켰다는 사실을 마길란에서도 들었으리라 생각한다. 재정을 감독하기 위해 온 것으로 보이는 세리들을 잡아다가 처형하고 그들의 시신을 궁성의 입구에 매달았으니, 코칸드는 복수를 결정했다고 한다.

키로브츠[48] 마을에서 들은 이야기인데, 노르무함마드 장군이 군사 오천명을 이끌고 타슈켄트 쪽으로 향했다는구나. 우리 백성들에게 어떤 혼란이 기다리고 있을지 아무도 모른단다, 내 아들아.

바로 어제만 해도 아지즈벡이라는 자는 자기 백성들에게 피투성이가 된 검을 휘둘렀지. 그 잔인하고 더러운 손으로 아들, 아버지, 어머니와 형제들의 생명을 앗아 검은 피의 강을 이루었고, 그들의 시신은 아직 매장도 되지 못한 채 평안한 쉼을 얻지 못하고 있단다. 그런데 피에 굶주린 바로 그 아지즈벡이 또다시 나타나 신앙과 진리에 충성하겠노라고 맹세하고, 자신의 마지막 피한 방울까지 다 바쳐 백성들을 지키겠노라고 약속하더구나.

어제는 그가 타슈켄트의 모든 사람들을 성벽으로 불러모았

48 키로브츠Kirovch: 쿠라마와 텔로브 사이에 있는 큰 마을 [저자 주]

단다. 모든 계층의 사람들을 다 모았으니, 게 중에는 지체 높은 성직자들과 학자들도 포함되어 있었지. 아지즈벡은 성채의 감시탑에 올라서서 백성들에게 인사를 했고, 백성들은 눈물을 흘리며 아지즈벡을 환영했단다. 내 아들아, 너는 흑백을 구분하고 내 편지를 주의 깊게 읽을 수 있으리라 믿는다.

아지즈벡은 성의 입구에 매달린 시체들을 가리켜 말하더구나. "내 백성들이여, 이 죄인들이 보이는가? 어찌하여 이렇게 처벌받아야 하는지 아는가?"

백성들이 대답을 하더구나. "모르겠나이다, 총독이시여!"

아지즈벡이 직접 대답을 했지. "이 두 마리 돼지 새끼들의 시체는 절름발이 무슬만쿨이 보낸 장군들로, 킵착의 지도자들이며 카라차폰의 적들이다. 내가 그들을 처형한 것은 내 백성들인 여러분 카라차폰들이 킵착에게 죽임을 당한 것에 대한 복수였다. 백성들이여, 내가 공정하지 못했던 것인가?"

백성들은 동요했지. "공정하옵니다, 총독님! 당신의 행위는 진정이었습니다! 그것이야말로 킵착이 벌을 받아야 하는 방식입니다!" 아지즈벡은 백성들을 향해 몸을 돌렸단다.

"우리 카라차폰을 위한 나의 충성스럽고 공정한 다스림에 반발하여, 킵착들은 분명히 나에게 복수를 하고자 할 것이다. 또한 나를 타슈켄트의 총독 자리에서 밀어내려 할 것이고, 더 나아가서, 나를 죽이려 할 것이다. 이런 일이 생기면 어떻게 할 것인가?"

사람들의 함성에 하늘은 떨기 시작한 것 같더구나.

"우리는 당신을 지키기 위해 마지막 한 방울의 피까지 흘릴 준비가 되어 있습니다! 킵착 사람들을 그냥 쓸어버리소서! 우리가 살아있는 동안, 당신의 머리에서 머리카락 한 올도 떨어지지 않게 할 것입니다!"

아지즈벡은 백성들에게 감사를 표했고, 간곡한 마음으로 이런 말을 쏟아내기도 하더구나.

“나는 노르무함마드가 이끄는 킵착 병력이 타슈켄트로 진격해오고 있다는 소식을 들었다. 백성들이여, 우리가 이들을 막을 준비를 해야 하지 않겠는가?”

사람들이 일제히 대답했단다.

“물론, 준비해야 합니다, 총독님! 당신께서 허락만 하신다면 우리는 당장 성벽 강화 작업에 착수하겠나이다!”

아지즈벡은 이렇게 외쳤다.

“고맙소! 그대들이 나를 지지해 준다면, 걱정할 것이 없도다!”

백성들이 대답했다.

“당신께서 우리와 함께 계시는 한, 우리는 결코 킵착이 쳐들어오지 못하게 할 것입니다, 총독이여! 우리에게 축복을 내려주소서. 그러면 우리는 성벽을 튼튼히 하겠나이다!”

아지즈벡은 백성들을 축복했단다. 그리고 백성들은 전쟁을 준비하기 시작했지.

아들아, 이것이 지금까지 일어난 일이란다. 나는 정말로 우리 민족의 운명에 울어야 할지 웃어야 할지 모르겠구나! 하지만 다시 두터운 핏빛 구름이 타슈켄트 하늘을 뒤덮었으니, 그것이 어떻게 끝날지는 신께서만 아시겠지. 그러니 내가 너에게 주의를 주는 것이 현명하고 필수적인 일이라 생각한다. 국가적 문제에 너의 입장을 드러내야 할 때가 있으면, 부디 신중하게 숙고하고 행동하기 바란다! 무고한 희생자들을 항상 기억해야 한다!

나와 너의 생각은 오로지 창조주께서만 알고 계시지만, 페르가나에서는 나를 아지즈벡의 공범자라고 믿을 수도 있다. 그런 소문을 바탕으로 사람들은 너를 반란군의 아들로 취급하고 무슨 짓을 하게 될지 걱정스럽다. 지금은 너와 내가 위해를 당할 수 있는 매우 위험한 때라는 사실을 잊지 말기 바란다. 그러니 내 충고를 새겨들어야 한다. 타슈켄트에서의 이 난리가 끝날 때까지는 위축되지 말고 돌아오지도 말거라. 타슈켄트가 진정되고 내가 건강하다면, 네게 소식을 전하마. 우리의 모든 친구들은 안전하고 건강하다. 나의 인사를 하산알리에게도 전해다오.

너의 아버지 유수프벡 호지

1264년 달브 달 27일[49], 타슈켄트에서

편지를 읽은 오타벡은 몇몇 모호한 구절들을 다시 훑어보았으나, 아지즈벡의 이야기에서 멈추고는 자기도 모르게 중얼거렸다. "교활한 여우 같으니라고!"

그리고 "… 타슈켄트에서의 이 난리가 끝날 때까지는 돌아오지 말거라."는 구절에 이르자 그는 빙그레 웃었다. "그렇다면, 차라리 영원히 안정되지 않았으면 좋겠군…"

•• 7장 ••
아버지의 의무

새로운 소식이 거의 매일 코칸드로 날아왔다. 타슈켄트가 코칸드 군대에 포위되었다는 소식이 전해진 지 보름이나 지났지만, 타슈켄트가 함락당했다는 보고는 없었다.

---

49 그레고리력, 1848년 11월 26일

어제부터는 "노르무함마드 장군이 부상당하고 천오백 명의 코칸드 병사들이 전사했다"는 끔찍한 소문들이 돌아다녔다. 아지즈벡은 쉽게 포기하지 않을 눈치였다.

사랑에 고뇌하고 있는 오타벡에게 고향에 대한 걱정마저 더해졌다. 타슈켄트의 비극은 그를 끊임없이 괴롭혔고, 그의 침울함은 점점 더해졌다. 아예 자기 방에서 나오지 않거나 누구와도 말을 섞지 않는 날이 많아지면서 그의 삶은 점점 금욕적인 수도승과도 같아졌다.

어느 날 아침 차를 마신 후 하산알리는 전날 저녁에 결정했던 바를 행동으로 옮기기로 했다. 오타벡이 날이 갈수록 얼굴이 창백해지고 우울해지며 거의 방안에 갇혀있는 정도가 되었는데, 그저 지켜보며 단순히 관찰자로만 머물러 있는 것은 괴로운 일이었다. 물론, 오타벡이 사랑에 빠졌다는 것을 알아차린 후 그의 상태를 주의 깊게 살피고, 그가 반해버린 여인이 누구인지, 그녀의 가문은 어떤지를 알아보고, 그를 위해 무엇을 할 수 있는지를 고민한 것까지는 잘한 일이었다.

그러나 모든 것을 알아낸 후에도 그는 여전히 망설이며 주저하고 있었다. '오타벡은 아직 젊고, 젊은이들의 사랑이라고 하는 것은 날개 달린 새와 같아서 오늘은 여기에 있다가도 내일이면 사라지는 것'이라는 생각 때문이었다. 그러나 시간이 지날수록 오타벡의 창백함과 침울함이 점점 더 짙어지는 것을 보며 하산알리는 자신의 망설임을 뒤로하고 행동에 나설 때라고 결심한 것이다.

결심은 했지만 하산알리의 마음속에는 수백 가지의 가능성들이 슬그머니 떠올랐다. 결국 그 어떤 방법도 오타벡의 고통을 덜어줄 수 없다는 확신이 들자 그는 결단을 내렸다. 그리고 혼잣말을 했다.

"내 발걸음에 아직 힘이 남아있는지 한번 봐야겠군."

저녁을 먹은 후 하산알리는 옷을 갈아입고 오타벡에게로 갔다. 그는

《바부르나메》[50]에 몰두해 있었다. 하산알리는 자신의 의도를 드러내지 않으려고 이렇게 물었다. "벡, 내게 뭐 시킬 일은 없느냐? 목욕하러 가고 싶긴 한데."

"없어요, 가셔도 돼요." 오타벡은 책에서 눈도 떼지 않은 채 대답했다.

하산알리는 밖으로 나갔다. 황혼이 점점 어둠 속으로 녹아들고 있었다. 하늘은 흐리고 살을 에는 듯 날카로운 바람이 사방에서 휘몰아쳤다. 가끔씩 눈보라마저 차가운 공기를 가르며 혼란스럽게 흩날렸다. 거리는 눈 아래 얼어붙어 단단해진 흙과 진흙 덩어리로 뒤덮여 있었다. 눈이 녹으면 보행자들을 곤경에 빠뜨릴 것이 분명했지만, 지금은 걸음이 편했다. 눈을 밟을 때 발밑에서 나는 뽀드득거리는 소리는 기분 좋은, 마치 음악 같은 경쾌함을 자아냈다.

가게들은 이미 문을 닫았지만, 찻집[51]은 붐볐다. 찻집에서 불을 가운데 두고 둘러앉은 방문객들은 바흐차를 칸으로 세우기도 하고, 때로는 칸의 딸로 삼기도 하며 흥을 돋우고 있었다. 놀이에 참여한 사람들 가운데는 젊은 사람들도 있고 머리에 커다란 터번을 쓴 물라들도 있었으며, 단골 손님인 칠순 노인들도 있었다. 겨울밤은 매우 길었기에 찻집은 계속해서 붐볐다. 손님들은 바흐차가 준비한 차를 음미하며 그들의 아름다움을 찬양하고, 신께 감사드렸다.

하산알리는 지여 셔히치 집의 뜰로 들어가며 닫혀있는 응접실의 창문을 들여다보았다. 틈 사이로 빛이 새어 나오고 있으니 누군가 안에 있는 것이 틀림없다. 하산알리는 가슴을 펴고 집 안으로 들어갔다. 그곳에는 지

---

50 《바부르나메》Baburname: 바부르는 15세기 말 중앙아시아에서 티무르조朝의 왕자로 태어났고 이후 아프가니스탄을 거쳐 16세기 전반 인도에 무굴 왕조를 개창한 인물이다. 그가 자신의 체험과 견문을 모국어인 차가타이-튀르크어로 기술한 회상록 내지 자서전이다.

51 찻집choyxona: 단순한 전통 찻집을 넘어 지역 공동체의 사회적, 문화적, 정치적 중심지로 기능하는 남성 공간으로 '처이호나'라고 한다.

여 셔히치 한 사람밖에 없었고, 그는 기도를 하고 있었다. 하산알리는 모든 일이 자신이 원하는 대로 진행되고 있는 것을 기뻐하며, 앉아서 지여 셔히치의 기도가 끝나기를 기다렸다. 기도를 마치자 지여 셔히치는 매트에 엎드려 오른쪽 왼쪽으로 고개를 돌리며 "앗살로무 알라이쿰"[52]이라고 찬미를 올렸다. 그러고는 하늘을 향해 손을 들어 기도를 마무리하고, 하산알리에게 다가갔다.

"어서 오세요, 영감님! 웬일이신가요, 별일 없으시죠?"

"알라의 은총으로 평안합니다."

그들은 산달 주위에 앉았다. 그리고 한동안 침묵이 흘렀다. 지여 셔히치는 그의 예상치 못한 방문이 궁금하여 하산알리에게 몇 번이고 의아한 눈길을 던졌다. 마치 "도대체 어쩐 일로 오셨소?"라고 묻기라도 하는 것 같았다.

"놀라지 마세요, 나리, 제가 당신께 도움을 청하지 않을 수 없는 일이 생겼습니다."

"오타벡이 보냈소?"

"아니요, 제가 직접 왔습니다, 나리!"

지여 셔히치는 그래도 그가 방문한 이유를 알아챌 수는 없었다. 그리고 사실, 이 영감이 찾아온 것이 그에게는 놀라운 사건이었다. 결국, 하산알리는 오타벡의 하인이아닌가? 하인과 교류하는 일이 특히 지여 셔히치처럼 사회적 지위가 높은 사람에게는 상당히 이례적인 일이었다. 하물며 중요한 사안이라면 더욱 그랬다.

지여 셔히치는 크게 혼란스러워하며 이렇게 물었다.

"일이 생겼다니, 무슨 말이요?"

하산알리는 미소를 지었다.

---

52 앗살로무 알라이쿰assalomu alaykum: 당신에게 평화가 있기를

"제 말씀을 들으시면 놀라서, 아마 나리께서는 믿지 않을지도 모릅니다."

"그래요?"

"잘 아시겠지만…" 하산알리는 자세를 바로 하고 이야기를 시작했다. "우리가 마길란에 도착한 지 25일, 거의 한 달이 지났는데, 그 이후로 오타벡이 병이 났습니다."

지여 셔히치는 깜짝 놀라 물었다.

"무슨 병이길래? 겉으로는 괜찮아 보이던데?"

"예, 맞아요. 그런데 지난 며칠 동안 그에게 무슨 일이 일어났는지 이해할 수가 없습니다."

"그럼, 병의 원인이 무엇이란 말이요?"

"사랑입니다!"

"사랑?"

"그렇습니다, 사랑!" 하산알리가 반복했다. "지난 25일 동안, 그는 완전히 변했습니다. 나리만이라도 제가 그동안 얼마나 머리를 쥐어뜯었는지, 제가 어떤 어려움을 겪었는지 알아주시기 바랍니다!"

"누구와 사랑에 빠졌는지 아는가요?"

"알죠… 미르자카림 나리의 딸이예요."

"아…" 지여 셔히치가 신음 소리를 냈다. 그는 잠시 생각하더니 이렇게 물었다.

"확실한가요?"

"확실하고 말고요."

"그가 스스로 말했소?"

"직접 말하지는 않았지만 뻔히 보이더군요."

"그럼, 오타벡은 그 아가씨를 어디서 만났답디까?"

"안타깝게도 그것까지는 모릅니다."

지여 셔히치는 하산알리의 방문 목적을 벌써 알아챘음에도 계속해서 질문을 던졌다.

"어떻게 할 작정이요?"

"그래서 여기를 찾아온 겁니다. 제가 나리의 조언을 듣기 위해 왔으니, 우리는 비밀을 지켜야 합니다. 나리의 도움이 필요합니다. 그리고 우리는 나리께서 조언해주시는 바를 철저히 따르겠습니다."

지여 셔히치는 고민했다.

"이상하군, 이상해!" 그는 중얼거리며, 혀 밑에 잎담배를 한 꼬집 집어넣었다.

하산알리는 자신이 본 대로 모든 것을 말했다.

"참으로 민감한 문제로군!" 결국 지여 셔히치도 조심스레 말을 꺼냈다.

"만약 우리가 오타벡을 여기서 결혼시키게 된다면, 유수프벡 호지께서 우리에게 섭섭해할 수도 있지 않겠소?"

"네, 신께서 나리께 장수의 축복을 내리시기 바랍니다, 나리!" 하산알리가 대답했다. "저는 보잘것없는 하인입니다만 저도 그 점을 오랫동안 고민했습니다. 하지만 우리가 달리 할 수 있는 일이 없지 않습니까? 설사 주인어른께서 화를 내더라도 이 길로 가는 수밖에 없는 것 같습니다. 오히려 문제는 상대방인 미르자카림 댁에서 이것을 동의할지의 여부입니다."

지여 셔히치가 수염을 쓰담으며 다시 생각에 잠겼다.

"맞아, 그리고 장애물도 있을 수가 있지. 미르자카림이 오타벡에게 호의를 가지고 있기는 하지만, 또 하나 문제가 있을 수 있소. 과연 그가 자신의 딸을 타지 사람에게 허락할까? 그건 알 수 없는 일이요."

"그래도 우리는 미르자카림 나리께 여쭈어봐야 하지 않겠습니까?" 하산알리가 말했다. "그분께서 동의할지는 알 수 없는 일이지만, 동의하지 않더라도 우리는 오타벡에게 정확하게 말해줘야 합니다. 그러면 그의 열정이 가라앉을 수도 있겠죠."

하산알리의 제안에 지여 셔히치는 동의했다.

"그러면 미르자카름의 집에는 언제 방문하는 것이 좋겠소?"

"나리께 달렸지요!"

지여 셔히치는 잠시 생각하더니 미소를 지었다. 그리고 이렇게 말했다.

"그럼, 지금 당장 가봅시다! 우리 인생에서 한 번쯤은 중매쟁이가 될 수 있을지 노력해 봐야 하지 않겠소?"

지여 셔히치가 옷을 입기 시작하자 하산알리는 이렇게 물었다.

"제가 같이 가도 괜찮을까요, 아니면 혼자 가시는 게 편하실까요?"

지여 셔히치가 손을 저으며 말했다.

"영감께서 같이 가는 게 무슨 해될 일이 있겠소?"

•• 8장 ••

축하

지여 셔히치가 미소 머금은 입술로 하는 말을 들으며 미르자카름이 받은 충격은 적지 않았다. 그리고 그는 예상치 못한 손님들에게 방문의 목적을 자세히 묻기에는 너무나 어리둥절해 있었다.

"그만 우물쭈물하게나." 지여 셔히치가 기분 좋게 외쳤다. "정신 차리고, 어서 타스타르한을 가져와서 우리 중매쟁이들을 대접하셔야지. 서두르라고."

지여 셔히치의 말에 미르자카름은 산달에 불을 지피다 말고 음식을 준비하러 안쪽으로 향했다. 그가 걸어가는 모습을 지켜보며 하산알리는 조용히 말했다.

"우리에게 행운이 있기를!"

지여 셔히치가 확신에 찬 목소리로 끼어들었다.

"신의 도우심이 있다면, 운명은 우리 편이오. 오타벡 같은 청년을 사위로 삼는 데 동의하지 않을 사람이 어디 있겠소? 그런 사람이 있다면 우리는 상종을 말아야지!"

미르자카름이 방으로 돌아왔다. 지여 셔히치와 하산알리는 의미심장한 눈빛을 교환했다. 미르자카름은 초대받지 않은 손님인 지여 셔히치가 뭔가 중요한 말을 하기 위해 일부러 찾아왔을 것으로 직감했다. 침묵이 길어지자 미르자카름은 하산알리에게 이렇게 물었다.

"벡은 건강이 어떻소?"

그러자 때가 되었다고 생각한 지여는 하산알리에게 침묵하라는 신호를 보내고는 자기가 나서서 이렇게 대답했다.

"우리는 자네에게 불청객이지만, 사실은 오타벡의 건강이 매우 염려스러워 왔다네."

미르자카름은 어떻게 답을 해야 할지 몰라 다시 이렇게 물었다.

"오타벡의 건강에 이상이라도?"

지여 셔히치는 "지금까지는 건강했지."라고 대답했다. 그리고 단어마다 무게를 실으려 애를 썼다. "하지만 앞으로의 그의 건강은 자네 손에 달린 것 같네."

미르자카름은 두 사람을 보며 더욱 당황스러워졌다.

"도무지 무슨 소리를 하고 있는지 모르겠군."

"다시 말하면, 오늘은 오타벡이 여전히 건강하지만, 지금부터는 그의 건강이 전적으로 자네 손에 달려있단 말일세."

"내 손에?"

"그리고 자네가 어떻게 하느냐에 따라서!"

"생각이 있는 사람들이라면 누구나 오타벡과 같은 훌륭한 젊은이의 건강을 바라는 게 마땅하겠지만, 그의 건강이 다른 누군가의 의지에 달려 있을지도 모른다니 참으로 이상하군." 미르자카름은 놀라움을 금치 못했다.

지여 셔히치의 입장에는 변화가 없었다.

"놀라지 말게, 친구여. 오타벡의 건강은 정말 자네 손에 달려있다네. 농담이 아니라 진지하게 하는 말일세."

미르자카름은 그때서야 겨우 이야기 내용이 짐작되었고, 순간 당혹감이 그를 휩쌌다. 지여 셔히치는 펼쳐진 다스투르혼을 만지작거리며 토이 아줌마가 가져온 빵 한 조각을 떼어냈다. 그리고 하산알리와 미르자카름에게 맛을 보라며 권한 후 담담히 이야기를 시작했다.

"사랑은 오직 몇몇 사람들에게만 내려지는 값을 매길 수 없는 선물과 같은 것이 아닌가? 자네의 절친 유수프벡 호지의 아들 오타벡은 며칠 동안 알 수 없는 병으로 고통받고 있었다더군. 오타벡의 하인이면서도 사실은 그의 정신적 아버지나 마찬가지인 하산알리가 이 병의 진짜 원인을 밝혀내려 했지만, 그는 이를 숨기며 답을 피했고…. 하지만 주인에게 충성되고, 세상 물정에 밝은 하산알리는 벡을 끈질기게 지켜보다가 곧 그가 앓고 있는 고통의 원인을 알아냈다네. 친구여, 샤리아 법에 어긋나지 않는다면 사랑은 부끄러워할 일이 아니라고 하지 않았는가? 이는 자네와 우리 모두에게 조금은 부담스럽게 느껴질 수 있겠지만, 우리가 해결해야 할 문제라네. 어느 날 운명의 바람이 불어와 어떤 처녀의 순결한 얼굴에서 베일을 거둔 것이고, 오타벡에게는 그녀의 얼굴을 볼 수 있도록 허락이 된 거란 말일세. 그리고 바로 그 순간부터 이 아름다움에 그의 마음이 불타게 된 것이지. 이게 진정한 사랑이 아니라면 뭐란 말인가?"

지여 셔히치는 몇 마디 흔한 말을 덧붙이고는 말을 멈췄다. 이제 미르자카름의 순서였지만 그는 어찌할 바를 몰랐다. 중매쟁이가 된 두 사람도 마찬가지였다. 그들 모두 이 문제가 얼마나 민감한지 알고 있었기에 마치 합의라도 한 것처럼 침묵을 지켰다. 모든 것이 대낮처럼 명백해졌지만, 미르자카름은 아직도 이해하지 못한 척하며 물었다.

"그런데 그녀가 누구 딸이란 말인가?"

미르자카름의 이 질문을 예상하고 있던 지여 셔히치는 바로 대답을 했다.

"자네 딸이지, 물론."

미르자카름은 금방 자신의 질문을 후회하고 눈길을 아래로 떨어뜨렸다. 다시 어색한 침묵이 흘렀다. 결국, 지여 셔히치가 침묵을 깨야만 했다.

"우리는 신의 영광을 위해 자네에게 귀한 아들을 선물하고, 오타벡에게는 이 세상 어디에도 없는 훌륭한 신부를 선물하기 위해 여기에 온 걸세."

하산알리의 가슴은 불안하게 뛰기 시작했다. 동의하든 동의하지 않든 이제는 미르자카름의 결정적인 반응이 나올 차례이기 때문이었다. 그리고 미르자카름 자신도 이 예상치 못한 청혼에 혼란스러워져 이 모든 것을 믿어야 할지 말아야 할지 고민스러웠다. 그의 대답을 간절히 기다리는 이들에게 무슨 말을 해야 할까?

"오타벡 같은 남자를 나의 '아들'이라고 부를 수 있는 영광을 누릴 수 있다면, 내가 세상에서 가장 행복한 아버지가 된 기분일걸세." 드디어 그는 입을 열었다. "그러나 모든 것이 내 손에 달린 것은 아니네. 자신의 젖을 물려 우리 딸을 키워준 아내가 있으니 말일세. 내가 아내와 상의도 없이 나 혼자서 이런 중대한 결정을 할 수는 없는 일이 아닌가? 만약 기다려준다면, 우선 아내와 상의부터 하겠네…"

미르자카름은 솔직한 심정으로 말했다. 그러나 그것만으로도 중매쟁이들의 혈관에 피를 돌게 했고, 희망을 갖게 했다.

"우리는 여기서 말 한 마리를 구입하려는 것이 아니라 한 남자의 운명에 대해 이야기하고 있네, 친구여." 지여 셔히치가 밝은 표정으로 말했다.

"물론, 자네 아내와 충분히 상의부터 하게. 오타벡과 그의 부친에 대해 자네가 알고 있는 모든 것도 알려드리게."

이야기가 끝나자 미르자카름은 손님들을 응접실에 남겨두고 안채로 들어갔다. 쿠무쉬는 이미 잠들어 있었다. 토이 아줌마도 자기 방의 난로 옆에서 코를 골고 있었다. 안채로 들어가는 문을 열며 미르자카름은 자기를 기다리고 있던 아내 옵톱 부인에게 말했다.

"촛불을 들고 내 방으로 오시오."

그들이 들어간 방은 너무 화려하게 꾸며져 있어서 마치 박물관 같았다. 벽감에는 다양한 색깔의 실크와 아틀라스 담요가 쌓여 있고, 선반에는 정교한 중국 도자기들이 줄지어 있었다. 장식된 찻잔, 항아리, 찻주전자, 접시 등이 폭신한 베개들 사이에 자리 잡고 있었다. 벽에는 은장식의 칼집에 보관된 방패와 투구, 단검과 칼이 매달려 있었다. 여러 가지 옷도 걸려 있었는데, 남녀용 모피 코트, 착몬[53] 외투 등 다양한 옷들이 포함되어 있었다. 붉은색 양탄자는 수공예품인 것처럼 빛이 나서 눈을 현혹시킬 지경이었다.

옵톱 부인은 남편이 무슨 말을 할지 초조하게 기다리고 있었다.

"여보." 그는 미소를 지으며 말을 꺼냈다. "당신은 아마 어떤 중매인들이 우릴 찾아왔는지 모를 거요."

옵톱 부인은 이 말을 무심하게 받아들였다. 2~3년 전부터 중매인들이 쿠무쉬와의 혼사를 의논하러 집에 오곤 했으니, 오늘도 누군가 왔다고 해서 새삼스러울 것은 없었다.

"좋은 일이 있기를 바라지만, 그들이 누군가요?"

미르자카름은 다시 빙긋 웃었다.

"한 사람은 지여 셔히치이고, 다른 이는 당신이 모르는 사람이오."

---

53 착몬chakmon: 단추가 없는 남성용 반코트 형태의 겨울용 전통 예복

미르자카름의 목소리 톤과 그의 눈에 살짝 비친 당혹스러운 기색에서 옵톰 부인은 이 중매인들이 남편에게 깊은 인상을 남겼음을 알아차렸다.

"그들이 누구를 중매한다는 건가요?"

"혹시 기억하시오? 약 2주 전에 타슈켄트에서 온 젊은 상인을 우리가 손님으로 맞이했었잖소?"

"물론 기억하고 말고요! 토이 아줌마가 입이 마르도록 칭찬했던 그 사람 말이죠?"

"아, 내 영리한 아내여!" 미르자카름이 감탄했다. "바로 그 사람을 소개한다는구려."

이 말을 들은 옵톰 부인은 얼굴을 찌푸리며 동의할 수 없다는 의견을 내비쳤다.

"아니, 그는 외지 사람이 아닌가요?"

미르자카름의 얼굴에는 심각한 표정이 역력했고, 머리를 긁적이며 약간 실망한 어조로 이렇게 말했다.

"그래, 나도 그 점이 맘에 걸리오. 하지만 사실 그는 우리가 원했던 바로 그 사람이야. 모든 면에서 매우 훌륭한 젊은이라고."

모든 좋은 아내들이 그렇듯이, 옵톰 부인은 언제나 남편의 뜻과 바람을 존중했고, 궁극적으로는 남편의 모든 의견에 복종했다. 하지만 이 부분에 대해서는 동의할 수 없었다. '외지 사람'이라는 한 가지만으로는 반대의 이유가 충분치 않았지만, 대신 남편이 가진 오디벡에 대한 호의의 불길을 누그러뜨리기 위해서는 다른 단점들을 찾아 들추어내야 했다.

"그가 누구 아들이죠? 그의 아버지는 아는 사람인가요?"

하지만 이런 질문은 차라리 하지 않는 게 나을 뻔했다. 미르자카름은 의도적으로 그의 오랜 친구 유수프벡 호지에 대해, 그의 지위에 대해, 그와 자신의 관계에 대해 자세히 설명하더니, "이 젊은이의 출생이 고귀하다는 것은 의심할 바 없고, 솔직히 말해 집안도 우리보다 훨씬 낫지 않소?"

라는 말로 끝을 맺었기 때문이다.

옵톱 부인은 다른 방책을 쓰기로 했다.

"결혼은 했나요?"

"아니, 아직 결혼은 하지 않았다는군. 그건 그의 하인에게서 들은 얘기요."

"몇 살이에요?"

"스물다섯은 넘지 않았고, 스물 두세 살쯤 된다는군."

"그가 왜 갑자기 우리 사위가 되려고 할까요? 타슈켄트에서는 여자들을 찾을 수 없었던 모양이죠?"

"신부감을 찾을 수는 있었지만 맘에 들지 않았던 게지요." 미르자카름은 당황한 듯 낮은 목소리로 자신이 알고 있는 모든 것을 이야기했다.

옵톱 부인은 남편의 생각이 이미 기울어 있음을 알고 어찌해야 할 바를 알지 못했다. 어디로 보아도 그 젊은이는 이상적인 사윗감이었다. 그러나 어쨌든, 그녀에게는 그 젊은이가 외지 사람이었다. 게다가 그렇게 오랫동안 적합한 사윗감을 찾다가 갑자기 타슈켄트에서 온 '낯선 사람'에게 딸을 줘야 한다고 생각하니 절망에 빠질 수밖에 없었다.

"여보, 당신은 어떻게 하면 좋겠소?"

옵톱 부인은 남편을 화나게 하고 싶지 않았지만, 딸이 외지인과 결혼하는 것이 진심으로 싫었다.

"제가 어찌 당신의 뜻을 거스를 수 있겠어요?" 그녀는 한참 고민을 한 후에 이야기를 시작했다. "무엇보다 당신은 아버지시니, 모든 것이 당신 손에 달려있어요. 저는 당신이 눈에 넣어도 아프지 않을 사랑하는 딸을 나쁜 사람이나 잘못된 사람에게 보내지 않으리라는 것을 믿어요. 그러니, 기본적으로 당신 뜻을 따르지요. 하지만 사실 타슈켄트에서 온 이 총각이 사위가 되면, 장차 우리 딸을 데리고 갈 것이고, 우리와 외동딸을 떼놓게 될 거예요…. 당신은 어떨지 모르지만, 저는 딸과 헤어지는 것은 견딜 수가 없어요. 당신은 그 점을 제대로 생각하지 않았다고요, 여보."

"당신 말이 맞소." 미르자카름이 생각에 잠겨 말했다. "하지만 내 생각에 이건 운명이요. 아니면 다른 이유가 있는지 모르겠지만, 내 마음은 이 남자에게 기울어져 있소. 결정을 미루지 맙시다. 그리고 중매쟁이들에게 이렇게 대답할 것이오. 쿠무쉬를 마길란에서 떠나게 할 수는 없다는 조건으로 동의하겠다고 말이요. 만약 이 조건이 받아들여지면, 우리는 외동딸 대신에 남매를 가지게 되는 거요. 만약 중매쟁이들이 동의하지 않는다면, 그건 그들이 실수하는 일이 되는 거지. 내 생각이 어떻소, 여보?"

"그러면 그가 외지 사람이라는 사실은 어쩌지요?"

"우리는 사위에 대한 비난이나 질책을 받을 일이 없소. 사람만 좋으면 되는 일 아니오? 그리고 만약 다른 사람들이 우리 딸이 외지 사람과 결혼했다고 험담을 한다 해도, 자기 일에나 신경 쓰라고 하고 그냥 내버려 둡시다."

옵톱 부인은 처음부터 남편이 이 외지에서 온 총각에게 딸을 주기로 결심했다는 것을 알고 있었다. 그녀는 마지못해 "당신이 알아서 하세요."라고 중얼거렸다.

미르자카름은 서둘러 손님들에게 돌아가서 앞서 말한 조건들을 제시했다. 지여 셔히치는 오타벡을 대신하여 이를 수락하고, 훌륭한 사위를 얻게 된 미르자카름에게 축하를 보냈다. 이렇게 하여 혼사는 더 이상의 군말 없이 성사가 되었다.

혼인의 계약이 체결되고, 그들은 젊은 커플의 행복과 후손의 번영을 기원하며 기도했다. 그리고 나서, 중매인들은 금실로 수놓은 초폰 예복을 선물로 받았고, 하산알리는 미르자카름을 끊임없이 축복하며 감사의 말을 전했다.

"축하드립니다!"

"이 신랑이 진정으로 자네의 아들이 되기를 바라겠네."

미르자카름이 공손하게 진심을 다해 대답했다.

"고맙소, 당신들의 축복이 그대로 이루어지길 바라겠소!"

•• 9장 ••

끝없는 기다림

그날 밤의 예상치 못했던 성과들로 아버지나 마찬가지인 하산알리는 흥분했고, 어리둥절하기까지 했다. 졸음이 늙은 눈꺼풀을 짓눌렀으나 그는 여전히 멋진 생각에 사로잡혀 있었다. 이 기쁜 소식을 아침에 그의 벡에게 어떻게 전해야 할지, 오타벡은 또 이 모든 것을 어떻게 받아들일지 곰곰이 생각했다. 며칠간 방 안에 틀어박혀 지내던 오타벡이 자신의 이야기를 듣고 다시 활기를 되찾아, 거리와 시장을 지나 미르자카름의 집으로 기쁘고 들뜬 마음으로 향하는 모습이 그의 눈앞에 아른거렸다. 졸음에 겨운 하산알리는 오타벡이 자신에게 다가와 "아버지! 당신의 이 은혜를 영원히 잊지 않겠습니다!"라고 감사하는 모습도 꿈꿨다.

가끔 잠에서 깨어나도 하산알리의 생각은 다시 그 장면들로 돌아갔다. "불쌍한 것 같으니라고. 사랑하는 사람을 꿈꾸며 한숨짓느라 네 작은 머리가 얼마나 아팠겠느냐… 네가 도움받을 곳도 없고, 고통 나눌 사람도 없이 모든 희망을 잃었다고 생각했다면, 이제 슬퍼하지 마라! 네 아비 하산알리가 모든 것을 해결했단다… 어젯밤이 네 슬픔의 마지막 밤이었으니, 이제 모든 게 끝나고 빛이 다가오고 있단다. 밝은 달을 품고 시를 가득 실은 새로운 밤이 다가오고 있구나, 벡!"

하산알리는 잠이 들었고, 그의 앞에는 오타벡의 모습이 다시 떠올랐다. 그리고 이번에는 그 옆에서 행복한 미소를 지으며 서 있던 예쁜 소녀와 함께 그에게로 몸을 돌리며 "당신이야말로 진짜 우리 아버지예요."라고 말하는 듯했다. 잠에서 깨어난 하산알리는 다시 생각에 잠겼다. "내 나이 벌써 예순 넷이구나. 아들딸 하나 없이 살아왔지. 하지만 오타벡이 내 아들이 아니더냐? 그의 아내가 내 딸 노릇을 대신해주지 않겠는가? 그들의 아이들은 나를 '할아버지'라고 부르며 쫓아오겠지. 그리고 내가 언젠가 죽어 모두에게 잊히더라도, 그들은 '우리에게는 하산알리라는 할아버지가 있었어'라고 말하며 나를 기억하겠지. 난, 그 정도면 충분해!"

새벽을 기다리는 하산알리에게 이 밤은 끝없이 길었다. 오타벡을 기쁘게 해주고 싶어 안달이 난 그는 새벽 내내 잠을 뒤척였다. 그렇게 잠들었다가 깼다가를 하며 기다리던 사이에 드디어 소중한 아침 시간이 찾아왔다.

아침 차를 마신 후 하산알리는 자신의 방으로 들어가 보따리를 겨드랑이에 낀 채 돌아와 벡 앞에 마주 앉았다. 그는 오타벡에게서 무거운 침묵과 슬픔의 잡생각 따위는 뿌리째 뽑아버리고 대신 씨를 심고 희망의 물을 뿌려 꽃을 피워내고 싶었다.

"축하해, 벡!" 하산알리가 말했다.

이해하지 못하겠다는 듯 오타벡은 멍한 눈으로 하산알리를 쳐다보았다. 하산알리는 미소를 지으며 화려한 실크 초폰 예복을 산달 옆에 펼쳐 놓았다.

"이게 웬 초폰입니까?" 벡이 물었다.

"내가 축하한다고 하지 않았느냐!"

"뭘 축하한다는 말씀인가요?"

"너는 순수하고 사랑스러운 미래의 아내와 미르자카림 같은 훌륭한 장인어른을 얻게 되었고, 그리고 나 하산알리는 며느리를 맞게 된 것을 축하한다고."

이상한 기운에 휩싸인 듯 오타벡은 떨기 시작했고, 눈은 얼마나 크게 떴는지 눈알이 빠져나올 듯한 모양새였다. 오타벡은 어색한 자세로 앉은 채 물었다.

"무슨 뜻이죠?"

"내가 무슨 말을 하는지 묻지 말고, 내가 방금 한 말을 믿기만 하거라." 하산알리가 미소를 지으며 말했다. "나는 너를 미르자카름 나리의 딸과 결혼시키기로 결정했고, 그 문제는 어젯밤에 성사가 되었다. 이를 위해 나는 그곳에 지여 셔히치 나리와 함께 갔었단다. 다시 말하면 우리가 너를 미르자카름 나리의 딸과 짝을 이루도록 했다는 말이야."

오타벡은 얼이 빠진 채 재빨리 이렇게 물었다.

"누구의 딸이라고요?"

"미르자카름 나리의 외동딸." 하산알리는 "벡, 이것이 어떻게 이루어졌는지는 걱정 말거라. 지여 셔히치 나리께서는 아침 차를 마시고 오시기로 했지만, 우리는 아직 그분과 결혼 준비에 대해 의논할 게 많단다."

젊은이의 얼굴에는 기쁨과 놀라움이 뒤섞여 있었다. 오타벡은 반대를 하지는 않았지만 아직은 그 기쁜 소식에 별다른 환희를 느끼지는 못하고 있었다.

****

아침에 눈을 뜨자 쿠무쉬는 집안에 뭔가 특별한 일이 벌어지고 있다는 것을 바로 알아차렸다. 마치 지난 밤에 모든 사람들이 한꺼번에 같은 결혼식을 꿈꾼 것 같았다.

모두가 모여서 새 퀼트를 꿰매고, 사야 할 깃털 베개에 대해서도 이야기하고, 장차 사위가 될 사람이 입게 될 옷에 대해서도 이야기했다. 옵톱 부인은 신랑을 위한 금 허리띠를 사달라고 남편에게 부탁했다. 그런데 이상한 것은 어떤 사위를 말하는 것인가? 부모가 다른 딸을 낳지 않은 한, 쿠무쉬 말고 어떤 딸을 결혼시킨단 말인가? 그렇다면 결혼 당사자는 쿠무쉬였다. 너무나도 당연한 결론이다.

“누가 결혼을 해요?”

“쿠무쉬.”

“그런데 쿠무쉬가 신랑을 좋아하는지 싫어하는지 우선 본인에게 물어봐야 하지 않나요?”

“물어볼 필요도 없고, 본인에게 말할 필요도 없어.”

“왜요?”

“법도가 그런 거니까. 쿠무쉬는 자기 부모님이 좋아하는 사람이라면 무조건 따라야 할 의무가 있거든.”

오로지 토이 아줌마의 마지막 한마디로 쿠무쉬는 자신의 남편이 누구인지 알 수 있었다.

“여보세요, 어린 아가씨! 아가씨는 이 토이 아줌마에게 별로 고마워하지 않는군요.” 아줌마가 미소를 지으며 말을 꺼냈다. “하지만 신께서 제 증인이듯이, 이 토이 아줌마는 정말 선견지명이 있답니다. 무슨 말을 하든, 무슨 생각을 하든, 하늘의 천사들은 즉시 ‘아멘’이라고 응답하거든요. 지난번에 제가 한 젊은 방문객에 대해 말을 꺼냈을 때 아가씨는 그것 때문에 화를 낸 적이 있죠? 그런데 바로 그 젊은이와 결혼하게 되셨어요! 이제부터 아가씨는 저를 믿고 모든 것을 털어놓아야 해요!”

쿠무쉬의 눈에서는 눈물이 가득 차 속눈썹을 적셨다.

“울지 말아요, 아가씨!” 토이 아줌마는 그녀를 달랬다. “나도 알아요, 여자들이 왜 우는지… 이런 때에 남자들은 웃지만, 아가씨 같은 처녀들은 울곤 하죠. 울고 계신 걸 보면 기쁜 게 틀림없어요. 저도 결혼할 때 울었지만, 마음속으로는 결혼식 날이 빨리 오기를 기다리고 있었거든요.”

“아, 제발요, 아줌마, 더는 못 듣겠으니 더 이상은 말하지 마세요.” 쿠무쉬가 울부짖었다.

“입 다물게요!” 토이 아줌마가 말했다. “하지만 한마디만 더 하게 해

주세요. 만약 아가씨가 그를 한 번이라도 본 적이 있다면, 그가 얼마나 잘 생기고 똑똑한지 알 거예요! 그것은 아가씨의 운명이에요. 별들이 서로 의견이 일치한 거라고요. 누가 더 나은지 아무도 알 수 없어요. 둘 다 비교할 수 없을 정도로 멋진 분들이거든요!"

쿠무쉬는 더 이상 참지 못하고 소리를 질렀다.

"아, 이제 죽을 것 같아요. 제발 입 좀 다물어 주세요!"

쿠무쉬의 외침을 듣고 옵톱 부인과 할머니 오이샤가 옆방에서 뛰쳐나왔다.

"무슨 일이야, 무슨 일이야?" 그들이 놀라서 묻자, 쿠무쉬는 산달을 덮고 있던 담요를 끌어당겨 머리 위로 덮은 채 누워버렸다.

이번에는 토이 아줌마가 크게 놀랐다. "신랑에 대해 이야기를 꺼냈더니 갑자기 저에게 화를 내더군요."

옵톱 부인이 토이 아줌마에게 불평을 쏟아부었다.

"어리석기는. 자네가 쿠무쉬를 속상하게 만들었잖아! 왜 아무 데나 참견을 하나? 당장 나가서 하던 일이나 계속하게."

딸의 행동을 단순한 감정 표현으로 여긴 어머니와 할머니는 다시 방으로 돌아가서 상자를 뒤적이며 결혼 준비를 이어갔다.

쿠무쉬는 한참이나 이불을 둘둘 말고 누워있다가 일어나서 마당의 사랑채 쪽으로 나갔다. 너무 울어서 눈시울이 붉어졌고, 속눈썹과 얼굴도 부어올랐다. 하지만 그녀의 아름다움과 매력은 감춰지지 않았고, 오히려 더 예쁘게 보였다. 그녀는 아이완 구석에 웅크리고 앉아 고개를 떨군 채 오른손으로는 얼굴을 감싸고 생각에 잠겼다. 그렇게 오랫동안 앉아 있다가 한숨을 쉬며 얼굴을 들어 주위를 둘러보았다. 마치 누구를 찾는 듯, 혹은 기다리는 듯….

"개울둑이여, 신비로운 개울둑이여!"

쿠무쉬는 눈에 눈물을 가득 담은 채 개울둑을 응시했다. 그리고 그녀의 자그마한 발은 절로 개울 쪽으로 이끌려갔다. 둑에 이르자, 그녀는 개울을 뛰어넘어 그 자리에 웅크리고 앉았다. 물을 손으로 떠 올려 얼굴에 뿌리고는 거리 쪽을 슬쩍 훔쳐보며 다시 한번 흐르는 물을 바라보았다. 이 젊은 소녀의 마음속에 솟구치는 감정이 어떤 것인지, 그녀가 간직한 꿈은 어떤 것인지는 오직 개울만이 알고 있었다. 마치 그 신비한 개울물이 그녀에게 무언가를 말이라도 해주는 것처럼, 그녀에게로 향했다. 그러나 그 개울이 무슨 말을 하는지 다른 사람은 아무도 알 수가 없었다. 어떻게 알 수 있겠는가?

쿠무쉬는 다시금 진주 같은 눈물을 흘러내리는 개울물로 씻어냈다. 마침내 위안을 얻은 그녀의 얼굴은 밝아졌고, 눈에는 생기가 돌아왔다. 다시 평정을 되찾은 그녀는 천천히 걸음을 옮겨 안채로 돌아갔다.

•• 10장 ••

처녀 파티

안마당의 사랑채는 남자들로 가득하고, 안채에는 여자들로 꽉 차 있다. 이들은 다양한 음식과 진미, 환상적인 홀바와 니숄다[54]로 대접받고 있다. 마당에서는 음악이 흐르고, 두토르, 탄부르, 기작, 루봅, 그리고 나이 등 수많은 전통 악기들[55]이 끊임없이 선사하는 선율은 마치 새벽의 합창처럼 밝고 활기차다. 마을 최고의 가수들이 손님들의 귀를 어루만지고, 이 세상을 향해 노래로 생기를 불어넣는다. 잔치는 절정에 이르렀다.

여인들이 모인 자리 안채 역시 소란스럽고 흥겨운 분위기다. 잔치에는 좀 과장을 하자면, '사막의 모래알'만큼이나 많은 여인들이 모여 그야말로 야단법석이다. 마당에도 방에도 발 디딜 틈 없이 여인들이 북적인다. 어떤 여인들은 마당 한가운데 자리를 잡고 오쉬, 홀바, 그리고 온갖 진미를 먹고 있다. 어떤 여인들은 칭얼대는 아기를 달래고, 또 어떤 여인들은 요란스레 "요르-요르!" 소리를 지르며 결혼 축가를 부르고 있다. 웃음을 참지 못해 박장대소를 하는 여인들도 있다. 떠들썩한 소리가 하늘에 닿을 정도다.

이 모든 흥겨운 분위기 속에서도 옵톱 부인만은 슬프고 근심 가득한 표정이다. 손님들을 맞이하느라 지친 것인지, 아니면 다른 이유가 있는 것인지 알 수 없지만, 산만하고 무언가에 정신이 팔린 모습이다. 예를 들어, 거실로 가야 할 때 음식 보관처[56]로 잘못 들어가기도 한다. 손님들이 진심 어린 축하와 덕담을 건네며 크게 반겨도, 그녀는 심드렁한 목소리로 대답한다.

---

54 홀바holva는 견과류, 설탕, 기름을 섞어 만든 빵이며, 니숄다nisholda는 감초 맛의 머랭 같은 전통 디저트이다.

55 전통 악기들은 <부록>에서 그림과 함께 별도로 소개한다.

56 음식 보관처tavonxona: 피로연 때 활용되는 주방 겸 요리 저장고

"신랑이 아들처럼 되기를!"

"그랬으면 좋겠군요."

옵톱 부인은 음식 보관처 근처를 서성이다 손님 가운데 한 명을 불러냈다. 50대의 밝고 행복한 얼굴을 가진 여인이 무리에서 나와 옵톱 부인 쪽으로 다가왔다. 옵톱 부인은 그녀에게 따라오라고 손짓하며, 함께 음식 보관처로 들어가 문을 닫았다. 옵톱 부인은 얼굴에 수심이 가득 차 있었다.

"왜 그렇게 슬퍼 보이니, 옵톱?" 그녀는 친구의 슬픈 눈을 들여다보며 물었다.

옵톱 부인은 한숨을 크게 들이쉬더니 출입문 쪽을 힐끗 쳐다보았다.

"내 맘이 너무 어두워, 촛불이라도 밝혀야 할 것 같아." 그녀는 눈물을 글썽이며 속삭였다.

"무슨 일이야?"

"내 딸 때문에…"

"네 딸에게 무슨 일이라도 있니?"

"걔가 약혼한 지 오늘로 7일째야." 옵톱 부인이 말했다. "그런데 밤낮으로 강물처럼 눈물을 쏟으며 울고만 있어. 간신히 설득해서 목욕도 겨우 시켰어." 여인은 놀란 표정으로 옵톱 부인의 말을 들었다.

"혹시 신랑이 좀 무례한거야?"

"난 아직 그를 직접 본 적도 없어. 하지만 본 사람들은 그가 매우 잘생기고 똑똑하다던데… 남편도 아주 마음에 든다며 단번에 사위로 삼기로 했다고!"

"그럼 쿠무쉬는 어때? 신랑에 대해 뭘 좀 알고 있어?"

"우리가 말했으니 알고 있지. 우리가 신랑을 칭찬하려고 정말 애썼는데, 쿠무쉬는 듣지 않으려 하고 그저 울기만 해."

여인은 거기에 어떤 비밀이 있는지 알 수는 없어 더욱 놀라워하며 옵톱 부인을 달랬다.

“자, 자, 이제 그만 울어!” 그녀는 위로를 건넸다. “이런 건 가끔 있는 일이야. 어떤 이들은 결혼식 전까지 울고불고 난리지만, 혼례 장막 뒤에서는 애정이 넘친다고! 걱정 마, 옵톱! 신랑이 정말 잘생겼고 말도 잘한다면, 네 딸이 남편에게 포도 덩굴처럼 휘감겨 있게 될 거야.”

“아, 언니” 옵톱 부인이 말했다. “그럴 것 같지 않다고…”

“날 믿어, 옵톱! 나는 시집가기 전에 우는 아가씨들을 많이 보았지만, 그런 애들이 첫날밤을 맞으면 부끄러운 줄도 모르고 오히려 남자보다 더 적극적으로 나서더라고. 네 딸도 그런 애들 중 하나야. 너무 걱정하지 마, 옵톱!”

“나도 그러길 바라.”

“확실히 그럴 거야.” 여인이 웃으며 말했다. “하지만, 미역국부터 마시지는 마, 옵톱! 만약 네 딸이 내가 말한 대로 변한다면, 내게 뭘 해 줄거야?”

“머리부터 발끝까지 새 옷으로 입혀줄게.”

“그 약속 잊지 마, 옵톱! 신께서 은혜를 베푸신다면, 꽃이 잡초를 묶어 버리듯 네 딸도 남편을 어떻게 사로잡게 될지 지켜 볼거야. 이제 손님들 맞으러 나가, 웃는 얼굴로!”

그리고 그들은 음식 보관처에서 나와 다시 여성들의 무리로 스며들었다.

****

아, 이 얼마나 멋진 처녀 파티인가! 꽃들이 만발하고, 앵무새와 카나리아들이 노래하는 날, 쿠무쉬의 삼촌 집에서는 결혼식 전날에 펼쳐지는 꽃들의 파티가 열리고 있었다! 그곳에는 삼사십 명의 젊은 처녀들이 모여 있었다. 그들 중 가장 아름답고 예쁜 친구 하나를 새로운 세계로 떠나보내는 날이다. 이 이별의 파티는 정말 화려해야 했으므로, 모든 처녀들은 가장 예쁜 드레스와 눈부신 장신구로 치장했다. 아, 오늘 그 집에 들어가 이 잔치의 한 장면이라도 엿볼 수 있다면, 독자 여러분께서는 틀림없이 기쁨에 휘청거릴 것이고, 경이로움으로 두 눈이 크게 떠질 것이다.

"이 꽃이 가장 아름답지 않니?" "아니야, 저 꽃이 더 예쁘지!" "어머, 이 꽃이라고!" 가장 아름다운 여신을 이런 식으로 고르다 보면 결국 혼이 나가 정신을 잃고 웃음거리가 되고 말 것이다.

간단히 말해, 이 처녀 파티에는 천사처럼 비길 데 없는 미인들만 불러 모았다. 한 명 한 명이 아름답지 않은 사람이 없었다. 가수와 춤꾼들은 마치 천상의 요정 같았고, 북을 치는 사람들과 두토르를 연주하는 이들도 자리를 잡았다. 그러나 쿠무쉬만은 없었다. 아직 목욕탕에서 돌아오지 않았다. 쿠무쉬가 없는 처녀 파티는 파티라고 할 수 없다. 누군가 노래를 부르거나 연주를 시작하려 해도 마음이 동하지 않았다. 모든 이의 마음속엔 하나같이 이런 생각이 맴돌았다.

"쿠무쉬가 곧 올 거야. 그러면 진짜 잔치가 시작되겠지!"

그러던 중 누군가 흥분된 목소리로 외쳤다.

"온다!"

모든 쳐녀들이 창문으로 달려가 마당을 내다보았다. 쿠무쉬가 두 명의 여성 중매인과 함께 마당을 가로질러 오고 있었다. 아, 그 순간 오타벡이 그녀를 보았더라면! 그렇다, 그는 그 순간 자신의 연인을 봤어야 했다.

그녀의 순수하고 처녀다운 얼굴이 그의 마음을 관통하고, 사랑의 화살이 그의 가슴을 꿰뚫었을 것이다. 그녀는 정말 아름답고 화려했다. 옷차림은 눈부셨고, 머리 위에 얹은 하얀 실크 스카프, 하얀 실크 드레스, 그리고 은실로 장식된 모피 코트가 그녀의 우아함을 더했다. 담비 털 칼라가 그녀의 가냘픈 목을 살포시 감싸며 입 맞추듯 턱에 닿아 있었다. 풍성하고 검은 머리카락은 곱슬거렸고, 루비처럼 빛나는 뺨은 더없이 아름다웠다.

중매인들이 쿠무쉬를 마당으로 데려왔다.

"자, 이제 도착했네요." 그들이 미소지었다. "아가씨들, 여기 쿠무쉬가 왔으니 맘껏 즐겁게 해주세요."

두세 명의 처녀들이 신부 쪽으로 달려가더니 그녀의 파란지[57]를 들어올리고 방으로 이끌었다. 쿠무쉬를 아가씨들의 손에 넘긴 중매인들은 자리를 떠났다. 집 안에는 남자도 없었고 나이 든 여자도 없었다. 온 집안은 처녀들로 가득 차 있었다.

처녀들과 함께 쿠무쉬가 방으로 들어섰다. 그녀에게서 퍼져 나온 진한 향내가 온 집안을 부드러운 담요처럼 감쌌다. 그녀 주위로 몰려든 처녀들이 먼저 말을 걸려고 서로의 말을 끊으며 끼어들었다.

"어떻게 지냈어? 와, 정말 예쁘네! 새 옷이 너무 멋져!"

쿠무쉬는 거의 들리지 않을 정도로 작은 목소리로 대답했다.

"너희들에게 행복이 있길 바랄게."

처녀들은 그녀를 주인공의 자리에 앉히고 반원 모양으로 둥글게 자리를 잡고 앉았다. 그러다 이상하게도 조용해졌다. 처녀들은 이 축제의 주인공을 향해 은밀하고 의미심장한 시선을 보냈다. 그리고 하나둘씩 모두가 우울한 분위기가 되어갔다.

처녀들이 무엇을 생각하고, 무엇이 그들의 마음을 무겁게 했을까? 그

57 파란지paranji: 여성이 외출할 때 몸을 완전히 가리기 위해 걸치는 전신 베일

러나 사랑하는 독자들이여, 우리가 이 처녀들의 비밀을 알 수는 없는 법.

처녀들은 마치 꽃다발처럼 방을 장식하고 있었다. 그들의 조신하고 사색적인 태도는 그 얼굴이 정신적인 아름다움과 진지함으로 더욱 빛나게 해주고 있었다. 만약 지금 이들 중 가장 아름다운 꽃을 선택해야 한다면, 더는 혼란스러워할 필요가 없을 것이다. 망설임 없이 우리는 쿠무쉬를 선택할 것이기 때문이다. 쿠무쉬 아가씨야말로 튤립들 사이에서 피어난 한 송이 꽃이자, 별들 사이에 떠있는 둥근 달과 같은 존재였다.

그러나 방안은 여전히 조용한 정적에 휩싸여 있었다. 하지만 모든 파티에는 생명과 영혼이 있는 법. 이 파티도 예외는 아니었다. 주인공은 굴슨 아가씨였다. 이 파티에 드리운 무거운 정적과 슬픔이 그녀에겐 달갑지 않았던 것이다. 이렇게 아름다운 파티에서 더 이상 침묵을 지키고 있을 수가 없었던 굴슨은 이렇게 말했다.

"우리가 오늘 여기에 왜 모였지? 왜 지루하게 이렇게 앉아 있는 거야? 우리가 지금 장례식에 모인 건가?"

하늠 아가씨도 굴슨에게 맞장구를 쳤다.

"복잡하게 생각하지 말자 친구들아! 어차피, 우리도 모두 이런 강을 건너야 할 운명이야! 사브라, 일어나! 넌 마당으로 마당으로 나가 불을 피우고 칠디르마[58]를 뜨겁게 달구라고! 아나르굴, 너는 두토르를 잡아! 아, 쿠무쉬, 이젠 그만 슬퍼하고 우울함을 떨쳐버려! 우리에게 미소를 보여줘, 제발! 어차피 내일 가슴 아프게 후회할 고민이잖아?"

하늠의 말에 모두 웃음을 터뜨렸다. 분위기는 단숨에 바뀌었다. 심지어 쿠무쉬도 자기도 모르게 웃음 속으로 끌려 들어가 미소를 지었고, 루비 같은 입술 사이로는 진주처럼 하얀 치아가 반짝였다.

처녀들 사이에 다시 활기가 넘쳐나기 시작했다. 아나르굴의 손에 들

---

58 칠드르마childirma: 손에 잡고 치는 작은 북. 도이라Doira라고 부르기도 한다. <부록> 참조

린 두토르는 인기곡 '친구들'을 연주했고, 그 멜로디는 처녀들의 심금을 울려 가슴 속 깊은 곳까지 떨리게 하는 선율을 흐르게 했다. 하늠은 더는 자리에 얌전히 앉아 있을 수 없어 벌떡 일어나 신나게 춤을 추기 시작했다. 두토르 옆에서 칠드르마의 경쾌한 리듬이 어우러지자 파티는 금세 흥겨워졌다.

손뼉 소리도 커졌다. 흥겨움이 더해지는 가운데, 집의 작은 창문과 문이 닫히고 선반마다 촛불이 밝혀지자 연회의 분위기는 한층 더 고조되었다. 바람과 장난치듯 흔들리는 촛불의 불빛은 소녀들에게 매혹적이고 환상적인 분위기를 안겨주었고, 《천일야화》[59] 속 요정들의 연회를 떠올리게 했다.

두토르가 '이포르'[60]를 연주하며 감성을 자극하자, 칠드르마 역시 섬세하게 그 선율에 어우러지기 시작했다. 춤은 어느새 한층 더 우아한 느낌을 띠었고, 굴슨도 나서서 부드럽게 원을 그렸다. 두토르는 마음 깊은 곳의 아주 섬세한 감정을 자극했고, 칠디르마는 이유 모를 그리움으로 가슴을 두드렸으며, 굴슨의 춤사위는 존재의 신비를 온몸으로 그려냈다. 파티는 너무도 흥겹고, 너무도 마음을 들뜨게 하는 순간들이었다.

그렇다고 해서, 쿠무쉬마저 이 놀이와 흥겨움의 원 안으로 빨려 들어갔다고 상상하지는 말기 바란다. 우아한 모습을 한 그녀의 몸은 친구들 사이에 끼어있었지만, 그녀의 생각은 멀리, 아주 멀리 다른 곳을 떠돌고 있었다. 그녀의 시선은 잔치를 향하고 있었지만, 눈앞에는 전혀 다른 광경을 떠올리고 있었다. 사랑하는 독자들이여, 이제 여러분은 그녀가 실제로는 이 잔치에 있는 것이 아니라, 깊은 추억 속에 머물러 있다는 사실을 짐작할 수 있을 것이다.

---

59 아랍어 *Alf Layla wa Layla*를 우즈벡어로는 *Aliflaylo*라고 한다.
60 이포르Ifor: 현악기로 만들어 내는 사색적이고 감성적인 곡조

한두 시간이 지나자, 처음에 있었던 흥겨움의 열기가 식어갔다. 지친 처녀들은 춤을 멈추고, 굴손과 하늠은 나란히 앉아 두토르에 맞춰 조용히 노래를 부르기 시작했다. 굴손이 먼저 멜로디를 시작했다. 그녀의 목소리는 맑은 종소리 같았다. 그녀는《예글라르만》[61]이라는 곡을 부르기 시작했다:

친구들이여, 두토르의 줄을 손끝으로 스칠 때마다
내 영혼은 사랑하는 이를 위해 울기 시작하네

하늠이 굴손과 함께 첫 구절을 반복하며 화음을 더했다. 두 사람의 목소리가 어우러져 영혼 깊은 곳까지 스며들었다. 감동의 물결 속에서 심장에서는 피가 빠르게 흐르기 시작했다. 그때까지 생각에 잠겨 있던 쿠무쉬도 갑자기 정신이 든 듯 노래하는 이들을 바라보았다. 처녀들은 두 번째 구절을 불렀다.

잠깐 스쳐가며 그는 내 영혼을 앗아 갔네
다시금 그 멋진 이를 볼 수 없으니, 그것이 진실이라네!

이 구절을 듣자 쿠무쉬의 눈에서는 갑자기 눈물이 반짝거렸다. 그리고 처녀들은 세 번째 구절을 불렀다.

다시 그를 볼 수 있다면,
내게 소중한 모든 것을 바칠 텐데.

---

61 예글라르만Yig'larman: '나는 울고 싶어라' 혹은 '나는 울고 있네'로 번역된다.

네 번째 구절은 이렇게 이어졌다:

> 그러나 그는 알까? 그 잔혹한 폭군!
> 내가 밤낮으로 그를 그리며 눈물을 흘리고 있다는 것을?

쿠무쉬는 점점 더 괴로워하는 듯 보였다.

다섯 번째 구절의 차례가 왔다.

> 말해 다오, 친구들아
> 얼마나 오랫동안 사랑하는 이와 떨어져 있어야 하는가?

마지막 구절이 울려 퍼졌다.

> 이 고통을 더는 견딜 수 없네, 사랑하는 이여!
> 나의 두토르를 땅에 내리쳐 부숴버리리!

그러나 아무도 이 마지막 노래를 듣지 못했다. 모두가 쿠무쉬에게 달려갔기 때문이다. 놀랍게도, 그녀는 옆에 앉아 있던 아가씨를 끌어안고 격렬히 울고 있었다.

"무슨 일이야, 쿠무쉬?"

"왜 이렇게 우는 거니, 쿠무쉬?"

"어디 아픈 거야, 쿠무쉬?"

쿠무쉬는 친구의 어깨에서 고개를 들어 처녀들을 바라보았다. 그녀의 눈은 눈물로 젖어 있었다. 그리고 마치 잠에서 깨어난 듯, 갑자기 슬픔에서 벗어나려고 애쓰며 주머니에서 손수건을 꺼내 눈물을 닦았다.

"말해줘, 왜 우는 거야?" 굴슨이 물었다.

쿠무쉬는 억지로 미소를 지으며 그녀를 향해 몸을 돌렸다.

"있잖아…" 그녀가 마침내 대답했다.

"어머나, 쿠무쉬!" 굴슨이 화가 난 양 말했다. "내게 그런 남편이 주어진다면 나는 기뻐서 하늘로 날아오를 거야!"

굴슨의 말에 처녀들은 웃음을 터뜨렸다. 하지만 쿠무쉬는 여전히 침울했다. 그녀의 기분을 돋우기 위해 친구들은 기발한 놀이를 고안했다. 신랑과 신부의 '라파르'[62] 노래 대결을 펼치는 것이었다. 굴슨은 신랑의 역할을, 하늠은 신부 역할을 맡았다. 굴슨과 하늠이 장난스럽고 엉뚱한 가사를 주고받자 처녀들은 웃음바다를 이루며 바닥을 굴렀다. 하지만 친구들이 아무리 기발한 시도를 해도, 진주 같은 치아를 드러내던 쿠무쉬의 미소는 볼 수 없었다. 쿠무쉬는 여전히 깊은 생각에 잠겨 있었다.

처녀들에게는 잔치 마당에서 가져온 오쉬와 여러 가지 맛있는 음식들이 제공되었다. 이후 중매쟁이들이 도착하여 처녀들에게 쿠무쉬를 내놓으라고 재촉하기 시작했다.

"안 돼요, 쿠무쉬를 내놓을 순 없어요!" 그들의 대답은 풍습에 따른 것일 뿐이었다.

쿠무쉬는 친구들의 말을 곧이곧대로 믿고, 그들이 정말로 자신을 내놓지 않을 것이라고 생각했다. 그래서 그녀가 두 명의 여성 중매인들과 함께 집을 나설 때는, 마치 도움을 청하듯 친구들을 돌아보았다. 하지만 그녀들은 하나둘씩 자리를 떠났다. 이제 그들은 친구와 이별을 고했고, 쿠무쉬는 새로운 세상, 즉 여인의 세계로 들어가고 있었던 것이다.

---

62 라파르lapar: 남녀가 교대로 노래를 부르는 이중창. 여기서는 여성만 등장한다.

•• 11장 ••

생각지도 못한 행복

결혼을 성사시키기 위해 신부의 동의를 구하는 것은 쉽지 않은 일이었다. 이맘[63]은 그녀에게 같은 질문을 여러 번 반복해야 했다. "미르자카름의 딸 쿠무쉬여, 당신은 유수프벡 호지의 아들인 타슈켄트 출신의 신실한 무슬림 오타벡과의 결혼 문제를 당신의 삼촌인 율다쉬의 아들 무함마드라힘에게 위임했습니까?"

이런 질문이 예닐곱 번 정도 반복되고, 중매인들의 설득이 이루어지고 나서야 쿠무쉬는 마지못해 동의의 말을 내뱉었다.

저녁 다섯 시쯤 되자 미르자카름의 집에서는 모두 신랑의 도착을 초조하게 기다리고 있었다. 신랑을 위해 오쉬와 각종 요리가 준비되었으며, 온갖 종류의 달콤한 간식도 마련되었다. 드디어 5시 반쯤 신랑 오타벡은 약 20~30명의 젊은이들, 즉 라흐맛의 친구들과 함께 모습을 드러냈다. 그는 눈부신 복장을 하고 있었다. 머리에는 빛나는 실크 터번을 쓰고, 어깨에는 검은 양모로 안감을 댄 담비 모피 코트를 걸쳤으며, 그 안에는 샤마이에서 특별히 제작된 파란색 양모 조끼를 입고 있었다. 또한 양모 바지를 입고 있었으며, 발에는 가죽 부츠를 신고 있었다. 허리에는 쿠무쉬가 능숙하게 자수로 장식하여 선물로 준 넓은 복대를 두르고 있었다.

신랑의 두 뺨은 루비처럼 붉게 물들어 있었고, 입술에는 옅은 미소가 떠올랐으며, 그의 눈은 누군가를 찾는 듯 반짝이며 여기저기를 살폈다. 여러 지역에서 온 손님들 중 많은 이들은 이미 오쉬를 배불리 먹었지만 신랑의 모습을 보려고 일부러 남아 있었다. "훌륭하구나, 훌륭해!" 그들은 속

63 이맘imam: 모스크의 기도 인도자. 이슬람 사회의 종교 지도자로 결혼식을 비롯한 각종 의전을 집례한다.

삭였다. "멋진 신랑이야. 신부는 아름답고, 신랑도 잘생겼어!" 한 여인이 옵톱 부인에게 달려왔다. 그녀는 지금까지 이웃 아낙네들과 함께 지붕에서 신랑의 도착을 지켜보고 있던 옵톱 부인의 언니였다.

"옵톱, 얼른 이스릭[64] 향을 준비해! 사위를 악한 눈길로부터 지켜줘야지!"

문 앞에서 손을 가슴에 얹고 손님들을 맞이하던 미르자카름은 몰래 사위를 흘끗흘끗 쳐다보며 은밀히 미소를 지었다. 응접실로 이어지는 아이완에는 하얀 수염을 가진 이맘이 온화하면서도 엄숙한 표정으로 앉아 있었고, 지여 셔히치, 하산알리, 그리고 신부 측 대표들과 몇몇 남자들이 함께 있었다. 젊은이들이 오타벡을 이맘 앞으로 데려오자 신랑 측과의 협상이 시작되었다.

신랑 측은 지여 셔히치가, 신부 측은 삼촌 무함마드라힘이 각자의 아버지를 대신하여 협상을 진행했다. 그들은 신랑이 미래의 아내에게 완전히 소유권을 부여할 재산에 대해 논의하고 있었다. 오랜 논의 끝에 다음과 같은 합의에 도달했다. 신부는 금화 300틸라를 받게 되며, 신랑은 결혼 후 마길란에 넓은 집을 사고, 젖소 한 마리와 가재도구를 구입하겠다고 약속했다. 오타벡이 이 모든 조건에 동의하자 이맘은 결혼 예식을 진행하기 시작했다. 이슬람 관례에 따라 그는 먼저 알라를 찬양하는 기도문을 낭송하고, 예언자를 기리는 기도를 낭송했다. 그리고 마침내 가장 예민한 질문에 이르렀다.

"유수프벡 호지의 아들 오타벡, 당신은 샤리아 법에 따라 미르자카름의 딸 쿠무쉬를 아내로 맞이할 것을 동의합니까?" 이 질문은 페르시아어로 이루어졌다. 오타벡은 참을 수가 없었다. 동의하냐고? 물론이지! 이맘이 첫 번째 질문을 했을 때부터 그는 당장 "동의합니다! 기쁨으로 동의합

64 이스릭isriq: 공기를 맑게 하고 악한 눈길을 막기 위해 태우는 약초

니다!"라고 외칠 준비가 되어 있었다. 그러나 주변 사람들이 "어휴, 참 성급하군!"이라고 수군댈까 걱정되어 꾹 참았다. 이맘은 두 번째로 같은 질문을 반복했다. 전통에 따르면 신랑은 세 번째 질문이 끝난 후에 대답해야 한다. 그러나 오타벡은 초조해진 나머지 자기도 모르게 여기서 "네, 동의합니다!"라고 외치고 말았다. 대답을 주저하다가는 주변 사람들이 "아하, 이 사람이 쿠무쉬와 결혼하고 싶지 않군!"이라고 말하며 모든 것이 무산될까 두려웠던 것이다.

이맘은 알라를 찬양하며 결혼 예식이 끝났음을 선언했다. 참석자 모두는 신랑과 신부의 행복을 기원하며 기도했다. 손을 들어 올리고 "알함둘릴라!"[65]라고 외쳤다. 지붕 위에서 행사를 지켜보던 여성들도 기도에 동참했다. 젊은이들은 오타벡의 팔을 잡아 응접실로 데려갔다. 연회가 시작되었다.

65 알함둘릴라Alhamdulillah: 신을 찬양하나이다.

오타벡은 마음이 급했지만 연회는 길고도 길게 이어졌다. 드디어 저녁 기도 시간이 되었다. 빈 배를 채운 수많은 음식과 접시들이 치워졌고, 식탁보가 말려 정리되었다. 한 시간 반 정도가 흘렀으나, 오타벡에게는 마치 몇 년이 흐른 것처럼 느껴졌다. 마침내 그를 데리러 온 중매인들이 도착했다. 다시 한번 젊은 부부가 사랑과 조화 속에서 살기를 바라는 기도가 낭송되었고, 오타벡은 안채로 안내되었다.

바로 그때 하산알리가 그에게 다가왔다.

"결혼을 축하한다, 벡!" 그가 부드럽게 말했다.

"감사해요!"

하산알리는 아버지처럼 따뜻한 시선으로 오타벡을 머리부터 발끝까지 바라보았다. 등을 토닥이며 축복을 건넸고, 눈물까지 글썽였다. 오타벡은 중매인들을 따라갔다. 묘한 감정이 그를 엄습했다. "이게 꿈은 아닐까? 정말 이 모든 것이 사실일까?"

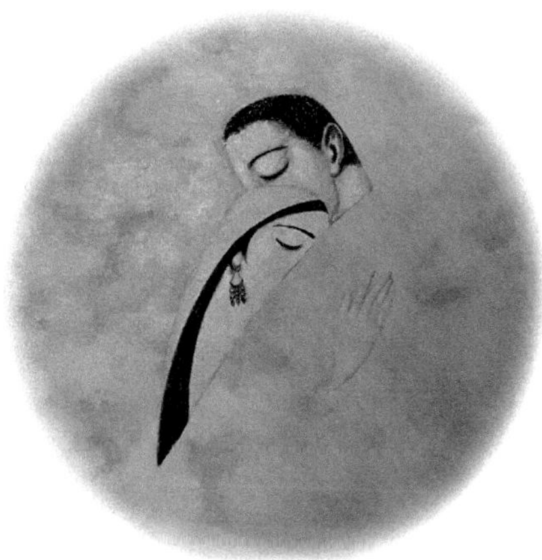

독자들이여, 이제 오타벡과 함께 안채로 들어가 보자. 안뜰에는 기어코 신랑을 보겠다는 여성들과 아이들이 쿠무쉬의 방 앞까지 줄지어 서 있다. 몇몇 여성들은 촛불도 들고 있다. 신랑을 위해 준비된 방은 화려한 카펫과 수자나[66]로 장식되어 있으며, 미르자카름의 방에서 옮겨온 여러 물건들로 꾸며져 있다. 여성들이 능숙한 솜씨로 자수를 놓은

66 수자나suzana: 바느질로 자수를 놓아 만든 전통 공예품

큼직한 초드라[67]도 걸려 있다. 천장에는 거대한 샹들리에가 달려있으며, 30여 개의 촛불이 신비로운 빛으로 방을 밝혀준다. 그곳, 구석에는 여전히 흰옷을 입은 쿠무쉬가 서 있다. 촛불에 비친 방 안의 여러 물건들이 반사되어 그녀의 사랑스러운 얼굴 위로 다채로운 빛과 그림자가 춤추듯 드리워졌다.

중매쟁이의 말은 들을 생각도 없이 쿠무쉬는 눈물을 흘리고 있었다. 마당에서 "신랑이야! 신랑이 오고 있어!"라는 외침이 들리자, 그녀의 얼굴에는 고통의 그림자가 스치며 더욱 서럽게 흐느껴 울기 시작했다. 울고 있는 쿠무쉬를 뒤로 한 채, 중매쟁이는 문 쪽으로 달려갔다. 신랑이 거의 도착하자 그는 당장 여인들의 무리에 둘러싸이고 말았다. 옵톰 부인의 언니는 그의 뒤를 따라가며 향으로 그를 정화하고 있었고, 그를 따르는 이들은 신랑을 더 잘 보기 위해 촛불을 높이 들었다. 오타벡은 얼굴이 달아올라 어찌할 바를 모르며 문턱에서 멈추었다. 그 순간 문이 열리고 중매인이 그를 불렀다.

"들어오세요, 벡!"

오타벡의 심장은 너무나 크게 뛰어서 중매인도 들을 수 있을 정도였다. 그는 방 안으로 들어갔다. 중매인은 그 뒤로 문을 닫았지만, 방 안에서 일어나는 일을 엿볼 수 있도록 살짝 틈을 남겨두었다. 쿠무쉬는 방 한쪽 끝에 서서 오타벡에게 옆모습만 보이고 있었으며, 뭔가 초조해하며 자신의 스카프 끝자락을 잡아당기려 애쓰는 듯했다. 그녀는 누가 들어왔는지 돌아보지도 않았다. 그 순간, 그녀의 작고 여린 손이 스카프를 만지고 있을 때, 또 다른 손이 그녀의 손에 포개졌다.

"내 사랑이여!"

---

67 초드라chodra: 첫날밤 신랑 신부가 앉는 공간을 가리기 위해 흰 천으로 만든 커튼 또는 차양

쿠무쉬는 그 손길에 깜짝 놀라 몸을 피했다.

"건드리지 마세요." 그녀가 말했다.

"왜 나를 피하오? 왜 나를 보지 않으려 하오?" 벡은 떨리는 목소리로 간절히 말을 건넸다. 그때까지 쿠무쉬는 단 한 번도 그를 쳐다보지 않았고, 보려고도 하지 않았다. 그러나 그때, 어렵사리 마음을 추스르고, 그녀는 조심스레 신랑 쪽으로 눈길을 돌렸다. 그리고 멈췄다. 그러더니 몇 걸음 오타벡 쪽으로 다가와, 당혹스런 목소리로 물었다.

"아니, 당신인가요?"

"그렇소, 바로 나요!"

그들은 마치 마법에 걸린 듯 서로를 바라보며 한참 동안 멍하니 침묵 속에 서 있었다.

"믿어지지 않아요." 쿠무쉬가 마침내 깊은 한숨을 쉬며 말했다.

"나도 마찬가지요." 오타벡은 그녀에게서 눈을 떼지 못한 채 대답했다.

그 순간, 그들의 입술은 서로에게 이끌리어 저절로 하나가 되었다. 신부의 작고 여린 손은 신랑의 어깨 위에 얹혔고, 그의 크고 강한 손은 그녀의 허리를 감쌌다.

쿠무쉬는 오타벡의 얼굴을 그윽한 눈길로 쳐다보며 말했다.

"이런 생각지도 못한 행복이라니!" 그녀는 속삭이듯 말하며 자신의 이름[68]처럼 은쟁반에 구슬이 굴러가듯 맑고 고운 웃음을 터뜨렸다. 웃음소리는 마

68 쿠무쉬는 '은'銀이라는 뜻이다. 작가는 그녀의 아름다움, 치아, 의상, 집안에 있는 상품, 담요, 그리고 신랑의 혼례복까지도 은빛으로 묘사했다.

당까지 들렸다. 중매쟁이가 살짝 열어둔 문은 이제 닫혔다. 쿠무쉬는 오타벡의 손을 잡고 미리 차려둔 다스트라한으로 이끌었다.

"만약 제가 당신이라는 것을 알았더라면" 그녀가 말을 이었다. "전혀 다른 방식으로 맞이했을 텐데요."

"다른 사람을 기대했소?"

"어떻게 그런 생각을 했겠어요? 당신일 거라고는 상상도 못 했죠!" 쿠무쉬는 또다시 맑고 종소리 같은 웃음을 터뜨렸다. 오타벡이 그녀의 가녀린 손을 잡고 금반지를 손가락에 끼워주었다. 쿠무쉬는 부끄러워하며 시선을 떨어뜨렸다.

"어머, 그런데 저는 당신께 드릴 선물을 아무것도 준비하지 못했네요…"

"후회하나요? 그럴 필요없소." 벡은 부드럽게 말했다. "그 대신, 부탁 하나 할 테니 거절하지 마시오."

"물론 거절하지 않을게요."

"그 작은 점에 입 맞출 수 있게 해주시오." 그는 쿠무쉬의 윗입술 위에 있는 검은 점을 가리키며 말했다. "그것이야말로 나에게 가장 큰 선물이 될 것 같소."

쿠무쉬의 얼굴은 불타오르듯 빨개졌다.

****

이제 시간을 몇 주 전으로 돌려보자. 마길란에 도착한 다음 날, 오타벡은 신기료장수들의 거리로 향했다. 저녁 기도 시간이 다가오고 있었기에 오타벡은 한 가게 주인에게 세정할 데가 있는지 물었다. 물길을 따라 흐르던 깊은 개울물은 거의 말라 있었기에 바닥에 고인 물을 사용하려면 꽤나 성가신 일이었다. 가게 주인은 적합한 장소를 가리켜 주었다. "저 모퉁이 문을 지나 안뜰로 들어가면 개울둑이 낮은 곳이 있어요. 거기서 세정할 수 있을 겁니다."

그리하여 오타벡은 우연히 미르자카름의 집 사랑채의 안뜰에 들어서게 되었다. 그리고 바로 그 순간, 한 천사가 응접실에서 날아온 듯 그의 눈길을 사로잡았다. 바로 쿠무쉬였다.

쿠무쉬는 개울의 건너편 둑으로 걸어가다 우연히 체격이 좋고 호감가는 젊은 청년을 보게 되었다. 그 순간, 둘은 마치 주문에 걸린 듯 움직이지도 못한 채 서로에게서 눈길을 뗄 수가 없었다. 그러다 갑자기 무언가에 놀란 듯 쿠무쉬는 몹시 부끄러워하며 안채로 이어지는 어두운 골목으로 사라졌다. 허리까지 내려오는 길게 땋은 머리를 흩날리며 사라진 것이다. 안채로 급히 들어가던 쿠무쉬는 그 청년을 한 번 더 돌아보며 살짝 미소를 지었다.

쿠무쉬는 사라졌지만, 오타벡은 마치 뿌리가 박힌 듯 자리를 떠나지 못했다. 마침내 정신을 차리고 그는 방금 본 꿈 같은 환영을 떠올리려고 애를 썼다. 그러나 꿈은 꿈일 뿐, 현실은 다른 요구를 하고 있었다. 오타벡은 개울가에 쪼그려 앉아 물을 뜨며 여전히 그녀가 사라진 어두운 골목길을 바라보고 있었다. 세정을 끝내고 나서도 그의 눈길은 여전히 같은 방향을 향하고 있었다. 하지만 그녀는 나타나지 않았다. 어쩌면 그녀가 밧줄도 없이 자신을 포로로 붙잡아 묶어둔 뒤 어디선가 몰래 엿보며 웃고 있을지도 모른다고 생각했다.

오타벡은 오랫동안 기다렸다. 기도 시간이 시작됐나 했더니 어느새 지나가고 말았다. 마침내 그는 미르자카름의 안뜰을 떠날 결심을 했다. 사랑은 이렇게 시작되었던 것이다. 그리고 그 사랑은 날이 갈수록 깊어졌다. 독자들께서는 그다음에 어떤 일이 있었는지 이미 알고 있다. "당신인가요?"라고 외쳤던 쿠무쉬. 그녀의 꿈이 이루어졌다. 이 첫 만남이 우리의 젊은 연인의 마음을 하나로 묶어 주었던 것이다.

•• 12장 ••

음모

오늘은 오타벡이 미르자카름의 딸과 결혼한 지 일곱 번째 되는 날! 이는 호미드가 코칸드에서 집으로 돌아와 듣게 된 첫 소식이었다. 그는 온갖 인상을 찌푸리며 끔찍한 복수를 꾸미고 있었다. "미르자카름의 딸과 결혼했다!"는 말이 귓가에서 끊임없이 맴돌았다.

코칸드에서 그가 도착했다는 사실이 그의 두 아내에게는 참을 수 없는 큰 재앙이었다. 그는 말도 안되는 이유로 아내들에게 폭행을 행사했다. 두려움에 떨던 아내들은 호미드를 피하려고 안뜰 깊숙한 곳으로 숨었고, 혐오감으로 가득 찬 마음으로 그가 빨리 죽기를 간절히 바랐다. 그리고 그들은 이렇게 말할 정도였다. "아, 그놈이 차라리 코칸드에서 뒈졌으면 얼마나 좋았을까? 개들이 시체를 차지했을 텐데!"

호미드는 어떤 일을 궁리할 때, 온 신경을 그것에 쏟아붓는 사람이었다. 그럴 때면 그의 얼굴에는 탐욕스러운 기운이 감돌았고, 야수 같은 본성이 드러났으며, 언제든지 무고한 희생자를 덮쳐 찢어 죽일 듯한 태도를 보였다. 지금도 그는 어디든 뒤지고 다니며 추악하고 방자한 복수를 계획하고 있다. 그리고 드디어 무언가 드러났다. 그의 입술이 사악한 미소로 비틀어지는 것으로 봐서 그는 분명 음모를 꾸몄음에 틀림없다.

딱 소리를 내며 손가락을 튕기고는 그는 자리에서 벌떡 일어났다. 때묻은 터번을 걸이에서 잡아채더니 안뜰로 성큼성큼 걸어 나갔다. 직조공들이 일하는 작업장에 멈춰 서서 기능공과 견습공들에게 고함을 치며 지시를 내린 뒤, 터번을 고쳐 쓰고 대문을 통해 거리로 나섰다. 좁은 골목과 뒷길을 따라 그는 도시 서쪽, 쿠르보시 경찰서장의 관할 구역으로 향했다.

거대한 남문에는 총칼로 무장한 경비병 두 명이 서 있었다. 그들은 평화롭게 이야기를 나누고 있는데, 이미 우리가 잘 알고 있는 그 깡패 같은 녀석이 다가오더니 말을 걸었다.

"쿠르보시 서장께서는 안에 계시오?"

그의 질문에 짜증이 난 경비병 중 한 명은 시큰둥한 표정으로 침묵했고, 다른 한 명은 총으로 문 쪽을 가리키며 으르렁거리듯 대답했다.

"들어가 보시오!"

문을 지나 안뜰로 들어서자, 15명의 젊은 병사들이 아이완에서 불을 쬐고 있는 모습이 마치 카라반세라이를 연상케 했다. 아이완을 지나 호미드는 입구를 지키는 수석 경비병에게 다가가 쿠르보시 서장을 긴급히 만나야 한다며 들어갈 수 있도록 허락해달라고 했다. 경비병은 그를 따라오게 한 뒤 큰 홀로 안내했다. 그곳에는 나이가 대략 40~50대로 보이는 남자가 앉아 있었다. 그는 고급 착몬 외투를 입고 은장 벨트를 찼으며, 머리에는 짙은 파란색의 터번을 쓰고 있었다. 그의 어두운 피부에는 대마초를 하는 사람들에게서 흔히 보이는 누르스름한 기운이 있었다. 은으로 장식된 칼집에 든 검[劍]은 그의 무릎 위에 놓여 있었다. 이 사람이 바로 다름 아닌 쿠르보시 경찰서장이었다. 그는 공문서 같은 서류를 들여다보느라 여념이 없었다. 방문객의 인사에 형식적으로 대답한 쿠르보시는 마지못해 물었다.

"무슨 일로 왔소?"

"서장님, 억울한 일이 있어 고발하러 왔습니다!"

경비병은 그들만 남겨두고 나갔다. 방문객은 문 앞에 멈춰 서서 가슴 위에 두 손을 모았다.

"그 억울한 일이 뭐요?"

"서장님… 제가 앉아도 되겠습니까?"

"좋소, 앉으시오."

방문객은 낡고 닳아빠진 카펫 위를 조심스럽게 몇 걸음 걸어 공손한 태도로 쿠르보시와 마주 앉았다. 쿠르보시는 손에 들고 있던 서류를 접어

겨드랑이에 끼우고는 언짢은 태도로 방문객의 얼굴을 노려보았다.

"어디서 왔소?"

"서장님 … 저는 마길란 사람입니다."

"이름이 뭐요?"

"서장님 … 제 이름은 호미드입니다."

"무슨 일을 하시오?"

"방직 공장을 운영합니다."

"좋소. 이제 억울한 일을 말해 보시오!"

"카라차폰 사람들이 평화롭게 살기를 원치 않습니다. 쿠다야르칸의 자애로운 장인어른 무슬만쿨 대감의 공정한 통치 아래에서도 말입니다." 호미드는 큰 걱정이라는 듯 거짓을 꾸며 엄숙히 선언했다. "그들은 형제들인 킵착을 견제하기 위해 사람들을 선동하고, 나라를 혼란과 파멸로 몰아넣으려 합니다. 우리는 그 반역자들이 아지즈벡과 그의 고문 유수프벡 호지를 중심으로 타슈켄트에만 있는 줄 알았는데, 이곳 마길란에서도 반역의 씨앗을 뿌리고 있습니다."

쿠르보시는 놀란 얼굴로 물었다.

"무슨 말을 하는 거요? 누가 이곳 마길란에서 반란을 선동한다는 말이요?"

"그들 중 한 명은 타슈켄트의 악명 높은 선동자인 유수프벡 호지의 아들로, 현재 마길란에 머무르고 있는 오타벡이라는 자입니다. 그리고 다른 한 명은 그의 공범이자 장인인 미르자카름 쿠티도르입니다."

"사실이요?"

"그렇습니다, 서장님."

"어떻게 그걸 알았소?"

"며칠 전 제가 그들의 모임에 있었습니다, 서장님."

"그래, 그래. 거기서 무슨 일이 있었소?"

"서장님, 온갖 이야기를 다 나눴습니다!" 호미드는 말을 이었다. "오타벡이 두드러진 주동자였으며, 킵착족의 잔혹함과 그들이 저질렀다는 폭력 행위에 대해 말하기 시작하더군요. 그는 타슈켄트에서, 아지즈벡이 자기 아버지와 함께 킵착족을 정치권에서 몰아내기로 결심했다는 사실을 참석자들에게 알렸습니다. 그러더니 마길란에서도 킵착족에 맞서 반란을 일으키자는 제안을 하더군요. 모든 이들이 그를 지지했지만, 그중에서도 미르자카림 쿠티도르가 가장 열렬했습니다. 이 끔찍한 일을 막지 않으면, 우리의 지도자들에게는 물론 나라 전체에 큰 재앙이 닥칠 것입니다, 서장님!"

"그 모임은 누구 집에서 열렸소?"

이런 질문을 예상하지 못한 호미드는 당황했다. 그가 모임이 열린 장소를 밝히면, 그의 매형과 조카 라흐맛 또한 체포될 것이었다. 이 정보를 제공한다는 것은 스스로를 궁지에 몰아넣는 꼴이 될 것이다.

"음… 기억이 잘 나지 않습니다." 그는 대답을 머뭇거렸다.

그러나 이 대답은 쿠르보시를 만족시키지 못했고, 오히려 화를 돋우었다.

"기억이 안 난다고?!" 그는 고함쳤다.

호미드는 궁지에 몰렸다.

"기억이 안 나는 건 아니지만, 너무 민감한 장소라…" 그는 더듬거리며 대답했다.

"민감한 장소라고?!" 쿠르보시는 섬뜩하고 기괴한 소리로 고함을 쳤다. "말하지 않으면 당신도 그자들과 함께 구덩이에 던져질 거요!"

"자비를 베푸소서, 서장님!"

하지만 쿠르보시는 분노가 극에 달해 있었다.

"자비란 없소!"

이제 호미드는 마지막 희망에 매달릴 수밖에 없었다. 그는 주머니를 뒤지기 시작하더니 어렵게 작은 지갑을 꺼냈다. 그리고 세지도 않고 금화

열댓 개를 쏟아부었다.

“서장님” 그는 금화를 내밀며 말했다. “보잘것없지만, 제 성의를 받아 주십시오…”

호미드가 주머니를 뒤질 때부터 쿠르보시의 눈에는 이미 다른 빛이 비치는가 싶더니, 이제 그는 돈을 차분히 받아들고는 완전히 다른 부드러운 목소리로 대했다.

“민감한 장소라고 하셨소, 호미드씨?”

“서장님…”

“그 저주받을 자들이 그런 모의를 했단 말이오?”

“서장님, 그들의 행동을 반드시 저지해야 합니다. 그렇지 않으면 심각한 결과를 초래할 것입니다!”

“물론 이 선동가들은 벌을 받게 될 거요. 나는 이를 즉시 총독에게 보고하겠소. 이 역적들을 오늘 밤에 당장 잡아들여야 할 거요.”

호미드의 얼굴이 밝아졌다. 복수를 눈앞에 두고 있던 그는 기쁨에 차올랐다. 쿠르보시가 그의 계략에 이렇게 쉽게 넘어가다니! 한편, 쿠르보시는 선반에서 잉크를 꺼냈다.

“자, 호미드씨” 쿠르보시는 펜을 잉크에 담그며 물었다.

“그 역적들의 이름이 무엇이오?”

“첫 번째는 타슈켄트 출신으로 유수프벡 호지의 아들인 오타벡입니다.”

“아하” 쿠르보시는 중얼거리며 적기 시작했다.

“유수프벡 호지의 아들이라고? 이 불한당 같은 놈들! 우리 마길란을 피바다로 만들 작정이로구나! 두 번째는 누구요?”

“미르자카름입니다. 마길란 출신으로 며칠 전에 딸을 오타벡에게 시집보냈습니다.”

“어둠 속에서도 같은 부류의 놈들은 서로를 알아보는구나. 또 누가 있소?”

"오타벡의 하인, 하산알리입니다."

"또 생각나는 자가 있소?"

호미드는 잠시 생각에 잠겼다.

"안디잔 출신의 아크람 호지라는 사람이 있었습니다만…" 그는 망설이며 대답했다. "지금 마길란에 있는지는 모르겠습니다."

쿠르보시는 그 이름도 적었다.

"보아하니, 이 문제는 간단하지 않군!" 그는 혼잣말처럼 했다. "계속 말해보시오!"

"이게 전부입니다, 서장님! 오타벡과 미르자카림을 체포하는 것이 중요합니다. 뱀의 머리를 잘라내야 합니다. 우두머리들이 없으면 나머지는 아무것도 하지 못할 것입니다, 서장님."

쿠르보시는 펜을 내려놓고, 이름 적은 쪽지를 주머니에 넣었다.

"자, 이제 다 됐소! 내일 아침이면 어떤 조치가 취해졌는지 알게 될 거요."

호미드는 쿠르보시에게 공손히 허리를 굽혀 인사한 뒤 떠났다.

•• 13장 ••

체포

오르다[69]는 요르모조르 구역에 자리 잡고 있으며, 성벽 가까이에 세워진 건축물이다. 오르다의 정문은 넓은 공간과 함께 자리잡고 있으며, 그 주위에는 사과, 살구, 배, 뽕나무 같은 과수들이 심겨 있다. 정문 양옆의 담장은 온통 꽃으로 덮여 있고, 높이 8가즈[70]에 이르는 요새의 벽에는 정

69 오르다orda: 궁전. 군주의 거주 캠프 혹은 궁전 내의 지휘 본부

70 가즈gaz: 약 91cm에 해당하는 길이의 단위

교한 장식 무늬가 새겨져 있다.

두 명의 병사가 눈에 들어온다. 그들은 가죽 허리띠에 칼을 찼고, 귀마개를 하고 있었으며, 알라차 초폰과 보즈 초폰[71]을 입고 총에 기대어 서 있다. 이들이 바로 오르다의 경비병이다. 그중 한 명이 반쯤 열려 있던 문을 안쪽에서 굵은 쇠사슬을 힘껏 당겨 잠갔다.

이제 우리는 안으로 들어갈 수 없게 되었으니 요새를 한 바퀴 돌아보려 한다. 정문에서 왼쪽으로 200걸음쯤 가면 요새의 벽이 모퉁이에서 끝나는데, 원래는 경비병을 위한 감시탑이 있었지만 지금은 아무도 없다. 빈 땅 사이로 난 길이 요새의 남쪽으로 이어진다. 다시 400걸음쯤 가면 요새의 동남 모퉁이에 이르게 되며, 이곳 역시 다른 모퉁이처럼 비어있다. 이 자리에 서면 요새의 남서쪽 모서리 전체를 한눈에 바라볼 수 있다. 이렇게 사면을 따라 한 바퀴를 돌면 총 1600걸음이 되고, 우리는 처음에 도착했던 바로 그 정문 앞으로 다시 돌아오게 된다.

어느새 어둠이 짙어져 바로 옆에 서 있는 사람의 얼굴조차 구별할 수 없게 되었다. 아까 성문 앞에서 만났던 경비병들은 여전히 조각상처럼 움직임이 없다.

천둥이 치는 듯한 말발굽 소리가 점점 더 가까워지고 있었다.

"말들이 달려오나 보군." 한 경비병이 옆에 있는 동료에게 말했다.

"기수가 셋인 것 같은데…" 동료가 어둑한 먼 곳을 응시하며 대답했다.

"이 시간에 올 사람이 누굴까?"

"쿠르보시 서장이겠지. 이 시간에 나타날 사람은 그 사람밖에 없지. 틀림없어."

정말 그랬다. 쿠르보시가 두 명의 수행원과 함께 말을 타고 나타났다. 그는 말을 수행원 중 한 명에게 넘기며 명령을 내렸다.

---

71 알라차alacha는 화려한 줄무늬이며 보즈boz는 단색의 소박한 무늬

"성문을 열어라!"

경비병들은 명령을 전달했고, 성문은 내부에서 열렸다. 쿠르보시는 요새 안으로 들어갔다.

우리는 이미 외벽을 따라 걸어보았으니, 내부 광장의 대략적인 크기를 짐작할 수 있다. 그러나 이 광대한 땅은 북쪽에서 남쪽으로 직선으로 뻗은 견고한 벽으로 나뉘어 있고, 성벽 너머의 요새 내부에는 총독의 가족이 살고 있다. 오르다의 바깥 남쪽, 동쪽, 서쪽 세면에는 건물은 없고 단지 성벽과 성곽으로 올라가는 계단만 있다. 성문이 있는 네 번째 벽과 맞닿은 곳에는 한 채의 집이 자리하고 있다.

왼쪽에는 접견실이 있고, 그 옆에는 창문이 15개 달린 길이 40가즈, 폭 20가즈에 이르는 커다란 건물이 있다. 그 안에는 총독의 무장 기병 50명이 마당 가운데 불을 피워놓고 둘러앉아 있다. 북쪽에는 주방과 마굿간, 그리고 기타 부속 건물들이 자리 잡고 있다.

쿠르보시는 경비병 옆에서 멈춰 섰다.

"총독께서는 방에 계시는가?"

"잘 모르겠습니다, 서장님." 경비병이 대답하며 힘겹게 문을 닫았다.

그 사이, 오르다의 조명을 맡은 병사가 성문 옆에 놓인 긴 횃불에 불을 밝히자 오르다 전체가 환해졌다. 쿠르보시는 문 오른쪽으로 난 근사한 건축물을 향해 걸음을 옮겼다. 그 건물은 도시 최고의 건축가들이 만들어 낸 기술과 장인 정신의 정수를 보여주는 우아한 장식으로 가득했다. 무장을 한 병사가 지키고 있는 첫 번째 문을 통과하여 조각과 양각 장식으로 꾸며진 아담한 방에 이르렀다. 두 번째 문을 지나니 화려한 대형 홀이었다. 홀의 벽에는 황금 샹들리에에 걸린 수많은 촛불이 벽을 밝히고 있었다. 그 불빛은 황금빛과 은빛, 파랑과 빨강, 하양과 분홍, 노랑과 검정 색깔의 꽃무늬를 만들어 내어 별빛처럼 춤추게 했고, 이들은 다시 반사를 일으켜 홀을 화려하고 다채롭고 환상적인 분위기로 물들였다. 빨간색 카펫에 수놓은 튤립 문양은 마치 살아있는 듯 신선하고 생생해 보였다. 꽃이 만개한 꽃밭 한가운데 있는 듯한 착각을 불러일으켰다.

열다섯 살쯤 되어 보이는 붉은색 벨벳 예복을 입은 잘생긴 소년이 주 출입문 맞은편의 작은 금박 장식 문 옆에 있는 명예의 자리에서 아틀라스 쿠르파차에 앉아 오쉬를 먹고 있었다.

"아, 아흐마드칸[72], 여기 계셨군요?" 쿠르보시 서장이 미소를 지으며 말했다.

"언제나 여기에 있죠." 소년은 자리에서 일어나지도 않은 채 대답했다. "와서 오쉬 좀 드세요."

"감사합니다. 오타보이[73] 총독께서는 방에 계시겠지요?"

"예, 하지만 사양 말고 드세요." 아흐마드칸이 말했다. "전 이미 배불리 먹었으니 와서 좀 드세요."

"당신의 축복받은 손으로 주신다면 기꺼이 먹겠습니다."

아흐마드칸은 오쉬를 한 움큼 집어서 쿠르보시 서장의 입에 가져갔다. 쿠르보시는 황홀한 표정으로 오쉬뿐만 아니라 아흐마드칸의 손까지 삼킬 기세로 받아먹었다.

얼마 지나지 않아 홀 깊은 곳에서 작은 문이 열리더니 대략 마흔다섯 살쯤 되어 보이는 한 남자가 홀로 들어섰다. 키는 보통이지만 풍성한 수염과 덥수룩한 눈썹, 무거운 눈빛을 가진 그는 화려한 벨벳 예복을 입고 허리에 검을 차고 있었다. 쿠르보시와 아흐마드칸이 재빠르게 일어나 극진히 절하는 모습으로 보아, 이 인물이 누구인지 짐작할 수 있었다. 그 남자는 아틀라스가 덮인 쿠르파차에 앉았다.

---

72 아흐마드칸Ahmodxon: 오타보이 쿠쉬베기 총독의 아들

73 오타보이 쿠쉬베기Otabboy qushbegi: 1846~1860년 사이 마길란의 총독 역임. 킵착족 출신으로 나중에 무슬만쿨의 사망 후 그의 후임으로 밍보시가 되었다. 마길란에는 그의 흔적이 남아있다. [저자 주]

"그래, 쿠르보시 서장, 당신네 구역은 별 문제 없소?" 그의 목소리는 쩌렁쩌렁했다. "앉으시오!"

"당신의 은혜로운 그늘 덕분에 평안합니다, 알라께 찬미를 드립니다!" 쿠르보시는 몸을 깊이 숙이며, 조금 떨어진 곳에 무릎을 꿇고 팔짱을 낀 채 자리를 잡았다. 아흐마드칸은 빈 접시와 식탁보를 치운 후, 오타보이 총독이 들어왔던 작은 문을 통해 자리를 떠났다.

"어제 그 절도범들은 어떻게 되었소? 잡혔는가?"

"염려 덕분에… 한 놈은 잡았고, 나머지도 총독님의 도움으로 곧 잡을 수 있으리라 믿습니다."

"다른 소식은?"

쿠르보시 서장은 진지한 태도를 취하며 말했다.

"총독님의 자비로움 덕택에 저는 통치자들에게 위협이 되는 반역자들의 소굴을 발견한 듯합니다."

오타보이 총독은 무릎 위에 올려둔 검이 거추장스러웠는지 그것을 옆으로 치우며, 여전히 같은 톤의 목소리로 물었다.

"어떤 반역자들의 소굴 말인가?"

"이 세상에 카라차폰들보다 더 흉악한 반역자가 있겠습니까, 총독님?"

이 말을 듣자 무심했던 오타보이 총독의 표정이 바뀌었다. 그는 반쯤 자리에서 일어서며 입을 닫지 못했다.

"그래서?"

"잘 아시다시피, 타슈켄트의 총독 아지즈벡은 그의 고문 유수프벡 호지와 함께 타슈켄트에서 반란을 일으켰습니다. 그러나 그것만으로 만족하지 않고, 이제 마길란에서도 반란을 일으키려는 음모를 꾸미고 있습니다. 이를 위해 그들 중 한 명을 이곳에 보냈습니다."

"그가 누구인지 아는가?"

"총독님, 그의 이름을 밝혀냈습니다." 쿠르보시 서장은 자신 있는 목소리로 말을 계속했다. "마길란에서 반란자 몇 명으로부터 지지를 받고 있는 유수프벡 호지의 아들입니다."

"유수프벡 호지의 아들이라고?" 오타보이가 되물었다.

"그렇습니다, 총독님. 그의 이름은 오타벡입니다."

오타보이 총독의 눈에서 분노의 불길이 일었다. 그는 깊은 생각에 잠기며 이마를 찌푸리고 왼손으로는 수염을 잡아당겼다. 이 소식은 그에게 큰 충격을 주었다. 타슈켄트가 코칸드에 맞서 봉기하는 동안, 지도자 중 한 명인 유수프벡 호지는 그의 아들을 마길란으로 보내 이곳에서도 반란을 일으키려는 가능성이 충분히 있었기 때문이다.

"그는 지금 어디에 머무는가?"

"미르자카림이라는 사람의 집에 있습니다."

"그 둘을 이어주는 관계는 무엇인가?"

"그것이 문제의 핵심입니다, 총독님. 미르자카림은 마길란 전체에서 오타벡과 가장 가까운 사람입니다. 불과 며칠 전, 미르자카림은 자신의 딸을 오타벡과 결혼시켜 사위로 삼았습니다. 오타벡은 모든 문제를 그의 장인과 상의한다고 합니다."

"그에게 동조하는 사람들은 누구인가?"

쿠르보시 서장은 주머니에서 쪽지를 꺼냈다.

"지금까지 제가 알고 있는 반란자들은 바로 이들입니다." 그는 오타보이 총독에게 쪽지를 건넸다.

쪽지를 훑어본 오타보이 총독은 즉시 명단에 적힌 사람들을 체포하라고 명령했다. 쿠르보시 서장이 깊이 허리를 숙이며 떠나자, 오타보이 총독은 종이를 들고 오랫동안 깊은 생각에 잠겼다.

****

오타보이 총독이 막 오르다를 떠나려고 나서는 그 순간 쿠르보시 서장이 나타나 고개를 숙였다.

"놈들을 체포했습니다, 총독님! 그러나 그 가운데 두 명은 찾을 수 없었습니다…"

"오타벡은?" 오타보이 총독이 조심스런 목소리로 끼어들었다.

"체포했습니다, 총독님!" 쿠르보시 서장은 승리감에 차 소리쳤다.

"미르자카림도 함께 체포했습니다."

"그들을 이리 데려오라!"

오타보이 총독은 안도의 숨을 내쉬었다. 쿠르보시 서장은 복도로 나가 안뜰로 신호를 보낸 뒤 돌아와 다시 자리에 앉아도 좋을지 허락을 구했다. 오타벡과 미르자카림은 두 명의 경비병 사이에 끼어 등장했다. 그들은 문간에서 오타보이 총독에게 고개를 숙였다. 오타보이는 손짓으로 경비병들을 물러나게 하고, 두 피의자들에게는 가까이 오라고 했다. 오타벡의 얼굴에는 불신이 서려 있었고, 반면 미르자카림은 겁에 질려 창백한 얼굴로 떨고 있었다. 그들은 가까이 다가와 무릎을 꿇었다.

"네가 오타벡이냐?" 오타보이 총독이 젊은 남자를 주의 깊게 바라보며 물었다.

"그렇습니다, 총독님."

"타슈켄트의 유수프벡 호지의 아들이 맞느냐?"

"그렇습니다, 총독님."

"지금 마길란에 살고 있느냐?"

"그렇습니다, 총독님."

"여기 온 지 얼마나 되었느냐?"

"대략 사십일 정도입니다."

"무슨 일로 마길란에 왔느냐?"

"장사를 하러 왔습니다, 총독님."

"혼자서 장사를 하느냐?"

"저 말고 한 사람이 더 있습니다."

오타보이는 손에 들고 있던 명단을 살펴보더니 심문을 계속했다.

"그럼 하산알리는 누구냐?"

이 질문에 약간 긴장은 했으나, 오타벡은 여전히 침착함을 유지했다.

"제 하인입니다." 그는 대답했다. "그가 바로 저와 함께 마길란으로 온 사람입니다."

"그럼 그 하산알리는 지금 어디에 있느냐?"

"마길란에 있습니다."

"너와 함께 지내느냐?"

"아닙니다. 그는 카라반세라이에 있습니다. 저희 상품이 거기에 있어서 지키고 있습니다."

"이 사람은" 오타보이 총독이 미르자카림을 가리키며 물었다. "너와 어떤 관계냐?"

"제 장인어른이십니다."

"언제부터?"

"오늘로 8일째입니다."

"전에 결혼한 적이 있느냐?"

"없습니다!"

"타슈켄트 출신인데, 마길란에서 결혼한 이유가 무엇이냐?"

오타벡은 당황했다. 오타보이 총독은 이를 자신의 의심을 뒷받침해 줄 만한 증거로 여기는 듯했다.

"대답하라!" 오타보이 총독이 몰아붙였다.

"운명이었습니다, 총독님."

오타보이 총독은 잠시 침묵하며 생각에 잠기더니 다시 질문을 이어갔다.

"마길란에서 다른 아는 사람은 몇이나 되느냐?"

"서너 명 정도입니다, 더는 없습니다."

"아크람 호지를 아는가?"

"네, 압니다. 우리가 같은 손님이었기에 몇 번 만난 적이 있습니다."

"그럼 네가 아는 그 아크람 호지는 지금 어디 있는지 아는가?"

"모릅니다, 총독님." 오타벡은 장인어른을 힐끗 쳐다보며 마치 대답을 기대하는 듯 말했다.

"아마도 아크람 호지는 안디잔에 있을 것입니다, 총독님." 미르자카름이 말했다.

"좋다! 대답하라, 오타벡. 아크람 호지가 너와 함께 이야기를 나눈 곳은 누구의 집이었느냐?"

오타벡은 점차 이 심문이 단순한 것이 아니며, 이 질문들 뒤에 심각한 무언가가 숨어 있다는 것을 깨닫기 시작했다.

"처음 만난 것은 한 달쯤 전 지여 셔히치라는 어른의 집이었습니다. 그리고 두 번째는 이분 댁에서였습니다." 오타벡이 장인 미르자카름을 가리켰다. "그 자리에도 아크람 호지가 있었습니다."

"지여 셔히치의 집에서 열린 저녁 식사 자리에는 누가 참석했느냐?"

"저와 지여 셔히치, 그리고 장인어른 미르자카름이십니다." 오타벡은 잠시 생각하더니 덧붙였다. "지여 셔히치의 아들 라호맛, 아크람 호지, 하산알리, 그리고 호미드라는 이름의 또 다른 사람도 있었습니다."

호미드라는 이름이 언급되자 쿠르보시 서장은 마치 동의하는 듯 고개를 끄덕였지만, 오타보이 총독은 눈살을 찌푸리며 그를 노려보았다.

"두 번째 모임에는 누가 있었느냐?" 그가 계속 물었다.

"첫 번째와 같은 사람들이었지만, 호미드는 없었습니다."

"언제 마길란에 도착했다고 했더라?"

"사십일 전입니다."

"좋다. 이제 여기에 답하라. 왜 이렇게 오랫동안 마길란에 머물렀느냐?"

"총독님께서도 타슈켄트가 포위됐다는 사실을 알고 계실 것입니다. 지금 그곳으로 돌아가는 것은 어리석은 짓입니다."

"뭐라고? 카라차폰인 네가 킵착을 두려워한다는 말이냐?" 오타보이 총독이 비웃듯이 물었다.

"무슨 말씀인지 잘 이해하지 못하겠습니다."

오타벡이 쓴웃음을 지으며 대답했다. 그는 오타보이 총독에게 마치 평범한 사람에게 말하듯 하고 있었다. 미르자카름은 식은땀을 흘렸다. 오타벡의 말 때문이 아니라 그의 쓴웃음 때문이었다. 통치자에게 이런 태도를 보이는 것은 설령 그게 옳더라도 곧 죽을 목숨이라는 말과 다름없었다. 물론 오타보이 총독이야 당시 가장 이성적이고 정의로운 통치자 중 한 명으로 알려져 있었지만, 그 역시 당시의 관습에 얽매여 있는 사람이었다. 오타벡의 침착한 태도는 오타보이 총독의 인내심을 시험하는 듯했다.

"네 아버지 유수프벡 호지가 킵착의 적이라는 사실을 잊은 것은 아니겠지? 그리고 네 아버지가 너를 대표자로 세워 권한을 부여하고 네게 내린 지시는 어떤 것이었느냐?"

"킵착의 적이 누구이며, 무슨 권한의 부여를 말씀하시는지요? 신의 이름으로, 더 분명히 말해 주십시오! 도무지 무슨 말씀인지 이해할 수가 없습니다!"

"이제 더 이상 장난치지 마라, 벡! 우리는 네 아버지가 누구인지, 왜 네가 마길란에 왔는지, 그리고 너와 미르자카름이 여기서 무슨 일을 꾸미고 있는지 훤히 알고 있다. 모든 것이 문서로 기록되어 있다! 너희는 마길란 사람들을 부추겨 킵착에 대한 반란을 일으키려 한다는 사실을 이미 우리가 알고 있단 말이다."

"오, 신이시여!" 오타벡과 미르자카름이 동시에 외쳤다.

그들은 어안이 벙벙해졌다. 오타벡은 숨을 헐떡이며 얼굴이 창백해졌고, 미르자카림은 마치 열병에 걸린 듯 떨고 있었다. 오타벡은 마음을 가다듬고 말했다.

“이게 무슨 모략입니까, 총독님? 총독님께서 저를 믿지 못한다는 것은 알겠지만, 제 아버지가 킵착에게 적대적이라는 것과 제가 동료들과 함께 반란을 준비하기 위해 마길란으로 왔다는 것은 말이 되지 않습니다.”

“우리가 믿고 말고의 문제가 아니다. 이것은 그저 사실일 뿐이다! 그리고 우리는 미르자카림이 왜 너를 자기 딸과 결혼을 시켜 사위로 삼았는지도 잘 알고 있다.”

미르자카림은 너무 놀라 말문이 막혔고, 오타벡도 말없이 침묵을 지키며 감정을 억제하려 했다. 오타보이 총독과 쿠르보시 서장은 두 사람의 상태를 예리한 눈으로 살피며 그렇게 결론을 내린 것이다. 오타벡은 3~4분이 지나고 나서야 겨우 다시 말을 할 수 있었다.

“그래서 당신들은 우리가 단지 선동자와 반란자에 불과하다고 생각하시는 겁니까? 어떤 경우든, 저는 총독께서 공정한 조사를 통해 진실을 밝혀내 주시리라 믿습니다. 그래서 처형도 두렵지 않고, 총독님께 아첨할 생각도 없습니다. 그러나 저는 총독님이 우리 통치자들 중 가장 이성적이고 정의로운 분이라고 생각합니다. 그렇기에 제 아버지와 저의 신념을 설명하고 싶습니다. 우리는 킵착도, 카라차폰도 지지하지 않습니다. 특히 통치 문제에 관한 한, 어느 한쪽이 옳고 다른 쪽이 그르다고 할 수 없기 때문입니다. 투르키스탄의 미래를 어느 한쪽에만 맡기는 것은 양 떼를 늑대에게 맡기는 것과 같습니다. 왜 그런지 아십니까? 그 이유는 양쪽에는 모두 권력을 추구하는 사람들이 있으며, 그들에게는 오로지 한 가지 이유만 있기 때문입니다. 탐욕입니다. 어떤 이들은 백성들을 파멸시키면서 자신들의 부를 늘리려 하고, 또 어떤 이들은 호화로운 생활과 아름다운 여인들을 꿈꿉니다. 사실, 백성들에게 평화와 번영을 가져오려는 대업을 추구하는 사람들은 매우 드뭅니다. 제 아버지와 저는 그 대업을 지지하는 것이지, 카라차폰을 옹호하지는 않습니다. 지금은 유감스럽게도 이 대업이 우리의 꿈속에만 존재할 뿐입니다. 제 아버지가 아지즈벡 총독의 고문 역할을 하는 것은 킵착의 적이자 카라차폰의 친구라서가 아니라, 그 신념이 세상의 빛을 보기를 희망했기 때문입니다. 하지만, 안타깝게도 아지즈벡에 대한 제 아버지의 희망은 잘못된 것이었습니다. 아지즈벡은 자신의 음흉한 목적을 위해 칸을 배반했고, 그 결과 많은 무고한 이들이 피를 흘렸습니다. 총독께서 저를 믿든지 말든지 그것은 총독님 몫입니다. 하지만 저를 향한 이 의도적인 모략에 저는 크게 실망하고 있습니다, 총독님. 이런 비난을 듣고 있는 것이 저에게는 너무나 고통스러운 일입니다!"

오타벡의 말을 귀 기울여 들은 오타보이 총독은 이 문제를 결코 가벼이 여길 수가 없었다. 그러나 의심은 여전히 그를 떠나지 않았다. 결국, 오타벡은 아지즈벡의 가장 가까운 조언자인 유수프벡 호지의 아들이 아니던가? 혹시 체포에 대비해 이런 모든 주장을 미리 준비한 것은 아닐까? 그럼에도 오타보이 총독이 내린 결론 중 하나는 이 문제를 철저히 조사하고 섣불리 결론을 내리지 않겠다는 것이었다.

"그러나, 너의 혐의는 여전히 우리에게 의심스럽게 보인다." 오타보이 총독이 말했다. "진실이 밝혀질 때까지 너희 둘은 감옥에 구류 처분을 한다."

오타벡은 침묵했다. "출구는 없는 것인가?" 미르자카림은 망연자실한 표정으로 사위를 바라보며 애원하듯 눈빛을 보냈다. 오타보이 총독이 신호를 보내자 경비병들이 나타났고, 피의자들은 감옥으로 끌려갔다. 오타보이 총독은 쿠르보시 서장을 물러나게 하며 다음과 같이 명령을 내렸다. "내일은 이 모임에 연루된 모든 자들을 체포하여 여기로 데려오라." 명령을 받은 쿠르보시 서장은 자리에서 일어났다.

•• 14장 ••

타슈켄트로 도움을 청하다

쿠무쉬의 달콤한 신혼이 8일째 되던 날, 뜻밖의 행복을 찾았던 그녀는 갑자기 모든 것을 잃고 비참한 처지가 되었다. 이유를 알 수 없는 날벼락이 불쌍한 그녀의 머리 위로 떨어져 내렸기 때문이다.

한편, 하산알리는 '아, 드디어 내가 벡의 결혼을 성사시켰고, 그로 하여금 사랑하는 이와 함께 행복한 순간을 누리게 했다'는 생각에 잠겨 있던 터였다. 하지만 그도 이 갑작스러운 날벼락을 피할 수 없었으니, 이 결혼의 진정한 중요성을 깨닫기도 전에, 자기 노력의 결실을 제대로 누리지도 못한 채 견디기 힘든 고통에 직면했다.

옵톱 부인 역시 사랑의 덫에 걸린 비둘기 한 쌍처럼 떨어지지 않으려는 신혼부부를 지켜보며, 자신의 사랑스러운 딸이 훌륭한 남편과 성공적으로 결혼한 것에 대해 스스로 감격해 있었다. 그러나 이제 이 모든 것이 물거품이 되었다! 사위와 남편이 이유도 모른 채 잡혀간 것은 그녀에게 엄청난 충격이었다.

암울한 절망에 사로잡힌 가족 모두는 이 상황을 도저히 믿을 수 없었다. 쿠무쉬는 이미 자신의 운명에 대해 믿을 수가 없었고, 긍정적인 결과를 바라는 희망마저 포기한 듯했다. 이제 막 떠들썩한 혼인 잔치를 마치고 겨우 숨을 돌리려던 하산알리는 풀리지 않는 이 문제와 마주해야 했다. 옵톱 부인도 절망에 빠져 고개를 떨구었다.

쿠무쉬와 옵톱 부인은 이 갑작스러운 재앙에 대해 할 수 있는 일이라곤 밤낮없이 눈물로 강을 이루며 우는 방법밖에 없었다. 이 비극은 하산알리에게는 산처럼 무거운 짐이었다. 쿠무쉬는 괴로움에 찬 나머지 어디로 도움을 청해야 할지 몰라 눈물 가득한 눈으로 하산알리를 바라보며 애원하듯 말했다.

"이제 우리는 어떻게 해야 하나요?"

미르자카름의 집안에는 다른 남자가 없었다. 오직 쿠무쉬의 삼촌 아흐마드벡만이 이들을 보호할 수 있었지만, 그는 대부분의 시간을 코칸드나 호잔드[74]에서 지내고 있기 때문에 의지할 수 없는 상황이었다. 결국 하산알리는 쿠무쉬와 그녀의 어머니가 의존할 수 있는 유일한 인물이 되었다.

가족을 돌봐야 하는 무거운 책임이 하산알리의 어깨에 지어졌다. 그가 자신의 고향에 있었다면 그곳 친구들이 그를 외면하지 않고 위로의 말과 도움의 손길을 제공했겠지만, 타슈켄트는 너무 멀리 떨어져 있었고, 특히 이곳 마길란에서는 완전히 고립된 처지였다. 그가 유일하게 아는 사람들은 지여 셔히치와 그의 아들 라흐맛 뿐이었다. 어쨌든, 그가 이제 도움을 청할 수 있는 사람은 이들 외에 아무도 없었다. 하지만 그들에게서도 도움을 받을 수 없는 형편이었다. 그들 부자도 이미 구금된 상태였고, 하산알리 자신도 이제 곧 체포될 것이기 때문이었다.

두려움은 하산알리뿐만 아니라 쿠무쉬에게도 덮쳤고, 공포의 족쇄는 두 사람을 점점 더 조여 들어왔다. 하산알리는 오타벡과 미르자카름이 체포되던 그날, 같이 붙잡혔을 수도 있었지만, 다행히도 그는 그때 집이 아니라 카라반세라이에 있었다. 수색대가 하산알리를 붙잡으러 오기 전에 오타벡과 미르자카름이 하루 이틀 안에 풀려날 수 있을 것이라는 희망도 이제는 그 불씨가 완전히 꺼지고 말았다.

하산알리는 스스로 자수할까 고민했다. 오타벡과 함께 갇히게 된다면 함께 죽을 것이고, 만약 상황이 해결된다면 모두가 풀려날 것이라는 생각이었다. 그러나 쿠무쉬와 옵톱 부인은 격렬히 반대했다.

"당신이 자유로워야 갇힌 분들을 도울 수 있는 방법을 찾지요."

그들의 주장은 하산알리를 설득시켰다. 하지만 그의 삶은 끔찍한 고

---

74 호잔드Xo'jand: 타지키스탄 제2의 도시

통으로 변했다. 언제 자신을 잡으러 올지 모른다는 불안감에 항상 주위를 경계하며 하루에도 몇 번씩 은신처를 옮겨야 했다.

그는 먹지도 자지도 못하고 스스로에게 계속 질문했다. "오타벡과 미르자카름이 어떤 죄목으로 체포된 걸까? 그들이 무슨 잘못을 했단 말인가?" 하산알리는 자기 주인의 모든 일을 알고 있었기에, 문제는 미르자카름에게 있었을 것이라고 추측했다. 하지만 그는 "사람은 자신의 죄 때문에 죽는 것이 아니라, 피를 갈망하는 통치자의 욕심 때문에 죽는다."는 옛 속담을 떠올리며 두려움에 한숨을 내쉬었다.

이렇게 고통스럽게 닷새가 지나갔다. 어떠한 설명도 없었다. 오타벡과 미르자카름의 체포 이유는 여전히 미궁에 빠져 있었다. 하산알리는 그들을 석방시키기 위해 아무것도 할 수 있는 일이 없었고, 상황은 나아질 기미가 보이지 않았다. 그는 쿠르보시 서장의 부하들에게 잡히지 않기 위해 자신을 지켜야 했다.

하산알리는 결국 마길란을 떠나 타슈켄트로 돌아가기로 결심했다. 그의 고향에서 들려오는 소문은 걱정스러웠다. 타슈켄트는 여전히 코칸드 군대에 둘러싸여 포위되어 있었기 때문이다. 하산알리는 위험을 알고 있었지만, 그의 내면의 목소리는 타슈켄트로 가는 것만이 구원의 유일한 길이라고 계속 그를 설득했다. 다른 선택지가 없었다. 그는 쿠무쉬와 그녀의 어머니에게 자신의 결정을 알렸지만, 그들은 그의 말을 이해하기보다는 그저 슬픔에 잠겨 울부짖기만 할 뿐이었다.

"여기서는 아무런 소득이 없으니 아무래도 타슈켄트로 가서 도움을 청해야겠구나."

하산알리의 말에 쿠무쉬가 떨리는 목소리로 물었다.

"여기 마길란에서도 희망을 찾지 못했는데, 타슈켄트라고 방법이 있을까요?"

"우리에게 주어진 모든 방법을 시도해봐야 하지 않겠느냐, 내 딸아!

아마도 너의 시아버지께서 해결책을 찾거나 조언을 줄 수 있을 것이다.”

“하지만 당신 없이 우리가 어떻게 버틸 수 있겠어요? 만약 폭도들이…”

쿠무쉬는 말을 잇지 못하고 목이 메어 크게 울음을 터뜨렸다. 하산알리 역시 울음이 터질 것 같았지만, 이를 억누르며 쿠무쉬를 위로하려 애썼다.

“그런 어리석은 생각은 하지 말아라, 아가야! 오타보이 총독은 다른 통치자들과 달리 정의로운 사람이다. 알라를 믿으며, 내가 타슈켄트에서 돌아오기 전에 너의 아버지와 남편 모두가 풀려나도록 기도하자.”

하산알리는 그날 밤, 미르자카름의 회색 말 무스탕에 안장을 얹고 떠났다. 새벽이 되자 그는 코칸드 성문을 지나 마길란으로 향하는 첫 번째 사람이 되었다.

•• 15장 ••

타슈켄트가 포위되다

타슈켄트가 포위된 지 50일째 되는 날이었다. 서릿발 같은 추위는 한결 누그러졌고, 공기는 한층 온화해졌으며, 태양은 맑은 하늘 위에서 찬란하게 빛나고 있었다. 눈은 발밑에서 녹아 질척거렸고, 요새의 성벽 위에서는 김이 모락모락 피어올랐다.

오늘 코칸드 군대가 사마르칸트 성문[75]을 통해 타슈켄트를 공격했으나, 이는 그들에게 참혹한 비극을 남겼을 뿐이었다. 살아남은 코칸드 기병들은 임시 은신처로 터벅터벅 돌아가 여기저기서 상처를 묶고 숨을 고르

---

75 타슈켄트 성에는 12개 성문이 있었다. 탁스타풀 Takhtapul, 랍작Labzak, 카슈가르 Kashgar, 코칸드 Kokand, 카이마스Qaymas, 베샤가치 Beshagach, 카몰론Qamolon, 사마르칸트Samarqand, 콕차Ko'kcha, 치가타이Chig'atoy, 삭본Sag'bon, 카라사라이Qarasaray 등이다.

고 있었다. 전장의 모습은 너무나 끔찍한 광경을 이루어 그것을 본 사람은 차마 전할 수가 없을 정도였다.

카몰론 성문에서 사마르칸트 성문까지 약 500보 정도의 길이로 이어지는 요새의 성벽 아래에는 검게 그을린 시신들이 산더미처럼 쌓여 있었고, 그들은 피투성이에다 목이 잘린 채 반쯤 벌거벗겨진 모습으로 이미 약탈자들에게 유린당한 상태였다.

그런가 하면 사랄릭 터번을 쓴 자, 칼팍 털모자를 쓴 자, 귀 덮개가 달린 포폭 모자를 쓴 자 등 타슈켄트의 수비병들[76]은 전투의 피로에 지쳐 있었다. 하지만 승리의 기쁨에 들떠 성벽 위에서 햇볕을 쬐며 이제는 끔찍한 무덤으로 변한 전장을 내려다보고 있었다. 두 가지 광경이 성문 사이에서 펼쳐진 것이다. 하나는 요새 성벽 아래에서 볼 수 있는 장면으로, 머리가 잘리고 검붉은 피가 엉겨 붙은 채 죽은 시신이 여기저기 흩어져 있는 끔찍한 광경이었다. 다른 하나는 도시 성벽 위에서 보이는 광경으로, 승리에 도취해 있는 병사들의 광경이었다.

한 병사는 신나게 웃으며 자신이 킵착의 족장 하나를 어떻게 죽였는지 자랑하고 있었다. "내가 한 놈을 정확히 때렸더니 그 망할 놈은 말에서 3가즈나 솟구쳐 올라 나가떨어지더라고!"

다른 궁수 한 명은 아래쪽에 처박힌 시신을 가리키며 말했다.

"저기 봐! 내 화살에 꿰뚫리자마자 놈이 신음 소리를 내더라고. 모가지를 단칼에 베어 버리고 금박 허리띠랑 비단 외투까지 벗겨냈지!"

그들은 이렇게 자신의 무용담과 풍성한 전리품에 대해 자랑하며 떠들어댔다. 금박 허리띠, 사파이어가 박힌 반지, 검은 담비 털 외투, 은으로 장식된 칼집의 검 등 각종 약탈물에 대한 이야기였다. 그때 성벽 너머에서

---

76 수비병들은 백성들 가운데서 뽑힌 용사들이기 때문에 그들의 나이와 복장도 제각각이었다. 오르다의 용사들은 오직 총독의 경호를 맡고 있었으며, 성곽의 방어는 백성의 손에 맡겨져 있었다. [저자 주]

노래가 울려 퍼졌다.

> 시대가 시대답게 되기를 - 요르!
> 아지즈벡이여, 건강하고 행복하소서 - 요르!
> 우리의 적 킵착족은 모두 고통에서 벗어나지 못하게 되기를!
> 저 악랄한 노르맛[77]은 불에 타 죽어버리기를 - 요르!

이제 우리는 시신을 뒤로하고 서쪽 사마르칸트 성문 방향으로 조금 더 이동해 보자. 높이 6가즈, 너비 5가즈의 거대한 성문은 성벽에 설치되어 있다. 성벽 자체의 높이는 8가즈에 달한다. 적에게 기습당할 위험을 잘 알고 있기에 우리는 다급하게 성문을 두드리며 소리친다.

"문을 여시오, 벡-나으리! 당장 문을 열어주시오!"

하지만 수비병들은 우리의 외침에 전혀 반응하지 않는다. 우리는 격렬하게, 계속해서 성문을 두드린다. 15분쯤 지나자 마침내 지친 수비병 하나가 성가신 듯 성벽 위로 게으르게 기어 올라와 우리를 위아래로 살펴본다. 그는 우리가 같은 타슈켄트 편임을 확인한 뒤, 낙타 머리만 한 거대한 자물쇠를 애를 써서 열고 쇠사슬을 들어 올렸다. 우리가 안으로 들어가자, 수비병은 문이 다시 닫힐 때까지 계속해서 투덜거렸다. 이제 이 엄격한 경비병을 살펴보자. 그는 양가죽 코트를 입고 몸통에는 면포를 두른 채, 허리띠에는 성문 열쇠를 달고 있고 머리에는 약 1/2가즈 높이의 투르크멘식 포폭 모자를 쓰고 있었다.

우리는 성문을 지나 오른쪽으로 향한다. 성문에서 15걸음쯤 들어간 안뜰의 아이완에서 병사들이 불을 쬐며 물담배를 피우면서 한가롭게 쉬

---

77 노르맛normat: 중앙아시아의 전설이나 서사시에 등장하는 악마상. 여기서는 타슈켄트를 포위한 코칸드의 킵착 부대장인 노르무함마드 쿠쉬베기 장군을 가리킨다. [저자 주]

고 있다. 그들을 지나 안쪽 성벽을 따라 걸으면 성벽 주변에 배치되었던 병사들과 사수들이 모여있는 것이 보인다. 가까이 다가가 보니, 그들은 성벽 계단 꼭대기에 앉아 햇볕을 쬐며 쉬고 있다. 그들의 모습은 각양각색이고 나이는 다양한데 화려한 옷차림을 하고 있다. 이들은 단순히 자신들의 고향 타슈켄트를 방어하기 위해 일어난 시민들이다. 어떤 이는 칼로, 또 어떤 이는 총으로 무장하고 있다. 이들이 경비를 서는 구역은 카몰론 성문까지 이어지며, 마치 무대 세트처럼 생동감이 넘친다.

사마르칸트 성문과 카몰론 성문 사이에서 우리는 은장식의 허리띠에 곡검[78]를 차고 화려한 초폰 제복을 입고 비단 터번을 쓴 채 늠름하게 서 있는 어떤 사내를 지나친다. 그는 앞에 쌓여 있는 물건 더미를 가리키며 옆에 서 있는 젊은이에게 무언가를 설명하느라 분주하다. 그들로부터 50~60걸음쯤 떨어진 곳에서 우리는 끔찍한 광경을 목격한다. '공포의 언덕'이라고 불릴 만한 장면이다. 성벽 아래에서 본 악몽 같은 장면조차도 이 앞에서는 초라해 보일 정도로 우리는 거의 기절할 만큼 공포스럽고 혐오스런 장면을 대하게 된다.

눈앞에는 300~400개의 참수된 머리통들이 쌓인 언덕이 있다. 오, 길게 늘어진 수염, 피로 얼룩지고 헝클어진 머리카락, 창백하고 푸르스름한 얼굴, 그리고 죽음의 그림자가 드리운 채 반쯤 뜬 눈들이 마치 우리의 세상을 향해 저주를 퍼붓는 듯하다. 그중에서도 특히 섬뜩한 머리통이 하나 있다. 아마도 20세도 채 되지 않은 젊은이의 머리인 듯 보인다. 아직 입술 위에는 솜털조차 나지 않은 소년이다. 피로 얼룩진 눈썹 아래에 반쯤 열린 눈은 누군가를 찾는 듯한 시선을 담고 있다. 하얀 이빨 사이로 혀가 삐져나와 있으며, 그 죽은 소년의 얼굴이 머금고 있는 끔찍한 표정은 이 야만적인 시대에 잔혹한 사람들 사이에서 태어난 자신의 비참한 운명을 절망

---

78 곡검qilich; 曲劍 : 곡선형의 긴 칼

적으로 전하고 있는 것 같다.

수비대장은 이 공포의 언덕에서 죽은 킵착 사람 가운데 한 명을 알아보고 옆에 서 있던 젊은이에게 이를 가리키고 있다. 바로 그 순간, 세 명의 무장 기마병이 카몰론 성문을 향해 전속력으로 질주해 온다.

"부관[79]이다! 술레이몬 부관이야!" 성벽 위에 앉아 있던 사람들이 외쳤다.

수비대장 곁으로 말을 타고 다가간 부관은 총독께서 곧 도착하실 것이라고 알렸다. 그러고는 등장만큼이나 목적이 분명하게 다시 질주해 떠나버렸다. 부관의 보고에 따르면, 다름 아닌 아지즈벡 총독 자신이 그날의 대승을 축하하고 병사들을 격려하기 위해 오고 있다는 것이었다.

부관이 떠난 후, 수비대장은 마치 불이라도 붙은 듯 땀을 뻘뻘 흘리며 부하들에게 명령을 쏟아내느라 정신없이 뛰어다녔다.

"이봐, 성벽 위에 있는 나의 용맹한 병사들이여! 적절히 대열을 갖추고 총독님을 맞을 준비를 하라! 이보게, 후사인벡! 서둘러 성문 지기들에게 알려라! 가니벡 대장, 너의 부대를 정렬하라! 에사울바쉬, 준비 상황을 감독하라!"

모든 전투 영웅들이 일사불란하게 움직였다. 성벽 계단 꼭대기에 서 있던 병사들은 한 계단씩 내려와 대열에 합류하기 시작했다. 수비대장은 소란이 점점 커지는 가운데 말을 타고 이리저리 돌며 큰소리로 외쳤다.

"정렬하라, 나의 용맹한 병사들이여! 대열을 갖추고 만반의 준비를 하라!"

무장한 병사들은 칼, 도끼, 창을 들고 요란스럽게 대열을 갖추었다. 초록색 깃발이 그들 가운데서 펄럭이고 있었다. 그렇게 모든 준비가 완료되었고, 타슈켄트의 지도자인 아지즈벡 총독을 맞이할 준비가 갖추어졌다.

---

79 부관hudaychi은 아지즈벡의 임명을 받은 자로 일반적으로 칸이 도착하기 전에 백성들에게 미리 알리는 전령 역할을 했다. [저자 주]

•• 16장 ••

아지즈벡

두세 차례의 난리법석이 끝나자, 상당한 규모의 기병 부대가 카몰론 성문 방향에서 나타났다. 아지즈벡 총독이 그의 장군들과 수백 명의 병사들과 함께 도착한 것이다. 금장 마구를 두른 붉은 점이 섞인 갈색 종마에 당당히 앉아 있는 아지즈벡은 하얀 실크 터번을 쓰고 있었고, 몸에는 무지개 빛깔이 햇빛에 반사되어 빛나는 화려한 초폰 제복이 걸쳐져 있었다. 칼라와 소매는 금실로 장식이 되어 있었고, 금 허리띠에는 은제 칼집에 꽂힌 알제리산 곡검을 차고 있었다. 발은 은으로 된 등자에 얹혀 있었다. 날카로운 수염이 옥수수 색의 노르스름한 얼굴을 감싸고 있었으며, 얇은 눈썹은 빳빳하게 솟아 있었다. 외모로 판단했을 때 그는 45세에서 50세 사이로 보였다.

검은 까마귀 같은 말에 탄 한 남자가 그의 뒤를 따르고 있었다. 그는 두꺼운 모직 초폰을 입고 있었고, 칼라와 소매는 금실로 장식되어 있었다. 머리에는 양가죽 포폭 모자를 썼고, 은으로 된 허리띠의 오른쪽에는 곡검이 흔들거리고 왼쪽에는 작은 토팡차[80] 권총이 꽂혀 있었다. 듬성듬성한 수염과 구레나룻을 가진 그의 거무스름한 얼굴에는 눈썹이 전혀 없어 눈길을 끌었다. 마치 악마가 그것을 핥아 없애버린 것처럼 보였다. 그의 움푹 들어간 핏발 선 눈은 인상적이었다. 이 남자는 아지즈벡 군대의 총지휘권자이자 아지즈벡의 오른팔인 라임벡 사령관이었다.

줄무늬 부하라식 초폰을 입고 띠를 두르지 않은 한 남자가 담갈색 말을 타고 그들 옆에 있었다. 둥글고 온화해 보이는 얼굴에 머리에는 커다란 터번을 쓰고 있었다. 투명한 갈색 눈과 길게 기른 희끗희끗한 수염으로 봐

---

80 토팡차to'fangcha: 휴대성이 뛰어나고 근거리 전투에서 효과적인 소형 단발 권총

서 그는 성직자임에 틀림없다. 무장을 하지 않은 채 채찍만 손에 들고 말 안장 위에 앉아 있었기에 더욱 그렇게 보였다.

이 세 명의 당당한 기수들 뒤로는 병사들이 네 명씩 나란히 줄지어 있고, 그들은 모두 무릎길이의 짙은 청색 천으로 만든 카미솔 페션의 옷을 입고 있었다. 발에는 말가죽으로 만든 녹색 부츠가 장식되어 있었으며, 포폭은 라임벡의 것과 같았지만 윗부분은 붉은 천으로 덮여 있었다. 그들은 모두 흰 가죽 허리띠를 차고 있는데, 왼쪽에는 단검이, 오른쪽에는 권총이 꽂혀 있었다. 기병대는 노쇠함이라는 결점을 감안하지 않는다면, 외관은 단정한 편이었다.

요새 성벽에 늘어선 전사들은 아지즈벡 총독을 극도로 공손하게 맞이하며 고개를 거의 땅에 닿을 만큼 숙였다. 아지즈벡은 금장 채찍을 가슴에 대며 간단히 고개를 끄덕이는 것으로 답했다. 참수된 머리를 쌓아둔 언덕 옆에 다다르자 수비대장이 말에서 내렸다. 그리고 두 손을 모아 고삐를 잡은 채 공손한 태도로 아지즈벡이 자신에게 다가오기를 기다렸다. 전사들과 참수된 머리 언덕 사이에는 약 40~50미터 정도의 길이 쭉 뻗어 있었다. 아지즈벡은 언덕에 쌓인 머리들을 쳐다보느라 인사하는 사람들에게 제대로 답도 할 수 없었다. 총독을 수행해 온 장군들과 기병들도 이 공포의 언덕에 홀린 듯 시선을 고정했다.

아지즈벡 총독은 참수된 머리 무더기 앞에 서자 한동안 자리에 멈춰 그 광경을 응시했다. 그런 후, 여전히 두 손을 공손히 맞댄 채 서 있는 수비대장에게 말을 건넸다.

"그대의 용맹을 칭찬하노라!" 그는 미소를 지으며 선언했다. "오늘 그대는 용맹스런 기세로 킵착들에게 치명타를 날렸도다. 그들을 개 잡듯이 처단하였구나! 나의 군사들이 보여준 그 열정에 감사를 표하노라. 알라께서 그들의 나날을 오래도록 축복하시길!"

아지즈벡이 인사를 마치자 부관은 성벽에 있는 이들까지도 들을 수 있을 만큼 큰 소리로 외쳤다.

"우리의 가장 존귀하신 총독께서 오늘의 열정을 높이 평가하시고, 여러분께 감사를 표하시며, 장수를 기원하십니다!"

병사들의 함성이 하늘 끝까지 울려 퍼지며, 땅마저 진동케 했다.

"감사합니다, 총독님! 감사합니다! 총독님의 장수를 빕니다! 그의 황제 같은 통치의 그늘이 결코 사라지지 않기를!"

아지즈벡은 자신의 채찍을 가슴에 대고 병사들에게 머리 숙여 인사했다. 그리고 부관에게 명령을 내렸다.

"수비대장에게는 금장 초폰 한 벌을, 각 장군들에게는 비단 초폰을, 그리고 용감하게 싸운 병사들에게는 탕가[81]를 세 닢씩 나누어 주라."

감사의 함성이 다시 한번 하늘을 가득 채웠다.

"그의 운명이 언제나 번창케 하소서!"

말 고삐를 잡은 두 명의 금고 담당자가 행렬에서 떨어져 나와 부관 쪽으로 다가갔다. 말 한 마리에는 초폰 제복이 실려 있었고, 다른 말에는 은전으로 가득 찬 안장 가방 두 개가 걸려 있었다. 부관은 짐 더미에서 금장 초폰 한 벌을 꺼내 수비대장에게 입혔다. 수비대장은 제복을 입고 나서 아지즈벡에게 지나칠 정도로 감사를 표했다. 그런 다음, 부관은 수행원 한 명에게는 초폰을, 다른 한 명에게는 은화를 짊어지게 한 뒤 수비대장과 함께 성벽 위로 올라가 상을 나누기 시작했다. 지휘관의 명령에 따라 어떤 이들에게는 탕가 세 닢이, 또 어떤 이들에게는 비단 초폰이 주어졌다.

한편, 아지즈벡 총독은 총사령관 라임벡과 줄무늬 초폰을 입고 있던 또 다른 남자와 함께 참수된 머리 무더기를 둘러보며 자신이 알고 있던 코칸드 장군들의 머리통들을 가리켰다. 그는 그들이 맡았던 직책과 그들이 카라차폰들에게 어떤 가혹한 짓을 했는지를 설명했다. 라임벡 사령관

---

81 탕가tanga: 은화

은 경청했지만, 줄무늬 옷을 입은 남자는 그 끔찍한 광경에 질린 듯 고개를 돌리고 가끔씩 "총독이시여!"라고 대답할 뿐이었다.

모든 포상을 실시하는데 반 시간도 걸리지 않았다. 부관은 이제 빈 자루를 들고 아지즈벡에게 다가가 낮게 절을 했다. 하지만 아지즈벡은 주둔지 지휘관을 향해 물었다.

"누락된 사람은 없겠지?"

"없습니다! 총독님의 은총 덕에…"

"오늘 아침에 킵착족이 언제 공격을 시작했느냐?"

"새벽녘, 동이 트기 직전에 옥테파[82] 쪽에서 대포 소리가 들렸습니다. 15분 뒤 킵착 기병대가 나타나 사마르칸트 성문을 향해 돌격해왔습니다. 저는 즉시 사수들을 깨우고 사마르칸트 성문의 화살 구멍을 통해 총을 발사하도록 명령을 내렸습니다. 15분 동안 쉬지 않고 총알을 쏟아부었습니다. 킵착족은 이를 견디지 못하고 사마르칸트 성문에서 물러나 카몰론 성문에 자리를 잡았습니다. 그때 총독님의 은총 덕분에 저는 그곳에 배치된 저격수들을 투입할 수 있었습니다. 약 한 시간이 지나자 적은 우리의 화력에 견디지 못하고 달아났습니다. 카몰론 성문과 사마르칸트 성문 사이에 시체 삼사백 구를 남기고 말입니다. 우리는 단 5명의 병사를 잃었고 부상자는 9명뿐이었습니다!"

이 말을 들은 아지즈벡은 크게 기뻐하며 승리자들을 다시 한번 칭찬했다.

"킵착의 노르맛은 모습을 드러냈느냐?"

"아닙니다, 각하! 그는 요새 근처에도 나타나지 않았습니다. 만약 그가 다가왔더라면…"

---

82 옥테파Oq-tepa: 사마르칸트 성문 가까이에 있는 '흰 언덕'이라는 뜻을 가진 지역 [저자 주]

"그럴 가능성에 대비해야 한다!"

"물론입니다. 총독님의 은총 아래서… 그것이 우리에게 가장 중요한 일입니다!"

아지즈벡은 병사들을 향해 외쳤다.

"그대들은 나를 기쁘게 했도다!"

그러자 요새 수비대의 감사와 환호 소리가 요란하게 울려 퍼졌다. 아지즈벡은 그의 수행원들과 함께 사마르칸트 성문을 향해 이동했다. 이 승리에 기뻐한 그는 요새 성벽을 따라 행진하기로 하고, 사마르칸트 성문을 지나 차카르chaqar 하천 쪽으로 향했다. 요새의 성벽은 깊은 차카르 계곡에 의해 지지되고 있었고, 성벽은 그곳에서 끝이 났다. 물 위에 벽을 세우는 것은 불가능했기에 계곡은 열린 상태로 남아 있었다. 그러나 뒤편에는 높은 언덕이 가파르게 솟아 있었으며, 남쪽에는 이미 우리가 알고 있는 차카르 하천이 자리하고 있었고, 서쪽으로는 보즈bo'z와 콕차ko'kcha 하천의 물줄기가 흐르고 있었다. 이렇게 하천으로 둘러싸인 이 언덕은 추가 요새화가 없어도 천혜의 자연 장애물을 제공했다. 언덕 위에는 병사들을 위한 몇 개의 건물이 세워져 있었으며, 이들은 세 방향으로 배치되어 있었다. 외부로 향해 특별히 설계된 구조물 안에는 대포가 배치되어 있고, 포수와 경비병들도 상시 배치되어 있었다.

아지즈벡과 그의 수행원들은 계곡으로 내려가 물을 건너 언덕으로 올라갔다. 거기서 그는 소총부대와 경비병들을 점검한 후 그들에게도 돈을 나누어 주라고 명령했다. 그런 다음 그들은 언덕 동쪽으로 돌아갔다. 이미 언급했듯이, 다른 쪽은 포플러 나무 몇 그루 높이의 가파른 절벽이었기 때문이었다. 콕차 성문으로 가기 위해서는 먼저 수주크 오타[83] 묘지를 지나 콕차 하천 쪽으로 내려가서 물을 건너야 했다.

---

83 수주크 오타Suzuk ota

콕차 요새에는 병사들이 적었지만, 그래도 상당수가 그곳에 주둔하고 있었다. 부관은 아지즈벡의 도착을 알리기 위해 약간 앞서 달렸다. 총과 곤봉으로 무장한 병사들은 젊은이 늙은이 할 것 없이 모두 총독의 도착을 환영했고, "나의 백성들이여, 감사하오."라는 총독의 응답에 자랑스럽고 황감할 뿐이었다. 이후 아지즈벡은 콕차, 치가타이, 삭본, 카라사라이, 탁스타풀, 그리고 랍작 성문을 차례로 돌았으며 마침내 카슈가르 성문에 도착했다. 이들은 오르다와 가장 가까운 쪽에 자리하고 있었기에 경비가 강화되었고, 병사들의 수도 많았다. 사방에서 환영하는 함성이 울려 퍼졌다.

아지즈벡이 카슈가르 성문에 거의 도달했을 때, 성문 저편에서 누가 크게 문 두드리는 소리가 들려왔다. 어쩌면 총독의 말을 놀라게 한 무언가가 있었거나 다른 이유가 있었겠지만, 말이 뒷발로 물러서며 휘청거렸다. 수행원들도 멈춰 설 수밖에 없었다. 아지즈벡은 가슴에 손을 모으고 몸을 숙여 인사하고 있던 경비병에게 소리쳤다.

"뭘 멍하니 보고 있는 거냐? 성벽 위로 올라가 어떤 놈인지 확인하라!"

경비병은 황급히 성벽 위로 올라갔다.

"총독님! 여기 어떤 영감이 있습니다!"

"문을 열고 들여보내라." 아지즈벡이 명령했다.

눈앞에서 문이 열리자 하산알리가 회색 말을 끌고 들어왔다. 이 예상치 못한 환대에 놀란 그는 더듬거리며 겨우 아지즈벡 총독에게 인사를 건넬 수 있었다.

•• 17장 ••

유수프벡 호지

독자 여러분들께서는 이미 누군지 알고 있는 하산알리가 나타나자, 줄무늬 초폰을 입고 라임벡 사령관 옆에 있던 남자가 소리쳤다.

"아니, 이게 누구야! 우리 하산알리 아닌가! 어서 오게 하산알리, 잘 지냈는가! 우리 오타벡은 잘 지내고 있겠지?"

하산알리가 그에게 다가가 인사를 드렸다.

"이 사람은 우리 사람입니다, 총독님." 유수프벡 호지가 말했다. (그렇다, 줄무늬 초폰을 입고 있던 사람은 바로 유수프벡 호지였다) "이 친구가 마길란에서 말을 타고 왔네요."

아지즈벡은 입술을 깨물며 아무 말도 하지 않았다. 그는 자신의 말을 놀라게 한 죄로 하마터면 이 영감을 사형집행인에게 넘길 뻔했던 것이다. 유수프벡 호지의 설명을 무시한 채 총독이 아무 말도 없이 오르다로 향하자, 유수프벡 호지도 더 이상 말을 하지 않고 뒤따랐으며, 하산알리는 무장 경호원 뒤를 걸어서 따라갔다.

이미 문 앞에서 기다리고 있던 시종은 아지즈벡이 말에서 내릴 수 있도록 도왔다. 총독이 문 안으로 들어가자, 유수프벡 호지도 말에서 내렸다.

"저는 물러가도 되겠습니까, 총독님?" 그가 물었다.

"그렇게 하시오!" 총독이 열려있는 문으로 그를 바라보며 대답했다. "내일 아침에는 오르다에서 같이 차 한잔 합시다."

"알겠습니다, 총독님!"

유수프벡 호지는 병사 가운데 한 사람의 도움을 받아 다시 말에 올랐고, 한쪽에 서 있던 하산알리에게로 갔다. 무장 경호원들은 그들의 말 고삐를 이끌어 성문을 통과시켰다.

하산알리가 뜻밖에 오타벡도 없이 돌아온 것을 보고 놀란 유수프벡 호지는 무슨 좋지 않은 일이 벌어졌다고 확신했다.

"왜 이렇게 일찍 왔는가? 오타벡은 건강한가?"

그는 아직 하산알리에게 다가가기도 전에 소리부터 질렀다.

하산알리는 들리지 않았거나 못 들은 척 아무 대답도 하지 않았다.

"왜 아무 말이 없는가?"

"오타벡은 건강합니다."

"여기는 왜 왔는가? 오타벡은 어디 있나?"

하산알리는 오타벡이 체포되었다는 사실에 대해 말을 꺼내기가 어려웠다.

"오타벡은 마길란 총독에 의해 감옥에 갇혔습니다."

그는 결국 눈에 고인 눈물을 닦으며 어물거렸다.

"뭐라고? 무슨 이유로?"

호즈가 놀라서 하마터면 말에서 떨어질 뻔했다.

"어떤 혐의로?"

"혐의는 알 수 없습니다!"

"알라께서 자비를 베푸시기를!" 충격에서 깨어나 겨우 정신을 차린 유수프벡이 할 수 있는 일은 겨우 이렇게 기도하는 수밖에 없었다.

하산알리는 마길란에서 일어난 모든 일을 빠짐없이 이야기했다. 여행에서부터 시작해 오타벡의 체포에 이르기까지 모든 과정을 상세히 설명했다. 한꺼번에 걱정거리를 너무 많이 들은 탓인지 유수프벡은 아들의 결혼 소식조차 무덤덤하게 받아들였다.

"마길란에서는 아무것도 할 수 없다는 것을 깨닫고, 타슈켄트로 말머리를 돌릴 수밖에 없었습니다."

하산알리는 그렇게 이야기를 맺었다.

유수프벡 호지는 그의 말을 듣고 깊은 생각에 잠겼다. 여기 타슈켄트에서 그는 젊은이들뿐만 아니라 노인들로부터도 존경을 받는 터였다. 그가 시내에서 말을 타고 지나가면, 사람들은 자리에서 일어나 깊이 허리를 굽혀 인사하곤 했다. 그러나, 방금도 그랬지만, 유수프벡은 아무도 보지 못한 듯 무심히 지나갔다. 깊은 생각 끝에 마침내 그는 말을 돌려 뒤따르던 하산알리에게 말했다.

"오타벡과 함께 체포된 사람이 누구라고 했나?"

"세 사람입니다. 한 명은 미르자카름, 두 번째는 지여 셔히치, 그리고 세 번째는 그의 아들 라흐맛입니다."

"아하! 그 파티에 자네는 그렇게 네 명 모두와 함께 있었나?"

"네, 그랬습니다."

"그들과 무슨 이야기를 했는가? 오타벡이 킵착에 대해 무슨 부적절한 말이라도 한 적이 있는가?"

"그런 말은 전혀 하지 않았습니다. 다른 사람들도 마찬가지였습니다."

"자네가 없을 때도 그런 모임이 있었는가?"

"아닙니다. 제가 항상 참석했습니다."

"좋아! 그런데 그 모임은 어디에서 열렸는가?"

"처음에는 지여 셔히치 나리의 집에서 열렸고, 그 다음은…"

"잠깐! 지여 셔히치의 집에는 몇 명이 있었는가?"

"미르자카름, 오타벡, 안디잔에서 온 아크람 호지, 저, 이름이 호미드라고 하는 지여 셔히치의 처남, 지여 셔히치 본인과 그의 아들 라흐맛… 총 여덟 명이었습니다."

유수프벡 호지는 채찍으로 말의 갈기를 쓰다듬으며 3~4분 동안 생각에 잠겼다.

"두 번째 모임은 어디에서 열렸는가?" 그는 한참 후 물었다.

"지여 셔히치 나리의 집에서 파티가 열린 지 이틀 후, 미르자카름 나리가 우리를 초대했습니다. 같은 사람들이 있었는데 호미드만 없었습니다."

"또 다른 파티는?"

"어디에서도 열리지 않았습니다. 미르자카름 나리의 집에서 파티가 있은 지 약 20일 후에 결혼식이 있었습니다. 결혼식에서는 그런 이야기가 나올 리 없었습니다."

"그런데 … 이름이 뭐라고 했지? 호미드? 그 사람은 왜 미르자카름의 집에 오지 않았나?"

"모르겠습니다… 아마도 미르자카름 나리께서 그를 초대하지 않았던 것 같습니다."

"오타벡, 미르자카름, 지여 셔히치, 그리고 라흐맛이 체포되었단 말이지, 맞는가?"

"맞습니다, 주인님!"

"그리고 쿠르보시 서장의 부하들이 자네를 찾으러 다닌다는 것도 맞고?"

"맞습니다."

"아크람 호지는 안디잔으로 떠났기 때문에 찾지 못했다는 것도 맞는가?"

"맞습니다!"

"그럼, 호미드는?"

"그는 찾지 않는 것 같습니다… 오타벡이 체포된 후 어디선가 그를 본 적이 있습니다."

"우리 새 며느리가 아주 예쁘다고 했지?"

"그렇습니다. 알라께 찬양을! 정말 그렇습니다! 만약 오타벡을 구할 수만 있다면, 그녀는 오타벡의 사랑을 받고도 남을 만한 사람입니다!"

"그녀의 미모가 마길란에서 유명하다고 했나?"

"정말 그렇습니다. 모든 사람들의 입에 오르내릴 정도입니다."

"호미드는 결혼했나? 알고 있는가?"

"결혼했습니다. 그가 카라반세라이에 찾아왔을 때 두 명의 아내가 있다고 말한 적이 있습니다."

"그가 왜 자네를 찾아왔지?" 유수프벡이 물었다. "그리고 왜 처음에 그것을 말하지 않았나?"

"어쩐지 기억에서 빠졌습니다." 하산알리가 죄송하다는 듯이 말했다. "호미드가 라흐맛과 함께 와서 우리를 지여 셔히치의 집으로 초대했습니다. 우리는 그들을 예의 바르게 맞이했습니다. 그들은 특별한 이야기를 하지 않았고, 잠시 앉아 있다가 떠났습니다."

"아하! 그런데 자네 생각에 호미드는 어떤 사람인가?"

"험담을 좋아하고, 교활한 사람인 것 같습니다."

하산알리가 대답했다. 그리고 잠시 침묵한 후 조심스럽게 물었다.

"어떻게 생각하십니까, 오타벡의 상황이 심각한 것입니까?"

하지는 아무 말도 하지 않았다. 그는 어떤 말도 하기가 두려웠다. 이 문제는 매우 복잡하고 위험한 문제임을 깨달았기 때문이다. 오타벡은 그의 아들이었고, 그 자신은 킵착의 숙적 아지즈벡의 수하에 있었다. 어떤 관점에서 보더라도, 타슈켄트가 반란 상태에 있는 이런 미묘한 시기에, 어떤 혐의로든 오타벡 같은 인물을 마길란에 구금했다는 것은 좋은 징조일리 없었다.

오타벡을 구할 방도를 찾기 위해 온갖 고민을 다 해 봤지만, 그가 다다른 곳은 결국 절망이라는 종착역이었다. 그의 지혜로는 이 어려운 상황에서 빠져나갈 방법을 찾을 수가 없었다. "오, 위대한 알라여! 그에게 불운이 따르지 않게 해주십시오! 제 노년을 망치지 마소서!" 그는 울부짖었고, 눈물은 얼굴과 수염을 적셨다.

"하산알리, 어떤 경우에도 오타벡의 어머니가 이 사실을 알게 해서는 안 되네, 알겠나?"

"물론입니다!"

그들은 말에서 내려 고삐를 잡고 재빨리 안마당으로 들어갔다.

•• 18장 ••

포고령

그날 마길란에서는 정오에 오타벡과 미르자카름 두 반역자에 대한 교수형이 집행될 것이라는 포고령이 내려졌다. 이 소식은 순식간에 퍼져 나갔고, 사람들의 입에서 입으로 전해졌다. 시민들 사이에서는 여러 소문이 돌았다.

호미드는 경호 경찰관의 안내를 받아 쿠르보시 서장의 방을 찾았다. 쿠르보시는 경호 경찰관에게 나가라고 명령을 하고, 호미드에게는 자리에 앉으라고 권했다.

쿠르보시 서장은 난처해 보였다. 그는 말문 열기를 주저하다가 마침내 용기를 내어 이야기를 꺼냈다.

"옛 어르신들께서 늘 말씀하시듯, 세상은 언제나 결핍되어 있단 말이오." 그는 이렇게 시작했다. "우리는 항상 뭔가가 부족해요. 집안일도 그렇소. 아무리 분주히 움직여도 여전히 무엇인가 모자란단 말이지."

눈치 빠른 호미드는 곧바로 그의 의도를 알아챘다.

"옳은 말씀이십니다, 서장님!" 호미드는 쿠르보시의 말에 맞장구를 쳤다. "항상 무언가가 부족하지요. 이런 부족함이 때로는 정말 지긋지긋하게 느껴집니다. 그래서 살 의욕을 잃을 것 같은 순간도 있지요. 하지만 좋은 친구가 가까이에 있다면 아무 문제가 없습니다. 그들이 없다면 벌써 이 세상을 떠났을지도 모릅니다! 그래서 저는 언제나 친구들의 필요를 민감하게 받아들이고 그들을 돕기 위해 노력합니다. 저는 그들을 위해 희생할 준비가 되어 있습니다."

무릎 위에 올려둔 검의 양 끝을 잡고 균형을 취하던 쿠르보시는 몸을 살짝 움직였다.

"좋은 말이오, 호미드 씨. 정말 멋진 말이야!" 그는 수염을 쓰다듬으며 말했다. "친구를 위해 자신을 희생하는 것은 보람된 일이지. 그런데 문제는 말이오, 내 아들 녀석의 할례 잔치[84]를 준비 중인데, 이제 적당한 나이가 되었으니 예언자의 가르침을 따르는 게 우리가 할 일이 아니겠소? 필요한 것들은 대부분 준비되었지만, 아직 몇 가지가 부족해. 그런데 당신이 바로 이 순간에 찾아왔구려."

"서장님" 호미드는 억지로 미소를 지으며 말했다. "어쩌면 제 말에 화를 내실지 모르지만, 이렇게 말씀드리고 싶습니다. 평범한 사람들이 귀족이나 부유한 이들과 쉽게 친구가 되는 일은 드뭅니다. 하지만 서장님께서는 전적으로 자신의 의무에 헌신하심으로써 옛날이나 지금이나 명예를 지키고 계십니다. 수많은 걱정을 안고 계심에도 불구하고 지금까지 저에게는 한마디도 하지 않으셨습니다!"

쿠르보시는 호미드의 눈치 빠름에 감탄했다.

"아니, 아니오, 호미드 씨!" 그는 미소를 지으며 말했다. "이건 전혀 다른 문제요. 국가를 위해 봉사할 때는 일을 백번이나 숙고한 후에야 하지만 …"

"말씀하신 대로입니다, 서장님. 하지만 제가 당신께 드리는 충성은 완전히 다른 성격의 것입니다."

호미드가 말하며 주머니를 꺼내더니 안에 있는 금화를 세기 시작했다. 쿠르보시의 눈이 반짝였고, 마치 금화를 삼킬 듯한 눈빛이었다. 그는 이미 이 돈으로 성대히 잔치를 여는 모습을 상상하고 있었다. 그것으로 마실란에 있는 지역 인사들의 눈에 자신의 중요성이 얼마나 커질지 상상하며 말이다. 스무 개의 금화가 나왔다. 꿈을 꾸고 있는 걸까? 쿠르보시는 눈을 깜빡였고, 호미드는 그 금화를 건넸다.

---

84 할례 잔치sunnat to'yi: 3~7세 사이의 사내아이를 대상으로, 아이의 성장, 가족의 기쁨, 그리고 지역 사회의 단합을 염원하는 종교적 의무이자 사회적 축제

"받으세요, 서장님. 별로 많지 않습니다만 우리의 관계를 좀 더 돈독히 해줄 수 있을 겁니다. 부족하시다면 주저 없이 말씀해 주세요."

쿠르보시 서장이 떨리는 손으로 금화를 집어넣자, 호미드는 크게 만족했다.

"자, 호미드 씨, 그럼 이제 본론으로 들어가 봅시다. 당신의 매형과 조카가 이 사건에 연루되어 있다는 게 참 유감이오."

호미드의 얼굴은 수심에 찼다. 오로지 쿠르보시 서장의 입술에만 온 신경을 집중하여 바라보았다.

"그 무고한 사람들이 지금 구금이 되어 있는데, 그건 함께 했던 그 반역자들 때문이오." 쿠르보시가 계속했다. "그놈들이 아니었더라면 오타보이 총독께서는 이들에게 체포 명령을 내리지 않았을 것이오. 어제 제출한 증거로 오타벡과 그의 장인에게는 확실히 사형이 선고되었지만, 당신의 그 두 친척들은 어느 정도 혐의가 없는 걸로 판결을 받았소. 아마도 다가오는 최종심에서는 내가 그들의 석방을 위해 변호하게 될거요. 어쨌든 그들에 대한 선고가 너무 무겁지 않길 바라오. 행정부의 대변인이 오타벡과 미르자카림의 처형만을 선포한 것은 바로 내가 명령했기 때문이오."

"당신의 관대함에 깊이 감사드립니다." 호미드는 말했다. "하지만, 여전히 제 친척들의 안위가 크게 염려됩니다. 그들을 석방할 수 있는 다른 방법은 없을런지요?"

이미 엄청난 뇌물을 받아먹은 쿠르보시 서장은 이제 궁지에 몰려 있었다. 그는 무슨 수를 쓰든지 이 남자를 도와야 했다. 그는 한참 생각 끝에 마침내 말을 꺼냈다.

"어제 오타보이 쿠쉬베기 총독 앞에서는 오타벡의 혐의에 대해 어떤 식으로 말을 했소? 그걸 알아야 내가 다시 한번 고민해 볼 수 있을 것 같소."

호미드가 오타보이 총독에게 보고했던 내용을 이야기하기 시작했다. "사실은 오타벡이 이렇게 말을 하더라고 했습니다. '타슈켄트 사람들은 킵착족의 잔혹함과 그들의 미숙한 통치에 질려 버렸다. 이러한 역경에서 벗어나기 위해 아지즈벡 총독과 나의 아버지는 타슈켄트에서 반란을 일으키기로 결심한 것이다. 이를 위해 그분들은 나를 마길란으로 보냈고, 여기서 킵착족과 그들의 지지자들에게 반기를 들도록 선동하게 한 것이다. 우리가 킵착족에게 얼마나 더 억압당해야 하겠는가?' 오타벡의 이 말에 미르자카림과 아크람 호지도 '이 초원의 유목민 출신의 킵착족에게 우리가 더 이상 머리를 숙일 수는 없지.'라며 맞장구를 쳤다고 했습니다. 이때 제가 그들에게 이렇게 반박했다고 말씀드렸습니다. '당신들이 틀렸다. 우리는 3년 동안 존경받는 오타보이 총독의 통치 아래에서 평화롭게 살아왔으며, 그는 우리에게 해를 끼친 적이 없다. 이런 통치자에게 반란을 일으키는 것은 은혜를 배신하는 행위다.' 저의 이 말에 오타벡이 다시 뛰어들어 자기주장을 펼쳤다고 말씀드렸습니다. 제 매형과 조카는 당연히 저의 의견에 동의하고 있었지만, 손님을 대접하는 입장에서 그에게 공개적으로 반박하지는 못했다는 말씀도 드렸구요. 저도 처음에는 오타벡과 그의 친구들이 화를 입을까 걱정되어 이 일을 비밀에 부쳤지만 아지즈벡과 유수프벡 호지가 타슈켄트에서 반란을 일으켰다는 소식을 듣고 나니, 제 침묵이 반역이나 다름없다는 것을 깨달았다는 말씀도 드렸습니다. 그래서 모든 것을 쿠르보시 서장님께 말씀드린 것이라고 했습니다. 그리고 이것은 저의 충정에서 말씀드린 것이니, 이 비밀은 우리만 알고 있어야 하고, 더 중요한 것은 이 말이 그 반역자들에게는 절대로 알려지지 않도록 해달라고 부탁도 드렸습니다. 이상이 제가 마길란의 총독님이신 오타보이께 보고드렸던 내용입니다."

호미드가 이렇게 말을 마치자 쿠르보시 서장이 화답을 했다.

"잘했소! 정말 잘 말씀드렸다고 생각하오. 지여 셔히치와 라흐맛은 틀림없이 석방될 것이오!"

"그렇게 확신할 수 있는 근거가 있나요?"

"아주 간단하지. 오타보이 총독이 당신의 그 증언에 근거하여 오타벡과 미르자카림을 교수형에 처하기로 결정한 것이라면, 같은 근거로 당신의 매형과 조카를 석방시키지 않을 이유가 없지 않겠소?"

"제 매형과 조카가 첫 심문에서 어떻게 대답했는지 잊으셨나요?"

"그들의 답변은 당신의 증언과 모순되는 게 아니었소. 그들은 단순히 모든 것을 부인하고, 그런 대화는 결코 없었다고 말하지 않았소? 이는 손님으로서 주인을 모욕하고 싶지 않았던 그들의 입장을 충분히 이해할 수 있는 내용이오. 게다가 이는 당신의 말과도 일치하는 부분이니까."

호미드는 다시 깊은 생각에 잠겼다.

"걱정하지 마시오, 호미드 씨!" 쿠르보시 서장은 그의 고민스러운 표정을 보고 말했다. "그들에게 위험할 일이 뭐가 있겠소?!"

호미드는 무언가를 말하려는 듯 보였다. 그는 입을 열었지만, 곧 생각을 바꾸고 입을 다물었다. 쿠르보시 서장은 그의 망설임을 눈치챘다.

"말해 보시오, 어서! 여기 우리가 모두 당신 친구들이지 않소?" 그가 재촉했다.

이 말에 용기를 얻은 호미드는 물었다.

"하지만 만약 제 매형과 조카가 헷갈려서 최종 법정에서 진술을 엉뚱하게 하면 어떻게 되나요?"

"무엇을 헷갈린단 말이오? 그들은 단지 자신들이 아는 것만 말하면 되는 거요. 죽음의 망령이 눈앞에 나타나게 되면, 사람들은 더욱 진실에 가까워지는 법이오. 그들은 그저 사실대로 말할 것이오. 그러면 일이 당신이 원하는 대로 해결될 것이고."

호미드는 표정이 어두워졌다. 그는 속으로 쿠르보시 서장의 아둔함을 저주했다.

"죄와 정의 따위는 이제 잠시 접어두고, 이 문제의 핵심을 봐 주십시오…."

모함하는 자와 뇌물을 받은 자의 눈이 마주쳤다. 그들은 서로의 의도를 읽었다. 잠시 무거운 침묵이 흘렀다. 그 순간까지 쿠르보시는 호미드가 진짜 원하는 바가 무엇인지 눈치채지 못하고 있었던 것이다. 그는 자신이 받은 뇌물이 단지 친척들의 석방을 위한 선금이라고 생각했지만, 사실은 그것이 오타벡과 미르자카름의 처형을 위한 피의 대가였던 것이다. 그것을 감지한 쿠르보시의 양심이 흔들리자 그에게는 망설임의 표정이 역력했다.

호미드는 공포에 사로잡혔다. 그는 지옥으로 보내질 수도 있고, 이 진퇴양난의 위기를 무사히 넘길 수도 있다. 이제 호미드의 운명은 쿠르보시 서장의 손에 달려 있었다. 그는 쿠르보시에게서 눈을 떼지 못했다. 그의 눈은 더 많은 금화를 지불하겠다는 약속을 담고 있었다. 쿠르보시도 말없는 호미드의 눈길에서 더 많은 보상이 주어질 것이라는 암시를 읽어냈다. 금화를 받아든 채로 쿠르보시 서장은 '이것이 두 사람의 목숨값!'이라는 양심의 속삭임을 못들은 체했다. 그리고 호미드에게 물었다.

"그럼, 이제 어떻게 하면 좋겠소?"

호미드는 다시 한번 성공의 기회가 자신에게 다가오는 것을 느끼며, 깊은 한숨을 내쉬었다.

"제 생각에는, 제 매형과 조카에게 일단 경고를 하고, 제가 그들을 변호하기 위해 오타보이 총독에게 말했던 내용과 오타벡을 고발했던 내용도 그들에게 미리 설명해 둬야 할 것 같습니다."

"그렇소, 그들에게 경고해두는 것이 현명할 것이오."

"정말 감사합니다, 서장님! 그렇다면 더 이상 시간을 낭비해서는 안 됩니다. 서장님께서 그들에게 내려가 판결이 나오기 전에 그 내용을 전달할 수 있겠습니까?"

"그래야지요. 하지만 당신이 직접 가는 것이 더 낫지 않겠소?"

호미드는 고개를 저었다.

"아무도 제가 이 일에 관여하고 있다는 것을 알아서는 안 됩니다. 오타벡과 미르자카름뿐만 아니라 제 매형과 조카조차도 이를 알아서는 안 됩니다.”

“알았소. 하지만 여전히 계획이 틀어질 여지가 있소. 예를 들어, 오타보이 총독이 판결 중에 갑자기 당신을 소환한다면 말이오. 그렇게 되면 모두가 당신이 관여하고 있다는 사실을 알게 될 텐데.”

그렇다! 그렇게 된다면, 호미드에게는 모든 것이 끝이다. 그는 천사처럼 순수한 모습으로 보이고 싶어 했지만, 만약 그의 비밀이 드러나고 그 가면이 벗겨져 그의 역할이 폭로된다면, 그는 자신의 사냥감과 정면으로 마주해야 할 상황에 놓이게 될 것이다.

“제가 소환되지 않도록 조처해 주실 수 없을까요?”

“그건 쉬운 일이 아니오!” 쿠르보시 서장은 생각에 잠긴 듯 말했다. “어쨌든, 어디까지나 내 추측일 뿐이지만, 오타보이 총독은 자신이 확신하는 것에 대해서는 굳이 확인하지 않는 습관이 있긴 합니다만.”

호미드는 더 이상 개의치 않았다. 그리고 결의를 다진 듯 냉정한 표정으로 말했다.

“좋습니다! 그들과 마주해야 한다면, 나는 정면으로 맞설 준비가 되어 있습니다.”

그리고 두 사람은 각자의 길을 떠났다.

•• 19장 ••

판결

허리에는 날카롭고 피에 굶주린 단검을 차고, 손에는 도끼를 든 사형 집행자가 오타보이 총독의 명령을 기다리고 있었다. 쿠르보시 서장은 오타보이 총독의 오른편에 앉아 있었고, 존경받는 지역 원로들이 그의 왼편에 자리 잡았다. 피고인 오타벡, 미르자카름, 지여 셔히치, 그리고 그의 아들 라흐맛은 오타보이 총독을 마주보며 서 있었고, 뒤에는 경비병들이 서 있었다. 중죄로 기소된 오타벡과 미르자카름 쿠티도르는 손에 수갑이 채워진 상태였으며, 지여 셔히치와 라흐맛은 수갑이 채워지지 않았다. 미르자카름의 얼굴에는 죽음 같은 창백함이 감돌았고, 오타벡의 얼굴에는 깊은 당혹감과 혼돈스런 표정이 깊이 새겨져 있었다. 다른 사람들은 그나마 조금 더 잘 버티는 듯 보였다.

오타보이 총독은 이미 서명하고 준비된 판결문을 들어 그것을 읽을 준비를 하고 있었다. 모두 숨을 죽이며 고개를 숙이고 있었다.

"마길란의 총독 오타보이 쿠쉬베기는 최고의 칸이자 높으신 칸들의 후예, 즉 그의 위대하고 높으신 쿠다야르칸의 이름으로 다음과 같은 판결을 내린다." 쿠다야르칸의 이름이 언급되자, 그 자리에 있던 귀족들은 경건한 자세로 일어났다가 다시 자리에 앉았다. 오타보이 총독은 계속 읽어 나갔다.

> 신뢰할 수 있는 한 시민의 증언에 따르면, 타슈켄트의 유수프벡 호지의 아들인 오타벡은 그의 아버지와 현재 우리의 칸에게 반란을 일으킨 아지즈벡의 지시로 마길란으로 왔다. 그가 이곳으로 온 목적은 그의 높으신 칸께 충성하는 우리의 백성들을 부추겨 이곳에서도 반란에 가담케 하려 함이었다. 상기된 그의 행위는 그의 높으신 칸에 대한 반역 행위로 간주되므로, 타슈켄트의 유수프벡 호지의 아들 오타벡은 교수형에 처할 것을 선고한다. 또한, 그의 공모자인 마길란의 미르자카름 쿠티도르 역시 같은 형벌에 처한다. 이 범죄 모의에 연루되었으면서도 적절한 시기에 당국에 알리지 않은 지여 셔히치와 그의 아들 라흐맛은 1년간의 징역형에 처한다!

"판결은 부당합니다!" 오타벡의 외침이 허공에 맴돌았다. 미르자카름은 창백한 얼굴로 말을 잃었다. 지여 셔히치와 그의 아들은 감옥으로 끌려갔고, 오타벡과 미르자카름은 사형 집행자에게 인계되었다. 이로써 재판은 끝이 났다.

십여 분이 지나고, 오타보이 총독은 여전히 느긋하게 앉아 다른 법정 담당관들과 잡담을 나누고 있었다. 초조해진 쿠르보시 서장은 자리에서 일어나 형 집행이 제대로 이루어지는지 확인하기 위해 자리를 비울 수 있도록 허락을 요청했다.

바로 그때, 경비병 피르맛이 나타났다.

"어떤 여인이 찾아왔습니다." 그가 낮은 목소리로 고개를 숙이며 말했다. "그녀가 억울함이 있다고 하는데, 들어오게 할까요?"

오타보이 총독은 쿠르보시 서장에게 자리를 떠나도 좋다는 신호를 보낸 후 피르맛에게 명했다.

"들어오게 하라!"

알지 못했던 여인이 갑작스럽게 방문하여 자신의 억울함을 호소하겠다고 하니, 그것은 쿠르보시 서장의 마음을 불안하게 했다. 그녀가 어떤 억울함으로 이곳까지 오게 되었는지 듣고 싶었지만, 총독이 그를 물러가게 했으므로 그는 재판이 열렸던 법정을 떠나야 했다.

복도로 나가던 쿠르보시 서장은 낡은 파란지를 두른 여인과 마주쳤다. 그녀는 오타보이 총독에게 깊이 고개를 숙였고, 심하게 동요한 상태로 숨을 헐떡이고 있었다. 이 모습을 보고 더욱 불안해진 쿠르보시 서장은 오타보이 총독의 시선을 피하며 밖으로 나가 문을 닫고 그 뒤에 숨었다.

여인은 급히 구두를 벗고 허둥대며 뭔가를 찾고 있었다. 그녀의 행동에 놀란 오타보이 총독이 그녀에게 명령했다.

"들어오라, 자매여, 그리고 억울한 사정이 있으면 말하라."

여인은 오타보이 총독에게로 다가가 무언가를 건네준 뒤 다시 문 쪽으로 돌아섰다. 총독은 그녀가 준 것을 조심스럽게 펼치기 시작했다. 그것은 세 번 혹은 네 번 접힌 종이 한 장이었다.

"신의 축복이 있으시길!" 여인이 외쳤다. "제발 서둘러 주세요. 그렇지 않으면 무고한 이들의 피가 당신 손에 묻게 될 것입니다."

이 말에 그 자리에 있던 모두가 놀라 서로를 쳐다보았다. 오타보이 총독은 급히 종이를 펼쳐 넓은 깃펜으로 쓴 긴 편지를 읽기 시작했다. 편지의 내용은 상당히 길었고, 방 안에는 긴장감이 감돌았다. 한참이 지난 후, 오타보이 총독은 끝까지 읽기도 전에 편지에서 시선을 떼고 외쳤다.

"피르맛! 피르맛!"

피르맛이 달려왔다.

"대령했습니다, 총독님!"

오타보이의 목소리에는 지금껏 들리지 않던 동요의 흔적이 느껴졌다.

"교수형에 처해질 사람들을 데려오라. 이미 처형 준비를 하고 있다 하더라도 말이다. 이 명령을 쿠르보시 서장에게 전달하라. 그가 이를 처리할 것이다!"

피르맛은 고개를 숙였다. 복도를 힐끗 보니 쿠르보시 서장은 아직 떠나지 않고 있었다.

"쿠르보시 서장은 아직 여기 있습니다!" 그가 보고했다.

"그를 데려오라!"

쿠르보시가 들어와 고개를 숙였다.

"무엇을 도와드릴까요, 총독님?"

"자네가 아직 여기 있다니, 알라께 감사를 드려야겠군! 즉시 피르맛과 함께 가서 교수형을 중지시키고, 방금 선고받은 사람들을 데려오라!"

쿠르보시 서장은 자신의 불안이 근거가 있음을 깨달았다.

"무슨 이유입니까, 총독님?" 그는 옆에 서 있는 여인을 바라보며 물었다.

"이유를 설명할 시간이 없다. 빨리 가라! 서둘러야 한다!"

피르맛을 따라 나가는 쿠르보시를 보며 오타보이가 욕설을 퍼부었다. "네 애비에게 저주가 있으리라!" 그리고 신하들에게로 눈길을 돌렸다. 그 사이, 여인은 다소 진정된 모습이었다. 오타보이 총독은 손에 든 편지에 다시 몰두했다. 신하들은 그 기적을 불러온 종이 한 장과 그것을 가져온 여인을 놀란 눈으로 바라보았다. 편지를 다시 한번 읽은 후, 오타보이 총독은 여인에게 말을 걸었다.

"앉으라, 여인이여!"

여자가 앉으려 옷매무새를 고치던 중, 파란 아틀라스 드레스의 단이 파란지 아래로 살짝 드러났고, 그녀의 우아하고 하얀 손이 드러났다. 오타보이 총독은 그녀에게 눈썹 아래로 눈길을 보내며 편지를 이리저리 꼼꼼히 살폈다. 편지는 제법 구겨지고 낡은 상태였다.

"그대는 오타벡과 미르자카름과 어떤 관계인가?"

"저는 미르자카름의 딸이자, 오타벡의 아내입니다."

이 말을 듣고 있던 사람들은 의미심장한 눈빛을 주고받았다.

"왜 이 편지를 좀 더 일찍 가져오지 않았는가?"

오타보이 총독의 질문에 그녀는 크게 놀란 듯했다. 마치 그가 "너무 늦었다! 다 끝났다!"라고 말하는 것처럼 들렸기 때문이다.

"설마 이게 헛된 일은 아니겠지요?" 그녀는 떨리는 목소리로 외쳤다.

"아니, 아니다, 내 딸이여" 오타보이 총독이 말했다.

"단지 알고 싶을 뿐이다. 왜 어제나 그 이전에 이 편지를 가져오지 않았는가?"

쿠무쉬는 약간 흐느끼다가 스스로를 다잡으며 대답했다.

"저도 오늘에서야 이 편지를 발견했습니다."

"그럼, 그전에는 이 편지를 본 적이 없다는 말인가?"

"네."

"그러면 이 편지를 어디서 발견했는가?"

"그의 오래된 속옷 주머니에서 발견했습니다."[85]

오타보이 총독은 편지를 가장 가까운 자리에 앉아 있던 훈련대장, 아짐 폰사드보시에게 건네며 말했다.

"아짐, 읽어보시오."

그리고 그는 쿠무쉬를 향해 돌아섰다.

"이 편지 내용을 알고 있는가?"

"네, 읽어보았습니다."

"그대는 남편이 당국에 적대적인 행동을 했다는 사실을 알고 있었는가?"

"무슨 행동을 말씀하시는 겁니까?"

"예를 들어, 그대의 아버지와 남편 모두를 교수형에 처해야 한다고 우리가 판단하게 만든 그 행동들 말이야."

"그건 부당한 말씀입니다! 그들은 죄가 없습니다!"

"누가 이 편지로 당신 남편의 사형을 막을 수 있다고 말했는가?"

"제 스스로 그렇게 생각했습니다."

"그렇다면, 그대는 남편의 불법 행위를 이미 알고 있었다는 말이로군?"

"아닙니다, 총독님!" 쿠무쉬는 오타보이 총독의 의도가 어디로 향하는지 가늠하기가 어려웠다.

"오늘까지 저와 저의 어머니는 끔찍한 슬픔 속에서 지내며, 그 혐의에 대해 아무것도 알지 못했습니다. 오늘에서야 총독께서 우리 가족을 어넌 죄목으로 법정에 세웠는지 사람들이 말해주었습니나. 총독께서는 그를 타

---

85 이 편지는 오래전에 쓰여진 것이었다. 독자 여러분은 아마도 타슈켄트 봉기 동안 오타벡의 아버지 유수프벡 호지가 아들 오타벡에게 보낸 서신을 기억할 것이다. [저자 주]

슈켄트에서 온 반란자로 몰아가며 그가 여기서 반란을 획책하려 했다고 비난했습니다. 그러나 오늘 기적적으로 이 편지를 발견했고, 저는 곧바로 총독님께 달려온 것입니다."

쿠무쉬의 말이 끝나기도 전에 피르맛이 헐떡거리며 들어왔다. 그는 몸을 낮추며 총독에게 보고했다.

"거의 목이 매달리는 순간에 그들을 구해냈습니다, 총독님. 지금 이곳으로 오고 있습니다."

쿠무쉬는 벌떡 일어나 피르맛을 바라보았다. 한편, 훈련대장 아짐 폰사드보시는 방금 읽은 편지의 내용에 몹시 당황한 듯, 그것을 옆 사람에게 건네고는 총독을 향해 말했다.

"이 편지는 타슈켄트의 유수프벡 호지에 대한 우리 생각의 근간을 뒤흔들고 있습니다, 총독님!" 그리고 선언하듯 말을 이어갔다. "온 페르가나 백성들과 모든 귀족들이 그가 아지즈벡의 강력한 지지자라는 소문을 굳게 믿고 있지만, 실상 그의 마음속에 무엇이 있는지는 아무도 알 수 없습니다. 그리고 인간의 영혼 속을 들여다볼 수 있는 이는 오직 알라뿐입니다!"

지금까지 말을 꺼내지 못했던 신하들도 사건의 흐름을 이해하자 모두 한꺼번에 의견을 내기 시작했다. '적이 사라지면, 용감한 이들이 우르르 나타난다.'는 속담이 증명되는 듯했다.

"알라께서 부당한 일이 일어나지 않게 하신 것이로군! 알라께서 무고한 청년이 피를 흘리지 않게 하신거야!"

모두가 앞다투어 외쳤다.

"평화를 사랑하는 사람 미르자카림이 이런 일에 연루되었다는 건 생각할 수도 없는 일이지!" 다른 이들도 동조했다.

이 말들은 쿠무쉬의 마음은 마치 어두운 절망의 구름 뒤로 희미해졌던 등불이 다시 불꽃을 일으키는 느낌이었다. 삶이라는 거대한 창공에서 사라질 듯했던 행복의 별들이 다시 서서히 빛나기 시작하는 것 같았다. 그녀의 눈을 덮었던 칠흑 같은 어둠이 희망과 구원의 빛 속에서 서서히 물러나고 있었다.

그때, 문 뒤쪽 복도에서 급히 걸어오는 발소리가 들렸다. 쿠르보시 서장이었다.

"그들이 도착했습니다, 총독님." 그가 보고했다. "안으로 데려올까요?"

오타보이 총독은 대답 대신 조용히 편지를 집어 들고 자신이 앉아 있는 쿠르파차 깔개 아래로 숨겼다. 그러고는 쿠무쉬를 향해 경고했다.

"나의 허락 없이 한마디라도 하면, 그것은 그대가 아버지와 남편에게 사형을 선고하는 것과 마찬가지다. 알겠는가?"

쿠무쉬가 고개를 끄덕이자, 오타보이 총독은 복도에 서 있는 쿠르보시 서장에게 명령했다. "그들을 들여보내라!"

쿠무쉬는 재판정을 찾아오는 길에 교수대로 끌려가는 오타벡과 아버지를 보고 두려움에 휩싸여 한마디 말도 하지 못한 채 발이 닿는 대로 급히 이곳으로 달려왔다. 그리고 지금, "그들을 들여보내라!"는 말을 듣자 심장은 터질 듯했고, 온 몸은 긴장되어 얼어붙은 듯했다. 그녀는 당장 남편에게 달려가 그의 품에 안겨 울고 또 울고 싶었다. 그러나 그녀 앞에 앉아 있는 무시무시한 사람들은 이를 결코 허락하지 않을 태세였다. 한편, 오타벡과 미르자카림은 감시의 눈초리 속에서 손에 쇠사슬이 채워진 채로 법정 안으로 끌려 들어왔다.

"호위병들은 나가라! 쿠르보시, 그들의 사슬을 풀어라!" 오타보이 총독이 명령했다.

쿠르보시 서장은 이번 사건의 여파가 자신에게도 상당히 불리하게 작용할 것임을 잘 알고 있었다. 그는 떨리는 손으로 미르자카림의 사슬을 풀기 시작했다. 이 두 사람이 호미드의 이기적인 계략에 희생될 뻔했다는 사실을 그는 더 이상 의심하지 않았다. 호미드는 어떤 이유에서인지 이들의 죽음을 간절히 원했고, 자신도 거기에 일조했음을 부정할 수 없었다. 이제 진실이 드러날 것이고, 그는 벌을 피할 수 없을 것이다.

쿠르보시 서장은 괴로운 마음으로 미르자카름의 손에서 사슬을 풀고 나서 오타벡에게로 갔다. 쿠르보시의 손이 떨리는 것을 본 오타벡은 그가 자신과 장인에 대한 어떤 음모에 연루되었음을 짐작했다. 자신의 상황이 얼마나 취약한지 잘 알고 있었지만, 오타벡은 쿠르보시를 시험하기로 결심하고 온 힘을 다해 그의 눈을 똑바로 바라보았다. 쿠르보시는 그의 강력한 시선을 이기지 못하고 고개를 숙였다. 오타벡은 자신의 추측이 맞았음을 확신했다.

오타보이 총독의 명령에 따라, 피고인 두 사람은 무릎을 꿇었다. 쿠르보시 서장은 마치 모든 재산을 잃은 거지처럼 오타보이 총독의 왼쪽, 즉 쿠무쉬의 맞은편에 앉았다. 오타벡과 미르자카름은 쿠무쉬를 보기는 했지만, 진행되고 있는 상황에 완전히 매몰되어 있었기 때문에 총독의 집무실에 여자가 있다는 사실이 얼마나 이례적인 일인지 신경 쓸 겨를조차 없었다. 어떻게 해서 자신들이 교수대에서 풀려났는지, 어찌하여 사슬이 풀렸는지도 혼란스러워 기뻐할 수도 없었다. 안개 속에 갇힌 듯, 총독이 무슨 말을 할지만 기다리고 있었다. 그러나, 총독은 깊은 생각에 잠겨 대화를 시작하는 데 급하지 않은 듯했다. 방 안에 있는 모두가 그의 말을 숨죽이며 기다렸다. 침묵을 가장 즐긴 사람은 쿠르보시 서장이었다. 그는 이 침묵이 며칠이 아니라, 몇 년 동안 지속되기를 바랐다.

"오타벡" 오타보이 총독이 마침내 입을 열었다. "네가 체포되던 날, 너는 너와 너의 아버지가 어떤 사람인지, 너희들의 신념에 대해 나에게 이야기한 바 있다. 하지만 우리는 증거 없이는 너의 말을 믿을 수가 없다. 너의 말을 뒷받침할 증거가 있는지, 아니면 그것이 단순히 꾸며낸 이야기는 아닌지 확인하기 위해 우리는 너의 처형을 며칠 미루고자 한다. 그러면 네가 이를 증명할 수 있겠나?"

"그날 말씀드린 내용은 저와 아버지 사이의 엄격한 비밀이었습니다." 오타벡이 대답했다. "따라서 증거나 증인을 제시하는 것은 매우 어려운 일입니다. 제 아버지가 직접 여기로 오셔서 같은 말을 하신다 해도, 여러분은 아버지가 아들을 구하려는 마음에서 그렇게 행동한다고 생각할 것이고, 결국에는 중상모략하는 자들의 말을 믿고 형을 집행하게 되겠지요."

이 말은 비수가 되어 오타보이 총독의 가슴을 찔렀다. 그는 간신히 감정을 억누르며 물었다.

"다시 말해, 네 주장을 뒷받침할 만한 자료가 없다는 거냐?"

"그렇습니다. 제 양심이 유일한 증거입니다!"

"최근에 타슈켄트에서 무언가를 받은 적이 있느냐?"

"어떤 걸 말씀하십니까?"

"예를 들어 편지 같은 것 말이다."

오타벡은 잠시 생각하더니 깜짝 놀란 표정을 지었다. 그의 놀라움에는 진정성이 담겨 있었다. "네, 있습니다! 제가 받은 것이 있습니다!" 그는 흥분된 목소리로 외쳤다. "그리고 증거도 있습니다!"

이 젊은이의 진솔한 감정에 방 안에 있던 신하들은 감동하여 눈물을 글썽였다.

"호위병을 붙여 저를 보내주신다면 증거를 가져오겠습니다!"

"진정하라, 오타벡" 오타보이 총독이 말했다. 오타벡이 진정하자 총독이 그에게 물었다

"네가 받은 것이 무엇이냐?"

"편지입니다."

"누구로부터 받은 것이냐?"

"아버지로부터입니다."

"언제 받았느냐?"

"타슈켄트에서의 봉기가 있기 직전입니다. 그리고 그 이후로는 아무것도 받지 못했습니다."

"네 아버지의 편지 내용은 무엇이었느냐?"

"그는 타슈켄트에서 무지한 사람들이 아지즈벡의 비열한 선동에 넘어갔다고 쓰셨습니다. 그리고 끝으로…" 여기서 오타벡이 잠시 멈췄다. "마치 앞으로 닥칠 일을 예견하신 듯, 이런 상황에 처할 수도 있다며 제게 몇 가지 지침을 주셨습니다."

오타벡의 이 말에 훈련대장 아짐 폰사드보시는 오타보이 총독을 힐끗 보며 '이제 만족하십니까?'라는 듯한 눈빛을 보냈다. 심문이 계속되고 있는 것을 보고 쿠르보시 서장은 약간 안도했다. 바로 그때, 오타보이 총독은 자신의 쿠르파차 카펫 아래에서 편지를 꺼내어 오타벡에게 보여주었다.

"한번 보아라. 이 편지를 알아보겠느냐?"

오타벡은 자신의 눈을 믿을 수 없었다.

"알아보겠습니다!" 그는 외쳤다. "바로 제가 말씀드린 그 편지입니다. 제 아버지의 편지입니다. 놀랍습니다! 이 편지를 누구에게서 받으셨습니까, 총독님?"

총독의 입가에는 살짝 머뭇거리는 듯한 미소가 스쳤다. 그는 쿠무쉬를 가리키며 말했다. "너의 수호천사가 여기 있다!"

미르자카릅과 오타벡은 재빨리 그녀를 향해 고개를 돌렸다. 쿠무쉬는 더 이상 참을 수가 없었다.

"아빠, 사랑하는 아빠! 저예요, 당신의 딸이에요!"

오타벡의 귀에 닿은 이 달콤한 목소리는 그의 가슴 깊은 곳을 울렸다. 장인어른이 난감해하는 것에는 아랑곳하지 않고, 오타벡은 외쳤다.

"정말 당신이오, 쿠무쉬?"

"네, 저예요, 저예요."

이 짧은 대화 속에는 두 사람이 겪은 말할 수 없는 고통과 무거움이 담겨 있었다. 서로의 소중한 목소리를 들으며 느낀 벅찬 감정은 달리 표현할 수가 없는 것이었다.

"정말 너냐, 내 사랑하는 딸아?"

"저예요, 아빠!"

혼자서 생각에 잠겨 있던 오타보이 총독은 대화를 끊고 오타벡에게 물었다.

"어찌하여 너의 하인 하산알리는 아직도 잡히지 않는 것이냐?"

오타벡은 쿠무쉬를 흘깃 쳐다본 뒤 대답했다.

"제가 체포된 순간부터 하산알리에 대한 소식은 전혀 듣지 못했습니다, 총독님."

쿠무쉬가 나섰다.

"하산알리는 12일 전에 타슈켄트로 떠났지만, 아직까지 아무 소식도 듣지 못했습니다."

"무슨 급한 용무로 타슈켄트로 간 것이냐?"

오타보이 총독의 질문은 불필요한 것이었지만, 쿠무쉬는 하산알리의 출발 이유를 설명하며 그의 궁금증을 해소시켜 줬다.

대화는 다시 편지로 돌아갔고, 오타벡은 오타보이 총독에게 물었다.

"어쩌면 총독님께서 들고 계신 그 편지로 우리가 무죄임을 증명할 수는 없을런지요?"

총독이 동의의 신호를 보내자, 오타벡은 이어서 말했다.

"총독님의 정의를 믿고 이제 딱 한 가지만 요청드리고 싶습니다. 우리를 모함한 자들을 이 자리로 불러 그들이 주장하는 바를 증명하게 해주십시오. 만약 그들의 주장이 사실로 밝혀진다면, 우리는 처벌을 달게 받겠습니다. 하지만 그들이 그 주장을 입증하지 못한다면, 그들이 우리를 위해 판 함정에 스스로 빠지게 해주십시오! 이것이 우리가 총독님께 바라는 바

전부입니다."

그리고 그는 쿠르보시 서장을 쳐다보았다. 그의 얼굴에는 두려움과 고통이 가득했다.

"너의 요구는 정당하다." 총독이 대답했다. "하지만 지금은 너의 적들을 여기로 데려올 시간이 없다. 그럼에도 불구하고, 오늘 중으로 모함한 자들은 체포될 것이고, 가까운 날에 너희 다섯 명 모두를 불러 이 문제를 해결할 것이다. 그리고 나의 딸이여." 오타보이 총독은 쿠무쉬를 향해 말했다. "그대의 기지와 용기로 그대는 아버지와 남편으로부터 영원한 감사를 받을 자격이 있다. 그들은 평생을 그대에게 헌신해야 한다. 나로서는 그대를 믿고 이들을 즉시 석방할 것이다. 단, 오타벡은 이 문제가 완전히 해결되기 전까지 도망치지 않을 것임을 누군가는 보증을 해야 할 것이다."

미르자카림은 오타벡을 위한 보석금을 자신의 모든 재산과 소유물로 담보하고 오타보이 총독에게 감사했고, 세 사람은 그의 집무실을 나섰다.

그리고 나서 총독은 쿠르보시 서장에게 명령을 내렸다.

"지여 셔히치를 그의 아들 라흐맛과 함께 석방하고, 중상 모략한 자를 체포하라."

쿠르보시 서장은 명령을 수행하기 위해 떠났다. 그리하여 재판은 종료되었고, 참석했던 도시의 저명한 원로들은 그날의 사건에 놀라움을 금치 못하며 흩어졌다.

•• 20장 ••

독립의 갈망

타슈켄트에 대한 70일간의 포위가 끝났다. 노르무함마드 장군의 3천 명 병력 중 1천5백 명의 전사자가 생겨 도시 성벽 앞에 쌓였고, 코칸드는 목표를 이루지 못한 채 사실상 빈손으로 철수해야 했다.

그 70일 동안 타슈켄트 주민들은 아지즈벡에 대한 변함없는 충성을 보여주었고, 희생을 무릅쓰며 마침내 킵착족의 희망을 완전히 꺾어버렸다. 진압군들은 결국 코칸드로 돌아가야만 했다. 이는 대단한 성취였지만, 승리는 너무나 큰 대가를 요구했다. 70일간의 잔혹한 봉쇄로 타슈켄트는 외부 세계와 완전히 단절되었다. 주변 마을과의 연결이 끊어지면서 도시는 기아에 시달렸다. 진압군들은 추수가 끝나지 않은 들판을 점령하고 곡식을 약탈했다. 상인들은 거래가 멈추면서 심각한 타격을 입었다. 장인匠人들이나 평범한 시민들이나 모두가 빵도 곡식도 옷도 물도 없이 큰 고통을 겪었다.[86] 이런 극한 상황에서도 그들은 마지막 힘을 끌어모아 이 찬란한 승리를 이루어냈다. 그러나 이 승리는 패배와 크게 다르지 않았다. 그럼에도 불구하고, 이 승리는 지난 70일간의 고통과 궁핍을 정당화하는 것처럼 보였다. 시민들은 다시 일상으로 돌아가 생계와 소소한 문제들에 집중하

86 킵착족은 포위 중에 솔로르Solor 운하를 차단하여 타슈켄트의 물 공급을 중단시켰을 뿐만아니라, 방앗간의 작동도 멈추게 했다. [저자 주]

며 현실에 안주하기 시작했다.

아지즈벡 총독은 이제 타슈켄트의 독립 통치자가 되었다. 아지즈벡! 그는 킵착족에 대한 승리를 거둔 후 기쁨에 도취되어 더 이상 '킵착족이 타슈켄트를 차지하면 어떻게 할 것인가?'라는 두려움에 시달리지 않았다. 이제 그는 타슈켄트와 그 주변 지역의 강력한 칸이자 통치자였다! 이전에 그가 앉았던 비단과 아틀라스 따위는 이제 잊도 좋았다. 그는 자신의 위상과 지위에 걸맞은 왕좌와 왕관을 갈망했다! 그리고 그의 마음을 섬세히 이해하며, 잘생기고 노래와 춤에 능한 새로운 총애자를 찾아야 했다. 온 세상이, 심지어 투르키스탄과 부하라까지도 부러워할 만한 사랑스러운 마르함[87]을 찾기 원했다!

아지즈벡의 마음에는 깊은 평화가 자리 잡았다. 그는 킵착족이 다시 타슈켄트를 공격할 것이라는 생각을 전혀 하지 않았다. 그들은 너무나 큰 타격을 입어 회복하려면 적어도 100년은 걸릴 것이라고 확신했다!

모든 것이 순조롭게 흘러가는 것처럼 보였지만, 그럼에도 불구하고 그의 마음 한구석에는 기쁨을 갉아먹는 상처가 남아 있었다. 대낮의 밝음도 그를 더 이상 즐겁게 하지 못했으며, 왕좌에 대한 달콤한 공상조차 그의 마음속에서 희미해졌다. 킵착족과의 70일 전쟁은 오랜 세월 동안 큰 노력과 책략과 속임수로 채워둔 그의 국고를 심각하게 고갈시켰기 때문이다. 그는 킵착족을 물리친 병사들과 주민들의 사기를 북돋우고 해방감을 높이기 위해, 그리고 그들에게 먹거리를 제공하기 위해 자신의 재산을 내놓아야만 하는 국면에 이르렀다.

대낮의 햇볕조차 아지즈벡 앞에서는 어두워 보였다. 그를 짓누르는 걱정들 때문이었다. 그는 이 문제를 놓고 유수프벡 호지의 조언을 구할 생

87 마르함marham: 군주가 특별히 총애하거나 가까이 두는 미소년. 단순히 외모의 매력만이 아니라 춤, 노래, 예술적 소질, 그리고 사회적 재능으로 군주의 권위나 문화적 풍요로움뿐만 아니라 남색문화의 상징이기도 하다.

각은 없었지만, 다른 계획을 실행하는 데는 그가 여전히 필요한 사람이라고 여겨 부르기로 했다. 30분을 초조하게 기다리자 유수프벡 호지가 문앞에 나타났다. 평소와는 달리 아지즈벡은 그를 친절히 대하며 귀빈 자리에 앉으라고 권했다.

한편 유수프벡 호지는 이런 친절의 이유를 곰곰이 생각할 여유가 없었다. 그는 자신의 고민으로 가득 차 있었다. 하나뿐인 아들, 눈에 넣어도 아프지 않을 아들은 어떻게 되었을까? 어떤 음습한 감옥에서 죽음을 맞이했을까? 독재자들과 무자비한 사형 집행자들, 불길한 교수대와 비겁한 자들 사이에서 부모와 멀리 떨어진 채 어떻게 이 세상을 떠났을까?

수많은 괴로운 의심에 시달린 유수프벡 호지는 자신이 아지즈벡 앞에 있다는 사실조차 잊고 있었다. 그 순간 아지즈벡은 '보석으로 수놓은 왕관에 황금 왕좌, 전설 속 요정처럼 매혹적이고 우아한 미녀들, 그리고 칭송받는 마르함들'을 꿈꾸고 있었다.

아지즈벡이 마침내 입을 열었다.

"호지, 내가 왜 당신을 궁전으로 불렀는지 아시오?"

유수프벡 호지는 다시 정신을 차렸다.

"높은 분이시여, 당신께서 저를 부르신 이유는 분명히 백성들의 삶을 더 낫게 하고, 국가의 권력을 강화하려는 뜻에서일 것입니다."

호지의 말은 아지즈벡의 양심을 마치 번개처럼 타오르는 불길처럼 뜨겁게 했다. 그의 눈에는 어둠이 깔리고, 모든 달콤한 꿈들도 흐려졌다. 몹시 당황스러웠나.

"그래…" 그는 마지못해 대답했다. 그리고 잠시 생각한 뒤 말을 이었다. "70일간이나 포위를 당한 탓에 국고가 심히 고갈되었소. 병사들이 급료를 지급할 여력조차 없으니, 어찌하면 좋겠소?"

"듣고 있습니다, 높은 분이시여!"

"사실, 나는 이 문제에 대해 이미 결정을 내렸소."

"그 결정이 행복을 가져다 주기를 바랍니다!"

"내 결정은 다음과 같소. 내일까지 모든 백성들에게 32탕가의 세금을 부과하도록 하고, 그대가 직접 감독토록 하시오."

나라의 혼란은 유수프벡 호지의 마음을 무겁게 했고, 더 나아가 그는 아들에 대한 걱정으로 극도로 괴로워하고 있던 참이었다. 그 와중에 통치자의 잘못된 제안을 듣자 가슴 속에서 분노가 치솟아 올랐다. 그는 아지즈벡에게 날카롭게 반박하려 했지만, 상대가 누구인지를 기억하며 스스로를 억눌렀다.

"높은 분이시여, 저는 당신의 결정을 반대할 이유는 없습니다." 그가 말했다. "하지만 백성들이 방금 70일간의 포위를 견뎌냈다는 점을 기억하시는 것이 현명할 것입니다. 그들은 고통받았으며, 사실 지금도 굶주림으로 힘들어하고 있습니다. 제 생각에는 32풀[88]을 모으는 것조차도 어려울 텐데, 하물며 32탕가를 어떻게 모으겠습니까? 백성들에게 숨을 돌리고 다시 기반을 마련할 시간으로 보름 정도를 허락해 주시고 그 후에…"

"무슨 말도 안 되는 헛소리를 지껄이는 건가?!" 아지즈벡은 호지가 말을 끝내기도 전에 분노에 찬 목소리로 소리쳤다.

호지는 이런 추악한 전개를 전혀 예상하지 못했다. 만약 그가 즉시 물러서지 않는다면, 아지즈벡은 당장이라도 사형 집행자를 부를 태세였다.

"알겠습니다, 높은 분이시여! 만약 그것이 당신의 뜻이라면, 제가 당장 오늘부터 세금을 징수하겠습니다. 내일이 아니라 바로 오늘부터 시작하겠습니다. 누구든 감히 반대하는 자가 있다면 그들은 큰 화를 입게 될 것입니다! 제가 필요한 것은 오직 당신의 명령뿐입니다."

아지즈벡의 분노는 기적적으로 사라졌다. 사형 집행자를 부르려던 그의 분노는 어느새 사라지고, 이제 그의 입에서는 전혀 다른 말이 흘러나왔

88 풀pul: 저가 단위의 지폐

다. 하지만 이 말은 그의 운명을 곧 비극으로 이끌게 될 것이었다.

"청지기에게 명하여 호지에게 금장으로 장식된 명예의 초폰을 입히도록 하라!"

****

유수프벡 호지는 새로운 금장 초폰을 입고 궁전을 나섰다. "새로운 초폰을 축하드립니다!"라는 신하들의 인사에 그는 불분명한 대답을 중얼거리며 냉소적인 미소를 지었다. 다리를 건너며 다시 한번 씁쓸하게 웃고, 심지어 혼잣말로 웅얼거리기까지 했다.

"각자에게서 32탕가를 걷으라니, 아이고! 그것도 단 일주일 안에 말이야, 제발 좀! 당신께서는 불평하는 자들을 채찍질할 권한과, 불복하는 자들을 교수형에 처할 권한까지 내게 주셨지! 그래서 유수프벡이 아지즈벡처럼 피에 굶주린 폭군이 되어야 한다는 말이군… 내가 이런 짓을 하려고 메카를 순례한 건 아니지 않는가? 폭군이 되어 알라를 잊으라니. 나 또한 아버지이고 신앙을 가진 사람인데… 신이시여! 남의 아들들에게 채찍질하며 다닐 수는 없는 일, 양심이 허락하지 않는다. 차라리 땅이 갈라져 내 백성들을 삼켜 버리길! 백성들은 그의 간교한 속임수에 넘어갔고, 그의 잔혹함을 잊고 70일 밤낮 동안 자신의 목숨을 바쳐 도시를 지켜냈다! 그런데 그들의 이런 희생과 봉사에 대한 보답이란 게 겨우 32탕가의 세금을 부과하여 마지막 빵 부스러기마저 빼앗으라는 것인가!"

•• 21장 ••

반란

금장 초폰을 걸친 유수프벡 호지는 셰이칸타우르의 잔지를륵 구역에 도착했다. 교차로 광장에 모여든 환영 인파 속에서 까치발을 하고 그를 가까이 보려는 사람들에게 호지가 연설을 시작했다.

"무슬림들이여! 당장 여러분의 집이 무너져 내렸으면 좋겠습니다! 여러분은 아지즈벡의 말에 속아 그를 위해 목숨을 바쳤습니다. 하지만 오늘, 여러분의 용맹에 대한 답례로 그는 각자에게 32탕가의 세금을 부과했습니다! 선택은 여러분의 몫입니다. 아지즈벡의 탐욕의 창고를 채우기 위해 자신의 아들딸을 팔든지, 아니면 스스로 나서서 지금이라도 아지즈벡을 끌어내리든지 말입니다. 여러분은 파멸에 이르렀습니다, 무슬림들이여!"

"32탕가라니!"

유수프벡 호지는 한 번도 백성들에게 해를 입힌 적이 없었기에, 사람들은 그를 전적으로 신뢰했고, 그를 따라 어디든 갈 준비가 되어 있었다. 새로운 세금 소식은 마을 사람들 사이에 불길처럼 퍼져 나가 모두를 분노케 하고 반란의 열기를 부추겼다.

잔지를릭 구역의 주민들이 가장 먼저 반란을 일으켰다. 그들은 아지즈벡의 군대에 맞설 준비를 하며 바리케이드를 세우기 시작했다. 한편 유수프벡 호지는 곧장 옛 장터였던 에스키 조바[89] 바자르로 향하며 가는 길마다 마을 사람들에게 호소했다. 에스키 조바에는 엄청난 인파가 모였다. 유수프벡 호지는 아지즈벡과의 만남에 대해 이야기하며 자신이 받은 금장 초폰을 보여주었다.

"보시다시피, 제가 여러분에게 '세금을 내지 마십시오!'라고 말하는

---

89 에스키 조바Eski jo'va: 타슈켄트에서 가장 번화한 장터

것이 제게 이득이 되는 일은 아닙니다." 그는 여전히 냉소적인 미소를 지으며 말했다. "여러분의 순종으로 말미암아 제가 이런 멋진 예복을 하사받게 되었으니 말입니다!"

마을 사람들의 분노는 불길이 되어 맹렬하게 타올랐다. 강둑의 풍요로운 숲이 불타오르듯 모든 것을 불태워버릴 태세였다. 남녀노소 할 것 없이 모두 분노로 들끓었다.

사방에서 분노의 외침이 터져 나왔다. "배은망덕한 돼지 새끼 같으니라고! 우리가 자기를 위해 어떤 일을 했는지 다 잊어버렸군! 우리가 32탕가에 어떻게 대처하게 될지 두고 보라지! 한 달도 지나지 않았는데, 뻔뻔스러운 놈!"

곧 세 명의 연락책이 선발되어 도시의 다른 구역인 베쉬요고츠, 셉조르, 쿅차 쪽으로 소식을 전하러 떠났다. 마을 원로들도 맹세했다. "목숨을 다해 아지즈벡을 무너뜨려야 한다!"

한 시간도 채 지나지 않아 모든 시장 가판대는 거두어지고 무거운 바리케이드가 타슈켄트 시내의 거리 곳곳을 막았다. 마을 사람들은 무기를 들고 전투 준비를 마쳤다. 반란의 소식은 곧 오르다 궁전으로 전해졌다. 그러나 상황의 심각성을 인식하지 못한 아지즈벡은 라임벡 사령관과 병사 50명을 보내 도시의 분위기를 파악하도록 했다. 잔지를릭 구역에 도착한 정찰병들은 곧 반란의 전모를 확인하게 되었다. 길목마다 설치된 바리케이드 뒤로 몽둥이와 총검과 창으로 무장한 시민들이 몰려들었다.

"시민들이여! 바리케이드를 철거하고 즉각 해산하라!" 라임벡 사령관이 평화롭게 문세를 해결하려는 호소는 먹혀들지 않았다. 그가 위협을 시작하자, 군중 속에서 총성이 울렸고 두 명의 병사가 쓰러졌다.

해 질 녘 기도 시간 직전인 대략 오후 4시경, 반란군과 정부군 사이에 전투가 벌어졌다. 약 30분 만에 정부군 병사들은 잔지를릭 지역의 주민들을 몰아내고 발란드 모스크[90] 주변의 울타리까지 그들을 몰아붙였다. 분노에 휩싸인 아지즈벡은 궁전 경비를 위해 몇 명의 병사만 남겨두고, 직접 부대를 이끌고 라임벡 사령관을 지원하기 위해 서둘러 나선 것이다. 그 결과, 민간인들은 하드라[91] 구역으로 퇴각할 수밖에 없었고, 그곳에서 피비린내 나는 전투가 벌어졌다.

32탕가의 세금 부과 소식을 들은 사람들이 점점 많아지면서 베시요고츠, 셉조르, 콕차 지역에서도 남자들이 하드라 구역의 바리케이드로 몰려와 반란군 대열에 합류했다.

그날 밤, 안타깝게도 타슈켄트는 문자 그대로 피바다에 잠겼다고 해도 과언이 아니었다. 정부군은 도시 곳곳을 휩쓸며 반란군을 학살하고, 그들의 집을 불태우며, 재산을 약탈했다. 용감한 자들은 바리케이드로 향했고, 덜 용감하거나 나이 든 이들은 공공장소, 지역 중심지, 작은 교차로 시장에 모여 고목 나무 그루터기로 모닥불을 피우며 반란군의 성공을 위해 간절히 기도했다. 선포된 32탕가의 세금은 항거의 불길에 기름을 부었다.

자정 무렵, 민간인 대열은 하드라 광장을 포기하고, 에스키 미스카를륵이라고 하는 구리 세공인들 구역으로 퇴각해야 했다. 이 뜻밖의 타격은 유수프벡 호지를 깊은 절망에 빠뜨렸다. 그러나 그는 주민들이 추가 공격을 견뎌낼 수 있을 것이라 확신하고, 타슈켄트에서 퇴각 중이던 노르무함마드 장군에게 지원을 요청하는 전령을 보냈다.

에스키 미스카를륵에서의 전투는 새벽녘까지 소강상태를 보였다. 그러나 피의 전투는 다시 시작되었다. 반란군의 심장에 맥박처럼 뛰는 저항 정신은 새롭게 합류하는 지원군으로 강화되었지만, 아지즈벡의 정부군은

---

90 발란드 모스크Baland maosque: 셰이칸타후르에 있는 소규모의 전통 모스크로 건축미와 정취가 매우 뛰어난 곳으로 오늘날에도 지역 공동체의 금요 예배 모스크로 사용 중이다.

91 하드라Hadra: 타슈켄트의 전통적인 이슬람 공동체 주거구역

한 발자국도 진격하지 못했다. 모든 힘을 모은 시민들이 우세를 점하기 시작했다. 병사들 앞에 선 라임벡 사령관은 직접 검을 뽑아 들고 바리케이드 근처에서 벌어진 격전지 속으로 뛰어들었다. 그러나 그의 용기는 값비싼 대가를 치렀다. 총기 제작의 명인 우스타 모민전의 제자 가운데 한 명이 그의 가슴에 총을 쏘아 즉사시킨 것이다.

아지즈벡의 오른팔이었던 라임벡[92] 사령관의 죽음으로 인해 정부군의 사기는 급격히 떨어졌다. 병사들은 아지즈벡의 명령을 더 이상 따르지 않았고, 많은 이들이 도망치기 시작했다. 결국 아지즈벡 자신도 50명의 호위병과 함께 오르다로 퇴각하여 피신할 수밖에 없었다. 주민들은 기뻐 날뛰었다. 유수프벡 호지가 이끄는 반란군은 오르다를 포위했다. 아지즈벡의 빠른 항복을 기대할 수는 없었기에, 오르다를 포위한 수천명의 반란군은 아예 자리를 잡아 음식을 해 먹으며 그들이 꼼짝도 하지 못하도록 그 곳을 지켰다.

상황은 아지즈벡에게 치명적인 결과를 초래했다. 몇 시간 전만 해도 도망칠 기회가 있었으나, 이제는 오르다에 숨어서 절망하고 있었다. 그는 자신을 탓할 수밖에 없었다. “어떻게 해야 할까? 날개도 없는데…” 결국 아지즈벡은 속임수를 쓰기로 결심했다. 포위된 지 이틀째 되는 날, 그는 성벽 위로 올라가 백성들에게 인사하고 겸손한 목소리로 용서를 구했다.

“나는 진심으로 내 잘못을 뉘우치노라. 사실, 나는 여러분이 나에게 베푼 은혜를 잠시 잊었도다. 그러나 여러분의 정의로운 행동으로 내가 정신을 차리게 되었고, 잃어버렸던 이성도 회복했노라. 나의 백성들이여, 내 죄를 용서해 주시오. 진심으로 후회하고 있노라.”

하지만 그의 말에 귀를 기울이는 백성들은 아무도 없었다. 이미 너무

92 라임벡은 코족보이비Qozoqboybiy의 아들이다. 베시요고치 다하Beshyog'och daha 출신이며, 락락호나 마할라Laklakxona mahalla 마을 사람이다. [저자 주]

늦었고, 그들의 분노는 너무 커져 있었다. 반란군들은 이렇게 대답했다.

"이제야 정신을 차렸다는 거냐, 이 도둑놈! 그때 생각했더라면 이런 재앙을 자초하지 않았을 거야! 네놈이 우리에게 하지 않은 짓이 무엇이 있는가? 하루가 멀다 하고 무고한 사람들을 처형하라고 명령한 건 네놈이 아니었더냐? 우리 아이들을 고아로 만들고, 어머니들을 피눈물 짓게 만든 것도 네놈이 아니었더냐? 네놈은 검으로 우리의 목숨을 앗아갔고, 모든 구역에서 세금을 거두어 사람들을 죽이지 않았더냐? 독침으로 그들을 독살까지 했으니, 꺼져라, 돼지 같은 놈! 이제 와서 뉘우친다고 해도 늦었다. 네 운명을 받아들여라!"

사람들의 저주와 욕설이 사방에서 비 오듯 쏟아지자, 아지즈벡은 다시 한번 애원했다.

"용서해 주시오, 어진 이들이여! 나는 회개하오. 잘 생각해 보시오, 사랑하는 이들이여! 여러분은 스스로를 해치고 있을 뿐이오! 여러분은 다시 한번 킵착의 손아귀에 떨어질 것이외다."

그의 말은 오히려 백성들의 분노를 더 자극할 뿐이었다. 그들의 분노에 찬 외침은 다시 한번 허공을 찢어놓았다.

"족한 줄 알아라. 너는 더 이상 우리를 속이지 못할 것이다. 차라리 킵착과 함께하는 것이 너 같은 자와 함께하는 것보다 나으리라!"

이제 더 이상 평화로운 협상을 기대할 수 없었던 아지즈벡은 완전히 절망한 채 오르다 안으로 후퇴할 수밖에 없었다.

한편, 유수프벡 호지가 보낸 연락병이 키로브츠 마을까지 가버린 노르무함마드 장군을 따라잡아 지원을 요청했다. 노르무함마드 장군과 그의 전사들은 다시 방향을 바꾸어 타슈켄트로 향했다. 깜짝 소식에 흥분한 노르무함마드 장군은 끓어오르던 분노를 가라앉히고 단 하룻밤 사이에 자신의 군대를 이끌고 되돌아온 것이다. 카르나이와 수르나이[93] 소리가 울려 퍼지는 가운데 타슈켄트로 재진입한 것은 포위전이 시작된 지 사흘째 되는 날이었다. 지원군의 힘을 입어 세력이 강화된 반란군은 요새를 습격하여 아지즈벡을 생포했다.

타슈켄트의 통치자 아지즈벡을 코칸드로 끌고 갈 수 있게 된 노르무함마드장군의 명예는 실로 대단했다. 아지즈벡은 그에게 얼마나 많은 고난을 안겨주었으며, 70일간의 포위전이 이루어지는 동안에는 또 얼마나 많은 피를 흘리게 했던가! 오르다를 차지하게 된 노르무함마드 장군은 유수프벡 호지에게 끊임없이 감사의 말을 전했다. 아지즈벡 같은 폭군을 포로로 잡은 것은 순전히 유수프벡 호지 덕분이기 때문이었다. 그는 유수프벡 호지의 충성스러운 헌신을 잊지 않겠다고 약속하고, 칸과 무슬만쿨에게 이 사실을 보고해서 호지를 높은 직위에 임명하겠다고 했다.

물론 이러한 약속들은 유수프벡 호지에게는 큰 의미가 없었다. 그가 진심으로 걱정한 것은 오직 한 가지였다. 그의 아들이 살아있는지, 무사한지, 그리고 마길란 감옥에서 오타벡을 석방시킬 수 있는지였다. 이것은 그에게 그 어떤 직위나 보상보다 더 중요한 일이었다. 그래서 유수프벡 호지는 노르무함마드 장군의 제안을 무관심하게 들을 수밖에 없었다.

"신경을 써 주셔서 감사합니다, 노르무함마드 장군." 그는 마침내 말을 꺼냈다. "저는 이 세상에서 이미 충분히 오래 살았습니다. 이제 저에게 중요한 일이 무엇이 있겠습니까? 혹 제가 기여한 부분이 있었다면, 위대하신 칸께 몇 가지 청원을 올리고 싶습니다."

"부디 그렇게 해주십시오, 호지. 만약 칸이 그 청원을 들어줄 수 없다면, 제가 직접 처리토록 하겠습니다!"

---

93 카르나이karnay는 길고 곧은 금관악기로 밝고 우렁찬 소리를 내며 의례용으로 사용된다. 수르나이surnay는 목관 또는 금관의 이중 리드 관악기로, 역시 의례용으로 높고 날카로운 소리로 멜로디를 연주할 수 있다. <부록>의 사진 참조

"저의 첫 번째 바람은 우리 백성들을 위한 것입니다. 앞으로는 타슈켄트를 다스릴 자격 없는 자를 총독으로 임명하지 말아 주십시오!"

"그것이 바로 칸의 뜻이기도 합니다! 아지즈벡과 같은 자들에 의해 고통받는 사람들은 단지 순진한 백성들만이 아닙니다. 그런 자들은 우리 모두를 괴롭히기 때문이지요."

타슈켄트를 다스릴 새로운 총독을 누구로 할지에 대해 많은 고민과 논의 끝에 유수프벡 호지와 노르무함마드 장군은 잠정적인 합의에 이르렀다. 그때서야 호지가 자신의 마음속에 있는 아픔을 이야기했다. 노르무함마드 장군의 이해와 지지를 믿고, 그는 자신의 고통을 털어놓았다. 그가 설명하는 동안, 한 가지 생각이 그를 괴롭혔다. 만약 너무 늦어서 아들에게 이미 돌이킬 수 없는 일이 일어났다면? 모든 노력들이 이미 날아간 새를 쫓는 것처럼 헛된 일이 되었다면 어떻게 한단 말인가?

"그래서, 저의 헌신이 칸의 은혜에 합당하다면, 제 아들을 감옥에서 풀어주시기를 청합니다. 그것이 저에게는 가장 큰 보상이 될 것입니다. 세상에서 떠나려 준비하는 저 같은 나이 든 사람에게, 아들을 고통에서 구하는 것보다 더 큰 보상이 있을 수 있겠습니까?" 호지는 눈물을 흘리며 말했다.

그 말을 들은 노르무함마드 장군은 유수프벡 호지를 위로했다.

"걱정하지 마십시오, 호지! 마길란의 총독은 사소한 일 때문에 피를 흘릴 사람은 아닙니다. 제가 코칸드로 돌아가자마자 호지의 아들을 풀어주는 데 힘쓸 것입니다. 너무 걱정하지 마세요, 호지!"

"감사합니다, 노르무함마드 장군. 이 짐을 맡아주신다면 저는 크게 빚지게 될 것입니다. 제 유일한 걱정은 당신이 코칸드에 도달하기 전에 모래시계의 모래가 다 흘러내려 버릴까 하는 것입니다."

노르무함마드 장군도 같은 걱정을 하고 있었다. 간단히 의논을 한 후, 그들은 즉시 편지를 작성하여 전령에게 말을 태워 코칸드로 보낼 결정을 내렸다. 하산알리가 물론 이 임무에 가장 적합한 사람이었고, 실제로 그는 이미 이와 같은 임무를 위해 2주 동안이나 기다리고 있던 터였다. 편지를 받아들자마자 말을 타고 코칸드를 향해 달리기 시작한 그는 즉시 시야에서 사라졌다.

하루가 지나고, 노르무함마드 장군도 일부 병력만 타슈켄트에 남겨두고 코칸드를 향해 출발했다. 반란자들의 주장에 따라 아지즈벡은 두 다리를 묶어서 말발굽 아래 매달았다. 군대가 코칸드를 출발할 때 거대한 군중들의 무리가 오르다 앞에 모여 말발굽 아래 끌려가는 아지즈벡의 수치스러운 모습을 보며 기뻐하고 환호했다.

•• 22장 ••

기댈 데 없는 방랑자

여기서 언급하는 코칸드의 오르다는 오늘날 호다 바자르 목재 시장이 있는 자리에 있었다.[94] 우리는 이미 앞의 13장에서 마길란의 오르다를 묘사한 바 있지만, 코칸드의 오르다 역시 외형, 크기, 그리고 구조 면에서 마길란의 오르다와 같다. 따라서 더 이상 묘사하면 좋은 종이를 낭비하는 꼴이 된다. 성문의 입구를 지키는 초병들, 경비병들, 그리고 성문 근처의 안뜰도 모두 동일하다. 다만 이곳에서는 초병들이 요새의 네 구석에서 부동자세로 서 있다는 점만이 차이라고 할 수 있다. 그러나 내부로 들어가면 그 구조가 마길란의 오르다와 크게 다르다는 것을 알 수 있다. 따라서 여기에 대해서는 좀 더 철저히 살펴볼 필요가 있다.

병사들을 위한 건물들이 오른쪽과 왼쪽에 자리 잡고 있다. 안뜰에는

---

94 지금의 오르다는 쿠다야르칸이 두 번째 통치 기간에 지은 것이다. [저자 주]

타슈켄트의 아스케르[95] 전사들과 같은 옷을 입은 경비병들이 모여있다. 이들은 소대장의 지도 아래에서 검술 훈련을 하고 있는 중이다. 매끄러운 벽이 요새를 북쪽에서 동쪽 대각선으로 가로지르고 있으며, 벽 양쪽에 있는 아치형의 아래 문은 내부 구역과 오르다로 이어진다. 문은 세월이 흘러 어둡고 칙칙하게 보이지만, 무지갯빛으로 반짝이는 정교한 조각들이 인상적이다. 특히 양쪽 문판에 새겨진 '오기르마굴'[96] 스타일의 꽃다발 장식이 돋보인다. 아치에 그려진 프레스코화 또한 세월이 흘러도 그 화려함이 빛바래지 않아 눈을 즐겁게 한다. 석양빛 역시 각 꽃다발을 장식하는 황금 초승달을 비추어 더욱 눈부시게 만든다.

문 양쪽의 감시탑에는 두 명의 초병이 경비를 서고 있다. 이들을 지나 안쪽으로 들어가면, 오른쪽에는 비서실이 있고 왼쪽에는 칸의 접견실이 있는 작은 단상과 포장된 구역이 보인다. 여기에도 두 명의 초병이 배치되어 있다. 접견실로 이어지는 복도는 마길란의 복도와 동일하지만, 벽화와 부조 장식의 정교한 아름다움은 세월로 인해 어두워지지 않았다면 마길란의 그것을 능가했을 것이다.

복도 끝에 이르러 안을 들여다보면, 화려하게 장식된 넓은 홀이 펼쳐진다. 벽을 따라 원로, 귀족, 고위 관리들이 줄지어 앉아 있으며, 이들과 함께 많은 자문관들과 참모들도 자리하고 있다. 홀의 깊숙한 곳, 세 번째 창가에서 우리는 중앙에 얇게 칠해진 벽을 볼 수 있는데, 그것은 문이 없는 널찍한 벽감이다. 입구 양옆에도 성인 남성 키만큼 높은 벽감이 자리하고 있으며, 각 벽감에는 도끼를 든 사형 집행자들이 배치되어 있다. 이 사형 집행자들을 지나 세 번째 방으로 들어가 보자. 1/2 가즈 높이의 하얀 대리

---

95 아스케르askar: 친위부대

96 오기르마굴o'girmagul: 주로 꽃문양으로 이루어진 전통 장식으로, 끝부분이 부드러운 곡선이고 내부에 격자무늬를 가진 양식

석으로 된 낮은 왕좌가 보인다. 그 위에는 얼굴이 길고 검은빛을 띤 열여덟 살의 젊은이가 앉아있다.

붉은 벨벳 코트에 아드라스 초폰을 걸치고, 머리에는 반짝이는 실크 터번을 두른 채 무릎 위에는 황금 손잡이의 곡검을 올려놓은 이가 쿠다야르칸이다. 그의 왼쪽에 있는 황금 의자는 비어있고, 오른쪽에는 중년의 납작한 얼굴을 가진 키르기즈계 남자가 앉아 있는데, 오르다 안으로 이어지는 작은 문 옆이다. 그는 가늘고 좁은 눈, 옥수수 빛 피부, 뺨 위로 거의 솟아오르지 않은 납작한 코, 그리고 듬성듬성한 턱수염을 가지고 있다. 그는 고급스러운 착몬 외투를 입고 가죽 허리띠를 둘렀다. 허리띠의 왼쪽에는 단순한 곡검이 매달려 있고, 머리에는 하얀 양털로 만든 포폭을 쓰고 있다. 이 사람이 무슬만쿨 대감이다.

무슬만쿨 대감은 부관이 건네준 탄원서와 편지를 읽고 있다. 지금 막 하나를 읽었는데, 관심을 가질 만한 가치가 없다고 판단했는지 반으로 찢어 발치에 던져버리고 다음 편지로 시선을 돌린다. 이번에는 오쉬[97]라는 도시의 총독이 보낸 편지다.

> 나라의 기둥이시며 칸의 장인 되시는 무슬만쿨 대감님께 이 축복의 편지를 올립니다.
>
> 대감님께서 베푸신 선물은 오쉬의 마드라사에서 성장한 가장 가난한 키르기스 학생들에게, 그들의 학업 성취도에 따라 공정하게 나누어졌음을 아뢰니다. 지금까지 거친 음식으로 연명하며 가난하게 살아야만 했던 키르기스의 성직자들은 만왕의 왕이신 칸 폐하의 장인께서 베푸신 자비와 호의에 깊은 감명을 받아

---

97 오쉬Osh: 오늘날 페르가나 계곡 남쪽 우즈베키스탄 국경 가까이 키르기스스탄 남서부에 위치한 도시. 당시에 코칸트 칸국에 속해 있었다.

> 신의 광활한 은혜의 문 앞에서 눈물을 흘리며 간절히 기도드렸습니다. 그들은 대감님께서 장수하시고, 모든 적을 물리치시며, 아미르 테무르에 견줄 만한 영광을 누리시기를 간절히 기도했습니다. 끝으로, 우리는 대감님께 솔직한 마음으로 아뢰니다. 우리의 도시들과 그 주변 마을들은 대감님의 강력한 통치 아래 어떠한 위협도 없이 평안함을 유지하고 있습니다. 이 편지를 마무리하며, 우리는 만왕의 왕이며 술탄 중의 술탄이신 젊은 칸께서 그 장인어른의 보살핌 아래 오랫동안 번영과 건강, 평화를 누리시기를 진심으로 기원합니다.

무슬만쿨 대감은 오쉬에서 일어났던 일을 사위인 어린 쿠다야르칸에게 설명하며 세 번째 편지를 열었다. 이 편지에는 봉인도 서명도 없었으며, 개인이 보낸 것으로 보였다.

> 억압받는 자들의 탄원과 억울한 자들의 울부짖음에 귀 기울이시는 정의로운 무슬만쿨 킵착 대감님께,
>
> 비탄에 잠겨 흐릿해진 눈으로, 눈물이 가득한 채 이 글을 씁니다. 제 마음은 나라의 반역자들 앞에서 공포로 떨고 있습니다. 나라에 공포스런 타격을 입히고, 자신의 권력을 빌려 한 도시의 충성스럽고 평화로운 주민들을 선동하려 한 죄인이 있습니다. 그의 죄를 밝혀낸 충실한 신하를 높이 칭찬하기는커녕, 오히려 그를 체포하여 쇠사슬에 묶으려 하는 반역자들이 있습니다. 이들은 무슬만쿨과 같은 훌륭한 분의 적들을 칭송하고, 그의 친구들에게는 오히려 고통과 괴로움을 안겨주고 있습니다.

무슬만쿨 대감은 이 부분에서 멈추어 잠시 생각에 잠긴 뒤, 나머지 내

용을 훑어보았다.

어쩌면 이 편지는 제가 극도로 동요한 상태에서 썼기 때문에 그 내용을 곧바로 이해하지 못하실 수도 있겠습니다. 그러나 부디 당신의 종인 저의 이야기에 귀 기울이시어 너그러이 용서해 주시길 바랍니다. 타슈켄트 반란의 비열한 지도자 아지즈벡의 계략에 따라, 그 반란의 지도자 중 하나인 유수프벡 호지는 자신의 아들을 이곳 마길란으로 보냈습니다. 마길란의 시민들을 선동하여 대감께 반역을 도모하기 위함이었습니다. 충직한 노예인 저는 이 사람의 지지자들이 모인 자리에서 심각한 위험에 처했습니다. 이 사람은 킵착을 몰살시키고 권력을 카라차폰들에게 넘겨야 한다고 말했습니다.

킵착의 이익을 바라는 충직한 노예로서, 저는 들은 내용을 숨길 수 없었고, 중개인을 통해 마길란의 오타보이 총독께 이 음모를 알렸습니다. 오타보이 총독은 앞서 언급한 유수프벡 호지의 아들 오타벡과 그의 공모자이자 장인인 미르자카림을 체포하여 감옥에 가뒀습니다. 이후 오타보이 총독이 저를 불렀을 때, 저는 오타벡이 말한 모든 내용을 낱낱이 전했습니다. 제 공정한 증언을 토대로 오타보이 총독은 오타벡과 그의 장인 미르자카림에게 교수형을 선고했습니다.

하지만 미르자카림의 가족으로부터 뇌물을 받은 오타보이 총독은 판결의 내용을 바꾸었고, 교수대에 올라가 있던 반란자들의 처형을 중단시켰습니다. 심지어 제가 대감님께 호소할 것을 두려워하여 국가에 충성을 다하는 저를 감옥에 가두고 반란자 대신 저를 처형하려 했습니다. 그러나 마길란의 충직한 쿠르보시 서장의 도움으로 저는 간신히 오타보이 총독의 손아귀에서 벗어날 수 있었습니다.

무슬만쿨 대감은 편지에서 눈을 떼고 얼굴을 들었다. 좁고 속눈썹 없는 그의 눈이 반짝였다. "물담배 가져와!" 그가 소리를 질렀다.

결국 대감님께 충성한다고 믿었던 오타보이 총독은 자신에게 베풀어진 은혜를 잊고, 뇌물을 받아 대감님의 적들 편에 섰습니다. 대감님을 위해 헌신한 저는 더 이상 도시에 남아 있을 수가 없어 코칸드로 달려가 가장 높으신 분의 보호를 요청할 수밖에 없게 되었습니다.

저는 제가 세운 공에 대한 보상을 바라는 것이 아니라, 오타보이 총독과 오타벡 같은 반역자들이 날로 힘을 키우며 나라를 혼란에 빠뜨리는 것을 막아야 한다는 말씀을 드립니다. 이 편지는 저의 충성심을 나타내는 작은 증표일 뿐입니다. 저는 단지 제 의무를 다하고 있을 뿐입니다. 저로 인해 국가의 반역자들이 처형될 수 있다면, 저는 보상 따위는 바라지 않습니다. 제가 존경하는 칸의 영광을 위해 겪은 모든 일은 단지 양심의 의무라고 생각하기에 이 편지의 끝에 이름을 쓰지 않겠습니다. 저는 우리의 젊은 칸으로부터 평화롭고 영광스러운 통치가 있기를 기원하며, 그의 적들에게는 죽음을 기원합니다.

기댈 데 없는 방랑자 드림

무슬만쿨 대감은 끔찍한 분노에 휩싸였다. 흥분한 그는 부관이 가져온 물담배를 잡아당기다가 하마터면 담배 파이프를 부러트릴 뻔했다. 입에서 연기를 뿜어내며 그는 편지 내용을 어린 칸에게 설명하기 시작했다. 이 편지를 읽기 전에도 그는 이미 노르무함마드 장군의 패배 소식에 격분해 있던 참이었다. 노르무함마드 장군의 군대가 격퇴 당해 도시를 점령하지 못한 채 물러났다는 소식이 그를 화나게 했는데, 이 '기댈 데 없는 방랑자'의 편지는 그의 분노를 극에 달하게 한 것이다.

"부관!"

"명령을 내리시지요, 각하!"

"미르자 서기관을 불러라!"

무슬만쿨 대감은 편지를 접어 넣으며 칸을 향해 몸을 돌렸다.

"그대는 들으셨나이까, 나의 사위 칸이시여? 아지즈벡와 유수프벡이 무슨 일을 꾸미고 있는지! 그리고 우리가 충성스러운 신하로 여겼던 오타보이, 오타보이 총독 말이외다! 어찌 그가 우리 적들의 편에 섰단 말입니까! 좋다, 어디 한번 해보라고 합시다! 우리가 그런 배은망덕한 자들의 말로가 어떠한지 보여줘야 합니다!"

어린 쿠다야르칸이 자신의 통치가 위기에 처했다는 소식을 어떻게 받아들였는지는 쉽게 알기 어려웠다. 그는 짐짓 태연한 척했으며, 분노에 찬 장인어른 무슬만쿨 대감에게 어떻게든 반응이라도 보여야 할 것 같아 마침내 침묵을 깼다.

"두고 보자, 오타보이" 그가 건조하고 침착한 어조로 말했다. "그가 배은망덕하다니! 나에 대한 존경심이 없다 해도, 적어도 부왕이신 장인어른께는 그래서 안 되는 것인데…"

"사람들은 절대 은혜를 은혜로 갚지 않습니다"라며 무슬만쿨 대감은 격노하여 계속 떠들었다. "내가 어릴 때부터 키운 아지즈벡을 보십시오. 살름속벡을 타슈켄트의 총독 자리에서 내쫓고 그를 대신 임명했는데, 나에게 이런 식으로 갚다니! 우리의 적이 되다니! 타슈켄트도 보사라 마길란까지 차지하려고 한다면, 어디 두고 보자!"

그때 미르자 서기관이 들어와 칸에게 경의를 표하고, 이어 무슬만쿨 대감에게도 인사를 했다. 하지만 무슬만쿨 대감은 여전히 격앙된 상태에서 다시 담배를 피워야겠다는 생각이 들었다.

"물담배 가져와!" 그가 소리치고는, 미르자 서기관을 향해 말했다.

"즉시 마길란의 총독 오타보이 쿠쉬베기에게 서신을 보내라. 유수프벡 호지의 아들 오타벡과 함께 이곳으로 출두하라는 명령을 내리도록 하라. 그 명령문은 연락병에게 보내도록 하라."

미르자 서기관은 고개를 숙인 뒤 알현실에서 물러났다.

•• 23장 ••

무슬만쿨

궁정의 귀빈과 저명한 귀족들이 궁전에 모였다. 쿠다야르칸은 왕좌에 앉아 있었고, 무슬만쿨 대감은 그의 곁에서 위엄있게 자리하고 있었다. 그는 칸이 아니었지만, 실질적인 권력을 쥐고 있었다. 이윽고 한 궁정인이 들어와 의례적인 인사를 시작했다. 그는 칸 앞에서 공손히 머리를 숙이고 이 자리에서 해야 할 기도를 낭독하자 참석한 모든 이들도 이를 따라 했다.

마지막으로 부관이 나섰다. 의례적인 인사와 기도가 끝난 뒤, 그는 무슬만쿨 대감에게 말했다.

"마길란의 총독 오타보이 쿠쉬베기가 각하께 뵙기를 청합니다."

이 소식은 무슬만쿨 대감이 기다리고 있던 바였다.

"그는 혼자 왔는가, 아니면 누군가를 데려왔는가?" 무슬만쿨은 안도의 한숨을 내쉬며 물었다.

부관은 몸을 낮게 숙이며 답했다.

"무장 경호원 10명과 함께 왔습니다."

"다른 사람은 없느냐?"

"경호원들 사이에 비무장 상태의 사람이 한 명 있습니다."

"오타보이 총독만 데려오라." 무슬만쿨 대감이 명령했다. 부관은 다시 한번 몸을 낮게 숙이고 나가려 했으나, 무슬만쿨이 그를 다시 불러 세웠다.

"잠깐, 오타보이 총독의 경호원들이 이미 우리 오르다 안에 들어왔느냐?"

"예, 대감!"

"좋다. 오타보이 총독이 이 방에 들어오면 오르다의 경호병들을 대기시키도록 하라."

부관은 몸을 숙이며 물러났다.

"보십시오, 각하. 드디어 두 명의 악당을 우리의 덫에 가둬 두었소이다!" 무슬만쿨이 엄숙하게 선언했다.

"정말 운이 좋군요!"

오타보이 총독이 입장했다. 멀리서 칸에게 깊이 허리를 숙여 인사한 뒤 그에게 다가가 손에 입을 맞췄다. 무슬만쿨은 아무 일도 없었다는 듯 자리에서 일어나 오타보이를 포옹하며 칸의 왼편에 앉으라고 권했다. 오타보이 총독은 이러한 따뜻한 환대에 약간 경계를 풀었다. 그는 다시 한번 칸에게 공손히 머리를 숙인 뒤 자리에 앉았다. 무슬만쿨은 은밀하게 그를 살폈다.

"당신의 땅 마길란은 평화롭소?" 그가 물었다. "건강은 좋으시고요?"

"알라의 은혜로 젊은 칸의 축복받은 통치 덕분에, 그리고 그의 끊임없는 염려 덕분에 우리 땅은 평화를 누리고 있습니다. 백성들은 각하께 축복을 보내며 감사의 기도를 올리고 있습니다."

쿠다야르칸은 살짝 고개를 끄덕여 감사를 표시했다. 오타보이 총독은 자리에서 일어나 공손히 허리를 숙였다. 무슬만쿨은 생각에 잠긴 듯 수염을 쓰다듬었다. 몇 분간 침묵이 흘렀다. 쿠다야르칸과 오타보이는 무슬만쿨 대감을 주시하며 그의 다음 말을 기다렸다.

"아마 당신도 타슈켄트의 상황이 매우 심각하다는 것을 알고 계실 거요. 우리도, 반란을 진압하기 위해 그곳으로 보냈던 노르무함마드 장군을 통해 알게 되었소만." 무슬만쿨이 마침내 입을 열었다.

오타보이 총독은 자신도 그 사건에 대해 알고 있다고 답했다.

"노르무함마드 장군의 병사 3천 명이 70일 동안 타슈켄트를 포위했지만" 무슬만쿨이 말을 이었다. "도시를 점령하지 못하고 물러서더니 뒤 결국 회군을 했소. 아지즈벡과 유수프벡 호지의 강한 저항으로 말미암아 우리 편에서는 아무것도 얻지 못한 채 떠날 수밖에 없었소. 이제는 다르게 접근해야 할 때인 것 같소. 어제 우리는 유수프벡의 아들로 알려진 오타벡이 현재 당신의 도시 마길란에 있다는 소식을 들었소. 그는 우리가 타슈켄트를 두고 계획하는 조치와 관련하여 우리에게 유용하게 쓰임 받을 수 있을 것이오. 그래서 당신과 함께 그를 이곳으로 부르기로 한 것이오."

오타보이는 여기서 무슬만쿨의 말을 끊었다.

"오타벡에 관해서는 꽤나 논란이 많습니다." 그는 어린 쿠다야르칸에게 미소를 보내며 말했다. "이야기가 길지만, 우선 대감님의 말씀을 들어보겠습니다."

"오타벡도 여기 같이 왔소?" 무슬만쿨이 물었다. 대답이 긍정적이고 안심해도 좋을 듯하다는 인상을 받은 그는 말을 이어갔다.

"이제 우리는 무슨 수를 써서라도 아지즈벡을 제거해야 하오! 내 생각에는 오타벡이 우리의 작전을 도울 수 있는 가장 적합한 인물일 것이오. 그는 아지즈벡의 가장 가까운 사람 중 한 명의 아들이 아니오? 그는 누구보다도 타슈켄트에 자주 가는 사람이니, 그곳에 가면 그에게 독약을 먹이거나 다른 방법으로 죽일 수 있을 거요. 흔히 말하듯이, 치료하지 않고 고칠 수 없는 병은 없다고 하지 않았소? 오타벡이 마길란에 있다는 소식을 듣고 다행이라는 생각이 들었소. 이런 이유로 당신을 이곳에 부른 것이오. 이제 당신의 의견을 들어볼 차례요."

오타보이 총독은 이상한 낌새를 전혀 느끼지 못했지만, 무슬만쿨의 의도를 잘 알고 있는 어린 쿠다야르칸은 그의 발언에 크게 당황했다. 장인어른은 도대체 무슨 꿍꿍이일까? 그의 말은 의심을 불러일으키지 않을 수 없었다.

"맞는 말씀입니다, 제 생각도 그렇습니다." 오타보이 총독이 말을 길게 이었다. "하지만 한 가지 의문이 있습니다. 오타벡이 그런 임무를 받아들일까요? 제가 직접 이끈 조사에 따르면, 오타벡이 아지즈벡을 지지한다는 확신은 전혀 들지 않습니다. 25일 전, 우리 경찰 서장이 마길란에서 아지즈벡의 무리들이 반란을 계획하고 있다는 소식을 전해왔습니다. 저는 범인들을 투옥하라는 명령을 내렸습니다. 오타벡이 유수프벡 호지의 아들이라는 이유로 그에 대해 의심을 했지요. 고발자의 증거를 검토한 후, 저는 오타벡과 마길란에 사는 그의 장인을 사형에 처하라고 명령했습니다. 그런데, 죄수들이 처형장으로 보내지자 한 여인이 나타나 편지를 건네주었습니다. 그것은 유수프벡이 그의 아들에게 보낸 편지로, 아지즈벡이 코칸드에 대해 반란을 계획하던 시기에 써진 것이었습니다. 그 편지를 보고 저는 매우 놀랐습니다. 편지는 유수프벡이 아지즈벡을 반대한다는 사실을 입증하고 있었습니다. 그래서 저는 사형 집행을 중단할 수밖에 없었습니다. 그러나 이 편지의 증언에만 의존하지 않고, 피의자들을 석방하지 않은 상태에서 새로운 조사를 지휘했습니다. 오타벡의 증언은 편지 내용과 완전히 일치했으며, 이는 설득력이 있었습니다. 그럼에도 불구하고, 미르자카림을 감옥에서 석방한 뒤에도 오타벡은 조사 절차가 완료될 때까지 보석으로만 풀어주었습니다. 고발 뒤에 음모가 숨어 있다고 의심한 저는 오타벡과 그를 고발한 자 사이의 대질 조사를 계획했습니다. 하지만 고발자는 어떤 이유에서인지 도망쳤고, 그의 행방은 여전히 알 수 없습니다. 이 도주만으로도 고발자가 악의를 품고 있었음을 알 수 있는 충분한 증거지만, 그럼에도 불구하고 저는 오타벡을 엄격히 감금했고, 그를 데리고 우리의 행복과 재산의 수호자이신 각하께로 온 것입니다. 이것이 마길란에서 오타벡과 관련하여 있었던 일이었습니다. 현재 오타벡이 여전히 조사 중이기 때문에, 그에게 이렇게 중대한 임무를 맡기는 것이 적절한지는 의문입니다."

무슬만쿨 대감의 교활한 계획은 오타보이 총독의 이 솔직한 진술로 모두 무너지고 말았다. 이제 그의 분노는 온전히 오타벡에게로 향했다. 그는 타슈켄트 성벽 아래에서 목숨을 잃은 자들의 피에 대한 복수를 아지즈벡의 오른팔인 그 남자의 아들에게 하기로 결심한 것이다.

"유수프벡 호지의 편지를 가지고 있소?"

"여기 있습니다, 대감."

오타보이가 답하며 편지를 꺼내 무슬만쿨에게 건넸다. 무슬만쿨은 편지를 훑어본 후 오타보이 총독을 비웃으며 말했다.

"마길란에는 유수프벡의 음모를 꿰뚫지 못한 얼간이들만 있는 모양이로군! 교활한 여우가 자신의 아들을 마길란에 보내 반란을 일으키려 할 때, 이런 편지는 보험 삼아 쓴 것이란 말이오. 마길란에서는 이것을 알아채지 못했지만, 우리 눈은 못 속이지!"

무슬만쿨은 칸에게 오만한 눈빛을 던졌다.

오타보이 총독은 이런 조롱을 참을 수밖에 없었고, 여기서 한마디라도 보태면 자신도 오타벡과 같은 신세가 될 것을 알고 있었다.

"부관!" 무슬만쿨이 소리쳤다.

"대령했습니다, 각하!"

"오타보이 총독과 함께 온 젊은이를 데려오라."

무슬만쿨은 위압적인 태도를 취했다. 쿠다야르칸은 마치 동상처럼 왕좌에 앉아 침묵만 지켰다. 오타보이 총독 역시 자신의 운명이 어떻게 될지 알지 못한 채 말을 멈췄다.

부관을 따라 오타벡이 들어왔다. 젊은이는 칸에게 몸을 숙여 인사한 뒤 고개를 숙인 채 가만히 서 있었다. 오타벡은 무슬만쿨에 대한 소문을 들은 적이 있었다. 그의 잔인하고 야수 같은 성격에 대해서는 알고 있었지만, 실제로 그를 본 적은 없었다. 따라서 그는 칸 옆에 앉아 있는 이 사람에게는 관심을 기울이지 않았다. 이를 눈치챈 무슬만쿨은 속으로 분노를 삭이며 비웃음을 띤 채 오타벡에게 말했다.

"자, 젊은이여, 잘 들어라."

오타벡은 그에게로 눈길을 돌렸고, 그는 여전히 미소를 띤 채 비꼬는 어조로 물었다.

"그래, 너는 누구냐?"

"저는 오타벡입니다."

"세상에는 오타벡들이 많지. 누구의 아들이냐?"

"저는 유수프벡 호지의 아들 오타벡입니다."

"아하! 왜 진작 말하지 않았나?! 타슈켄트 출신 유수프벡 호지의 아들이라면, 아지즈벡의 존경받는 고문관의 아들이로군."

이제야 오타벡은 자기 앞에 앉아 있는 이 불쾌한 남자가 누구인지 깨달았고, 그가 자신을 조롱하고 있음을 알게 되었다. 앞으로 어떤 일이 벌어질지 짐작한 오타벡은 이런 비꼬는 질문에 답하는 것보다 침묵을 지키는 것이 현명하다고 판단했다.

그의 대답은 침묵이었다. 무슬만쿨은 이를 모욕으로 받아들였다.

"왜 대답하지 않는 것이냐?!" 그는 분노에 목이 멘 채 고함쳤다.

"대감께서 그를 어떻게 생각하든, 저는 그 사람의 아들입니다. 비록 저와 아버지가 대감님과 오타보이 총독의 눈에 의심스러워 보일지라도, 우리의 양심은 떳떳합니다. 그러니 대감께서 하고 싶은 대로 하십시오. 명령을 내리십시오!"

무슬만쿨의 분노는 호기심으로 바뀌었다. 그의 얼굴은 완전히 다른 표정을 띠었다.

"대단히 용감하군, 젊은이…" 그는 미소를 지으며 오타벡을 바라보며 말했다. "안타깝게도, 너의 죄는 증명되었다."[98] 그러고는 사형 집행자를

98 무슬만쿨은 극도의 대담함으로 유명했다. 1853년, 그는 코칸드 사람들에게 붙잡혀 처형

불렀다. 문 옆에서 대기하던 사형 집행자들이 손에 도끼를 들고 움직이기 시작했다.

"우리의 검이 피에 굶주려 있습니다!"

그때 부관이 사형 집행자들 앞을 막아서며 칸에게 말했다.

"타슈켄트에서 전령이 도착했습니다. 칸께 뵙기를 요청하고 있습니다."

쿠다야르칸은 오타벡을 데려가라는 명령을 내리려던 무슬만쿨을 잠시 멈추게 했다.

"들어오게 하라."

그리고 사형 집행자에게는 나가서 기다리라는 신호를 보냈다.

이 타슈켄트의 전령이 오타벡의 죄를 입증할 증거를 가져올 가능성이 있었기에, 무슬만쿨은 판결을 서두르지 않았다. 그 증거로 말미암아 적어도 이번만큼은 피를 흘리는 것이 정당하다는 점을 증명할 수 있으리라 기대했다.

완전히 지친 오타벡은 벽에 기대었다. 이제는 모든 것이 그에게 무의미했다. 왕좌, 왕관, 칸, 벡… 그에게는 아무런 가치도 없었다. 그는 이미 무감각한 상태에 빠져 더 이상 아무것도 느끼거나 이해하지 못했다. 하지만 이미 도살될 양처럼 묶인 그는 죽음을 아무 느낌도 없이 무관심하게 기다렸다.

이 모든 삶, 권력을 위한 투쟁, 그리고 이 뚫을 수 없는 어둠은 더 이상 그를 건드리지 않았다. 이제 그는 이 세상에 있지 않았다. 그리고 그는 평온했다. 그는 태어났고, 폭풍 속에 휘말렸으며, 이제 곧 사라질 것이다. 그리고 모든 것은 다시 조용해질 것이다. 그의 무관심은 이러한 깨달음 위에 놓여

될 위기에 처했다. 그들은 그를 지탱대 위에 올려 대포에 묶어놓았다. 모두가 발포 명령을 기다리며 통곡하고 있었다. 그때, 코칸드의 한 사람이 무슬만쿨에게 말했다. "이봐, 절름발이! 지금 기분이 어떠냐?" 이에 무슬만쿨은 이렇게 대답했다. "가장 높으신 분께 영광을! 지금 이 순간에도 나는 너희보다 높은 곳에 서 있노라!" [저자 주]

있었다. 오직 한 사람만이 그의 마음에 남아 있었다. 그러나 그녀조차 그의 기억 속에서 희미해지는 것 같았다. 오, 죽기 전에 쿠무쉬에게 작별을 고할 수만 있다면! 칼날이 그의 목을 찌르는 바로 그 순간, 그녀를 바라보며 영원히 눈을 감을 수만 있다면… 그는 오직 그것만을 간절히 바랄 뿐이었다.

부관은 전령을 데리고 왔다. 전령은 무릎을 꿇고 쿠다야르칸에게 편지를 건넸다. 뒤로 물러서며 그는 벽에 기대어 서 있는 오타벡을 보았다. 칸 앞이라는 사실을 잊고 그는 오타벡에게 달려갔다. 이 광경은 그 자리에 있던 모두를 놀라게 했다. 오타벡은 그를 조용히 하게 한 다음 뒤로 물러서게 했다. 하산알리는 흐느껴 울며 물러섰다.

"행동을 정숙히 하라!" 무슬만쿨이 고함쳤다. 하산알리가 간신히 매무새를 바로 하자, 무슬만쿨이 물었다.

"누가 너를 보냈느냐?"

"노르무함마드 쿠쉬베기 장군입니다."

"어디서 왔느냐?"

"타슈켄트에서 왔습니다, 대감님!"

당황한 무슬만쿨은 어린 쿠다야르칸이 내민 편지를 받아 들고 열더니 큰 소리로 읽기 시작했다.

> 젊으신 칸과 그의 명예로운 장인이신 무슬만쿨 대감님께!
>
> 젊으신 칸의 행복과 즐거움이 우리에게도 영감을 주어, 우리의 침울했던 마음에 희망의 빛을 비추었습니다. 사흘 전, 당신의 하찮은 노복이 군사들을 데리고 타슈켄트에서 절망적으로 도망쳐야 했다는 소식을 들으셨을 것입니다. 이 혼란 속에서, 우리가 키로브츠 마을에 도착했을 때, 타슈켄트에서 한 전령이 말을 타고 달려와 우리를 따라잡았습니다. 그는 백성들이 아지즈벡에게 반란을 일으켰으며, 유수프벡 호지가 우리에게 도움을 요청했

다고 전했습니다. 호지의 이름으로 된 편지를 전령으로부터 받아 읽은 저는 우리 군사들에게 즉시 타슈켄트로 돌아가자고 명령을 내렸습니다. 그리고 다음 날 그곳에 도착하니, 아지즈벡이 몸을 숨기고 있던 오르다는 유수프벡 호지가 이끄는 시민들에 의해 포위되어 있었습니다. 우리는 모두에게, 특히 유수프벡 호지에게 따뜻한 환영을 받았습니다. 그리고 우리는 오르다를 공격하여 아지즈벡을 생포했습니다.

처음에 저는 유수프벡 호지가 타슈켄트의 총독이 되기를 원하는 줄 알았습니다. 그러나 그는 오르다 전체는 물론이거니와 모든 무기와 관청을 제게 넘겨주었습니다. 그의 의도가 철저히 이타적이며 백성의 이익만을 위한 것임을 깨달았습니다. 그에 대한 우리의 모든 의심은 잘못된 것이었습니다. 그는 아지즈벡에 맞서 백성들을 단결시켰고, 우리가 타슈켄트에서 퇴각했던 바로 다음 날, 빈민들에게 32탕가의 세금을 부과한 아지즈벡 총독을 상대로 반란을 일으킨 것입니다.

타슈켄트의 백성들은 아지즈벡의 속임수에 넘어가 우리에게 맞섰던 것을 이제 후회하고 있었습니다. 그들은 폭군을 몰아낸 것을 기뻐합니다. 저는 유수프벡 호지에게 그의 공로에 대한 보상으로 칸께 고위직 임명을 청원하겠다고 약속했습니다. 그는 감사의 표시를 잊지 않았지만, 오히려 새로운 타슈켄트의 통치자는 공정한 인물을 임명해 주시는 것만으로 충분하다고 했습니다.

대신 그는 칸께 한 가지 은혜만 베풀어 달라는 요청을 했습니다. 유수프벡은 그의 외동아들이 사업차 마길란에 머물던 중 오타보이 총독에 의해 알 수 없는 죄목으로 체포되었다는 소식을 들었습니다. 그러므로 그의 충성스러운 헌신에 대해 칸께서 유수프벡 호지에게 보상할 가치가 있다고 생각하신다면, 앞서 말씀드린 그 아들을 석방해 주십시오. 유수프벡 호지는 우리의 조국을 위해 큰 열정으로 행동했으므로, 그의 아들이 죽을 죄를 지었다 하더라도 칸의 자비를 베푸는 것이 합당할 것입니다. 저는 쿠쉬 부대장을 타슈켄트의 임시 총독으로 임명하고 병력 일부를 그와 함께 남겨두었습니다.

그리고, 여기에 노르무함마드 쿠쉬베기의 인장을 남기는 바입니다.

편지를 다 읽은 후, 무슬만쿨 대감은 미소를 지었다. 그리고 오타벡을 흘긋 바라보며 전혀 당황하지 않은 채로 부관에게 명령을 내렸다.

"금장의 초폰 예복을 두 벌 가져오라!"

오타보이 총독은 놀라움을 금치 못했다. 불과 몇 주 사이에 오타벡이 또 한 번 기적적으로 죽음을 면한 것이다!

쿠다야르칸은 마치 자신이 장인어른의 탐욕스러운 손아귀에서 벗어나기라도 한 듯, 오타벡에게 축하의 미소를 보냈다.

한편 무슬만쿨 대감은 절뚝거리며 오타벡에게 다가가 금장의 초폰 예복을 입혀주었다. 그리고 그는 뻔뻔스럽게도 이렇게 선언했다. "네 아버지의 충성스러운 헌신 덕분에 너는 죽음에서 구원받았을 뿐 아니라 금장 예복까지 선물로 받았도다!"

그리고 그는 다시 한번 대담하게 미소를 지었다.

오타벡은 한 며칠간 마길란으로 떠났고, 하산알리는 유수프벡 호지를 안심시키기 위해 즉시 타슈켄트로 달려갔다.

제 II 부

제Ⅱ부

아지즈벡 총독이 축출되고, 노르무함마드 장군이 타슈켄트의 새로운 총독으로 임명을 받았다.

아지즈벡을 자리에서 끌어내려 체포할 때까지는 유수프벡의 공로가 컸다. 그래서 그는 킵착족들 사이에서는 유명인이 되었다. 더 높은 직위를 사양하기는 했지만, 노르무함마드 총독의 통치 기간 동안에도 여전히 '유수프벡 호지'로서 고문직을 맡아 그의 권세는 더욱 강해졌다. 노르무함마드 총독은 유수프벡과 특별히 거래할 일도 없었지만 그의 자문은 충실히 들었으며, 그에게 어느 정도 도의적 책임감도 느끼고 있었다. 이제 모든 것이 체계가 잡혀갔다. 죄없는 자를 처형하는 일은 사라졌고 옳지 않은 세금을 거두는 일도 없었다. 성내에서 아무 잔치나 벌이는 일도 없어졌고, 각종 규제조치도 완화되었으며, 의미 없는 종교적 형식주의도 중단되었다.

타슈켄트 시민들은 지난 3년 동안 아지즈벡의 억압 속에서 고통을 당했지만, 이제 자유와 정의가 살아나니 무역업을 비롯해서 농업과 과학도 점점 발전하기 시작했다. 나라는 다시금 부흥의 기운을 얻었고 백성들은 감사의 마음을 노래에 담아 표출하기 시작했다.

아름다운 계절이 왔도다!
노르무함마드여, 행복하소서!

• • 1장 • •

부모의 꿈과 희망

오즈벡 부인은 대략 쉰다섯 정도 된 여인이었다. 조금 아둔하기는 했지만 나서서 휘두르는 성격이었다. 남편 유수프벡 호지와 논쟁이 벌어지면 언제나 자기 뜻을 관철시켰고, 이는 남편뿐만 아니라 타슈켄트의 많은 여인들도 직접 경험한 사실이었다. 그들은 그녀의 그림자만 봐도 고개를 숙일 정도였고, 그녀는 결혼식이나 장례식, 또는 단순한 모임에서도 항상 상석을 차지하곤 했다.

특히 혼기에 찬 딸을 시집보내거나 할례 의식을 할 때면 오즈벡 부인의 허락이 필수적이었다. "오즈벡 부인이 그렇게 하라고 명하셨어"라는 말은 공적인 명령만큼이나 큰 무게를 지녔다. 어느 집안에서 의식을 치를 때도 모든 절차는 그녀의 뜻에 따라 진행되었다. 실제로, 오즈벡 부인의 영향력은 여성들 사이에만 국한되지 않고 남성들에게도 크게 미쳤다.

"불필요한 일에 구두를 닳게 할 필요는 없다."는 말처럼, 오즈벡 부인은 모든 결혼식에 다 참석하지는 않았다. 그러니 어느 집 결혼식에 그녀가 참석했다고 하면 그것은 그 집안의 큰 영광이요 자랑거리였다. 그들은 "우리 집 잔치는 오즈벡 부인이 맡아줬어요"라며 크게 기뻐했다. 그리고 사람들이 모이기만 하면 그걸 자랑으로 여기고 떠들어댔다.

오즈벡 부인은 일반 여성들에게뿐만 아니라 오르다 궁정의 여인들에게도 롤 모델이었다. 그들은 너무나 존경하여 '어머니'라고 부를 정도였다. 바로 그런 이유 때문에 가끔씩 오르다에서 잔치가 벌어질 때에는 수비병들이 유수프벡 호지의 집 대문 앞에서 기다렸다가 아르바[01] 마차로 그녀를 모셔가기도 했다.

---

01 아르바arava: 말이 끄는 두 개의 큰 바퀴가 달린 수송용 수레

어떤 때는 오즈벡 부인이 하는 말 때문에 여인들이 깜짝 놀라기도 했다. "어제는 오르다에서 나를 모셔가려고 마차를 보냈지만 내 기분이 별로여서 거절했지. 그래서 마차를 돌려보냈는데, 총독 부인이 보낸 것이라 해도 나야 뭐 상관없어." 그런가 하면, "내가 언젠가 오르다에 갔었는데, 오르다의 여인들이 하도 조르길래 어쩔 수 없이 거기서 하룻밤 머물렀지." 이런 말을 듣는 여인들은 그녀와 이런 얘기를 할 수 있음에 쾌감을 느꼈고, 그러다 보니 오즈벡 부인에 대한 존경심도 더 커져갔다.

집에서는, 그녀는 항상 고운 아틀라스 드레스와 화려한 무늬의 무르삭[02]에 흰 실크 스카프를 썼다. 겨울에는 따뜻한 산달 옆에, 여름에는 앞쪽이 확 트인 아이완의 상석에 앉아 있었다. 그런가 하면, 호박색 염주를 손에 들고 앉아 밀가루 반죽을 너무 오래 데우면 오쉬가 탄다고 하산알리의 아내 오이보독이나 하녀 하니파에게 잔소리를 하곤 했다.

오타벡은 마길란에서 결혼을 했다. 아버지인 유수프벡 호지에게는 크게 문제가 될 게 없었지만, 어머니인 오즈벡 부인에게는 엄청나게 큰 문제였다. 외아들의 결혼식을 준비하며 꿈꾸었던 큰 기대와 기쁨이 하루아침에 날아가 버렸으니 그녀의 상실감이 어떠했으리라는 것은 짐작하고도 남음이 있다.

그녀는 오타벡이 할례를 받은 이후부터 아들에게 어울리는 최고의 며느릿감을 찾기 위해 타슈켄트 곳곳을 분주하게 뛰어 다니고 있던 중이었다. 그리고 어떤 집 색시는 참하지만 집안 조건이 별로라는 둥, 집안은 좋지만 근본이 없다는 둥 하면서, 신붓감의 집과 땅, 집안과 혈통을 평가하는 데 열중하고 있었다. 그런데, 하나뿐인 아들인 오타벡이 마길란이라는 타지에서 덜컥 결혼을 해 버린 것이다. 어떤 집안인지, 어떤 혈통인지, 어떤 부족 출신인지도 모른 채… 아들을 낳고 키우며 아들의 결혼을 그렇게

---

02 무르삭mursak: 외출 시 드레스 위에 걸치는 여성용 짧은 자켓

나 기다렸던 어머니 오즈벡 부인이 어떻게 그저 입을 다물고 조용히 있을 수 있겠는가?

아들의 결혼 소식을 하산알리에게서 들은 날, 그녀는 완전히 폭발하여 소리를 지르며 통곡했다.

"그 녀석은 내 아들이 아니야. 차라리 내 하얀 젖을 넓고 푸른 하늘에 뿌렸더라면 더 나을 뻔했지! 배은망덕한 놈! 다시는 내 눈앞에 나타나지 마라! 다시는 타슈켄트에 발을 들이지도 마!"

결혼한 지 보름도 되지 않아 오타벡이 마길란에서 타슈켄트로 돌아왔다. 아들을 못 본 지가 거의 몇 달이나 지난 후였지만, 그녀는 외면했다. 인사도 받지 않았고 아무 말도 하지 않았다. 마치 횃대 위에서 삐죽거리는 닭처럼 그녀는 냉랭하기만 했다.

오타벡은 어머니가 화났음을 즉각 알아챘다. 그러나 마길란에 있을 때만 해도 어머니의 상태가 이 정도인지는 몰랐다. 두 번이나 용서를 구했지만 소용없었다. 어쩔 수 없는 일이었다. 타슈켄트에서만 더 이상 오래 머물 수 있는 형편도 아니었다. 그리고 다시 보름이 지났다. 마길란으로 떠나야 할 핑계를 만들어 아버지께 말씀드리고는 어머니께는 말도 없이 떠났다.

오즈벡 부인은 이런 아들의 행동을 첫 번째 모욕을 반복한 또 하나의 공격으로 받아들여 분노가 불길처럼 치솟아 올라 하늘을 찔렀다. 그녀는 그것을 다시 남편에게 그대로 쏟아부었다.

"당신은 늙어가더니 미쳤군요. 어떻게 아무 말도 없이 조용하기만 하죠? 마길란의 촌뜨기에게 아들을 빼앗기다니, 이제 사람들 얼굴을 어떻게 볼 거냐고요? 이길 어떻게 견딜 거예요?"

유수프벡 호지는 아내와 다투거나 집안 문제로 길게 논쟁하는 성격이 아니었다. 부인에게뿐만 아니라 자기 집에 있는 다른 사람들에게도 말을 길게 하지 않았다. 오타벡이나 그의 어머니나 하산알리가 그를 찾아와 어떤 문제를 이야기하면, 그는 그저 듣고만 있다가 잠시 침묵을 한다. 그 이야기에 대해 만족하면 그저 "그렇군"이라고 한마디만 하는 게 전부다. 이해하지 못했을 경우에는 "뭐라고?"라고 할 뿐이다. 동의를 하지 않을 경우에는 "별로야"라고 하고, 전혀 맘에 들지 않을 경우에는 아예 대답을 하지 않았다. 식구들은 그의 이런 버릇을 잘 알고 있었다. 그러니 그저 두세 마디 답변으로 충분했던 것이다. 다만, 어떤 문제를 더 자세히 논의할 필요가 있을 때는 그를 응접실로 불러 이야기를 했는데, 그것은 예외다.

이번에도 마찬가지다. 오즈벡 부인의 잔소리와 비난에 대해 유수프벡 호지의 대답은 그저 소리 없는 쓴웃음이 전부였다. 오즈벡 부인은 포기할 수밖에 없었다. 그리고 한 달 내내 알지도 못하는 그 마길란 색시를 저주하는 데 시간을 보냈다.

오타벡이 다시 타슈켄트로 돌아와, 이제는 어머니의 분노도 식었으리라 생각하고 인사를 올렸다. 하지만 오즈벡 부인은 본체만체했고, 그녀의 화와 분노가 식기는커녕 두 배로 커져 있었다. 오즈벡 부인은 아들을 배려해 준다는 듯이 이렇게 말하고는 냉정하게 돌아섰다.

"아들아, 이제 내게 인사할 필요 없다. 차라리 마길란으로 가서 그쪽 장모님께 축복을 받으렴."

오타벡은 어머니가 빈정대는 것을 그저 농담으로 받아들이고 미소를 지었다. 그러나 그건 농담이 아니었다. 두 사람은 입장 차이를 좁히지 못하고 서로의 서운함은 계속 쌓여만 갔다. 보름이 지나고 나서 오타벡은 또 다른 이유를 찾아 어머니의 허락도 받지 않은 채 다시 마길란으로 말머리를 돌렸다. 오즈벡 부인은 피가 거꾸로 솟구치는 듯했다. 집안이 떠나가도록 그릇을 두드려 대며 소리를 질러대다가 남편에게 따졌다.

"당신이 아버지가 아닌가요? 어째서 아들을 복종시키지 못하지요? 아들을 되돌릴 생각은 추호도 없죠? 마길란의 그 마녀같은 계집이 바보 같은 우리 아들을 홀려서 자신의 노예로 삼고, 자기에게 복종하도록 만들 것이라는 걸 모르겠느냐고요! 당신이 아무 대책도 세우지 않는다면, 우리는 곧 아들을 잃게 될 거예요. 우리 아들이 이제 곧 그 집 머슴이 될 거라고요."

하지만 이번에도 유수프벡 호지는 부인의 말에 전혀 주의를 기울이지 않았고, "아이를 그냥 둡시다. 그리고 아이의 건강을 위해 기도드립시다. 그러면 언젠가는 철이 들고 이해할 날이 오지 않겠소?"라고 말하는 게 전부였다.

오타벡이 이번에는 마길란에서 여섯 주나 시간을 보냈다. 집으로 돌아왔지만 여전히 분노만이 싸늘하게 남아있음을 확인했다. 그리고 다시 보름도 되지 않아 안디잔으로 떠났다. 오즈벡 부인은 화가 머리 끝까지 올라 하늘에 닿을 만큼 큰소리로 비명을 질렀다. 그리고 심지어 마길란의 색시에게 죽음의 저주를 퍼붓기까지 했다.

"그 계집이 우리 모자를 갈라놓았으니, 그년도 사랑하는 사람과 갈라지기를!"

그리고 또다시 한 해가 흘렀다. 오타벡은 그 사이 일곱 번 혹은 여덟 번이나 마길란을 방문했다. 결국 오즈벡 부인의 끊임없는 불만과 불평은 유수프벡 호지에게도 영향을 끼쳤다. 그의 마음도 흔들리기 시작했다.

"당신은 도대체 아들 교육을 어떻게 시키는 거예요? 부모에게 복종할 줄도 모르다니!" 부인의 이런 불평에 대해 유수프벡 호지는 이렇게 되물었다.

"그래, 당신은 내가 어떻게 하길 바라오?"

"아들이 그토록 자주 마길란에 들락날락거리는 걸 막고 타슈켄트에 묶어두려면 여기서 또 한번 결혼시키는 방법밖에 없어요. 여기서 결혼만 한다면, 안정을 되찾고 온순한 양이 되어 마길란의 그 골칫덩어리는 잊어버릴 거예요."

그녀는 이때다 싶었는지, 자기 생각이 옳다며 계속해서 남편을 설득시키고자 했지만, 돌아온 대답은 더 화를 돋울 뿐이었다.

"자, 그저 아들이 돌아오는 걸 기다려 봅시다."

그녀의 불평은 계속되었다.

"당신은 언제나 아들이 제 맘대로 하도록 두셨지요. 결국 제 자신만 아는 아이가 되고 말았구요."

그녀는 쉬지 않고 잔소리를 퍼부어댔다.

"아들이라면 이런 식으로 해서는 안 되지요. 아이가 좋아하건 싫어하건 가르칠 건 가르쳐야지요. 특히 이번 일이 그렇잖아요? 당신은 아이에게 너무 많은 자유를 허락했어요. 그러니 우리가 색시로 삼을 만한 괜찮은 처녀들을 전부 놓쳤잖아요? 그러는 사이에 결국 마길란 사태가 일어났고요. 이제 모든 건 내게로 넘어왔어요. 아들이 도착하기 전에 내가 색시를 찾을 거예요. 그리고 약혼을 선언할래요. 그러면 곧바로 결혼식을 올릴 수 있으니까요."

"잠깐만 기다려 보구려."

유수프벡 호지의 무력한 반응은 오즈벡 부인을 더욱 자극했다. 더 이상 참고 기다릴 수 없었던 오즈벡 부인은 결국 스스로 자신의 날개를 펼치고 깃털을 세웠다. 바로 다음날, 하산알리에게 아르바 마차를 준비시키고 아들의 색시를 찾아 나서기 시작했다. 그녀는 이미 하산알리를 통해 마길란 색시의 미모에 관해 많은 이야기를 들은 바 있었다. 그래서 함부로 아무나 찾아다닐 일이 아니었고, 더 참하고 더 매력적인 색시를 찾으려고 애를 쓰는 것이었다.

그렇게 찾아 나선 지 일곱째 되는 날, 드디어 맘에 드는 색시를 만났다. 아버지의 이름이 올름 판사드였다. 이제 남은 일은 남편의 동의를 받는 일이었다. 하지만, 남편은 실소를 하더니 이렇게 말했다.

"우선 오타벡을 기다려 봅시다."

오즈벡 부인은 다시금 화가 치밀어 올랐지만, 남편은 이렇게 말했다.

"당신 좋을 대로 하구려. 하지만 나는 오타벡이 동의를 하지 않는 이상 강제로 결혼시킬 맘은 없소이다."

오즈벡 부인은 남편에게 매달리기 시작했다.

"고집부리지 말고, 하나만 약속해 주세요. 색시는 좋은 집안 출신이에요. 오타벡에게 이 말은 꼭 전해주세요."

"알았어요. 약속하리다. 하지만 약혼은 안 돼요."

"그럼 우리가 다른 것은 다 준비해 뒀노라고 말해주세요."

"알았소."

그녀는 대화에 만족했다. 다음날 아르바 마차를 타고 다시 올름 판사드의 집을 방문했다. 이번에는 시어머니의 자격으로 환대를 받았다. 그들은 유수프벡 호지의 가정과 사돈을 맺게 된다는 사실에 흥분해 있었다. 그것은 충분히 명예로운 일이었다. 그들에게는 유수프벡 호지의 가정에 대한 마음 중심으로부터의 강한 존경심이 있었기 때문이었다.

'맛있는 음식을 맛본 입은 좋은 말을 하기 위한 기름칠'이라는 속담이 있듯이, 오즈벡 부인 역시 마치 사돈이라도 된 양 확신에 찬 대답을 하고 말았다.

"우리는 남편과 모든 걸 결정했어요. 이제 오타벡만 도착하면 돼요."

집으로 돌아온 그녀는 이 모든 것을 남편에게 전달했다. 하지만 남편은 그녀에게 싸늘한 눈길만 보낼 뿐이었다.

"정말 현명치 못한 짓을 했군."

한 달이 지나 오타벡이 돌아왔을 때 그는 부모님이 그 사이에 무슨 일인가 꾸몄다는 사실을 눈치챘다. 어머니가 욕을 퍼붓는 대신 친절하게 말을 걸어왔기 때문이었다.

"건강하게 잘 돌아왔니, 아들아?"

하지만, 그는 부모님과 말을 섞지 않기 위해 피했다. 자신의 마음을 아프게 할 새로운 혼사에 대한 이야기를 듣고 싶지 않았던 것이다. 특히 어머니와 얼굴을 마주치지 않기 위해 애썼다. 그러나 오래 가지 못했다.

어느 날 아버지와 아들이 응접실에서 이야기를 하고 있는데 갑자기 어머니가 나타났다. 그리고 남편에게 신호를 보내며, 아들을 가리켜 고개를 끄덕였다. 비록 오타벡은 그것을 눈치채지 못했지만, 결국에는 이 원치 않는 대화를 피할 수 없음을 직감했다. 이미 자리를 뜰 수 없는 상황이 되어 있었다. 아버지는 깊은 생각에 잠겼고, 어머니는 초조한 표정을 감추지 못하며 남편을 힐끗 쳐다보았다. 잠시 침묵이 방안을 감싸는가 싶었는데, 아버지가 조심스레 말문을 열었다.

"네가 이미 들었는지 모르겠다만, 네가 없을 때 뭘 하나 준비해 둔 게 있다."

그게 무슨 일인지 너무나 잘 알고 있었던 오타벡은 모른체 하기로 했다. "현명한 이들은 자기 자녀들에게 말도 안 되는 일을 내놓지는 않지요."

아들이 이렇게 말하자 호지는 그저 눈길을 떨어뜨린 채, 어떻게 해야 할지 몰라 난처해했다. 다만 아내의 얼굴만 계면쩍게 쳐다볼 뿐이었다. 다시 침묵이 흘렀다. 이 설명할 수 없는 침묵은 그녀를 벼랑 끝으로 몰아넣었고, 그녀의 가슴을 뛰게 했다. 이제 그녀는 더 이상 하고 싶은 말을 마음속에 담아 둘 수가 없었다.

"우리는 너와 올름 판사드 집안 따님의 결혼을 합의했단다." 그녀는 이렇게 불쑥 내뱉었다. "이제 네 결혼식에 대해 구체적으로 의논을 좀 해야겠구나."

오타벡은 어머니의 말에 아무런 대꾸도 하지 않고 아버지만 원망스런 눈으로 쳐다볼 뿐이었다. 어이없다는 표정의 눈길이었다.

"일이 그렇게 됐다."

호지는 면목이 없다는 듯 고개만 끄덕였다.

"제가 비록 두 분의 가슴을 아프게 해드렸지만, 저는 이미 결혼한 몸입니다. 그런데 다시…"

"너의 결혼은 우리 가슴을 아프게 하지 않았다."

하지는 웃으며 말했다.

"그게 아니라면, 왜?"

"가슴 아프게 했느냐 아니냐의 문제가 아니라, 이건 현실적인 문제야."

"어떤 현실적인 문제를 말씀하세요?"

"하산알리가 말했듯이, 너의 장모께서는 자기 딸을 시집이 있는 타슈켄트로 보내고 싶지 않다고 하시니 하는 말이다. 네 어머니는 너를 기르신 분이다. 그러니 며느리를 들여 자기 아들과 같이 살 수 있는 자격이 있다."

오타벡은 어머니를 쳐다보았다.

"지금까지 어머니는 며느리 없이도 잘 살아오셨잖아요. 그러니 계속해서 며느리 없이 사시면 되지 않겠어요?"

오즈벡 부인은 화를 참지 못했다. 이름도 모르는 마길란의 어떤 계집에게 홀려버린 아들이 원망스러웠다. 결국 지난 일 년 동안 쌓였던 모든 분노가 한꺼번에 폭발하고 말았다.

"나는 너를 그런 식으로 말대답하도록 키우지 않았다. 너는 우리의 희망을 실현시키기보다 우리 가족을 수렁으로 빠트리고 말았어. 나는 네가 그렇게 교양 없는 마길란 계집과 엮이게 될 줄은 상상도 못했어. 마길란 계집을 아내로 삼다니, 부끄러운 줄 알아라, 못난 놈 같으니라고!"

오타벡도 화가 치솟아 올랐다.

"마길란 여자가 어때서요?"

"눈두덩이가 불거졌고 눈썹이 짙은 안디족[03]이니까."

---

03 안디andi: 러시아 다게스탄Dagestan 지역에 거주하는 소수민족으로, 우즈벡 사람들이 천민이라며 멸시하던 편견을 가지고 있었다.

"안디족이라니요?"

유수프벡 호지는 아들을 나무라기는커녕 아내에게 기막힌다는 표정을 짓고 있었다.

"그럼 당신이 설명해주면 되겠네, 안디가 누군지를."

오즈벡 부인은 흥분하여 안디족을 비난하기 시작했다.

"안디… 안디… 중국놈이거나 뭐 그것과 비슷한 이방인이지. 나도 정확하게는 모르지만, 원래 칼믹족 천민들이라고. 이해가 안 된다면, 그냥 집시 출신이라고 생각하면 돼."

유수프벡 호지는 도저히 웃음을 참을 수가 없었다. 오타벡도 웃었다. 한참을 웃은 후 유수프벡 호지는 눈물을 닦으며 다시 심각한 태도로 아들에게 말을 건넸다.

"아들아, 네 어머니 말에 너무 속상해하지는 말아라. 네 어머니가 너에게 화가 났던 것은 네가 마길란 처녀와 결혼했기 때문이다. 하지만 나로서는 사돈 집안이나 우리 며느리에게 뭐라고 말할 입장이 아니다. 오히려, 그들은 우리가 친족이 되고 싶었던 바로 그 사람들일지도 모른다. 만약 부모가 되어서 자녀들의 성공이나 부에 대해 기뻐하지 않는다면, 그건 진짜 부모라고 할 수 없지. 내 말을 믿어라.

이번 경우에는 우리의 결정에 대해 네가 동의하지 않을 권리가 있다. 그러나 다른 한편으로는, 너는 우리의 권리가 무엇인지에 대해서도 생각해주기 바란다. 우리가 살아가는 데 있어서 바라고 기뻐할 일은 오로지 너밖에 없다. 우리의 모든 꿈과 의지와 희망은 네게 달렸다. 우리는 네가 공손한 자세를 가지고 있고 지혜롭다는 사실을 신께 감사드린다. 우리는 너를 자랑스럽게 여기지 않은 적이 없고, 너는 우리를 어떤 문제나 어려움에도 빠트리지 않았다.

특별히 네 어머니께서는 너를 끔찍이도 의지하셨다. 오늘은 너는 물론이고 내 앞에서까지 무릎을 꿇었구나. 네 어머니를 위해 네게 부탁한다.

너는 네 뜻대로 결혼을 했으니 우리는 너와 네 아내를 축복한다. 우리는 네가 행복하기를 바란다. 그러나 동시에, 모든 사람들은 자기 아들의 행복을 통해 기쁨을 얻기를 원하고 있다. 물론 모든 게 네 하기에 달려있다만."

오즈벡 부인은 남편의 말에 감동했지만, 오타벡은 깊은 생각에 잠겼다. 유수프벡 호지는 이렇게 말을 마쳤다. 평소에 말수가 적은 그답지 않게 호지는 여러 말을 했다.

"지혜로운 자는 맘속으로 말하지만, 어리석은 자는 개처럼 짖는 법이다. 네 어머니가 말하고 싶었던 게 방금 내가 한 말이다. 어머니가 말하고 싶었던 것은 모두 자기 권리를 방어하기 위한 것이었으니, 나머지는 전부 쓸데없는 말이다. 네가 네 어머니 성격을 나보다 더 잘 알지 않느냐?"

오타벡은 침묵했다. 유수프벡 호지는 헛소리를 하는 사람이 아니었으므로 그의 말에는 무게가 있었다. 단순히 자신의 의견을 피력하는 게 아니라 그들이 살아가는 시대의 관습과 정신을 설명하는 것이었다. 오타벡 역시 자신이 자라온 시대적 공간적 환경에서 자유롭지 않았다. 그리하여 그는 이 모든 상황들을 거절할 수 있을 만큼 힘이 없었다. 아버지의 뜻을 거스르고 전통의 무게를 뛰어 넘을 수 있는 힘이 없었다.

그의 침묵은 결국 무력함의 결과였던 것이다. 그는 자기를 길러주고, 결혼해서 손자까지 보고 싶어 하는 부모님의 소원을 모른 체할 수 없었고, 자기 부모를 곤란한 지경에 빠트릴 수 있는 그런 아들이 아니었다. 이미 올름 판사드 집안과 혼인 약속을 해버린 마당에, 자기로 말미암아 부모님의 체면이 깎이는 일은 더더구나 할 수 없었다.

그러나 다른 한편으로는, 고혹적이고 아름다운 검은 눈동자가 마치 분노에 가득 찬 듯 자신을 노려보며 이렇게 말하는 것 같았다. "당신은 진정성도 없고 믿을 수도 없는 사람이군요." 사실, 부모님의 희망 사항을 받아들이지 못하도록 하는 것은 이 고혹적인 검은 눈동자가 유일했다. 비록 부모님 소원을 들어드리는 것이 그의 사랑을 무너뜨릴 수는 없었지만, 그의 마음은 흔들렸고, 그의 양심은 그를 크게 흔들었다. 그의 부모는 그의 고통이나 처지에는 관심이 없었다. 결국 그들은 그의 대답을 기다리기에는 너무 지쳐 있었던 것이다.

"아들아, 우리를 너무 오래 기다리게 하는구나."

오타벡은 패자의 표정을 지었고, 아버지의 얼굴을 쳐다보며 이렇게 말했다.

"두 분께서 원하시는 대로 할게요. 그래서 두 분께서 기쁘시기만 하다면 말이에요. 최선을 다하겠지만, 그 불쌍한 여인에게는 너무 잔인한 일이 아닐까요?"

유수프벡 호지는 얼른 그 말의 뜻을 알아채지 못했다.

"누구, 네 아내를 말하는 거냐?"

"아뇨. 두 분께서 저와 결혼시키려는 그 여자 말이에요. 저는 두 분의 아들로서 결혼을 하겠습니다. 하지만 저는 두 분이 새로 맞게 될 며느리에게 그저 허상일 뿐, 제대로 된 남편 노릇은 못 할 겁니다."

유수프벡 호지는 아내를 뚫어져라 쳐다 보았다. 하지만 새로 맞는 며느리가 훨씬 예쁘고 낫다고 믿고 있는 아내는 주저하지 않고 대답했다.

"글쎄, 아들아, 그런 걱정은 하지 않아도 된다."

오타벡은 아무 말도 하지 않았다. 침묵하고 싶었다. 유수프벡 호지도 아들의 말이 백번 옳다고 생각했다. 그리고 앞으로 마주치게 될 결과가 상상되었지만, 이상하게도 그 어두운 미래를 들여다보고 싶지 않았다.

"네 말이 옳다, 아들아. 처음부터 네 어머니의 성급함이 나를 궁지로 몰아넣었다. 이제 나는 입을 닫고 상황에 충실하는 수밖에 없다. 그분들과 결혼 약속을 한 것은 내가 아니라 어머니였다. 우리 식구들은 거짓말을 하거나 맹세를 저버려서는 안 되지만, 내가 그걸 감당할 수가 없구나."

부모님의 이런 결정을 받아들인 것은 아무런 감정도 없고 생명도 없는 조각상으로서의 오타벡이었다. 그러나 한 가지 주장만은 꺾지 않았다.

먼저 마길란으로 가서 이 일을 아내와 처가 집에 소상히 말씀드린 후에 혼사를 준비하겠다는 것이었다. 모든 것이 잘 진행된 것을 다행스럽게 여긴 어머니는 즉시 그 조건을 허락했고, 하루라도 빨리 멋진 결혼식을 열어야겠다는 꿈에 부풀어 아들에게 어서 서둘러 마길란에 다녀오라고 재촉했다.

•• 2장 ••

날 잊지 않을거죠?

이번에는 오타벡이 내키지 않는 마음으로 마길란으로 향했다. 주저되는 일이었다. 그가 쿠무쉬를 찾는 것은 언제나 즐거운 일이었고, 그가 나타나면 그녀의 눈동자도 언제나 빛이 났었다. 하지만 이번에는 참을 수 없는 고통과 괴로움이 될 것이다. 충분히 이해할 수 있는 일이다. 그가 그녀를 찾아갈 때마다 언제나 멋진 선물을 챙겨갔지만, 이번에 그가 가져가는 선물은 "첩妾"[04]이다. 만약 남편에게 첩이 생긴다는 말을 듣게 된다면, 그건 그녀에게 선물이 아니라 독이 되고 처절한 절망이 될 것이다 … 이제 어떻게 될까… 그녀는 어떤 반응을 하게 될까… 아마도 그녀의 부모부터 이 끔찍한 선물을 받지 않으려고 할 것이다. 그들의 외동딸을 생각한다면 아마도 이렇게 말할 것이다. "우리는 이따위 선물은 말할 것도 없고 너도 더 이상 필요없어." 이렇게 닥칠 일들을 생각하니 오타벡은 참담할 수밖에 없었다.

---

04 첩妾은 경쟁자를 뜻하는 kundosh의 번역이지만, 이 둘은 완전히 동일한 개념은 아니다. '첩'은 부정적이고 비공식적인 관계를 암시한다면, 'kundosh'는 전통적이고 종교적으로 일부다처제가 정당화된 상황에서 사용되기 때문이다. 다만, 여기에는 동등한 아내들 간의 감정적·사회적 경쟁 관계의 의미가 포함되어 있다.

그의 참담함은 어머니의 고집으로 말미암아 생겨난 피할 수 없는 숙명이었다. 원하든 원하지 않든, 그는 이 끔찍한 선물을 마길란의 처갓집에 갖다 드려야 한다.

그는 고삐를 놓고 말이 제 맘대로 가도록 했다. 이전 같으면 마길란으로 가는 길이니 박차를 가하며 서둘렀겠지만, 지금은 마치 물에 빠진 빵 조각인 양, 그의 말은 무기력하게 축 처져서 털레털레 걷고 있었다.

마침내 봄이 왔다. 산맥들은 높은 데서 낮은 데로 뻗어 내렸고, 계곡은 꽃밭을 활짝 펼쳐 놓았다. 빨강, 하양, 노랑, 파랑, 핑크빛 적갈색, 황갈색, 분홍 장밋빛, 그리고 알록달록 강렬한 색상으로 수를 놓고 있는 팔레트처럼, 그 아름다움을 말로 표현할 수 없을 정도였다. 새로운 생명을 발견한 듯 하늘은 미소를 지었고, 시골 마을은 새로운 희망으로 흥겨워하고 있었다. 겨울의 추위를 떨며 견뎌냈던 박새, 참새, 종달새, 그리고 황금방울새 떼들이 지저귀며 노래하고, 무리를 지어 꽃으로 펼쳐진 아래쪽 대지 위로 날아들었다. 한 번씩 쪼기도 하고 깡충거리기도 하고 뛰어오르기도 하며 다시 날아오르자 먼 곳에서는 뻐꾸기의 울음소리가 처량하게 들려왔다.

"뻐꾹, 뻐꾹."

끝없이 펼쳐진 광활한 초원이 알록달록하고 화려한 카펫처럼 활짝 펼쳐져 있다. 그 초원을 가로지르는 화려한 봄꽃들, 그 향기 나는 꽃들이 펼쳐진 이 찬란한 봄의 대지가 어찌 풍요로움을 누비는 이의 마음을 기쁘게 하지 않을 수 있을까? 오타벡은 다가올 불길한 일이 예감되어 마음이 무거웠다. 찬란한 초원을 둘러보다가, 그 위로 흘러오는 향기를 깊이 들이마시며 새소리에 귀를 기울였다. 앞날에 무슨 일이 기다리고 있든 그는 봄의 매력에 빠질 수밖에 없었다. 그의 우울함도 차츰 걷히기 시작했다.

기쁨에 겨워 쏜살같이 날아가는 제비를 보며 생각했다. "제비는 슬픔을 모르는구나. 어쩌면 연인에게로 서둘러 날아가 그 만남의 기쁨을 노래하겠지. 기쁨으로 가득 찬 제비는 아무에게도 해를 끼치지 않고 부모의 소망에도 얽매이지 않고 살겠지. 제비의 삶을 지배하는 규칙은 참으로 쉽고 간단하구나. 연인을 만나 짝을 지어 원하는 대로 세상을 날아다니겠지. 나도 제비라면, 당장 쿠무쉬에게 날아가 그녀와 함께 기쁨의 노래를 부를 텐데…"

하지만 그의 날개는 부모님의 뜻을 이기지 못하고 힘없이 꺾이고 말았다. 부모님의 뜻 때문에 하늘을 날고자 하는 그의 권리를 포기해야 했다. 그의 말은 언덕을 지나고 산을 넘으며 터벅터벅 걸음을 옮겼고, 강을 건너 이제는 일곱, 여덟 번의 방문 끝에 익숙해진 그 마을에 가까이 다가왔다. 이전에는 올 때마다 기쁨과 즐거움이 있어 서둘렀겠지만, 이번에는 이 여정이 싫기만 했다. 차라리 그곳에 가지 않고 돌아가고 싶었다.

멀리서 바람을 타고 들려오는 노래가 있었다. 경사진 언덕 위로 소 떼를 몰고 가는 한 농부의 노랫소리였다.

> 운명의 힘은 사랑하는 두 사람의 마음을 갈기갈기 찢어놓았다네.

온 마음을 다해 가슴으로 부르는 이 노래는 세상 사람들을 울렸고, 오타벡의 가슴마저 적셨다. 그것은 마치 오타벡의 운명을 노래하는 것 같았다. 농부의 입에서 다시 한번 흘러나온 그 노래는 온 시골 땅 구석구석에 스며들었다. 오타벡이 그 노래를 받아 불렀다.

> 이것은 운명의 힘이 아니라 부모님의 가혹한 뜻일 뿐이라네!

가사에 나오는 신비한 단어들은 오타벡의 운명을 적나라하게 펼쳐 보여주고 있는 듯했다. 오타벡은 마음껏 울었다. 눈물은 얼굴을 타고 내려와 말 안장과 갈기까지 적셨다.

마길란으로 갈 때 보통은 중간에 네 번을 쉬었지만, 이번에는 여섯 번이나 쉬었다. 그가 도착했을 때는 아직 해가 지기 전이었고, 마을에는 기도 시간을 알리는 종소리가 들리고 있었다. 그는 말을 이끌고 처갓집으로 연결되는 골목길을 향하고 있었다. 이번에는 보통 때보다 열흘이나 늦었기 때문에 이렇게 생각했다. "아마도 그녀는 나를 기다리고 있겠지?" 빠르게 뛰는 심장을 안고 그는 안뜰로 들어가는 통로에서 멈칫거리며 말머리에 기대 호흡을 가다듬었다.

정말 그녀는 아이완 앞에 앉아 그를 기다리고 있었다. 깊은 생각에 잠겨있던 그녀는 그가 도착하는 것도 눈치채지 못했다. 이윽고 그녀가 양처럼 검고 아름다운 눈으로 그를 바라보더니, 아무 말도 없이 일어서서 마당 안으로 들어 가버렸다. 오타벡은 이미 그녀가 보여준 이런 태도의 의미를 이해하고 있었다. 그를 향한 너무나 큰 간절함이 그녀를 고통스럽게 한 것이고, 너무 늦어버린 등장이 그녀에게 큰 상처를 준 것이다. 그런데 또 다른 여인 '첩'에 관한 이야기까지 듣게 된다면 그녀가 어떤 반응을 하게 될 것인지는 뻔한 일이었다. 오타벡은 정신이 아득해졌다. 그래서 그는 말을 묶어 놓은 다음 선물이 가득 담긴 말 안장을 들고 집 한쪽 켠에 있는 안채로 들어갔다.

옵톱 부인은 하던 일을 모두 제쳐두고 사랑하는 사위를 맞으러 서둘러 나섰다. 반가운 마음으로 그를 따뜻하게 끌어안으며 그동안 얼마나 걱정을 했는지, 그리고 심지어 악몽까지 꿨다며 하소연을 했다. 토이 아줌마도 갑자기 나타난 것처럼 하더니 수줍음에 인사도 하지 못할 정도였다. 그저 말없이 그 '멋쟁이 아저씨'의 손에 들려있는 말안장을 나꿔챘다.

옵톱 부인은 기쁨을 감추지 못한 채 오타벡을 위해 이것저것 쿠르파차 방석을 펼쳐 깔고는 자리를 권했다. 앉으라고 말하며 진심어린 호의를 베풀었다. 하지만 오타벡은 이러한 대접이 불편하기만 했다. 오늘이 아니면 내일이라도 "부모님의 뜻"을 전해야 할 텐데, 장모님이 이런 사실을 듣게 되면 지금의 이 호의는 일순간에 무너질 것이고, 지금의 애정 역시 어떻게 바뀔지 눈에 선했기 때문이었다.

그는 장모님이 권하는 대로 마지못해 자리에 앉기는 했지만, 그녀가 쿠란의 파티아를 외며 기도를 할 때도 그의 두 손은 건성으로 들려졌을 뿐이었다. 이 축복의 기도는 머지않아 저주로 바뀔 것이었다. 옵톱 부인은 응유[05]를 가져와 흥분된 마음으로 그릇을 달그락거리며 건넸다. 오타벡은 거절했지만, 막무가내로 권하는 장모를 이길 수는 없었다.

"어서 드시게. 먼 길의 여독이 좀 풀릴걸세." 그러고는 그동안 궁금했던 질문들을 쏟아내면서, 토이 아줌마에게는 차를 준비하라고 지시했다.

"부모님께서는 어떠신가?"

"고맙습니다. 간곡한 인사를 전해달라는 말씀이 있으셨습니다."

"하산알리는 왜 같이 오지 않았는가? 그에게 무슨 일이라도 있는가?"

"그 사람도 잘 지내고 있습니다. 바쁜 일들이 많이 생겨서 같이 올 수 없었습니다." 그는 대답을 하면서도 스스로에게 물었다. "왜 이들을 속이느냐, 하산알리는 결혼식 준비로 바빠서 못 온 건데…?"

오타벡이 방에 들어온 지 몇 분이 지났지만 쿠무쉬는 아직 그를 맞이하지 않았다. 그녀는 그가 늦게 도착한 것 때문에 여전히 삐져있는 상태였다. 오타벡의 얼굴은 당혹감을 견디는 표정이었다. 옵톱 부인은 쿠무쉬의 태도 때문이라고 생각하고 딸을 불렀다.

"쿠무쉬! 네 남편이 왔는데, 어찌 인사도 하지 않느냐?"

옵톱 부인은 딸을 세 차례 네 차례나 불렀지만, 그녀는 못 들은 척 고집을 피우며 결국 나타나지 않았다. 오타벡의 얼굴에서 수심에 찬 표정이 떠나지 않자, 옵톱 부인의 걱정도 커졌다. 결국 더 이상 분을 참지 못한 그녀는 핑계를 대며 종종 발걸음으로 쿠무쉬에게로 갔다.

"넌 제정신이 아니구나, 딸아!" 그녀는 딸을 속삭이는 목소리로 힐난

---

05 응유(凝乳)qurt: 우유가 효소에 의해 응고된 것

했다. "남편이 타슈켄트에서부터 그 먼 길을 널 보러 왔는데, 따뜻하게 맞이하기는커녕 인사도 하지 않다니! 당장 일어나거라. 어서 와서 인사부터 하거라. 만약 그가 화가 나서 돌아간다면 어쩔 셈이냐?"

옵톱 부인의 마지막 말에 쿠무쉬는 생각에 잠겼다. "… 정말 그가 돌아간다면 어떡하지?" 그러자 그녀는 마치 아이완에 뭔가 필요한 것이라도 있는 양 어머니보다 앞서서 방으로 들어갔다. 그러고는 오타벡에게 예의 바른 미소를 지으며 벽감에서 찻잔을 꺼내 다시 방을 나갔다. 쿠무쉬의 미소가 마치 마법이라도 일으킨 듯, 그 순간 오타벡의 얼굴에서 일어난 변화는 믿기지 않을 만큼 놀라웠다. 과연 오즈벡 부인이 그녀를 마녀라고 부른 것도 틀린 말은 아니었던 것이다.

쿠무쉬의 미소를 보고 나서야 오타벡은 기분이 좋아졌다. "어떻게 그녀가 잠깐 보낸 눈길과 부드러운 미소가 내 어깨를 짓누르던 산더미 같은 고민을 들어 올릴 수 있으리라 상상했겠는가? 그리고 갑자기 새처럼 자유롭고 가벼운 기분으로 날아갈 수 있으리라 상상했겠는가? 그녀의 눈빛과 함께 전해지는 이 치명적인 미소를 어떻게 내 부모님의 욕심, 세상의 관습, 그리고 사람들의 소문으로 더럽힐 수 있겠는가?!"

그리고 그는 이렇게 순간적이고 강력한 변화를 겪고 나서 마음속으로 한 가지 굳은 결심을 했다. "나는 부모님의 욕심에 대해 한마디도 꺼내지 않으리라. 그리고 다시는 타슈켄트로 돌아가지 않으리라."

마음을 이렇게 고쳐먹자 그에게 찾아온 변화는 엄청났다. 그녀의 치명적인 미소는 그의 마음속에 얽혀있던 모든 고민의 매듭을 너무나 쉽게 풀어내 버렸고, 이제는 마길란이 그가 영원히 머물러야 할 곳으로 결정되어 버린 것이다. 이제 그는 갓 태어난 아이처럼 안도의 한숨을 내쉬면서 이 집이 마치 자기 집인 양 응시하고 있었다. 바로 그 순간, 집 안으로부터 매혹적인 요정이 다시 한번 웃으며 오타벡을 마법 같은 눈빛으로 바라보고 있었다. 마치 그 웃음으로 자신의 마법이 더욱 강력해졌음을 자랑하는 듯이.

****

그가 도착한 지도 보름이 지나는 동안 쿠무쉬는 묻고 또 물었고, 그는 계속해서 이렇게 대답했다. "정말이야. 나는 다시는 타슈켄트로 돌아가지 않을 거야."

쿠무쉬에게는 놀라운 일이었지만, 그녀의 영혼은 기쁘기만 했다.

****

그가 도착한 지 스무날 째가 되던 날, 오타벡은 어디론가 나갔다. 미르자카름은 평소와는 다른 시간에 집으로 돌아와서 오타벡이 어디에 있느냐고 물었다. 그가 집에 없다는 걸 알고는 아내를 응접실로 데리고 나왔다.

"무슨 일이세요?" 옵톱 부인이 물었다.

"별일 아니오." 미르자카름이 조용히 대답했다.

응접실에서 그들은 나란히 앉은 채였다. 옵톱 부인은 도대체 무슨 일인지 궁금했다.

"당신, 오타벡에 대해 뭔가 들은 게 있소?" 미르자카름이 물었다.

"타슈켄트에서 무슨 잘못된 일이라도 생겼나요?"

"아니오." 미르자카름이 미소를 지었다. "내 말은, 혹시 우리 딸도 오타벡에 대해 뭐라도 말하지 않았나 해서."

"전혀 … 아, 참. 오타벡이 타슈켄트로 돌아가지 않을 거라고 했다던데요?"

미르자카름은 뭔가 알아차린 듯 물었다.

"그가 타슈켄트로 돌아가지 않을 거라고?"

"그게 사실인지 아닌지는 잘 모르지만, 어쨌건 우리 딸이 그렇게 말하던걸요. 무슨 일이죠? 그가 자기 부모님과 다투기라도 했나요?"

"아니오." 미르자카림은 주머니에서 뭔가를 끄집어냈다.

"내가 오늘 타슈켄트에서 편지 한 장을 받았소."

"누구에게서요?"

"우리 사돈에게서요." 미르자카림은 그렇게 대답하면서 봉투를 열었다. "내가 읽어주겠소."

"도대체 무슨 일이예요, 여보?" 옵톱 부인이 물었다.

"들어보시오."

> 존경하는 사돈어른 그리고 사부인께 인사를 전합니다. 우리는 이곳에서 별일 없이 잘 지내고 있으며, 매일같이 두 분의 건승과 건강을 위해 축복 기도를 올리고 있습니다.
>
> 사돈어른의 사위인 우리 아이가 얼마 전에 마길란으로 떠났으니 잘 도착했겠지요. 아시다시피 우리에게는 오타벡이 유일한 혈육입니다. 오타벡은 이 땅에서 우리의 행복이고, 인생에 있어서 모든 기쁨과 희망인지라 우리는 그가 우리의 혈통을 이어주기를 바랍니다. 사돈께서 우리 아들을 사위로 받아들이셨으니 우리는 감사할 수밖에 없습니다. 하지만 사돈께서는 우리의 며느리를 결코 타슈켄트로 보내주지 않으시는군요. 그럼에도 불구하고 사돈어른에 대한 우리의 존경은 여전합니다. 게다가 우리는 사돈께 불평할 처지도 되지 못합니다. 사돈어른께도 우리 며늘아기가 외동딸이니까요.
>
> 오타벡은 자신의 삶에서 상당 부분을 마길란에서 보내고 있습니다. 우리로서는 가슴 아픈 일입니다. 친애하는 사돈어른이시여. 부디 내 말을 고깝게 듣지 마십시오. 저도 이참에 뭔가 분명한 결론을 원하기 때문입니다. 세상에는 원하는 바도 많고 욕심도

많습니다. 말씀드린 바와 같이, 오타벡은 우리에게 유일한 희망입니다. 사돈어른, 사돈어른께서는 좋아하실지 어쩔지 알 수 없으나, 우리는 타슈켄트에서 오타벡의 색시 하나를 골라두었습니다. 오타벡은 결사코 반대를 했지만, 그 어머니의 뜻을 무시할 수는 없었습니다. 오타벡을 마길란으로 떠나보낸 것은 그 말씀을 드리도록 하기 위해서였습니다. 사돈어른께서 우리의 이런 결정에 동의하실지 알 수 없으나 그건 어디까지나 사돈어른의 선택입니다.

우리가 이 편지를 쓰는 원래 목적은 오타벡이 이 일에 관해 사돈어른께 제대로 말씀을 드리지 않을 것 같고, 결국 우리를 곤란하게 만들 것으로 생각되기 때문입니다. 사돈어른, 당신께서는 현명하고 교양 있으신 분입니다. 바라건대, 오타벡을 설득시켜주시고, 자기 어머니의 뜻을 이해할 수 있도록 도와주십시오. 우리는 이 일이 제대로 진행될 때까지 며느리에게는 알려지지 않기를 바랍니다. 사돈어른께서 오타벡과 함께 타슈켄트로 오셔서 우리와 함께 혼인 잔치에 참여해 주신다면 매우 기쁘겠습니다.

존경을 표하며, 유수프벡 호지 드림

1265년 사브르 달 17일[06]

미르자카름은 편지를 다 읽고 나서 아내의 얼굴을 쳐다봤다. 옵톱 부인은 너무나 충격을 받아 마치 얼음물에 빠진 듯 미동도 하지 않았고, 얼굴은 사색이 되어 있었다. 남자들에게야 별것 아닌 내용일 수도 있지만, 부인들에게는 청천벽력 같은 소식이었다. 마치 자기 딸에게 무슨 잘못이라도 있어서 사위의 사랑이 당장이라도 끝이 난 것 같았고, 쿠무시는 벌써 쓸모없는 천 조각처럼 어두운 구석으로 버려지기라도 한 것 같았다. 옵톱 부인

06 그레고리력, 1849년 5월 8일

은 편지 내용을 믿을 수가 없었다. 자신이 오해한 것이 아닌가 싶었다.

"편지를 한 번 더 읽어주세요."

미르자카름은 아내의 말에 쓴 웃음을 지었다. "다시 읽을 필요도 없어요. 편지 내용은 이미 당신이 이해한 대로야."

옵톰 부인이 화를 냈다. "우리 사위에게 첩이 생긴다고?"

미르자카름은 아내를 진정시키려고 애를 썼다. 하지만 그녀는 새장에 갇힌 새처럼 발버둥을 쳤다.

"너무 흥분하지 말고, 문제의 핵심이 어디에 있는지 살펴보시오."

"핵심이 뭔데요?"

"살펴봐야 되지 않겠소?"

"뭘 살펴본단 말이에요?"

"만약 오타벡도 이런 음모에 가담을 했다면, 당신과 마찬가지로 나도 용서하지 않을 거요. 우리 딸의 인생을 송두리째 파괴시키는 이런 짓을 내가 어떻게 허락할 수 있겠소? 하지만, 내 생각에 이 문제는 오타벡이 관여할 수 있는 문제가 아니었을 것이오. 그러니 나도 지금은 모르겠소. 조금 전에 당신이 말하지 않았소? 그는 결코 타슈켄트로 돌아가길 원치 않는다고, 안 그렇소?"

"사실이건 아니건, 나는 그렇게 들었을 뿐이에요." 옵톰 부인은 마지못해 대답을 했다.

"우리 딸이 그렇게 말했다면야 그건 사실이지." 미르자카름도 맞장구를 쳤다. "왜냐하면, 편지 내용에는 오타벡이 이 결혼을 받아들이지 않으려고 심하게 저항했다는 말이 있었거든. 이건 순전히 그의 부모님들 작품이야. 그러니 우리 사위가 나서서 첩을 맞을 것이라는 걱정은 하지 않아도 될 것 같소."

옵톰 부인은 마치 사위의 이 두 번째 결혼을 용인하겠다는 듯한 남편의 태도에 깜짝 놀랐다. 화가 머리끝까지 올랐다.

"만약 오타벡이 이 두 번째 결혼을 하고 싶어 한 것이라면, 우리의 허락을 받기 위해 그가 마길란으로 왔겠소…?"

"도대체 무슨 소릴 하는 거예요?" 옵톱 부인이 깜짝 놀라며 말했다.

"오타벡이 이 두 번째 결혼에 동의하지 않았다는 말을 하는 거요."

"만약 우리 사위가 반대했다면, 신께서 축복하시겠지요. 그럼 우리가 더 이상 그걸 말할 필요가 없죠."

"문제는 그게 아니오." 미르자카름이 쓴 미소를 지으며 말했다.

"그러면 뭐가 문제란 말이에요?" 옵톱 부인이 흥분하여 물었다. "당신은 마치 스스로 우리 딸에게 경쟁자를 안겨주려는 것처럼 보이는군요!"

미르자카름은 헛웃음을 지었다.

"당신은 아직 이 문제를 제대로 이해하지 못하고 있구려."

"잘 이해했어요."

"잘 이해했다고 했으니, 이제 어떻게 답장을 하는 게 좋겠소?"

"우린 동의할 수 없다고 해야죠."

"그걸로는 문제가 해결되지 않아요. 제대로 반론을 제기해야지."

"당신이 그 반론을 좀 찾아봐요."

"두 번째 결혼을 시키려는 단 한 가지 이유는 우리가 쿠무쉬를 타슈켄트로 보내지 않았기 때문이라는 것 아니오?" 미르자카름은 말을 이었다. "그렇다면 우리가 쿠무쉬를 아예 타슈켄트로 영 보내버리면 두 번째 결혼은 못하지 않을까? 내 생각이 어떻소?"

"우리가 어떻게 우리 외동딸을 타슈켄트로 보낸단 말이에요? 우리가 그 결혼을 허락한 것은 처음부터 그들이 우리 딸을 마실란에서 타슈켄트로 데려가지 않겠다는 조건이었다구요."

옵톱 부인이 미간을 찡그리며 화를 냈다.

"맞아요. 나도 딸 아이를 타슈켄트로 보내는 데는 반대요. 하지만 문제는 우리가 사위에게 부모를 버리겠다고 약속하라거나 두 번째 결혼을 하지 않겠다고 맹세하라고 요구한 적도 없다는 거지요."

"자기 부모님을 버리느냐 마느냐의 여부와 상관없이 사위는 쿠무쉬를 사랑해서 결혼한 거예요." 옵톱 부인은 말을 급하게 내뱉느라 숨이 찼다. "그런데 어떻게 두 번째 결혼이 가능하겠어요? 어떻게 그런 말을 할 수 있느냐고요?"

"그런 말이 그의 입에서 나왔을 턱이 있겠소?"

"만약 사위가 그런 말을 하지 않았다면, 당신도 이 문제에서 중재자로 나서지 마세요. 그렇게 하면 당신 스스로에게 상처를 입히는 꼴이 될 테니까요."

"먼저 스스로에게 칼을 찔러보고, 아프지 않으면 남을 찌르라는 말도 있소." 미르자카림은 참다못해 말했다. "오타벡이 우리 허락 없이는 또 다른 결혼을 하지 않을 거라는 사실은 당신이 나보다 훨씬 더 잘 알지 않소? 자, 한 번 더 생각해보시오. 우리가 사돈댁의 입장이라면, 만약 우리 외동아들이 우리가 전혀 모르는 낯선 여인과 다른 먼 도시에서 결혼했다면 … 당신은 그걸 받아들일 수 있겠소? 당신이라면 아들의 뜻과 상관없이 고향에서 두 번째 결혼을 시키고 싶어하지 않겠소? 만약 사돈댁에서 그 먼 곳 자기 집에다 우리 아들을 붙잡아두고 우리 마음을 아프게 했다면, 우리가 그 사람들에게 저주를 퍼붓지 않았겠소?"

이 말을 들은 옵톱 부인은 잠시 생각에 잠겼지만 여전히 화를 참지 못하고 있었다.

"이제 어쩔 거예요?"

"뭘? 나는 최선을 다할 거요. 비록 오타벡이 원치 않는다 할지라도, 나는 그를 설득시켜서 함께 타슈켄트로 갈 거요." 미르자카림이 말했다.

"그러면 우리 불쌍한 딸은요?"

"우리 딸은 다칠 일이 없을 거요. 우리 딸에 대한 그의 사랑과 존경은 변함이 없을 테니까."

"세상이 뒤집어져 버렸으면 좋겠어요."

"당신이 그런 결과를 원하는 게 아니라면, 우리 딸을 타슈켄트로 보내도록 합시다."

옵톱 부인은 대답 대신 다만 몸부림치며 통곡할 뿐이었다.

****

장인, 장모, 사위. 이 세 사람이 한자리에 모이게 되자 오타벡은 온몸으로 불안이 밀려옴을 느끼기 시작했다. 어째서 이런 예기치 못한 자리가 응접실에서 마련된 것일까? 여기에 왜 쿠무쉬는 함께 하지 않았을까? 장모님께서는 왜 사위를 그렇게 뚫어지게 바라보시는 걸까? 게다가 장인어른이 불쑥 던진 질문에 그는 완전히 허를 찔리고 말았다.

"오타벡, 머뭇거리지 말고 내 질문에 답해보게. 자네는 이번에 무슨 목적으로 타슈켄트를 떠나 이곳으로 왔나?"

이 뜻밖의 질문에 오타벡은 잠시 정신이 희미해졌고, 무슨 대답을 해야 할지 알 수 없었다.

"그저 … 장인 장모님을 뵙고 싶어서죠."

"솔직히 말해보게, 벡." 미르자카름의 목소리는 반은 진심으로 반은 농담으로 들렸지만, 그것은 오타벡이 대답할 수 있도록 용기를 불어넣어 주었다.

"말씀드린 대로입니다만."

"자네는 뭔가 감추고 있어. 진실을 피하지 말게."

오타벡은 당황했다.

"그 이유를 말씀드리는 것은 저에게 고통스러운 일입니다. 두 분께도 마찬가지지요. 하지만, 이제는 드릴 말씀이 없습니다. 저는 이 문제에 대해서 이미 확고한 결심이 섰으니까요."

옵톱 부인이 남편을 쳐다보자 미르자카름은 점잖은 목소리로 물었다.

"그 이야기를 하기가 그리 어려운가?"

"저만을 위해서가 아니라 우리 모두를 위해서죠."

"우리가 괜찮다면?"

남편의 과감한 태도에 비해 옵톱 부인의 얼굴에는 동의를 하지 못하겠다는 표정이 쓰여있었다. 오타벡은 마치 꿈에서 깨어난 것처럼 몸을 떨었다.

"뭐가 괜찮다는 말씀이신지?" 그는 놀란 표정으로 물었다.

"자네가 무슨 목적으로 타슈켄트에서 여기로 왔느냐고 묻는 걸세."

오타벡은 경악스러움에 땀을 흘렸다.

"제가 무슨 목적으로 여기에 왔는지를 아시나요?"

"알고 있다네." 미르자카름은 점잖은 미소를 지으며 대답했다.

"누가 혹은 무엇이 두 분으로 하여금 이런 일에 신경 쓰시게 했나요?"

"아무도 우리를 강요한 사람은 없네." 미르자카름은 여전히 웃으며 대답했다. "하지만, 진짜로 우리를 강요한 것은 외동아들을 길러준 부모님이 원하는 바를 우리가 존중한다는 사실이지. 이런 사실도 자네를 이해시키는 데 도움이 되리라 믿네."

"뭐라고 말씀드려야 할지 모르겠군요. 분명한 것은, 우리 부모님의 소원을 들어드릴 다른 방법도 있을 텐데요? 솔직히 말씀드리면, 타슈켄트에서는 제가 거의 동의한 셈이었지만… 여기서는 이제 그것이 전혀 불가능하다는 것을 알게 되었습니다."

오타벡의 말이 여기에 이르자 옵톱 부인이 나서서 "제대로 알았군!"이라고 소리칠 뻔했지만, 미르자카름이 찡그린 표정으로 말을 막았다.

"앞을 보게나, 벡!" 미르자카름은 다시 말을 이었다. "만약 사돈어른께서 우리에게 직접 요청하지 않았다면, 우리는 중립을 지킬 수 있었을 거야. 하지만 지금은 우리가 자네 편이 된다 해도, 자네 부모님의 눈으로 볼 때는 자네가 아니라 우리가 죄인이 되고 말걸세."

"신경 쓰지 마십시오."

"무슨 뜻이냐?"

"그냥 모든 책임은 저에게 있다고 답하십시오."

미르자카름은 웃으며 말했다. "타슈켄트에서는 자네가 부모님의 소원을 받아들였다고 하지 않았나, 그렇지?"

"그랬습니다."

"그리고 자네는 마길란으로 와서 우리에게 동의를 얻을 작정이지 않았나, 맞지?"

"그렇습니다…"

"고마운 일이군! 하지만 마길란에 도착해서는 맘을 바꾼 거지?"

"맞습니다…"

"그래서 지금은 다시 타슈켄트로 돌아가서 약속을 번복하려는 거지, 내 말이 맞지 않은가? 그게 전부네. 결국 이 상황을 초래한 원인은 오로지 우리란 말일세. 아니, 아니야! 좀 더 일찍 생각했어야 했어. 이제는 부모님께서 원하시는 대로 해드리는 수밖에 없네."

오타벡은 더 이상 반박할 수 없었다. 그는 자신이 마치 어린아이처럼 행동했다는 것을 깨달았다.

"저의 아버지가 장인어른께 편지를 보낸 게 언제인지요?" 그는 결국, 넋이 나간 듯 물었다.

"어제 편지를 받았네. 그러니까 자네가 동의하는 거지?"

"지금은 대답할 수 없군요. 생각해 봐야겠어요."

"아무리 생각해도, 자네 대답은 오로지 하나여야 하네. 동의하는 것!"

미르자카름은 강하게, 그리고 단호하게 말을 내뱉었다. 그의 말투에는 반박의 여지가 없었다. 그로 인해 오타벡은 현재의 상황을 좀 더 냉정하게 생각해야 했다. 그의 마음을 짓누르고 있는 불편함을 부모님의 욕심

탓으로 돌리고 싶었다. 그의 행복을 가리는 이 먹구름의 책임을 온전히 그들 탓으로 돌리고 싶었던 것이다. 자신이 겪고 있는 내면의 혼란의 원인이 오로지 이런 이유 때문이라고 돌려대는 게 쉬울 것 같았다. 하지만, 문제는 보다 더 근본적인 대답을 필요로 한다는 사실이었다.

"알겠습니다." 오타벡은 장인어른께 말했다. "제가 동의한다고 쳐도, 마지막 말은 장인어른의 따님에게 달려 있습니다."

옵톱 부인은 그동안 끙끙대고 앉아 있었지만, 이제는 그것이 오타벡에게 보내는 무한한 감사의 눈빛이 되었다.

"우리 딸은 걱정하지 말게. 그 아이에게는 차라리 말을 하지 않는 게 나을걸세. 시간이 지나면 그 아이도 받아들이고 익숙해질 테니 너무 걱정하지 말게."

"아닙니다. 그녀의 동의 없이는 제가 그렇게 할 수는 없는 일입니다."

"만약 동의하지 않는다면 어떻게 할 건가?"

"그녀가 원하는 대로 따라야지요."

오타벡의 단호한 입장에 미르자카름은 잠시 호흡을 멈추고 생각에 잠겼다.

옵톱 부인은 눈물이 터져 나올 것만 같았다. 자신의 딸을 이처럼 아끼는 사위의 손등에 입이라도 맞추고 싶었다. 사위에 대한 애틋한 감정이 그녀의 가슴 깊이 파고드는 듯했다.

"좋네. 그럼 직접 물어 볼 텐가?"

"아뇨. 그럴 자신이 없습니다. 그건 그녀에게 너무나 큰 상처를 입히는 것이나 마찬가지니까요."

미르자카름과 옵톱 부인은 서로를 바라보았다. 오타벡은 눈물로 앞이 가려졌고, 감정에 북받친 듯 벌떡 일어서서 나가버렸다. 장인과 장모는 응접실에 남아 거의 30분 이상 언쟁을 계속했다.

저녁 기도가 끝나고, 어떻게든 끊임없이 자신을 짓누르는 괴로움에서 다시 한번 벗어나 보려는 희망으로 그는 석유 램프 옆에 앉아 푸줄리[07]의 시집을 넘기기 시작했다. 하지만 그 어떤 시도 눈에 들어오지 않았다. 계속해서 페이지만 넘기고 있었다. 이 위대한 시인의 세련되고 아름다운 시들이 그저 의미 없는 단어처럼 뒤죽박죽으로 보일 뿐이었다. 결국 그는 책을 덮어버리고 아이완에서 들려오는 소리에 귀를 기울였다. 쿠무쉬와 그녀의 어머니가 서로 이야기를 나누는 소리가 들리는 듯하더니 이내 칠흑 같은 고요함으로 바뀌고 말았다. 이상한 일이었다. 잠시 후 그들이 어디론가 사라졌다는 것을 알았다. 그는 다시 몸을 돌려 의자를 뒤로 제쳐 누웠다. 어쩐지 불길한 느낌이었다. 무슨 일이 닥칠 것만 같은 예감이 엄습했다. 이럴 때는 누구나 이성적이기보다는 감성적이 되기 마련이다. 그렇기에 그는 다시 푸줄리의 시집을 집어 들고 더더욱 집중하려 애를 썼다.

불안한 예감에 사로잡힌 지 삼십 분이 아니라 거의 한 시간이나 지났지만, 그는 여전히 책을 마주하고 있었다. 시간이 흐르지 않았으면 좋겠다. 유쾌하든 불쾌하든 대화할 시간이 다가오고 있었기 때문이다. 세상에 푸줄리의 시 말고는 아무것도 존재하지 않는 것처럼, 그는 현자의 언어에 깊이 파묻혀 있었다.

그는 쿠무쉬가 방으로 들어온 것을 눈치채지 못했다. 그녀는 마치 나비처럼 조용히 카펫 위를 날아와서 촛대 쪽으로 다가왔다. 그리고 오타벡 옆에 살포시 앉았다. 그녀의 가벼운 드레스가 살짝 바람을 일으키자 촛불이 마치 고개 숙여 인사라도 하는 듯 흔들렸다. 책에 몸을 깊이 숙이고 있던 오타벡은 깜짝 놀라 고개를 들었다. 앞에는 요정이 앉아 있는 듯했다.

푸줄리가 묘사했듯이, 그녀의 긴 속 눈썹은 눈물에 젖어 있었고, 그녀의 볼은 붉은 사과 같았다. 첫눈에 상황을 파악한 그는 마치 음모陰謀가 드

07 푸줄리Muhammad bin Suleyman Fuzuli, 1483~1556. 투르크, 아랍, 페르시아 문학 전통의 대표적 시인. 사랑, 신비, 영성 등을 주제로 삼은 많은 시를 가젤g'azal이라 불리는 운문시로 남겼다. 특히 《라일라와 마즈눈》*Layli va Majnun*이 대표작이다.

러나기라도 한 듯, 죄책감에 고개를 숙였다. 그는 쿠무쉬의 비난 섞인 쓴 소리를 예상하고, 자기 부모님의 소원을 뿌리치지 못한 죄를 고백할 준비를 하고 있었다. 하지만, 상황은 전혀 다르게 전개되었다. 뜻밖에도 쿠무쉬는 마치 그를 위로하려는 듯 말을 꺼냈다.

"푸줄리는 훌륭한 시인이에요. 저도 외로울 때면 그의 시를 읽어요. 마치 제게 말을 거는 듯하여 눈물을 흘리지 않을 수가 없어요. 당신도 마찬가지네요, 그렇죠?"

너무나 당황스러워 오타벡은 이 숭고한 여인에게 대답 대신 이렇게 물었다.

"누가 당신의 마음을 아프게 했소? 왜 울었소?"

"제가 언제 울었던가요?"

"하지만 눈과 눈썹에는…"

"잘못 본 거예요."

"혹시, 나 때문이요?"

"책은 왜 덮으셨나요. 다시 펴서 읽어주세요. 듣고 싶어요."

"우리 부모님의 고집이 그대를 울게 했구려."

"맞아요. 하지만 양보할 거예요." 쿠무쉬는 혹시 다른 말이라도 나올까 두려운 듯 즉각 대답했다.

"양보한다고? … 아니, 어떻게?" 오타벡은 크게 놀랐다.

"제가 당신을 믿기 때문이죠…"

"그래서…"

"그래서 양보한다고요."

"당신의 영혼은 천사처럼 순수하오."

"당신의 영혼도 그래요…"

그 순간 두 사람의 심장은 같이 뛰고 있었고, 그들의 영혼은 하나가 되었다.

"그런데 왜 울었소?"

그녀를 부끄럽게 한 이 질문에 쿠무쉬는 불편한 미소를 지었다.

"왜냐하면…" 그리고 마치 자신의 모든 욕망과 조건을 담은 듯 그녀는 갑자기 애절하게 질문을 했다.

"날 잊지 않을 거죠?"

그는 너무나 감동하여 어떻게 대답해야 할지 적절한 말을 찾을 수가 없었다. 그저 중얼거릴 뿐이었다. "부모님의 욕심 때문에…"

"알아요." 쿠무쉬는 그를 달래려는 듯 상냥하게 말했다.

"당신은 내가 뭘 원하는지도 아시죠?"

쿠무쉬는 오타벡에게로 다가가 그의 무릎 위에 머리를 살포시 내려놓았다.

****

바로 그날, 미르자카름은 사위와 함께 내일 타슈켄트로 떠나겠다고 했다. 쿠무쉬와 오타벡은 촛불 아래서 밤을 지새웠다.

•• 3장 ••

호리병 괴짜의 허리띠

빈속에 마늘 요리로 한껏 배를 채운 사람들이 찻집에서 따분한 표정으로 천천히 녹차를 마시고 있었다. 그때 갑자기 어떤 괴짜[08]가 말라비틀어진 여러 개의 호리병을 허리에 매달고 나타났다.

"어서 오게나, 괴짜! 환영하네!" 사람들이 모두 입을 모아 외쳤다.

"자, 자, 놈팽이들, 나도 차 한 잔 주시게."

"그럼요, 성자님! 바흐차처럼 춤추며 원하는 만큼 드세요. 제가 주전자를 통째로 드릴 테니."

여기서 '성자' 혹은 '괴짜'라고 불리는 이 사내는 마른 체형에 얼굴에는 수염이 듬성듬성한 중년의 남자다. 뙤약볕이 뜨거운데도 불구하고 머리에는 낡은 모자를 쓰고 누더기 같은 초폰에 거친 마대로 만든 새 허리띠를 매고 있었다. 허리띠에는 여러 개의 호리병들이 달려있었는데, 어떤 것은 휘어진 파이프 모양이고, 어떤 것은 코담배를 넣는 자그마한 통이며 후추통 크기의 자질구레한 것들도 있었다. 그 많은 호리병 때문에 그는 움직이는 것조차 힘들어 보였다.

괴짜는 타슈켄트에서 유명한 인물이다. 권세가 있는 사람이나 부자들

---

08 괴짜devona: 미친놈으로도 번역될 수 있다.

도 그를 알고 있었다. 재주가 많아 그를 따르는 팬들도 있었고, 기적을 일으키는 '성자'로 명성을 얻어 그를 칭송하는 사람들도 많았다. 그는 모든 이들에게 환영을 받았고, 기적을 만들어 낸다는 사실에 회의적인 사람들조차 그의 장난과 농담을 즐기며 그를 웃음거리로 삼았다. 그가 지금 들어간 찻집의 사람들은 후자의 그룹에 속했다.

아마도 그는 어디선가 팬으로부터 제대로 된 식사를 얻어먹었을 것이고, 지금은 술을 한 잔 하고 싶어 하는 듯했다.

"누가 날 바흐차라고 부른 거야? 나는 바흐차가 아니라고. 우리 어머니는 나를 그런 일 시키려고 낳은 게 아니야. 자, 차 한잔 따라봐!"

"그럼 네 어머니는 너를 왜 낳았을까?"

"칸의 양을 치고 허리띠에 호리병을 달고 다니라고 낳았지… 차 한 잔 달라고, 이 놈팽이들아!"

하지만 찻집의 건달들은 괴짜가 차를 편안히 마시는 것을 허락하지 않았다. 누군가가 그의 허리띠에서 호리병 하나를 몰래 떼 내어 도망쳤다. 난장판이 되었다. 괴짜는 그를 잡으러 뒤를 따랐지만 잡지 못했다. 그리고 다시 돌아와 차를 마셨다. 그리고 불만에 찬 눈빛으로 사람들을 차례로 쳐다보며 호리병을 찾아달라고 도움을 청했다. 그러나 소용없는 일이었다. 그는 눈물을 터뜨렸고, 건달들은 이걸 노렸다.

호리병을 훔친 사내가 그걸 들고 천장으로 올라가더니 대들보에 걸쳐놓고 괴짜 가까이에서 흔들리도록 해 놓았다. 그러고는 내려와서 이렇게 물었다.

"어이, 괴짜! 도둑놈은 잡으셨나?"

"못 잡았지 어디로 도망갔는지 사라지고 없더라고. 나쁜 놈, 호리병처럼 부풀어 뒈졌으면 좋겠군!"

한 사내가 에스키 조바에서 어떤 도둑놈이 호리병 위에 올라타고 있는 것을 보았다고 했다. 다른 한 사내는 "아, 좋은 호리병이었는데!"라고 말하는가 하면, 또 다른 사내는 진지하게 "아, 참으로 불행하구나! 아깝네,

아까워"라고 말하기도 했다. 건달들이 이렇게 불구덩이에 기름을 갖다 붓자 괴짜는 다시 한번 눈물을 쏟았다.

"이제 아무리 멀리 가도 그런 호리병은 구할 수가 없는데…."

괴짜는 잃어버린 작은 호리병의 혈통을 이야기했다.

"아버지는 와인 넣는 호리병, 어머니는 죽 넣는 호리병, 그리고 나는 허리띠 호리병이지."

모두가 웃음을 터뜨렸다. 갑자기 건달 가운데 하나가 나서더니 대들보에 조용히 매달려 있는 호리병을 가리켰다. 그리고 놀랐다는 듯이 두 눈을 크게 떴다.

"헤이, 이건 누구 호리병이지?"

괴짜는 자기가 애지중지하던 호리병을 보게 되자 기분이 좋아졌다.

"야, 이 건달에 무식한 놈들, 놈팽이들아! 내 호리병 얼른 돌려달라고, 바보같이 굴지 말고!"

"알았어, 알았다고! 그럼 넌 우리에게 뭘 줄 거야?"

"너희들이 원하는 거라면 뭐든지 줄 수 있지. 바보 같은 네 놈에게는 오임 마을[09]의 촌장이 되어 황금 안장의 말을 탈 수 있게 해줄게."

"오임 마을을 다스리는 건 내가 감당할 수 있는 일이 아니야. 차라리 네가 모시고 있는 호리병에 대해 이야기 해주는 게 훨씬 나을 것 같은데, 도대체 그분들이 누구야?"

괴짜는 동의했다. 그들은 호리병을 대들보에서 끌어 내려 그에게 안전하게 돌려주었다. 그가 제일 아끼는 그 호리병은 다시 다른 호리병들과 나란히 허리춤에 걸렸다.

"자 이제 이야기를 해보세요, 괴짜님!"

괴짜는 옆구리가 삐뚤어진 휘어진 호리병 하나를 보여주며 이야기를

---

09 오임 마을Oyim qishlog'e: 페르가나 계곡의 나망간에 위치한 전통적 부촌

시작했다.

“이건 절름발이 무슬만쿨이지.”

그러고는 첫 번째 호리병 옆에 달린 자그마하고 웃기게 생긴 호리병을 만지며 말했다. “그리고 이건 쿠다이바흐차[10], 쿠다야르칸이지!”

그 다음에는 물통으로 사용되는 커다란 호리병을 쓰다듬었다.

“이건 노르무함마드 쿠쉬베기인데 머리가 크지.”

“그리고 이런 것들은 코담배 통인데, 목이 가늘지.” 그는 그 옆에 매달려 있는 작고 예쁘장한 호리병을 가리키며 말했다.

건달들은 크게 웃었다. 괴짜는 자리를 뜨려고 일어났다. 해코지를 하려는 호리병 도둑놈들을 피하고 싶었다. 그때 한 녀석이 방해를 했다.

“잠깐, 하나 물어볼 게 있어.”

괴짜는 저주를 퍼부었지만, 실제로는 자리를 뜨지 않고 남아 있었다.

“네놈 트렁크를 묶어둔 이 새 허리띠는 어디서 훔친 거지?”

“손대지 말고 꺼져, 뒈질 놈!”

“어~이, 카림쿨, 이건 네가 이틀 전에 도둑맞은 그 허리띠 아니야?” 그는 옆에 있던 또 다른 사내를 쳐다보며 말했다.

“맞아, 맞아. 그거야. 그놈 잡아. 도둑놈이야.”

괴짜는 두 손으로 허리띠를 거머쥐고는 그것을 빼앗길까 봐 두려워하고 있었다.

“아니야, 이건 네 것이 아니라고, 이 멍청아!”

“아니, 이건 내 거야. 당장 풀어, 그렇지 않으면 경찰을 부를 거야.”

“저주받을 놈! 대체 무슨 헛소리를 지껄이는 거야? 말도 안 되는 소리잖아!”

---

10 쿠다이바흐차Khudoybachcha라는 보잘 것 없는 일상의 인물을 내세워 비교함으로써 쿠다야르칸을 희화하는 장면이다.

"사실대로 말해, 그 허리띠 어디서 났어?"

괴짜는 허리띠를 거머쥔 채 이렇게 말했다.

"훔친 게 아니야! 호지 어른의 집에서 결혼식 때 받은 거라구."

"그 호지가 누군데? 거짓말 좀 작작해!"

"호지가 누군지도 몰라? 이 멍청아."

"타슈켄트에는 호지들이 여럿이라고!"

"미친놈, 게으름뱅이 같으니라고. 유수프벡 호지 말이야! 그 집에서 혼인 잔치가 크게 열렸고, 그 집 아들이 결혼을 했다고… 이제 놔줘, 젊어서 죽지 않으려거든!"

괴짜는 결국 그 건달들의 손에서 가까스로 빠져나와 도망쳤다. 하지만, 찻집에 있던 손님 가운데 눈에 안대를 한 사내가 그를 뒤쫓기 시작했다. 이미 찻집에서 꽤 멀어졌는데 그는 소리쳤다.

"이봐, 괴짜!"

괴짜는 자신을 뒤쫓아오는 안대 낀 사내를 알아봤지만, 유혹에 넘어가지 않겠다는 듯 호리병들을 더욱 단단히 잡고 계속 걸었다.

"왜 그래? 뭣 땜에 부르는 거야, 안대야?"

"겁내지 말라고." 안대 낀 사내는 걸음을 재촉하며 말했다.

"내게서 뭐가 필요하냐고?"

"기다려 봐!"

괴짜는 마지못해 걸음걸이를 늦췄다. 사내는 그를 놀라게 하지 않기 위해 더 이상 가까이 오지는 않고, 자기 주머니를 뒤지기 시작했다.

"네게 줄 선물이 있어."

그 말을 듣자 괴짜는 다시 걸음을 재촉했다. 사내는 서둘러서 그 뒤를 따라갔고, 손을 뻗어 돈을 건네줬다.

"내 선물이니 받아!"

하지만 괴짜는 관심을 보이지 않고 가던 길을 계속 걷기만 했다.

"멈추라고 했잖아!" 안대 낀 사내가 위협적으로 외쳤다.

괴짜는 멀찍이 멈춰 섰다.

"더 가까이 오지 마. 내게 다가오지 말라고, 안대야!"

사내도 열 걸음쯤 거리를 두고 멈춰 섰다.

"아까 누가 아들 결혼식을 올렸다고 했지?" 그가 물었다.

"누구랑 결혼했냐고?" 괴짜가 되물었다.

"네가 아까 찻집에서 말했잖아."

"네가 아까 찻집에서 말했잖아…" 괴짜가 따라했다.

"그 허리띠는 어디서 났어?"

"네 놈 할머니가 주시더구만."

"똑바로 말하지 못해?"

"왜 넌 결혼식에 오지 않았던 거야?"

"갔었지."

"유수프벡 호지 댁으로, 맞지?"

"유수프벡이라…."

"허리띠를 하나 얻고 싶은 거야?"

"그럼."

"너무 늦었어. 혼인 잔치는 이미 끝났어."

"그럼 유수프벡의 어떤 아들이 결혼한 거야?"

"몇째 아들 말이야?"

"그 집 아들이 몇이길래?"

"그 집 아들이 몇이냐고?" 그가 소리쳤다.

"아들 하나뿐이야. 몰랐어? 코라테긴[11] 촌놈이로구. 네 여동생은 잘 있겠지?"

---

11 코라테긴Korategin은 오늘날 타지키스탄에 있는 산골 마을이다. 괴짜가 상대를 촌놈 취급을 하는 장면이다.

"잘 있지. 그런데, 그 결혼식은 언제였지?"

"넌 결혼했냐? 코라테긴에서 여기까지 오래 걸렸어?"

"닷새 걸렸지. 결혼식은 언제였냐고?

"나귀 타고 왔냐? 아님 걸어서 왔냐?"

"나귀 타고 왔지."

"대마초 있어?"

"있지."

"한 꼬집만 줘."

"결혼식이 언제였는지 말해주면 줄게."

"넌 이미 늦었다고, 이 멍청아! 하지만 난 벌써 오쉬 한 접시 얻어먹었지."

"내가 오쉬 한 접시 사줄 테니 실컷 먹으라고."

"얼굴에 곰보 자국은 얼마나 됐지?"

눈에 안대를 한 사내는 결국 폭발하고 말았다.

"결혼식이 언제였느냐고 묻잖아!"

"말했잖아, 넌 이미 늦었다고. 결혼식은 이미 끝나고, 일주일이나 지났어. 열흘 전에, 아마도 한 달쯤 지났을걸. 이제 곧 처가 집에서 잔치가 열릴 거야. 신행新行[12] 때를 맞춰서 말이야. 코라테긴에서 온 양반, 그때 잔칫날에나 오시지."

"그러니까 호지가 자기 아들을 타슈켄트 색시에게 장가를 보냈단 말이야?!"

"키, 키, 키…. 어리석은 놈! 그럼 코라테긴 촌년에게 장가를 보냈겠냐?"

---

12 신행charlari: 결혼식 후속 행사로, 신혼부부의 첫 번째 처갓집 방문에 맞추어 열리는 잔치. 주로 가족과 친지들이 모여 새로운 부부를 축복하고 처가에 예물이 전달되는 자리이기도 하다. [저자 주]

대화를 끝낸 후 안대를 한 사내는 더 이상 말없이 다시 찻집로 돌아갔다.

•• 4장 ••
힌두 주술사

오타벡의 새 장인은 병에 걸려 있었다. 병이 낫지도, 그렇다고 죽지도 않아서 오타벡은 타슈켄트에 발목이 잡혀 계속 머물러 있어야 했다. 신행 때 반드시 장인과 장모를 찾아뵙고 인사를 드려야 한다는 법도 때문이었다. 신행을 치루지 않고서야 도저히 떠날 방도를 찾지 못한 오타벡은 이런 상황을 견디다 못해 어머니께 책망 섞인 말로 불평을 늘어놓았다.

"생각해 보세요, 어머니! 그 불쌍한 마길란의 미르자카름 장인어른께서는 어머니를 만족시키기 위해 자기 딸이 뒤집어써야 할 치욕에도 불구하고 저의 두 번째 결혼에 동의했어요. 심지어 그런 결혼을 축하하기 위해 자기 사업도 팽개치고 여기까지 와서 벌써 열흘 이상을 머물고 있다고요. 어머니께서는 최소한 그분들의 호의에 감사할 줄은 아셔야 하는 것 아니에요?"

하지만 오즈벡 부인는 한 주일 내내 같은 말만 되풀이할 뿐이었다. "어쩌겠니? 아들아, 결국 법도는 지켜야 하잖니, 그렇지 않으면 사람들 앞에서 체면만 잃게 될 거야."

"어머니는 '체면'에 대해 말하면서 정작 그게 뭔지도 모르시잖아요!"

오즈벡 부인은 아들의 말에 화가 났다.

"왜 그렇게 서두르니, 아들아? 조상도 없고 족보도 없는 그 이상한 색시는 신행 절차만 끝나면 어차피 보게 될 텐데!"

"어머니!" 오타벡이 소리쳤다. "솔직히 말해 저는 어머니의 그 심술에 대해 뭐라고 대답해야 할지 모르겠어요. 아, 신이여! 어머니께서는 정말 제 맘을 모르시는군요. 저는 단지 제 아내를 보고 싶어서가 아니라, 그녀의 부모님 때문에도 맘이 급한 거라고요. 그녀의 아버지와 어머니가 저를 괘씸하게 생각하실까 봐 두렵기도 하고요. 제가 어머니 뜻을 거스르기로 결정하고 타슈켄트로 돌아오지 않겠다고 마음먹었을 때 저를 억지로 여기로 보낸 것은 불쌍한 그분들이었어요. 어머니께서 정말 수치가 뭔지 아신다면, 제발 저를 이해하도록 해보세요!"

"그래, 그럼 그들에게 가거라, 법도를 무시하고 신행 인사도 하지 말고!" 오즈벡 부인이 말했다. "네가 그 미길란 계집에게 꽉 잡혀 있는 게 분명하구나!"

더 이상 희망이 보이지 않았다. 오타벡은 상처에 소금 뿌리는 일에 능한 어머니 때문에 이제는 침묵할 수밖에 없었다. 결국 어머니의 바람은 이루어졌지만, 그녀의 꿈까지 이루어진 것은 아니었다. 오타벡은 모든 걸 어머니가 바라는 대로 따랐고, 결국 타슈켄트에서 다시 한번 결혼도 했다. 결혼식을 성대하게 치루는 데까지는 성공했지만, 아들을 마길란의 첫 번째 아내와 떼어놓지는 못했던 것이다.

확실히 마길란 쪽의 주술이 강했다. 아들이 첫 번째 아내와 틀어지고, 두 번째 아내에게 빠져들게 하는 게 그녀가 원하는 바였다. 이를 위해 결혼식이 있기 전에 현지 유대교 주술사를 모셔 굿판도 벌여봤지만, 그마저도 아무런 소용이 없었다. 훈증燻蒸을 위해 마련한 약초도, 주술사의 부적도 아무 소용이 없었다.

오즈벡 부인은 마길란 주술사가 타슈켄트 주술사보다 더 세다는 것을 인정하지 않을 수 없었다. 무슬림 주술사의 주문呪文은 무슬림이, 유대인 주술사의 주문은 유대인이 풀 수 있다고 알고 있었는데, 모든 게 허사로 돌아간 것이다. 끝없는 고민과 억측에서 벗어나지 못하던 그녀는 다음과 같은 결론에 이르렀다.

"마길란의 주술사는 무슬림도 유대인도 아닌, 힌두 주술사야. 그리고 평범한 주술사가 아니야! 그의 주문은 무슬림이나 유대인 주술사가 풀 수 있는 게 아니라 오직 힌두 주술사만이 풀 수 있어. 힌두 주술사들은 속임수도 세고 신에 대한 두려움도 없는 인간들이니까."

이제, 오즈벡 부인은 어떻게 해야 할지 고민하기 시작했다. 타슈켄트에는 자기를 도와줄 만한 힌두 주술사가 한 명도 없었기 때문이다. 자기가 직접 마길란으로 가야 할지 생각하고 있었다.

이 문제는 다시 오즈벡 부인을 수렁에 빠트렸다. 그녀는 이 쓰디쓴 잔을 마셔야 할 운명이었다. "오타벡이 마길란에 갈 때 하산알리를 함께 보내야겠어. 하산알리가 힌두 주술사를 찾아내면 오타벡의 주문을 풀어줄 수 있을 거야. 힌두 주술사가 원하는 대로 지불할 거야. 괜찮아. 내가 가진 고급 옷가지 몇 벌을 팔고 돈도 좀 더 모으면 되니까."

오타벡은 여전히 어머니 앞에 조용히 앉아 있었다. 어떻게 해야 할지 마음에 결정을 내린 오즈벡 부인은 오타벡에게 말했다.

"내 아들아! 넌 아직 젊었으니 순리대로 하자. 이제는 네가 나와 함께 앉아 있을 필요가 없어. 네 불쌍한 두 번째 아내가 혼자 앉아 있잖니." 오타벡은 어머니를 바라보았지만 아무 말도 하지 않았다.

"그녀에게 가거라, 내 아들아, 가서… 그렇지 않으면 낭패를 보게 될 거야." 그녀는 창가로 오이보독이 다가오는 것을 보았다.

"밀크티가 준비되었어요. 가져다 드릴까요?" 오이보독이 물었다.

"며느리 방으로 두 잔 갖다 줘. 나와 하산알리 것은 여기로 가져오고."

오이보독이 나서려는 순간, 오타벡이 막았다.

"제 것도 여기로 갖다 주세요."

오이보독이 오즈벡 부인을 바라보았다. 오즈벡 부인은 화난 눈길을 아들에게 보냈지만, 오타벡은 신경을 쓰지 않았다.

"아니, 괜찮아요. 제 말씀대로 하세요."

"그럼 며느리 차도 이쪽으로 가져오렴. 그리고 며느리도 이 방으로 오게 하고. 하산알리는 자기 방에서 마시도록 하고."

오이보독이 자리를 뜨자 어머니가 아들에게 말했다.

"어째서 너의 태도가 그러냐?"

"제 태도가 뭐 어때서요?"

"젊은 아내와 같이 차 마시는 게 그리도 어려운 일이냐? 남의 집 귀한 딸을 그렇게 함부로 대하는 법이 아니다."

"함부로 대하다니요. 어머니께서 그녀를 이 방으로 불렀고 우리와 함께 차를 마시도록 했으니 그걸로 된 거 아닌가요? 아무 문제가 없잖아요?"

오즈벡 부인은 뭔가 더 말을 하려고 했다. 하지만 그때 오이보독이 다스투르혼을 들고 방으로 들어왔다.

"며느리는 오라고 했느냐?"

"아, 그럼요."

다스투르혼이 펼쳐지고 밀크차가 준비되었다. 오즈벡 부인이 납작빵을 뜯어 빵 조각을 그릇에 담으면서 며느리를 기다리느라 신경은 온통 문 쪽으로 집중해 있었다. 며느리가 나타나자 아들에게 눈길을 보내며, "이제 네가 나가서 제대로 맞이하거라!"라고 말하는 듯했다.

예쁘장하고 둥근 얼굴에 곱게 생긴 열일곱 살의 자이납은 시어머니께 예의 바르게 인사하고, 천천히 다스투르혼 쪽으로 다가갔다. 그리고 시어머니가 "앉거라"고 말한 후에야 다소곳이 앉았다. 오즈벡 부인은 아들의 주의를 끌기 위해 여러 차례 그를 쳐다보았지만 그는 말없이 빵만 차[茶]에 찍어 먹으며 어머니는 쳐다보지도 않았다. 아들의 눈길을 잡지 못한 오즈벡 부인이 뭐라고 말하지 않을 수 없었다.

"우리의 관습에 따라 신행 절차를 거쳐야 하는데 아직 그렇게 하지를 못했구나. 절차를 기다릴 게 아니라 편찮으신 장인어른부터 먼저 찾아뵙는 게 어떻겠느냐?"

자이납은 남편에게서 눈을 떼지 않았다. 오타벡은 차분히 그녀의 시선에 답했다.

"그러죠, 뭐." 그리고 미소를 지으며 자이납을 쳐다봤다.

자이납도 같이 미소를 지었다. 이 두 사람의 미소가 오즈벡 부인에게는 조금이나마 위로가 되었다. 하지만 대화는 중단되었고 다시 침묵이 찾아왔다.

어머니는 계속해서 아들을 쳐다보며 분위기를 돋우려고 애를 썼지만 어색함만 흐를 뿐이었다. 자이납이 남편을 향해 수줍은 눈길을 던져도 오타벡은 오로지 먹는 데만 열중하고 있었다. 이런 상황은 오즈벡 부인의 속을 뒤집어 놓았고, 밥 맛이 떨어져 더 이상 먹을 수 없게 만들었다. 불쑥 튀어나온 그녀의 말이 침묵을 깨트렸다.

"너는 새색시에게 선물할 금반지는 준비했느냐?"

"예, 준비했어요. 모레 챙길 거예요."

오타벡은 대화를 계속 이어가고 싶지 않다는 의사를 노골적으로 드러내며 짧게 답했다. 하지만 어머니는 결코 대화를 중단하고 싶은 맘이 없었다.

"그리고 넌 금장식 머리띠는 있느냐?" 어머니가 자이납에게 물었다.

자이납은 약간 주저하며 남편을 쳐다보고는 대답했다.

"아뇨."

"없으면, 내가 사 주리다." 오타벡이 자이납에게 대답했다.

오즈벡 부인은 오타벡의 말에 기분이 좋아졌다. 그리고 다시 이런저런 얘기들을 꺼내 놓았지만, 그 방에서 말을 하는 사람은 그녀밖에 없었다. 밀크차를 마시고 나니 녹차가 들어왔다. 자이납은 조심스럽게 찻잔에 따른 뒤 일어나서 두 손으로 잔을 받쳐 들고는 시어머니께 공손하게 드렸다. 두 번째 잔은 남편에게 따르려고 일어서려 했으나, 오타벡이 말렸다.

"일어서지 마시오. 지금부터는 자리에 앉아서 줘도 돼요."

오즈벡 부인은 맘에 들지 않았다. 그리고 한마디를 했다.

"아들아, 넌 왜 말을 그렇게 하느냐? 찻잔은 두 손으로 잡고 일어서서 드리는 게 법도다. 그게 새색시의 기쁨이 되기도 하고, 더구나 아내로서의 도리이기도 하다."

"저는 어머니께 그런 식으로 하라는 뜻이 아닙니다. 제게는 그런 법도 따위는 필요 없다는 말입니다." 오타벡이 말했다. 그는 차를 급히 마신 후 기도를 하고 얼굴을 쓸어내린 후 한마디를 더 보탰다. "물론 어머니께는 일어서서 대접을 해드려야지요?" 그러고는 방을 나가버렸다.

자이납은 그의 말 속에 숨겨진 것이 무엇인지 짐작하지 못한 채 그저 단순하게 받아들였다. 하지만 오즈벡 부인은 너무나 속이 상해 얼굴이 창백해졌고 다시 힌두 주술사를 떠올렸다. 한 시간쯤 후, 혼자 남아있던 오즈벡 부인은 하산알리를 불렀다. 하산알리는 주인마님의 깊은 생각은 꿈에도 눈치채지 못하고, 당면한 신행 절차 때문에 부르는 줄 알았다. 오즈벡 부인은 그가 들어오자 문을 닫아버리고 그의 곁에 앉아 낮은 목소리로 말했다.

"여기 타슈켄트에서는 우리가 용한 주술사를 찾을 수 없을 것 같네. 곰곰이 생각하니 아무래도 마길란의 주술사가 힌두승이야. 그러니, 내가 하는 말 잘 듣고 명심하시게. 오타벡은 마길란 마누라가 자신만 그리워하고 있다는 사실을 잊어 버리기는커녕, 오히려, 가능한 한 빨리 그녀에게로 가고 싶어 하는 게 틀림없어. 모든 게 힌두 주술사의 주술 때문이야. 그 주술사가 오타벡을 비밀 고리로 묶어 마길란으로 끌어들이고 있는 거야."

하산알리는 주인마님이 자주 주술사나 점쟁이들과 소통한다는 사실은 알고 있었지만, 힌두승이 어떻게 오타벡을 얽어매어 마길란으로 끌고 가고 있는지는 여전히 이해하지 못했다. 그러나 주인마님이 무슨 말을 하고 싶어 하는지 눈치챈 그는 이해하지 못한 것을 내색하지 않고 계속 그녀의 말을 듣고 있었다. 오즈벡 부인은 말을 멈추고 그에게 채근했다.

“자, 이럴 때 자네라면 어떻게 할 텐가?”

“저 같으면 어떻게 할 거냐고요? 마님 뜻대로 해야지요.” 하산알리는 대답을 얼버무렸지만, 오즈벡 부인은 기뻤다.

“고맙네, 하산! 그래서 내가 뭘 도모하고자 할 때는 자네의 도움이 든든하다네.”

“별 말씀을요…”

“내일이나 모레쯤 신행을 치르게 되면, 오타벡이 자기 새 장인을 방문할 걸세. 물론 바로 서둘러서 마길란으로 가겠지. 자네는 무슨 이유를 대던지 그와 동행하게. 그리고 바로 그 힌두승을 찾아서 돈을 좀 쥐어주고 주문을 깨트리도록 해줘야 할 것 같네.”

“누구에게서 말입니까?”

“물론 오타벡이지.”

“어떤 주문을요?”

“무슨 소릴 하는 거야? 내 말 이해하지 못했는가?”

“이해했습죠. 하지만 한 번 더 확인하려는 거지요.”

“마길란의 그 며느리란 년이 힌두승의 도움을 얻어 오타벡에게 마법을 씌웠기 때문에 둘 사이에는 뭔가 설명할 수 없는, 헤어질 수 없는 마[魔]가 낀 거야. 난 자네가 벌써 사태를 파악했으리라 믿네.”

“제대로 이해하지는 못했습니다만, 마님의 의도는 알겠군요.” 하산알리는 웃으며 말했다. “오타벡이 마길란에 있는 며느리와 사이가 나빠지게 하시려는 거군요.”

“그렇지.” 오즈벡 부인은 이렇게 덧붙였다. “그냥 사이가 나빠지게 하는 게 아니라 그 둘 사이를 영원히 갈라놓아야 한다고.”

하산알리는 깜짝 놀랐다. 그는 마길란 며느리에 대한 주인마님이 증오가 이 정도인지는 몰랐다.

"왜 그렇게 하시려는 거죠?"

"난 그 아이에게 우리 아들을 주기 싫어! 그전에는 우리 아들이 타슈켄트에서 맘 붙일 데가 없었지만, 이젠 달라. 이제 우리는 마길란 며느리 따위는 필요없어."

"알겠습니다. 그럼 어떻게 하길 원하시나요?"

"뻔하지."

오즈벡 부인은 자신 있게 말했고, 자신이 옳다고 확신하고 있었다.

"이미 자네한테 설명하지 않았는가? 우선 마길란의 힌두승을 찾아서 주문을 깨트려달라고 부탁하게. 그러면 오타벡은 첫 번째 마누라와 스스로 이혼을 하게 될 거야."

"그게 힌두승의 주문 때문이라는 사실을 어떻게 아셨나요?"

"내가 잘 알아…"

"어떻게요? 누가 그걸 얘기해 줬나요?"

"그냥 절로 알게 된 거야."

하산알리는 웃음을 참을 수가 없었다.

"아니에요. 이번에는 마님의 판단이 틀린 겁니다."

"왜 그렇게 생각하나?"

"오타벡을 얽어맬 힌두승이란 없어요. 그리고 오타벡과 쿠무쉬 사이에도 아무런 마가 끼어있지 않다구요."

"그렇다면, 오타벡은 어찌하여 여기 타슈켄트의 아내를 두고 여전히 마길란으로 돌아가지 못해 안달이란 말인가?"

"이유를 모르시겠어요?"

"내 생각엔, 그게 바로 마가 끼었기 때문이고, 주술사 때문이란 말일세."

"주문을 요청한 사람은 누군데요?"

"장인, 장모, 그리고 아마도 마길란 마누라겠지."

"마님, 그게 아닙니다."

"어떻게 아닐 수가 있는가?"

"그럴 이유가 없지 않겠습니까? 생각해 보세요."

"그들은 자기네들의 부를 얻기 위해 나의 순진한 아들을 바보로 만들고 싶어하지 않는가?"

"부를 얻기 위해서라구요?" 하산알리는 웃었다.

"마길란 사돈댁과 비교해 보세요. 이런 말씀 드려서 죄송하지만, 그 사람들이 우리보다 훨씬 부자예요. 그들은 자기네들 살림살이를 위해 단 한 푼도 오타벡에게 부담을 준 적이 없어요. 마님의 아들은 오히려 그것 때문에 부담스럽다고 했답니다. 집안 살림에 단돈 한 푼도 쓰지 못하게 하니 정말 어색하고 불편하다면서요. 그리고 오타벡이 타슈켄트에서 두 번째 결혼하는 일을 쉽게 용인해준 것만 봐도 그분들이 얼마나 양반인지 알 수 있지 않겠습니까? 호지 어른께서도 말씀하셨으리라 믿습니다만, 오타벡이 막상 마길란에 도착해서는 마님과의 약속을 깨고 두 번째 결혼을 하지 않을 작정이었다고요."

오즈벡 부인은 할 말이 없었다. 하지만 인정하고 싶지 않았다. 마치 하산알리의 이야기가 전혀 새롭지 않다는 듯 시치미를 떼며 그녀는 침착하게 말을 이었다.

"아, 이제야 일이 어떻게 돌아가고 있는지 제대로 알겠군."

하산알리는 다시 한번 웃었다.

"마님께서 뭐라 말씀하시던 그건 틀렸습니다. 그 비밀의 내용은 마님께서 생각하시는 것과는 같지 않습니다."

"어떻게 다른지 말해보게."

"아드님께서 서둘러 마길란으로 떠나려고 하는 것은 물론 장인 장모님을 속상하지 않게 해드리고 싶어서이지만, 진짜 이유는…"

"진짜 이유?"

"마길란의 며느리가 아드님의 첫사랑이기 때문이지요."

"첫사랑!?" 오즈벡 부인은 빈정대는 듯한 미소를 지었다.

"진실을 말해보게. 쿠무쉬가 자이납보다 예쁜가?"

"그건 제가 알 수 없지요. 아마도 아드님의 눈에는 그게 사실일 겁니다."

"자네는 둘 다 보지 않았는가? 그러니 숨기지 말고 말해보게. 누가 더 예쁜가?"

하산알리는 뭐라고 대답해야 할지 당황스러웠다. 무슨 대답을 할 수 있겠는가?

"사랑이란, 묘한 것이지요. 그건 예쁘다는 것과는 다른 것입니다."

"사랑을 묻는 게 아닐세. 누가 더 예쁘냐고?"

"꽃은 저마다의 향기가 있습니다…"

"그걸 묻는 게 아니라고. 누가 더 예쁘냐고 물었네."

어설픈 대답을 하기가 싫어 하산알리는 화제를 다른 데로 돌려 질문을 했다.

"그래서 어떻게 하실 작정이신가요?"

"우선 내 질문부터 답을 하시게. 내 속이 뒤집어지기 전에."

"마님의 질문은 답을 드리기가 참으로 곤란합니다. 뭐라 말씀을 드려야 할지 모르겠습니다. 진실을 말해 드릴까요?"

"진실을 말해보게."

"솔직히 말해서, 모든 꽃들은 각자의 방식대로 아름다움이 있습니다."

"진실을 말하라고 했잖아!"

"마님의 첫 번째 며느리가 두 번째 며느리보다 비교할 수 없을 만큼 훨씬 더 예쁩니다."

"닥치게!" 오즈벡 부인은 소리를 질렀다. "모든 게 자네 때문이야. 그러니 마길란 계집 편을 들지! 내가 왜 자네와 의논을 했는지 모르겠군. 자네는 수염만 길 뿐 속이 빈 어리석은 인간이야!"

하산알리는 즉답을 피하고자 했다. 주인마님의 성격을 잘 알기 때문이었다. 그녀는 진실이 자기 맘에 들지 않으면 진실을 받아들이고자 하지 않았다.

"마님께서는 제게 진실을 원하신다더니, 이젠 화를 내시는군요." 그는 방어를 하고 싶었지만, 그것은 점점 더 오즈벡 부인의 화를 돋우는 일이었다.

"그만하게!" 그녀는 소리쳤다. "누군가의 신세를 지고서도 그들에게 침을 뱉는 자네를 신께서 벌하실 걸세!"

하산알리는 그녀의 저주에 헛웃음을 지으며 방을 나섰다. 비록 이 대화가 아무런 결과에도 이르지 못했지만, 그녀는 혼란스러워졌다.

이런 대화가 있고 난 뒤 일주일쯤 지났다. 새로운 커플이 자이납의 부모님으로부터 초대받기를 기다린 지 보름째 되는 날이었다. 오타벡이 응접실 벽감의 책꽂이에서 책을 뒤지고 있는 사이에 하산알리가 방으로 들어왔다.

"신행이 드디어 목요일에 열린다는구나." 하산알리가 말했다. "이게 처갓집에서 온 첫 소식이야!"

오타벡은 책을 한 권 빼서 훑어보더니 이렇게 말했다. "참으로 쓸데없는 잔치야." 그리고 혼잣말처럼 했다. "오늘이 월요일. 그렇다면 아직 나흘이나 남았다는 말이군!"

"여기 너에게 편지가 왔구나!" 하산알리는 편지를 오타벡에게 건넸다. "누가 놓고 갔더구나." 이렇게 말을 덧붙이고는 기도용 카펫을 펼치기 시작했다. 오후 기도 시간이 된 것이다.

오타벡은 주소를 보았다. '타슈켄트 성내에 거주하는 유수프벡 호지의 아들 오타벡 귀하'라고 되어있었다. 누가 보낸 건지 궁금해하면서 그는 책을 덮어 책꽂이에 꽂고는 서둘러서 편지 봉투를 뜯었다. 긴 편지였다.

큰 종이 위에 희미한 잉크로 쓰여 있었다. 오타벡의 눈길은 위에서부터 빠르게 미끄러져 내려갔다. 편지를 읽으며 그는 신경이 곤두섰다. 표정이 변하고 얼굴은 창백해졌으며 손은 떨리기 시작했다. 도대체 무슨 내용이 담겨 있었을까? 기쁨? 슬픔? 본인이 아니면 아무도 알 수가 없었다.

드디어 그는 자기도 모르는 사이에 탄식의 비명을 질렀다.

"미쳐 버리겠군!"

하산알리는 깜짝 놀라 서둘러 기도를 마치고 카펫에 앉은 채 그를 바라보며 물었다.

"무슨 일이냐?"

"아무것도 아녜요." 오타벡은 대답을 하며 어디선가 충격을 받은 듯 그를 쳐다보았다.

"미쳐버리겠다고 한 건 뭐냐? 누가 보낸 거지?"

"누구냐고?" 그가 다시 물었다.

몸을 일으키며 오타벡이 대답했다. "쿠무쉬에게서 왔는데, 나를 놀라게 하고 싶었나 봐요. 편지는 온통 알 수 없는 암시와 협박으로 가득하군요." 그러고는 편지를 접기 시작했다.

하산알리는 기도를 서둘러 끝내고 일어서서 오타벡에게로 다가갔다.

"말투가 이상한 건 네가 이번에 늦어서 그럴 거야." 하산알리의 말에 오타벡이 고개를 끄덕였다.

"특별히 이번에는 더 견디기 어려웠을 거야. 아마도 네가 늦으니 어쩔 수 없이 쓴 거겠지." 하산알리가 말했다. "첩이 들어오게 되면, 그건 첫 번째 부인에게는 죽음이나 마찬가지야. 하지만 어쩔 수 없어. 너는 체면이라도 차려야 하니 우선 관례대로 신행부터 잘 치루어라. 그런 후에 쿠무쉬에게 갈 수 있을 테니."

오타벡은 아무런 대답도 하지 않았다. 하산알리의 마지막 말에 전적으로 동의할 수가 없었기 때문이었다. 하산알리는 그를 달래기 위해 미소를 지으며 제안을 했다.

"만약 네가 상처를 받았거든, 어찌된 일인지 넌지시 물어보려무나. 그 편지를 가져온 사람이 내일 답장을 받으러 다시 오기로 했거든."

이 말을 들은 오타벡은 잠시 흥분을 가라앉혔다. 그리고 이 편지는 의도적으로 비꼬는 투로 써진 것이니 크게 걱정하지 않아도 될 일이라고 생각했다.

"내일 편지 배달 심부름꾼이 다시 오기로 한 게 사실인가요?"

"그렇대도. 네가 답장을 쓴다면 그걸 가지러 오겠다고 약속했단다."

"알았어요." 오타벡은 미소를 지으며 대답했다. "그가 내일 온다니 제가 답장을 쓰도록 할게요."

하산알리는 응접실을 나섰고 오타벡은 정신을 가다듬어 다시 한번 그 편지를 읽기 시작했다.

내가 믿을 수 없는 배신자에게,

나는 눈물을 머금고 이 편지를 씁니다. 내 모든 눈물이 슬픔으로 물들어 내 모든 존재를 감싸고 있습니다. 나는 더 이상 인간의 입술에서 나오는 '사랑'이라는 말을 믿지 않습니다. 나에게는 아무런 의미가 없습니다. 나는 내가 온 마음을 다해 사랑했던 어떤 한 인간으로부터 배신을 당했습니다. 너무나 수치스러워 눈을 뜨기가 두렵습니다. 마치 온 땅과 하늘이, 산과 바위가, 세상의 모든 것들이 나를 비웃고 있는 듯하기 때문입니다. 이 괴로움을 피할 수만 있다면, 나는 차라리 죽고 싶습니다. 하지만 분명히 그 죽음마저도 저를 배신하여 마찬가지로 저를 경멸하겠지요.

나의 벡! 아마도 내가 당신을 아프게 하겠지요. 하지만 말해야겠어요. 당신은 양심도, 동정심도, 믿음도, 연민도 없는 사람이에요. 당신은 그저 교활한 여우, 피 묻은 아가리를 벌리고 있는 늑대, 그리고 무자비한 망나니고 부도덕한 인간일 뿐!

내가 당신을 교활하다고 했죠? 생각해 보세요. 당신이 점잖은 나의 부모님을 어떻게 속였는지. 아직 기억하고 계시길 바래요. 어느날 저녁 촛불 앞에서 당신이 내게 한 말들, 당신이 한 약속, 그리고 당신이 흘린 눈물, 기억하죠? 그런 속임수! 그런 교활함! 당신이 아니라면 누가 그런 짓을 할 수 있겠어요?!

내가 당신을 피 묻은 아가리를 벌리고 있는 늑대이며 동정심도 없는 인간이라고 했죠? 당신의 독이 오른 그 이빨은 불쌍한 사람들의 가슴을 찢어발기고, 꽃이 피기도 전에 짓밟아버리니까요!

내가 당신을 염치없다고 했죠? 내게 그토록 잔인한 짓을 저질렀으니 당신은 이제 나의 사랑을 받을 자격이 없다는 사실을 아셨겠군요. 그러면서도 전혀 부끄러워하지 않고, 얼굴도 붉히지 않은 채 지금 내게 당신의 뜻을 강요하다니 정말 놀랍네요. 당신은 타슈켄트에서 아버지와 함께 있으면서도 당신의 의도를 제대로 밝히지 않았더군요. 그러면서도 당신에게 양심이 있다고 주장할 수 있나요?

어머니께서는 내게 종종 이런 구절을 들려주셨지요. "다른 사랑이 생기면, 이전 사랑은 버림받는단다. 그러면 한때 너를 사랑했던 사람은 너를 갑자기 묻어버리게 되지."

옛날에는 이 시의 뜻을 이해하지 못했지만 이제는 너무나 잘 알겠어요. 이제 당신에게 버림받고 홀로 남겨진 지금, 당신께 부탁해요. 만약 세 번째 아내를 찾는다면 그녀에게는 같은 짓을 하지 마세요. "남에게 권하려거든 먼저 자기가 맛을 보라."는 말이 기억나는군요.

당신의 새로운 사랑을 축하드려요. 그리고 나는 이제 배신자의 희생양이 된 부끄러운 사람입니다. 당신께 이 글을 쓰는 이는 쿠무쉬, 당신의 '은銀'[13]이 아닌, 명예를 잃고 버림받은 여자입니다.

1265년 자브조 달 17일,[14] 마길란에서

•• 5장 ••

배신

쿠무쉬는 아버지가 타슈켄트에서 혼자 마길란으로 돌아오자 매우 불안해했다. 하지만 오타벡의 지연된 상황에 대한 사정을 알게 되자 다소 안심했다. 새 장인이 아팠기 때문이라는 소식이 그녀의 막 생겨난 의심과 불안을 잠재운 것이다. "그는 나를 잊지 않았어, 그의 약속은 진심이었고, 그의 말은 진실이었어. 그는 나를 사랑해" 라고 생각하며 평소처럼 남편을 만나기 위한 채비를 했다.

아버지가 홀로 타슈켄트에서 돌아온 지 일주일이 지났다. 그날 밤 그녀는 꿈을 꾸었다. 그 꿈은 오타벡이 곧 올 것이라는 예고 같았다. 쿠무쉬는 일찍 일어나 머리를 풀고, 어깨와 가슴 위로 흩어진 길고 가는 검은 머리카락을 서둘러 빗기 시작했다. 그리고 세숫대야에 몸을 숙여 머리를 감기 시작했다. 처음에는 신 우유로, 그 다음에는 비누로 씻은 후, 어머니에게 두 갈래[15]로 땋아 달라고 부탁했다. 어머니가 물었다.

"왜 마흔 갈래로 하지 않고?"

---

13 구무쉬가 은銀이라는 뜻이다.

14 그레고리력 1849년 6월 7일. 자브조Javzo 달은 쌍둥이 자리다.

15 우즈벡 전통에서 여성들은 머리를 땋을 때 머리 갈래의 수와 스타일에 따라 기혼과 미혼을 구별했다. 보통 두 갈래는 기혼, 여러 갈래는 미혼인 경우다.

“엄마 딸은 더 이상 아이가 아니에요. 결혼한 부인이라구요. 저를 다른 남자에게 다시 시집보낼 생각은 마세요.” 쿠무쉬는 미소를 지으며 대답했다.

이 두 갈래로 땋은 머리가 그녀에게는 마흔 갈래로 땋은 것보다 더 아름답게 보였다. 그리고 더욱 우아하게 만들었다. 그녀는 방으로 들어가 옷장으로 사용하는 벽감으로 다가갔다. 옷장에는 최고의 예복 드레스들만 해도 열다섯 벌이 넘었다. 처음에는 노란색 실크 드레스를 입을 작정이었지만, 금세 마음을 바꾸었다. 붉은색? 파란색? 사과 꽃처럼 우아하고 연한 핑크색? 그녀는 잠시 고민에 빠졌다. 꽃무늬가 있는 드레스 중에서 어떤 게 제일 좋을지 고를 수가 없었다. 모든 드레스가 그녀에게 너무나 잘 어울렸다.

평소에 그녀는 노란색 드레스를 선호했지만, 오타벡을 기쁘게 해주기 위해 꽃무늬가 있는 검은색 실크 드레스와 하늘색 쪽빛 머릿수건을 선택했다. 그런 다음 상자에서 작은 귀걸이 두 개를 꺼내 금으로 세팅된 진주를 조심스레 귀에 걸었다. 이 말끔한 의상을 입고 그녀는 또 다른 벽감 옆에 있는 거울 앞으로 걸어갔다. 제멋대로 흘러내린 머리카락을 정리하고, 자신의 모습을 들여다봤다. 기분이 좋아진 그녀는 미소를 지었다. 진주처럼 빛나는 하얀 치아가 루비색의 입술 아래쪽으로 살짝 드러났다.

그녀는 코 옆의 작고 예쁜 점을 만졌다. 태어날 때부터 있었던 자연스러운 것으로 마치 자신을 확인이라도 하려는 듯했다. 거울에서 한걸음 물러나며 그녀는 이런 생각을 했다. “남편의 첩이 아무리 예뻐도 이런 점은 없겠지.”

해가 저물고 저녁 시간이 다 되어 난로에서 불빛이 밝아질 때까지 그녀는 안절부절못하며 안마당에서 서성거렸다. 쿠무쉬는 오타벡이 곧 도착하리라 믿으며 여전히 집안을 정리하고 뜰을 직접 쓸며 바깥에서 들려오는 소리에 귀를 기울이고 있었다. 청소를 마친 후, 그녀는 아이완의 끄트 머리에 앉아 옷매무새를 만지기 시작했다.

그때 갑자기 대문 밖에서 발자국 소리가 들렸다. 가슴이 두근거리기 시작했고, 발자국 소리가 가까워지자 그녀의 심장 뛰는 소리는 더욱 크게 들렸다. 드디어 발자국 소리가 잦아지면서 갑자기 어떤 여인이 안뜰로 들어와 파란지를 젖혔다. 쿠무쉬는 실망하여 한숨을 내쉬었다.

그녀는 쿠무쉬에게로 다가왔다. 마흔다섯 살 정도의 키가 자그마한 여성으로, 코는 납작하여 보이지 않을 지경의 들창코였고, 눈도 움푹 꺼져 있었다. 입은 또 어찌나 큰지 거의 귀까지 찢어져 있었다. 피부는 거칠어서 40여년 동안 병상에 누워있었던 것처럼 누르스름했다. 쿠무쉬는 인생에서 처음으로 그런 끔찍한 여성을 보았다.

"이 유령은 뭘 원하는 걸까?" 쿠무쉬는 생각했다. 여인은 그녀로부터 약 열 걸음 떨어진 곳에서 멈추고 기괴스럽고 차가운 악몽 같은 웃음을 웃더니 코웃음까지 쳤다.

"히히히! 예쁜 아가씨, 여기가 미르자카름 나리의 댁인가요?"

쿠무쉬가 고개를 끄덕였다. 그녀는 자기를 맞이하러 급히 다가오는 들창코 여인에게 자기도 모르게 몇 걸음 다가갔다. 그리고 혐오감을 참으며 마지못해 이 늙은 여인을 안으려 어깨를 돌렸다. 마치 그 괴물의 팔이 땅에 뿌리내려 진흙과 하나가 된 듯, 그 팔은 사슴처럼 가냘프고 늘씬한 쿠무쉬의 어깨에 겨우 닿았다.

"예쁜 아가씨, 당신은 건강하게 잘 지내시나요?"

그녀는 베일도 벗지 않은 채 아이완의 귀퉁이에 지친 듯 털썩 주저앉았다.

"아유, 정말 멀구먼. 너무 피곤하군요. 여기가 정말 미르자카름 나리의 댁이 맞죠?"

"예, 그런데요."

"당신은 누구신가요?"

"그분 딸이에요."

"그럼 내가 이걸 드리리다." 들창코 여인은 그렇게 말하고 주머니에서 편지를 꺼냈다. "우리 아들이 마길란에서 타슈켄트까지 장사를 하러 다녀요. 지난번 걔가 타슈켄트에서 떠날 때 누가 와서 미르자카름 댁에 이 편지를 좀 급히 전해달라고 부탁을 하더랍니다. 히히히, 예쁜 아가씨, 내가 무슨 자랑이나 하려고 그러는 건 아니에요. 나도 그렇지만, 우리 아들은 다른 사람들을 도와주기 위해 최선을 다하는 아이랍니다. 걔가 바로 오늘 낮에 타슈켄트에서 돌아왔어요. 그런데 에미한테 인사도 하기 전에 부탁부터 하더군요. 죄송하지만, 긴 여행길에 지쳤으니 자기를 대신해서 미르자카름 댁을 찾아가서 이 편지를 좀 전해 달라고 말이에요. 서둘러야 한다더군요. 나도 참 동정심이 많은 사람이지요? 예쁜 아가씨, 나도 최근에야 병석에서 일어났지만 거절을 못하고 먼 길을 물어물어 이 집까지 찾아왔지요. 좋은 일은 거절할 수가 없답니다. 히히히…"

쿠무쉬는 감사한 마음으로 들창코 여인으로부터 편지를 전해 받았다. 수신자의 주소는 이렇게 적혀 있었다. '마길란에 거주하는 미르자카름 댁.'

"다른 데로 가지 않고 제대로 찾아오셨네요."

"예쁜 아가씨, 길에서 만나는 사람마다 당신 댁을 모르는 사람이 없던데 어떻게 제가 실수를 할 수 있겠어요?" 들창코 여인이 일어서며 말했다.

"자, 이제 가야 해요. 우리 아들이 여행에서 돌아와 배가 고플 텐데 아마도 먹을 걸 기다리고 있을 거예요."

"들어오세요. 차라도 한잔 하셔야지요."

"고마워요, 예쁜 아가씨. 하지만 차는 다음에 할게요. 우선은 만나서 서로 알게 되었으니, 다음 만남에서는 우리가 친구가 되겠지요…"

쿠무쉬는 강요하지 않고 대문 앞까지 따라나섰다. 그러자 들창코 여인은 돌아서며 이렇게 말했다.

"우리는 그저 남을 돕기 위해 살아간답니다. 그러니 혹시 당신 아버지께서 타슈켄트나 코칸드로 보낼 편지가 있다면 우리 아들이 기꺼이 전해줄 겁니다. 나도 마찬가지로 여기 마길란에서 무슨 필요한 일이 있다면 당신 집에 놀러와도 될까요?"

쿠무쉬는 감히 "아니요"라고 할 수가 없었다. 그래서 이렇게 대답했다.

"오세요. 멀리서 오시는 게 힘들지 않다면야."

들창코 여인이 떠났다. 골목길을 따라 바깥으로 사라지는 것을 보고 쿠무쉬는 아이완으로 돌아와 편지를 열었다. 글은 작은 쪽지에 적혀 있었다. 아주 짧은 내용이었다.

> 미르자카림의 딸이며 타슈켄트 출신 유수프벡 호지의 아들인 오타벡의 배우자 쿠무쉬에게:
>
> 당신의 아버지가 이곳 타슈켄트에 머무시는 동안 나는 그분께 내 심정을 말씀드리기가 어려웠소. 솔직히 말해, 말씀드리기가 부끄러웠소. 당신도 알다시피, 나는 타슈켄트에서 또 한번 결혼을 했으니 이제 나는 타슈켄트의 아내와 마길란의 아내 두 사람을 동시에 건사할 수가 없게 되었소. 그래서 나는 둘 중 하나를 포기할 수밖에 없고, 내 삶을 더 편하게 하고 내 욕망이 시키는 대로 결정을 내렸소.
>
> 나는 타슈켄트의 아내를 택하고 당신과는 이혼을 하기로 했소. 이 편지를 받는 순간부터 당신은 나와 이혼한 여자로서, 나와는 남이 된다는 사실을 명심하시오. 당신과의 이혼은 물론 샤리아 법에 따라 인정받게 될 것이며, 머지않아 유예 기간[16]이 끝나면

---

16 유예 기간idda: 이혼 또는 남편 사망 후의 대기 기간으로, 여성의 임신 여부를 확인하거

당신에게는 다른 남자와 결혼할 수 있는 허가가 주어질 것이오.

유수프벡 호지의 아들 오타벡

1265년 자브조 달 13일,[17] 타슈켄트에서

편지를 겨우 끝까지 읽고 나자 "부끄러움을 모르는 배신자!"라는 힘없는 목소리와 함께 쿠무쉬는 정신을 잃고 쓰러지고 말았다. 그녀의 손에서 흘러내린 편지는 바람에 날려 그 옆에 떨어졌다. 쪽문으로 연결된 어두운 통로로 그 끔찍한 들창코 여인의 얼굴이 비치는 듯하더니 사악한 미소를 남기며 사라졌다.

바자르에서 돌아오던 미르자카름은 의식을 잃고 거친 땅바닥에 쓰러져 있는 딸을 발견하고는 곧장 달려가 호흡이 정지된 몸뚱아리를 들어 올렸다.

"내 딸, 쿠무쉬, 눈을 떠봐!"

쿠무쉬는 대답이 없었다. 겁에 질린 미르자카름은 그녀를 집 안으로 옮겼다. 옵톱 부인과 토이 아줌마는 울음을 터뜨렸다. 쿠무쉬를 아이완에 눕혀 놓았지만, 그들은 우왕좌왕하며 이럴 때 어떻게 해야 할지 어쩔 줄을 몰라했다. 신께서 도우신 덕택에 토이 아줌마는 인생에서 처음으로 다른 사람보다 더 지혜로웠다. 그녀는 뭘 해야 할지를 알고 찬물을 가져와 쿠무쉬의 얼굴과 가슴에다 뿌렸다. 몸을 떨더니 드디어 의식을 되찾았다. 두려움 속에서 겨우 견디던 그녀의 부모님은 어떻게든 조금은 진정이 되었다.

쿠무쉬는 식은 땀을 흘렸다. 한동안 움직이지도 않고 누워있더니 조용히 몸을 돌려 눈을 떴다.

나 감정적으로 회복할 수 있는 시간을 말한다.

17 그레고리력 1849년 6월 3일

****

"어찌 된 일이냐? 무슨 못 볼 거라도 본 거야?"

쿠무쉬는 다시 눈을 감고 깊은 한숨을 쉬었다. 입을 닫고 있던 쿠무쉬가 아버지의 반복되는 질문에 겨우 입을 열었다.

"안뜰에서 누가 저를 이리로 데려왔나요?"

"내가 데려왔지, 내 딸아."

"제 옆에 뭐가 없었나요?"

미르자카름은 그녀의 질문을 이해하지 못했다.

"아니, 넌 혼자 있었단다, 내 딸아."

"아, 거기…" 쿠무쉬는 말을 더듬거렸다.

"말해보렴, 말해봐, 내 딸아."

"편지가… 편지가 거기 있었을 거예요. 그것 때문에 제가 정신을 잃었던 건데." 쿠무쉬가 겨우 중얼거렸다.

밤이었다. 완전히 깜깜한 밤. 밤 기도 시간이 가까워졌다. 미르자카름은 촛불을 들고 허둥지둥 밖으로 나갔다. 그리고 뜰에서 그 편지를 발견하자 마치 뿌리라도 박은 양 그 자리에 멈춰 섰다. 딸을 충격으로 몰아간 편지를 읽기 시작했다. 사실이었다. 정말 끔찍한 내용이었다. 그는 거의 정신이 나간 듯, 발걸음도 겨우 옮겼다. 이루 말로 할 수 없을 정도로 모욕을 당하고 마음 깊은 곳까지 충격을 받은 그가 겨우 할 수 있는 말은 "여우처럼 교활한 놈, 짐승처럼 뻔뻔한 놈이로군!"이라는 욕 한마디밖에 없었다.

그는 잠시 멈춰 섰다. 얼어버린 듯 할 말도 잊어버렸다. 그리고 또 한마디를 보탰다. "사기꾼 같으니라고!" 눈앞이 깜깜했다. 수모를 당하고 슬픔에 잠긴 딸의 눈을 도대체 어떻게 바라보며 위로를 할 수 있을지 몰랐다. 모든 책임이 자기에게 있는 게 아닌지 죄의식을 느꼈다. 그는 아이완의 귀퉁이에 앉아 두 손으로 머리를 감싸 안았다. 이런 예기치 못한 모욕은 미르자카름에게 치명적인 타격을 안겨주었다. 한참 동안이나 그 상태로 있었다. 걱정이 된 옵톱 부인이 밖으로 나와 안뜰에서 미동도 없이 앉아 있는 그를 발견했다.

그들은 방안으로 들어와 딸의 발치에 소리 없이 앉았다. 그리고 한참 동안이나 서로를 바라보았다. 하지만 옵톱 부인은 더 이상 참을 수가 없다는 듯 눈물이 강물이 되어 쏟아져 내리기 시작했다. 마치 기다리고 있었던 것처럼, 미르자카름 역시 수염을 눈물로 적셨다. 눈을 감고 누워있던 쿠무쉬는 그들의 울음소리를 듣고 뜨거운 눈물을 베개에 스며들게 했다. 바로 그 순간, 벽감에 놓여 있던 촛불이 두 번이나 깜빡거리더니 꺼지고 말았다. 칠흑 같은 어둠이 온 집안에 내려앉았다.

사흘이 지났다. 쿠무쉬는 오랫동안 아팠던 것처럼 여위고 창백했다. 마치 이제 막 핀 자스민 꽃에 독이 번져 시들어버린 듯, 그녀가 그토록 믿었던 사람의 이름으로 누군가 이 독을 건네 주었던 것이다. 누군가 그녀의 아름다운 정원에 난입하여 꽃을 짓밟고, 그녀에게서 희망을 빼앗아 생명 없는 조각상으로 바꾸고 말았다. 그녀의 눈은 슬픔으로 희미해졌고, 가슴은 고통으로 움츠러들었다.

옵톱 부인 역시 견디기 어려울 만큼 상처받고 모욕을 느꼈지만, 그보다 더 큰 고통은 딸을 진정시키고 수치와 슬픔을 잊게 해줄 수가 없고, 그녀의 눈빛도 지켜줄 수가 없다는 사실이었다. 딸을 지켜주고 힘을 차리게 하는 것은 중요한 일이었다. 옵톱 부인은 딸이 이 일로 말미암아 아프게 될까 봐 걱정이었다. 그녀는 오로지 두 마디 말만 계속해서 반복했다.

"내 딸아, 그놈을 잊어버리고 네 기억에서 지워버려라! 슬퍼하는 것은 부질없는 짓이다."

쿠무쉬는 깊이 낙담하여 멍하니 어머니를 바라보고 있었다. 이러한 쿠무쉬의 상태는 온갖 두려움으로 가득 찬 불쌍한 어머니의 가슴을 갈기갈기 찢어놓았다.

"쿠무쉬, 우리 같이 삼촌에게 갈까?" 한낮이 지나고 옵톱 부인이 물었다.

"거기 가서 뭘 할 건데요?"

"무슨 말이냐? 그저 산책하며 즐거운 시간을 가지고 슬픔을 잊어버리자는 거지."

쿠무쉬는 어머니의 말에 겨우 미소지으며 대답했다.

"그래, 좋아요."

"그럼 일어나거라. 씻고 옷도 챙겨입어라. 신께서 너의 그 염치 없는 남편놈에게 벌을 내리실 거야."

쿠무쉬는 어머니를 따뜻한 눈길로 바라보며 자리에서 일어나 세숫대야 앞에 앉았다. 토이 아줌마가 세수하라고 미리 준비해놓은 것이었다.

어떤 여인이 뜰 안으로 들어온 것은 그들이 막 떠날 채비를 마쳤을 때였다. 남편의 편지를 전해 준 바로 그 들창코 여인이었다. 비록 그녀가 그 절망적인 소식을 전한 장본인이지만, 쿠무쉬는 그녀를 보니 반가웠고 어머니께도 소개를 해드렸다.

"히히히. 딸 아이 집으로 가는 길에 잠시 주인마님을 뵈러 왔지요. 약속은 꼭 지켜야 하는 것이니까요." 그녀는 그럴싸하게 말을 쏟아냈다.

어머니와 딸은 이미 입고 있던 파란지를 옆으로 치워 둘 수밖에 없었다. 들창코 여인은 쿠무쉬에게 인사를 했다.

"저런, 예쁜 주인마님, 너무 말랐군요. 도대체 무슨 일이신가요?" 들창코 여인은 동정 어린 눈길로 쳐다봤다.

옵톱 부인은 들창코 여인에게 자리를 권했다.

"한 이틀 재 상태가 좋지 않았답니다."

"빨리 회복하시길 빌게요!" 들창코 여인은 이렇게 말했다. "제가 방해가 된 것 같군요. 저도 이제 떠나겠습니다. 신께서 주인마님을 악마의 눈에서 지켜주시길!" 그리고 그녀는 축복을 하며 두 손을 모았다.

"고마워요. 당신이 우리 집 손님이 되어 주셔서 고맙네요." 옵톱 부인이 말했다.

"신께서 당신에게 행복을 주시기를 원해요." 들창코 여인이 이별의 인사를 건넸다. 그리고 쿠무쉬에게 눈길을 돌리며 말했다. "나는 그저께 우리가 나누었던 대화가 기억이 나서 그저 당신의 얼굴이나 보려고 온 거예요. 제 아들이 이제 내일이면 타슈켄트로 떠난답니다. 그러니 당신 아버지께서 그곳에 보낼 편지라도 있으시다면…"

쿠무쉬는 대답 대신 자기 어머니를 쳐다보았다. 쿠무쉬의 눈길이 자기에게 쏠려 있음을 느낀 옵톱 부인이 말했다.

"아니예요. 우리는 타슈켄트로 보낼 편지가 없답니다." 들창코 여인은 의아하다는 눈으로 쿠무쉬를 쳐다봤다.

"아버지가 보낼 게 없다면 제가 지금 쓸 테니 잠시 기다려 줄 수 있을까요? 제가 당장 쓸게요."

바로 이 말을 그 들창코 여인이 듣고 싶었던 것이다. 쿠무쉬가 쓴다는 말에 여인은 훨씬 즐거워했다. 그녀는 바로 그 편지를 받으러 왔던 것이다. 기다려달라는 쿠무쉬의 요청에 그녀는 은밀하고 음흉한 기쁨을 누렸다.

"쓰세요. 나의 예쁜 마님. 제가 기다릴게요. 저는 좀 늦어도 괜찮아요. 사소한 일이라도 제가 뭔가 좋은 일을 좀 하고 싶거든요, 히히히." 그녀는 킥킥거리며 말했다. 쿠무쉬는 그녀에게 감사를 표하고 편지를 쓰기 위해 자기 방으로 들어갔다.

****

이때 쓴 편지가 바로 오타벡이 이미 받았던 그것이었다. 이 젊은 부부는 그렇게 하여 배신의 희생자가 되고 말았다. 독자들이여, 이제 우리는 도대체 누가, 왜 이런 비열한 행위를 저질렀는지 찾아서 확인해 봐야 한다.

•• 6장 ••

찌는 듯한 더위

일 년 중 가장 뜨거운 사라톤[18] 달의 둘째 날이었다. 마길란의 북부,

---

18 사라톤saraton: 히즈라 태양력으로 가장 더운 달이다. 그레고리력으로 6월 21일~7월 22일에 해당한다. 극복해야 할 가장 어려운 때의 은유적 표현이기도 하다.

이웃 마을 동쪽으로 뻗어 남쪽으로 이어지는 아주 좁은 골목으로 한 사내가 들어섰다. 온통 뒤집어쓴 먼지를 털며 말을 끌고 있었다. 게다가 눈썹과 속눈썹, 콧수염과 턱수염에도 먼지가 묻어 있는 걸 보면, 긴 여정을 마치고 돌아온 것임을 쉽게 짐작할 수 있다.

스물두 살쯤 되어 보이는 젊은이였다. 누르스름한 얼굴에 올빼미처럼 둥글고 튀어나온 눈은 부어올라 벌겋게 충혈되어 있다. 코는 마치 얼굴에 붙여놓은 듯 납작했고 이마는 강제로 눌린 듯 툭 튀어나와 있었다. 말하자면 호감 가는 외모와는 거리가 먼, 마치 악마 같은 모습이었다. 그는 골목 어귀에 멈춰 섰다. 거기에는 두 개의 쪽문이 있었지만, 둘 다 닫혀 있다.

모자를 벗어들고 오른쪽 문을 열어 말고삐를 끌며 안쪽으로 들어갔지만, 문이 너무 좁아서 말이 겨우 들어갈 수 있을 정도였다. 문 안쪽으로는 지붕이 없이 길게 열린 통로가 나왔고, 그것은 안마당으로 이어졌다. 마당의 동쪽과 남쪽 가장자리에는 허름한 건물들이 있다. 마당에는 온갖 쓰레기와 오물이 가득 차 있고, 마치 백 년 동안이나 빗자루나 솔질 한 번 하지 않은 듯한 상태였다.

마당 가운데는 하얗고 커다란 뽕나무 한 그루가 서 있고 그 아래에는 잿더미와 쓰레기 조각들이 쌓여 있다. 마당 서쪽에는 작고 허름한 집이 서 있는데, 그나마 이 집이 다른 집들보다 덜 허물어진 듯하다. 두 개의 낮은 창문이 문처럼 덧대어 있고, 집 앞에는 작은 아이완이 있다. 그러나 이 모든 광경은 쓸쓸하기 짝이 없다.

아이완의 한쪽 구석에는 임시로 마련된 화덕이 놓여 있는데, 이 뜰에는 다른 주방 시설이 없는 듯 보였다. 아이완은 전체가 짙은 그을음으로 덮여 있고, 마치 지금의 처지를 애통해하는 듯하다. 씻지 않은 컵, 그릇, 숟가락들이 화덕 주변에 어지럽게 흩어져 있고, 닭들이 냄비와 팬 사이를 걸어 다니며 이미 참담한 광경에 마지막 손질이라도 하는 듯 모양새다.

창문 하나가 절반쯤 열려 있어서 방안이 살짝 보이는데, 맨 흙바닥과 검게 그을린 천장이 드러났다. 방 한쪽 구석에는 낡아빠진 구식의 흰색 키즈[19] 매트가 놓여 있다. 여기저기 씹다 버린 껌처럼 보이는 흙덩어리가 묻어 있는 데다 군데군데 구멍이 나 있어서 별이 가득한 밤하늘을 연상케 한다.

벽감에는 낡고 너덜너덜한 매트리스가 산처럼 쌓여 있는 데다 이곳저곳에 솜뭉치가 튀어나와 있다. 게다가 이빨 빠진 찻잔 몇 개, 시꺼멓게 그을린 주전자, 한 번도 닦은 적이 없어 보이는 둥근 구리 접시들도 뒹굴고 있다. 더구나 더러운 식탁보마저 못에 걸려 있으니, 그야말로 이 집안이 얼마나 난잡한 상태인지 완벽하게 말해주고 있다. 한쪽 구석에서 오래된 납작빵을 갉아먹고 있는 쥐새끼 말고는 이 집에 살아있는 영혼이란 없어 보인다. 허물어진 건물에 곰팡이가 핀 벽 사이로 드문드문 남아있는 옛 조각과 벽화들은 한때 이곳에 중산층의 사람들이 살았음을 암시했지만, 지금은 극심한 가난이 자리하고 있을 뿐이다.

사내는 말을 뽕나무에 묶고 그 집 쪽으로 향하려던 참이었다. 그때 한쪽 구석에 있던 허름한 오두막에서 왜소한 모습의 한 인물이 나타났다. 독자 여러분들이 이미 미르자카름 댁의 마당에서 만났던 바로 그 여인이었다. 그녀는 자신에게 묻은 먼지를 털어내고는 사내를 맞으러 걸어 나왔다. 서로 인사를 나누고 안부를 묻더니 둘은 그 오두막으로 들어갔다.

사내는 초폰을 벗어 구석에 던지고는 모자는 못에 걸었다. 그리고 나서 둘은 자리에 앉았다.

"그래, 어떻게 됐니?" 여인이 물었다.

"나쁘지 않았어요."

"그가 방금 여기에 있었단다. 걱정이 많아. 네가 그것을 제대로 전달했는지 계속 물어봤어. 네가 도착하기 직전에 떠났지."

"집으로 갔나요?"

---

19 키즈kiyiz: 갈대나 짚을 엮어 만든 전통 깔개. 바닥을 덮거나 앉는 용도

"나는 모르지. 우리 집에 곧 올 거야. 인내심이 부족한지 어제만 해도 세 번이나 왔단다. 히히~"

"왜 그렇게 안달을 하지요?"

"만약 자기가 부탁한 대로 하지 않고 네가 실수라도 하면 우리가 그동안 애쓴 게 모두 물거품이 될 거라고 하더구나. 말짱 도루묵이라고."

사내는 낄낄대며 물었다.

"그럼 우리 쪽 일은 어떻게 되어가고 있나요?"

여인의 얼굴은 갑자기 침울해지며 낭패스런 표정이 역력했다.

"누굴 탓하랴! 친구인지 적인지 모르겠어. 하지만 뭔가 잘못되고 있어. 난 하루도 빠짐없이 중매쟁이 노릇을 하고 있는데 말이야. 히히히…. 이웃이라는 것들이 지긋지긋해. 마라임 직조공은 거의 마음을 열었는데, 이웃들이 나서서 말리더구나, 망할 놈들. 그리고 호미드는 약혼만 되면 즉시 결혼식을 올리겠다고 하더라."

그 말을 들은 사내는 눈에 불길이 일었다.

"그 이웃들이 누구죠? 말렸다는 놈들 말예요."

"그저 찌질한 이웃들이지 뭐! 히히. 저주받을 이웃 놈들이야. 사실 모두가 다 말렸으니, 정확히 누구라고 딱 집어서 말할 수는 없지."

"어머니, 그 이웃들이 누군지 알려주세요. 제가 손을 좀 봐야겠어요."

두 사람의 이야기는 말다툼과 언쟁으로 번져갔다.

그때 호미드가 마당으로 들어왔다. 말이 마당 한가운데 있는 나무에 묶여있는 것을 보고 그는 자신의 '똘마니'가 돌아왔다는 것을 알아차렸다. 초조한 나머지, 그는 아이완을 지나쳐 바로 거실로 들어와 그 사내를 끌어안았다. 그리고 기다리지 못하겠다는 듯 자리에 앉을 새도 없이 질문을 퍼붓기 시작했다.

"자, 내 친구 소딕, 잘 지냈어? 타슈켄트는 좀 어때?"

"타슈켄트 소식 말인가요? 모두 다 잘됐어요. 덕분에 제가 이번에 타슈켄트 구경은 잘했네요."

"그 집[20]은 쉽게 찾았나?"

"그럼요. 솔직히 말해 타슈켄트에는 그 집을 모르는 사람이 없던걸요."

"그 말은 자네가 그 편지를 전달했다는 거지?"

"그럼요."

"잘했군! 누구에게 전했나?"

"나이 지긋한 어떤 영감에게요."

"얼굴이 길고 관자놀이가 푹 꺼진 그이 말이지?"

"맞아요."

"오타벡의 답장도 가져왔나?"

호미드가 마음 급하게 그의 얼굴을 들여다보자 소딕은 자랑스런 승리자처럼 대답했다.

"물론이죠. 제가 답장을 받아왔죠." 호미드는 크게 기뻐하며 소딕의 어깨를 두드렸다.

소딕은 편지를 셔츠에서 꺼내면서 어떻게 교묘하게 이 일을 성공했는지 자랑을 늘어놓았다.

"저는 형님의 편지를 그 영감에게 전하고, 다음 날 마길란으로 떠날 것이라고 슬쩍 암시를 했지요. 그리고 편지가 있다면 전해드리겠다고 했는데 영감이 잠시 생각하더니 '지금은 전할 편지가 없네. 하지만 어렵지 않다면 내일 아침에 한번 들러 줄 수 있겠나?'라고 하더군요. 그리고 또 묻더군요. '자네는 어디서 머무는가?' 저는 내일 다시 한번 더 오기가 부담스럽다는 듯이 대답을 했지요. 그리고 '그래도 좋습니다. 저는 여기서 좀 먼 곳에 머무르기는 합니다만 내일 다시 오도록 해보겠습니다.'라고 설명을 보탰답니다. 그래서 모든 게 쉽게 풀렸지요. 저는 그날 밤을 가장 가

20 입구라는 뜻의 eshik이 페르가나 지방에서는 집이나 마당을 의미하기도 한다. [저자 주]

까운 처이호나 찻집에서 보냈고요. 그리고 다음날 약속한 시간에 다시 그 집으로 갔답니다. 그 영감은 아무런 의심도 없이 잘도 속아 넘어가더군요. 이미 편지를 준비해서 기다리고 있더라고요. 그 편지를 받아서 저는 마길란으로 왔죠. 유유히 채찍을 휘두르면서 말예요."

호미드는 편지를 받아들고 다시 한번 소딕의 어깨를 두드렸다.

"고맙네, 고마워." 그리고 한 마디를 더했다. "내가 자네에게 빚을 졌네."

그는 편지 봉투를 뜯었다. 차분한 모습이었지만, 얼굴에는 자신도 모르게 기쁨과 만족이 뒤섞인 표정이 스쳐 지나갔다.

> 내 희망의 별, 내 욕망의 꽃, 내 삶의 동반자 쿠무쉬에게!
>
> 비난과 원망으로 가득 찬 당신의 편지를 내가 받았소. 당신은 그 편지를 열병에 시달리며 끔찍한 고통의 바닷속에서 허우적대며 썼으리라 믿소. 그러나 만약 나의 공주인 당신이 슬픔에 잠겨 나를 이해하고 신뢰할 능력을 잃었다면, 그리고 추측과 의심 속에서 혼란스러워한다면, 나는 당신보다 백 배 더 어려운 처지에 빠지게 될 거요. 너무나 독이 강하여 나는 그 편지를 온전히 이해할 수가 없었음을 고백할 수밖에 없소. 따라서 당신의 편지에 답장할 필요성을 느끼지 못했소. 합리적인 사람이라면 분노의 열기 속에서 내뱉은 말에 대해서는 신경 쓰지 말아야 하기 때문이오.
>
> 그러나 당신의 편지에서 한 가지 점은 설명이 필요하오. 당신은 이렇게 썼더이다. "내게 그토록 잔인한 짓을 저질렀으니 당신은 이제 나의 사랑을 받을 자격이 없다는 사실을 아셨겠군요. 그러면서도 전혀 부끄러워하지 않고 얼굴도 붉히지 않은 채 지금 내게 당신의 뜻을 강요하다니 정말 놀랍네요. 당신은 타슈켄트에

서 아버지와 함께 있으면서도 당신의 의도를 제대로 밝히지 않았더군요. 그러면서도 당신에게 양심이 있다고 주장할 수 있나요?"

이게 도대체 무슨 말이요? 혹시 당신이 아픈 건 아니오? 처음에는 내가 장인어른께 마길란으로 함께 돌아갈 수 없다는 말을 꺼내기가 어려웠소. 나로서는 신행이라도 치루어야 했기 때문이오. 하지만 장인어른께서 떠나시겠다고 하셨을 때, 나는 상황을 설명드리고 사과도 드렸소. 나는 아무런 부끄러움이 있을 게 없소. 나는 오히려 당신이 이 편지를 고열에 시달리며 쓴 것이라고 믿소.

여기까지 읽고 난 뒤 호미드는 웃음을 터뜨렸다.

"이런, 바보 같으니라고."

들창코 여인과 소딕도 웃기 시작했다. 하지만 그는 개의치 않고 계속해서 읽어나갔다.

나는 당신이 이 편지를 아파서 환각 상태에서 썼다고 확신하기 때문에 당신을 책망하지는 않겠소. 나는 당신을 용서할 수 있소. 당신이 나를 교활한 여우, 피로 물든 아가리를 가진 늑대, 부끄럼을 모르는 짐승이라고 부르지 않았소? 그것은 나의 새 장인어른이 편찮으셔서 어쩔 수 없이 신행이 지연되었기 때문인데, 당신은 그 과정을 당신 아버지로부터 들었을 것이오. 당신의 분노에 대한 답이 될 수 있을지 알 수 없지만, 결국 오늘에야 우리는 그 집에서 초대장을 받았고, 방문 날짜도 정해졌소. 당신이 이 편지를 읽을 무렵이면, 나는 아마도 이미 마길란으로 가는 중일 거요.

당신의 어머니가 읽어줬다는 시 구절이 내 맘을 아프게 하는구려. 내 부모님의 바람이 당신의 사랑을 대신할 수는 없는데 말이오. 당신이 더 이상 쿠무쉬가 아니며 나의 '은銀'이 아니라고 했지만, 나는 이제 당신을 나의 '금金'이라 부르고 싶소. 나의 쿠무쉬!

여전히 당신을 사랑하는 당신의 남편 오타벡

1265년 자브조 달 26일[21], 타슈켄트에서

첫 번째 부분을 읽으면서 느꼈던 기쁨은 사라지고, 이 두 번째 부분은 호미드를 깊은 고민에 빠지게 했다. 그는 편지의 다음 부분을 다시 읽었다. "당신이 이 글을 읽을 무렵이면, 나는 아마도 이미 마길란으로 가는 중일 거요." 그리고 소딕에게 물었다.

"자네가 타슈켄트를 떠난 게 언제지?"

"엿새 전이죠."

소딕의 대답은 호미드에게 더 큰 불안을 안겨주었다. 그는 깊은 생각에 잠긴 채 고개를 숙이고 턱수염을 만지작거렸다. 한편, 벽감에서 누더기를 정리하느라 분주해 호미드에게 닥친 변화에 전혀 신경쓰지 못했던 들창코 여인은 이제 그의 옆에 자리를 잡고 앉았다.

"자, 자, 호미드씨, 당신 일은 계획대로 진행되고 있나요?" 그녀는 기괴한 웃음 소리를 내며 물었다. "예쁜 공주님과의 약혼 준비를 시작해도 되느냐고요?"

호미드는 절망한 듯 머리를 흔들었다.

"그 일은 아직 별 진전이 없어요. 이제 겨우 약혼녀를 얻기 위한 첫 번째 장애물을 치웠을 뿐인걸요." 그의 표정은 불만스러운 듯했다.

독자 여러분들이 아시다시피, 오타벡의 이름을 도용해서 쓴 그 가짜 메시지는 쿠무쉬를 파괴시키고 말았다. 쿠무쉬가 오타벡에게 쓴 편지를

---

21 그레고리력 1849년 6월 16일

들창코 여인으로부터 전해 받았을 때 호미드는 벌써 성공을 예감했다. 스스로를 운이 좋은 사람으로 생각했던 것이다. 그래서 소딕을 보내 오타벡의 반응을 확인하고 그에 따라 다음 조처를 할 작정이었다. 소딕을 통해 쿠무쉬가 오타벡에게 쓴 편지를 전달해 주도록 한 뒤, 이번에는 다시 거꾸로 오타벡이 쿠무쉬에게 보내는 답장을 전하도록 한 것이다. 그 답장이 방금 우리가 읽은 내용이다.

하지만 이 답장은 쿠미쉬에 대한 오타벡의 사랑이 바뀌지 않았고 그녀와 이별할 의사도, 다른 사람에게 양보할 의사도 전혀 없음을 확인해 줄 뿐이었다. 호미드는 지금까지 성공의 첫걸음을 이미 내디뎠다고 생각했는데, 자칫 그 답장으로 말미암아 일이 어긋나게 될까 초조해졌다. 만약 오타벡이 오늘내일 도착하게 된다면, 곧 쿠무쉬를 만나게 될 것이고, 이 잔인한 서신들이 다른 사람에 의해 써진 가짜라는 사실도 드러나게 될 것이다. 그렇게 되면 그의 모든 계획은 지체되거나 물거품이 되고 말 터였다. 이것은 그저 단순한 추측이 아니라 명백한 사실이었으므로 그는 대책 마련을 위해 어떻게든 머릴 짜내야 했다. 그러나 그의 고민은 오래 가지 않았다. 금방 자신감을 회복하여 들창코 여인에게 말했다.

"잔낫 아줌마, 물담배 한 대 주시구려."

들창코 여인이 담배를 준비하는 동안 그는 소딕에게 말을 걸었다. "아무래도 이번 계획은 어려울 것 같애."

소딕이 화들짝 놀라며 대납했다. "걱정미세요, 형님. 아직 끝난 게 아니잖아요? 일이 되도록 밀어붙여야죠."

호미드는 반색했다. "자네와 아줌마가 제대로 나선다면야…"

들창코 여인에게서 물담배를 받아들고 불을 붙인 호미드는 그것을 소딕에게 건넸다. 그리고 그녀에게로 몸을 돌리며 말했다.

"아무래도 아줌마가 미르자카림 댁에 한번 더 편지를 전해줘야 할 것 같아요."

"히히… 물론이죠. 소딕이 가져온 바로 그 편지를 전해 주면 되는 건가요?"

호미드가 웃음을 터뜨렸다.

"아니지요, 아줌마. 만약 이 편지를 갖다 주면 우린 이제 끝나는 겁니다. 제가 사정에 맞추어 새로 쓸 거예요."

"히히히, 사실 나는 이 문제에 대해 아는 게 없어요."

"물론이죠. 아줌마는 이 문제를 알 필요가 없어요. 제대로 배달만 해 주면 되는 거예요. 만약 당신이 실수를 하면 우리의 모든 희망은 사라지고 끝장나는 거라고요…"

여기서 호미드는 자기도 모르게 저지른 실수를 기억해냈다. 그가 오타벡의 이름으로 쿠무쉬에게 첫 편지를 꾸며낼 때 그의 손글씨를 고려하지 못했던 것이다. 그것이 가짜라는 사실이 행여나 미르자카림이나 그 딸에게 들키게 될까 봐 전전긍긍했던 일이 있었다. 하지만 지금은 오타벡이 직접 쓴 긴 원문 편지를 가지고 있다. 그래서 호미드는 새로운 편지는 필사자로 하여금 오타벡의 글씨체를 최대한 흉내 내어 베껴 쓰게 할 작정이었다. 그는 무언가를 곰곰이 생각했다.

"소딕, 자네가 한 가지 더 수고해야 할 일이 있네."

"저는 귀한 분이 부탁하는 거라면 거절할 줄을 모른답니다."

호미드는 소딕과 들창코 여인을 미심쩍은 눈길로 바라보았다.

"정말이지?" 그렇게 확답을 받고는 주머니에 손을 찔러 넣었다.

"잔낫 아줌마, 소딕이 피곤하고 배도 고플 텐데 나도 아침부터 아무것도 못 먹었어요. 우리가 이야기하는 동안 시장에 가서 고기를 사 쇼르바[22]를 좀 끓여줄 수 있겠어요? 돈은 여기 있어요."

들창코 여인은 파란지를 걸치고 고기를 사러 갔다. 호미드는 다시 소

---

22 쇼르바sho'rva: 양고기와 채소를 넣어 끓인 수프

딕에게 물었다.

"자네가 말한 대로, 나를 위해 어떤 일이든 할 준비가 되어 있나?"

호미드는 소딕을 존중하면서도 그를 완전히 신뢰하지는 못하는 듯했다. 하지만 소딕은 자신이 이런 중요한 일을 두고 도망칠 사람이 아니라는 말을 여러 차례 반복했다.

"날 가지고 놀지는 마시고, 제가 해야 할 일이 뭔지만 정확하게 말씀해 주세요."

결국 호미드가 물었다.

"내가 부탁하고자 하는 일이 지금까지 했던 일과는 전혀 다른 건데, 괜찮을까?"

소딕은 넘겨짚어서 직설적으로 물었다.

"사람을 죽이는 일인가요?"

호미드는 잠시 그를 바라보았다. 그리고 주변을 둘러보더니 마치 농담인 양 물었다.

"만약 그렇다면?"

"지금까지 나는 두 사람을 해치운 적이 있으니, 세 번째라고 못할 일은 아니죠." 소딕이 허풍을 떨었다.

호미드는 다행이라는 듯 한숨을 쉬었다. 무거운 짐이 어깨에서 벗겨지는 듯했다.

"나는 은혜를 잊어버리는 사람이 아니라네. 그게 내 원칙이지. 사람에게는 사람답게, 하지만 악한 자에게는 나도 악하게 대한다는 말이야. 만약 자네가 이 큰일을 해준다면, 맹세코 약속하건데, 내 재산의 절반을 자네에게 주겠네!"

소딕은 그에게로 손을 내밀었다.

"그 약속, 나중에 번복하지는 않겠지요?"

"신께서 한 분이시듯, 내 말뜻도 하나야."

그들은 약속했다. 내일 아침이면 소딕은 미르자카름 댁의 대문 앞에서 오타벡을 기다리며 매복해 있어야 한다. 그리고 그가 골목길에 들어서면 그를 없애야 한다. 소딕은 대문 바깥쪽에서 처치하는 게 낫겠다고 생각했지만, 호미드는 무슨 이유에서인지 미르자카름 댁 뜰로 연결되는 골목길이 더 낫다고 했다.

소딕이 물었다. "몇 시쯤 도착하죠?"

"읍성으로 들어가는 문들은 새벽에 열리고 해질 무렵이면 닫힌다네. 하지만 내 생각에, 그가 아침 일찍 코칸드에서 출발한다면 저녁 기도 시간 전에는 여기에 도착할 거야."

그리고 다시 한번 주의를 주었다. "명심하게, 소딕. 만약 자네가 잡히게 되면 모든 실수가 자네의 책임이야. 나를 끌어들일 생각은 하지 말고!"

"걱정 마십시오. 저는 목에 사형 집행인의 칼이 들어와도 그런 비열한 짓은 하지 않습니다. 신의 이름으로 맹세합니다."

"두 번째 조건은 이 비밀이 우리 사이에만 남아야 한다는 거야. 내가 자네 어머니를 일부러 고기 사러 보낸 이유를 알겠지? 어머니도 이 사실을 알아서는 안 되네."

"그 점에 대해서는 걱정하지 마세요. 형님이 아프가니스탄 단검을 제게 주기로 약속한 것 기억하시죠?"

"수프가 끓는 동안 갖다 줄게." 호미드는 그렇게 말하고 집을 나섰다.

•• 7장 ••

문전박대

소딕은 사흘 동안이나 미르자카름 댁의 대문 근처에서 자리를 뜨지 않고 어슬렁거리고 있었다. 벌써 저녁 7시가 되었기에 오타벡은 그날도 오지 않을 것이라고 생각했다. 이제 막 자리를 뜨려던 참이었지만 주저하고 있었다. 혹시라도 그때, 오랫동안 기다리던 그 사내가 말을 타고 나타나면 어쩌지? 마침 호미드가 지나갔다. 소딕이 뭘 하고 있는지, 일은 어떻게 돌아가는지 안장에서 몸을 기울이며 궁금한 눈초리를 보냈다. 소딕은 고개를 저으며 아직 아니라는 신호를 보냈다. 미르자카름도 시장에서 돌아와 집으로 들어갔다. 늘상 퇴근하는 그 시간이었다. 저녁 기도 시간이 다가오자 마지막 가게들이 문을 닫기 시작했고 지나가는 사람들의 수도 줄어들었다. 소딕은 미르자카름 댁의 대문 앞에서 10분만 더 기다려 보기로 했다.

바로 그때, 옆에 있는 신기료장수 골목길에서 한 무리의 젊은이들이 나타났다. 소딕은 처음에는 그들을 알아보지 못했지만, 가까이 다가오자 불편한 기분이 들었다. 그들은 모두 그의 친구들이었기 때문이다. 미르자카름 댁의 대문으로 이어지는 길목으로 들어가 숨으려고 했지만, 이미 한 친구가 그를 발견하고 소리친 뒤였다.

"헤이, 소딕! 여기서 뭐하는 거야?"

다른 친구도 소리쳤다.

"소딕! 소딕!"

소딕은 멈추지 않을 수 없었다.

"여기서 뭐하는 거야? 마치 일없이 남겨진 방앗간의 당나귀처럼 말이야." 같은 친구가 물었다.

이 말에 모두들 폭소를 터뜨렸다. 소딕도 따라 웃었다. 그는 그들 쪽으로 몇 걸음 가까이 다가갔다.

"볼 일이 좀 있어서 여기서 누구를 기다리고 있어."

"소딕!" 같은 친구가 계속했다. "네놈 코는 여전히 이모 집 오븐 장갑 같구나?"

길바닥이 낄낄대는 소리로 가득했다.

"결혼식에나 가자!"

"누구 결혼식?"

"샴샤드벡이 결혼하는 거 몰라? 가자, 내 조카야. 같이 가자고. 그런데 꼬락서니가 그게 뭐냐? 왜 그렇게 우중충해, 우박 맞은 똥 덩어리처럼!?"

소딕이 머뭇거렸다.

"나중에 갈게."

그가 얼버무렸지만, 친구는 소리치며 자그마한 개울을 뛰어넘어 소딕에게 다가왔다.

"아, 이 바보 같은 녀석. 생각해 봐, 카이마칸도 안디잔에서 왔대. 성대한 파티가 있을 거야, 잠시드 축제[23]지. 가자고!"

그는 소딕을 끌어당겼다. 다른 친구들도 그를 밀기 시작했다. 그는 어쩔 수 없이 그 악동들에게 휩쓸리고 말았다. 소딕은 그가 며칠 동안 기다리던 그 사람이 그날은 오지 않았으면 좋겠다고 바랄 뿐이었다. 이제 더 이상 친구들의 재촉이 필요하지 않았던 그는 기꺼이 그들과 함께 발걸음을 옮기기 시작했다. 하지만 그들이 모퉁이에 이르러 서쪽으로 향하는 거리를 지나던 중, 소딕은 멀리서 말을 타고 오는 한 사내를 보았다. 그는 거리 한가운데에 멈춰 서고 말았다. 끈질긴 친구는 다시 그를 밀며 말했다.

"가자, 이 멍청아! 왜 이렇게 멍청해진 거야?"

그가 놀렸다. 다른 친구들도 참새떼처럼 덤벼들어 그를 붙잡았고, 정신 차릴 틈도 없이 끌고 갔다. 그들이 겨우 서른에서 마흔 걸음 정도 걸었을 때, 갈색 말을 탄 그 사내가 나타났다. 그는 소딕의 친구들이 막 지나온 넓은 거리로 방향을 틀었다. 소딕이 친구들을 따라 끌려가듯 하며 뒤를 돌아보자 눈에 익은 갈색 말이 지나갔다. 하산알리에게 편지를 전달했을 때

---

23 잠시드 축제bazama Jamshid: 잠시드는 와인을 발명하고 문명을 창조한 고대 페르시아의 신화적 왕이다. 이 축제는 풍요와 쾌락의 상징으로 천 명의 잠시드가 앉았던 잔치로 오마르 카얌의 《루바이얏》*Ruboiyât*에서 묘사된다.

마구간에서 본 적이 있는 바로 그 말이었다. 그는 친구의 손아귀에서 벗어나려고 애를 썼지만 소용이 없었다. 그저 분노에 찬 눈으로 쏘아보며 욕설을 퍼부을 수밖에 없었다.

"빌어먹을 놈들!"

****

저녁 기도 시간을 알리는 청아한 목소리가 도시의 곳곳에서 울려 퍼졌다. 우리가 이미 알고 있는 그 사내는 미르자카름의 집 앞에서 말을 멈추고 등자에서 발을 빼냈다. 바로 그때, 미르자카름이 모스크에 기도를 하러 가기 위해 서둘러 대문 밖으로 나왔다. 길 한가운데서 말을 내려 자신에게로 달려오는 사위를 본 그는 온몸을 떨며 심지어 자신이 가야 할 곳도 잊어버린 듯했다. 두 팔을 벌려 껴안으려는 사위를 본 미르자카름은 대문 쪽으로 등을 돌렸다. 오타벡은 마치 땅에 방금 뿌리를 내리기라도 한 듯 그 자리에 멈춰 서고 말았다. 장인어른에게 다가가야 할까, 말아야 할까?

"왜 그러세요, 아버님?"

사위에게 아는 척도 하지 않고 미르자카름은 대문 쪽으로 물러서며 오타벡이 집에 들어오지 못하게 했다. 그리고 소리쳤다.

"꺼져라. 감히 내 집 가까이 오지도 마라. 너 같은 뻔뻔한 놈은 내 집에 있을 자리가 없어!"

오타벡은 장인어른에게 더 다가가야 할지 말아야 할지 주저했고, 무슨 말을 해야 할지도 몰랐다.

"이게 무슨 일이십니까, 아버님."

"내 집에는 뻔뻔한 배신자가 있을 자리는 없다!" 미르자카름은 감정에 북받쳐 목소리마저 떨렸다. "양심도 없는 거짓말쟁이와는 이야기하고 싶은 생각도 없다, 꺼지라고! 우리 집 대문 앞에서 얼씬거리지도 말라고!"

그는 안으로 들어가 쇠사슬을 덜그럭거리며 대문을 잠가 버렸다.

저녁 기도 시간이 끝나고 한참이 지나서야 오타벡은 정신을 차리고 자신이 뿌리박혀 있던 자리에서 움직였다. 사람들이 집으로 돌아가고 있었다. 그는 자신도 모르게 말이 있는 쪽으로 다가가 안장 위에 올라앉았다. "이랴!"라고 했지만 말은 움직이지 않았다. 말에 채찍을 휘두르자 고삐가 끊어졌다. 그때서야, 누군가 자신의 말을 버드나무에 묶어두었다는 것을 깨달았다.

"이랴!" 다시 한번 반복하자 말은 동쪽으로 움직이기 시작했다. 우리는 오타벡이 그 순간 자신의 말이 어디로 향하는지 알고 있었는지는 알 수 없다. 이제는 어디로 가는지가 아니라 그에게는 단지 계속 움직이고 있다는 사실만이 중요했다.

말은 마치 "이제 어디로 갈까요?"라고 묻는 듯이 교차로에서 멈춰 섰다. 하지만 그의 주인은 단지 '이랴'라고만 답할 뿐이었다. 이제 말은 동쪽을 향했고, 우리에게 익숙한 두 개의 쪽문이 있는 거리 모퉁이의 바로 그 골목으로 들어섰다. 밤 기도 시간이 가까워졌고, 날은 이미 어둠이 깔려 있었다. 마침내 말이 멈춰서더니, 박차를 가해도 더 이상 움직이지 않았다.

오타벡은 눈을 뜨고 주위를 둘러보았다. 막다른 골목에 도달하여 말이 멈춰 있음을 알아차렸지만, 막상 자신이 어디에 있는지 그리고 무슨 일이 일어나고 있는지를 알 수가 없었다. 그는 장인어른 댁 대문 앞을 떠나 말에 박차를 가한 것 외에 그 이후의 일은 아무것도 기억할 수가 없었다. 그저 마길란의 외곽, 어느 황량한 외딴곳에 와있는 것 같다고 짐작할 뿐이었다. 커다란 대문이 눈앞에 어렴풋이 보였다.

그는 말을 그쪽으로 돌릴지 말지 잠시 고민했다. 그때 대문 건너편에서 사람들의 목소리가 들려왔다. 누군가가 서로 작별 인사를 나누는 것 같았다. 발소리가 대문 쪽으로 다가오자 그들에게 길을 내주기 위해 말을 한쪽으로 돌렸다. 그가 멈춘 자리 주변으로 우뚝 솟은 낯선 건물들이 어두운 그림자를 드리우고 있었다. 어둠이 짙어 대문에서 나오는 사람도 제대로 볼 수가 없었고, 단지 희미하게 보이는 하얀색 터번만 식별할 수 있었다.

"거기 누구요?" 터번을 쓴 사내가 대문 부근에서 사람이 말에 올라앉아 있음을 보고 깜짝 놀라 물었다.

"접니다." 오타벡이 답은 했지만, 자신의 대답이 생뚱맞다는 걸 깨닫고 멈칫했다.

"누구시라고요?" 사내는 다시 물었다.

"저는 집 없는 나그네올시다. 저녁이 돼서야 마길란에 도착해서 목적지도 찾지 못하고 길을 잃고 말았습니다."

"그럼, 들어오시오. 우리 집 손님이 되시구려!" 초청하는 자의 목소리는 친절했으나 오타벡은 거절하고 싶었다.

"고맙습니다, 형제여. 그럴 필요까지는 없습니다." 하지만 그런 사양은 소용없게 되었음을 알았다.

"길을 잃었다면서요? 그럼 어디로 가시게요?"

"제가 당신을 불편하게 하지 않을지…"

"천만에요. 걱정하지 마시고 절 따라오세요!" 터번을 쓴 사내는 이렇게 말하며 앞장섰다.

"나도 당신처럼 외로운 나그네라오."

오타벡은 말을 타고 사내를 따라 길이 끝나는 데까지 말없이 따라갔다. 거의 다 와서는 사내가 말했다.

"말을 둘 수 있는 곳도 있소."

오타벡은 아무 대답도 하지 않았다. 그렇게 둘은 말없이 모퉁이를 돌았다. 사내는 오타벡에게 멈추라고 하더니 주머니에서 열쇠를 꺼내 대문을 열었다. 그 문은 독자들에게 익숙한 들창코 여인의 집 옆에 있는 두 번째 쪽문이었다.

"말에서 내리세요."

사내가 문을 열고 오타벡으로부터 고삐를 넘겨받으며 말했다.

"안장을 챙겨서 똑바로 가시면 됩니다."

오타벡은 쪽문을 지나 지붕이 있는 통로를 따라 넓은 안뜰로 들어갔다. 안장을 바닥에 내려놓자 사내는 차양 아래에 말을 묶은 뒤 안장을 집어 들고 말했다.

"자, 아이완으로 들어가시죠!"

손님을 아이완에 앉힌 뒤 그는 선반에서 토기 접시를 꺼내 놓고 부싯돌로 초에 불을 밝혔다. 대략 마흔 정도의 나이로 보이는 이 사내는 키는 컸지만 마른 체격에 창백한 얼굴, 어두운 갈색 눈, 그리고 수염마저 듬성듬성하여 오랜 세월 마드라사에서 금욕 생활이라도 한 듯 보였다.

아이완의 장식이 그리 사치스럽지 않은 것으로 봐서 큰 부잣집은 아닌 것 같았다. 그러나 깨끗하게 정돈되어 있어서 주인의 깔끔하고 세련된 취향을 엿볼 수 있었다. 왼쪽에 있는 문은 분명 구석방으로 연결되어 있는 것 같았다.

사내가 오타벡을 주의 깊게 보면서 말했다. "긴 여행에 배가 고프시겠구려." 그러고는 대답도 기다리지 않고 단호하게 이어갔다. "물론이죠. 먼 길 오셨으니 당연히 배가 고플거요. 저도 아직 저녁을 먹지 않았소. 고기, 양파, 당근, 모든 재료가 준비되어 있으니 불만 붙이면 된다오. 오쉬를 만들겠소."

오타벡의 사양하는 말은 무시한 채, 그리고 오타벡이 자신의 상황을 파악하려고 애쓰고 있는 동안 그는 요리를 시작했다.

오타벡은 무슨 일이 있었는지 기억을 더듬었다. 그러나 그는 그날 저녁의 사건을 도무지 이해할 수가 없었다. 단 몇 초 만에 벌어진 일들이 머릿속에서 엉켜버렸고, 이 모든 것이 악몽처럼 느껴졌다.

"너 같은 뻔뻔한 놈은 내 집에 있을 자리가 없어!"

자신을 향한 장인어른의 그 끔찍한 외침이 아직도 그의 귀에 쟁쟁했다. 그리고 마음속에는 가슴을 찌르는 모욕과 혼란스러운 감정이 뒤범벅이 되었고, 문이 잠길 때 쩔렁거리던 쇠사슬 소리마저 그를 몸서리치게 했다.

오타벡은 쿠무쉬에게서 받은 그 수상한 편지를 떠올렸다. 독설로 가득한 암시들이 담겨 있었지만, 도저히 이해할 수 없는 내용이었다. 그 내용은 다시 한번 그를 아프게 했다. 거기에서는 어떤 공통된 연관성도 찾을 수 없었고 결론마저 말이 안 되는 소리였다. 고열에 시달리다 듣게 된 환각 같은 것이었다.

"꺼져! 우리 집 대문 앞에서 얼씬거리지도 말라고!"라고 소리치던 장인어른의 목소리는 음울한 종소리처럼 계속해서 그의 귓가를 맴돌았다.

검은 눈을 가진 사슴 같은 아내가 언제나 다정하게 맞이해 줬었는데, 이런 일은 오타벡에게 상상조차 할 수 없을 만큼 큰 상처가 되었다. 평생에 한 번도 모욕을 당한 적이 없었고, 인생의 거칠고 무례하고 어두운 면과는 먼 곳에서 자란 그에게 이런 치욕은 견디기 어려운 것이었다. 쿠무쉬에게 바치기 위해 자신의 심장을 넣어 준비해 둔 주머니가 찢겨나가 발밑 어딘가에서 천 쪼가리처럼 대롱거리는 것만 같았다. 한때 귀중한 진주를 싸고 있던 스카프가 이제는 그 보석을 도둑맞아, 절망에 빠진 모습처럼 말이다.

당근을 냄비에 넣고 나서 사내는 오타벡에게로 몸을 돌렸다. 오타벡은 스스로를 추스르고, 애써 밝은 태도를 보이려 했다.

"손님께서는 어디서 오셨소?" 사내가 오타벡 옆에 앉으며 물었다.

"타슈켄트에서 왔습니다, 물라-아케."

"성함은 어떻게 되시나요?"

오타벡은 이마의 땀을 닦고. "쇼크르벡이오."라고 대답했다.

"마길란에는 처음이시오?"

"그렇소."

"장사하러 오신 것처럼 보입니다만." 사내는 오타벡의 복장을 보고 상인으로 알고 질문을 했던 것이다.

"아뇨 저는 코칸드에서 일을 하고 있는 사람인데, 제 아버지의 동료 가운데 한 분이 우리에게 빚을 지고 이곳 마길란에 살고 계시는 분이 있답니다. 그분을 만나러 여기에 온거요." 오타벡은 거짓말로 둘러대느라 마음이 불편했다. "그분이 어디에 사는지도 모르고, 마길란에는 다른 아는 사람도 없어서… 그래서 어둠 속에서 길을 잃고 말았소."

사내는 미소를 지었다.

"쇼크르벡, 우리는 자기 운명에서 벗어나기가 어렵다오. 당신은 오늘 밤 제 손님이 될 수밖에 없는 운명인거요. 그리고 당신이 찾는 그분의 이름은 뭐지요?"

"코믈보이."

사내는 잠시 생각을 하는 듯하더니, "우리 집 근처에는 그런 이름을 가진 사람은 없소. 아마도 다른 마을에 사는 모양이오."라고 대답했다. 그리고 오쉬를 확인하러 자리를 떴다.

오타벡은 자신이 뱉어 놓은 거짓말에 부끄러웠던지 얼굴마저 발개졌다. 결국 그는 진실을 숨길 수밖에 없었다. 왜냐하면 자신과 미르자카름은 같이 체포되어 사형 언도를 받았다가 다시 집행 유예가 되면서 그들의 이름이 이미 온 동네에 알려졌기 때문이다. 여기서 자신의 본명을 밝히면 더 많은 쓸데없는 것들이 세상에 드러날 터였다.

사내가 냄비에서 끓는 오쉬 요리를 확인하러 간 사이, 오타벡도 안뜰로 내려갔다. 동쪽으로 이어지는 좁은 길 근처의 아이완을 지나 자그마한 열린 공간을 가로질렀는데, 어느새 과수원에 들어서 있었다. 과수원을 채운 밤의 어둠은 짙게 드리워진 과실수들의 그늘 아래 숨어 있었으며, 놀랍게도 그 어두움은 오타벡의 지금 심정을 처절하게 대변해주고 있었다. 그날의 암울한 사건들은 과수원의 짙은 밤처럼 그의 영혼마저 검은 어둠으로 가득 채웠다. 밤의 어두운 그림자는 나무들조차 구분할 수 없게 만들고 있었다. 오타벡은 이 어둠에 녹아드는 듯, 점점 더 깊이 걸어 들어갔다. 마침내 그는 어떤 나무 아래에 자리를 잡고 앉았다. 나뭇가지는 정체를 알 수 없는 열매의 무게로 축 처져 있었다. 그는 한동안 그 자리에서 꼼짝도 하지 않고 움직이지 않았다.

대략 15분가량 지나자, 그는 큰 한숨을 내쉬었다. 마치 커다란 가죽 주머니에서 공기가 빠져나가는 것 같은 한숨이었다. 그러고는 자리에서 일어나 과수원의 다른 쪽을 돌아 낡아빠진 창고들이 늘어선 곳을 지나왔다.

아이완으로 돌아오니 집주인은 벌써 오쉬 요리를 완성하여 기다리고 있었다.

"당신이 타고 온 말에게는 내가 옥수수를 좀 뿌려줬소." 사내가 말했다.

"정말 고맙소, 물라-아케." 오타벡이 대답했다.

집주인은 뭔가 이야기를 시작하려고 했지만, 결국 생각을 바꾼 듯 그저 오타벡을 주의 깊게 바라보기만 했다.

"나는 방직업을 하는 사람이오, 쇼크르벡." 그는 갑작스레 자기소개를 했다.

그 말에 무언가가 더 담겨 있을 것이라 느낀 오타벡은 기대 어린 눈으로 그를 바라보았다.

"나는 습기가 많은 환경에서 일을 한 탓인지 아니면 체질이 약한 탓인지 자주 몸이 좋지 않소. 게다가 심장도 좋지 않아서 얼마 전에는 치료사에게도 갔었소. 혈압이 낮다며 밥 먹기 전에 쿠므스[24]와 포도주를 한 잔씩 하라고 권하더군요. 그런데 그게 도움이 되는 것 같소. 오쉬를 먹기 전에 포도주를 한잔해도 될까요?"

그는 계면쩍은 미소를 지었다.

"좋으실 대로 하시죠. 나는 전혀 상관없소."

사내는 다른 방으로 가더니 포도주 항아리를 가져와 오타벡 옆에 앉았다. 잔을 채우고 손님을 보더니 다시 미소를 지었다.

"포도주를 마셔본 적이 있소?"

"아뇨."

사실 오타벡은 지금까지 포도주에 대해 엄격한 태도를 유지하며 한 번도 마셔본 적이 없었다. 집주인은 잔을 비우고 나서 약간 몸을 떨더니 다시 물었다.

"정말이오? 한 번도 마셔본 적이 없다고?"

오타벡은 고개를 저었다.

"물론 특별한 이유가 없다면 마시지 않는 게 낫지." 주인은 다시 한번

24 쿠므스kumys: 발효된 말젖

잔을 채우며 말했다. "하지만, 가끔은 건강을 위해 마시는 게 좋소. 게다가 슬픔과 괴로움, 그리고 죽기 전에는 도저히 잊을 수 없는 고통마저도 잊게 하는 데 도움이 된다오. 특히 최근 몇 년 동안, 나는 다른 데서 위로받을 생각을 포기하고 결국에는 이 쓴 물을 내 유일한 위안으로 삼게 되었다오…" 그는 깊은 한숨을 내쉬더니 포도주가 든 잔을 자기 앞에 내려놓았다.

두 사람은 한동안 침묵을 지켰다. 두 번째 찻잔을 비운 뒤, 사내는 오타벡을 그윽한 눈길로 바라보았다.

"보아하니, 당신의 영혼에도 어떤 슬픔이 앉아 있는 것 같구려, 손님. 당신도 포도주를 좀 마셔보는 게 어떻겠소?"

"고맙소, 물라-아케" 오타벡이 대답했다. 그는 이미 슬픔을 포도주로나마 잠시 잊고 싶다는 생각이 들기 시작한 참이었다. 사내는 그의 마음을 읽었는지, 아니면 그저 한번 권해보려는 것이었는지 알 수 없지만, 아무튼 그는 자신의 세 번째 잔을 채워 오타벡 앞으로 내밀었다.

"손님, 거절하지 마시구려! 내 생각에 우리 둘 다 이 정도의 사치는 부려도 될 것 같소만."

그래도 내키지 않은 오타벡은 여전히 잔을 사양했다. 하지만 사내는 계속해서 미소를 지으며 잔을 내밀었다.

"나는 이 음료를 샤리아 법에 어긋나지 않게 준비했소. 며칠 전 우리 마을의 성직자께서도 이것은 허용되는 것이라고 말했다오."

오타벡은 어쩔 수 없이 잔을 받았다. 잘 우려낸 녹차처럼 맑고 깨끗했다. 오타벡은 자세히 살펴보지도 않고 단숨에 들이켰다. 빈속에 포도주가 들어가자마자 곧바로 그의 몸이 반응을 일으켰다. 마치 안에서 모든 것이 타들어 가는 듯한 느낌이었다. 오타벡이 잔을 비운 것을 보고 집주인은 오쉬를 꺼내러 갔다.

•• 8장 ••

기쁨, 그리고 슬픔

오쉬를 가져온 사내는 손님에게 음식을 권하기 전에 다시 선반에서 포도주 항아리를 꺼내 잔을 채워 오타벡에게 건넸다.

"한 잔 더 드시고 시작합시다!"

이번에는 손님을 설득할 필요가 없었다. 첫 잔을 마시고 나니 오타벡은 눈앞의 모든 것이 일렁이는 듯했고, 머리가 빙글빙글 돌며 몸 전체가 가벼워지는 느낌이 들었다. 두 번째 잔은 마치 속삭이는 듯했다. "이것도 마셔버리시오. 그러면 더 가벼워질 거요."

그리하여 오타벡은 두 번째 잔도 비웠고, 그제야 사내와 오타벡은 오쉬로 손을 뻗었다. 이 순간까지 오타벡은 한 입이라도 넘길 수 있을지 의심했지만, 이제는 전보다도 더 큰 식욕으로 음식을 즐겼다. 입안에 음식을 넣으며 주인의 질문에도 거침없이 대답했고, 대화는 때때로 꾸며지고 과장되기도 했다. 그의 침묵과 슬픔은 모두 증발해버렸다.

식사가 끝난 뒤, 오타벡은 술기운에 붉어진 눈으로 그릇을 치우고 다스투르혼을 정리하는 사내의 모습을 바라보았다. 그의 눈빛에는 진정한 감사와 빚진 마음이 담겨 있었다. 사내는 오타벡에게 쿠션을 몇 개 깔아주고, 자신도 하나를 들고 와 앉았다.

"기대서 누우시오, 선생" 사내가 먼저 쿠션에 기대어 옆으로 누우며 말했다.

오타벡도 그를 따라 누웠다. 촛불이 두 사람 사이에서 바람에 흔들리며 깜박였고, 마치 침묵 속에서 합의라도 한 듯 두 사람은 촛불을 바라보며 깊은 생각에 잠겼다. 그러다 사내는 촛불에서 시선을 거두고, 잠시 오타벡을 바라본 뒤 물었다.

"선생께서는 결혼은 하셨소?"

술에 취해서인지 아니면 질문을 이해하지 못해서인지 오타벡은 즉답을 피했다.

"결혼했지요." 그가 마침내 대답을 했다.

사내는 잠시 머뭇거리다가 다시 물었다.

"아내를 사랑하시오?"

오타벡은 당황했다. 너무나 어려운 질문이었다. 그리고 눈치를 채지 못할 정도로 깊은 한숨을 쉬며 말했다.

"아뇨. 사랑하지 않아요."

"다행이요!" 사내가 말했다.

무슨 뜻인지 이해하지 못한 오타벡은 당황스런 표정으로 그를 바라보았다.

"내 말에 놀랐구려. 그렇죠?"

"아뇨." 대답은 했지만, 사내는 오타벡의 얼굴에 당황스러운 표정이 묻어 있음을 분명하게 볼 수 있었다.

"아마도 사랑은 행복한 사람들에게는 좋은 일이겠지요. 하지만 나 같은 낙오자들에게는 불행일 뿐이오. 예를 들면, 당신이 정말로 아내를 사랑하지 않는다면 무슨 말인지 잘 알 거요. 결혼을 했다 할지라도 집에 있을 때면 대문 밖으로 나가자마자 당신은 아마도 아내가 없다고 느낄 것이고, 그건 아내도 마찬가지일 텐데, 어떻소?"

"그렇소." 오타벡이 대답했다. 사랑에 관한 말들이 그를 순간적으로 정신이 들게 했다.

사내는 말을 이었다. "내 경험에 비춰서 말하는 거요, 아마 내가 틀렸을지도 모르겠지만." 그가 깊이 한숨을 쉬며 말했다. "당신은 자신의 의지로 결혼한거요, 아니면?"

오타벡은 사내가 왜 이런 호기심을 갖는지 이해할 수 없었지만, 대답했다.

"아뇨, 어머니의 뜻에 따라 결혼했다오."

"정말 현명하구려!" 사내가 말했다. "내 생각엔, 진짜 문제는 당신이 여인을 스스로 찾아서 사랑에 빠져 결혼할 때 생기는 법이오."

손님을 놀라게 할 작정이었는지, 말을 끝낸 사내는 깊은 침묵에 잠겼다. 오타벡은 마주 앉아 있는 이 사내를 응시했다. 자기보다 나이가 더 많아 보이는 이 사내는 자신보다 더 많이 헤어진 셔츠를 입었고, 인생의 경험 또한 분명히 더 많은 사람처럼 보였다. 오타벡은 이 친절한 사내가 자기 인생에 대해 고심하며 이야기하는 것을 들으며, 어쩌면 그도 자신의 운명과 비슷한 길을 걸었을지도 모른다는 생각이 들었다. 혹시 이 사내도 자기의 장인에게서 쫓겨났던 것은 아닐까?

그래서 오타벡은 자신의 의문을 입 밖으로 꺼냈다.

"사랑하는 아내가 당신을 버린 거요?" 그가 물었다.

그러나 사내는 고개를 저었다.

"그녀가 나를 떠난 것은 맞소만, 그녀 자신의 의지로 그런 것은 아니었소."

오타벡은 이제 확신했다. 이 사내도 자기 아내의 부모에게서 고통받았다는 사실을. "악하고, 망할 놈들이군요!"

혼란스러운 표정으로 사내는 오타벡을 의아하게 바라보며 말했다. "무례하게 들릴지도 모르지만, 내가 겪었던 일을 당신께 이야기해 드리고 싶소."

오타벡은 정말 이 사내의 이야기를 듣고 싶었다. 이 사내의 고난이 자신의 고통과 너무도 닮아 보였기 때문이었다.

"만약 당신이 직접 말하지 않았다면, 내가 당신의 이야기를 들려달라고 요청했을 거요." 오타벡이 말했다.

"내가 이야기드리려는 게 특별히 흥미로운 것은 아니오. 실망할지도 모르겠지만, 그래도 들려드리리다."

사내는 쿠션을 가슴에 끌어안은 채 이야기를 시작했다.

나는 코칸드 출신이요. 어릴 적에 부모님을 잃었고, 어머니의 오빠 되는 외삼촌 손에서 자랐소. 열일곱 살 때부터는 이미 내가 생계를 책임져야 했소. 약 20년 전, 한 친구의 권유로 마길란에 와서 지금의 방직공장 주인의 아버지 밑에서 견습생으로 일하기 시작했소. 약 3개월 만에 주인의 제자가 되었소.

나는 소박하게 살았고, 다른 젊은이들처럼 돈을 함부로 쓰지 않았소. 그래서 짧은 시간에 돈을 좀 저축할 수 있었소. 성실하게 일한 덕택에 내가 직조한 물건들은 더 비싸게 팔렸고, 사람들은 나를 '작은 명장 우스타 알름'이라고 부르기 시작했소. 당신도 알다시피, 주로 직조공에게 새로운 천을 구하려고 찾아오는 사람들은 부인들이나 젊은 여성들이 많소. 내가 만든 밝은 색상의 천들은 모두에게 인기가 있었고, 특히 여성들 사이에서 유명해져 우리 방직공장 앞은 항상 붐볐소.

어느 날, 열서너 살 정도로 보이는 귀여운 소녀가 공장으로 찾아왔소. 아직은 남자에게서 숨을 필요가 없는 그런 나이였소. 그녀는 나에게 새로운 실크 샘플을 보여달라고 했소. 그녀가 찾던 실크는 이미 팔려버렸기에, 나는 그런 종류는 더 이상 남아 있지 않다고 말했소. 그러자 소녀는 사랑스럽고 빛나는 눈으로 나를 바라보며 묻더이다. "그럼 저를 위해 새로 하나를 짜 주시면 안 될까요?"

나는 그녀의 눈을 보며 이렇게 말했소. "그건 곤란해, 아가씨. 옷 한 벌 때문에 실크를 짜고 염색하는 것은 불가능하거든."

하지만 소녀는 계속해서 나를 설득하며, 드레스용으로 같은 종류의 실크를 짜주겠다는 약속을 해달라고 졸랐소. 이야기를 나누면서 나는 다시 한번 그녀를 바라보았소. 거기에는 저 말고도 여러 견습생들이 있었는데 그중 한 명이 그 소녀 편을 들며 말했소.

"약속해 주세요, 명장님, 여동생을 실망시키지 말고요."

나는 다시 세 번째로 그 소녀를 바라보았고, 그녀에게 묘한 친근감을 느끼게 되었소. 실제로 그녀의 요청대로 하기가 어려웠음에도, 나는 알 수 없는 어떤 힘에 이끌려 그녀가 원하는 것을 만들어 주겠다고 약속하고 말았소. 그녀가 떠나자 내가 도대체 왜 이런 약속을 했는지 후회했고, 그녀가 약속한 날에 찾아오면 짜줄 수 없다고 말해야겠다고 결심했소. 하지만 소녀의 맑은 눈과 사과처럼 붉은 뺨이 여전히 내 머릿속에 떠올라 "정말로 나를 위해 짜주실 수 없나요?"라는 목소리가 들리는 듯하였소.

며칠 동안 망설이다가 나는 무슨 생각에선지 결국 그 주문을 맡기로 결심하고 말았소. 갑자기 옷 한 벌 만들기 위해 큰 실크에다 염색하는 게 별문제가 아니라는 생각이 들었던거요. 사실은 그게 옷 서른 벌 만드는 것이나 마찬가지의 준비가 필요한데도 말이요. 실크에 염색을 하고, 베틀에 실을 꿰고, 직조를 준비하는 등의 엄청난 일들이 아무것도 아닌 것처럼 생각이 되었단 말이요.

약속한 날짜보다 이틀이나 미리 실크를 준비해놓고 기다렸지만, 그녀는 나타나지 않았소. 그러나 약속 날짜에도 그녀는 나타나지 않았소. 솔직히 말해서, 당신은 인생에서 딱 한 번 만난 소녀의 얼굴을 기억할 수 있겠소? 보통은 그리 오래 기억되지 않는다오. 하지만 이 소녀의 경우는 완전히 예외였소. 그녀는 항상 내 맘속에 남아 있어서 눈썹과 눈, 예쁜 몸매까지 생각날 정도로 마치 내가 적어도 일 년은 알아 온 사람이었던 것처럼 기억에 남았소. 그녀의 목소리는 그리 정확하게 남아 있지 않았지만, "저를 위해 하나 짜 주시면 안 될까요?"라고 하던 그녀의 말은 귓가에 쟁쟁했소.

약속한 날짜가 지나고도 사나흘이 더 흘렀지만, 그녀는 나타나지 않았소. 그녀의 주소를 물어보지 않은 게 잘못이었소. 내가 직접 실크를 들고 찾아가고 싶을 정도였다오. 이 며칠간의 기다림 속에서 나는 어딘가 달라졌고, 견습생들과 실습생들에게 거칠게 대하며, 마치 그들에게 화풀이를 하고 있는 듯했소.

드디어 닷새째가 되던 날 그녀가 나타났소. 그녀를 보는 순간, 나는 정신이 혼미해져 한동안 아무 말도 할 수가 없었소. 그녀 역시 실크에 대해서는 한마디도 묻지 않은 채 그냥 멈추어 서서 나를 쳐다보기만 했소. 그녀가 전하는 감사 인사를 받아들이기가 몹시도 힘들 것 같아서, 나는 결국 퉁명스럽게 말을 뱉어내고 말았소. “왜 약속한 날에 오지 않았지?”

그녀는 부끄러워하며 얼굴을 붉혔고, 미안한 듯 땅만 내려다보았소. 그리고 걱정스레 물었소. “설마 그 실크를 팔아버린 것은 아니겠지요?”

나는 준비하고 있던 실크를 그녀에게 보여주었소. 그녀는 이곳저곳 훑어보더니, “너무 아름답네요.”라고 말하며 손에 쥐고 있던 돈을 몽땅 카운터 위에 올려놓고 물었소. “이게 얼마죠?”

나는 대답 대신 그 돈을 세어보았소. 60전짜리 엽전 하나만 빼고 나머지는 모두 녹슬고 오래된 동전들이었소. 분명 오랫동안 모아온 것임에 틀림없었소. 나는 그녀에게 이걸로는 실크 값의 겨우 반밖에 되지 않는다고 말했소.

“그럼 얼마나 더 드려야 하죠?” 그녀가 물었소.

“세 탕가가 더 있어야 해.” 나의 대답에 그녀의 얼굴은 슬픈 표정이 되었소. 나는 그녀의 젊고 순수한 얼굴에 감탄하지 않을 수 없었고, 그 표정은 마치 성숙한 처녀의 얼굴을 연상시켰소. 나는 그녀가 실크를 가지러 왜 좀 더 일찍 오지 않았는지 그 이유를 추측하려고 애를 썼소. 나의 영혼은 차마 이 예쁜 천사를 실망시킬 수가 없었기 때문이었소.

내가 물었다오. "나머지 돈은 언제 가져올 수 있지?"

그녀는 답이 없었소. 그 침묵은 그녀의 입장이 얼마나 난처한지를 말해주고 있었소.

"알았어. 준비되면 가져와." 그러고는 아무 대답도 기다리지 않고 실크를 건네주었소.

그녀는 내 말을 믿을 수가 없다는 듯 이렇게 물었소. "저를 믿으세요?"

나는 대답 대신에 이렇게 물었다오. "어디에 사니?"

"이웃에 살아요."

"아버지는?"

"금속 명장 샤리프 씨예요."

"아버님 연세가 높으신가?"

"돌아가셨어요. 어머니만 계세요."

"오빠도 없고?"

"아뇨, 남동생 하나만 있어요."

"아가씨 이름은 뭐지?"

"제 이름은 사오닷이라고 해요."

나는 그녀에게 비단을 건네주고 돌려보냈소. 사오닷은 여전히 믿을 수 없다는 표정으로, 그리고 이해할 수 없다는 표정으로 가게를 떠났소. 견습생들과 실습생들이 나를 보고 놀렸소. "명장님, 멋지십니다!" 하지만, 그녀를 위해서라면 나는 이미 어떤 놀림도 감수할 각오가 되어 있었소.

우스타 알름은 잠시 이야기를 끝내고 오타벡에게 물었다. "쓸데없는 이야기를 해서 미안하오. 지루하지 않았소?"

하지만 오타벡은 술기운에 취해 나른한 채로 그의 이야기에 빠져들어 열심히 듣고 있었다. "계속해주세요, 계속!"

우스타 알름은 이야기를 이어갔다.

> 사실 세 탕가는 내게 아무런 의미가 없었소. 하지만 그건 나와 사오닷을 연결시켜 주는 고리였소. 세 탕가가 천 탕가의 가치를 가졌다는 말이오. 사흘이 지나고, 마치 내가 빚을 받을 게 있는 양 그녀의 집을 찾아갔소. 그녀는 집에 없었소. 이모댁에 갔다고 하더군요. 하지만 나는 그 어머니가 되는 부인께 자신을 소개하고 담 너머로 오랫동안 이야기를 나누었소. 그녀는 남편이 죽고, 남자가 없는 집안에서 혼자 물레로 실을 잣는 일을 하여 겨우 생계를 꾸려나간다고 했소. 딸이 자기와 아무 의논도 하지 않고 실크를 주문한 것을 사과하며 일주일만 더 기다려 달라고 부탁을 했소. 나는 일주일 후에는 우리의 인연이 끝이 날까 봐 두려워 다

른 방법으로 접근하기로 마음먹고 이렇게 말했소.

"당신이 실을 자아서 생계를 꾸리는 게 힘들 텐데, 세 탕가는 커녕 엽전 세 개조차도 내기 어려울 겁니다. 그래서 이런 생각이 드는군요 … 당신은 집에 남자가 없이 살고, 나는 고아로 아버지와 어머니 없이 혼자 삽니다. 종종 그게 어려울 때가 있어요. 빨래를 해주거나, 필요할 때는 바느질이라도 해줄 사람도 없죠. 만약 괜찮으시다면, 그 세 탕가 대신 가끔 오셔서 제 빨래와 다림질을 도와주시면 어떨까요?"

부인은 내 제안을 기쁘게 받아들였고, 다음 날 사오닷을 보내 내 빨래를 가져가겠다고 약속했소. 이렇게 해서 우리 사이의 교류가 더욱 밀접해졌소. 사오닷은 약속대로 다음 날 와서 때 묻은 내 빨래를 가져갔소. 사흘 후, 그녀는 깨끗하게 세탁된 빨래를 가져와 내 공방 바깥에 오랫동안 앉아 내가 하는 일을 지켜보았소. 우리는 그녀가 일주일에 한 번씩, 매주 목요일마다 오도록 약속을 했소. 나는 매일매일 그녀에게 점점 더 애착이 가는 것을 느꼈소. 이제 나는 목요일을 마치 쿠르반 하이트[25]처럼 기다리게 되었소. 3~4주 후에는 그녀에게 약간의 돈을 주며 어머니께 전해달라고 부탁할 용기도 생겼소.

우리의 교류가 시작된 지 넉 달째, 진짜 쿠르반 하이트 축제가 다가왔소. 라마단 기간이 끝나기 전에 가난한 사람들과 고아들에게 자선[26]을 베풀어야 하기 때문에, 나는 사오닷을 위해 드레스용으로 최고급 실크를 준비하고, 어머니와 남동생을 위해서는

---

25 쿠르반 하이트Qurbon hayit: 희생절, 무슬림 세계의 주요 축제

26 자선Fitr ro'za: 라마단 기간 동안의 금식이 끝날 때, 즉 라마단의 마지막 날인 이드 알피트르Eid al-Fitr 때 이루어지는 자선 행위

면직물 옷감을 준비하여 그들의 집으로 갔소.

사오닷은 나를 마당에서 맞이하며 인사를 하고, 금남의 공간인 안채로 안내했소. 나는 그녀에게 말했다오. "사오닷, 정신 나간 거야? 어머니가 알면 어쩌려고?"

그러자 그녀는 이렇게 대답했소. "어머니가 직접 명장님을 들여보내라고 하셨어요. 우스타 알름 명장이 오시면 우리는 그를 피해서는 안 된다고 하셨거든요."

사오닷을 따라 나는 여성들이 생활하는 안채로 들어갔소. 부인은 아이완 앞에서 실을 잣고 있다가 사오닷이 내 손을 이끌고 오는 것을 보고 놀라더이다. 사오닷은 나를 마당 한가운데에 남겨두고 어머니에게 달려갔소. "이분은 우리의 우스타 알름 명장님이에요!"라고 그녀가 말했소.

부인은 머리에 스카프를 두른 채로 일어나 나를 환영하였소. 우리는 인사를 나누었소. 사오닷은 쿠르파차 담요를 깔았고, 나는 가져온 선물을 그 담요 위에 놓았소. 일상적인 감사 기도를 마친 후에도 한동안 어색한 공기가 흘렀소. 그러자 부인이 말을 시작했소. "사오닷은 당신을 오빠처럼 친하게 여기는 것 같아요. 최근에는 약간의 돈도 주셨죠? 향수 비누를 사오더니, 그 후로는 어쩐지 제대로 잠도 이루지 못하고 알름 명장의 건강을 위해 알라께 기도드리더군요."

나는 부인의 말을 들으면서 불편함을 느껴 고개를 숙인 채 사오닷을 바라보았소. 사오닷은 당황하여 얼굴이 붉어지더니, 고개를 돌렸소. 사오닷의 어머니는 계속해서 이야기를 이어갔소. "우리는 당신께 신세를 많이 졌어요. 저도 알라께 당신을 축복해 달라고 잊지 않고 기도하고 있답니다. 당신이 베풀어 주신 그 은혜를 보면, 알라께서는 우리를 버리지 않으셨습니다. 우리를 불쌍히 여겨 당신을 보내주셨다고 생각해요. 지극히 높으신 분께서 당신을 축복하고 보상해 주시길 바랍니다!"

부인은 깊이 한숨을 쉬며 계속 말을 이어갔소. "내 운명에는 불행이 적혀있는 것 같아요. 사오닷의 오빠가 되는 제 아들 카윰 존은 일곱 살에 세상을 떠났어요. 아버지가 할례식을 준비하고 있을 때, 아이가 갑자기 홍역에 걸려 세상을 떠났지요. 그 후에는 남편마저 우리를 한 길가에 남겨두고 떠났답니다. 아들이 살아있었다면, 우리가 지금처럼 이렇게 비참하게 살지는 않을 거예요."

그녀는 눈물을 훔치면서 계속했소. "신의 노예인 제가 할 수 있는 일이라고는 그저 한숨을 쉬고 우는 것밖에 없답니다."

나는 그녀를 위로하고 싶었소. "그래도 다른 아들과 딸이 있잖아요, 그들이 아직 어리기는 해도. 어머니, 당신은 밝은 날을 맞이하실 겁니다."라고 말하며 선물을 그녀 쪽으로 옮겼소. "이 보잘것없는 선물들은 명절을 위해 준비한 것입니다. 사오닷과 동생을 위해서도 챙겨왔지만, 이런 것을 가지고 저를 평가하지는 말아 주세요."

"이 은혜를 어떻게 갚지요?" 사오닷의 어머니는 소리치며 저에게 온갖 감사의 뜻을 표했소.

사오닷은 처음에는 어머니의 슬픔에 당황하더니, 나중에는 우리에게 다가와 포장을 풀고 아틀라스 실크를 꺼낸 후 밝은 표정으로 물었소. "이게 제 건가요?" 나의 대답을 기다리지도 않은 채 그녀는 옷감이 굵고 거칠게 줄무늬로 된 것을 보고는 이렇게 말했소. "이건 사이프 거네."

그런 다음, 가운데에서 매끈하면서도 촉감 좋은 원단을 꺼냈소. "이건 엄마 거고." 그녀는 선물에 대해 매우 간단하게 말했소. 마치 내가 가져올 것임을 미리 알고 있었던 것처럼. 실크에 대해

탄복하면서 이리저리 살펴보고는 뭔가 하고 싶은 말이 있었던 게 분명했지만 말하지 않았소. 하지만 난 그녀가 말하려는 것을 짐작할 수 있었소. 나는 부인과 대화를 시작했지만, 사오닷이 다가와 대화가 중단됐소.

"알름 명장님, 지금 금식 중이신가요?"

"응, 그렇단다."

"그렇지 않으면 차를 준비해 드렸을 텐데요."라고 그녀가 말했소.

어머니가 웃었소.

"명절에 올 테니 그때 차 한잔 다오."라고 나는 대답했소.

"그때 오시면, 오쉬도 준비할게요." 그녀가 대답하며 어머니를 바라 보았소.

"네가 좋아하는 알름 명장께서 그동안 우리에게 베푸셨으니 걸맞은 대접을 해드려야지, 딸아." 부인이 말하고는 북받친 눈물을 흘렸소.

나도 감동을 받았소. 눈물을 겨우 참았소.

"그럼, 언제 이프타르[27]를 함께하도록 하시죠!" 어머니도 사오닷의 말에 동의했소. 물론 나는 사오닷과 함께 앉아 더 이야기하고 싶었으나 작별을 고했소. 그 집을 떠나는 게 아쉬웠소. 특히 사오닷의 천진난만한 행동에 감동하지 않을 수 없었소. 그녀는 이미 나와 완전히 친숙해졌고, 실크 천을 더 이상 아이처럼 밋밋하지 않고 봉긋 솟아오른 젖가슴에 대면서 어머니와 나를 웃기기도 했소. 그녀는 말을 덧붙였소. "나도 명장님께 모든 걸 드릴 준비가 되어 있어요!"

---

27 이프타르iftor: 라마단 기간 중에 낮시간의 금식이 끝나고 저녁에 하는 식사

나는 매우 기뻤소. 마치 그녀가 실크가 아니라 나를 포옹하고 있는 것처럼 느껴졌소.

부인과 작별 인사를 한 후, 내가 떠나려고 하자 사오닷이 나를 문간으로 배웅하며 물었소. “목요일에 다시 갈까요?”

나는 돌아서서 부인께 말했소. “사오닷은 이제 다 컸으니, 사이프가 학교에서 돌아오면 그 아이를 보내주면 더 좋겠군요. 아니면 시간이 날 때 제가 가끔씩 들를게요.”

부인은 기다렸다는 듯, 이런 말을 하는 내 마음 씀씀이를 칭찬했소. 내가 그녀 가족의 명예를 걱정하고 있다는 사실에 매우 기뻤던 것이오.

“봐라.” 그녀가 딸에게 말했소. “알름 명장님의 말을 들었지? 이제는 공연스레 밖으로 나돌아다닐 생각은 하지 말아라.”

떠나면서 나는 사오닷을 보았소. 나에게 화가 나 있는 듯했소. 하지만 내 말이 옳았소. 견습생들과 실습생들 사이에서는 벌써 그녀에게 관심을 보이는 이들이 있었소.

이제 사오닷의 남동생은 내 빨래를 가져다주기 시작했고 나와도 가까워졌소. 그의 가족과의 소통도 더 원활해졌고 나는 하늘을 날 듯한 기분이었소. 한동안 나는 마치 내가 오늘내일 사오닷과 결혼할 것 같은 흥분에 휩싸이기도 했소.

얼마 지나지 않아 나는 한 가정의 가장 역할을 하게 되었소. 나는 그들을 돌보고 모든 것을 챙겨주었소. 금요일이 되면 언제나 재료를 들고 그 집으로 가서 그녀가 만들어 주는 오쉬를 함께 먹곤 했소. 그리고 집으로 돌아왔소.

하루하루 지나면서 사오닷은 점점 더 성숙해지고 예뻐졌으며, 그녀에 대한 나의 사랑도 점점 더 깊어가게 되었소. 그렇게 거의 두 해가 지나고, 사오닷은 열여섯 살이 되었소. 이제 그녀는 사랑이 가득 담긴 내 눈빛의 의미를 이해하게 되었고, 더 이상 나를 '아케'라고 부르지 않게 되었소. 지난 2년 동안 나는 오로지 사오닷에게 어떻게 청혼을 할까 고민하긴 했지만, 어쩐지 그녀와 결혼한다는 것은 실현 불가능한 행복으로 여겨졌소. 나는 사오닷의 어머니에게 희망을 걸었고, 그녀가 스스로 나에게 이 문제에 대해 이야기하거나 누군가를 보내리라고 기대했소. 내가 직접 중매인을 보내는 것은 낯 뜨거운 일이었고, 더 정확히 말하면 어떤 이상한 두려움 때문에 감히 하지 못했던거요.

어느 날, 나는 평소처럼 그들의 집을 방문했소. 저녁 식사가 끝나자 부인은 사오닷을 부엌으로 보낸 후 나에게 미소를 지으며 말을 꺼냈소. "괜찮은 집에서 중매인들이 왔는데, 신랑이 아주 좋은 사람인 것 같아요. 어제 거의 합의에 이르렀지만, 먼저 당신과 의논한 후에 결정하려고 중매인들을 돌려보냈어요."

나는 할 말을 잃고 말았소! 마치 찬물 한 바가지를 뒤집어쓴 듯 숨이 넘어갈 뻔했소. 혀는 마비되어 버렸고, 온몸은 마치 진흙덩이처럼 굳어버려 한참 동안이나 꼼짝할 수가 없었소. 나는 정신을 차리고 어렴풋이 뭔가 말을 하려고 애를 썼소. "글쎄, 신랑이 좋은 집안이라면야 … 반드시 생각해 볼 필요가 있겠군요."

그녀는 신랑될 사람에 대해 이야기를 하기 시작했소. 그가 누구며, 뭘하는 사람이며 … 하지만 나는 더 이상 그걸 참고 듣고 있기가 어려웠소. "그렇다면 어제 중매인들을 돌려보낸 것이 아쉽네요!"

부인은 내 빈정거림을 이해하지 못하고 계속 말을 했소. "신랑과 그의 가족이 모두 마음에 들어요. 하지만 최종 결정은 당신에게 달려있어요. 비록 당신이 사오닷의 아버지는 아니지만, 오랫동안 아버지처럼, 혹은 진짜 아버지보다 더 많이 그녀를 돌봐왔으니까요. 사오닷의 혼사가 잘 이루어질 수 있도록 도와주세요!"
이것이 부인이 내게 한 말이오.

그녀는 나를 두 번 죽인 것이었소. 그녀의 솔직함이 나에게는 전갈의 독침이었던거요. 내일까지 생각해보겠다고 말하고 나는 자리를 떴소.

집으로 향하는 나의 발걸음은 마치 발바닥을 데인 닭처럼 정신없이 이리저리 뛰어다니느라 엉망이 되고 말았소. 아무것도 제대로 집중할 수가 없었소. 결국 용기를 내어 나의 연애담을 알고 있는 친구 가운데 한 사람과 의논을 했소. 그는 오랜 고민 없이 다음 날 나를 대신하여 중매인의 자격으로 그 부인을 찾아가겠다며 나섰소. 나는 그날 밤 한숨도 자지 못했소. 침대에 바늘이 가득 꽂혀 있기라도 한 듯이 온몸을 뒤척이고 안절부절못하며 결단력 없는 자신을 저주했소.

우스타 알름은 말을 멈추고 촛불의 심지를 다듬었다. 그리고 집중해서 듣고 있던 오타벡에게 "내 이야기가 지루하지 않소?"라고 묻고는 이야기를 계속했다.

중매를 맡은 친구를 부인의 집에 보냈지만, 아무리 해도 차분해질 수가 없었소. 나의 손은 일을 거부하고, 한자리에 앉아 있을 수가 없었소. 너무도 초조해서 앉았다 일어났다를 반복하며 머릿속에는 수천 가지 생각이 떠올랐소. 거의 미칠 지경이었소. 한참이 지나도 친구가 돌아오지 않아 나는 두 번이나 사오닷 집의 문 앞에 갔었소. 호두나무 그늘에 숨어 있었더니 드디어 친구가 나타났소. 심장이 부서질 듯했고, 어떤 대답을 듣게 될지 두려운 나머지 나는 친구를 피해 그냥 자리를 뜨고 말았소.

"헤이, 신랑. 서둘지 말라고!" 친구가 불렀소.

그는 워낙 장난이 심한 사람인지라 나는 나의 바람이 수포로 돌아가 친구가 나를 신랑이라고 부르며 놀리고 있다고 생각했소. 뒤도 돌아보지 않고 도망치는 나를 그가 빠르게 걸어와 붙잡았소.

"자, 옷이나 벗어!" 그가 나의 초폰을 벗기기 시작했소. "좋은 소식을 들으려면 준비를 하셔야지!"

"장난하지 마. 내 심장이 터질 것 같다구!" 내가 그렇게 말했지만, 장난이 아니었소. 진실이었소. 내 뺨에는 부끄럼도 모른 채 눈물이 흘러내렸지만, 나는 그에게 키스를 퍼부었소.

나의 중매쟁이 친구는 부인과의 대화 내용을 자세히 말해주었소. 지난 1년 동안 거의 매일 이 사람 저 사람이 찾아와 사오닷에게 청혼을 했지만, 부인은 딸이 이미 약속한 다른 사람이 있다며 모두 거절했다는 것이었소. 그리고 내가 그녀에게 먼저 말을 꺼내거나 중매인을 보낼 것이라고 매번 기대하고 있었다고 했소. 결국, 그녀는 나의 의도를 알아보기 위해 다음 구혼이 오면 나에게 이야기하기로 결심했다고 했소. 한마디로 부인의 대답은 이랬소. "만약 내게 딸이 백 명이 있다 하더라도, 나는 그 모두를 다 우스타 알름 명장에게 주겠어요."

나는 구름 위를 걷는 듯 기뻤소. 거의 2년 동안의 노심초사 끝에 마침내 내 마음이 진정되었소. 며칠 동안 사오닷의 어머니를 만나지 못했는데, 부끄러워서였소. 그녀는 아들을 보내 나를 불렀소. 나는 그 집으로 갔소. 말로는 내 감정을 표현할 수 없었소. 문 앞에 이르러 마당에서 사오닷이 빨래를 널고 있는 모습을 보자 나는 말문이 막혔소. 내가 온 것을 보고 그녀는 얼굴을 붉힌 채 빨래 뒤로 숨었지만, 나는 그녀의 크고 맑은 눈에서 기쁨의 섬광이 이는 것을 발견할 수 있었소.

조금 어색하긴 했지만, 나는 부인과 함께 결혼식을 어떻게 치를지 의논했소. 부인은 화려한 잔치를 반대했지만, 나는 사오닷을 기쁘게 하기 위해 큰 잔치를 열자는 입장이었소. 결혼 날짜와 약혼[28] 날짜를 정하고 이제 막 떠날 참이었는데, 아까 빨래를 널고 있던 사오닷의 모습이 보이지 않았소. 나는 그녀를 한 번 더 보고 몇 마디라도 말을 걸고 싶었소. 아궁이 옆에 앉아 냄비를 닦고 있는 뒷모습을 보고 그녀에게로 다가갔소. 나를 알아차렸는지 못 알아차렸는지, 혹은 그냥 못 본 척하는 것인지, 그녀는 나를 쳐다보지도 않고 계속 자신의 일에만 몰두하고 있었소. 그녀의 머리는 땋아서 단정하게 묶여있었고, 그 땋은 머리는 마치 나뭇잎처럼 흔들렸소. 나는 그녀 뒤에서 서서 한참이나 바라보며 흠모의 눈길을 보냈소.

"사오닷!" 내가 그녀를 불렀소.

그녀가 뒤돌아보았소. 아궁이의 불기운 때문인지, 당황해서인지 그녀의 얼굴은 사과처럼 발갛게 물들어 있었소. 그녀는 일어나 손에 행주를 든 채 나를 바라보았소.

"알지?" 내가 물었소.

그녀는 고개를 숙였소. 그녀를 더 당황하게 하고 싶지 않아 떠나야겠다고 생각하고 대문 쪽으로 향하며 어깨너머로 슬쩍 물어봤소.

"동의하는 거지?"

대답 대신 그녀는 이렇게 말했소.

"우리를 두고 오쉬도 안 먹고 그냥 가시게요?"

---

28 약혼nikoh: 신랑측에서 신부측에게 결혼 조건을 제시하는 혼례 절차 가운데 하나다.

나는 그것을 동의로 받아들였소. 아니, 그건 단순한 동의가 아니었소. 그것은 나에 대한 최고의 배려였소. 마치 우리가 40년 동안 함께 살아온 것처럼, 그런 따뜻한 배려였소. 집을 떠나며 나는 그녀의 따뜻한 말에 취해 있었소… "우리를 두고 오쉬도 안 먹고 그냥 가시게요?"

이야기가 여기에 이르자 오타벡은 눈을 찌푸렸다. 자신도 한때 비슷한 경험을 했지만, 이제는 모든 것을 잃었으며 추억만이 남았다는 듯. 우스타 알름은 이야기를 계속했다.

열흘 만에 우리는 필요한 준비를 마치고 결혼식을 올렸소. 사오닷은 드디어 내 사람이 되었고, 내게는 행복한 날들이 찾아왔소. 내가 사오닷을 얼마나 사랑했는지 조금이나마 아셨으니, 내 행복을 상상할 수 있을 거요.

내 아내의 이름이 그냥 사오닷[29]이 아니었소. 그녀는 정말로 나를 행복하게 해주었다오. 나 역시 에너지가 넘쳐서 하지 못할 일이 없었소. 같은 해에 결혼식 비용도 모두 치렀고, 사오닷의 집이 좁아서 이 집도 사들였소. 바로 지금의 이웃에게서 산 거요. (그는 들창코 여인의 집을 향해 고개를 끄덕였다.)

나는 아내, 장모, 처남과 함께 이곳으로 이사했고, 여기서 살기 시작했소. 사오닷에 대한 나의 사랑은 날마다 커져갔고, 사업에서도 성공을 거뒀소. 결혼한 지 2년째 되는 해에는 당신이 봤던 이웃이 과수원도 사들였소. 세 번째 해에는 사오닷이 임신을 했소. 우리는 너무나 기뻐하며 아빠 엄마가 될 날을 기다렸소. 드디

---

29 사오닷Saodat: '행복'이라는 의미의 아랍어 단어이다.

어 출산할 때가 되었고…

우스타 알름은 깊이 한숨을 내쉬었다. "하지만 나에게는 끝없는 고통의 나날들이 다가오고 있었소… 저주받은 내 비극의 시간이." 그는 잠시 침묵했다.

"아니, 왜요? 계속해 주세요!" 오타벡이 말했다. 우스타 알름은 깊이 숨을 들이쉬더니 다시 정신을 가다듬었다.

"사흘 밤낮을 고통스러워 하더니, 나흘째 되는 날, 출산도 하지 못한 채 사오닷은 그렇게 세상을 떠나고 말았소!"

오타벡에게서 술기운이 일순간에 사라졌다. 그는 눈을 크게 뜨고, 기대고 있던 쿠션에서 몸을 일으켰다.

"죽었다고요?!"

우스타 알름은 눈물을 닦았다.

죽었소. 내 평생 단 하나의 기쁨을 잃었지요. 내가 이 땅에 태어나서 유일하게 얻은 행복을 빼앗긴거요. 내 인생이 나를 이런 고통에 빠트릴 것이라고는 생각하지 못했소. 여러 달 동안 내 눈물은 마치 가을비처럼 그칠 줄 모르고 흘러내렸소. 내가 슬픔을 이겨내지 못하는 걸 보고 장모님께서는 사오닷이 죽은 지 일 년 만에 나를 억지로 새장가를 보냈소. 하지만 두 번째 아내가 그 빈자리를 채워주진 못했다오. 나의 행복은 그녀의 이름과 함께 이미 땅에 묻혀버렸기 때문이지요. 장모님 마저 매일매일 쇠약해지더니 딸을 보내고 20개월 만에 돌아가셨소. 열한 살짜리 아들을 남겨둔 채로.

장모님이 돌아가신 후 명실공히 이 집의 안주인이 된 나의 두 번째 아내는 우리 집안을 무너뜨리기 시작했소. 도박에 빠진

동생을 위해 집안의 모든 걸 알게 모르게 끌고 나갔소. 내 사업도 점점 내리막길을 달렸고, 그 악한 아내가 이 집을 차지하면서부터 행복과 재물은 모두 우리 집에서 사라지기 시작했소. 나의 행복과 기쁨이 그야말로 사오닷과 함께 저 세상으로 떠나가버렸다는 사실을 실감한거요. 나는 두번째 아내를 쫓아내고 이혼을 했소.

이제 내가 혼자 살아온 지 3년째가 되는데, 다시 결혼하고 싶은 생각은 없소. 사오닷과 살았던 행복한 나날의 아름다웠던 기억을 떠올리면 눈물이 가슴을 저민다오. 그리고 그 속에서 기쁨을 찾기도 하지요. 내 친구들이 나에게 재혼을 권하면 나는 이렇게 대답한다오. "나에게는 이 세상에서의 모든 것이 끝났어. 나는 불나방이야. 결국에는 촛불에 타서 사라지듯, 나도 언젠가 내 사랑하는 이의 무덤 위에서 타버릴 거야."

이제 나는 내 처남의 결혼만 성사시키고 나면 내 임무를 다 한 것이니, 맑은 양심으로 내 사오닷의 품으로 달려갈 거요.

우스타 알름은 기진맥진한 채로 쿠션에 몸을 파묻었다. 그의 이야기는 오타벡의 마음을 너무나 아프게 하여, 뺨으로 끊임없이 흘러내리는 눈물을 참을 수가 없었다.

그들은 한참이나 말이 없었다. 오타벡은 자기 앞에 누워있는 사람, 진정한 사랑과 슬픔의 살아있는 화신처럼 보이는 우스타 알름을 보며, 자신의 슬픔은 거의 잊고 말았다. 그의 과거와 현재는 자신의 미래가 비어있다고 믿는 오타벡에게 큰 울림으로 다가왔다. 하지만, 한 가지 사실은 우스타 알름과 달랐다. 그의 인생에는 "죽었다"라는 단어가 없었기 때문이었다.

설사 쿠무쉬가 죽었다 할지라도, 여전히 그의 운명은 우스타 알름과는 달랐다. 오타벡의 경우는 아내로부터 모욕을 당하고 버림받았지만, 우스타 알름의 사오닷은 비록 젊은 나이에 세상을 등지기는 했어도 그를 떠나지도 않았고, 그를 모욕한 적도 없었다. 아내의 죽음이 어쩌면 남편의 책임일 수 있다고 할지라도, 그는 오타벡처럼 장인어른으로부터 꺼지라는 요구를 받은 것도 아니고 두 사람이 헤어지도록 종용받은 것도 아니다. 그들에게는 어떤 불길함이나, 어두움이나, 악마적인 것이 없었다.

갑자기 끔찍한 생각이 떠올랐다. 장인어른 미르자카름이 오타벡이 첩을 들이는 데 대해 승낙을 했고 심지어 결혼식에 손님으로까지 참석했는데, 이제 와서는 그것이 오히려 오타벡에게 덫이 되고 말았다는 사실이다. 자신의 문제가 우스타 알름의 그것과는 다름을 깨닫게 된 것이다. "모욕당하고 쫓겨난 나의 신세를 어떻게 우스타 알름이 겪은 단순한 불행과 비교할 수 있단 말인가?!" 그는 우스타 알름이 마련해 준 침대로 갔다.

잠을 이루려고 하니, 오타벡의 마음은 마치 어미 새가 새끼들을 데리고 떠난 빈 둥지처럼 조용하고 텅 비어있는 것 같았다.

****

다음날 잠자리에서 일어난 오타벡은 아직 깊이 잠들어 있는 사이프를 보았다. 잘생긴 열다섯 살 소년의 얼굴을 보니 사오닷의 미모가 짐작되었다. 차를 몇 잔 마시고 난 뒤, 그는 우스타 알름에게 작별을 고하고 길을 나섰다.

∙∙ 9장 ∙∙

길을 잃다

오타벡이 마길란에서 돌아온 게 이번에는 예상보다 일렀다. 오즈벡 부인은 이를 기뻐했고, 그것은 자기 마을 주술사의 주문이 마길란의 힌두 주술사의 주문보다 더 강했던 덕택이라고 믿었다. 하지만 오타벡이 새로운 며느리에게는 신경을 쓰지 않고 대부분의 시간을 남성들의 구역인 사랑채에서 보낸다는 사실이 맘에 걸렸다. 그녀는 문제 해결을 위해 다시 한 번 주술사나 점쟁이라도 찾아가야겠다고 마음을 먹었다.

한편, 유수프벡 호지는 이런 사소한 일에 간섭할 시간이 없었다. 타슈켄트의 신임 총독인 노르무함마드 쿠쉬베기에게 대부분의 시간을 빼앗기고 있었고, 남는 시간에도 관리들이나 원로들이 개최하는 연회에 참석하느라 바빴다. 물론 그도 아들인 오타벡이 더 이상 어리석은 정책과 무능한 지도자들에 대해 비판하거나 불평하지 않고 침묵을 지킨다는 사실이 마음에 걸렸다.

그나마 오타벡과 가장 가까이하는 사람은 하산알리뿐이었다. 오타벡이 거의 응접실을 떠나지 않았기 때문에, 하산알리도 그 방에서 몇 시간씩 오타벡과 대화하며 시간을 보내곤 했다. 하산알리는 오타벡의 상태가 우울하다는 것과 밤에는 거의 잠을 이루지 못한다는 사실을 알고 있었다. 그리고 그의 행동에서 많은 변화가 있다는 것도 눈치챘지만, 그 이유를 묻기에는 차마 용기가 나지 않았고 묻는 것이 무의미하다고 느꼈다. 그것은 다름 아닌 새로 들인 첩의 문제 때문이있다. 구무쉬에 대한 사랑을 방해하는, 옆구리에 박힌 가시나 마찬가지였던 것이다.

오즈벡 부인은 오타벡이 자신이 맺어준 두 번째 아내를 찾아가지 않는 것에 화가 났다. 그것을 참지 못한 그녀는 어느 날 오타벡이 잠잘 준비를 하고 있는 응접실로 찾아왔다.

"왜 여기서 잠을 자는 거냐?" 그녀는 소리를 지르며 이불을 걷어치웠다.

"안으로 들어가서 네 아내 옆에서 자라고!"

하지만 오타벡은 이미 더 이상 부모에게 고분고분 순종하는 아들이 아니었다. 어머니가 화를 내거나 말거나 그는 고함 소리에 개의치 않고 계속해서 침대만 정리하고 있었다.

오즈벡 부인은 분노하여 소리쳤다.

"내 말 안 들려? 귀가 먹었니?"

오타벡은 차갑게 대답했다.

"귀머거리는 아니지만, 어머니의 이런 말씀에 대해선 귀도 눈도 막혀 있습니다. 더 이상 헛되이 애쓰지 마시고, 스스로를 괴롭히지 마세요."

"앞뒤를 못 가리는 나쁜 녀석 같으니라고!"

오타벡이 냉소적으로 대꾸했다.

"처음부터 제가 말씀드리지 않았나요?"

"뭐라고 했는데?"

"어머니가 정해준 색시가 저와 살게 되면 친절을 맛보지 못할 것이라고요. 어머니와 아버지는 제 말을 무시하시더니 이젠 부정하시는 건가요?"

"너는 부모님이 허락한 일을 빌미 삼아 너의 그 예쁜 새색시를 계속해서 괴롭히겠다는 말이냐?"

"제가 어머니의 며느리를 괴롭히지 않기를 바라신다면, 그리고 두 분께서도 방금 말씀하신 것처럼 염치가 있으시다면, 쉬운 방법이 하나 있기는 하지요." 침묵이 흘렀다. 오타벡은 어머니가 당연히 "뭐?"라고 물을 줄 알았지만, 오즈벡 부인은 질문 대신 입술을 깨물고 고개를 좌우로 저었다.

"그럼 제가 말할게요. 며느리가 더 이상 비참하지 않기를 바란다면, 이혼을 준비하세요! 그 불쌍한 여인을 더 이상 고통스럽게 하지 마시라고요."

그는 잠시 멈추었다가 계속해서 말했다.

"사실, 어머니께서도 저를 다른 방식으로 괴롭히고 계시지만, 저도 체면이 있어요. 어머니의 욕심 때문에 그녀가 겪게 되는 모욕과 경멸, 그리고 그녀의 슬픔을 생각하지 않는 날이 하루도 없다고요. 제발 문제가 뭔지 잘 좀 생각하시고, 그 욕심만 포기하신다면 곤경에 처한 우리 두 사람의 영혼을 구할 수 있어요, 어머니!"

오즈벡 부인은 아들이 이렇게 단호하게 나올 줄은 예상하지 못했고, 이처럼 강한 아들의 고집도 처음 보았다. 그녀는 대답할 말이 떠오르지 않았고, 다툼이 커지는 것도 원치 않았다. 어쨌든, 잠시 어이없다는 표정으로 멍하니 서서 아들을 쳐다본 후 그녀는 응접실을 나가며 말했다. "넌 정말 단단히 미쳤구나, 아들아."

이 대화가 있은 후로 오타벡은 응접실에서 혼자 시간을 보내는 것뿐만 아니라 밤에 자주 사라지는 습관까지 들이게 되었다. 하산알리는 그가 몇 번이나 만취한 상태로 돌아온 것을 보고 크게 놀랐다. 하산알리는 그를 꾸짖어야 할지, 아니면 이 비밀을 부모님께 고해바쳐야 할지 알 수가 없었다.

어느 날 밤, 오타벡은 평소처럼 어딘가로 나갔다. 하산알리는 어쩐지 기분이 좋지 않아 안에서 잠을 자고 싶지 않았다. 그래서 응접실에 잠자리를 마련하고 대문에 쇠사슬을 걸어 잠갔다. 오늘도 그가 평소처럼 취해서 늦게 돌아온다면, 하산알리는 그를 잘 타일러 볼 생각이었다. 그는 잠들지 않고 기다렸다. 하지만 밤 11시, 12시가 되어도 오타벡은 돌아오지 않았다. 하산알리는 어느새 자기도 모르게 잠이 들고 말았다. 얼마나 지났을까? 문을 두드리는 둔탁한 소리에 잠에서 깨어난 그는 재빨리 골목길로 달려갔다. 어둠 속에서 쇠사슬을 더듬으며 "누구냐"고 묻자, 취한 목소리의 대답만 들려왔다.

"저예요…"

그 목소리는 하산알리의 등골을 오싹하게 했다. "오늘도 마찬가지로군…" 그는 가슴이 아팠다. 쇠사슬을 풀고 대문을 열자마자, 대문에 기대고 있던 오타벡은 하산알리의 발밑에 쓰러졌다. 그는 오늘 완전히 취해 있었고, 하산알리는 좁은 골목길에 진동하는 술 냄새로 구역질이 날 지경이었다. 그는 오타벡을 부축하여 거의 끌다시피 응접실로 데려갔다. 그 순간 그의 시선은 안채로 이어지는 뜰의 쪽문에 고정되었다. 행여 유수프벡 호지가 나타날까 그의 가슴은 뛰었다. 그는 밤마다 안뜰로 들오는 습관이 있었기 때문이다.

오타벡의 옷을 벗기면서 하산알리는 즐겁지 않은 목소리로 말했다.

"도대체 어떤 절박함이 있어서 이런 악한 술을 마시느냐, 아들아?"

오타벡은 취한 상태로 웃었다.

"제가 절박하다면, 절박하지 않은 사람이 어디 있겠어요?"

"어쨌든 나는 네 행동을 인정하지 못하겠다."

그리고 하산알리는 어떤 대답이 돌아올지 두려웠다. 오타벡은 드러눕자마자 깊은 한숨을 내쉬었다. 하산알리는 그의 대답을 기다렸지만, 답변 대신 코고는 소리만 들렸다. 하산알리는 오타벡의 이런 갑작스런 나쁜 버릇을 어떻게 이해해야 할지 몰랐지만, 그는 젊은 사내에게 억지로 이루어진 두 번째 결혼이야말로 이 모든 비극의 중심에 있음을 모르는 바 아니었다. 마길란에서 돌아온 지 두 달이 지났건만, 오타벡은 거기서 무슨 일이 있었는지 거의 이야기를 하지 않으니, "얘들이 관계를 끊었나?"라는 생각까지 하게 되었다.

아침이 되자, 하산알리는 오이보독이 준비해 둔 아침 식사 자리에도 가지 않고 오타벡이 일어나기를 기다렸다. 오타벡이 정오쯤에야 일어나자 하산알리는 직접 차를 끓였다. 오타벡은 부끄러운 듯이 하산알리가 차려 둔 다스투르혼 쪽으로 다가갔다.

오타벡은 지난밤 자신의 상태를 기억하고 있었다. 그는 고개를 숙인 채 아무 말도 하지 않았다. 오타벡의 소심함을 본 하산알리는 마음이 흔들려 별렀던 훈계도 잊어버렸다. 그는 오타벡을 어떻게 이 난처한 상황에서 벗어나게 할지 고민했다.

"젊은이는 제멋대로라고 점잖은 사람들이 하는 말이지." 하산알리는 미소를 지으며 말했다. "나는 집 안에서 누군가가 눈치챌까 봐 걱정했었는데, 다행히 아무도 알아차리지 못했네?"

오타벡은 그에게 감사의 눈길을 보내더니, 다시 자신의 상태에 낙담한 듯 이내 침묵에 빠졌다. 하산알리는 오타벡과 대화를 열어 볼 양으로 애를 썼지만, 그의 대답은 시큰둥할 뿐이었다.

"마길란에는 한참 동안 가지 않고 있구나?" 그는 마치 무심코 흘리듯이 물었다.

독자들이여, 전에도 말했듯이, 오타벡은 유수스벡 호지에게도 오즈벡 부인에게도, 그리고 심지어 하산알리에게도 마길란에서 왜 그리 급하게 돌아왔는지 이유를 말하지 않았다. 그는 마길란과의 연이 이제 끊어졌다는 사실을 암시조차 하지 않았던 것이다. 사실은 그걸 묻는 사람도 없었다. 그는 침묵하며, 자신의 고통을 술에 잠기게 하였다. 두 달 만에 처음으로 마길란에 대한 질문이 나왔으니, 이제는 비밀을 털어놓을 때가 되었다. 그러나 오타벡의 대답은 전혀 다른, 놀라운 것이었다.

"오늘 떠나려고 합니다."

마길란에서 다툼이 있었을지도 모른다는 하산알리의 의심은 사라졌다. 아침 식사 후, 오타벡은 오늘 떠나겠다는 말을 계속 반복하더니 드디어 아버지에게 허락을 받고 출발 준비를 하기 시작했다. 아무도 그의 비밀을 아는 사람이 없으니, 그에게 "마길란에서 이제 무엇을 할 계획이냐?"라고 묻는 사람도 없었다. 스스로에게도 그 질문을 하지 않으며 오타벡은 이전처럼 그저 서두를 뿐이었다.

하지만 그는 20일 만에 마길란에서 돌아왔다. 그의 방문에서 무슨 일이 있었는지에 대해서는 독자들이 다음 장에서 알게 될 것이다.

오타벡은 타슈켄트에서 한 주일을 머문 후, 하산알리와 함께 옥마스지드[30]라고 하는 곳으로 갔다. 2년 동안 중단되었던 무역 사업을 재개할 계획이었다.

•• 10장 ••

고통을 견디며

이혼 통보(사실 이건 샤리아 법에 부합하지 않는다)를 받고 6개월이 지났다. 쿠무쉬의 아름다움에 대한 소문은 총각들은 물론이고 기혼자들조차도 들뜨게 했다. '물어보는 데는 돈이 들지 않는다'고 했듯이, 여기저기서 중매쟁이들이 나타나 미르자카름 집 앞에는 기러기 떼들이 모인 듯 문전성시를 이루었다.

새떼처럼 몰려온 중매쟁이 무리들 가운데 가장 먼저 찾아온 새는 말할 것도 없이 호미드의 중매를 맡은 이였다. 사실, 호미드는 두 사람의 이혼 소식을 당사자들인 쿠무쉬와 오타벡보다 먼저 알고 있었던 것이다. 호미드의 중매쟁이는 그 집 방문을 한 번으로 만족하지 않고 서 너번을 몰래 찾아와서 호미드야말로 미르자카름에게 친아들 이상으로 잘할 것이라고 입이 마르도록 칭찬했다. 하지만, 호미드의 중매쟁이가 받은 회답은 이랬다.

"우리는 그가 우리 딸의 남편이 되고 우리의 사위가 되었으면 좋겠습니다. 하지만 우리 딸은 단호히 재혼을 거부하고 있습니다. 따라서 우리는

30 옥마스지드Oqmasjid: 오늘날 카자흐스탄의 도시 크즐오르다Qizil O'rda의 옛 이름이다. 1820년대 코칸드 칸국이 요새를 건설했으나 1853년 이후 러시아에 점령당했다. 1937년 스탈린에 의한 고려인의 강제 이주 정착지로 유명한 곳이기도 하다. [저자 주]에서는 Olmaota, 즉 알마티라고 되어 있으나 오류로 보인다.

호미드 씨에게 유감을 표하는 바입니다." 이런 대답은 다른 중매쟁이들에게도 똑같이 통보가 되었다. 이 대답은 미르자카름이나 옵톱 부인이 아니라 처음부터 "나는 다시는 결혼하지 않을 거예요. 나는 이제 남편이 필요 없는 사람이에요."라고 선언했던 쿠무쉬의 생각이었다. 하지만 부모들은 재혼을 원치 않는다는 그녀의 생각에 상관없이, 만약 더 나은 혼처가 나타난다면 재혼을 성사시키겠다는 입장이었다. 결국 그들은 맘에 들지 않는 중매인과 신랑에게는 쿠무쉬의 대답을 전했지만, 사실은 은밀히 신랑 후보자들을 더욱 면밀히 살피고 있었던 것이다.

어느날 예기치 않게 살름 샤르바토르 댁에서 보낸 중매쟁이가 찾아왔다. 그는 마길란에서 가장 유명하고 존경받는 부자로 쿠무쉬에게 자기 아들 커플벡의 청혼을 한 것이다. 쿠무쉬의 부모들은 사실 이런 돈 많고 점잖은 신랑감을 기다리고 있던 참이었다. 그들은 우선 명확한 입장을 밝히지는 않았지만, 다음에 보자며 처음으로 중매쟁이들을 크게 환영했다.

그들이 두 번째 방문을 하자 부모들은 오래 생각할 것도 없이 청혼에 동의를 하기로 했다. 이런 신랑감에게 부정적인 대답을 하는 것은 예의가 아니라고 생각한 것이다. 그들은 쿠무쉬가 청혼을 거부할 것이라는 의심은 하지 않았고, 특히 쿠무쉬가 자기 부모님을 거역할 것이라고는 꿈에도 생각하지 않았다.

****

가을이 이별을 준비하고, 겨울이 다음 순서를 기다리고 있었다. 노란 낙엽이 떨어지는 것이 마치 겨울을 나기 위해 땅 위에 황금빛 옷을 입히는 듯했다. 사방을 둘러싼 집과 담들이 늦가을 밤의 찬 바람을 막아주어 버찌 나무는 좀 더 오래 버텼다. 하지만 예쁜 버찌 나무조차도 살랑거리던 잎사귀가 낙엽이 되어 떨어지는 것은 피할 수 없었다. 날씨는 청명했고 해는 높이 떴지만, 어두운 추위가 태양의 열기를 가로막은 탓인지 땅 위에까지 따뜻함은 전달되지 않았다.

쿠무쉬가 가운데 문을 통해 나타났다. 살이 빠지고 마르기는 했지만 미모는 그대로였다. 여윈 몸매가 오히려 더 예쁜 것 같았다. 반달 모양의 눈썹은 더 선명하고, 눈은 움푹 들어가 다크 써클까지 드러난 게 더욱 돋보이고 더욱 빛났다. 추위를 막으려는 작은 담비털 코트의 옷깃은 마치 의도적으로 어떤 남자의 질투를 자아내려는 듯 우아한 목을 부드럽게 감싸고 있었다.

그러나 쿠무쉬는 변한 듯 보였다. 크고 아름다운 눈은 예전만큼 맑고 환하게 보이지 않았고, 즐거움도 더 이상 반짝거리지 않았다. 하지만 무거운 시선은 그녀에게 일종의 위엄과 권위를 더해주었다. 아이완으로 나와 잠시 그 자리에 앉은 그녀는 차가운 눈빛으로 마지막 잎새들이 나뭇가지에서 떨어지는 것을 지켜보았다. 그녀의 심각한 시선은 그들이 땅에 떨어질 때까지 따라갔다. 모든 떨어지는 잎새마다 자신의 운명이 쓰여있는 듯, 말라 떨어져 잿더미로 변할 준비가 된 잎새들과 자신의 삶을 비교하지 않을 수 없었다. 그녀는 가슴을 들어 올리며 깊은 한숨을 내쉬었고, 눈에는 눈물이 가득했다. 그녀의 섬세한 손은 털코트의 긴 소매 속에 숨겨져 있다가, 고운 얼굴로 우아하게 미끄러져 가며 눈물을 조용히 닦아냈다.

바로 그때, 옵톱 부인이 안채에서 밖으로 나왔다. 그녀는 은밀한 곁눈질로 딸을 바라보며 응접실로 통하는 문을 열었다. 그녀 뒤에서 오이샤 할머니가 나타나더니 쿠무쉬에게로 다가갔다.

"여기 뜰에 혼자 앉아서 뭘 하느냐?" 그녀는 손녀 옆에 멈추어 서서 물었다.

"아무것도. 그냥 앉아 있어요." 쿠무쉬는 얼굴을 찌푸리며 외면하고 말았다.

"응접실로 잠시 오려무나. 이야기를 나누고 싶구나."

"무슨 이야기를 하시려고요?"

"일단 들어오너라, 아가야." 오이샤 할머니는 어깨 위로 팔을 감싸며 쿠무쉬를 일으켜 세웠다.

할머니와 어머니는 마지막 결정을 듣기 위해 찾아온 중매인들을 안채에 남겨둔 채 쿠무쉬를 설득하기 위해 밖으로 나온 것이다. 하지만 이미 쿠무쉬는 이 결혼에 결코 동의할 수 없다는 자신의 뜻을 보여주기 위해 의도적으로 안채에서 나와버린 것이다. 그래서 이번에 응접실로 들어왔을 때는 마치 벽감에서 뭘 찾는 것처럼 두리번거렸다.

"선반에는 네가 찾을 만한 게 아무것도 없으니 어서 이리 와서 앉거라!" 옵톱 부인이 말했다.

"제가 여기 앉는다 해도 새로울 게 없어요. 어머니께서는 중매를 하시는 이분들에게 그저 제 입장은 바뀐 게 없다고만 말씀해 주시면 돼요."

오이샤 할머니는 딸을 힐끔 바라보고는 말문을 열었다.

"우선 우리 이야기를 들어보렴, 아가야."

"너는 왜 우리 이야기를 들어볼 생각도 하지 않는 거니?" 옵톱 부인은 쿠무쉬의 변덕에 화가 치밀어 올랐다.

"제가 어머니, 아버지께 몇 번이나 말씀드렸잖아요. 저는 더 이상 결혼을 원치 않는다구요."

"그럼 너는 평생 혼자서 외롭게 살 작정이냐?"

"제가 외로운 삶을 살게 될지는 신께서만 아시겠지요."

"나는 네가 아직도 그 뻔뻔스런 남편을 잊지 못하고 있다는 걸 안다. 너는 아직도 그놈에게 희망을 걸고 있는 모양인데, 그건 바보 같은 짓이야! 내 말 명심해라. 네 아버지는 그 뻔뻔한 거짓말쟁이가 우리 마당에 발도 들여놓지 못하게 할 거야. 그리고 무엇보다 너를 영원히 버린 게 바로 그놈 아니냐? 믿지 못하겠다면, 이걸 보라고."

그녀는 쿠무쉬에게 편지를 건네주며 말을 이었다.

"이건 네 편지에 대한 답장으로 받은 거야. 하지만 우리가 숨겼어, 이혼 편지만으로도 충분할 테니까. 하지만 네가 여전히 그놈에게 미련을 갖고 있으니 어쩔 수 없이 이 편지도 보여주기로 결심한 거야!"

쿠무쉬가 어머니에게서 그 편지를 낚아챘다.

> 나의 전처 쿠무쉬 아가씨에게 보내는 편지:
>
> 첫 편지에서 나는 당신이 나를 노리개 삼아 장난치는 일을 끝내려고 했소. 하지만, 당신은 그걸 이해하지 못했는지, 아니면 이해하고 싶지 않았는지 모르지만, 여전히 예전의 장난을 포기하지 않은 것 같구려. 물론 꿈꾸는 데는 잘못이 없다고들 합니다. 하지만 나는 우리의 오래된 관계를 생각해서 당신의 무한한 모욕과 공격을 모두 용서했소. 비록 당신이 그걸 이용해서 품위를 잃어버리긴 했어도 말이오. 부디 나 같은 거짓말쟁이가 아닌, 헌신적이고 지혜로운 남편을 만나길 바라오!
>
> 유수프벡 호지의 아들, 오타벡
>
> 1265년 자브조 달 26일,[31] 타슈켄트

이 편지는 상처 입은 그녀의 마음을 다시 한번 난도질하여 피를 흘리게 하였다. 눈물을 쏟으며 그녀는 편지를 접어 주머니에 넣고, 대답을 기다리던 어머니와 할머니에게 말했다.

"저는 그 뻔뻔한 남자가 돌아오리라 기대도 하지 않지만, 두 번째 결혼도 하지 않을 거예요."

"왜?" 어머니가 물었다. "이유가 뭐냐?"

쿠무쉬는 울먹이며 대답했다.

---

31 그레고리력 1849년 6월 16일

"왜냐구요? 저는 한때 사랑했고 믿었던 남편에게서 모욕을 당했고 치욕을 당했어요. 남자들이란 모두가 다 똑같다는 뜻이겠죠. 차라리 외롭지만 맘 편한 삶을 살겠어요. 다시는 제게 결혼 이야기를 꺼내지 마세요. 어머니 딸의 심정은 이미 나뭇가지에서 떨어지길 기다리며 떨고 있는 가을 낙엽이에요. 그러니 제발 더 이상 괴롭히지 마세요!"

그녀의 말이 끝나자, 옵톱 부인의 어머니로서의 심정은 딸이 안쓰럽기 그지없었다. 안에서 기다리는 중매인들에게는 뭐라고 대답해야 할지 막막하기만 했다.

"울지 마라!"는 퉁명스런 한마디를 내뱉고 어머니는 쿠무쉬를 응접실에 남겨둔 채 할머니와 함께 자리를 떴다.

****

미르자카림은 사윗감으로 살름 샤르바토르의 아들에게 마음이 있었다. 그래서 아내와 딸에게는 아무 말도 하지 않은 채 어느 날 자기 가게로 찾아온 살림의 중매쟁이와 합의를 했다. 집으로 돌아온 그는 아내에게 혼사 문제를 그 중매쟁이와 합의했음을 말했다. "오늘 나는 우리 딸을 결혼시키기로 하고 중매인들과 같이 포티하를 낭송했소. 이제 당신이 그 아이를 설득시킬 차례요. 돌이킬 수 있는 일이 아니니 그리 아시오."

남편의 결정을 들은 옵톱 부인은 어찌할 바를 몰랐다. 결혼 이야기를 꺼내기만 해도 나뭇잎처럼 벌벌 떨기만 하고 절망적인 눈물만 쏟아내는 딸에게 더 이상 어떤 말을 한단 말인가? 그녀는 양날의 칼을 잡은 상태가 되어 어느 쪽으로 움직이든 상처를 입을 수밖에 없을 터였다.

가엾은 어머니에게는 그때부터 고난의 날들이 시작되었다. 딸에게는 차마 입이 떨어지지 않았으나 남편으로부터 주어진 과제도 실행할 수 없는 형편이었던 것이다. 남편이 가게에서 돌아오면 매일 같이 딸을 설득했는지 물었고, 그녀는 밤이 될 때까지 남편의 불평과 질책을 들어야 했다. 그리고 다시 날이 새면 시름에 젖어 울고 있는 아이에게 여전히 아무 말도 꺼낼 수가 없었다.

며칠이 지난 후, 미르자카름도 자신의 실수를 깨달았다. 살름 샤르바토르의 사람들이 거의 매일같이 찾아와 혼인 날짜를 잡자고 요구를 하면, 그는 이런저런 이유를 대는 데 지쳤고, 더 이상 그들의 얼굴을 보기가 민망해졌다. 어느 날 가게에서 돌아온 그는 매우 화가 나서 옵톱 부인에게 그동안 한 번도 해본 적 없는 험한 소리를 너무나 거칠게 퍼부었다.

"당신 딸 때문에 내가 부끄러워서 더 이상 얼굴을 들 수가 없소. 내가 도망가야 할 처지요. 이제는 당신이 그 아이를 설득하든지, 아니면 내가 떠나든지 둘 중 하나요."

다음 날, 가엾은 어머니는 딸과 담판을 지을 수밖에 없었다. 딸 옆에 앉은 어머니는 말도 꺼내기도 전에 눈물부터 흘리기 시작했다. 쿠무쉬는 어머니가 흘리는 눈물의 이유를 알고 있었다. 그래서 이유도 묻지 않고 같이 눈물을 흘렸다. 어머니와 딸은 함께 눈물이 마를 때까지 오랫동안 통곡했다.

"차라리 태어나지 말 걸 그랬어, 이렇게 사느니 차라리 죽어버렸으면 좋겠구나!" 옵톱 부인이 말했다.

"아니에요." 쿠무쉬가 말했다. "엄마는 행복하게 살아야 할 분이신데, 저 때문에 이 세상이 지겨워지고 매일 울게 되셨죠. 불행 덩어리인 제가 태어나지 않았더라면, 엄마는 이렇게나 불행하고 슬프지는 않았을 거예요. 그러니 알라께 저를 빨리 데려가 달라고 기도하세요. 그래서 엄마에게 평안과 안식이 있으면 좋겠어요! 더는 엄마가 이렇게 불행한 모습을 보는 것도, 제 고집 때문에 희생당하는 것도 참을 수 없어요. 누구에게 속아 놀림감이 된 버려진 딸, 아무나 갖고 놀다 버릴 수 있는 인형 같은 존재, 그 착한 엄마를 이렇게 울게 한 딸이 누군가요. 울지 마세요, 엄마. 소박맞은 딸은 엄마의 눈물 한 방울만큼도 가치가 없어요. 저에 대해 걱정하지 마시고 아버지께는 제가 동의했다고 전하세요! 아버지가 딸 때문에 사람들 사이에서 불행을 느끼지 않으셨으면 좋겠어요. 저를 그렇게 힘들게 바라보지 마시고 제 결정을 즉시 알려드리세요!"

그녀는 흐트러진 머리카락을 쓰담으며 말을 이어갔다. "저를 불쌍히 여기신다면, 저의 결혼을 다음 가을까지 연기해달라고 양해를 구해주세요. 아버지께서 불행한 딸의 소원을 받아주실 수 있도록 부탁드려요. 그렇지 않다 하더라도 눈물을 흘릴 필요는 없어요. 엄마의 행복을 위해 불운한 딸이 모든 어려움을 감수할 준비가 되어 있으니까요!"

옵톱 부인은 온 가슴으로 그녀를 끌어안았고, 둘은 또다시 눈물을 터뜨려 하염없이 울기만 했다.

****

옵톱 부인이 냉정하게 결정을 하자 미르자카름도 딸의 요청을 받아들였다. 신랑측도 다음 가을까지 기다리는 것에 동의했다.

그리하여, 1년 후 가을에는 미르자카름은 존경받는 살름 샤르바토르와 사돈 관계가 될 것이었고, 쿠무쉬는 오타벡의 전 아내에서 커플벡의 아내가 될 것이었다.

•• 11장 ••

나워navo 선율

사람들이 그 시기를 "무슬림 태평시대"[32]라고 불렀지만, 그것을 무색하게 할 수 있는 문제와 사건들이 있었다.

칸도 무슬림이었고, 귀족들도 무슬림이었으며, 사람들은 무슬림 전통을 지켰고 자연스럽게 샤리아 법 아래에서 살았다. 도둑질을 한 사람은 교수형에 처하거나 손이 잘리는 처벌을 받았고, 간통을 저질렀거나 매춘을 한 사람은 탑에서 던져졌으며, 술을 마신 사람은 곤장으로 40대를 맞기도 했다. 도덕 경찰들은 궁정으로부터 권한을 위임받아 가시 박힌 채찍을 들고 감시와 조사를 수행했다. 기도회에 참석하지 않거나 샤리아 법을 모르는 사람들 역시 태형을 면치 못했다.

이처럼 통제가 매우 엄격했지만, 도둑들이 도둑질을 포기하지 않아 부잣집은 쌓아놓은 재물들을 약탈당했다. 매춘부들은 언제든지 자루에 담겨 높은 탑에서 던져지는 처벌을 받았지만, 부정한 여인들의 숫자는 줄지 않았다. 이마를 모스크 바닥에 한 번도 대본 적이 없고, 기도 중에 절하는 것을 그리 좋아하지 않으면서도 샤리아의 주요 법규를 암송하듯 완벽하게 읊을 수 있는 사람들은 많았다. 그런가 하면, 어떤 집에서는 큰 토기 항아리에다 포도주를 숙성시키고, 보자[33]를 발효시켰기 때문에 이런 밀주와 알콜성 음식 판매도 공공연하게 횡행하였다. 타슈켄트의 추쿠르 키슐록[34] 지역에서는 카작 사람들이 운영하는 포장마차 선술집이 여럿 있어서,

---

32 무슬림 태평시대musulmonobod: 페르시아어로 '무슬림의 땅' 또는 '무슬림의 장소'를 뜻한다. 무슬림 생활의 역사적 시기나 맥락 속에서 이슬람 법과 전통이 공동체나 사회 내에서 엄격하게 준수되었던 이상적인 시대를 가리키지만, 현실에서의 모순과 도전을 말할 때 사용되는 용어이다.

33 보자bo'za: 수수나 찹쌀 등에 알콜을 넣어 끓인 음식

34 추쿠르 키쉴록Chuqur qishloq: 타슈켄트에서 카작 사람들이 운영하는 선술집 구역

그곳에는 언제나 잘나가는 인사들로 붐볐다.

옥마스지드에서 4~5개월 정도 머물다가 돌아온 오타벡은 이 추쿠르 키쉴락 지역 선술집의 단골이 되었다. 낮에는 아니었지만, 저녁에는 거의 매일 그곳에 가곤 했다. 그와 그의 가족을 잘 아는 주인은 오타벡이 오면 그가 원하는 모든 것을 준비해 주었고, 다른 사람들이 같이 앉지 않도록 자리도 따로 마련해 주었다. 뿐만 아니라, 다른 사람들에게 주는 저질의 알콜 대신 최고급 보자로 오타벡을 대접했다.

오늘도 그는 그 선술집에 있었다. 세 번째 병을 비운 후 네 번째 병을 주문했다. 술집 주인이 들어왔다.

"보자를 한 병 더 하시겠습니까?"

"물론이죠." 그리고 오타벡이 덧붙였다. "악사도 불러주세요."

한밤중이 되자 대낮부터 술을 마시던 손님들이 하나둘씩 떠나면서 고함을 지르고 욕을 퍼붓기도 했다. 드디어 술집이 조용해졌다. 모두에게 연주를 해주다 지쳐버린 악사는 겨우 해방되었으나 충분한 팁을 받을 희망으로 늦은 시간임에도 불구하고 오타벡에게로 갔다. 악사는 오타벡의 술잔을 받아 한 모금 마신 후 두토르를 연주하기 시작했다. "어떤 곡을 들려드릴까요, 나리?"

오타벡은 술에 취했지만 진지한 목소리로 대답했다.

"추방의 선율, 혹은 이별의 선율을 알고 있으면 연주해주시오!"

"그런 곡은 처음 들어보는데요, 나리."

"뭐라고요? 당신은 이 넓은 세상에 그런 곡이 존재하지 않을 거라고 생각하시나요? 당신이 들어보지 못했는지 몰라도, 나는 들어봤소… 좋아요. 모른다면, 어떤 곡이든 당신이 아는 것으로 하나 연주해주시오."

두토르를 준비하면서 악사는 다시 물었다.

"그 노래가 새로 나온 곡인가요?"

"그렇소."

"그럼 그걸 어디서 들으셨나요?"

오타벡은 마치 눈 깜짝할 사이에 술이 깬 것처럼 악사를 빤히 쳐다보았다.

"마길란에서, 페르가나에서…. 들은 적이 있지요." 오타벡이 대답했다.

악사는 간단한 선율을 연주하며 두토르의 줄을 조율하더니 기대와 달리 나워[35] 선율을 연주하기 시작했다. 그 선율이 시작되자마자 오타벡의 몸은 떨리는 듯했다. 그는 앞에 놓인 잔을 재빨리 비우고는 두토르에서 흘

---

35 나워navo: 우즈벡 전통 음악으로, 깊고 표현력이 풍부하며 복잡한 멜로디 구조를 가지고 있다. 이 음악 장르는 주로 자연, 사랑, 헌신과 같은 주제를 표현한다.

러나오는 슬픈 선율에 온전히 자신을 맡겨버리고 말았다. 그 선율은 자신의 고통과 닮은 어떤 슬픔을 그에게 이야기해 주고 있었다. 아니, 그 이야기는 두토르의 줄이 아닌 오타벡의 상처받은 영혼의 목소리를 통해 전해지고 있었다.

이 젊은 남자의 눈앞에는 최근에 있었던 "아팠던 시간들"의 생생한 기억들이 하나둘 스쳐 지나갔다. 그러나 아니다, 그것들은 스쳐 지나간 것이 아니었다. 한 번 떠오르면 생생하게 되살아나 그와 함께 머물며 사라지지 않는 쓰라린 기억들이었다. 그 광경을 더 이상 견딜 수 없다는 듯, 두토르는 그 기억들을 소환해내며 울부짖기 시작했다. 그 울음은 온 세상을 뒤흔들며, 무거운 마음들을 더욱 아프고 떨리게 했다. 더는 자신을 억제할 수 없게 된 오타벡은 손수건을 눈에 대고 눈물을 막아보려 했지만 그럴 힘조차 없이 울음을 터뜨리고 말았다. 그의 의지는 슬픔의 노래를 부르는 두토르의 흐느낌에 휘둘렸다. 하지만 오타벡의 영혼은 이 음악, 그의 마음속에 쌓인 고통과 슬픔을 찢어내는 이 선율을 갈망하고 있었다. 그는 울고 또 울며 눈물과 함께 자신의 슬픔을 쏟아냈다.

마침내 오타벡의 몸이 눈물에 젖어 기진맥진할 즈음이었다. 사람의 운명이 이 세상에서 고통 외에는 아무것도 아니라는 것을 탄식하던 애조 띤 나워 선율이 갑자기 기쁨에 찬 사브트[36] 선율로 바뀌어 흥겨운 음률로 터져 나왔다. 이 갑작스런 전환으로 말미암아 오타벡도 안정을 되찾았다. 그는 눈물을 닦았다. 나워 선율에 의해 씻기고 적셔진 그의 희망의 정원에 갑자기 신선한 꽃들이 피어난 듯했다.

그날 밤 이후로 오타벡은 한 달 동안 그 술집에 다시 오지 않았다. 그러나 마길란에서 돌아온 후에는 다시 예전의 습관으로 돌아갔다. 그것은

---

36 사브트savt: 주로 인간의 슬픈 경험을 이야기로 엮어 마치 '한'을 노래하는 듯하지만, 활기찬 표현으로 이어지는 음악이다.

오타벡의 마길란 여행이 아무런 결실도, 어떤 새로운 빛이나 희망도 가져다주지 못했기 때문이었다. 그는 마길란을 방문할 때마다 우스타 알름의 집에 머물렀지만, 여전히 자신의 비밀을 숨겼다. 그저 안디잔을 오가는 길에 들렀다고만 이야기하며 그를 기쁘게 하려 했다. 그는 마길란에서 오래는 아니고, 이틀에서 사흘 정도만 머물렀다. 가끔 집으로 돌아가는 길에는 호자 마오즈[37] 묘지를 방문하기도 했다. 마길란에서의 일이 그 힘든 열흘간의 여정만큼이나 가치가 있었는지, 독자들은 그 해답을 아래에서 알게 될 것이다.

또 한 번 의미 없는 마길란 여행을 한 다음, 타슈켄트로 돌아온 오타벡은 잠시 쿠무쉬를 잊고 며칠 동안 무언가에 몰두했다. 하지만, 보름도 지나기 전에 또다시 그의 마음은 마길란으로 향했다. 새로운 해결책을 구할 힘도, 방향도 찾지 못한 채, 그는 다시 한번 위안을 찾기 위해 추쿠르 키슐락으로 향했고, 일주일이고 이주일이고 끊임없이 술에 취하며 자신을 망가뜨렸다. 그러나 여전히 그는 잊지 못했다. 그리고 그의 영혼 속에서 무언가가 깨어났고, 어떤 예감이 일어났다. 지금 당장 마길란으로 떠난다면, 무언가가 달라지고 구름이 걷힐 것이라는 목소리가 그에게 속삭였다. 하지만 그가 망설인다면, 돌이킬 수 없는 무언가가 그의 손에서 빠져나가고 그는 평생 후회 속에 살아가게 될 것이라는 생각이 들었다.

이런 생각에 사로잡힌 그는 어느새 다시 마길란으로 가는 길 위에 서 있는 자신을 발견하곤 했다. 길을 가는 동안, 누군가 그곳에서 간절히 자신을 기다리고 있다는 느낌에 사로잡혀 걸음을 재촉했다. 마치 한 시간 한 시간이 소중한 것처럼.

그러나 읍성의 성문을 지나 마길란에 들어서자마자 용기가 꺾이고 심

---

37 호자 마오즈Xo'ja Ma'oz: 마길란 출신의 수피 그의 이름을 딴 공동묘지의 돔과 참배소, 그리고 마스지드는 1265년에 오타보이 쿠쉬베기에 의해 세워졌다. [저자 주]

장은 터질 듯 뛰기 시작했다. 신기료장수들의 거리 근처로 다가갈수록 그의 초조함은 극에 달했고, 그 익숙한 거리에 발을 들인다면 무슨 일이 닥칠지 상상조차 할 수 없었다. 거리의 모습을 잠깐 엿보았을 뿐인데, 그는 말머리를 돌려버렸다. 그러나 매번 그의 귀에는 분노에 찬 외침이 메아리쳤다.

'꺼져라. 감히 내 집 가까이 오지도 마라. 너 같은 뻔뻔한 놈은 내 집에 있을 자리가 없어!'

"그래, 나는 뻔뻔한 배신자다." 그는 마음속으로 되뇌었다.

그 생각만 하면, 그의 모든 희망과 기대는 먼지처럼 사라져 버렸고, 그의 여정은 아무런 소용도 없게 되었다. 그리고 자신이 진정으로 원하는 바는 물론이고, 문제 해결을 위한 계획마저도 마음속에서 사라지고 말았다. 그 계획이란, 장인과 아내를 코즈[38] 법정에 소환하여 샤리아 법을 어겼다고 고발하는 일이었다.

"좋아, 코즈 법정에 가게 되면 그 사기꾼과 대면해야겠지! 빌어먹을!" 법정에서 그 교활한 사기꾼과 마주치고 싶지 않았던 그는 이 말을 속으로만 중얼거리며 다시 우스타 알름의 집으로 말머리를 돌렸다.

오타벡은 우스타 알름의 배려에 대해 깊은 감사의 마음을 가졌고, 두 사람 사이에 공통된 기질이 있음을 직감하며 항상 그의 곁을 찾았다. 오타벡은 우스타 알름이 풀어내는 사오닷과의 비극적인 사랑 이야기를 감동적으로 그리고 기쁘게 경청하곤 했다. 그것은 10년 동안 존중하고 간직했던 사랑이었고, 죽을 때까지 간직할 사랑이었다. 우스타 알름은 자신의 이야기를 상세하게 반복해서 들려주며 이렇게 결론을 맺었다.

"아마도 그녀는 나의 운명이 아니었던 모양이야. 그래서 사라진 거지."

---

38 코즈qozi: 샤리아 법정에서 재판을 주관하는 판사

이런 말을 들을 때마다 오타벡의 마음은 싸늘해졌고, 그는 속으로 생각했다. "그렇다. 그녀도 내 운명이 아니며, 살아있기는 하나 나에게서는 이미 사라진 존재야."

오타벡은 보통 우스타 알름의 집에서 이삼일 더 머물고, 마을을 돌아다니며 모든 것을 슬픈 눈으로 바라본 뒤 처음으로 마주하게 되는 성문을 통해 마을을 떠나곤 했다. 돌아가는 길도 서두르지 않고, 코칸드에서 하루 이틀을, 키로브츠에서 사나흘을, 또 쿠라마[39], 텔로브[40]와 다른 마을들에서도 며칠씩 머물다가 마침내 타슈켄트로 돌아갔다. 그리고 이런 과정은 계속해서 반복되었다.

오타벡의 마길란 방문은 항상 이렇게 이루어졌다. 아무도 그의 비밀을 알지 못했고, 아무도 그에게 이유를 묻거나 조롱할 수 없었다. 그는 자신의 마음 외에는 누구에게도 귀를 기울이지 않았고, 자신의 마음 외에는 누구에게도 응답하지 않았다. 이렇게 세월은 그에게서 끝없는 고통과 함께 불규칙하게 흘러갔다.

•• 12장 ••
음산한 밤

만약 우리의 계산이 틀리지 않았다면, 이 사건은 1267년[41] 가을 오타벡의 일곱 번째 마길란 방문 때 일어난 일이다. 우리의 이야기가 시작된 지 18~19개월이 지난 시점이다.

---

39 쿠라마Qurama: 우즈베키스탄 동부와 타직스탄 북서부가 만나는 지역
40 텔로브Telov: 타슈켄트 주 오한가론Ohangaron 지역의 작은 마을
41 그레고리력으로 1850~51년이다.

아침 차를 마신 후, 우스타 알룸은 그의 처남과 함께 부엌 옆에 새로 지은 공방에서 실크를 다듬고 있었다. 오타벡은 공방으로 향하는 아이완의 기둥에 기대어 무언가 생각에 빠진 채 서 있었고, 우스타 알룸이 타슈켄트 소식에 대해 묻는 질문에는 그저 '예', '아니오', '아하', '물론' 등 한 단어로만 간단하게 대답했다. 그렇게 움직이지도 않고 반 시간을 서 있던 그가 쪽문을 향해 조용히 발걸음을 옮기자 우스타 알룸은 일손을 멈추며 그에게 물었다.

"왜? 어딜 가시나, 쇼크르벡?"

오타벡은 벌써 골목길을 나서며 대답했다.

"시내 한 바퀴 돌아 볼 작정일세."

"좋아. 그럼 저녁이 되기 전에 늦지 않도록 돌아오게나. 내가 오쉬를 요리해놓고 기다릴 테니, 알았어?"

"알았네." 오타벡은 대답을 남기고 쪽문을 나와 큰길에 들어섰다. 그 때, 소딕도 바로 옆에 붙어있는 쪽문을 나오다가 오타벡과 얼굴을 마주치게 되었다.

그는 오타벡을 무심한 표정으로 쳐다보다가 서둘러 오른쪽으로 꺾더니 좁은 골목길로 사라졌다. 하지만 오타벡은 큰길로 계속해서 직진했다. 하늘에는 구름이 흩어져 있었고, 하얗고 포근한 구름은 햇살을 기꺼이 통과시켰다. 햇빛은 마치 신부가 베일 너머로 세상을 바라보듯 땅 위를 내려다보고 있었다. 거의 느껴지지 않을 정도의 산들바람이 하늘을 떠도는 이 구름 행렬을 좇고 있었고, 오타벡의 얼굴을 가을의 신선한 숨결로 부드럽게 매만지고 있었다. 그 차가운 기운은 전혀 불쾌하지 않았지만, 거기에는 과열된 아마씨 기름의 메스꺼운 냄새가 섞여 있었다.

교차로에 멈춰 서자 오타벡의 얼굴에는 망설임이 드러났다. 그 이유는 우리 독자들이 이미 알고 있겠지만, 두 갈림길에서 어느 길로 가야 할지 선택해야 하기 때문이었다. 한 길은 신기료장수들의 가게가 늘어선 거리이고, 다른 길은 큰길로 이어지고 있었다.

오타벡은 오래 고민하지 않고 신기료장수들의 가게가 있는 방향으로 확실하고 용감하게 발걸음을 옮겼다. 이 작은 거리에서 일어난 불쾌한 사건이 떠올라 그의 얼굴은 수치심으로 붉어지고 슬픔으로 하얗게 질렸지만, 그의 발걸음은 단호했다. 문전박대를 당한 이후 처음으로 용감하게 그 장소, 즉 그 '재수 없는 자리'를 다시 찾게 된 것이다. 길을 꺾어 들어가면서 걸음은 느려졌지만, 그는 앞으로 계속 나아갔다. 멀리서 미르자카름 집의 대문이 보였다. 그리고 그 너머에는 그의 굴욕을 불행하게 지켜보며 울고 있던 버드나무가 서 있었다. 그는 마음속의 모든 기를 모아 다시 한번 그 대문을 바라보았다. 그의 시선은 과거의 그 수치스런 기억을 떠올려 온몸을 떨게 하였고 깊은 한숨을 내쉬게 하였다. 옛날에는 체리 나무 아래에서 그를 반기던 사람이 있었고 다른 나무들은 대문 너머로 얼굴을 내밀고 있었던 때가 있었다.

하지만 지금은… 그녀는 누구를 기다리고 있을까? 이 질문은 마치 날선 칼처럼 그의 심장에 꽂혔다. 그를 향한 쿠무쉬의 사랑은 의심할 바 없었지만, 그녀는 아버지의 억압 속에 시달린 희생양이었다고 믿고 있었다. 갑자기 그는 쿠무쉬의 안색이 마치 체리 나뭇잎처럼 노랗게 변한 것을 보고 가슴이 찢어질 듯했다. 그 고통은 자신의 것이 아니라 쿠무쉬의 것이었다! 바로 그 순간, 그는 예상치 못한 용기를 얻었다. "당장 뛰어 들어가 그녀에게 직접 말해 볼까?" 그는 망설였다. 하지만, 대문 앞에 음침하게 우뚝 서서 눈물을 흘리던 버드나무는 그를 조롱하듯 바라보는 것 같았고, '꺼져라. 감히 내 집 가까이 오지도 마라. 너 같은 뻔뻔한 놈은 내 집에 있을 자리가 없어!'라는 욕설이 다시 한번 들려오는 듯했다.

자! 이제 그가 거의 대문 가까이에 왔다. 그러나 미르자카림의 집에서 두 사내가 나오고 있는 걸 보고 깜짝 놀랐다. 그 가운데 한 명이 장인어른일지도 모른다는 두려움에 오타벡은 몸을 옆으로 돌렸다. 얼마 전에 그에게 던져진 모욕을 생각하면 그는 미르자카림의 집에 들어갈 생각을 아예 할 수가 없었다. 그럼에도 불구하고 그는 소식이 궁금했다. 쿠무쉬에 관한 소식이라면, 그 어떤 소식이라도 좋았다! '이 두 사람은 그녀의 집에 있었으니, 미르자카림의 강아지에 관해서라도 한 마디 할지 모른다!'라고 생각하며 그는 이들을 따라잡으려고 발걸음을 재촉했다. 이제 그는 그들로부터 겨우 서너 걸음 정도의 거리만 떨어져 있었다. 그러나 마치 그를 괴롭히기라도 하려는 듯, 그들은 아무 말도 없이 침묵을 지키며 걷고 있었다. 열 걸음 정도 더 가서야 한 사람이 다른 사람에게 말했다.

"오늘 우리가 약혼식과 결혼식을 같은 날로 정한 것은 잘한 일이지…"

"왜 따로 축하해야 하지? 사실 그녀는 처녀가 아니잖아. 젊은 처녀들이나 두 번씩 잔치를 하는 거지. 그녀는 이미 결혼을 했던 사람인데, 사실 그 아버지가 약혼식과 결혼식을 따로 치루자고 요구한 게 신기할 정도야."

"잊지 마, 미르자카림은 여기서 존경받는 어른이야." 첫 번째 사내가 반박했다.

이 말을 들은 오타벡은 그 자리에 멈춰 서고 말았다. 마치 끓는 물 한 통이 그에게 쏟아져서 피부가 벗겨지는 듯한 기분이었다. 잠시 멍하니 서 있던 그는 어디로 가는지 자기도 모르게 움직이기 시작했다.

"하루아침에 남의 아내를 빼앗더니, 이제는 다시 결혼을 시킨다고?" 그는 넋이 나간 듯 투덜거리며 미친 사람처럼 웃었다. 마길란의 거리를 이리저리 헤매다가 그는 마치 귀신들린 사람처럼 혼자 중얼거리기도 했다. 오타벡의 심정이 어떠했으리라는 것을 표현하기에는 너무나 괴롭고 어려운 일이다.

****

보름달은 이미 차 있었지만, 그 희미한 원반은 두터운 구름 속에 가려져 있었다. 가을밤, 검은 어둠이 흑단처럼 내려앉았다. 어둠은 호자 마오즈 공동 묘지 주변을 수백 년 동안 둘러싸고 있는 과수원에서 스멀스멀 기어 나오는 듯했다. 바람이 불기 시작하더니 사방에서 불어치며 마치 모든 것을 어딘가로 날려 보내려는 듯했다.

묘지의 숲속 한쪽 구석에 연기가 피어오르는 나무 그루터기 옆에는 헝크러진 머리카락에 덥수룩한 수염을 한 사내가 있었다. 그는 끔찍한 밤과 싸우기라도 하려는 듯, 불씨를 다시 살리려고 부지깽이로 타다 남은 나무 둥치를 찔러가며 이리저리 돌고 있었다. 바람은 더욱 세차게 불었고, 나무들은 왼쪽에서 오른쪽으로 요란하게 흔들리며 마지막 잎새들을 떨어뜨리고 있었다. 까마귀 떼가 둥지에서 놀라 날아오르더니 자신들의 쉼을 방해하는 폭풍에 항의라도 하듯 울고 있었다. 바람은 더욱 거세게 몰아치며 울부짖었다.

묘지 곁에 서 있던 늙은 나무들은 이 강풍을 견딜 수 없어 가지가 부러지며 삐걱거리는 소리를 냈고, 그 소리는 온 세상에 내려앉은 소름 끼치는 심연의 어둠을 더욱 기이하게 만들었다. 마침내, 바람은 미친 듯이 격렬하게 몰아치며 길 위에 있는 모든 것을 짓밟고 구겨버릴 듯한 기세로 으르렁거렸다.

거대한 충격음과 함께 땅에 떨어진 플라타너스 나무는 대지를 진동시켰다. 그 바람은 사내가 애써 지피던 불씨 하나를 덥석 낚아채 덤불 속으로 내던져 순식간에 과수원으로 흩뿌렸다. 묘지는 붉은 빛으로 물들었고, 과수원은 마치 불 속에서 태어난 듯한 환상을 자아냈다. 그러다가 갑작스럽게, 마치 모든 분노가 이것 하나 때문이었다는 듯이, 바람이 잦아들고 조용해졌다. 야수처럼 으르렁거리며 포효하던 바람은 이제 자비를 드러내며 소리 없이 사그라졌다. 공포 속에서 숲 위를 날아다니며 반 시간이나 울부짖던 까마귀 떼들도 마치 폭풍이 잦아들었다는 소식이라도 전하려는 듯 다시 나뭇가지로 돌아갔다.

하늘을 덮고 있던 음울한 구름은 점차 흩어져 멀어지고, 달은 그물처럼 얽힌 나뭇가지 베일을 살짝 들어 올리며 땅을 내려다보았다. 폭풍 속에서 어떻게든 몸을 숨겼던 부엉이 몇 마리가 이제는 두 개의 마른 플라타너스 나뭇가지로 날아갔다. 이 나무들은 묘비 맞은편에 마치 해골처럼 앙상하게 서 있었다. 달은 숨바꼭질이라도 하는 듯, 폭풍이 몰고 온 구름 뒤로 몸을 감추었다. 달이 땅으로 던지는 순간적인 시선은 숲을 덮은 어둠을 몰아낼 수가 없어 그저 묘비의 대리석 받침대 위로 흐르는 영원한 침묵을 장식할 뿐이었다.

순례자들을 위한 참배공간으로 세워진 돔 건축물 앞의 지요랏호나[42]는 묘비 맞은편에 자리 잡고 있었다. 완전한 어둠이 깔려있는 플라타너스 숲 아래에는 부엉이들이 줄지어 앉아 있었다. 마치 실에 꿴 기도용 염주처럼 늘어서 있는 그들에게 달빛은 음산한 분위기를 더했다. 달이 구름 뒤에

42 지요랏호나ziyoratxona: 순례자들의 기도 처소로 활용되는 공간

서 얼굴을 내밀 때마다 부엉이들은 머리를 날개 아래로 숨기거나 서로 몸을 더 가까이 밀착시켰다. 그러나 달이 숨으면, 그들은 머리를 내밀고 "부엉, 부엉!"하고 울며 활기를 띠었다. 때때로 그 울음소리 사이로 으스스한 바람 소리가 신음처럼 들려왔다.

밤이 물러갔다. 모스크의 미나렛에서 울려 퍼지는 새벽기도의 애잔함은 주변의 모든 것에 생명을 선사하려는 듯 정결한 영의 바람을 일렁이게 했다. 그 일렁임에 반응한 자연이 꿈틀거리며 깨어나기 시작했다. 기도의 마지막을 "알라 아크바르!"[43]라고 마무리한 후 오타벡은 지요랏호나에서 내려와 세정을 위해 개울 옆에 쪼그리고 앉았다.

•• 13장 ••

씁쓸한 행복

이제 희망은 사라졌지만, 그의 가슴은 여전히 타오르고 있었다. 마치 독사에게라도 물린 사람처럼 광기 어리고 불안한 눈빛으로 주변을 두리번거리고 있었다. 혼란스럽고 황당하다는 듯 그는 혼잣말로 계속해서 중얼거렸다.

"결국 그녀의 아버지라는 작자는 자기 뜻을 이루었구나. 딸을 다른 사람에게 줘버리고, 어젯밤에 그녀는…." 그러나 어젯밤에 벌어졌을 것으로 생각되는 일을 떠올리는 것조차 독약인 양 그는 거부해 버렸다. 차마 생각하기조차 싫었던 그는 스스로를 속여서라도 자신을 달래줄 무언가를 찾으려는 듯 끊임없이 두리번거렸다.

이제는 마길란을 방문할 일도 없을 것이다. 마치 마길란이 "이제 나에

---

43 알라 아크바르Ollohu akbar: 신은 위대하시다.

게서 더 이상 무엇을 기대하느냐?"라고 묻는 것만 같았다. 그는 호자 마오즈 공동묘지를 떠나 우스타 알름의 집으로 향했다. 맡겨둔 말을 찾아 마길란과 영원히 작별을 고할 생각이었다. 그러나 여전히 누군가 가까이서 그에게 손을 내밀며 낯선 자의 품에서 벗어날 수 있도록 도와 달라고 요청을 하는 것처럼 느껴졌다.

우스타 알름 집의 쪽문 앞에 거의 도달했지만, 그는 고개를 숙인 채 비틀거리며 술에 취한 사람처럼 움직였다. 지나가는 사람들에게도 눈에 띄지 않을 만큼 초라한 모습이었다. 그의 가슴은 마치 뜨거운 숯불에 그을린 것처럼 쓰라렸다. 바로 옆집 쪽문에서 어떤 남자가 나오는 것도 알아차리지 못했다. 스쳐 지나가며 한 번 쳐다보기는 했으나 그를 알아보지는 못했다. 그러나 그 얼굴에는 어딘가 낯익은, 오래전에 잊어버렸던 무언가가 있는 듯했다. 한편, 오타벡이 우스타 알름의 뜰로 들어섰을 때 소딕의 집에서 막 나온 호미드는 그 자리에 얼어붙은 채 그를 지켜보았다.

****

우스타 알름은 전날 아침부터 어디론가 사라져버린 쇼크르벡 때문에 크게 걱정하고 있었다. 이제야 그가 문턱을 넘어 들어서는 것을 보고는 근심 어린 질문들을 쏟아부었다.

"알라를 찬양하라! 드디어 돌아왔구나, 쇼크르벡! 대체 어디에 갔었나!? 정말 많이 걱정했네… 저런, 저런, 하루 만에 이렇게 초췌해지다니!"

사실, 그의 눈은 큰 병에 걸린 사람처럼 움푹 들어가 있어서 하루 사이에 알아볼 수 없을 만큼 변해버렸다. 그는 억지로 미소를 지으며 대답했다.

"호자 마오즈 무덤에 갔었다네."

"왜?"

"거기서 밤을 보내려고."

우스타 알름은 믿을 수 없다는 듯 놀라움을 감추지 못했다.

"밤새 거기에 있었단 말인가?"

"나는 오래전부터 그곳에 가고 싶은 마음이 있었다네."

오타벡은 우스타 알름의 의심을 잠재우기 위해 말을 보태며 아이완 가장자리에 조심스럽게 걸터앉았다.

"그렇다면 성인께 기도드릴 일이 있었던 게로군." 이렇게 말하고 우스타 알름은 미소를 지었다.

그 순간, 발자국 소리를 들은 두 사람은 대문 쪽을 바라보았다. 말라서 창백한 얼굴의 청년이 머리에는 엉성하게 터번을 두른 채 마당으로 들어섰다. 우스타 알름이 일어나 그를 맞았다.

"이봐, 파르피 명장, 어서 오게, 어서 와, 아직 팔팔한가?"

파르피는 우스타 알름에게 악수를 건넸다. 오타벡은 인사할 준비가 되어 있지 않았지만, 손님이 먼저 인사하며 내민 손에 악수로 화답하였다.

"반갑습니다, 손님, 건강하신가요?"

그들은 모두 아이완에 앉아 짧은 기도를 올렸다.

"그래도 내가 죽기 전에 찾아왔구먼, 파르피!"

우스타 알름이 방문객에게 따뜻한 농담을 건넸다.

"큰일을 하셨군, 알름 명장! 공방을 새로 지으셨구먼?"

방문객이 갓 세워진 공방을 살펴보며 대답했다.

"보름 전에 완성했다네. 자네가 와서 축복해주기를 기다렸지만, 오랫동안 소식이 없더군."

"그 이유야 자네도 잘 알지 않는가, 우스타 알름!" 파르피가 말했다. "한번 약속하면 끝을 보아야 직성이 풀리는 사람인지라 중간에 멈추기가 쉽지 않다네. 금요일이나 되어야 친구를 만나러 나갈 수 있을까 말까고, 다른 방법이 없어. 자네도 똑같은 상황을 겪어 보았겠지."

"아니야, 아니야." 우스타 알름이 미소를 지으며 말했다. "나는 공방에서 알을 품은 닭처럼 앉아 있진 않았어. 차라리 하루 수입을 놓치기 싫었다고 솔직히 말한다면, 내가 믿어 줄 텐데."

"맞아." 파르피가 웃으며 대답했다. "하지만 어쩌겠나? 해마다 병아리 같은 아이들이 태어나고 자라서 제때 먹여주지 않으면 울어대니 말이야."

우스타 알름이 다스투르혼을 준비하러 안으로 들어간 사이에 파르피는 오타벡에게 말을 걸었다.

"손님께서는 어디서 오셨소?"

"타슈켄트에서 왔습니다."

"그럼 상석으로 옮기세요." 파르피의 권유에 오타벡은 그저 감사만 표하고 자리에서 움직이지 않았다. 파르피는 다시 한번 오타벡을 유심히 바라보더니 다리를 꼬고 편히 앉았다. 우스타 알름이 다스투르혼을 펼치고 차를 가지고 나왔다. 우스타 알름도 쇼크르벡에게 상석으로 자리를 옮기라고 했지만, 그는 구두도 벗지 않은 채 그대로 앉아 있었다.

그들은 차를 마시며 이런저런 이야기를 나누기 시작했다. 대화를 통해 오타벡은 두 장인(匠人)이 한때 같은 방직 공방에서 일했으나 우스타 알름은 그곳 주인과 다투고 떠났다는 것을 알게 되었다. 이제 그는 자신만의 공방을 지어 독립적으로 일하고 있었다. 파르피는 우스타 알름에게 그 주인과 무엇 때문에 다투었는지 물었지만, 우스타 알름은 그저 이렇게 대답할 뿐이었다.

"그놈은 사기꾼이었어, 그 돼지 같은 놈!"

오타벡은 차를 마신 뒤 잔을 옆으로 밀어 놓으며 말했다.

"자, 먼저 실례하겠소. 떠날 시간이 되어서."

우스타 알름은 놀란 표정으로 그를 바라보며 물었다.

"왜 가려고 하는 거지? 3~4일 더 머물려고 하지 않았나?"

"마길란에서의 일은 거의 끝났고, 이제 또 할 일이 있어서 말이야."

"그럼, 우선 이 잔부터 비우자고. 차를 마신 후에 가도 늦지 않겠지!"

우스타 알름은 오타벡의 잔을 다시 채워 주었다.

오타벡이 떠나겠다며 양해를 구하면서 중단된 질문을 파르피가 다시 이어갔다.

"우스타 알름, 솔직히 말해보게. 그 주인과는 왜 다투었나?"

"그가 자네에게 더 자세히 말해 주지 않던가?"

"아니, 말하지 않았어. 내가 물어보면 항상 주제를 바꾸더군."

"그 비열한 놈, 말하기가 부끄러웠겠지." 우스타 알름은 마치 누군가를 경멸하는 듯한 표정을 지었다.

"왜 다투었는지 물어보면, 그는 언제나 화제를 다른 데로 돌리더라고."

우스타 알름은 찻잔을 단숨에 비우고는 그 주인과 다투게 된 이유를 설명하기 시작했다.

"나는 언제부터인가 호미드가 나의 처남 사이프를 증오의 눈으로 보고 있다는 느낌을 받았다네. 우리가 다툰 그날 아침, 사이프를 일찍 출근시켰지만 나는 다른 일로 바빠서 조금 늦게 출근했지. 공장으로 들어서니 누군가 울부짖고 애걸하는 목소리가 들리더군. 놀라서 문을 열었더니 그 추악한 놈 호미드가 내 처남을 덮치려 하고 있는 게 아닌가? 문이 활짝 열리자 호미드는 겁먹은 얼굴로 사이프를 풀어주고 나를 쳐다보더군. 나는 너무나 화가 나서 할 말을 잃고 말았다네. 자리를 피하려는 그 더러운 자식을 향해 나는 이렇게 말했지. '지난 20년 동안 너와 네 아버지를 위해 일해 준 보답이 결국 이런 것이냐?' 그는 아무 말도 하지 않고 그냥 가버리더군. 하필이면, 그날따라 자네와 카림, 그리고 오르특보이는 아침 일찍 출근을 하지 않았어. 그래서 그 돼지 같은 놈이 사이프를 추행할 기회로 삼은 거지. 내가 겪은 일이 바로 이거야. 그 이후로 나는 다시는 돌아가지 않았고, 그를 다시 만나지도 않았어. 그래서 내 공방을 짓기 시작한 거야."

파르피는 그의 이야기를 듣고 당황한 듯 보였다.

"저주받을 놈, 그런 짓을 했단 말인가?! 사람 같지도 않은 놈이군. 이런 짓은 그놈이 저지른 악행 중에서도 최악이야." 그는 목소리를 낮추며 계속해서 말했다. "이 악마 같은 자식이 믿기 어려울 만큼 나쁜 짓을 이처럼 많이 저질렀는데 우리가 전혀 알지 못했군!"

오타벡은 우스타 알름의 이야기를 동정 어린 눈빛으로 듣고 있다가 물었다.

"그 호미드라는 인간은 도대체 어떤 놈인가? 혹시 얼굴이 까무잡잡하고 곰보 자국이 있는 사람 아닌가? 잠깐, 내가 방금 자네 옆집에서 나오는 걸 본 것 같은데."

우스타 알름은 놀란 표정으로 오타벡을 바라보며 말했다.

"그래, 맞아. 바로 그놈이야. 그런데 어떻게 아는가?"

"내가 한번 말을 나눈 적이 있지."

"그럼, 그의 고약한 말솜씨를 아주 잘 즐기셨겠군요, 그렇죠?"

파르피는 오타벡을 힐끗 쳐다보며 쓴웃음으로 말을 걸었다.

오타벡도 의미심장하게 미소를 지었다. 그때 사이프가 손에 보따리를 들고 들어왔다. 그는 파르피에게 인사를 건넨 뒤 오타벡을 바라보며 말했다.

"어제는 우리가 오랫동안 기다렸어요, 오쉬도 준비됐었는데, 벡 아저씨!"

"저런, 나는 그 오쉬가 오늘을 위한 것인 줄 알았네?" 오타벡이 농담으로 받았다.

사이프는 뭔가 중요한 말을 전하려는 듯 긴장된 표정이있다.

"어젯밤 목욕탕 헛간에서 살인 사건이 일어났대요!"

"누가 죽었는데?" 우스타 알름이 물었다.

"정확히는 모르겠어요."

대신 파르피가 대답했다.

“내가 알아. 이쪽으로 오는 길에 사람들이 목욕탕에서 시신을 수레로 옮기고 있는 걸 봤어. 살해된 사람은 가엾은 커믈벡이더군. 살림 샤르바토르의 아들 말이야!”

“맙소사, 어떻게 그런 일이!” 우스타 알름이 다시 물었다. “살인범은 잡혔나?”

“아니, 못 잡았어. 시신을 찾는 데도 애를 먹다가, 자정 무렵에야 겨우 찾았다는군.” 파르피가 말했다.

오타벡은 이미 자리에서 일어나 이별을 위한 기도를 할 참이었기 때문에 그의 이야기에 크게 집중을 하지 않는 듯했다.

“집히는 사람이라도 있나?” 우스타 알름이 물었다.

“용의자야 나타나겠지. 하지만 그 시점이 참 묘하지 않은가?” 파르피가 말을 이었다. “사실, 어젯밤에 커믈벡과 미르자카름 딸의 결혼식이 예정되어 있었거든. 불쌍한 커믈벡은 결혼식 두 시간 전에 친구와 함께 목욕탕에 갔다가 그곳에서 순식간에 사라졌다는군. 심지어 함께 있던 친구도 그가 어떻게 사라졌는지 알아차리지 못했대.

한편, 신부 댁에서는 결혼 준비가 모두 끝나 있었고, 커믈벡의 아버지를 비롯해서 종교 지도자들과 모든 지역 유지들이 신랑을 기다리고 있었어. 그때 갑자기 커믈벡과 함께 목욕탕에 갔던 그 친구가 헐레벌떡 신부 댁으로 돌아오길래 사람들이 신랑은 어디 있는지 물었다는 거야. 하지만 오히려 그가 신랑을 찾고 있는 중이었으며, 커믈벡은 목욕탕에서 옷도 그대로 벗어둔 채 사라졌다더군.

그 후, 사람들은 모두 결혼 준비는 뒤로하고 신랑을 찾아 나섰어. 마침내 밤늦게 자정이 되어서야 그는 목욕탕 옆 외양간의 구유에서 피투성이로 발견이 된 거야. 불쌍한 그는 기도를 위해 세정하러 외양간 옆 헛간에 들어갔는데, 그때 누군가 그를 칼로 찔러 구유에 처박아 버렸던 거야.

정말 이상한 일이야. 아무도 그를 왜, 누가 죽였는지 알지 못한다는군." 파르피가 말을 마쳤다.

오타벡은 뭐가 뭔지 모를 혼란스런 상태에 빠졌다. 이 소식을 기뻐해야 할지 분노해야 할지 알 수가 없었다. 비록 그의 경쟁자가 죽었지만, 그것이 그를 진정시키거나 편안하게 해주지는 않았다. 오히려 불안함이 엄습했다.

우스타 알름은 이 비극적인 소식에 크게 동요하면서 안타까움을 진정시키지 못했다. 그리고 계속해서 "아, 불쌍한 영혼이여, 불쌍한 영혼이여…!"라고 되뇌기만 할 뿐이었다.

"혹시 그에게 원한을 품은 사람이라도 있었던 건가?" 그가 물었다.

"물론 있었지!" 파르피가 말하며 오타벡을 힐끔 쳐다봤다.

오타벡은 그의 시선에 당황했지만, 파르피는 계속했다.

"세상에는 온갖 종류의 사람들이 있지. 다른 사람의 생명에 대해서는 조금도 관심이 없고 내세에 자기들에게 닥칠 일도 전혀 생각하지 않는 나쁜 사람들도 많아."

그의 시선은 다시 한번 오타벡에게 쏠렸다. 오타벡은 불편함을 느꼈다. 파르피의 시선이 무척이나 부담스러웠던 것이다. 우스타 알름은 오타벡을 향한 그의 시선을 눈치챘다. 파르피가 뭔가 알고 있으면서도 오타벡 앞에서는 조심스러워하고 있었던 것이다. 우스타 알름은 그의 의심을 풀어주고 싶었다.

"계속 이야기해, 파르피. 그는 우리 사람이야."

"무슨 이야기를 더 해야 할까?"

"커믈벡의 적이 누군지. 자네가 아는 대로 말해 날라고."

"내가 그 일에 대해 뭔가 알고 있다고 말한 적이라도 있었나?"

그는 미소를 지은 채 오타벡을 쳐다보며 말했다. "보세요, 이 사람이 얼마나 교묘하게 정보를 끌어내려고 하는지."

이 말에 오타벡은 약간 안도하며 겨우 입을 열었다.

"당신이 나를 자꾸 쳐다보니, 우스타 알름은 당신이 나를 이방인으로 여기고, 아는 것을 말하지 않는다고 생각한 게 아니겠소?"

"인정하라고. 솔직히 말해 자네는 이 일에 관해 뭔가 알고 있으면서도 쇼크르벡이 무서워 말을 못하는 거지?" 우스타 알름이 말했다.

"모함하지 말게!" 파르피가 말했다.

"이건 단순한 모함이 아니야." 우스타 알름이 말했다. "쇼크르벡은 자네가 생각하는 그런 사람이 아니야. 그러니 모든 걸 말해도 된다고!" 그가 덧붙였다.

"맙소사!" 파르피는 웃었다. 그리고 잠시 생각하더니 이렇게 말했다.

"우리가 왜 이런 걱정을 하는 거지?"

"말할 생각이 없었으면, 왜 암시를 했나? 자네 입에서 나온 말이니, 필요 없더라도 다 말해야지!" 우스타 알름이 의견을 굽히지 않았다.

사실, 초조함은 이제 우스타 알름보다도 오타벡의 가슴속에서 훨씬 더 강렬하게 타오르고 있었다. 그는 서둘러 자리에서 일어나야겠다는 생각마저 포기했다. 결국, 그 누구보다도 자신의 경쟁자를 죽인 사람이 누구인지 알아야 할 이유가 오타벡에게는 더 컸기 때문이었다.

파르피는 이제 모든 것을 말하지 않을 수 없다는 것을 깨달았다. 그리고 불안한 눈길로 사이프를 바라보았다.

"넌 아직 어려서 이 이야기를 듣는 게 적절하지 않을 것 같구나." 파르피가 말했다. "섭섭하겠지만 가게로 가 있는 게 좋겠다!"

우스타 알름도 처남에게 구덩이에서 당근을 꺼내 얇게 썰어오라고 시켰다. 소년이 자리를 뜨자 파르피는 낮은 목소리로 이야기를 시작했다.

"내 생각이 틀리지 않다면, 커믈벡을 죽인 자는 호미드야!"

이 말에 오타벡은 깜짝 놀랐고, 우스타 알름은 더 큰 충격을 받았다.

"호미드가 그랬다는 거야?" 우스타 알름이 믿을 수 없다는 듯이 물었다.

"호미드가 맞아." 파르피가 장담하며 조용히 물었다. "우마르벡이 호미드의 가까운 친구라는 사실을 알고 있지, 그렇지?"

"알아. 둘은 항상 함께 몰려다녔지, 도둑놈들처럼 음모를 꾸미고 계략을 세우며…."

"맞아!" 파르피가 계속했다. "최근에 둘 사이가 나빠졌는데, 우마르벡이 열흘 전쯤 호미드가 저지른 너무나 끔찍하고 잔혹한 짓에 대한 비밀을 나에게 알려주더군. 호미드가 커플벡을 죽였다는 걸 내가 증명할 수는 없지만, 적어도 그가 저지른 무시무시한 범죄의 비밀을 알고 있기 때문에 그가 살인자임을 확신한다는 말일세. 3년 전에 타슈켄트에서 마길란으로 와서 미르자카름의 딸과 결혼했던 오타벡이라는 남자를 기억하나? 그는 결혼하고 나서 사흘 만에 장인 미르자카름과 함께 체포되어 교수형을 선고받지 않았는가? 분명히 기억할 거야. 우리는 그때 사르보이의 가게에서 차를 마시고 있었지."

"맞아, 맞아! 기억하지!"

우스타 알름이 소리치며 맞장구를 치고는 오타벡을 향해 말을 건넸다.

"아마 자네도 그 유명한 유수프벡 호지의 아들을 알 거야."

"그럼, 알지." 오타벡이 대답했다. 전혀 다른 주제로 시작된 이야기가 흘러 흘러 이제는 오타벡 자신의 이야기를 하게 되다니, 그는 숨이 막힐 지경이 되어 파르피를 뚫어지게 쳐다보았다.

파르피는 낮은 목소리로 이야기를 계속했다.

"그 젊은이의 부인은 대단한 미인인데 우리의 호미드 역시 그녀에게 꽂혀 있었거든. 이 둘이 결혼을 하자 호미드는 마치 가시밭에 누운 것처럼 고통스러워하다가 오타벡과 미르자카름을 제거하기로 결심했지. 그리고 말도 안 되는 음모를 꾸며 그 둘을 구속시키더니 결국엔 사형 선고를 받도록 했으니 자신의 목적을 달성한 셈이지." (이야기가 이 지점에 이르렀을 때, 오타벡은 아무도 모르게 한숨을 내쉬었다.)

파르피는 이야기를 계속했다.

"하지만 신께서는 진실을 아시니 불의한 일은 피할 수 있었지. 왜냐하면 예기치 못한 편지로 말미암아 그들이 교수형 올가미를 벗어나게 되었으니 말이야. 그들에게 무죄 판결이 나고 나서 호미드는 구속될 뻔했지만 쿠르보시 서장의 도움으로 코칸드로 도망을 가버렸어. 하지만 거기서도 그는 문제를 일으켰지. 오타보이 쿠쉬베기 총독을 뇌물 수수로 비난하며 절름발이 무슬만쿨 대감에게 고소장을 제출한 거야."

그는 여기서 이야기를 멈추더니 우스타 알름에게 물었다. "자네도 아는 바와 같이 호미드는 어느 날 밤에 사라져 삼 개월이나 도망다녔고, 쿠르보시 서장의 부하들이 사방팔방으로 잡으러 다니지 않았나?"

우스타 알름이 그의 말에 동의한다는 듯 고개를 끄덕이며 말했다.

"기억나는군. 계속하게나!"

하지만 오타벡은 이 끔찍한 진실을 듣고 있는 자신의 귀를 의심했다. 이제는 더 이상 자신의 진짜 이름을 밝히지 않을 수가 없을 것 같았지만, 기어코 참고 견디어냈다.

파르피는 속삭이듯 목소리를 낮추더니 이야기를 계속했다. "호미드가 무슬만쿨 대감에게 제출한 터무니없는 고소장 때문에 오타벡과 마길란의 총독인 오타보이 쿠쉬베기는 코칸드로 소환되었고, 수사가 끝난 후에야 안전하게 돌아올 수 있었지. 하지만, 호미드는 3개월 동안이나 마길란으로 돌아올 수가 없었어. 결국에는 쿠르보시 서장의 도움으로 돌아올 수 있었지만, 그는 돌아와서도 조용히 지내지 않았어. 또 다른 음모를 꾸미는가 싶더니, 이제는 미르자카름의 딸을 건드리기로 한 거야."

그는 잠시 말을 멈추더니 갑자기 뭔가 더 생각이 났다는 듯이 이야기를 계속했다.

"이 돼지 새끼 같은 자에게 다시 한번 멋진 기회가 찾아왔으니 그는 또다시 사악한 음모를 꾸미기 시작했단 말이야. 오타벡이 타슈켄트에서 두 번째 결혼을 한 것을 알고는 오타벡의 이혼서류를 꾸며서 미르자카름에게 보낸 거야!"

오타벡은 이 모든 사실들을 참고 듣다가 이제는 도저히 분을 이길 수가 없었다. "저질스런 돼지 새끼!" 그는 소리치며 자기도 모르게 일어섰다.

우스타 알름 역시 입을 다물고 있을 수가 없었다. "저주받을 이교도 같으니라고!"

오타벡이 흥분하는 것을 보고 파르피가 약간 의아해했지만, 우스타 알름의 반응에 진정할 수 있었다. 오타벡이 정신을 차리고 다시 자리에 앉자 파르피는 이야기를 계속했다.

"호미드조차도 졸지에 사기 이혼을 당한 오타벡이 어찌 되었는지 짐작할 수 없었지만, 호미드가 계획한 대로 일은 진행되었고 얼마 후에는 미르자카름의 딸이 이혼했다는 소문이 퍼진 거야. 서너 달 동안 몸을 낮추고 있던 호미드는 자신의 중매인을 미르자카름의 집으로 보냈지. 물론 미르자카름은 그 청혼을 거절해버렸고. 얼마 후 그 집 딸은 커믈벡과 약혼하게 되었어. 하지만 그들의 결혼식은 이런저런 이유로 미루어져 결국 1년이 지나고 어제야 공식적인 약혼식과 결혼식이 예정되었던 거야. 그리고 우리는 커믈벡이 목욕탕에서 죽었다는 슬픈 소식을 듣게 되었지. 앞서 언급한 모든 것을 분석해보면, 커믈벡의 살인자는 바로 호미드가 틀림없다는 거야."

우스타 알름이 고개를 끄덕였다.

"맞아, 의심할 여지 없이 호미드야!"

"어떻게 그런 뻔뻔한 짓을 할 수 있단 말인가! 그는 아내가 한 명도 아닌 둘씩이나 있는데, 또 다른 남자의 아내를 탐하다니…"

"더구나 그 여자를 차지할 수 없다는 것을 알면서도 무고한 사람을 죽였으니, 정말 악마의 새끼로군!"

"그놈은 그냥 개새끼야!" 파르피가 말했다. "지붕 위에 있는 고깃덩어리 한 조각도 자기가 가져갈 능력이 없으니, 다른 사람들이 가져가는 것도 허락하지 않는 개새끼나 다름없어!"

마침내 오타벡은 자신의 모든 삶을 비극으로 몰아간 그 나쁜 놈이 누구인지 분명하게 알게 되었다. 그는 자신의 비밀이 드러날까 두려워 이 철천지원수에 대한 끝없는 증오와 분노의 감정을 우선은 억누를 수밖에 없었다. 그럼에도 불구하고 그의 내면에서 올라오는 감정은 얼굴에 드러났고, 눈빛은 타오르고 얼굴은 울그락불그락 달아올랐다.

잠시 무거운 침묵이 흘렀다. 그것을 깨트린 것은 파르피였다.

"자네나 나나 어떻게 지금까지 호미드의 이런 악행을 눈치채지 못하고 있었는지 놀랍군!"

"놀랄 필요 없어." 우스타 알름이 말했다. "자네는 최근에야 이 일에 관여했지만, 나는 20년 동안 그의 집에서 살았어. 하지만 그에게서 이런 악행이 나올 줄은 상상도 못했어. 항상 눈앞에 뭔가 어두운 그림자가 서려 있어서 끔찍한 느낌이었지만."

우스타 알름은 잠시 멈춘 후 무언가를 발견한 듯이 말을 이었다.

"호미드가 이 일을 도모한 주범이었다 하더라도, 그의 패거리들도 있을 수가 있어. 기억나지 않는가? 눈이 툭 불거진 어떤 사내가 와서는 항상 그를 찾았던 일 말이야."

파르피가 대답했다.

"알지. 요즘도 호미드와 가장 가까운 관계지. 이름이 소딕이야. 자네 이웃 아닌가?"

다시 우스타 알름이 말했다.

"맞아! 틀림없이 그 젊은 놈과 그의 어머니가 호미드가 하는 짓을 돕고 있을 거야. 왜냐하면 호미드가 지난 두 해씩이나 내 이웃을 방문해 왔거든. 소딕은 먹을 것을 구하기도 어려울 만큼 가난해 우리에게도 자기 땅을 조금씩 팔아 왔지. 그런데 작년부터 갑자기 이들이 풍족하게 살기 시작하더니, 소딕은 결혼까지 한다더군. 그의 생활이 나아져서 다행이다 싶었는데, 이제 보니 그의 결혼을 주선한 것도 호미드였군."

이렇게 말하고 오타벡에게 물었다.

"호미드가 우리 이웃집에서 나오는 것을 보았다고 하지 않았는가?"

오타벡은 고개를 끄덕이며 이유 있는 한숨을 내쉬었다. 우스타 알름의 질문 때문이었다. 마침 자신의 모든 과거를 파괴한 이 무서운 악마를 어떻게 처리해야 할지 고민하던 중이었는데, 이 질문을 받는 순간 그는 최근에 호미드를 만났던 일이 떠올랐던 것이다. 그리고 그동안 자신의 원수가 누구인지 모르고 있었던 운명을 자책했다. 그는 자신의 현재의 삶이, 그리고 숨겨져 있던 사실들이, 이전보다 더 큰 위험에 처해 있음을 깨달았다.

우스타 알름은 부엌으로 가서 오쉬를 준비하기 시작했다. 그리고 오타벡이 일어나 짐을 챙겨 떠나려는 것을 보고 말했다.

"이야기하느라 시간이 많이 흘렀지만, 조금만 더 기다려주게. 잠시 배를 채우고 떠나게나. 거의 다 됐어. 방금 당근을 넣었거든."

오타벡은 마당 한가운데 서서 대답했다.

"고맙네, 우스타 알름. 하지만, 내가 아침 일찍 보낸 상품들을 따라가려면 서둘러야 한다네."

"오쉬를 기다리지 않고 떠나면 내가 섭섭한걸요. 40일[44]도 기다리는데, 하루를 더 기다리는 건 문제가 아니지요. 어서 앉으시오, 손님!" 파르피가 말했다. "당근이 들어갔다면 오쉬는 다 된 거니까!"

---

44 40일은 이슬람의 민속 전통에서 힘과 인내, 혹은 영적 시련의 기간으로 해석되는 상징적 기간이다.

"우스타 알름의 오쉬를 먹는 게 이번이 처음이 아니니까, 제 일이 잘 풀리면 자주 오겠소. 보름마다 한 번씩 오게 되면 지겨워질 거요." 오타벡이 말하며 말이 묶여있는 과수원 쪽으로 발걸음을 옮겼다.

우스타 알름은 오쉬 준비로 바빴다.

"내가 억지로 잡아두려는 건 아니지만, 가는 길에 배가 고프면 그건 자네 탓일세." 우스타 알름이 말했다.

오타벡이 마당에서 말을 깨끗이 하고 안장을 얹고 있을 때, 누군가가 다 무너져 가는 마당 서쪽의 이웃집 담 너머에서 머리를 빼꼼히 내민 채 그의 움직임 하나하나를 지켜보고 있었다. 오타벡이 이를 알고 있었는지는 불분명했지만, 그는 그쪽을 보지 않고 말에 안장을 얹는 일에만 열중하고 있었다. 안장 얹은 말을 끌고 출구 쪽으로 향하자 그를 지켜보던 머리가 내려가며 사라졌다.

마당 한가운데에서 그는 말을 멈추고 안장 가방과 겉옷을 챙기며 파르피에게 작별 인사를 했다. 사이프는 그를 돕기 위해 문 앞에까지 말을 끌고 갔다. 우스타 알름은 그가 길가에 나설 때까지 배웅하고 말에 오르는 것을 도우며 서운한 목소리로 말했다.

"오쉬를 두고 간다는 사실을 잊지 말게나, 벡!"

말에 올라 앉은 오타벡이 물었다.

"나한테 화난 건 아니지?"

"아니, 화난 건 아니지만 길에서 배고플 자네가 안타까울 뿐이지."

"오쉬를 안 먹고 가니 정말 길에서 배고프게 생겼네." 오타벡이 말했다. "하지만 오늘 안디잔에서 낙타 상인들과 만나기로 약속을 했거든. 제시간에 그들을 만나서 여비를 줘야하는데, 여기서 오쉬를 기다리며 내 기쁨만 생각한다면 이 다섯 남자를 굶기게 될 것 같단 말일세."

말 고삐에서 손을 떼며 우스타 알름이 물었다. "안디잔을 방문할 때 우리 집에 다시 들르겠다고 약속해 주겠나?"

"물론이지." 오타벡이 말했다. "보름 내로 최고급 품질의 실크 두 필을 준비해 주시게. 잊지 마시고!"

"걱정 말게, 기억하고 있네!"

"그럼, 잘 지내시게! 잘 있거라, 사이프!"

활기 넘치는 무스탕 말이 발걸음을 떼기 시작했고, 보통 때와 달리 단 두 차례의 채찍질에 사라지고 말았다. 오타벡과 이별한 우스타 알름이 집으로 들어가자마자 들창코 아줌마 집의 문이 열리더니 소딕이 말을 이끌고 나왔다. 그가 말에 오르고 있을 때 호미드가 문간에 나타나 빨리 가라고 재촉했다. 소딕은 말을 달려 오타벡을 뒤쫓았다.

오타벡을 배웅한 우스타 알름은 돌아와 아이완의 귀퉁이에 앉았다.

"참 이상한 친구야." 우스타 알름이 중얼거리자 파르피가 물었다.

"그 사람과는 어떤 관계인가?"

"생각 안나는가? 한 1년 반쯤 전에 호미드 집 앞에서 만났던 어떤 길 잃은 젊은이에 대해 얘기한 적이 있지 않은가? 우리 집에 묵기도 했었는데."

"아, 그가 바로 저 젊은이로군."

"그래, 맞아. 그때부터 마길란을 방문하고 안디잔으로 갈 때마다 우리 집에 묵곤 했지. 매우 진지하고 똑똑한 사람이야. 게다가 흥미로운 성품을 가졌더라고!" 그가 설명하자 파르피가 다시 물었다.

"어떤 점이 흥미롭다는 건가?"

"아주 흥미롭지!" 우스타 알름은 어제 있었던 이야기를 꺼냈다. "어제 아침 그는 시내를 조금 걷겠다고 나가면서 점심때는 오쉬를 먹으러 돌아오겠다고 약속을 했지. 오쉬를 요리해놓고 기다렸지만, 오지 않더군! 결국, 오늘 자네가 오기 직전에야 돌아왔어. 물어봤더니, 호자 마오즈 공동묘지에서 밤을 새웠다고 하더군. 눈은 잠을 못 자서 움푹해진 채 말이야. 정말 이상하지 않아?"

"간단히 말해, 괜찮은 친구로구먼!" 파르피가 말했다.

오쉬를 다 먹고 나니, 시내 곳곳에서 금요 기도를 부르는 소리가 울렸다. 그들은 차를 마시지 않고 서둘러야 했다. 파르피는 우스타 알름을 기다리지 않고 금요 기도를 위해 서둘러 큰길로 나가다가 호미드와 마주쳤다. 그는 그것이 우연인 것처럼 했다.

"오, 파르피 명장! 여기는 어떻게 오셨습니까?" 호미드가 물었다.

"우스타 알름 명장님 집을 방문했습니다."

"멋진 파티라도 하셨나 보군요?"

"예, 정말 성대한 파티였어요!" 파르피가 웃으며 말했다. "우스타 알름 명장이 집에다 공방을 지었답니다. 그가 섭섭하지 않도록 기도라도 짧게 해주러 왔습니다."

"그래요?" 호미드가 말하며 두 사람은 나란히 걸었다.

"그럼, 그가 정말 집에다 공방을 지었다는 말씀이군요, 그렇죠?"

"그렇다니까요."

"축하 파티라도 열어야 할 텐데, 그렇지 않나요?"

"이번 겨울에 기념할 계획이라고 합니다!" 대화가 흐지부지 됐다.

그들은 잠시 걸음을 멈추었다.

"오쉬는 드셨나요?"

"네, 물론이죠."

"다른 손님도 있었나요?" 호미드가 물었다. 파르피는 오타벡과 호미드가 서로 만난 적이 있었다는 사실을 떠올리며 대답했다.

"타슈켄트에서 온 손님이 있었지요." 그가 말했다.

그들은 거의 모스크에 도착했다. 호미드가 대화를 더 하고 싶어 하는 듯했지만, 파르피는 서둘러 모스크 안으로 들어가버렸다.

•• 14장 ••

배신자 사냥

초승달이 구름 뒤에서 반짝이며 모습을 드러냈다. 거리에는 무시무시한 정적이 감돌았다. 모두가 마지막 밤 기도를 위해 사원에 모였기 때문이다. 이 고요함은 우스타 알름의 집 문 앞에 멈춰 선 낯선 사내를 도와 뭔가 사주를 하려는 듯했다. 그는 처마 밑에 드리운 그림자 속에 몸을 숨겨 보이지 않도록 한 채 잠시 기다리더니, 조심스럽게 문을 열고 골목으로 들어섰다. 그리고 쪽문 안으로 들어서서 다시 한번 멈춰 선 후 뒤쪽으로 문을 살짝 닫았다.

달빛이 골목길에 비스듬히 내려앉아 어둠의 한 부분을 밝혀주었다. 사내는 발끝으로 걸어가며 안뜰을 들여다보았다. 아이완의 벽감에는 촛불이 타오르고 있었고 사이프는 잠자리를 준비하고 있었다. 사내는 그림자 속에 숨어 몰래 그를 주시했다. 사이프가 잠자리를 마련한 뒤 아이완의 가장자리에 있던 다스투르혼과 그릇을 정리하고 방으로 들어갔다. 이 순간을 기회로 삼아, 사내는 조심스럽게 안뜰로 미끄러지듯 들어갔다.

잎사귀들이 모두 떨어진 나무들 가득한 과수원에는 희미한 빛이 감돌았고, 허름한 담벽에 기대선 사내의 얼굴은 이제 달빛에 쉽게 알아볼 수 있었다. 그는 잔혹한 재앙과 비열한 배신에 희생되었던 젊은 남자, 오타벡이었다. 그는 이제 마지막 전쟁을 앞두고 결의를 다지고 있었다.

폐가의 벽 옆에 서 있던 오타벡은 이웃집 안뜰에서 무슨 일이 벌어지는지 귀를 기울였다. 장작이 타며 내는 탁탁 소리와 바스락거림이 들려왔고, 때때로 여자의 목소리도 들렸다. 오타벡은 조심스레 벽을 따라 이리저리 움직이며 이웃 마당으로 넘어갈 수 있는 지점을 찾았다. 중간쯤에서 그는 넘어갈 수 있는 틈을 발견하고 몸을 웅크린 채 숨어 있다가 갑자기 발소리를 듣고 땅에 몸을 밀착시켰다. 발소리는 곧 멈췄다. 우스타 알름의 목소리를 알아차린 그는 친구가 저녁 기도에서 막 돌아왔다는 것을 짐작할 수 있었다. 그가 과수원으로 들어올까 봐 오타벡은 땅에 납작 엎드린 채 기다렸다.

시간이 너무 천천히 흐르고 있었다. 그는 자신의 심장이 텅 빈 울림처럼 뛰는 소리를 세며 기다렸다. 차가운 가을바람이 폐부를 파고들어 기침이 나올 것 같았다. 오타벡은 손수건으로 입을 막고 등을 대고 누운 채 하늘을 바라보며 마치 거기서 위안이라도 얻으려는 듯했다. 한 시간 반, 아니 어쩌면 그 이상이 지났다. 어딘가에서 닭 우는 소리가 들렸고, 바로 그때 이웃의 허물어진 마당에서 여러 발걸음 소리가 가까워졌다. 그 소리를 듣기 위해 자세를 고쳐 몸을 일으켜 세웠다. 얼마 후, 문 옆에서 들려오던 희미한 대화 소리가 문이 삐걱거리는 소리로 바뀌면서 목소리는 점차 사라졌다. 오타벡은 벽에 몸을 기대며 조심스럽게 반쯤 일어섰다.

무너진 담벽 틈으로 들여다보니 마당 반대편에 있는 아이완과 난로에서 타오르는 불길이 보였다. 집 안에서 들리는 목소리는 제법 뚜렷했다. 오타벡은 낡은 벽을 무너뜨리지 않으려 조심스럽게 기어올라 신속하게 폐가 안으로 들어가 몸을 낮췄다. 지붕은 이미 내려앉아 천장이 처져 있었다. 비교적 넓은 공간에 놓이게 된 그는 조용히 몇 발짝 옮겨 부서진 문 쪽으로 다가가 신중하게 마당을 엿보았다.

맞은편 집의 창문은 모두 닫혀있었지만, 틈새로 빛이 스며 나왔고 이전보다 더 낮고 희미하게 들리는 목소리가 있었다. 약 45분 정도가 지나자 목소리는 다시 커졌다. 그 사이, 한 여인이 쟁반을 들고 집 밖으로 나와 솥에서 음식을 덜어 담기 시작했다. 그녀가 음식을 담아 집 안으로 들어간 뒤, 오타벡은 옷 속에 숨겨둔 칼집에서 단검을 꺼냈다. 달빛에 칼날을 확인한 후 단검을 손에 쥔 채 다시 그 집 쪽으로 눈길을 돌렸다.

여인이 다시 나타나 수프를 그릇 몇 개에 나눠 담았다. 그리고 다시 그릇을 들고 집 안으로 사라졌다. 다시 화덕 쪽으로 돌아와 일을 마무리하고 집 안으로 들어가더니 마침내 문을 닫았다. 오타벡은 마당 한가운데로 나아가 뽕나무 쪽으로 걸어가더니 주위를 살폈다. 남쪽 마당이 비어있는 것을 확인한 그는 몰래 좁은 창문 쪽으로 기어가 조심스레 몸을 웅크렸다. 술과 쇼르바 수프 냄새가 코를 찔렀다. 이제는 대화 소리뿐 아니라 씹는 소리까지 들을 수 있었다. 누군가 입맛을 쩝쩝 다시며 말했다.

"이제 나한테는 충분하니 소딕과 무탈 폴원에게나 따라줘!"

오타벡은 그 목소리를 알아챘다.

"왜 자꾸 내 술잔만 채우는 거야? 잔낫 아줌마 잔에도 적어도 두 순배에 한 번씩은 따라줘야지, 하하하!"

"아무리 줘도 이 늙은 여성분께서는 거절하지 않을걸."

"준다면야 내가 다 마실 수 있지. 내가 여자이긴 해도 무탈 폴원 같은 남자 열 명 정도는 해치울 수 있다니까, 히히…" 그녀의 말이 끝나자 방안에는 폭소가 가득했다.

웃음이 잦아들자 다시 대화가 시작되었다.

"이제 이걸 드세요, 호미드 형님!"

"아니야, 소딕, 내 동생. 나한텐 이제 충분해. 너무 독하잖아."

"마시지 않고는 못 배길걸요?!"

"쿠무쉬 아가씨를 위해서라도 한 잔 더 드셔야지요?"

이 말을 듣자 오타벡은 본능적으로 움찔했다.

들창코 아줌마의 웃음소리가 들렸다. "히히히…!"

"우리 대화에 이 사랑스러운 이름을 끼워 넣지 않았더라면 난 안 마셨을 거야. 하지만 너희들 누님의 건강이 내겐 다른 누구보다도 중요하니까! 잔을 채워라!"

"하하하, 이제 형님의 약점을 알았네!"

이 모든 대화를 엿듣자, 오타벡은 당장 창문으로 뛰어들어 그들을 박살 내고 싶은 마음을 겨우 억눌렀다. 그들은 몇 마디 더 헛소리를 나누더니 누군가가 한숨을 쉬었다.

"왜 그러세요, 호미드 형님?"

"오늘 일이 좀 걱정스럽구나, 소딕!"

"왜 저를 못 믿으시지요? 백 번은 말씀드렸을 텐데. 내가 그 얼간이를 마길란 성문까지 따라갔고, 이후로도 한참을 뒤따랐어요. 결국 대상(隊商)에 합류할 때까지 따라갔었다고요. 그런 속도로 가면, 아마 지금쯤 코칸드에 도착했을 겁니다.

"하지만 자네도 확신할 수는 없지 않은가, 동생!"

"내 생각에 이상한 일은 없는 것 같아요. 알고 보니 그는 우스타 알름을 알고 있었고, 장사하러 마길란에 온 길에 그의 집에 묵은 것 뿐이에요. 결국, 형님도 떠나기 전에 그가 한 말을 듣지 않았나요?"

"네 말이 맞지만, 나를 불안하게 하는 건 그가 하필 나와 다투어서 감정이 좋지 않은 사람에게서 머물렀다는 것인데, 그것도 너희 집 근처에 있었다는 거야. 이게 단순히 우연일까?"

"만약 우스타 알름이 형님의 비밀을 알고 있다면야 형님이 두려워해야겠지요. 하지만 제가 보기에 그 얼간이 오타벡은 마길란에 자기 마누라가 있었다는 사실도 이미 잊어버렸을 거예요."

"너 말고는 아무도 내 비밀을 몰라. 나는 우마르벡과 다툰 적이 있지만, 다행히도 이미 화해했어."

"그런데 왜 두려워하는 거죠?"

"나는 그가 타슈켄트로 떠난 것이 우리 눈을 속이려는 교묘한 속임수일까 두려워."

"형님 말대로 만약 그가 타슈켄트로 떠나지 않았다면, 제가 바로 살름 샤르바토르에게 가서 그의 아들을 죽인 놈이 미르자카름의 전 사위라고 말할 겁니다. 제가 그것을 직접 봤다고 말입니다. 그러면 그놈의 처지가 어떻게 될지 뻔하죠! 설사 그놈이 형님이 계획하신 바를 모른다 해도,

그놈이 이 상황을 듣게 되면 마길란에서 부리나케 도망칠 수밖에 없을 겁니다."

"소딕 말이 맞아." 들창코 아줌마가 끼어들었다.

이 끔찍한 이야기를 듣고 있던 오타벡은 몸을 떨었다.

소딕이 계속 말했다.

"이제, 앞으로 할 일에 대해서나 이야기하자구요. 그렇지 않으니 겁쟁이 같은 형님 모습을 보고 무탈 폴원은 심지어 잠이 들어 버렸어요, 보세요!"

"나는 안 자, 이 사기꾼아! 약이나 좀 더 줘!"

"나의 친구 무탈군." 호미드가 말했다. "우리는 남의 은혜를 잊지 않는 사람들이야. 네 친구 소딕도 나와 같이 일을 도모했었고, 나도 결코 약속을 어긴 적이 없지. 모든 것이 알라의 뜻에 달려있기는 하지만, 나는 그를 곧 장가도 보내줄 거야. 나는 누군가와 일단 친구가 되면, 그를 기쁘게 하기 위해 내 목숨도 바칠 수 있는 사람이지."

소딕이 덧붙였다. "무탈은 호미드 형님을 더 잘 알고 있답니다! 그는 형님의 부탁에 동의하기는 했지만, 형님께 뭔가를 원하는 게 더 있는 것 같던데…"

호미드의 목소리가 들렸다.

"무탈, 네가 원하는 게 뭔지 말해 봐."

무탈이 취한 목소리로 느릿하게 말했다.

"호미드 형님, 제가 누군가에게 약간의 탕가를 빚진 게 있습니다."

호미드의 목소리가 들렸다.

"우리의 우정에 그까짓 몇 탕가가 무슨 문제겠나? 방금 말했듯이, 나는 친구에게 뭘 아끼는 사람이 아니야. 필요하다면 30-40탕가를 더 요구해도 돼!"

들창코 아줌마가 끼어들었다.

"알라의 가호가 있어 호미드가 소원을 이루기를, 히히히! 필요하다면, 그는 세상의 모든 부를 친구의 발아래 놓을 사람이야!"

동전 부딪히는 소리가 들리더니, 다시 호미드의 목소리가 들렸다.

"좋아, 무탈, 일단 이걸 다 가져가. 이 일에 대한 보상은 따로 챙겨줄 테니…"

취한 목소리의 대답이 들렸다.

"고마워요, 호미드 형님, 형님께서 우리를 위해 목숨을 아끼지 않겠다고 한다면, 저도 형님을 위해 목숨을 바칠 준비가 되어있습니다. 신성한 잠시드 왕의 이름으로 맹세합니다!"

소딕이 선언했다.

"우리 무탈은 속 좁은 사람이 아니라니까!"

호미드가 대화를 끊으며 말했다.

"잔낫 아줌마, 이 다스투르혼 좀 정리해 주세요."

그릇과 접시 부딪히는 소리가 들렸다. 오타벡은 조용히 쪽문으로 이어지는 골목으로 물러났다. 들창코 아줌마가 화덕 근처로 나와 잠시 그릇을 정리하더니 다시 안뜰로 나갔다. 그리고 뽕나무 아래에서 다스투르혼을 털고 다시 방으로 들어갔다. 오타벡이 창문 쪽으로 몸을 낮추자 갑자기 호미드의 목소리가 들려왔다.

"잔낫 아줌마, 문이 잠겼는지 확인 좀 해주세요!"

소딕의 목소리가 들렸다.

"호미드 형님은 뭐가 그리 두려운 거지? 내가 직접 문을 잠갔다니까요."

"넌 아직 젊었구나, 소딕" 호미드가 말하며 들창코 아줌마를 향했다. "가서 확인해주세요, 잔낫 아줌마!"

오타벡에게는 아슬아슬하고 끔찍한 순간이었다. 허름한 창고로 숨을 틈이 없으니 들창코 아줌마에게 들킬 게 분명했다. 쪽문 밖으로 나가게 되면 이들의 꿍꿍이를 더 이상 알 수 없게 될 것이고, 지금까지의 모든 노력이 물거품이 될 수도 있었다. 그는 초조한 마음으로 주변을 둘러보았다. 그 순간 우스타 알름의 마당 담벽에 세워진 수레를 발견했다. 작은 수레 뒤에 숨는 것이 위험하기는 했지만, 이들이 한밤중에 무슨 수작을 벌이는지 확인하지 않고 도망가버리는 것은 더 위험하다는 생각이 들었다.

들키면, 세 명과 싸우는 수밖에 없었다. 문이 열리자 그는 이미 몸을 수레 아래에 숨긴 뒤였다. 몸을 최대한 웅크리고 있어도 그의 모습은 쉽게 눈에 띌 위험이 있었다. 오타벡은 고양이가 쥐를 노리듯 수레 밑에 웅크리고 앉아 칼을 잡고 공격할 준비를 하고 있었다. 하지만, 들창코 아줌마가 수레 가까이로 다가왔으나 그를 알아채지 못하고 쪽문 방향으로 길을 돌았다. 쪽문에 자물통이 채워진 게 달빛 아래에서도 뚜렷하게 보였다. 굳이 가까이 다가갈 필요도 없었던 그녀는 중간쯤에서 발길을 돌렸다. 돌아오는 길에 그녀는 새들이 지저귀는 소리를 들으며 밤하늘을 바라보았다. 찌르레기 새떼들이 북동쪽으로 화살처럼 날아갔다. 그녀는 날아가는 새들을 바라보며 수레 옆을 지나 집으로 들어갔다.

들창코 아줌마가 아이완으로 올라가자 수레가 들어 올려졌다가 다시 제자리에 놓였다. 오타벡이었다. 그는 들창코 아줌마가 집 안으로 들어간 것을 확인한 후 셔터로 닫힌 창문 앞으로 조심스럽게 다가갔다. 심장은 여전히 세차게 뛰고 있었지만, 그는 맞설 준비가 되어있었다. 문이 잠겼다고 호미드에게 전하는 들창코 아줌마의 목소리를 들은 후에야 그는 안심하고 다시 창가에 앉았다.

그때 호미드의 목소리가 들려왔다.

“좋아, 그럼 월요일 밤에 실행하는 걸로 하자!”

소딕의 목소리가 들렸다.

“원한다면, 언제든지 실행할 준비가 되어 있습니다!”

무탈의 목소리가 들렸다.

"나는 지금이라도 나설 수 있어요!" 무탈이 허세를 부렸다.

호미드의 목소리도 들렸다.

"월요일로 하자. 더 일찍도 더 늦게도 안 돼. 준비를 하려면 이틀은 필요하니까."

소딕의 목소리가 들렸다.

"어떤 준비를 말하는 거죠?"

호미드의 목소리가 들렸다.

"그녀를 보쌈해 나오면, 우리는 마길란에 남아 있기가 어려워. 그녀가 적응할 때까지 시골로 보내야 해. 월요일 밤 몇 시에 그녀가 우리 손에 넘어올지 알 수 없으나, 끌고 나오는 즉시 마길란 밖으로 데리고 나가야 해. 낮에는 너무 위험하고, 너희들도 알다시피 밤에는 성문이 닫혀. 따라서 경비병을 구워삶아 도와달라고 해야지, 물론."

소딕의 목소리가 들렸다.

"좋은 생각입니다. 어떻게 미르자카름 집의 안뜰까지 들어갈 수 있을지 고민해야겠군요!"

호미드의 목소리가 들렸다.

"계획을 잘 세워야지."

소딕의 목소리가 들렸다.

"가장 좋은 방법은 물론 대문으로 들어가는 거지!"

무탈의 목소리가 들렸다.

"대문으로 들어갈 수 없다면, 지붕을 뚫고 들어가는 수밖에."

소딕이 터뜨린 웃음소리가 들렸다.

"하하하, 그거 좋은 생각이야, 무탈!"

무탈의 목소리가 들렸다.

"웃을 일이 아니야, 이 한심한 바흐차야! 네가 세상을 알기나 하고 웃는 거냐? 나는 내 인생에서 산전수전 다 겪은 사람이야! 내가 이런 보쌈을 처음 하는 줄 알아? 아니, 아니야, 이 무탈 형님은 이미 그 이상을 해 봤다고. 우리는 모두 죄 많은 무슬림들이야. 그렇지 않나요, 호미드 형님? 하하하….! 자, 제 말 한번 들어보세요.":

어느 날 존켈디라는 친구가 나에게 고백을 했답니다. 자기는 하탐 토라의 어린 아들에게 완전히 반해서 정신을 차리지 못하겠고, 그 애에게서 눈을 뗄 수가 없다고 말입니다. 큰일 났다고 생각했죠. 그때 칼란다르 폴원이라는 친구도 나와 함께 있었어요. 내가 존켈디에게 말했죠. "은화[45] 열 닢만 주면 그 애를 바로 데려다 줄게." 존켈디는 이미 그 애에게 빠져 있었던 터라 바로 돈을 꺼내 들며 말하더군요. "좋아!"

그래서 나는 칼란다르와 함께 날이 어두워지길 기다렸다가 하탐의 집으로 갔죠. 하지만 돌로 쌓은 그 집 담이 너무 높아서 넘어갈 수 있는 방법이 없더군요. 이 위기의 상황에서 칼란다르는 내게 이러는 거예요. "은화 다섯 냥을 돌려주려니 자존심 상하는데?" 내가 약간 열을 받았죠. 그래서 나는 허리춤에서 단검을 뽑아 들고 바로 대문 쪽으로 걸어 들어가 문을 두드렸죠. 칼란다르는 놀라서 나를 말리더군요. "야, 무탈, 정신 차려! 어쩌려고 그래?" 그래도 나는 계속해서 문을 두드리며 큰 소리로 하탐을 불렀죠. 그리고 칼란다르에게 "시끄러, 이 겁쟁이 계집애 같은 놈!"이라고 욕을 한 바가지 퍼부었더니, 그냥 줄행랑을 치더라구요.

그때 하탐이 대문 안에서 묻더군요. "누구요?" 나는 재빨리 대답했죠. "나야 나, 빨리 문 열어!" 그런데 믿을 수 있겠이요? 이 멍청한 놈이 진짜로 문을 열어주는 겁니다. 나는 재빨리 뜰 안으

---

45 은화oq tang'a [저자 주]

로 몸을 날렸고 그의 팔을 붙잡아 끌고 들어갔지요. 그제야 나를 알아보고는 뭔가 일이 잘못되었다는 사실을 눈치채더군요. 나는 이 불쌍한 놈의 목에 칼을 대고 물었답니다. "살고 싶지, 이 새끼야?" 하탐은 혀를 부들부들 떨면서 겨우 "네, 네"라고 대답했습니다. "그럼 잘 들어." 내가 말했죠. "네놈은 여기서 아들 옆에 평화롭게 자고 있지만, 그 아이 때문에 몸부림치며 땅을 치고 우는 사람도 있어. 그러니 정신 차리고 네놈 아들이 어디 있는지 말해!" 하탐은 온몸을 떨며 이미 다리가 풀려 걷지도 못하더군요. 내가 직접 그놈을 끌고 아이완으로 가서 아들을 확인했죠.

아직 잠이 덜 깬 아이에게 옷을 입히고 있는데 아이 엄마가 소리를 지르며 난리를 치더군요. 나는 칼을 들고 그녀에게 소리쳤죠. "닥쳐, 이 멍청한 년아. 나는 네 아들을 죽이려는 게 아니야. 아이는 그저 차 한 잔 마시고 돌아올 거라고!" 그렇게 위협과 달래기를 반복한 끝에 나는 결국 약속대로 그 아이를 데리고 가서 존켈디에게 넘겼죠. 다행히 그날 밤 경찰은 한 명도 마주치지 않았답니다!

"자, 소딕, 어때? 네놈이 겨우 송아지 몇 마리 때려잡았다고 사람이 된 줄 알아? 에이… 그래, 이야기하다 보니 술이 다 깼네! 여기, 한 잔 더 따라!"

호미드의 목소리가 들렸다.

"넌 정말 멋진 놈이야, 무탈! 너야말로 준비된 사람이라는 걸 알고 있었으니까 내가 널 부른 거라고!"

무탈의 목소리가 들렸다.

"형님이 모든 것을 알고 계셨다니, 됐군요. 이제 저를 믿고 일을 맡기시죠."

호미드의 목소리가 들렸다.

"소딕이 말했듯이, 나는 네가 대문으로는 들어가지 않았으면 좋겠어. 그 근처에는 가끔 경찰들이 있을 수 있거든."

무탈의 목소리가 들렸다.

"그렇다면, 뒷마당으로 들어가죠, 뭐."

호미드의 목소리가 들렸다.

"집 뒤쪽으로는 미르자카름 집과 연결된 다른 사람집의 뒤뜰이 있지 않나?"

들창코 아줌마의 목소리가 들렸다.

"맞아요. 이름이 뭐더라…. 아무튼 그의 마당이 있어요, 히히, 그 망할 말릭보이네 마당이죠."

호미드의 목소리가 들렸다.

"좋아. 사다리를 지붕까지 놓을 수 있나요?"

들창코 아줌마의 목소리가 들렸다.

"히히…. 지붕이 아주 높은데?"

무탈의 목소리가 들렸다.

"문제없어요, 높다면 벽으로 굴을 뚫고 들어가면 간단하죠!"

호미드의 목소리가 들렸다.

"어렵지 않겠어?"

무탈의 목소리가 들렸다.

"아니, 가장 쉬운 방법이 굴을 뚫는 겁니다. 바로 연결되니까요."

호미드의 목소리가 들렸다.

"굴을 뚫는 데 한두 시간으로 충분하겠어?"

무탈의 목소리가 들렸다.

"마당은 비어 있나요?"

들창코 아줌마의 목소리가 들렸다.

"비어있어, 비어있다고… 히히."

무탈의 목소리가 들렸다.

"부근에 사람도 없나요?"

잔낫의 목소리가 들렸다.

"없지, 아무도 없어… 히히"

무탈의 목소리가 들렸다.

"좋아요, 그럼 방향만 제대로 알려주면, 내일 굴은 제가 뚫을게요."

"좋았어! 고마워, 무탈!" 호미드와 소딕이 동시에 대답했다.

오타벡은 일어나서 쪽문을 향해 걸어갔다. 손을 뻗어 쇠사슬을 들어 올리려다가 다시 마음을 고쳐먹고 돌아섰다. 그는 낡아빠진 폐가를 통해 우스타 알름의 뜰로 들어갔다. 우스타 알름과 사이프가 잠들어 있는 아이완을 지나며 그들이 평화롭게 코를 골고 있는 것을 확인한 뒤, 조심스레 뜰을 빠져나왔다. 그리고 문을 열고 거리로 나왔다.

소딕의 입에서 나온 말에 따르면, 그는 호미드의 명령에 따라 코칸드의 성문까지 오타벡을 쫓아갔고, 오타벡이 자기의 카라반에 합류할 때까지 그를 추적했다고 한다. 하지만, 오타벡은 자신이 쫓기고 있다는 것을 본능적으로 알아차렸고, 소딕이 추적을 멈추고 돌아갔음에도 불구하고 계속해서 카라반에 섞여 한 구간을 더 달렸다. 그리고 다른 길을 택해 타슐락 관문을 지나 다시 마길란으로 돌아왔던 것이다.

호미드에 대한 끔찍한 이야기를 파르피의 입을 통해 듣고 나서, 오타벡은 마길란에 남아 장인어른에게 모든 것을 소상하게 밝히고 싶었다. 하지만 그는 우선 마길란을 서둘러 떠나기로 했다. 그것은 현명한 선택이었다. 커믈벡이 살해된 후 마길란에 머물며 호미드의 눈에 띄는 것은 곧 자신의 사형 선고서에 서명하는 것이나 다름없었기 때문이다. 자신의 무덤을 파는 것에 그치지 않고, 졸지에 살인자의 누명을 뒤집어 쓰고 자신의 명예까지 더럽히게 되었을 것이다.

호미드는 단순한 비방에 그치지 않고, 당연히 코즈 법정에까지 이 문제를 제소할 인간이었다. 이러한 위험을 인지한 오타벡은 서둘러 마길란을 떠난 것이다. 그가 말 등에 안장을 올리고 있을 때 반대편 담장 쪽에서 누군가의 머리를 보았고, 그가 자신의 뒤를 밟고 있음을 눈치챘었다. 더구나, 우스타 알름에게 작별 인사를 할 때 옆집 문 뒤에서 서 있던 사람의 그림자를 보게 되자 자신의 의심을 더욱 확신하게 된 것이다.

마길란을 떠나 두 번째 쉼터에 도착한 그는 찻집에서 여러 차례 잔을 비우며 오랫동안 생각에 잠겼다. 그는 마길란으로 돌아가기로 결심했다. 그곳에 가면 음모에 휘말릴 위험이 있지만, 호미드를 전장의 승리자로 남겨둘 수는 없는 일이었다. 호미드의 모든 음모와 계획을 파헤치고 그 결과에 따라 행동을 개시할 참이었다. 그는 해질녘부터 저녁 기도 시간 사이에 마길란으로 들어갔다. 처음 방문 때 묵었던 카라반세라이에 머물며 일을 도모할 작정이었다.

호미드의 음모가 펼쳐지는 곳이 우스타 알름의 이웃집이라고 확신한 그는 바로 그곳으로 향했다. 그 후에 벌어진 일들은 이미 독자 여러분께서 위의 대화에서 들어 아실 것이다.

우스타 알름의 집을 나설 때 오타벡은 소딕의 마당 쪽에서 시끄럽게 흘러나오는 대화 소리를 엿듣게 되었고, 느긋하게 카라반세라이로 향했다. 그는 그날 있었던 뜻밖의 행운에도 전혀 동요하지 않았다.

이제 적과 맞닥뜨릴 시간이 언제인지 알게 된 오타벡은 월요일 밤에 다가올 일 외에는 아무 생각도 할 수 없었다. 그날 그는 단 한 명이 아닌 세 명의 적과 싸워야 했다. 물론, '3대 1'이라는 상황이 부담스러워 누군가에게 도움을 요청하거나, 당국이나 미르자카름에게라도 알릴까 고민도 했다. 하지만 그의 자존심이 그런 비겁한 행동을 허락하지 않았다. 그래서 그런 모든 계산은 다 버리기로 했다. 아니, 그는 누구도 데려가지 않을 것이다. 당국에 알리지도 않을 것이며, 미르자카름에게 경고하지도 않을 것이다. 자기가 사랑하는 여인의 집 앞에서 적을 처단하거나 스스로 죽음을 맞이하게 될 것이다. 바로 그녀의 발밑에서 적을 처단하지 못하면 자신이 죽음을 맞게 되는 싸움. 이것이야말로 낭만적이고 영웅다운 선택이었다.

카라반세라이로 들어가면서 그는 혼잣말을 했다.

"그렇게 내가 죽는다면 얼마나 달콤한 죽음이겠는가!"

비록 전날 호자 마오즈 공동묘지에서 밤을 새운 탓에 피곤했지만 오타벡은 지난 몇 시간 동안 들었던 충격적인 사실들을 곱씹으며 오랫동안 잠을 뒤척였다. 겨우 잠에 빠져들자 그는 꿈을 꾸었다. 자신이 피의 웅덩이에 누워있기도 하고 쿠무쉬를 품에 안고 있기도 했다.

•• 15장 ••
월요일 밤

마치 닥쳐오는 호미드와 오타벡의 만남을 감추기라도 할 셈인지 밤은 칠흑처럼 어두웠다. 오타벡은 한바탕 혈투를 상상하며 전의를 가다듬고 있었지만, 호미드의 생각은 전혀 달랐다. 천상의 꽃향기를 맡으며 꽃밭을 산책할 생각에 들떠 있었다.

다섯 뼘 정도의 좁은 폭으로 길게 뻗은 골목은 쪽문으로 이어져 있다. 해질녘과 저녁 기도 시간 사이에 우리의 주인공이 이 골목 입구에 모습을 드러냈다. 그는 주변을 신중히 살펴보았다. 이 시간대의 거리에는 사람의 그림자도 발자국 소리도 들리지 않았다. 그럼에도 불구하고 오타벡은 현관, 담벼락 틈, 그리고 건축물의 지붕까지도 면밀히 살펴보고 아무도 없다는 것을 확인한 후에야 좁은 골목길에 들어섰다.

골목 중간쯤에 이르자 그는 갑자기 멈춰 서서 뒤를 돌아보았다. 무언가를 발견했기 때문이 아니라 자신이 추적당하지 않는지 확인하고 싶어서였다. 쪽문에 이르자 그는 다시 어깨너머로 주변을 훑어보았다. 잠시 서서 생각한 뒤 그는 조심스럽게 몸을 들어 담장의 틈새로 안쪽 마당을 살폈다. 그 쪽문은 자물쇠나 걸쇠도 없이 그냥 닫혀있을 뿐이었지만, 오타벡은 문을 통해 들어가는 대신 담장 위로 올랐다. 저녁 기도가 끝난 뒤라 사방이 암흑에 잠겨 있었으나 나무가 없는 빈 마당은 훤한 달빛으로 말미암아 쉽게 관찰할 수 있었다. 아무도 없다는 것을 확인한 그는 다시 내려와 안쪽으로 들어갔다.

대략 반 헥타르 정도 넓이의 그 마당 남쪽은 이웃집 뒷벽과 맞닿아 있었다. 나머지 세 면도 다른 건축물들이 둘러싸고 있었다. 여름에는 이곳이 채소밭으로 사용된 듯했다. 깊이 패인 고랑이 길게 뻗어 있었고, 비에 젖어 축축해진 이랑은 오타벡의 움직임을 방해했다. 발을 디딜 때마다 무거운 진흙이 신발에 달라붙었다. 그렇게 겨우 마당 남쪽 끝에 이르렀다.

미르자카름 집의 뒷담에는 기도용 카펫 크기의 어둡고 작은 틈새가 벌어져 있었다. 오타벡은 전날 밤 이미 이곳에 와서 그 틈새를 확인했기에 지금 다시 살펴볼 필요는 없었다. 그러나 그는 무심히 지나칠 수도 없었다. 담을 통과하면 벽 뒤에는 쿠무쉬의 방이 있었기 때문이다. 오타벡은 아직도 그 방에서 쿠무쉬와 함께 보냈던 시간을 달콤했던 기억으로 가지고 있었다. 이 순간에도 쿠무쉬는 그곳에 있으며, 그녀는 오타벡의 삶에서 유일한 의미 있는 지지자였다. 오타벡은 마치 천사에게 작별을 고하기라도 하는 듯 그 집에서 눈을 뗄 수가 없었다. 그리고 그는 주머니에서 준비한 편지를 꺼내더니 생각에 잠긴 채 종이를 쓰다듬고는 다시 집어넣었다.

다시 한번 그 집을 바라본 후, 틈새가 벌어진 서쪽 담에서 대략 다섯 걸음 정도 떨어진 구덩이로 걸어갔다. 이곳은 지붕을 메우기 위해 흙을 파갔기 때문에 형성된 것으로 보였다. 오타벡은 전날 밤에 이미 이 구덩이를 숨을 곳으로 점찍어 두었다. 그는 구덩이에 몸을 낮추고 누운 채 팔을 머리 뒤로 접었다. 구덩이는 틈새가 벌어진 담벽과 아주 가까웠지만, 달빛이 만들어 준 집의 그림자와 밤의 어둠 덕분에 안전한 은신처가 되어 주었다.

****

한밤중이 되었다. 일찍 잠자리에 든 사람들은 벌써 열 번째 꿈속을 헤매고 있었다. 드디어 쪽문이 열리더니 두 개의 그림자가 나란히 들어왔다. 오타벡은 이들을 보자 칼집에서 단검을 꺼내 들고 땅에 바짝 엎드렸다. 두 그림자는 조용히 담벽 틈새로 다가가 멈췄다. 소딕과 무탈이었다. 오타벡은 마치 먹이를 노리는 고양이처럼 그들에게 시선을 고정시켰다.

"아직 뚫을려면 많이 남았나?" 소딕이 멈춰서서 낮은 목소리로 물었다.

"거의 다 됐어. 흙으로 덮인 담의 층을 이미 한 가즈 정도 뚫었으니까 이제 마무리만 하면 돼." 무탈이 말했다. 그의 목소리는 제법 크게 들렸다.

소딕이 그를 가로막으며 말했다.

"야, 목소리 좀 낮춰!"

무탈은 허리춤에서 괭이를 풀어내 들고는 대꾸했다.

"겁나? 기다려 봐, 노래라도 한 곡 불러줄까?"

"장난 좀 그만 치시지, 무탈! 내가 여기 있어야 돼?"

"여기 있든 말든 네 마음대로 해."

무탈은 담벽의 틈새로 빨려 들어가 다시 뚫기 시작했다.

"괭이 소리 너무 크게 내지 마!" 소딕이 말했다.

"잔소리 그만해. 내가 알아서 하고 있어!"

무탈의 무신경한 태도에 소딕은 불안한 기색을 감추지 못했다.

"난 쪽문 옆에서 기다릴 테니 벽을 치기 시작하면 휘파람을 불어 줘." 그는 잠시 무탈이 작업하는 모습을 지켜보다 말했다.

"알았어! 그런데 기세 좋은 우리의 신랑 호미드는 어디 있지?"

"아마 거리 모퉁이에서 우리를 기다리고 있을 거야. 네가 휘파람을 불면 나도 그를 부를까?"

"불러!"

무탈이 말하는 순간 벽에서 흙덩어리들이 와르르 쏟아져 내렸다.

소딕이 길거리를 향해 밖으로 나갔다. 오타벡은 고개를 들고 조용히 무탈에게로 기어갔다. 무탈은 열심히 뚫어낸 흙을 밖으로 던지고 있었다. 갑자기 누군가가 그의 겨드랑이를 강하게 붙잡았고, 강력한 손이 그의 목을 정확하고 단단하게 조여 숨을 쉴 수 없게 만들었다. 무탈은 강했지만, 오타벡은 더 강했다. 무탈은 목을 풀어보려고 몸부림쳤으나 이미 날카로운 칼이 그의 옆구리를 찌른 뒤였다. 그는 여전히 도망치려고 했지만, 강력한 손이 그의 목을 꽉 조였다. 잠깐의 몸부림 끝에 무탈은 힘이 빠졌고, 더 이상 저항도 못하고 두 번을 떨고는 조용해졌다. 오타벡은 무탈을 구덩이로 끌고 가며 대문에서 눈을 떼지 않았다. 놈의 목덜미에서 손가락을 조심스럽게 떼어낸 후 그를 구덩이에 밀어 넣었다. 무탈은 머리부터 진흙 속으로 쳐박혔지만, 움직이지 않았다. 그가 영원한 잠 속으로 빠져든 것이 분명했다.

오타벡은 그 집 쪽으로 조심스럽게 돌아와 휘파람을 불었다. 대문 쪽에서 휘파람 소리가 대답으로 돌아오자 그는 담벽 틈새의 뒤쪽으로 몸을 숨겼다. 소딕이 다가와 멀찌감치 떨어져 멈춰 섰다.

"무탈, 굴을 뚫었어?" 그가 낮은 목소리로 물었다.

"그래, 뚫었어. 이쪽으로 와 봐!"

소딕이 다가와 굴안으로 기어들어가기 위해 좁은 담벽 틈새로 몸을 낮추려는 순간, 누군가의 손이 그의 목덜미 잡았고, 칼이 그의 복부에 박혔다. 소딕은 숨을 거칠게 몰아쉬며 자신의 칼을 몇차례 크게 휘둘렀지만 담벽이 습격사를 보호해주고 있었다. 오타벡은 담벽 틈새의 바깥쪽으로 뛰쳐나와 소딕을 덮쳤다. 온 힘을 다해 짓누르던 오타벡은 그의 몸 어딘가에서 아득한 통증이 스며나오는 듯한 느낌이 들었다. 왼손으로는 목을 조르고, 오른손으로는 단검을 든 채 소딕의 팔을 꺾고 있었지만 소딕의 손에도 단검이 들려 있었다. 그는 상대의 목을 더욱 강하게 조였다. 소딕은 숨이 막혀 헐떡거리면서도 단검을 놓지 않았다.

그 순간 호미드가 쪽문에서 나타나 이쪽으로 오고 있었다. 공기는 긴장감으로 무겁게 가라앉았고, 시간은 멈춘 듯했다. 소딕에게서 몸을 비틀어 빠져나온 오타벡은 그의 팔을 풀어주고 단검을 상대의 가슴에 꽂았다. 소딕은 오타벡을 향해 몇차례 단검을 휘둘렀으나 허공을 가를 뿐이었다. 그리고 결국에는 점점 힘이 빠져 단검을 떨어뜨리고 말았다.

"네놈이 호미드에게 그토록 충성했지, 소딕. 네 영혼까지 바칠 만큼!" 오타벡이 이를 악물고 소딕의 목을 계속 조이며 말했다.

소딕이 신음소리를 냈다.

"누가 신음소리를 내는 거야?" 호미드가 다가오며 물었다.

"빨리 와요, 호미드 형님! 우리가 오타벡을 처치했어요!" 오타벡이 나지막한 소리로 황급히 둘러댔다.

"오호!" 호미드는 담벽에 뚫린 굴 쪽으로 다가오며 화답했다.

소딕을 뒤로 하고 오타벡은 단검을 들고 나타난 호미드의 팔을 낚아챘다.

"무탈은 뒈졌어. 그리고 소딕도 죽어가고 있어. 이제는 너와 나, 단둘이야!"

호미드는 팔을 빼내려고 발버둥 쳤다.

"잠깐만 기다려, 호미드 나으리. 곧 풀어 줄 테니." 오타벡이 위협적으로 말했다. "하지만 먼저 할 말이 있어."

호미드는 계속해서 몸부림 치며 말했다.

"버둥대지 마시라니까, 호미드 나으리!"

"남자답게 이 팔을 놓고 말하라고!"

"참아, 다 때가 있는 법이야!" 오타벡이 분을 삼키며 경고했다. 그 순간, 그들의 발치에 누워있던 소딕이 경련을 일으키며 일어나려 했다. 오타벡은 호미드를 한쪽으로 끌고 갔다. 호미드는 저항했지만 따라갈 수밖에 없었다. 단검을 움켜쥔 오타벡은 칼날 끝으로 담벽의 굴을 가리키며 말했다.

"물론 네놈이 나보다 더 잘 알겠지만, 저 벽 너머에, 너를 이렇게 고통스럽게 만든 이가 잠들어 있다." 그는 계속했다. "너로 하여금 이렇게 끝없는 계략을 꾸미게 하고 그렇게도 많은 금화를 쏟아붓게 하더니, 결국 마지막 파멸의 순간까지 이끈 이 말이다. 그 여자는 여전히 나의 법적인 아내다. 내 이름을 도용해 쓴 그 배신의 이혼 편지가 있다 할지라도 말이다. 지난 2년간 나는 쫓겨난 사람이 되어 이곳저곳을 떠돌아다니며 미칠 지경이었지. 그리고 지금 너와 내가 이 치명적인 싸움에 휘말린 것도 그녀 때문이야. 지금까지는 행운이 네 편이었다. 너는 나를 교수대로 끌고 갔고, 나를 카라차폰이라고 부르며 무슬만쿨 대감의 손에 넘겼지. 그러나 이 모든 것이 허사가 되자 너는 악마 같은 가짜 편지로 나를 내 아내와 갈라놓았고, 심지어 무고한 사람을 죽이기까지 했어. 결국 납치라는 길을 선택해 보쌈을 시도하다가, 여기에서 벌어진 사투로 네 충직한 부하 두 명을 죽음으로 몰아넣었지. 이제 대답해라. 네 그 비열한 짓들이 옳았다고 생각하느냐?!"

"난 잘못한 게 없어!" 호미드는 발악을 하듯 온 힘을 다해 단검을 쥔 손을 오타벡에게서 빼내더니 비틀거리다 곧바로 뒤로 넘어지고 말았다. 바로 그 순간, 오타벡이 몸을 던져 그를 제압하고 복부에다 단검을 꽂아 그의 배를 갈라버렸다.

땅바닥에 쓰러진 호미드의 몸에서는 생명이 빠져나가고 있었고, 오타벡은 그로부터 다섯 걸음 떨어진 곳에서 그의 죽음을 지켜보며 분노를 삭이지 못한 채 물었다.

"그래도 잘못한 게 없느냐?!"

마지막 힘을 다한 호미드는 쉰 목소리로 "난 잘못한 게 없어!"라고 단말마의 비명을 지르며 단검을 오타벡을 향해 던졌다. 그러나 단검은 오타벡의 발치에 떨어졌을 뿐이었다. 오타벡은 이미 이 참혹한 광경에서 등을 돌리고 쪽문을 향하고 있었다. 그때 소딕이 대여섯 걸음 정도 떨어진 곳에서 마지막 숨을 내쉬었다. 오타벡은 역겨운 듯 그 끔찍한 현장을 떠났다.

•• 16장 ••

고백

다음 날, 마길란은 말릭보이의 뜰에서 일어난 사건으로 온통 충격에 빠졌고, 모든 사람들의 입에 오르내리고 있었다.

"골칫덩어리 무탈과 소딕이 미르자카름 댁의 왼쪽 벽을 뚫고 도둑질을 하려 했다는군. 그런데 이상한 점은 호미드가 그 사건에 무슨 관계가 있다는 거지? 호미드는 이 마을에서 제일 부자잖아! 호미드가 도둑질에 손을 댔을 수도 있다고 해도, 도대체 누가 그들을 죽인 거지? 미르자카름조차도 오늘 아침에야 그 일이 벌어진 걸 알았다는데, 어떻게 이런 일이 있을 수 있지?!"

****

오타벡이 카라반세라이의 문을 나선 것은 태양이 거의 정점을 찍을 무렵이었다. 그는 왼손을 붕대로 감은 채 가슴에 대고 있었다. 어젯밤의 싸움에서 호미드가 그의 왼손을 단검으로 찔러 엄지와 검지 사이의 뼈까지 갈라버린 것이다. 그는 걸음걸이 또한 눈에 띄게 절뚝거리고 있었다.

카라반세라이에서 나오던 길에 오타벡은 라흐맛을 만났기에, 좋든 싫든 걸음을 멈추고 인사를 나누지 않을 수 없었다.

"라흐맛, 잘 지내는가?"

라흐맛은 급하게 인사를 되건네며 물었다.

“언제 오셨나요, 오타벡 형님?”

“이틀 전에. 그런데 웬일인가? 얼굴이 언짢아 보이는데?”

라흐맛은 깊은 한숨을 내쉬며 말했다.

“아, 오타벡 형님, 제가 이런 일을 겪게 되다니, 제 원수에게도 이런 일은 일어나지 말아야 하는데 말예요!”

오타벡은 놀란 척하며 물었다.

“무슨 일이 있었길래? 집안에 무슨 일이라도?”

“아시다시피, 작년에 아버지가 돌아가셨는데, 오늘 또다시 죽음이 제 문을 두드렸답니다. 누군가가 호미드 삼촌의 배를 가르고 말았다고요!”

오타벡은 놀라움을 가장하며 물었다.

“어디서? 누가? 상처는 위험하지 않는가?”

“상처가 심각해서 의식이 없고 거의 숨도 쉬지 않아요. 배를 꿰매려 했지만, 의사는 손댈 수가 없다고 하더군요.”

“누구 짓인지는 말하지 않던가?”

“말할 수 있었다면 아마도 지목했겠지만, 지금은 의식이 없어요. 그 옆에는 피살자가 둘이나 더 발견되었고요. 그들이 삼촌을 죽인 자들이 아니었을까 싶어요.”

“신께서 그를 보호하시길!” 오타벡이 말했다. 그리고 그들은 헤어졌다.

우스타 알름의 집으로 향하는 샛길로 들어서며, 오타벡은 소딕 집의 문 앞에서 사람들이 모여 장례 준비를 하는 모습을 흘끗 보았다. 불편한 기분이 들었다. 우스타 알름 집의 쪽문으로 이어지는 골목길을 따라 걸으면서 그는 들창코 여인이 다른 여인들과 함께 곡하는 소리를 들었다.

우스타 알름은 이웃의 시신 매장 절차가 이뤄지기 전에 미리 세정을 하려고 자리에 앉아 있었지만, 불과 사흘 전 타슈켄트로 떠났던 쇼크르벡을 보고는 깜짝 놀랐다.

"들어오게, 들어오게, 쇼크르벡 … 이게 어찌 된 일인가? 내가 자네를 타슈켄트로 보내지 않았던가?" 그가 외쳤다.

오타벡은 아이완의 가장자리에 앉으며 웃었다.

"이미 타슈켄트에 다녀왔다네."

우스타 알름은 그가 농담을 하고 있음을 깨닫고, 세정을 마친 뒤 전날 밤의 기이한 사건들에 대해 이야기하기 시작했다.

"자네가 마길란을 떠나지 않았으니, 들었겠지, 쇼크르벡? 자네가 아는 호미드와 소딕, 그리고 무탈이라는 이름의 또 다른 사람이 미르자카름 댁 근처에서 죽임을 당했네. 응분의 대가를 치른 셈이지! 알라께서 악행을 저지른 자들을 벌하신거야."

"그래, 나도 들었네." 오타벡이 말하며 웃었다.

오타벡의 웃음에는 개의치 않고, 우스타 알름이 다시 물었다.

"자네 생각엔, 누가 그들을 죽였을 것 같나?"

"자네는 어떻게 생각하나?" 오타벡이 미소를 지으며 말했다.

"내 생각에는 분명히 미르자카름의 사위, 오타벡이 죽인 것이 틀림없을 거야." 우스타 알름이 단언했다. "그리고 그건 잘한 일이야… 나는 그의 용기에 경의를 표하네. 나는 그가 오타보이 쿠쉬베기 총독의 면전에서 무슨 말을 했는지를 들었을 때도 속이 후련했다네. 그야말로 영웅이지!"

오타벡은 당황했다. 세정을 마친 우스타 알름이 오타벡을 향해 손을 내밀었고, 그의 손이 붕대로 감겨 있는 것을 보고 놀랐다.

"쇼크르벡, 자네 손은 어찌 된 건가?"

"칼에 다쳤네…"

"심각한가?"

"별로."

우스타 알름은 오타벡 곁에 앉았다.

"어째서 타슈켄트로 떠나지 않았나? 무슨 일이 자네를 막았는가?" 그가 물었다.

"그렇다네, 일이 있었지…"

"그래, 무슨 일이었냐고?"

"뭣 때문에 못 갔느냐고?" 오타벡이 웃으며 되뇌었다.

"우스타 알름 명장, 사실 나는 자네 앞에서 너무나 큰 죄를 저질렀네… 그리고 길을 떠나던 중 그것이 후회되어 코칸드에서 돌아와 자네에게 고백하려는 걸세. 나의 죄를 용서해 준다면 즉시 타슈켄트로 떠나겠네!"

우스타 알름은 놀란 눈으로 오타벡을 바라보았다.

"농담하는 거지, 쇼크르벡…"

"아니, 농담이 아니라네. 나를 용서해 주겠다고 약속하면 바로 고백할게!"

우스타 알름이 미소를 지으며 말했다.

"좋아, 그럼 고백해 보게!"

"용서하겠다고 먼저 약속부터 해줘."

"나는 자네에게 어떤 죄도 묻지 않겠네. 나도 모르는 죄를 자네가 양심에 품고 있다면, 용서할 준비가 되어있네."

"고마워!" 오타벡이 답했다. 그러고는 물었다.

"나를 누구라고 생각하는가?"

"자네? 왜, 자네는 쇼크르벡이지!"

오타벡은 부끄러운 미소를 지으며 선언했다.

"바로 그거야. 그게 바로 내가 자네에게 지은 죄라고. 자네는 아직도 나를 쇼크르벡이라고 부르고 있지 않는가?"

"그렇다면 자네는 누구란 말인가?"

"나를 용서하였는가?"

"용서했네."

"나는 자네가 지금까지 알던 쇼크르벡이 아니야. 나는 타슈켄트 출신 유수프벡 호지의 아들이자 마길란의 상인 미르자카름의 사위인 오타벡이야!"

우스타 알름은 깜짝 놀라며 눈물까지 글썽였다.

"그럼 그 오타벡이 바로 자네란 말인가?" 그는 오타벡을 향해 몸을 기울여 끌어안았다.

사이프는 무슨 일이 일어났는지 이해할 수가 없었다. 그는 하던 일을 멈추고 공방에서 고개를 내밀었다. 우스타 알름은 오타벡을 끌어안고 눈물을 흘리며 입맞춤을 했다. 그러고는 부랴부랴 움직이며 아이완에 쿠르파차 방석을 펼치기 시작했다.

"왜 그렇게 부산을 떠는가, 우스타 알름?" 오타벡이 물었다.

"새로운 손님을 더 편안하게 맞이하고 싶어서 그러지!" 우스타 알름이 미소 지으며 대답했다.

"나는 이미 여러 번 자네 아이완에서 쿠르파차에 앉았고, 늘 편안했다네. 굳이 이런 번거로운 예를 차릴 필요가 없으니 신경 쓰지 말게."

"자네 말이 완전히 옳은 건 아니야, 오타벡. 지금까지는 쇼크르벡이라고 하는 사람이 나의 쿠르파차 위에 앉았지만, 오늘은 내 손님인 오타벡을 예우하고 싶네… 자, 오타벡, 새 자리에 앉으라고!"

우스타 알름의 재치에 웃음을 터뜨린 오타벡은 아이완에 올라가 쿠르파차에 앉았다. 그때 들창코 아줌마의 곡소리가 다시 담장을 넘어 들려왔다.

"내 아들, 내 새끼야!" 오타벡은 죄책감에 사로잡힌 표정으로 우스타 알름을 바라보았다. 우스타 알름은 그의 마음을 이해했다.

"오타벡, 자네의 행동은 완전히 정당했네! 악은 반드시 처벌받아야 하네만…. 누가 도와준 사람이 있었나?"

"아니."

우스타 알름은 한참이나 놀란 표정으로 오타벡을 바라보며, 자신의 귀를 믿을 수 없다는 듯 물었다.

"혼자서 세 명을 상대했다는 말이야?" 그는 다시 한번 물었다.

"그래. 혼자였어. 말하자면, 신께서 직접 나를 도와주셨기에 그 패거리들을 처단할 수 있었던 거야."

우스타 알름은 감격스러워하며 말했다.

"알라는 공정하시다! 그리고 자네는 정말 용감한 사람이야, 오타벡! 그리고 뭐, 손 말고 다른 데는 다친 데가 없나?"

"아니, 옆구리를 찔리긴 했지만, 별거 아닐세."

"알라께 감사드려야 할 일이로군. 오타벡! 장인어른께서도 자네의 용감한 행동에 대해 알고 계시는가?"

"아니! 지금 이 순간까지 이 일은 나와 알라만이 알고 있었지. 자네가 세 번째야."

"신의 자비가 있으시길!" 우스타 알름이 외쳤다. "그렇다면, 자네의 적이 호미드라는 사실을 처음 알게 된 것이 파르피에게서 이야기를 듣고 나서였나?"

"맞아. 그때서야 모든 것을 알게 되었지." 오타벡이 한숨을 쉬며 말했다.

"자네와의 우정 덕분에 우연히 진실을 알게 된 거지. 내가 어떻게 자네에게 보답할 수 있을지 모르겠군."

"자네의 용기를 생각하면 가슴이 벅차오르네! 하지만 어떻게 호미드의 계략을 알아냈지?"

오타벡은 미소를 지으며 대답했다.

"알라는 자비로우신 분이야! 내가 겪은 시련과 고통은 헛되지 않았다네. 모든 것이 아주 뜻밖에 드러났으니까 말이야. 처음부터 모두 이야기를 할까, 아니면 호미드의 음모를 알아차린 부분만 이야기할까?"

우스타 알름은 재빠르게 대답했다.

"처음부터 모두 이야기해 주게나, 오타벡!" 그는 채근했다. 그리고 사이프에게는 일을 멈추고 오쉬에 넣을 당근을 썰라고 지시했다.

우스타 알름이 이야기를 들을 준비를 하는 것을 보고 오타벡은 그에게 방금 하려던 일을 상기시켰다.

"우스타 알름, 자네는 방금 행한 세정의 목적을 완전히 잊어버린 것 같은데?"

"아니, 잊지 않았네. 하지만 좋은 사람의 이야기를 듣는 것이 악한 영혼을 보내는 것보다 더 낫다고 생각했을 뿐이야. 그러니 이야기해 보라고!"

그렇게 해서 오타벡은 그의 진정한 친구에게 처음으로 지난 3년간의 모험을 모두 들려주었다. 그것은 마길란으로 여행을 떠나왔던 이야기부터 시작되었다. 그의 이야기는 한 시간을 넘겼고, 마침 사이프가 뜨거운 오쉬 한 접시를 가져오고 나서야 오타벡은 그날 일찍 라흐맛과 만났던 때까지의 이야기를 마쳤다.

우스타 알름은 오타벡의 등을 두드리며 말했다.

"자네는 정말 용감한 사람이야, 친구! 그런 마음을 가진다면 결코 슬픔이 들어설 자리가 없겠군. 그리고 내가 화난 것은 자네가 진짜 이름을 숨겼기 때문이 아니라, 금요일 밤, 자네가 나의 과수원에서 그놈들을 관찰하고서도 미리 알려주지 않았다는 거야. 친구로서 괘씸한 일이지. 만약, 천만다행이긴 하지만, 무슨 재앙이라도 자네에게 닥쳤다면 어쩔 뻔했나?"

오쉬를 다 먹고 나서 우스타 알름은 이렇게 기도를 올렸다.

"자네의 모든 적들이 자네에게 품은 악의와 함께 사라지기를! 그리고 가장 높으신 분께서 자네와 자네가 사랑하는 아내에게 행복을 허락하시기를!"

오타벡은 그에게 감사를 표했다. 차를 마신 후, 그들은 잠시 더 이야기를 나눴다. 그리고 나서 오타벡은 가방에서 두 통의 편지를 끄집어냈다.

"부담이 되지 않는다면 자네에게 한 가지 부탁을 하려고 하네." 그가 말했다.

"자네가 원하는 것이라면, 뭐든 해야지, 벡!"

오타벡은 편지를 건네며 설명했다.

"내가 지금 바로 타슈켄트로 떠나야 할 형편이라 이 두 통의 편지를 나의 장인어른 미르자카릅 댁으로 자네가 전달해 주면 좋겠어."

우스타 알름은 그의 계획을 이해하지 못했다.

"왜 타슈켄트로 떠나야 한단 말인가?! 자네가 직접 찾아뵙는 게 더 낫지 않을까?"

"아니, 지금은 갈 수가 없어… 양쪽 모두에게 어색할 거야. 이제 떠나야 하네. 자네도 이유를 이해하리라 믿어."

"알겠네, 이해하네." 우스타 알름이 강한 어조로 말했다.

"모든 소란과 소문이 진정되고 이곳이 평온해지면 돌아오고 싶다는 말이군?"

"그럴 수도 있겠지…" 오타벡의 목소리가 흐려졌다. 그러고는 덧붙였다. "한 통은 장인어른께, 다른 한 통은 그녀에게 보내는 거야."

"알겠네."

"장인어른께는 그저 짧게 썼으니, 내가 자네에게 이야기한 모든 내용을 그분께 자세히 전해 줄 수 있겠나? 그리고 장인어른과 대화가 끝나거든, 떠나기 전에 두 번째 편지, 그녀에게 쓴 편지도 그분께 건네주시게나."

"물론이지."

"그리고 그 결과를 내게 편지로 알려주면 정말 고맙겠네…"

"기꺼이 그렇게 하지."

그렇게 그들은 서로를 껴안으며 다음 만남을 기약하고 작별했다. 쪽문을 나서며, 오타벡은 소딕의 장례식이 끝나고 사람들이 기도를 마치고 흩어지는 모습을 보았다.

•• 17장 ••

관대한 살인자

마침내 미르자카림이 집 마당에 모습을 드러내자, 걱정과 근심에 휩싸였던 옵톱 부인과 쿠무쉬는 한시름 놓았다. 전날 밤 일어난 사건과 관련해 쿠르보시 서장의 부하들이 미르자카림을 불러 심문을 하고 그를 집으로 돌려보내 주지 않을까 하는 온갖 두려움에 떨고 있었던 것이다. 그러나 미르자카림이 무사히 돌아온 것을 보자마자 두 사람의 얼굴은 금세 밝아졌고, 지루하고 고된 기다림은 잊어버린 듯했다. 쿠무쉬는 마치 날개라도 단 듯 아버지를 맞으러 달려가 안기며 수염을 쓰다듬었다.

"아빠, 무사하신 거죠?" 그녀가 물었다.

"그래, 딸아, 무사하다."

이 말을 듣자마자 그의 아내는 호자 바하우딘[46] 성인에게 바치기 위해 따로 숨겨두었던 일곱 탕가를 토이 아줌마의 손에 쥐여주며 곧장 에숀[47]을 찾아가 감사의 봉헌을 올리도록 했다. 그런 다음 그녀는 남편에게 질문을 쏟아냈다.

"아무 혐의도 받지 않으셨나요?"

"알라께 찬미를! 그들은 나를 무죄로 풀어주었소!" 미르자카림이 말했다. "실제로 이 사건에 대해서는 우리가 아침에 일어날 때까지 아무것도 몰랐다는 사실을 그들도 잘 알고 있었소. 더구나 강도들이 우리 집을 파고 들어왔지만, 그 굴은 내가 들어갈 수 없을 정도로 작았단 말이오. 설령 내가 들어갈 수 있었다 하더라도, 그리고 내가 그들을 죽였다고 해도 정당

46 호자 바하우딘Xo'ja Bahovaddin: 수피즘 낙쉬반드Naqshband 종파의 창시자로 특히 중앙아시아에서 존경받는 성자

47 에숀eshon: 수피즘의 영적 지도자로 축복과 치유의 역할을 한다.

방위였을 거요. 그들이 우리의 생명과 재산을 노리고 침입했으니 말이야. 아무튼 알라께 찬미를 드립시다. 이번 비극적인 사건은 큰 문제 없이 해결되었소. 이를 감사히 여깁시다!"

말을 마친 미르자카름은 아이완에 들어가 산달 옆에 앉았다.

"할머니는 왜 오시지 않는 거냐?" 그가 쿠무쉬에게 물었다.

"많이 편찮으셔요." 옵톱 부인이 대답했다. 그러고는 물었다.

"누가 그들을 죽였는지 알아내셨나요?"

미르자카름은 어깨를 으쓱하며 난처한 표정을 지었다.

"그거 참 이상한 질문이로군, 여보! 마을 전체가 이 일을 두고 누가 이런 일을 꾸몄는지 추측하느라 떠들썩한데, 당신마저 나에게 묻다니! 그 어떤 복잡한 음모도 잘 해결해 내는 베테랑 수사관들조차도 아무 말도 못하고 있소. 하지만 내 생각에는 우리 재산에 눈독을 드린 강도들이 처음에는 대여섯 명이 되었을 것이고, 집을 뚫고 들어오려던 순간 그들 사이에 다툼이 생겨 서로 칼부림을 벌였을 가능성이 크오."

그러나 쿠무쉬는 아버지의 추론에 동의하지 않았다.

"아빠의 추측은 잘못된 것 같은데요?" 그녀가 말했다.

"왜 그렇게 생각하느냐?"

"그들이 정말 서로 죽일 정도로 격렬하게 싸웠는데 우리에게 아무런 피해도 주지 않고 그냥 갔을 리는 없죠."

"음, 날이 밝았거나 아니면 그들이 지쳤을 수도 있겠지." 미르자카름이 대답했다.

"그런데, 호미드는 도대체 여기서 뭘 하고 있었을까요? 그는 부유한 사람이 아니었나요?"

옵톱 부인이 의아해했다. 그 사이 쿠무쉬는 어머니를 힐끔 쳐다보았다.

"호미드는 도덕적으로 타락한 사람이었어." 미르자카름이 대답했다.

"그 사람은 자기의 부를 부정한 방법으로 얻은 것일지도 몰라. 사람을 그의 재산으로만 판단할 수는 없지."

"신께 감사드려요." 쿠무쉬는 두려움에 몸서리치며 말했다.

"악인들에게 벌을 내리신 건 오직 신의 뜻이에요. 만약 그들이 그 굴을 통해 제 방에 들어왔다면, 제게 무슨 일이 일어났겠어요? 아, 아빠! 저는 너무 무서워 죽었을 거예요! 그리고 아빠는 딸을 잃었겠죠… 그런데 어떻게 그렇게 깊이 잠들었는지, 제 머리맡에서 벽을 부수는 소리조차 듣지 못했어요!"

옵톱 부인은 그저 고개를 저을 뿐이었다.

"정말이구나, 딸아, 정말 그렇구나!"

"이 모든 사건 뒤에는 알라의 어떤 섭리가 숨겨져 있는 게 분명해" 미르자카름이 말했다.

"그리고 알라께서는 아직 그 비밀의 베일을 벗기지 않으신 것 같구나. 쿠무쉬가 커들벡과 결혼을 앞둔 바로 전날 밤에도 그가 목욕탕에서 살해당했고(쿠무쉬의 얼굴에 잠시 안도의 기색이 스쳤다), 그리고 어젯밤에는 우리 집 담벼락 옆에서 한 명도 아니고 세 명이나 살해당했어… 인샬라[48], 부디 신께서 이 일의 끝을 평안하게 해주시기를."

"알라께서 자비를 베푸실 거예요, 모든 게 잘 될 거예요, 아빠!" 쿠무쉬가 선언했다.

"우리 집을 뚫으려 한 악한 자들을 알라께서 벌하셨으니, 이는 좋은 징조예요!"

"맞는 말이다, 딸아" 미르자카름이 동의했다.

맑고 청아한 목소리로 쿠무쉬가 이어 말했다.

"살인자가 누구였든, 우리 집에 침입하려던 사람들은 악한 자들이었

---

48 인샬라Inshoolloh: 알라의 뜻으로

고, 그들을 처단한 사람은 그들의 악행에 대한 벌을 내린 것이니, 이 관대한 살인자는 우리에게 호의를 가지신 분인가 봐요. 알라께서 그를 풍성히 보상해 주시길!"

미르자카름도 딸의 말에 동의하며 말했다.

"알라께서 우리를 위협했던 자들을 이미 벌하셨으니, 마땅히 우리를 지켜준 자에도 보상하실 거야!"

쿠무쉬는 자신의 방 아래 굴이 뚫려 있다는 사실을 알고는 더 이상 그 방에 머물 수 없다고 선언했다. 옵톱 부인도 이에 동의를 하고 토이 아줌마에게 그녀의 물건을 다른 방으로 옮기라고 지시했다. 여인들은 이사 준비로 분주해졌다.

한편 미르자카름은 하루 종일 응접실에서 친구들과 지인들을 맞이하며 그들의 위로를 받는 데 시간을 보냈다.

****

손님들과 해질녘까지 시간을 보내고 자유로워진 미르자카름이 안뜰로 들어서고 있는데 응접실을 정리하던 토이 아줌마가 갑자기 나타났다.

"어떤 남자가 나리를 찾고 있어요!" 그녀가 알렸다.

"누군지 아는 사람인가?"

"아니요, 모르는 사람이에요."

미르자카름은 마지못해 뜰로 나와 불청객을 무심한 표정으로 맞았다.

"무슨 일로 오셨습니까?"

우스타 알름은 미소를 지으며 미르자카름을 바라보았다.

"초대받지도 않았는데 응접실까지 들어온 것을 용서해 주십시오." 그가 말했다.

"괜찮습니다." 미르자카름이 대답했다.

둘은 마주 앉았다.

"악한 자들에게서 해를 입지 않은 것을 축하드립니다!"

"창조주의 은혜지요!" 미르자카름이 대답했다.

어둠이 이미 응접실을 덮어가고 있었기에 그는 마당을 쓸고 있는 토이 아줌마를 불렀다.

"우리에게 촛불을 가져다주시게, 토이 아줌마!"

우스타 알름은 촛불을 기다리는 듯 머리를 숙이고 침묵 속에 앉아 있었다. 미르자카름은 마치 쿠란의 기도를 듣는 것처럼 앉아 있는 이 사내의 모습을 궁금한 눈으로 바라보며 속으로 생각했다. '이 사람이 나에게 무슨 용건이 있을까?'

마침내 토이 아줌마가 촛불을 가져와 벽감에 두었다. 우스타 알름은 머리를 들고 명상에서 깨어났다.

"갑작스런 방문에 놀라셨지요?" 그는 웃음을 띤 채 주머니에서 두 통의 편지를 꺼내 하나를 미르자카름에게 건넸다. "그러나 이 편지가 제 방문보다 더 놀라움을 드릴 겁니다."

미르자카름은 얼른 주소부터 살펴보았다. 우스타 알름이 예측한 대로 정말로 놀랐다. 편지를 열어 읽기 시작한 그는 마지막 부분에 이르러서는 완전히 넋을 잃고 말았다. 우스타 알름이 옆에 앉아 있지 않았다면 그는 한동안 정신을 차리지 못했을 것이다.

"나리와 가족을 해치려던 악당들은 그들의 행동에 대한 응징을 받았습니다. 제 친구 오타벡이 그들을 완전히 처단했기 때문이지요!" 우스타 알름이 말했다. 그리고 이어서, "덕분에 귀한 가문이 큰 재앙을 면하고 이제는 기쁘고 행복한 날들을 맞이할 차례입니다. 이 편지를 읽고 놀라셨겠지만, 대신 나리의 원수들이 파멸된 것을 기뻐하고 신께 감사하시기 바랍니다!"

겨우 정신을 가다듬은 미르자카름은 깊은 한숨을 내쉬며 감정에 북받쳐 물었다.

"그렇다면 오타벡과 나를 교수형으로 몰아가려 했던 자가 바로 호미드였단 말입니까?"

"그렇습니다. 호미드가 틀림없습니다."

"그리고 이혼장도 오타벡이 쓴 것이 아니었군요?"

"오타벡이 그 편지에 대해 전혀 알지 못했다는 것은 의심할 여지가 없습니다. 그것 역시 저주받을 호미드의 짓이었으니까요!"

갑자기 미르자카림은 벌떡 일어나 안채로 달려갔다. 뜰 안으로 들어서자 그는 산달 옆에 앉아 있던 옵톱 부인과 쿠무쉬를 향해 외쳤다.

"수수께끼가 풀렸어!"

두 여인은 황급히 미르자카림을 바라보았다.

"뭐라고요? 무슨 수수께끼요?" 두 사람은 한목소리로 물었다.

미르자카림은 산달 쪽으로 가까이 가지도 않은 채 아이완 옆에 섰다. 떨리는 손에 편지를 들고 그는 큰 소리로 읽었다.

> 나의 존경하는 장인어른께!
>
> 마침내, 2년간의 고통스러운 방랑 끝에 제 목표를 이루었습니다. 저는 그 야만적인 놈 호미드와 그의 공범들을 진흙 속에 처박았습니다. 우리를 감옥에 가두고 교수형으로 몰아넣으려 했던 자가 바로 호미드입니다. 그는 자신의 흉악한 음모가 무산되자, 비열하게도 제 이름을 도용한 이혼장을 작성해 장인어른께 보냈습니다. 그것으로 인해 저는 문전박대를 당하고 댁에서 쫓겨났습니다. 그래도 만족하지 못하고 그는 죄 없는 사람을 잔혹하게 살해했습니다. 어젯밤 댁 근처에서 일어난 유혈 사건이 장인어른과 가족들에게 큰 충격을 주었으리라 생각됩니다. 그러나 어찌합니까? 제 아내를 위협했던 자들과 마주할 수밖에 없었고, 그들과 싸

우게 되었습니다. 부디 저를 용서해 주십시오! 이 일로 말미암아 장인어른을 불안하게 하고 마을 사람들의 입에 오르내리게 한 것 외에는 어떤 해도 끼치지 않았기를 바랍니다. 이 크나큰 죄에 대해 용서를 구하며,

당신의 쫓겨난 사위, 유수프벡 호지의 아들, 오타벡 올림

미르자카림은 '쫓겨난'이라는 단어에서 목이 메어 소리 내어 읽을 수가 없었다. 편지는 아내 옵톱 부인도, 딸 쿠무쉬도, 그리고 방금 미르자카림까지 깊은 충격에 빠트렸다.

쿠무쉬의 마음속 혼란은 그 어떤 필설로도 표현할 수 없었다. 그녀는 온몸을 떨며, 얼굴은 울그락불그락 상기되었고, 안절부절못했다. 마침내 그녀의 감정은 뜨거운 눈물로 폭발했다. 그것은 감정적 충격이 표현할 수 있는 최고의 것이었다.

"그러니 오타벡과 나를 위협했던 감옥과 교수대, 오타벡의 이름으로 작성되어 우리 사이를 갈라놓은 그 비열한 이혼장, 커믈벡의 살해, 그리고 쿠무쉬를 보쌈해 가려고 뚫은 이 끔찍한 굴… 이 모든 것이 그 교활한 호미드의 짓이었다는 말인가!" 미르자카림은 되새겼다. "그리고 그와 그의 공범들을 처단한 자는 다름 아닌 오타벡이었다는 말이구나!"

"뻔뻔스런 놈이로구나, 호미드!" 옵톱 부인이 떨리는 목소리로 중얼거렸다.

"아, 불쌍한 나의 벡!" 쿠무쉬가 울부짖었다.

잠시 동안 아무도 말을 이어가지 못한 채 셋은 침묵에 잠겼다.

"하지만 그는, 그는 괜찮은가요? 무사한가요?" 마침내 쿠무쉬가 물었다.

"편지로 보아하니, 무사한 것 같구나." 미르자카림이 대답했다.

"그런데 지금 그는 어디 있나요? 이 편지는 누가 가져온 거죠?"

그제야 미르자카름은 응접실에서 인내심 있게 기다리고 있을 우스타 알름이 생각났다. 그는 아내에게 대답도 하지 않은 채 벌떡 일어나 서둘러 밖으로 나갔다. 그리고 다시 우스타 알름과 마주 앉았다. 옵톱 부인과 쿠무쉬는 응접실의 위쪽 창가로 살며시 다가가 아버지와 그 귀중한 편지를 전달한 사람의 대화를 엿들었다.

미르자카름은 사과의 뜻을 전했다.

"이해해 주십시오. 당신이 전해 준 소식에 완전 혼이 빼앗겨 당신이 기다린다는 사실조차 잊어버리고 있었습니다."

"그럴 줄 알았습니다." 우스타 알름이 미소를 지으며 말했다. "그 교활한 호미드의 악랄한 계획은 나리의 가족 전체를 파멸로 몰고 갈 뻔했습니다. 하지만 오타벡은 사자 같은 심장을 지녔습니다. 그는 그 악당들을 단숨에 처치한 사람입니다. 결코 아무나 해낼 수 있는 일이 아니지요."

"오타벡이 강도들과 싸울 때 누구라도 그의 곁에 있었나요?"

우스타 알름은 크게 웃었다.

"그는 혼자였습니다!"

"혼자요? 혼자서 세 명을 상대했다고요?" 미르자카름은 믿기지 않는다는 듯 물었다.

"그렇습니다. 혼자였지요, 그 용감한 청년은!" 우스타 알름이 재차 말했다.

"세상에! 그는 왜 나에게 알리지 않았던 걸까요?"

"그는 원치 않았답니다. 그의 남자다운 자존심이 그것을 허락하지 않았던 것이지요. 심지어 제게도 말하지 않았답니다. 내가 따졌더니 이렇게 말하더군요. '내가 누구의 도움도 요청하지 않은 이유는 내 목숨을 걸고 직접 그 저주받은 인간의 목숨을 취하기 위해서'라고 했습니다."

미르자카름은 충격을 받았으나 동시에 오타벡의 용기에 감탄했다.

"그는 괜찮던가요? 부상당한 데는 없는지?" 그가 물었다.

"손과 옆구리를 찔렸지만, 심각하지는 않더군요."

우스타 알름은 오타벡이 장인어른으로부터 쫓겨났던 순간부터 있었던 모든 일을 자세히 이야기해 줄 필요가 있다고 느꼈다. 오타벡이 마길란으로 일곱여덟 번이나 찾아왔었고, 자신의 집에 머물렀으며, 그럼에도 오타벡이 자신의 본명을 숨겼던 일, 지난 금요일 밤에야 파르피 장인의 입을 통해 호미드가 그 모든 악의 뿌리였다는 사실을 알게 되었다는 것, 그리고 마침내 오타벡이 모든 것을 그에게 털어놓았다는 그날의 이야기까지 들려줬다.

"하지만 이혼 편지가 위조된 것이라면, 왜 그가 직접 나를 찾아와 설명하지 않았을까요?" 미르자카림은 의아해했다.

"오타벡의 말에 따르면, 나리께서는 그와 대화조차 나누려 하지 않았고 아예 문밖으로 내쫓았다면서요?" 우스타 알름이 설명했다. "그때 그는, 나리께서 타슈켄트에서 그의 두 번째 결혼을 허락한 것은 그를 나리의 따님과 갈라놓으려는 교활한 계략이었다고 생각한 거지요. 그는 이 문제를 법원에 제소하려고까지 했지만, 나리와 직접 얼굴을 마주치는 것을 피하고자 그 생각마저도 포기했답니다. 그는 자신이 사랑하는 아내가 바로 나리의 따님이기에 포기하기로 결심한 거지요."

미르자카림은 여전히 사위의 행동을 이해할 수 없었다.

"좋아요, 그가 나에게 섭섭함이 있었다 할지라도, 중재자라도 보내지 않고서…"

"그럴 수도 있었겠지요." 우스타 알름이 빙긋 웃으며 말했다. "나도 그에게 그 점을 이야기했지만, 그는 이렇게 말하더군요. '미르자카림이 나를 신뢰하지 않는데, 낯선 사람의 말을 들어줄까요?' 그것이 나리의 사위가 가진 성격이랍니다. 그의 부모조차도 이 드라마를 아직 모르고 있을 정도입니다. 참으로 고귀한 성품을 증명하는 것 아닐까요?"

"정말 특이한 사람이로군!" 미르자카림이 중얼거렸다. "물론, 내가 어리석었던 것이지만.”

“그것이 운명의 뜻이었으니, 우리가 그것을 감당할 수가 없었던 겁니다.”

“그렇지요… 맞는 말입니다.” 미르자카름이 대답했다. “그는 지금 당신 집에 있나요?”

“아닙니다. 정오에 타슈켄트로 떠났습니다.”

“아니, 왜요? 왜?” 미르자카름이 혼란스러워하며 물었다.

“솔직히 저도 알 수 없습니다!”

“적어도 언제 돌아올 것이라고는 말했겠지요?”

“제가 물어봤지만, 모호하게 대답하더군요.” 우스타 알름이 대답하며 주머니에서 두 번째 편지를 꺼냈다.

“이 편지는 따님께 전해야 할 것 같습니다. 이제 절 떠나보내 주시지요.”

그렇게 말하며 우스타 알름은 짧은 기도를 낭송하고 일어섰다.

“다스투르혼을 완전히 잊고 있었네요! 조금만 더 머물러 주실 수 없겠습니까?” 미르자카름이 간곡히 부탁했다.

“고맙습니다만, 이제 떠나야 할 시간입니다. 다음에 더 적절한 시간에… 잔치를 열 때 저를 꼭 초대해주십시오!” 우스타 알름이 미소를 지으며 말했다.

미르자카름은 그를 길까지 배웅했다. 한편, 작은 창문으로 대화를 모두 들은 쿠무쉬의 뺨에는 하염없이 눈물이 흘러내리고 있었다.

****

옵톱 부인과 쿠무쉬는 안채로 돌아갔다.

“호미드의 사악한 음모를 도왔던 그 들창코 아줌마, 생각나니?” 옵톱 부인이 말했다.

"그녀에게도 슬픔이 닥쳤단다. 죽은 사람 가운데 하나가 그 집 아들이었다는구나. 알고 있었니?"

"아, 그의 죽음이 저와 무슨 상관이 있겠어요?" 쿠무쉬가 응수했다.

옵톱 부인은 놀랐다.

"그건 우리에게 다행스런 일 아니냐?"

"제 남편이 타슈켄트로 떠난 마당에 제가 무엇을 기뻐할 수 있겠어요?"

"떠났다고 해서 돌아오지 않는다는 뜻은 아니잖니? 그는 반드시 돌아올 거야!"

"아뇨, 돌아오지 않을 거예요!" 쿠무쉬는 눈물을 흘리며 말했다.

"그의 생각은 오로지 원수에게 복수하는 것뿐이었어요."

"누가 그러던?"

"편지를 전달한 사람의 말을 듣고 알았어요."

옵톱 부인은 웃었다.

"네 남편이 널 버릴 리가 있겠니, 걱정마라, 딸아." 그녀가 말했다. "오타벡은 널 지키려고 목숨을 걸었던 사람인데, 어찌 널 잊을 수 있겠니? 먼저 아빠에게 가서 네 남편이 보낸 편지부터 잘 읽어보아라."

쿠무쉬는 붉게 충혈된 눈을 크게 떴다.

"뭐라고요, 그가 제게 편지를 보냈다고요?"

"몰랐니? 그 남자가 너의 아빠께 그 편지를 건넸단다."

"아뇨, 몰랐어요." 쿠무쉬가 대답했다. 사실 우스타 알름이 오타벡이 언제 돌아올지 말하지 않았다는 말만 듣고는 너무나 괴로워 편지가 전달되는 것조차 보지 못했던 것이다.

불쌍한 쿠무쉬. 그녀는 사랑하는 이를 2년 동안 잊지 못했고, 지금도 그를 볼 수도 말할 수도 없는 상황에서, 그에게서 온 편지를 받는 것만으로도 이루 말할 수 없는 기쁨을 느꼈다. 아버지가 우스타 알름을 배웅하고 문으로 다시 들어오는 순간, 그녀의 가냘픈 가슴은 크게 부풀었고, 남편을 직접 만나게 될 것처럼 심장도 빠르게 뛰었다.

미르자카름이 들어와 산달 옆에 자리를 잡고는 쿠무쉬를 바라보며 편지를 건넸다. 쿠무쉬는 마치 '어서 빨리 그 귀중한 선물을 주세요!'라고 애원하듯이 그 편지를 응시하고 있었다.

"여기 네게 온 편지다." 아버지가 말했다.

쿠무쉬는 편지가 누구에게서 왔는지 묻지도 않았고, 부끄러운 척조차 하지 않았다. 그녀는 완전히 압도되어 있었다. 급히 편지를 펼쳐 촛불이 켜진 벽감 옆으로 몸을 기울였다. 울다가 붉어진 눈, 길고 검은 속눈썹 위로 반짝이는 눈물, 찡그린 이마와 짙은 눈썹, 이 모든 게 그녀의 불안을 보여주었고, 동시에 독특한 매력을 더해주기도 했다. 눈을 가렸던 머리카락을 옆으로 넘긴 뒤, 그녀는 읽기 시작했다.

달처럼 둥글고 빛나는 얼굴을 가진 나의 아내,

검은 눈썹을 가진 내 사랑하는 여인 쿠무쉬에게.

어쩌면 이제는 내게 품었던 증오의 불길이 당신의 마음에서 꺼졌을지도 모르겠소. 그 불길은 악마의 화신 호미드가 내 이름으로 쓴 가짜 편지로 인해 타오르기 시작했었지요. 당신은 그 위조 편지에 대한 답변으로 쓴 내용을 더 이상 기억하지 않을지도 모르겠구려. 이 글은 내가 직접 쓰고 있지만, 당신을 향한 사랑으로 가득 찬 나의 심장은 혹시라도 당신이 이미 나를 잊어버렸을까 두려움에 떨며 흔들리고 있다오. 나는 내 고통을 표현할 길이 없소….

내 삶 속에서 빛나는 내 영혼의 동반자여, 솔직히 말해 어쩌면 당신은 지금 커플벡을 애도하며 슬픔에 잠겨 있을지도 모르겠소. 그리고 내 편지, 잊혀진 마음으로부터의 하소연을 당신은 읽지 못할지도 모르겠고, 그것이 당신의 타오르는 마음의 불길 속에서 태워져 버릴지도 모르겠소. 하지만 당신이 이 편지를 읽든, 고통의 불길에 태워버리든 상관하지 않겠소. 왜냐고요? 그렇소, 당신은 나의 정당한 아내이며, 나는 그 사실을 증명할 준비가 되어있기 때문이오.

당신 집 뒤에서 벌어진 혈투에서 내가 행한 부끄러운 짓을 용서해 주오. 나는 이 유혈 사태를 피할 길이 없었소. 당신의 명예와 생명을 지키기 위해 어쩔 수 없는 일이었소. 나는 당신이 이 선행에 대해 고마워하리라 믿지만, 그렇다고 해서 내가 당신의 감사를 받을 자격이 있다고는 생각하지 않소.

그날 밤, 내가 첫 번째 놈과 싸워 그를 죽이고 나니 곧 힘이 빠져 두 번째 놈은 감당할 수 없을 것 같았소. 그렇게 되면 당신을 위해 내 목숨을 바치고자 했던 꿈도 이룰 수 없을 것 같았소.

당신을 구하기 위해 내가 죽는다는 것은 얼마나 큰 축복이고 달콤한 꿈인지요! 그래서 나는 당신 가까이에서 죽기 위해 당신의 침대 머리맡에 놈들이 파놓은 굴 속으로 기어들어 갔다오. 나는 당신이 잠든 동안 당신의 향내를 들여 마시고, 부드럽고 고운 숨소리도 들었소. 그런데 갑자기, 오 전능하신 알라여! 내 안에 새로운 힘이 솟아났고, 나는 두 명이 아니라 이백 명의 적과도 싸울 수 있을 것 같았소. 누가 내게 이 힘을 주었는지 나는 잘 알고 있었소. 바로 방 안에서 잠들어 있던 천사 같은 당신이었다오!

쿠무쉬는 이 부분에 도달하자 얼굴이 붉어졌고, 더는 읽을 수가 없었다. 그녀는 잠시 숨을 고르고 다시 읽어나갔다.

그 후 나는, 굴 밖으로 나가지 않고 기다리다가 그 자리에서 두 번째 놈을 처단했소. 그리고 우리의 모든 고통의 원흉인 호미드는 내 손 안의 인형 같았소. 나는 그를 고양이가 쥐를 가지고 놀듯 다루었고, 아주 간단히 끝내버리고 말았소.

기억하오? 한때 당신이 나를 교수형에서 구해 새로운 생명을 선물한 적이 있었지. 어젯밤에도 당신은 나를 죽음의 손길에서 막아내어 다시 한번 나를 살려주었소! 그러므로 고마워해야 할 사람은 당신이 아니라 바로 나란 말이오!

나에게는 단 한 가지 섭섭함이 있소. 당신이 아니라 당신 아버지에 대한 섭섭함이오. 그가 어떻게 그 편지가 위조된 것임을, 그것이 내 손으로 쓰인 것이 아니라는 사실을 알아채지 못할 수 있었단 말이오? 나는 그가 당신에게 그 편지를 보여주지 않았으리라 짐작하오. 그렇지 않았다면 당신이라도 그것이 위조된 편지임을 알아차렸을 텐데 말이오. 하지만 이제 어쩌겠소? 우리는 운

> 명의 손아귀에서 놀아난 존재일 뿐이었던 것을. 나 또한 잘못이 있었소. 그 거짓 편지에 대한 당신의 답장이 너무도 황당하여 나는 그것을 누가 전달했는지 확인조차 하지 않았으니까. 결국 우리 둘 다 호미드의 희생물이 되도록 허락한 것은 나 자신이었던 셈이오.
>
> 내가 당신을 만나러 가지 못했던 것은 그럴만한 사정이 있었소. 내 생애 처음으로, 나는 내 마음이 원하는 대로 행동할 수 없었소. 하지만 이제 우리를 휘감고 있던 검은 가시는 뽑혀 나갔소. 당신은 영원히 내 것이오! 나는 지금 타슈켄트에 있지만, 당신의 모습은 항상 내 눈앞에 있소. 어찌 그렇지 않을 수 있겠소?
>
> 당신의 남편 오타벡

쿠무쉬는 편지를 끝까지 읽고는 곧바로 자신의 방으로 뛰어 들어갔다. 그녀의 행동에 놀란 미르자카림과 옵톱 부인은 서로를 쳐다보았다. 쿠무쉬는 또 다른 편지를 들고 곧바로 돌아와 촛불 옆으로 다가갔다. 그녀는 두 편지를 비교하며 자세히 살펴보았다. 방금 들고 온 편지에는 이혼에 관한 내용이 분명히 적혀 있었지만, 이는 호미드가 쓴 것임이 분명했다. 두 편지가 서로 다른 사람에 의해 쓴 것임을 한눈에 알 수 있었다. 두 편지를 나란히 놓고 쿠무쉬는 그것을 아버지에게 보여주었다.

"아빠, 이것 좀 봐요! 세상에, 우리가 얼마나 순진했으면 이렇게 속고 말았을까요!" 그녀가 외쳤다.

미르자카림은 딸이 무엇을 말하는지 깨달았다. 그 역시 두 편지의 글씨체가 다르다는 것을 금세 알아챘다. 그리고 이렇게 외쳤다. "교활한 놈! 짐승보다 못한 나쁜 놈! 이교도! 배신자!"

쿠무쉬는 오타벡의 편지를 접어 주머니에 넣었다. 그리고 위조된 편지는 촛불에 태워버렸다. 그러면서 아버지께 물었다.

"정말인가요? 아빠의 사위가 그 사건 이후에 우리를 찾아온 적이 있나요?"

"그랬단다, 딸아."

"그런데 왜 쫓아버리셨어요? 그 불쌍한 사람을! 왜 저나 어머니께 말씀도 하지 않으셨나요?"

"나는 그가 찾아온 게 뻔뻔스럽다고 생각했고, 너에게 말하고 싶지도 않았단다."

"그렇다면, 아빠의 딸을 버린 사람이 그렇게 멀리 타슈켄트에서 왔는데도 놀라지 않았나요?"

쿠무쉬가 다시 물었다.

"분노가 커지면 이성이 떠나는 법이란다, 아이야!" 아버지는 당황하고 부끄러운 표정으로 대답했다.

미르자카름과 옵톱 부인은 호미드의 악랄한 계략에 계속해서 혀를 내둘렀고, 오타벡의 용기를 칭찬하며 "신께서 그의 삶에 행복을 주시고, 건강의 복을 주시길!"이라고 수없이 반복하며 축복했다. 그러나 쿠무쉬의 마음은 다른 생각들로 가득 찼다. 두 사람이 갑작스레 떠나버린 오타벡 대해 이야기하던 중에 옵톱 부인이 쿠무쉬에게 물었기 때문이다.

"그는 물론 언제 돌아올 것이라고 편지에 썼겠지?"

쿠무쉬는 원망하는 눈빛으로 부모님을 바라보며 단호하게 말했다.

"아니요, 그런 말은 없었어요!"

부부는 서로 의미심장한 눈빛을 주고받았고, 방안에는 어색한 침묵이 가득했다. 쿠무쉬는 아버지를 바라보았다. 그녀의 눈에는 묵묵히 던지는 질문이 담겨 있었다.

"그가 온다면 다행이고" 미르자카름이 마침내 입을 열었다. "오지 않는다면 우리가 타슈켄트로 직접 가야겠구나." 그는 그렇게 말하며 아내를 바라보았다.

이 말은 옵톱 부인의 마음에 들지 않았다. 그녀는 고개를 돌렸지만, 쿠무쉬는 아버지에게 감사의 눈길을, 어머니에게는 원망의 눈길을 보냈다.

"딸이 어디에 살든 안전하고 건강하면 되는 것이 아니겠소?" 미르자카름이 아내에게 말했다. "어쨌든 아이를 남편에게 데려다주는 것이 최선인 듯하오. 그리고 우리는 조용히 축복을 해주면 되지 않겠소?"

"당신 딸에게 지금 필요한 것이 남편의 첩을 만나는 게 아니잖아요!" 옵톱 부인이 대꾸했다.

미르자카름은 미소 띈 얼굴로 아내를 바라보았다.

"남편이 진실하다면 첩이 무슨 문제겠소?"

"남편이 천 번 진실하다고 해도 첩은 첩이라구요! 어르신들이 '경쟁자'라는 단어를 쓰는 데는 이유가 있는 법이에요!"

미르자카름은 딸을 향해 미소를 지으며, 아내를 진정시키려 했다.

"걱정하지 말아요. 영원히 그렇게 사는 건 아니니까!" 그가 말했다.

"하루도 안 돼요! 저는 이 결정을 반대해요! 첩과 한 지붕 아래에서 지내야 한다니, 그게 무슨 사람이 사는 건가요?"

"사위가 우리를 위해 내었던 용기를 잊었소?"

"어떻게 잊겠어요?" 옵톱 부인이 쏘아붙였다. "그가 온다면 기꺼이 사위로 받아들일 거예요. 우리 집 아이가 하나가 아니라 둘이 되는 건 좋은 일이죠. 하지만 우리 딸을 첩이 있는 곳으로 보내는 건 절대 안 돼요!"

"짧게라도 다녀오는 것에 동의할 수 없겠소? 5일에서 6일 정도?"

"며칠이라고요?"

"내 맘 같아서는 아이가 더 오래 머물며 가정을 이루고 아이를 낳기를 바라오. 하지만 당신이 반대한다면 한두 달이라도 머물게 합시다. 그렇지 않으면 우리가 부끄러워해야 할 일이 아니겠소? 당신 딸 때문에 그가 2년 동안이나 고통받으며 집 없이 떠돌았는데, 당신은 우리 아이가 그의 집에서 1년을 머무는 것조차 원치 않으니 말이오!"

'아이를 낳는다'는 말을 듣고, 쿠무쉬는 얼굴을 붉히며 고개를 숙였고, 옵톱 부인은 약간 마음이 누그러졌다.

"좋아요, 하지만 딱 한 달, 오로지 사위를 위해서만 동의하는 거예요! 그 이상은 절대 안 돼요!" 그녀가 선언했다.

"드디어 이성을 찾았구려, 여보!"

"제가 이성을 찾았는지는 모르겠지만, 이게 제 조건이에요! 그리고 제가 직접 딸과 함께 갈 거예요!"

"물론 당신이 가야지. 그리고 사돈댁 식구들과 인사도 해야 하잖소."

"그래서, 언제 가기를 원하시는 건가요?" 옵톱 부인이 물었다.

미르자카림은 잠시 생각에 잠겼다가 쿠무쉬를 보고 말했다. "오타벡을 쫓아가려고 서두르는 건 별로 체면이 서지 않는 일이야. 게다가 지금은 겨울이고, 이런 날씨에 여행하는 것도 편하지 않지. 겨울을 보내고 나서, 석 달 뒤에 가자꾸나."

쿠무쉬가 그 말을 듣고 얼굴을 찡그리는 것을 본 그는 덧붙였다. "누가 알겠느냐, 어쩌면 한두 달 안에 그가 먼저 돌아올지도 모르잖니."

제 Ⅲ 부

제Ⅲ부

•• 1장 ••

무슬만쿨의 독재, 막을 내리다

무슬만쿨 대감의 잔인함, 폭정, 폭력은 사람들이 견딜 수 있는 모든 한계를 초월했다. 그의 독재는 다른 도시에서는 덜 느껴졌지만, 수도 코칸드 사람들에게는 질릴만큼 끔찍스러운 것이었다. 매달 혹은 매주 세금 인상을 발표하는 그의 변덕은 백성들을 더욱 큰 곤경에 몰아넣어 아예 백성들의 가죽을 벗기려는 것과 다를 바 없었다. 하찮은 이유로 카라차폰 출신의 지방 유력자들을 교수형에 처하거나 참수하곤 했는데, 이로 인해 상류층마저도 당황하게 되었다.

쿠다야르칸은 이름만 칸일 뿐이었다. 그는 처형과 사면, 칙령이 모두 무슬만쿨의 손아귀에 있다는 것과 자기 마음대로 처벌하고 사면할 수 있는 권력까지 주어졌다는 사실을 잘 알고 있었다. 따라서 그가 전복되지 않는 한 자신은 그저 그의 꼭두각시에 불과하다는 사실도 잘 알고 있었다. 그는 오래 전부터 자신의 장인어른인 무슬만쿨에게 원한을 품고 있었고, 거기서 벗어나길 갈망했지만 방법이 없었다.

그가 의지하고 있던 코칸트의 귀족들은 대부분 무슬만쿨과 그의 킵착족 부하들에 의해 죽임을 당했고, 남은 이들은 감히 그에 대해 한마디도 하지 못했다. 주변 도시나 인근 농촌의 귀족들 역시 대부분 킵착 출신으로 무슬만쿨의 사람들이었기에 그들에게서 도움을 기대하기란 불가능했다.

도시 백성들의 거의 모든 계층이 무슬만쿨 정권의 압박에 시달렸지만, 그를 지지하는 사람들은 오로지 최고 성직자들인 울라모[01]와 킵착족뿐이었다. 왜냐하면 무슬만쿨이 의지하고 있던 두 세력이 있었는데, 하나는 킵착족이었고, 다른 하나가 바로 울라모들이었기 때문이다. 그는 울라모들의 유리한 율법해석을 근거로 자신의 폭정을 정당화시켰고, 자신에게 위협이 되는 인물들을 제거할 때는 '통치자에게 복종하라'는 종교적 판결을 받아내는 것을 잊지 않았다. 울라모들이 이러한 폭정을 '복종'이라는 이름으로 포장해준 보답으로 그는 코칸트와 안디잔 등에 몇몇 마드라사를 설립했고, 이 마드라사에는 자신을 따르는 충성스러운 울라모들을 교사로 임명하였다.

그러나 울라모 중에는 반(半) 문맹자들도 있었다. 그들의 지식이 보잘것없는 탓에 무슬만쿨 대감의 신하가 되지 못하고 그의 호의를 누리지 못한 이들도 있었다. 쿠다야르칸은 무슬만쿨 대감의 섭정을 벗어나 독립적으로 통치하려는 절박한 심정으로, 이 불만을 품은 울라모들을 끌어들여 무슬만쿨 대감에게 맞서기로 결심했다. 이미 무슬만쿨 대감이 몰락한 뒤 받을 관대한 보상과 명망 높은 직책을 상상하며, 코칸드 성직자들 중 불만을 품은 대표자들이 그에게로 결집했다.

무슬만쿨 대감의 지지자들은 그의 활동이 샤리아 법에 어긋나지 않는다고 주장하려 했다. 그러나 불만을 품은 다른 울라모들은 그의 행위가 백성들의 이익에 반하며 샤리아 법에 위배된다는 주장을 하기 시작하더니 결국 이를 불법으로 간주해버리고 말았다.

처음에는 모는 것이 아주 은밀하게 이루어졌지만, 실제로는 쿠다야르

01 울라모ulamo: 원래는 학자라는 뜻이지만, 일반적으로 종교적 사회적 지도층 인물을 말한다.

칸이 직접 주도한 일이었다. 이는 두 갈래로 진행되었다.

첫째는, 타슈켄트, 안디잔, 마길란, 그리고 다른 도시의 신뢰할 수 있는 울라모와 고위 관리들에게 비밀 메시지를 보내 무슬만쿨을 제거하는 데 협력해 줄 것을 요청하는 방식이었다. 이 서신에서 그는 무슬만쿨 대감의 활동이 샤리아 법에 어긋난다는 사실을 언급하고, 그의 잔인함과 폭정으로 말미암아 코칸드 주민들은 물론이거니와 쿠다야르칸 자신도 심각한 억압을 받고 있다고 했다. 쿠다야르칸은 이제 더 이상 이런 불법 행위를 보고 있을 수 없다고 했다. 따라서 여러 울라모와 고위 관리들이 그에게 도움을 주기로 동의한다면, 쿠다야르칸은 무슬만쿨 대감이라는 괴물을 물리칠 준비가 되어있다고 덧붙였다.

둘째는, 칸의 지지자들이 나서서 코칸드에서 무슬만쿨 대감을 따르지 않는 비(非)킵착 사람들을 결집시키는 방식이었다. 안디잔, 마길란, 그리고 나망간에서 돌아온 답변은 조심스럽고 제한적인 약속이었다. 그들은 회신에서 "칸이 자신의 행위를 합리적이라고 생각한다면, 우리는 도와줄 준비가 되어 있다."고 했다. 그러나 타슈켄트에서는 유수프벡 호지와 그를 따르는 사람들로부터 실질적인 조언이 담긴 긍정적인 소식을 받았다. 그 메시지에는 다음과 같은 내용이 적혀 있었다.

> 우리 울라모와 원로들, 그리고 코칸드 주민들은 각하께서 무슬만쿨 대감의 피비린내 나는 행동에 대한 우려를 담아 작성한 비밀 메시지를 받았습니다. 그 내용은 그의 행위가 샤리아의 규범에 어긋난다는 점에 초점을 맞추고 있습니다.
>
> 우리는 타슈켄트의 울라모와 저명한 인사들인 솔리호벡 아혼드, 유수프벡 호지, 카심과 니요즈 쿠쉬베기의 명령을 받은 타슈켄트 군사지휘관들, 카림쿨과 라잡, 그리고 캄바르 샤르바토르가 함께 모여 머리를 맞댔습니다. 그리고 무슬만쿨 대감의 폭력 행위와

코칸드 및 다른 도시, 마을, 촌락 주민들을 탄압하는 횡포에 대해 모든 이야기를 나누었습니다. 우리는 또한 무슬만쿨 대감의 행위가 무모하며, 샤리아에 반하고, 나라와 백성들에게 해롭다는 점을 인정했습니다. 따라서 만약 이슬람 통치자이신 쿠다야르칸께서 무슬만쿨 대감을 '밍보시'[02]의 직위에서 폐위하신다면, 우리는 타슈켄트 주민으로서 정의의 편에 굳건히 서겠다고 약속하는 바입니다.

각하께서 정말로 이 폭군과 싸워 그의 지위를 박탈할 각오가 되어 있다면, 우리는 우리의 미천한 생각으로 이렇게 제안합니다: 타슈켄트가 코칸드로부터 분리되었음을 공개적으로 선언하게끔 해주십시오. 그러면 무슬만쿨 대감은 틀림없이 군대를 이끌고 반란을 일으킨 타슈켄트로 진격해 올 것입니다. 이때 각하께서는 당신의 군사들을 가능한 한 많이 투입하여 이 군대에 참여하게 해야 합니다. 각하께서도 직접 거기에 참여하셔야 합니다. 군대가 타슈켄트에 도착하면, 우리는 무슬만쿨 대감의 병사들을 전방에서 공격하고, 각하께서는 후방에서 그들을 공격해야 합니다. 그렇게 하면 무슬만쿨 대감의 병사들은 괴멸할 것입니다. 타슈켄트 백성들은 깊은 숙고 끝에 이러한 결론에 도달했습니다.

물론 최종 결정은 각하께서 하실 일이지만, 우리는 이렇게 하면 큰 유혈사태 없이 우리가 목적하는 바를 이룰 수 있다고 믿습니다. 각하께서는 현재의 타슈켄트 총독을 두려워할 필요가 없음을 알려드립니다. 그는 사심 없이 사람들의 평화와 안녕을 돌보는 사람입니다. 그는 우리의 조언을 따를 것입니다. 알라의 뜻이 있다면, 우리의 의견이 당신에 의해 고려되기를 바라며, 무슬

02 밍보시mingboshi: 천부장千夫長으로 최고의 통치자임을 나타내지만, 무슬만쿨에게 주어진 이 직책은 칸의 섭정자로서 '대감'大監으로 번역한다.

> 만쿨 대감을 어떻게 처리할 것인지에 대한 각하의 뜻을 알려주십시오. 각하께서 우리에게 머리를 숙이라고 명하시고 각하의 영광스러운 이름으로 메시지를 보내주시면, 우리는 즉시 행동으로 옮기겠습니다.

이 편지가 쿠다야르칸에게 전달되자 즉시 회답이 하달되었으며, 거기에는 감사의 뜻과 함께 계획한 작전에 대한 승인, 그리고 다음 지시사항까지도 포함되어 있었다. 위의 목록에 있는 타슈켄트의 원로들은 칸의 승인 편지를 받고 타슈켄트 총독 노르무함마드 쿠쉬베기를 초대하여 칸의 지시사항을 전달했다. 그 자리에는 타슈켄트의 총독이 자신의 정신적 멘토로 존경하는 유수프벡 호지와 도믈라 솔리흐벡 아흔트도 있었다. 그들의 지지를 받은 총독도 국민의 평화와 안녕, 나라의 번영을 위해 코칸드에 반기를 들고 무슬만쿨 대감에 대한 반란을 지원하기로 동의했다. 무슬만쿨의 측근으로 여겨졌던 노르무함마드 총독조차도 자신의 주군이 행하는 정책이 나라의 이익에 반한다고 믿고 있었던 것이다.

노르무함마드 총독은 즉시 자체적인 독립 위원회를 창설했다고 발표했으며, 타슈켄트는 더 이상 코칸드의 지배를 받지 않는다고 선언했다. 이는 유수프벡 호지의 계획과 생각에 따라 이루어진 일이었다. 이 소식을 들은 무슬만쿨 대감은 격노하여 머리카락이 곤두섰고, 반란자들을 처단하기 위해 즉시 타슈켄트를 정복할 준비를 시작했다. 쿠다야르칸도 타슈켄트 사람들에게 화가 난 척하며 무슬만쿨의 원정에 합류했다. 진격하는 동안에도 그는 타슈켄트와 비밀리에 연락을 주고받으며 계속해서 행선지와 작전 정보를 전달했다.

무슬만쿨 대감이 그의 군대와 함께 치르칙 강[03]에 이르렀을 때, 노르

---

03 치르칙Chirchiq 강: 산악지대에서 흘러내리는 타슈켄트 지역의 수자원 공급원으로, 특히

무함마드 총독이 이끄는 타슈켄트 전사들은 이미 강 건너편에서 그들을 기다리고 있었다. 정오가 되자 두 군대가 서로 마주하게 되었고, 타슈켄트 전사들은 코칸드 군을 향해 사격을 가하며 공격을 시작했다. 무슬만쿨은 갑작스런 상황에 큰 놀라움과 당혹감에 빠졌다. 그의 군대 일부가 돌연 자신을 경호하고 있던 킵착 호위병과 지휘관들을 공격했으며, 다른 절반의 병력은 타슈켄트 부대에 손을 들어 항복을 한 것이다.

무슬만쿨 대감의 충성스러운 킵착 전사들은 패닉 상태에 빠졌다. 무슬만쿨을 보호해야 할지 도망가야 할지 몰라 우왕좌왕하고 있었다. 무슬만쿨 대감은 양쪽에서 그를 향해 공격해오는 무리들을 보고 그들과 맞설 수 없다는 것을 깨달았다. 그는 목숨을 부지하기 위해 전장에서 간신히 말을 타고 빠져나와 적들에게 쫓기며 달아났다.

그때 쿠다야르칸의 전령이 등장하여 무슬만쿨 대감을 따르는 킵착 병사들에게 이렇게 말했다.

"킵착의 형제들이여! 모든 책임은 무슬만쿨에게 있도다. 여러분은 본래 칸을 섬기던 병사들이었으니 그대로 제 자리를 지키라. 그러나 혹여 여러분들 가운데 무슬만쿨 개인에게 충성을 바치고자 하는 자가 있다면, 조용히 부대에서 떨어지라!"

그러자 킵착들이 모여서 자신들이 뽑은 전령을 앞세워 이렇게 선언했다.

"무슬만쿨은 물러가라! 우리는 그대와 함께하고 싶지 않다. 우리의 주군은 오직 쿠다야르칸이다!"

그리하여 킵착인들은 우즈벡인들과 서로 섞여 인사를 나누었고, 그들 사이의 모든 적대감은 무슬만쿨과 함께 사라졌다. 따라서 두 부족은 하나가 되었고, 수만 명의 사람들이 쿠다야르칸을 새로운 군주로 삼고 충성을

농업을 위한 관개수로 활용되며 경제와 생태계에서 중요한 역할을 하고 있다.

맹세했다. 타슈켄트 백성들은 칸과 코칸드 군대를 큰 존경으로 대하며 축제를 벌였고, 그들은 타슈켄트에 3일이나 머물렀다. 이 3일 동안 그들은 우정의 고귀함과 평화의 중요성, 분쟁의 위험성에 대해 충분히 의견을 나누었다.

무슬만쿨이 몰락하자 새로운 밍보시, 즉 새로운 대감으로는 노르무함마드 총독과 유수프벡 호지의 추천에 따라 마길란의 이전 총독이었던 오타보이 쿠쉬베기가 임명되었다. 그리고 넷째 날, 쿠다야르칸은 그의 군대와 새로운 지도자 오타보이 밍보시 대감과 함께 코칸드로 돌아갔다.

****

겨울이 막바지에 이르렀다. 무슬만쿨 대감의 권력이 무너진 지 20일이 지났다. 라잡의 집에는 많은 손님들이 모였고, 유수프벡 호지를 초대하기 위해 대표자들이 두 번 세 번씩이나 찾아가 조른 결과, 결국엔 한자리에 모이게 되었다.

무함마드 니요즈 쿠쉬베기, 카심 밍보시, 캄바르 샤르바타르, 카림쿨 폰사드를 포함해 약 15명의 유명 인사들이 모였고, 그들은 과일, 과자, 수프, 오쉬 등으로 대접받았다. 음식을 즐기던 중 지도자 격인 니요즈 쿠쉬베기는 모임의 목적을 설명하며 다음과 같이 연설을 했다.

> 나의 사랑하는 형제들이여! 이제 우리는 모두 한 부족으로서 서로를 위해 하나의 몸과 하나의 영혼으로 뭉친다면, 킵착들의 지배에서 벗어나는 것이 결코 어렵지 않다는 것을 알게 되었습니다. 한 달 전 우리의 상황을 기억하십니까? 무자비한 무슬만쿨의 무자비한 칼이 우리의 목을 겨누고 있었습니다. 그러나 우리는 유수프벡 호지와 형제 여러분들의 강력한 단결 덕분에 무슬

만쿨로부터 벗어날 수 있었습니다. 신께서 우리의 형제 유수프벡 호지께 장수의 축복을 내려주시고, 자녀들로부터도 큰 기쁨을 얻기를 바랍니다!

하지만 우리는 아직 적과의 문제에서 완전히 벗어났다고 말할 수 없습니다. "어째서 그러냐"고 놀라서 물으실 수도 있겠죠? 네, 왜냐하면 비록 지금은 하얀 개가 우리를 귀찮게 하지 않는다 할지라도, 검은 개는 여전히 우리 식탁 위의 잔과 숟가락을 핥고 있으니 말입니다. 우리는 아직 킵착들로부터 제대로 벗어나지 못했습니다. 무슬만쿨이 아니라면, 또 어떤 알림쿨[04] 같은 인간이 나타나 우리를 짓밟게 될지 모를 일입니다!

니요즈는 접시에서 건포도를 집어 들고 말을 이었다.

노르무함마드 총독을 기쁘게 하기 위해 우리는 오타보이 쿠쉬베기를 밍보시로 임명하는 데 동의했습니다. 비록 해결책이 우리의 손에 있었음에도 불구하고 말이죠. 그것이 우리가 저지른 큰 실수 중 하나였습니다. 그날 이후로 저는 그것에 대해 계속 마음이 불편했습니다! 설마 우리 부족 가운데 이 개 같은 무슬만쿨 대신 밍보시가 될 만한 적합한 사람이 없었겠습니까? 왜 오타보이를 선택했을까요?

형제들이여, 우리는 쇠가 뜨거울 때 쇠를 벼려야 합니다. 우리가 언제까지 이 킵착들의 곁에 서 있을 것입니까? 차라리 이 모든 골칫거리를 없애고 평화를 찾는 것이 낫습니다. 그래서 우리

04 알림쿨Alimqul이라는 인물은 19세기 코칸드 칸국의 군사 지도자이자 정치가였으나, 자신의 권력을 억압적이고 폭압적으로 사용한 대표적인 인물이다.

는 이미 여기 있는 우리 동포들과 이 문제를 상의했고, 결론에 도달했습니다. 우리의 유수프벡 호지께서도 이 결정을 승인할 것이라고 확신합니다. 칸께서도 반대하지 않을 것입니다. 코칸드, 마길란, 안디잔, 오시, 그리고 다른 도시에 있는 우리 동포들도 아마 이 문제에 대해 우리를 지지할 것입니다. 우리가 이 더러운 킵착인들에게 질려 있는 것은 모두가 같지 않습니까?

니요즈 쿠쉬베기는 자신의 코담배 통에서 약간의 잎담배를 손바닥에 털어낸 뒤, 혀 밑에 한 꼬집을 넣었다. 연설이 진행되는 동안 침묵을 지키고 있던 유수프벡 호지는 손에 들고 있던 찻잔을 무의식적으로 돌리고 있었다. 모두가 기대에 찬 눈으로 유수프벡 호지를 바라보았다. 유수프벡 호지가 아무 말 없이 앉아 있자, 캄바르 샤르바타르가 자그마한 목소리로 니요즈 쿠쉬베기를 지지했다.

"니요즈, 당신 말이 절대적으로 옳습니다." 그가 말했다. "이제 우리에게는 두 가지 길만 남았습니다. 킵착들을 완전히 말살시키거나, 그들에게 완전히 복종하는 것입니다!"

유수프벡 호지는 몸을 일으키며 캄바르 샤르바타르를 쳐다본 뒤, 찌푸린 얼굴로 주변을 둘러보며 계속 말이 없었다. 카림쿨 판사드는 유수프벡 호지의 침묵을 깨기 위해 말을 꺼냈다.

"함께 시작한 일은 절대 무너지지 않는다고들 합니다. 유수프벡 호지께서는 이 일에 대해 어떤 생각을 가지고 계신지 말씀해 주십시오."

"모르겠소…" 마침내 유수프벡 호지가 말했다. "그저 의아할 뿐이오. 당신들의 의도를 이해하지 못하겠소, 이해한다고 해도 나와는 전혀 다른 생각이오."

니요즈 쿠쉬베기가 머리를 긁적이며 말했다.

"무엇이 의아하다는 것입니까, 호지?"

"캄바르가 말한 대로 모든 킵착들을 제거하는 것이 당신들의 목표라는 것인데, 그게 무슨 의미요?"

니요즈 쿠쉬베기는 망설임 없이 대답했다.

"맞습니다. 말 그대로 그들을 모두 제거하는 것입니다!"

"누가, 무엇이 당신을 그렇게 하게 만들었소?" 유수프벡 호지가 쓴웃음을 지으며 말했다.

니요즈 쿠쉬베기는 응원을 요청하는 듯 그의 동료들을 바라보았다. "참 이상한 질문이군요!" 그가 말했다. "당신께서 우리보다 더 잘 아실 텐데요."

"좋소!" 유수프벡 호지가 말하며 머리에서 터번을 벗었다. "우리는 무슬만쿨을 몰아냈소. 그와 함께 모든 문제들이 사라졌고, 우리는 킵착 형제들과 우정을 나누기 시작했소. 그들과의 오랜 적대감도 끝이 났소. 그런데, 우리에게 무엇이 더 필요하단 말이오?"

유수프벡 호지의 말에 참석자들은 당황하여 서로 눈길을 주고받았다. 그러나 니요즈 쿠쉬베기는 포기하지 않으려 했고, 냉소적으로 말했다.

"무슬만쿨이 이걸로 조용히 있을 것이라고 생각하십니까?"

"물론 그렇게 생각하지 않소. 하지만 무슬만쿨이 아직 살아있다고 해서 모든 킵착들에게 칼을 겨누는 것이 정당하다고 생각하시오? 나는 이해할 수 없소! 니요즈, 스스로 대답해 보시오. 우리가 겪은 모든 악이 어디서 왔소? '킵착'이라고 불리는 부족 전체에서 왔소? 아니면 그들 중 몇몇 특정 인물들에게서 왔소?"

"솔직히 말하자면, 지금까지 우리는 모든 킵착들로부터 모욕을 당해왔습니다."

"당신이 잘못 생각하고 있소, 니요즈. 우리 사이에 문제를 일으키고 불화를 조장하는 자는 극소수에 불과하오. 나로서는 나라를 진정시키기 위해서는 이런 일들에 대해 깊이 생각해 봐야 한다고 봅니다. 몇 명의 악한 자들 때문에 모든 사람을 죽이는 것은 공정하지 않소!"

"유수프벡 호지, 당신이 말하는 것처럼 겨우 몇 명이 아닙니다. 초원에서 건너온 모든 킵착 유목 민족들이 우리의 목을 조르고, 우리의 밥그릇에 코를 들이밀려고 안간힘을 쓰고 있습니다. 유수프벡 호지, 당신은 문제를 너무 가볍게 보고 계십니다."

카심 밍보시가 일어나서 말했다.

"유수프벡 호지께서 말씀하신 것은 모두 자비와 선한 마음에서 나온 것입니다. 하지만 우리는 킵착들 때문에 우리 형제들이 얼마나 많은 피를 흘렸는지 잊어서는 안 됩니다. 라잡과 함께 통계를 내어보니, 코칸드에서만 2년 동안 그들에 의해 78명의 원로들이 죽임을 당했습니다! 그러니 일반 백성들 중에서 죽은 자들은 말할 것도 없습니다."

"내가 그 사실들을 부정하는 게 아니오, 밍보시. 하지만 나는 우리가 이성과 정의의 한계를 넘지 않도록 똑같은 일을 벌이지 말아야 한다고 말하고 싶을 뿐이오."

누군가 유수프벡 호지의 말을 가로막으며 말했다.

"우리는 이제 그 이성적이고 공정한 태도라는 말에 질렸습니다!"

유수프벡 호지는 침묵을 지켰다. 그때 그는 자신의 모든 말이 아무 소용이 없으며, 회의의 분위기는 이미 니요즈 쿠쉬베기에 의해 좌지우지되고 있음을 알았다. 유수프벡 호지는 니요즈가 그런 행동을 하는 이유를 잘 알고 있었다. 니요즈의 이런 모반을 위한 노력은 오타보이가 코칸드 중앙정부의 밍보시로 임명되었다는 사실에 크게 상처를 받았기 때문이었다. 유수프벡 호지는 킵착들을 죽이자는 니요즈의 주장이 전적으로 개인적인 모욕감에서 비롯된 것임을 잘 알고 있었다. "내가 여기 있는데 어떻게 킵착 출신이 밍보시가 될 수 있단 말인가!"라는 니요즈의 생각을 알게 되자, 나머지 사람들은 유수프벡 호지를 상대로 어떤 싸움이든 기꺼이 끼어들 준비가 된 놈팽이들이었다. 백성들의 이익보다 개인적인 이익을 우선시하는 인간들이었다.

이들은 먹잇감을 쉽게 얻기 위해 기회만 엿보는 기회주의자들이었으며, 개인적인 이익을 백성들의 이익보다 우선시하는 자들이었다. 호지를 어찌 괴롭히지 않을 수 있었겠는가? "여러분들!" 더 이상 참을 수 없었던 그는 드디어 말문을 열었다.

내가 한 모든 말은 오직 백성들의 안녕을 위한 것이었습니다. 킵착 사람들 가운데는 부정직한 사람들도 있고, 오직 자신의 이익만을 걱정하는 사람들도 있습니다. 그러나 그런 사람들은 킵착에게만 있는 것이 아니라 우리 사이에도 있습니다. 킵착들 가운데 그런 사람들이 수십 명이 있을 수 있겠지만, 우리 가운데는 수백 명이 있을지 누가 알겠습니까? 킵착 출신의 노르무함마드 총독이 어떤 이들에게는 개처럼 미움을 받고 있지만, 그는 지금 도시를 이처럼 잘 다스리고 있습니다. 나는 내 인생에서 타슈켄트의 지도자 가운데 이처럼 훌륭한 통치자는 본 적이 없습니다. 여러분들도 그것을 부정할 수 없을 것입니다! 잘못은 킵착 사람들에게 있는 것이 아니라, 자신의 이익을 위해 백성들을 억압하는 사람들에게 있는 것입니다. 아마도 킵착 사람들도 그렇게 생각하고 있을 겁니다. 카라차폰 전체가 책임이 있는 것이 아니라, 단지 그들 중 탐욕스럽고 어리석은 몇몇 지도자들이 문제라고!

사랑하는 형제들이여, 러시아는 우리 사이에 위험한 분열이 시작되기를 기다리고 있습니다. 그들은 벌써 우리 대문 앞에서 기다리고 있습니다. 우리가 적에 맞서 싸우기 위해 힘을 모으는 대신 서로를 죽이기 시작하면, 그때 우리의 운명은 어떻게 되겠습니까? 이 문제에 대해 생각해 본 사람이 있습니까? 우리가 이교도의 멍에 아래에서 어떻게 살아갈 것입니까? 우리가 사태를 혼란으로 빠뜨린다면, 그들을 어떻게 물리치겠다는 것입니까?

울음을 멈출 수 없었던 유수프벡 호지는 자신의 하얀 수염 속에 눈물을 감추고 계속 말했다.

> 그러므로 형제들이여, 여러분이 킵착을 위해 무덤을 파고 있는 동안 다른 사람들은 여러분을 위해 관을 만들고 있을 것입니다. 우리가 킵착을 향해 칼을 가는 동안, 러시아인들은 우리를 향해 대포를 조준하게 될 것입니다. 여러분이 킵착을 세상에서 유일한 적으로 생각하는지 모르지만, 나는 항상 다른 방향에서 더 강력한 적들이 우리를 호시탐탐 노리고 있음을 보고 있습니다.

그는 손수건으로 눈물을 닦으며 계속했다.

> 살 날이 얼마 남지 않은 노인의 의견을 조금이라도 존중한다면, 제발 이러지 말아 주십시오, 사랑하는 형제들이여! 그렇지 않으면 유수프벡은 이미 죽은 것으로 여기십시오, 나는 여러분의 악행에 참여하고 싶지 않습니다!"

유수프벡 호지는 이렇게 말하고는 고함과 외침을 뒤로하고 회의장을 빠져 나갔다.

"잠깐 기다리세요! 거기 계시라구요!"

유수프벡 호지가 문을 나서기도 전에 니요즈가 웃기 시작했다.

"저런, 저런! 오늘 호지께서 놀라운 그림을 그리셨군요. 아마도 그는 오늘 마약을 한잔 하신 것 같습니다!"

그의 웃음은 다른 이들에게 웃고 시끄럽게 떠들기 시작하라는 신호가 되었다.

"그게 아니오!" 캄바르 샤르바타르가 말했다.

"우리 유수프벡 호지께서는 나이가 들어 용기도 잃고 마음도 연약해진 거요."

"오, 유수프벡 호지!" 니요즈가 덧붙였다. "그분께서는 당면한 문제는 외면한 채 먼 미래의 어떤 문제만을 보고 있는 겁니다."

"맞아요!" 라잡이 머리를 저으며 참가자들을 바라보았다. "내가 말하지 않았소, 니요즈. 유수프벡 호지는 어떤 일이든 설득할 수 있지만, 이런 일은 할 수 없다고!"

"나도 이미 짐작을 했소. 그가 우리에게 오기를 원하지 않았고 우리를 그렇게 오랫동안 기다리게 했을 때부터 알아봤지." 카림쿨 판사드가 덧붙였다. "어제도 그는 조심스러워 보였소."

"이제 우리의 계획은 망쳤소!" 라잡이 결론지었다.

"망쳤다니?" 니요즈가 물었다.

"우리의 비밀이 드러났으니 말이오. 유수프벡 호지가 조용히 있을 것이라고 생각하시오?"

"아니오, 아무것도 드러나지 않았소." 니요즈가 자신있게 대답했다. "여기 모인 우리가 모두 내 가족과 친구라면, 약속을 지킵시다. 그러면 우리의 비밀은 숨겨질 수 있소."

"어떻게?" 캄바르 샤르바토르가 물었다.

"우리는 모두 동지니까 의견을 하나로 통일해야지요. 그렇지 않소?"

"그래, 그래!" 모두 고개를 끄덕였다.

"우리의 뜻만 하나로 모은다면, 유수프벡 호지의 문제는 쉽게 해결할 수 있을 거요." 니요즈가 말했다. "그러므로 이제 우리가 이 거사에 완전히 동의하면, 우리 가운데 한 명이 유수프벡 호지에게 가도록 합시다. 그리고 그의 충고에 따라 우리의 실수를 인정하고, 우리의 계획을 포기했다고 말합시다. 물론 유수프벡 호지는 그것을 믿게 될 것이고 그 누구에게도 말하지 않을 거요. 그 틈에 우리는 모든 것을 비밀리에 준비하자는 거지요. 그게 전부요!"

"아주 좋은 생각이오! 멋진 조언이오!"

"그래, 좋은데, 가장 중요한 것은 우리가 이 일을 시작할 준비가 되어 있느냐는 것이오." 니요즈가 말했다.

"그럼요, 준비되어 있소! 제대로 준비가 되어 있다고!"

"좋소." 니요즈가 말했다. "이제 분명하오, 우리는 모두 하나요! 이제 다른 문제로 넘어갈 수 있소."

"하지만, 이 문제에 대해 쿠다야르칸이 동의하게 할 수 있겠소?" 카심 밍보시가 물었다.

니요즈는 자랑스럽게 웃었다.

"칸은 벌써 우리 편에 서 있다고 생각해도 돼요!"

이 말은 청중에게 이해되지 않았고, 그들은 놀라서 서로를 바라 보았다.

"설명해 주시오, 니요즈!"

그의 설명이 시작되었다.

"칸이 타슈켄트를 떠나기 전에 나는 그와 이야기할 기회가 있어 우리의 바람에 대한 암시를 주었소. 우리의 의도를 그는 좋아하는 것 같았소. 그는 나의 말을 주의 깊게 듣더니 이렇게 말했다오. '좋군. 생각해 보고 무엇을 하고 싶은지 나에게 알려 주시오. 나도 생각해 보겠소.' 그러니 이제는 칸이 우리에게서 소식을 기다리느라 잠을 못 이루고 있을 거요. 이제 우리는 어떻게 일을 시작할지를 계획하고, 그 다음에 칸에게 허가를 받아야 할 것이오."

"그렇다면 칸이 준비됐다는 거군요?" 캄바르 샤르바타르가 미소 지으며 말했다.

"확실합니다!"

그들은 어떻게 진행할지 의논하기 시작했다. 각자 다른 의견을 제시했고, 오랫동안 머리를 맞대고 고민한 끝에 다음과 같이 칸에게 보낼 메시지를 작성했다.

존경하는 무슬림의 왕이자 은혜로우신 칸이며, 칸 가문의 아드님이신 젊은 왕께 드립니다!

저희는 각하의 가장 비천한 종들 중에서도 가장 낮은 자들로서, 우리의 주군을 향한 킵착족 야만인들의 음모가 있을까 두려워하며 엎드려 아룁니다. 이 비열한 초원의 떠돌이들이 이 땅에서 사라지지 않는 한, 이 위협은 언제나 각하를 불안하게 할 것이며, 나아가 저희 같은 비참한 종들에게도 닥칠 운명이라 생각합니다! 타슈켄트의 보잘것없는 칸의 노예들인 우리 원로들은 이러한 우려 속에서 모였습니다.

우리는 각하의 통치 아래에서 오랫동안 평화롭게 살기를 희망하며 각하께서 허락해주신다면, 이 야만 부족 가운데 15세에서 70세까지의 남자들을 응징하고 척결할 것을 결의하였습니다. 우리의 이해로는, 이 비겁하고 역겨운 인간들은 매일매일 우리의 통치자에게 위험을 가할 수 있으므로 그러한 응징을 받아 마땅합니다. 그러나 응징의 시기가 정해지기 전까지 우리는 이 일을 비밀로 유지할 것을 맹세합니다.

우리의 왕께서 보복의 날짜와 시간을 정하시고, 충성스럽고 강건한 마음을 가진 모든 도시와 마을과 정착지에 비밀 명령을 보내주시기 바랍니다. 고칸드리는 이 복된 천국의 수도에는 위에서 말씀드린 킵착과 그 지지자들이 많이 있습니다. 따라서 우리는 타슈켄트에 있는 각하의 노예이자 종으로서 각하께 우리의 지지를 보여드리는 것을 의무로 생각합니다. 각하께서 처형 날짜와 시간만 알려주신다면, 우리는 필요한 수의 사람들만 여기 남겨두고, 각하께 경의를 표하고 백성들에게는 우리가 무슬만쿨로부터 안전하게 벗어난 것을 축하하기 위해 간다고 발표할 것입니다. 그러면 우리는 각자 백 명, 이백 명 또는 심지어 오백 명의 전사들과 함께 각하께 달려가 코칸드 성문 앞에 도달하게 될 테니, 우리는 그때 이 개 같은 인간들을 처단하기 위해 칼을 뽑을 것입니다.

저희들의 이런 생각이 적절한 것이라면, 타슈켄트의 현 총독, 킵착인 노르무함마드에 대한 각하의 생각도 알려주십시오. 각하께서 명령만 내리시면, 우리는 기꺼이 이 문제를 털어내고 불필요한 고민이나 망설임 없이 행동에 옮길 수 있습니다. 이 계획은 우리의 부족한 생각과 실수의 열매일 뿐이지만, 우리의 왕께서 이것이 마음에 드신다면 우리 종들에게 알려주십시오. 그리고 우리가 저지를 수 있는 실수를 미리 지적해주시고 지시를 내려 주신다면, 우리는 기쁨으로 그 말씀들 받들고, 각하를 더 잘 섬기기 위해 허리띠를 졸라매겠습니다! 알라의 축복이 각하께 있기를.

여기 모인 당신의 충실한 종들이.

(서명)

이 메시지는 내일 칸에게 보내기로 결정되었다. 그리고 신뢰할 수 있는 사람을 전령으로 뽑았다. 그들은 유수프벡 호지의 방해를 우려하여 모임을 마친 후 니요즈가 직접 그를 만나러 갔다. 나머지 사람들은 집으로 돌아갔다.

•• 2장 ••

우울한 나날들

오타벡이 마길란에서 돌아온 지 열흘 후에 우스타 알름으로부터 편지를 받았다. 우스타 알름은 이 편지에 미르자카림과 나눴던 대화를 상세히 적어 보냈다.

배신에 대한 사실을 알기 전까지는 자네가 장인어른에게 섭섭했던 것만큼이나 그분 역시 자네에게서 큰 상처를 받으셨다네. 그는 자신이야말로 자기 딸과 함께 자네로부터 조롱당한 것으로 생각해 그 모욕을 절대 용서하지 않겠다고 마음먹고 있더군. 그런데, 나를 통해 진실을 알게 되자 거의 기절할 지경이 되었다네. 집안에서 어떤 일이 일어났는지 정확히 말할 수는 없지만, 다른 식구들도 장인어른과 같은 상태였을 것으로 짐작되네. 자네 장인은 자네가 얼마나 심각한 어려움에 처했는지 상상조차 하지 못하고 있었고, 자네가 그 악당들과 대적한 것에 대해서는 칭찬할 말을 찾지 못하더군. 어쨌든 이제 모든 모욕과 오해는 사라졌다는 것을 확신할 수 있었다네.

그리고 그는 이렇게 썼다.

자네 장인은 지금 자네가 어디에 있는지 물어보더군. 나는 내가 아는 대로 말했네. 그는 자네가 여기 올 계획이 있는지 알고 싶어 했지만, 나는 자네에게서 받은 모호한 대답과 똑같은 대답을 해줄 수밖에 없었네. 하지만 내 생각에는 그들이 올겨울이 아니면 내년 봄에는 타슈켄트로 찾아갈 것 같네.

편지 끝에는 다음과 같은 추신이 있었다.

> 호미드는 자네가 떠난 다음 날 죽었다네. 이 야생 돼지 같은 놈은 한 마디도 남기지 못하고 죽었어. 나는 사실 그가 이 사건에 대해 발설할까 두려웠지. 그 후로 자네 처갓집에는 아무런 문제가 없었고, 살해된 사람들의 친척들도 어떤 의심을 가질 형편이 아니었으며, 경찰도 사건을 기소하지 않았네. 단지 내가 생각하기에 아무도 자네의 비밀을 알 수 없지만, 소딕의 어머니인 들창코 아줌마가 뭔가를 짐작하는 듯한 눈치야. 하지만 그녀도 침묵하고 있고, 질문을 받으면 "신께서 그들을 심판하실 것"이라고 하더군. 이 여자가 최악의 경우를 불러올 수도 있겠다고 생각되어, 나는 자네 장인어른께 낯선 여자를 절대 집에 들이지 말고, 외부에서 가져온 음식은 먹지 말라고 일렀다네. 악한 인간들에 대해서는 항상 경계가 필요한 법이니까 말이야.

그리고 약 두 달 동안 마길란에서는 아무런 소식이 없었다. 오타벡은 마치 안개 속에서 사는 듯이, 내일이 그에게 기쁨을 가져올지 슬픔을 가져올지 알 수 없었다. 때때로 그는 희망의 날개를 펼치기도 했지만, 결국 우울한 생각에 빠져들곤 했다.

어떤 때는 약간의 희망에 휩싸여 생각에 잠기곤 했고, 몽상에 사로잡혀 얼어붙은 듯 멈춰 서기도 했다. 그러다 갑자기 오늘이 아니면 내일, 지붕 너머로 고개를 내미는 달처럼 그녀가 노란색 또는 검은색 공단 드레스를 입고 문을 들어서는 모습을 상상하기도 했다. 파란지에 몸을 감싸고, 손으로 치맛자락을 살짝 들어 올린 채, 눈빛에는 말 없는 비난이 담겨있었다.

때때로 그에게는 이런 말이 들리는 듯했다.

"자네는 오로지 원수를 갚기 위해 마길란에 온 것이고, 그래서 그들을 처치하자마자 흔적도 없이 사라진 것이로군. 쿠무쉬의 삶을 외롭게 보내게 해서는 안되니 좋은 인연이 있으면 쿠무쉬를 다시 결혼시켜야겠네."

이런 망상으로 그는 열병에 시달렸고, 그의 영혼은 의심으로 찢어졌다. "왜 내가 지난 2년 동안 왔다 갔다 했으면서, 원하는 바를 이루었음에도 이처럼 바보가 되어 여기 앉아 있는 거지?" 그는 지금이라도 말을 타고 마길란으로 가고 싶은 충동을 느꼈다. 하지만 그런 방문은 그의 계획에 포함되어 있지 않았다.

"내가 떠나온 이상, 이제 와서 돌아가는 게 무슨 의미가 있는가? 가서 무슨 말을 할 수 있겠는가? '장인어른께서 직접 딸을 데리고 타슈켄트로 오실 줄 알았습니다. 그런데 오시지 않았으니 제가 온 겁니다.' 내가 이렇게 말해야 한단 말인가?"

이런 생각들 속에서 시간은 흘러갔다.

오즈벡 부인은 기쁨을 내색하지 않았다. 마길란에 가지 않고는 한 달도 못 배기던 아들이 벌써 세 달째 꼼짝도 하지 않았다. 심지어 마길란에 대해 이야기조차 꺼내지 않았다. '분명 마지막 주술이 효과를 본 거야. 이제 그가 더 이상 혼자 응접실에서 잠을 자고 혼자 끙끙거리지만 않는다면 얼마나 좋을까! 어쨌든, 주술을 계속해야 해!' 그녀는 이렇게 생각하며 자이납을 억지로 물라들과 주술사들에게 보내곤 했다.

오타벡이 최근에 사업을 완전히 포기한 이후로, 하산알리는 할 일이 없어졌다. 집에서 지루해하거나 빈둥대고 싶지 않았던 그는 유수프벡 호지의 허락을 받아 바자르의 한 귀퉁이에 소액 투자로 사그마한 가게 하나를 열었다. 오타벡은 응접실에서 책과 많은 시간을 보냈다. 책을 읽다 지치면 하산알리의 가게에도 가곤 했지만, 거기서도 지루함을 느끼면 솔로르 운하의 제방을 따라 목적 없이 산책하거나 추쿠르 술집 거리를 방문하기도 했다. 그러나 이제 그곳을 방문해도 예전처럼 만취하기보다는 몇 잔의 술로 만족하며 괴로운 생각에서 약간은 벗어나서 돌아오곤 했다. 하지만 하산알리는 오타벡이 자신의 진짜 상태를 숨길 수 없다는 것을 알았다.

그저께는 오타벡이 추쿠르 키쉴락 술집 거리에 갔다가 해질녘 기도 시간이 되기 직전에야 돌아와 바자르에 있는 하산알리의 가게에 들렀다. 그날 오타벡은 평소보다 더 취해 있었고, 보행자들과 말을 탄 사람들이 길을 따라 지나가고 있는데도 그들을 그저 멍하게 바라보기만 할 뿐 제대로 구별도 못하고 있는 듯했다.

하산알리는 몇 번이나 그를 흘낏 쳐다보더니 물었다.

"마길란에는 왜 그렇게 오래 안 가는 거냐?"

그는 갑자기 정신이 번쩍 들었는지 눈을 크게 뜨고 이렇게 답했다.

"가고 싶지 않아요."

"장인어른이 동의한다면, 차라리 아내를 여기로 데려오는 게 왔다 갔다 하는 것보다 낫지 않겠어?"

"글쎄요…."

이전에는 하산알리가 쿠무쉬에 대해 물어보면 오타벡은 거짓말을 하기가 힘들었다. 모든 것을 털어놓고 이렇게 불평을 쏟아내고 싶은 심정이었다. "제가 쿠무쉬와 결혼한 건 아버지 때문이에요. 그래서 제가 지금 사랑하는 사람과도 떨어져 지내고 있는 것이고요."

그러나 지금은 그저 당황스럽고 속상할 뿐이었다. 문득 머리를 스치는 생각이 있었다. '마길란에는 내가 직접 가지 않더라도 하산알리를 보낼 수 있지 않을까? 이제는 그에게 모든 것을 털어놓았으니 말이야.' 이런 생각이 마음 한구석에 자리를 잡으면서 심지어 취기마저 사라지는 듯했다.

하산알리는 가게 문을 닫았고, 둘은 집으로 돌아가 함께 응접실에서 저녁을 먹었다. 저녁 식사 중에도 그는 같은 생각만 했으나 결단을 내리지 못했다. 술에서 깨어나자 다시 의심이 그를 엄습했다. "마길란에서 무슨 일이 일어나고 있는지 누가 알겠는가? 혹시 그들이 또 마음을 바꾼 건 아닐까? 아무 확실한 것도 모른 채 사람을 보내는 것이 옳은 일일까?"

날씨가 맑아졌다. 이틀간 하늘을 덮었던 봄 구름은 대지에 생명의 기운을 불어넣는 비를 뿌린 후 흩어졌고, 태양은 미소를 띠며 만물을 부드럽게 어루만졌다. 참새들이 둥지에서 나와 짹짹거렸고, 비둘기들은 구구 울었다. 꾀꼬리 한 쌍은 마치 어디에 둥지를 틀 것인지를 의논하는 듯 포플러 나무 근방에서 예쁜 가락의 노래를 불렀다. 이마에 하얀 반점을 가진 송아지가 어미를 따라 목놓아 울었고, 어미는 목동의 부름에 급히 걸음을 옮겼다. 지붕 위의 비둘기는 짝을 보호하려고 목을 부풀리며 연적[戀敵]의 주위를 빙글빙글 돌고 있었다. 온 세상이 마치 기분 좋은 꿈에서 깨어나 즐거워진 듯했다.

이 아름다운 봄날은 오타벡의 감성도 깨웠다. 그는 아침을 재빨리 먹고 하산알리를 따라 바자르의 가게로 갔다. 하산알리의 이웃인 젊은 남자 알리는 게으른 모습으로 자기 가게의 셔터를 들어 올리기 시작했다. 오타벡을 보고 물었다.

"오늘은 여유가 좀 있는가, 벡?"

"그렇다네, 자유롭지."

"그럼 나와 함께 쿠므스 한잔 마시게 밍오룩[05]에나 가세." 알리가 말했다. "툴라 카작이 자기 암말을 방목시키려고 여름 초원으로 내보내 놓았거든."

"그럼 자네 가게는 어떻게 하려고?"

알리는 방금 올린 셔터를 다시 잡은 채로 물었다.

"오, 벡, 세상의 모든 일 가운데 하루 만에 끝나는 게 어디 있나? 나와 함께 가겠다면 가게 문을 닫지, 뭐!"

오타벡은 햇빛에 눈이 부셔 눈을 가늘게 떴다.

---

05 밍오룩Ming o'ruk: 타슈켄트의 북동쪽 지역이다.

"그렇다면 닫게."

오타벡은 최근 하산알리의 가게를 자주 들린 덕분에 알리와 친숙해진 관계였다. 그는 단순했지만 명랑한 성격이었다. 낙천적인 성격으로 오타벡과는 마치 오래전부터 알아 온 관계처럼 친근하게 대했다.

알리의 제안은 참으로 적절한 타이밍이었다. 사실은 오타벡이 집을 나설 때부터 오늘은 교외에서 시간을 보내고 싶다는 생각이 있었다. 그들은 고기를 사서 밍오룩을 향해 출발했다.

밍오룩이라는 이름은 한때 이곳에 1,000그루의 살구나무가 자라고 있었기 때문에 붙여진 이름이다. 살구나무는 쉬블리의 수원에서 솔로르 운하까지 늘어서 있었으며, 그 너머로는 청춘의 초록빛 외투를 걸친 것 마냥 물결치는 초원이 끝없이 펼쳐져 있었다. 운하의 제방에는 몇 개의 카자흐족 유르트가 있다. 오타벡과 알리는 솔로르 운하의 제방으로 나와 툴라카작의 젊은 며느리에게 고기를 건네주며 쇼르바 수프를 만들어 달라고 부탁했다. 그 젊은 여성이 베개와 쿠르파차를 깔아주자 그들은 길게 누워 휴식을 취했다.

햇살은 살짝 따뜻했고, 바람은 향긋한 허브로 가득 차 있었다. 제비들이 물 위를 낮게 날아다니며 봄을 노래하고 있었다. 언덕 꼭대기는 신선한 초록으로 덮여 있었고, 계곡은 안개 낀 흐릿한 모습에 숨겨져 있었다. 새들의 노랫소리와 벌레들이 우는 소리는 자연의 언어가 되어 오타벡의 마음 속에 형언할 수 없는 감정을 불러일으켰다.

오타벡은 아름다운 자연의 풍광에 감탄하며 생각했다. '그녀가 지금 나와 함께 여기 있으면 얼마나 좋을까!' 그리고 그는 깊은 한숨을 내 쉬었다.

알리도 봄날의 아름다움에 감명을 받은 듯 외쳤다.

"정말 멋진 날이야!"

오타벡은 이 오후를 즐기지 못하게 하는 우울함을 한탄했다.

"이런 날에는 사람에게 고통스러운 문제가 없었으면 좋겠어…"

"무슨 슬퍼할 일이 있다는 건가?" 알리가 웃으며 물었다.

"내가 슬퍼할 일이 없다고 생각해?"

"우리 모두 슬퍼할 일이 있을 수 있지만, 자네에게는 그런 게 없다고 생각하는데?"

"어째서 그렇게 생각하지?"

"그럴 이유가 어디 있나?" 알리가 웃으며 대답했다. "자네에게는 모두가 존경하고 경애하는 아버지가 있잖아. 그의 권위는 총독보다 더 높고, 자네의 부유함도 마찬가지지. 아무도 자네가 배고픈 적이 있었다고 말할 수는 없을 거야. 게다가 둘씩이나 되는 예쁜 아내가 자네를 위해 머리를 빗고 있는데, 더 이상 뭐가 필요하단 말인가?"

인간의 행복에 대한 이런 단순한 생각을 가진 알리가 순진하게 보였기에 오타벡은 웃으며 말했다.

"자네 말이 맞아."

"신께 감사하시게나, 벡!" 알리가 말했다. 그리고 자기는 겨우 입에 풀칠이나 하는 정도고 결혼도 못 하고 있다는 불평을 시작했다.

오타벡은 그의 불평에 동정심을 가지고 귀 기울였고, 삶은 각자의 처지에 따라 모든 이에게 시련을 안겨 주지만 그 누구에게도 자비를 베풀지 않음을 생각했다.

"세상이 다 그런 게 아닌가, 알리!" 그가 위로했다.

두 사람은 잠시 침묵했다.

"마길란에 있는 아내에게서 이미 자식은 얻었겠지?"

"아니."

"결혼한 지 몇 년이 지났는데 아직 아기가 없나?"

"맞아, 아직 없어."

알리는 오타벡이 슬퍼하는 것은 아이가 없는 탓이라고 생각했다.

"그것 때문에 괴로워하지는 말게, 백, 자네는 아직 젊잖아."

오타벡은 대답하지 않았다. 쿠므스가 긴 손잡이가 달린 국자와 함께 나왔다. 단풍나무로 만든 커다란 목제 통에 담긴 쿠므스를 시원하게 몇 잔을 들이킨 오타벡은 다시 쿠르파차에 길게 누워 하늘을 바라보았다. 알리는 노래를 부르기 시작했다.

> 내 눈은 길 위에 고정되었지만, 그대는 오지 않네
> 이 넓은 세상이 내 눈엔 갑자기 좁게만 느껴지네
> 어느 도적이 내 사랑의 길을 가로막았을까
> 이 불쌍한 사내는 길 위에서 괴로움에 몸부림치네…

"화답해주지 않겠나?"

"자네가 잘 부르니까 혼자 계속하게나." 알리는 큰 목소리로 이 가젤을 마지막 구절까지 불렀다.

"내 노래가 어떤가?"

"멋진 목소리인걸!"

"그렇다면, 나를 칭찬하는 뜻에서 좀 더 마셔야지!" 알리가 웃으며 다시 한번 잔을 채웠고, 오타벡에게도 잔을 건넸다. 둘은 크게 웃음을 터뜨렸다.

오타벡은 술잔을 단숨에 들이키고는 깊은 한숨을 쉬었다. 그리고 그는 한참 동안 저 먼 데까지 초원을 바라보며 앞서 부른 노래의 메아리인 양 아름다운 가젤의 구절을 구성진 목소리로 반복했다.

> 내 눈은 길 위에 고정되었지만, 그대는 오지 않네
> 어느 도적이 내 사랑의 길을 가로막았을까…

"타슈켄트를 떠나 코칸드로 간 전사들에 관해 무슨 새로운 소식이라도 들은 적이 있는가, 벡?"

오타벡은 깊은 생각에서 벗어나듯 알리를 바라보았다.

"아니, 들은 적 없는데."

"나의 형도 그들과 함께 갔거든… 제발 알라께서 그들을 안전하게 지켜주시길."

"자네 형이 전투병이야?"

"아니. 그는 그냥 좋은 사수일 뿐이야. 그런데 그는 동료들을 따라 코칸드로 가고 싶어 했지. 가지 말라고 할 수가 없었어. 전쟁이 시작될까? 아니면 그저 젊은 칸에게 충성을 표시하러 간 걸까? 그것도 아니라면, 칸의 승리를 축하하기 위해서일까? 자네 생각은 어떤가, 벡?"

"누가 알겠는가?" 벡이 말하며 생각에 잠기다가 덧붙였다. "전쟁은 없어야 해…"

쿠므스 통은 비워졌고, 수프도 다 먹었다. 그들은 다스투르혼을 정리하고 있는 젊은 여주인에게 아들 낳기를 기원하며 축복의 기도를 해줬다. 그리고 그녀의 손에는 서른 차카[06] 짜리의 수르마 화장품을 쥐여주고는 제비꽃을 꺾으러 초원으로 나갔다.

•• 3장 ••

킵착인 학살

오후 네 시쯤 그들은 카이마스 성문을 통해 타슈켄트에 들어서자 곧바로 성문 근처에서 머리가 잘린 세 구의 시신을 보았다. 오타벡은 놀랐

---

06 차카chaqa: 가장 작은 동전 단위

다. 만약 그들이 범죄자라면, 보통 에스키 나마즈고[07] 지역에서 교수형에 처해졌을 터였다. 도무지 무슨 일이 일어났는지 이해가 되지 않아 그는 성문 경비병에게 물었다.

"이들은 어떤 범죄자들인가요?"

오타벡을 알아본 경비병은 두 손을 모으며 말했다.

"존경하는 나리, 이들은 킵착 사람들입니다!"

"그들의 죄는 무엇인가요?"

경비병은 시신을 바라보더니 오타벡에게 더 가까이 다가가며 말했다.

"존경하는 나리, 나리도 잘 아실 텐데… 제가 감히 무슨 말씀을 드릴 수 있겠습니까?"

"그들이 무슨 짓을 했길래 처형되었지요?"

경비병은 두 손을 모은 채 오타벡을 놀란 눈으로 바라보았다.

"나리께서는 정말 모르십니까?"

"전 모르죠!"

"아, 저런, 저런, 오늘 아침부터 그들은 만나는 사람마다 킵착 사람들을 처형하기 시작했습니다. 아무도 그들이 무슨 잘못을 저질렀는지 묻지도 않았습니다." 경비병이 시신 쪽으로 다가가 설명했다. "이 사람은 집에서 끌려 나와 피살당했습니다. 저 사람은 저와 함께 성문 지기로 일하던 사람인데, 그의 영혼이 평안하기를… 이 사람은 누군지 정말 모르겠지만, 아마도 역시 킵착 사람일 겁니다."

오타벡은 공포에 질린 채 알리를 바라보았고, 알리는 이를 악물고 시신들을 응시했다.

"누가 그들을 죽였나요?" 오타벡이 끔찍해하며 물었다.

"스무 명쯤 되는 병사들이 말을 타고 질주해 오더군요. 그들 중에는

---

07 에스키 나마즈고Eski namozgoh: 대규모 군중 예배를 위한 공간

우리 사람들도 있었고, 코칸드 사람들도 몇 명 보였어요. 그들은 킵착 사람들을 찾기 시작했죠. 모든 것을 뒤집어 놓았어요, 나리…. 아마도 그들은 칸이나 코칸드로 간 원로들로부터 그런 명령을 받은 것 같아요. 우리는 그저 통치자의 명령을 따르는 사람들일 뿐, 무슨 일을 알겠습니까?"

오타벡은 무슨 일인지 알 것 같았다. 그는 놀란 가슴을 안고 알리와 함께 더 멀리 갔다. 겨우 30걸음을 걸으니 또 다른 두 구의 시신이 있었다. 열 걸음 떨어진 곳에 또 다른 시신이 있었다.

알리는 더 이상 참을 수 없어서 물었다.

"무슨 일이 일어난 건가, 오타벡, 이게 다 뭔가?"

"묻지 마시게…"

"그들이 모두 범죄자들이란 말인가?"

"범죄자!?" 오타벡이 악에 받친 비웃음과 함께 말했다. "자네도 무슬만쿨이 누군지 알지 않는가?"

"어떻게 모를 수 있겠어, 두 달 전에 그가 도망치는 걸 직접 보았는데."

"이 모든 사람들이 그 놈 때문에 죽은 거야!"

"신이시여, 어떻게 이런 일이?!"

그들은 걸음을 옮길 때마다 시신과 마주쳤다. 알리는 그들을 세었다. 그들이 바자르의 가게에 도착할 때까지 시신은 70구나 되었다. 그것도 한 거리에서였는데, 타슈켄트에는 수많은 거리와 골목이 더 있지 않은가! 그들이 가게 구역으로 들어서니 시신들이 40구나 더 쌓여 있었다.

이미 해는 저물었고, 저녁 기도 시간이 지나 어둠이 내리고 있었다. 시장 구역에서 문을 연 가게는 겨우 서너 곳뿐이었다. 하산알리는 반쯤 열린 가게 문 앞에 앉아 있었다.

"무사히 돌아왔구나, 벡! 알라께서 찬양받으시길. 우리는 별의별 생각을 다하며 걱정했단다. 무슨 일이 일어났는지 신께서만 아실 거야." 하산알리가 말했다.

하지만 오타벡은 다른 생각을 하고 있었다. 그는 하산알리의 말을 듣지 않은 채 다른 질문을 던졌다.

"아버지는 오늘 어디 계셨죠?"

"네가 나가고 나서 오르다로 가셨지. 한 시간쯤 후에 마치 정신이 나간 것처럼 크게 화가 나서 돌아오더니 너를 찾으시더구나. 그리고 다시 나가셨는데, 어디로 가셨는지는 나도 모르겠다."

"그들이 킵착 사람들을 처단하기 시작한 게 언제예요?"

"너희 아버지가 오르다에서 집으로 돌아온 바로 그때야." 하산알리가 숨을 고르며 말을 이어갔다. "오, 벡! 정말 너무나도 끔찍한 시련이야. 최후의 심판 날이 온 거지. 이 불쌍한 사람들이 뭘 잘못했길래? 그들은 집에서 평화롭게 일하던 사람들까지 모두 잡아가 살육을 했어. 그들이 무슨 죄를 지었길래? 길 가던 사람들을 잡아 와서 처형자에게 넘기면 그들은 바로 목이 잘렸어. 그들은 이미 제정신이 아니었고, 많은 사람들이 울부짖었지. 특히 한 염색공은… 그는 염색터에서 바로 끌려갔어… 손에 물감이 묻은 채로. '오, 신이여, 내가 무슨 잘못을 저질렀나요?' 그는 이렇게 울부짖었어. 정말 참을 수 없는 일이야. 나는 가게 문을 잠그고 도망쳤어. 많은 사람들이 도망갔지. 또 한 명은…"

"그만!" 오타벡이 이야기를 끊었다.

하산알리는 이야기를 멈췄다. 오타벡이 극도로 흥분해 더 이상 들을 수 없는 상태임을 알았기 때문이다. 알리는 오타벡에게 작별 인사도 하지 않고 도망치듯 자리를 떴다.

오타벡은 집으로 돌아왔으나 저녁도 먹고 싶지 않고 아버지를 만나고 싶지도 않았다. 마치 포식자와 광신자들의 세계에서 도망치고 싶다는 듯, 그는 즉시 이불을 뒤집어쓰고 잠자리에 들었다. 식구들은 그의 상태를 보고 아무 말도 건네지 않았고, 그에게 다가가지도 않았다.

다음 날 아침, 유수프벡 호지가 오타벡과 함께 아침 차를 마시러 응접실로 들어왔다. 오타벡은 우울한 표정으로 찡그린 채 식탁에 앉았지만, 아버지께는 아는 척도 하지 않았다. 그는 어제의 킵착인 학살을 주도한 사람이 바로 자신의 아버지라고 생각했기 때문이다. 아침 식사는 완전한 침묵 속에서 지나갔다. 아버지와 아들은 한 마디도 주고받지 않았다.

마침내 유수프벡 호지가 아들을 달래려는 듯 말했다.

"너무 걱정하지 마라, 아들아!"

"그럼 제가 아버지의 사람들처럼 기뻐할까요?" 오타벡이 분노에 찬 비웃음을 지으며 말했다.

유수프벡 호지는 아들이 어떤 의심을 하고 있는지, 그리고 왜 그렇게 우울한지 이해했다.

"네가 오해하고 있구나, 아들아!" 유수프벡 호지가 말했다.

"라잡의 집에서 학살을 계획한 광신자가 누구죠?" 오타벡은 여전히 분노에 찬 어조로 물었다.

유수프벡 호지는 한숨을 쉬며 말했다.

"라잡의 집에서 있었던 회의에 대해 알고 있느냐?"

"압니다."

"그렇다면, 나에 대해 그런 터무니없는 비난을 하는 것을 부끄러워해야 할 것이야, 아들아!"

"라잡의 집에서 그 이야기를 나누지 않았습니까?"

"맞다, 그랬다."

"그렇다면 어째서 자신만 살짝 빠져나가려 하시지요?" 유수프벡 호지는 마치 어린아이를 대하듯 미소 지으며 말했다.

"네가 그토록 가벼운 판단을 하는 걸 보면, 너도 네 에미를 닮았구나, 오타벡!" 그가 말했다. "만약 회의에 대해 알고 있다면, 누가 어떤 의견을 말했는지도 제대로 알아야 하지 않겠느냐?"

"아무것도 몰라요. 하지만 어제 저는 그 회의에서 킵착 사람들에 대한 학살이 논의되었다는 사실을 알게 되었습니다. 그들은 왜, 회의에 참석했던 사람들 중에서 아버지만 빼고, 군대를 이끌고 코칸드로 갔나요? 그리고 어찌하여 그들이 도착하기도 전에 이 잔혹한 일이 시작되었나요?"

"네 추측은 맞다. 하지만 네 잘못은 너의 아버지가 이런 짐승 같은 놈들과 한패가 될 수 있다고 믿는 데 있다." 유수프벡 호지는 비통하게 말했다. "스스로 생각해 보아라, 아들아! 우리가 우리 손으로 우리의 백성을 죽이면, 나라에 무슨 이득이 있겠느냐? 만약 네 생각대로 내가 이런 끔찍한 일에 참여하려고 했고 그런 일에 발을 담글 수밖에 없었다면, 내가 누구의 편에 섰겠느냐? 내가 언제 권력이나 부에 목말라한 적이 있었더냐? 누구보다 네가 가장 잘 알고 있지 않느냐? 어찌하여 너의 영민함이 갑자기 둔해져 이런 생각을 하게 되었느냐? 왜 이미 찢어진 내 가슴의 상처에 소금을 뿌리고 있느냐?!"

이런 격한 말들을 쏟아낸 유수프벡 호지의 목소리는 떨렸고, 곧바로 오타벡을 뉘우치게 만들었다. 그는 자신이 아버지를 부당하게 비난했다는 것을 깨달았다. 그의 비난은 호지의 하루를 슬프게 만든 마지막 타격이 되었다.

유수프벡 호지는 그 학살 계획에 반대하여 회의장을 떠났던 그날의 이야기를 들려주었다.

"그리고 시간이 지난 후에 니요즈가 나를 찾아와 용서를 구했단다. 내가 떠난 후에 회의 참석자들이 자신들의 실수를 깨닫고 킵착인들을 학살하려던 의도를 포기했다고 하더구나. 나는 그 말을 듣고 기뻐하며, 이 행위가 얼마나 끔찍한 해악을 야기시킬지 오랫동안 증명하려 노력했다. 니요즈가 떠나면서 이렇게 말하더구나. '친애하는 유수프벡 호지님, 이번에 있었던 대화와 계획을 비밀로 남겨두시기 바랍니다. 만약 누군가 이 일을 알게 된다면, 우리가 땅을 내려다보며 수치와 치욕을 느껴야 할 것입니다.

회의에 참석한 모든 이들이 그것을 원하고 있습니다!' 그래서 나는 이 끔찍한 속임수에 넘어가 입을 다물었고, 너나 노르무함마드 총독에게도 아무 말을 하지 않았던 것이다. 나는 그들이 단순히 칸에게 경의를 표하러 코칸드로 갔다고 믿었던 거야. 이런 악마 같은 인간들!"

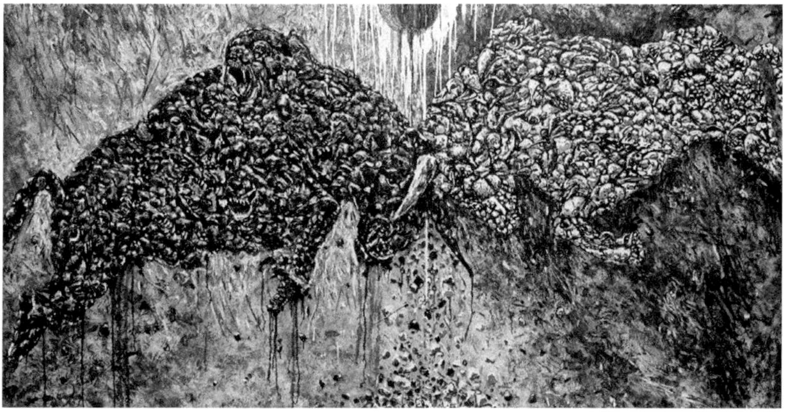

유수프벡 호지는 잠시 멈추었다가 이야기를 계속했다. "어제 아침에 나는 오르다에 갔었다. 광장에 약 400명의 무장한 남자들이 모여있었고, 그들은 누군가를 기다리고 있더구나. 나는 그들에게 신경 쓰지 않고 노르무함마드 총독의 사무실로 들어갔다. 내가 들어가자, 카윰 폰사드가 서너 명의 동료들과 함께 총독 앞에 서 있었는데, 그들은 내가 알기로 다른 이들과 함께 코칸드로 갔던 자들이었다. 그리고 노르무함마드 총독은 손에 종이 한 장을 들고 무표정하게 앉아 있었지. 내가 그를 보자, 그는 머리를 숙인 채 말없이 그 종이를 나에게 건네더구나. 나는 아무 의심 없이 그에게 다가가 종이를 받아 읽기 시작했는데, 내 혈관의 피가 얼어붙는 듯했다. 나는 읽고 또 읽었다. 그것은 칸의 명령서였고, 그 내용은 이렇게 쓰여 있더구나."

> 나, 투르키스탄의 왕인 쿠다야르칸은 킵착 부족이 우리의 국가와 통치에 해로운 존재임을 인정한다. 우리는 이 사실을 모든 원로들과 지도자들, 고급 관료들에게 알리고자 하며, 이 명령을 받는 즉시 15세에서 70세까지의 모든 킵착 남성을 아무런 동정심 없이 처단할 것을 명령한다. 우리의 명령 이행에 느리게 행동하는 모든 군사들은 불복종으로 간주될 것이며 엄한 처벌을 받게 될 것이다. 타슈켄트의 총독 노르무함마드 쿠쉬베기에게는 특별한 자비를 베푼다. 비록 그는 킵착 출신이지만, 무슬만쿨을 추방시키는데 특별한 공로를 세우고 헌신했기 때문이다. 또한 그가 우리에게 충성을 다 할 것이며 우리의 의지대로 이행할 것이라는 믿음을 의심하지 않노라.

"나는 총독을 바라보았고, 총독은 나를 바라보더군. 그는 내가 무엇을 말할지를 기다리더구나. 내가 '언제 명령을 받으셨습니까?'라고 묻자 그는 대답 대신 카윰 폰사드를 향해 고개를 끄덕였어.

'명령서는 제가 가지고 왔습니다!' 카윰이 말하더군.

'코칸드에서 가져온 것인가?' 내가 물었지. 왜냐하면, 알다시피 코칸드에 갔다가 돌아오려면 5~6일 안에는 불가능한 일이거든.

'코칸드로 가는 도중에 칸의 명령서를 받았습니다.' 카윰이 대답하더군. '니요즈가 칸의 뜻을 이행하는 데 도움이 되라며 이 병력을 나에게 붙여준 것입니다.'

그의 이 대답에서 그들의 악랄한 계획이 드러났고, 그때서야 나는 그들에게 속았다는 것을 깨달았단다. 나는 총독을 바라보며 말했지.

'칸의 명령을 내일 실시하면 어떻겠습니까?'

'나도 그렇게 생각하오. 내일 시작하겠소!' 총독은 이렇게 대답하고는 카윰을 바라보더군. 하지만, 카윰을 보낸 이들은 우리가 그 학살 작전을 연기하려 할 것임을 이미 예견하고 있었음에 틀림없었어.

'우리는 내일까지 기다릴 수 없습니다' 카윰이 말하더군.

'왜 그런가?'

'내일이면 킵착 사람들이 전부 도망칠 것입니다.'

나는 카윰의 말을 무시하고, 이 일을 연기하자는 의견을 총독에게 피력하기 위해 그에게로 돌아섰지. 그러자 카윰이 나의 태도에 화를 내며 내게 다가왔어.

'문제를 복잡하게 만들지 마세요, 유수프벡 호지!' 참으로 불쾌하더군.

'우리는 노르무함마드 총독의 결정에 간섭할 권리가 없네!' 내가 그에게 말했지.

'아마 호지께는 없을지 모르지만, 나는 그럴 권리가 있습니다.' 카윰이 말했어.

'그렇다면 명령은 누구의 이름으로 된 것인가?'

'노르무함마드 쿠쉬베기 총독의 이름입니다.'

'그렇다면 그가 명령을 내려야만 우리가 움직일 수 있는 게 아닌가?' 내가 말했지.

카윰은 웃으며 주머니에서 두 번째 명령서를 꺼내더니 내게 말하더군. '자, 이걸 한번 읽어보시지요!' 그리고 나는 그걸 받아 읽었단다.

'이 명령서가 손에 있는데, 노르무함마드 총독에게는 왜 의뢰를 했는가?' 내가 화가 나서 물었지.

'그가 어디까지나 총독이니, 절차상 그렇게 한 것일 뿐입니다.' 카윰이 말했어.

'결국 자네는 충성스러운 개처럼 행동한 거로군.' 내가 퉁명스럽게 쏘아붙였지. '그러면 가서 명령대로 이행하게.'

'오, 불쾌하게 생각하지 마세요, 유수프벡 호지.' 카윰이 내게서 명령서를 가져가더니 총독을 향해 말하더군.

'자, 이제 뭐라고 하시겠습니까, 노르무함마드 쿠쉬베기 총독님?'

'내 말 잘 듣게나. 내일 시작한다!' 총독이 말했지.

'안됩니다, 총독님. 오늘 이미 모든 도시와 마을에 명령이 내려졌기 때문입니다.' 카윰이 대꾸를 하더군.

노르무함마드와 나는 마치 산에 눌린 듯한 기분이었어. 우리는 힘이 없었고, 어떻게 문제를 해결해야 할지 몰랐기 때문이었지. 카윰은 총독의 대답을 재촉하는 듯 기다리며 서 있었어. 긴 정적이 흐른 후 총독은 더 이상 버티지 못하고 손을 흔들며 말했지.

'자네가 원하는 대로 하게!'

카윰은 같이 온 사람들과 함께 사무실을 나갔어. 그가 나가자마자 나는 총독께 말했지.

'이제 우리가 어떻게 해야 합니까?'

'우리가 무엇을 할 수 있겠소?'

'그냥 가만히 있을 수는 없잖습니까? 시간이 급합니다. 우리 사람들에게 그들과 맞서도록 명령시지요!'

'그만하시오, 유수프벡 호지!'

'그럼, 무고한 사람들이 죽는 것을 가만히 두고 보자는 말씀입니까?'

'그냥 두세요.' 노르무함마드의 대답은 힘이 없더구나.

나는 그를 멍하니 쳐다보았단다. 그는 눈물을 흘리며 이렇게 말하더구나. '만약 국가의 평화가 여기에 달려 있다면, 그들을 죽이도록 버려둡시다! 만약 국가의 복지가 킵착의 피를 필요로 한다면, 피를 흘리도록 둡시다! 만약 구원의 길이 킵착 민족을 멸망시키는 것이라면, 나도 같이 죽게 하세요! 나는 이 괴물들의 자비가 필요 없어요!'

나는 그를 설득하려고 애썼고, 지금은 감정에 사로잡힐 때가 아니라 행동을 해야 한다고 말했단다. 하지만 그는 내 말을 듣고 싶어 하지 않았어. 어쩔 수 없이 나는 그 자리를 떠나 혼자가 되었고, 그때부터 만나는 모든 킵착 사람들에게 서둘러 도망치라고 경고했단다. 그리고 다른 사람들에게도 알리도록 내 사람들 몇 명 더 보냈어. 그러나 사백 명의 처형 집행관에 맞서 혼자서 할 수 있는 일은 없더구나. 수많은 무고한 사람들을 죽인 건 바로 이 폭도들이었단다." 유수프벡 호지의 설명은 이렇게 끝났다.

"자, 오타벡, 실상은 이랬다! 누군가 전체 진실을 알지 못할 때 그를 비난해서는 안 되고, 다른 사람에 대한 중상을 조장해서는 안 되는 것이란다!"

오타벡은 아버지에게 쏟아부었던 거친 말에 부끄러움을 느끼며 조용히 고개를 숙였다. 오래 숙고한 끝에 그는 물었다.

"이 괴물들의 목적이 무엇인가요? 왜 이런 학살극을 벌였나요?"

"목적은 매우 간단하다." 유수프벡 호지가 대답했다. "한 사람은 밍보시 대감이 되고 싶었고, 다른 한 사람은 노르무함마드의 총독 자리를 차지하고 싶었으며, 또 다른 사람은 다른 도시의 총독이 되고 싶었던 것이지. 하지만 칸은 무슬만쿨이 킵착 사람들을 통해 자기에게 행했던 악행에 대해 복수를 원했던 거야. 다른 목표가 없다고 생각한다.

내 아들아. 나는 내 삶의 대부분을 우리 민족의 평화와 안정을 이루기 위해 보냈지만, 이제 나에게 남은 것은 슬픔뿐이구나. 나는 사람들이 이곳 투르키스탄에서 행복할 수 있으리라고 상상할 수가 없구나. 투르키스탄이 이 땅 위에서 그 괴물들을 없애지 않는 한 말이야. 그들은 한 부족을 다른 부족에게 맞서게 하고, 위선적이며, 허영심이 많고, 탐욕스러우며, 개인적인 이익을 위해 서로를 잡아먹을 준비가 되어있을 뿐이야.

만약 우리가 우리 형제들을 죽인다면, 적들의 더러운 군화가 우리 땅을 짓밟게 될 날이 올 거야. 투르키스탄은 침략자들의 압박에 굴욕을 당하게 되고, 그 다음에는 우리가 스스로 후세들의 목에 노예의 멍에를 씌우게 될 거야. 우리는 맹목적이고 어리석은 아버지들로서 자발적으로 우리의 미래를 이교도들의 손에 맡기게 될 테니, 알라께서는 다툼을 일삼는 우리를 저주하실 거야. 우리의 위대한 조상들은 우리의 조국을 빛나게 했어.

누구도 흉내 낼 수 없는 지도자 티무르 구르간[08], 미르자 바부르[09], 투르키스탄에서 학문과 문화를 발전시킨 알 파라비[10], 울루그벡[11], 이븐 시나[12] 같은 분들이지. 그런데 신에게 저주를 받은 우리 아버지라는 사람들은 이 꽃 피는 땅을 죽음으로 이끌고 있어. 무고한 사람들을 죽이고, 고아들을 버리며, 가족들을 파괴하는 폭정을 일삼는 사람들을 벌하시길! 저주가 있을지어다! 지구 위의 모든 생명체들, 새들과 나무들, 그리고 동물들조차 그들의 폭력을 저주할 거야, 내 아들아!"

•• 4장 ••

진실은 밝혀지는 법

아침 식사가 끝나가고 있었다. 오타벡은 기도를 마친 후 일어나려고 했다.

"앉거라!"

이 위압적인 명령은 오타벡이 다시 아버지 옆에 앉게 만들었다. 그는 '무슨 하실 말씀이라도 있으신지요?'라는 질문을 담고 있는 듯한 표정으

---

08 티무르 구르간Timur Gurgan: 14세기 중앙아시아의 정복자이자 제국의 창건자인 아미르 티무르를 지칭. 탐머레인Tamerlane으로도 불린다. 구르간은 페르시아어로 '황제의 사위', 황제는 징키스칸을 가리킨다.

09 미르자 바부르Mirza Babur: 티무르의 후손으로 안디잔 출신이며 1526년 무굴제국을 세웠다. 군사적 재능 뿐만 아니라 문학적 소양으로도 유명했으며, 인도의 문화와 역사에 큰 족적을 남겼다.

10 알-파라비al-Farabi: 9~10세기 아리스토텔레스와 플라톤의 철학을 해석하고 이를 이슬람 사상과 조화시켜 이슬람 황금기를 주도한 철학자이다. 과학자, 음악가, 수학자 등으로도 활약했다.

11 울루그벡Ulugbek: 티무르의 손자로, 15세기 중앙아시아 통치자. 학문과 과학 발전에 헌신하여 특히 천문학 발전에 크게 기여했고, 진정한 르네상스적 인물로 과학적 유산을 가장 많이 남겼다.

12 이븐 시나Ibn Sina: 10~11세기 이슬람 세계의 위대한 철학자, 의사, 과학자, 작가이다. 위대한 의학서 《의학정전》*The Canon of Medicine*을 남겼다. 라틴어 표기로는 Avicena.

로 아버지를 바라보았다. 유수프벡 호지는 아무 말 없이 터번을 벗어 무릎 위에 놓고 머리를 긁더니 다시 썼다. 보통 터번을 벗고 아버지가 머리를 긁는 것은 심각한 대화가 있을 것이라는 신호였다. 그래서 오타벡은 다시 아버지를 바라보며 기다렸다.

유수프벡의 얼굴은 슬픔이나 비애를 전혀 드러내지 않았다. 오히려 지금은 동양적인 아버지의 근엄함을 나타내고 있을 뿐이었다.

"마길란에서 무슨 짓을 했느냐?"

예상치 못한 질문에 오타벡은 당황하여 대화를 피하고 싶다는 듯 방을 두리번거리기만 했다.

"오타벡, 내가 묻고 있다!"

"소식을 들으셨을테니 제가 그곳에서 무슨 짓을 했는지 이미 알고 계시는 것 아닙니까?"

"그래, 귀한 집안 태생인 네가 어떻게 그렇게, 마치 천하의 망나니들처럼 사람들을 죽일 수 있단 말이냐?"

그 순간 호지는 오타벡의 얼굴에서 스쳐 지나가는 냉소를 읽을 수 있었다.

"저는 귀한 집안 태생이 아니예요. 그저 그런 식으로 밖에는 행동할 수 없는 사람들 가운데 하나였을 뿐입니다."

유수프벡 호지는 아들의 아이러니를 이해하지 못했다.

"누가 널 사람을 죽이도록 강요하기라도 했다는 말이냐?"

"아, 그걸 모르시겠습니까?"

"모르겠다!" 유수프벡 호지가 말했다. "내가 들은 바로는, 너에게 그들을 죽이라고 강요한 사람은 아무도 없어."

"저는 강요받았어요. 의심의 여지가 없는 일이예요, 아버지." 오타벡이 빈정대듯 대답했다. "아버지 아들은 남을 죽이는 행위를 치욕스럽고 수치스러운 일로 여기는 정상적인 인간입니다."

"그럼, 도대체 누가 너를 그렇게 만들었다는 것이냐?"

"아버지와 어머니시죠."

"너 지금 제정신으로 말하는 거냐, 아들아?"

"멀쩡해요!" 아들이 대답했다. "두 분께서는 두 분의 뜻을 이루기 위해 제 뜻이 아닌 두 분의 뜻을 따르도록 저를 강요하셨죠. 저를 그렇게 하도록 몰아세움으로써, 두 분께서는 저의 적들에게 기회의 창을 활짝 열어주었고, 저는 짐승처럼 행동할 수밖에 없었던 것이고요. 저는 원치 않게, 제 명예를 지키기 위해 그들과 맞서야 했습니다."

"아, 그랬구나." 유수프벡 호지는 최근의 일들 속에서 처음으로 자신도 공모자로 죄가 있다는 사실을 깨닫게 되며 당황스러운 목소리로 말했다. "그렇다면, 내가 깊이 사과할 테니 용서해다오, 아들아."

"아버지, 저는 아버지를 비난하거나 아버지의 죄를 용서할 자리에 있지 않습니다. 저는 아무런 잘못이 없으면서도 자신을 방어해야 했고, 지금도 이유 없는 의심의 그림자 속에 있습니다."

유수프벡 호지는 입술을 깨물며 고개를 저었다.

"우리는 모두 연약한 인간이고 신의 종이니 실수할 수도 있다." 그는 말했다. "너는 우리를 비난하지만 어쩌면 네가 옳을지도 모른다. 그러나 너의 길을 악한 사람들이 막아섰다면, 왜 그렇게 오랫동안 침묵하고 있었느냐? 왜 그렇게 오랫동안 나에게 아무것도 말하지 않았느냐? 너도 누군가에게서 침묵하라고 강요받았던 것이냐?"

"아니요, 아무도 저를 강요하지 않았습니다." 오타벡이 말했다. "하지만 저는 가까운 사람들에게조차 도움을 요청할 수 없었습니다. 저를 이 길로 밀어 넣은 사람이 바로 그들이기 때문이죠."

유수프벡 호지는 고개를 숙였다. 아들의 이 말은 그에게 큰 충격을 주었다. 그는 아들이 옳다는 것을 알고 있었다. 그리고 마침내 말했다.

"비록 우리가 너에게 타슈켄트의 색시를 첩으로 들이도록 한 것은 사실이지만, 우리는 너를 첫 아내와 떼놓을 생각은 없었다. 그것 때문에 네가 모든 것을 우리에게서 숨겼다는 것은 큰 어리석음이었다, 아들아.”

오타벡은 반박하지 않았다. 이제 그는 어떤 비난이라도 들을 준비가 되어있었다. 그는 이미 자신의 분노를 표출했기에 그로 인해 마음속에 쌓여 있던 모든 감정이 폭발할 것만 같았다. 하지만 그의 마음은 초조함으로 부풀어 오르고 있었고, 아버지가 왜 이런 화제를 꺼냈는지 궁금했다.

유수프벡 호지는 계속해서 말했다. “사람이 인생에서 어떤 어려움에 직면했을 때, 보통 다른 사람에게 조언을 구하거나 심지어는 도움을 요청하기도 하는 법이다. 그런데 아들이라는 자가 자신의 문제를 아버지와 어머니에게조차 숨기고 싶어 했다는 것은 이해할 수 없구나. 나는 네 장인이 보낸 편지를 받아 읽었다. 나는 아무것도 이해할 수 없었다. ‘내 아들이 매달 마길란에 갔는데, 어떻게 이런 일이 생길 수 있는가?’ 편지를 여러 차례 읽고 나서야 결국 무슨 일이 있었는지 알아차렸다. 사돈의 말에 따르면, 그분도 너에게 일종의 무례를 범한 것 같지만, 네 경우에 비하면 그건 그냥 어린아이의 장난에 불과하다. 다행히도 모든 것이 잘 끝났다. 그동안 있었던 일에 대해 네가 나에게 한 마디라도 힌트를 주었다면, 나는 즉시 네 장인에게 편지를 쓰고, 하산알리를 보내 진실을 알게 되었을 것이다. 그랬다면 결과적으로 너는 사람을 죽일 필요까지는 없었을 것이 아니냐.”

하지만 오타벡은 이제 더이상 아무것도 듣지 않고 있었다. 그는 아버지의 연설이 끝나기를 고통스럽게 기다리며, 자신에게 가장 걱정되는 일이 무엇인지 알고 싶었다.

“마지막으로, 그렇게까지 하고 나서 어찌하여 아내도 장인어른도 만나지 않고 그냥 떠나왔느냐?”

“그럴 수밖에 없었습니다.”

“그렇다면 마길란에는 언제 다시 갈 작정이냐?”

오타벡은 잠시 생각했다. 대답하기가 쉽지 않은 질문이었다. 그는 아직 결정을 하지 못하고 있었기 때문이다.

"모르겠습니다."

비록 그의 마음은 당장이라도 그곳으로 날아가고 싶었지만, 욕망보다 더 강한 무엇인가가 그를 막았기에, "모르겠다"고 대답하고 말았던 것이다.

"너의 장인어른이 다음 주에 타슈켄트에 올 예정이라고 편지를 보냈고 며느리도 같이 데리고 오겠다고 하더구나." 유수프벡 호지가 말했다. 그리고 덧붙였다. "그 편지는 열흘 전에 쓰여진 것이다. 그러니, 아마도 그들은 오늘이나 내일쯤 도착할 것이다. 방을 비우고, 카펫을 깔고 정갈하게 정돈해서 궁전처럼 해두기 바란다."

아버지의 이러한 말을 들은 오타벡은 갑자기 크게 안도감을 느꼈다. 마치 부드러움과 따뜻함에 휩싸인 듯했다. 그는 깊이 한숨을 쉬며 생각했다. "드디어!" 그의 마음 속에 쿠무쉬의 모습이 떠올랐고, 그 모습에 취한 듯 그의 눈은 휘둥그레지고 혼란스러워졌다. 정신을 차리고 보니 아버지가 질문하는 듯한 시선으로 자신을 바라보고 있었다.

"자, 뭐라고 말 좀 해 봐라."

하지만 그는 적절한 말을 꺼낼 수가 없었다. 아버지는 아들이 어떻게든 장인어른을 모욕하고 굴욕감을 주지 않을까 걱정하고 있었다. 장인어른은 먼 곳에서 딸과 함께 오고 있었고, 나이 많은 어르신임에도 불구하고 먼저 화해를 위한 첫발을 내딛고 있었기 때문이다. 그래서 유수프벡 호지는 아들에게 몇 가지 사항을 부탁했다.

"아들아!" 유수프벡 호지가 말했다. "너를 존중하는 사람을 너도 존중할 필요가 있다. 지금 너에게는 그들이 어떤 존엄성을 잃어버린 것처럼 보일 수 있지만, 우리는 그들을 존경하고 높이 받들어야 한다. 미르자카림은 우리의 첫 번째 인척이며 그의 딸은 우리의 며느리다. 네가 나를 아버지로 존중한다면, 그들을 정중하게 맞이하겠다고 약속해다오. 너의 장인어른께 무례를 범하지 말고, 너를 막아섰다는 이유로 그분을 비난하지는 말아라. 그 불쌍한 사람은 자신이 잘못된 길로 갔음을 알고 있다. 어쨌든 그들에게 존경을 표해야 한다. 그들은 먼 마길란에서 너를 만나기 위해 오고 있지 않느냐?"

아버지의 이러한 말은 집안 분위기를 크게 바꾸어 놓았고, 오타벡은 고개를 숙이며 순종하는 태도를 취했다.

"그들이 도착하는 정확한 시간을 안다면 네가 그들을 직접 맞아야 한다." 유수프벡 호지가 말했다. 오타벡은 침묵했다.

"어쨌든 그들이 곧 도착할 것이다. 만약 네가 맞이할 생각이 없다면 하산알리가 대신해도 된다!"

"그래요. 그에게 가게 해 주세요!" 오타벡이 대답했다.

•• 5장 ••

편지

유수프벡 호지는 그런 대답을 듣고서야 마음을 진정시킬 수 있었다. 간단한 기도를 올린 후 그는 두 손으로 얼굴을 쓰다듬었다. 그리고 일어나서 주머니에서 편지를 꺼내 오타벡에게 건네주며 말했다.

"네 장인어른이 보낸 봉투 속에 들어있던 편지다. 어쩌면 네 아내가 보낸 것일지도 모르겠다."

오타벡은 편지를 받아들고 아버지가 응접실을 나갈 때까지 기다렸다. 편지는 여덟 번 접힌 채로 여러 곳에 붉은 비단실로 바느질이 되었으며, 주소는 오타벡에게로 적혀 있었다. 아버지가 자리를 뜰 때까지 편지를 열지 않았다. 그의 가슴은 마치 달리는 말처럼 뛰었다. 마침내 실을 뜯어내고 편지를 열자 그는 눈을 뗄 수가 없었다.

유수프에 대한 열정으로 평화를 잃은 출라이카[13] 처럼, 마즈눈에 대한 사랑으로 애통해하는 라일라[14] 처럼, 그리고 헤아릴 수 없을 만큼 수많은 나의 머리카락만큼이나 많은 인사를 보냅니다! 제가 해야 할 일은 회개하는 것이고, 당신이 할 일은 용서하는 것입니다. 지난 일은 지나간 대로 두라는 말이 있지요. 제게는 지난 2년 동안 겪어야 했던 그 어두운 날들을 기억하는 것이 다시 경험하는 것과 같으니, 당신께서는 그것을 잊든지 기억하든지 원하시는 대로 하세요. 하지만 저는 그것들을 잊었습니다. 저는 이제 오직 행복의 향기가 제게 불어온 그날부터만 기억하고 싶습니다.

당신은 도망자입니다. 몇 줄 적고 서둘러 달아나셨죠. 그래서 당신의 마길란 방문에 대한 제 해석은 옳았던 것 같습니다. 지난 2년 동안 당신이 이곳에 왔었던 것은 오로지 원수에 대한 복수 때문이었던 것이라고. 그렇지 않았다면 저를 보고 가셨겠지요. 만약 저를 보고 싶은 마음이 없었다 해도, 적어도 저라도 당신을 볼 수 있게 해주셨다면, 만족할 때까지 당신을 바라보았을 거예요! 저는 너무나 불행한 사람임을 알겠어요. 아마도 제 운명일 겁니다. 당신이 저에게 질린 것도요. 당신이 저를 피하는 것도 놀랍지 않군요. 그래요, 달아나세요. 하지만 이제 저는 도망자를 잡으려고 단단히 허리를 졸라맸어요.

이제 저는 곧 아버지 어머니와 함께 당신에게 가서 당신을

---

13 유수프에 대한 출라이카의 사랑 이야기는 보디바르의 아내와 요셉 이야기의 이슬람 버전이다. 15세기에 Nur ad-Din Abd ar-Rahman Jami가 《유수프와 출라이카》*Yusuf va Zulayho*라는 제목으로 저술했다.

14 마즈눈은 라일라와의 사랑에 빠져 영적 사랑 혹은 이룰 수 없는 상징으로 그려진다. 15세기 Alisher Navoiy가 《라일라와 마즈눈》*Layli va Majnun*이라는 제목을 저술했다. 12세기 Nizami Ganjavi가 쓴 같은 제목의 페르시아어 원문을 차카타이어고대 우즈벡어로 각색한 것이다.

섬기는 노예가 될 거예요! 마침내, 저는 당신이 사랑하는 사람과 비교하여 제가 어떤 존재인지 알게 되겠지요! 당신은 고귀한 분이니 옛사랑에 대한 존경심에서라도, 최소한 예의상으로도 저를 보고 미소 지으며 불쌍한 저를 행복하게 해주시겠죠! 하지만 당신이 더 사랑하는 어린 첩이 저를 모욕하거나 모멸할까 두려워요. 이 편지를 받으시고, 당신과 그녀가 함께 행복한 시간을 갖게 되거든, 제발 그녀가 저를 무시하거나 경쟁자로 보지 않도록 약속하게 해주세요. 저는 당신과 당신이 사랑하는 첩의 하녀가 될 준비가 되어있습니다. 다만 저는 저의 오타벡을 보고 싶을 뿐입니다!

마지막으로 고백하겠습니다. 제 마음속엔 계속되는 두려움이 있습니다. 저를 그 일 때문에 문밖으로 쫓아내지 마세요. 하지만 신께서 저에게 자비를 베풀어 당신과 함께 행복하게 살게 된다면, 저는 무엇을 해야 할지 알고 있습니다.

아, 출발일이 아직 얼마나 남았는지!

우리의 인생만큼이나 먼 길이네요…

하말월 3일[15], 마길란에서 당신의 쿠무쉬

가슴에 기쁨이 넘친 오타벡은 거의 정신 나간 사람처럼 활짝 미소를 지었다. 편지를 다시 한번 더 읽자 더 큰 기쁨이 차올랐다. 하지만 갑자기 어제 일이 떠올랐고, 그의 앞에는 이전에 보았던 그 학살의 현장이 떠오르는 것을 어찌할 수 없었다. 그는 몸을 떨며 마치 죽은 시신들을 다시 한번 보기라도 한 것처럼, 재빨리 편지를 접어서 주머니에 쑤셔 넣었다. 마치

15 하말hamal월 3일: 이슬람력 페르시아 양력으로 대략 3월 21일. 춘분 명절 노우루즈Nowruz에 해당

죽은 자들로부터 숨기려는 듯. 그리고 벌떡 일어나 집을 나섰다.

거리를 방황한 후, 그는 정신없이 집으로 돌아와 응접실의 창문에 대각선으로 자리를 잡고 앉아 다시 편지를 읽기 시작했다. 하지만 이번에는 기쁨이 오지 않았다. 편지의 의미가 그에게 다른 방식으로 찾아왔기 때문이었다. 학살의 현장에서 희생된 불행한 영혼들에 대한 어제의 기억이 쿠무쉬의 편지에 그림자를 드리웠던 것이다.

"하지만 당신이 더 사랑하는 어린 첩이 저를 모욕하거나 모멸할까 두려워요." 그는 자신이 어떻게 이 문구를 보고도 즐거워할 수 있었을까 의아해했다. 이 문구 안에는 쓰라린 슬픔이 감추어져 있었고, 아직은 분명히 드러나지 않았지만 충분히 예상될 수 있는 슬픔이기도 했다.

오타벡은 쿠무쉬가 편지에 쓴 것처럼 그녀의 라이벌이 될 자이납을 두려워하지는 않았지만, 어머니를 생각하면 가슴이 무거웠다. 그의 인생에서 가장 소중한 날들을 망친 것은 다름 아닌 어머니가 아니었던가? 그를 2년 동안 고통에 빠뜨리고, 완벽한 위협 속에서 희망없이 방황하게 만들고, 운명의 길을 따라 위험을 겪게 하고, 심지어 살인까지 저지르게 한 것도 바로 어머니가 아니었던가? 두 여인을 경쟁자로 만든 것도 역시 어머니의 변덕 때문이 아니었던가?

예쁜 신부를 찾겠다고 마을 전체를 뒤집어 놓은 것도 어머니였고, 결국에는 자기 눈에 아름답고 지혜롭다고 생각되는 여자를 찾아내어 결혼식과 잔치를 벌인 것도 어머니였다. 그러고는 자신의 소원을 이뤘다며 그 모든 걸 자랑스러워하지 않았던가? 그리고 거기에는 여자라면 이 정도는 돼야 한다는 암시가 담겨있지 않았던가? 이제 어머니의 총애를 받던 그 여인을 비웃기라도 하듯 마길란의 요정이 찾아올 텐데, 어머니는 과연 어떻게 그 요정을 맞이할지 두렵기만 했다.

쿠무쉬가 겁을 낸 것은 오직 남편의 첩이었지만, 오타벡은 어머니에 대한 걱정으로 정신이 아득할 지경이었다.

•• 6장 ••

오즈벡 부인의 변심과 자이납의 슬픔

유수프벡 호지는 아내가 다소 덜떨어지고 성격도 까다롭다는 것을 누구보다 잘 알고 있었다. 따라서 그녀에게 아들이 겪은 불행에 대해 아무 말도 하지 않기로 하고 그의 비밀도 밝히지 않기로 결정했다. 하지만 마길란 며느리와 사돈 내외가 곧 도착할 것이라는 사실만큼은 아내에게 미리 경고해 둘 필요가 있다고 생각했다. 왜냐하면 그는 아내가 마길란 며느리를 얼마나 싫어하는지를 오타벡보다 더 잘 알고 있었기 때문이다.

“당신 아들은 마길란 여자에게 장가든 게 아니라 재앙을 끌어앉은 거예요!”라며 끊임없이 불평해대는 것을 듣는 데도 익숙해 있었고, 늘 덥다 춥다 따지며 ‘꼰대’처럼 주변 사람들을 불편하게 하는 그녀의 행동도 잘 알고 있었다. 그래서 유수프벡 호지는 자신의 입장에서 아내의 불만을 미리 달래주고, 추잡한 소문이 퍼지기 전에 사전 조처를 해두어야겠다고 마음먹었다.

여인네들의 모임에서, 오즈벡 부인이 입을 열기만 하면 어김없이 그 무능한 아들과 마길란 출신의 ‘안디족’ 며느리에 대한 이야기로 화제가 흘렀고, 그녀에게 세상에서 가장 중요한 문제는 그 일이 전부인 듯했다. 옛날 같으면, 호지는 아내의 불평을 미소 지으며 무관심하게 흘려듣곤 했지만, 이번만큼은 그 똑같은 옛 노래를 듣고 있는 게 견디기 어려웠다.

“거위가 아프면 눈에 티끌만 봐도 아프고, 쥐는 낟알만 봐도 반가운 마음에 눈물이 난다”는 말처럼, 오즈벡 부인도 자기 상처만 들여다보며 아파하고 있었다. 말이 오가고, 말에서 또 다른 말이 이어지더니, 마침내 호지가 예상했던 대로 아들에 대한 한탄이 터져 나왔다.

“우리 멍청한 아들도 이제는 정신을 좀 차린 모양이에요.” 그녀가 말했다. “어쨌든 지난 3개월 동안 마길란에 대한 이야기는 입 밖에도 꺼내지 않더군요."

호지는 웃었다.

"정말이야? 당신의 그 변덕스런 잔소리가 효과를 본 모양이군?!"

"글쎄요… 그냥 찬물 한 바가지 확 끼얹은 것처럼 딱 멈춰버렸어요. 하늘이 벌 주셨나 봐요!"

"하늘이 벌을 내리셨기를!" 유수프벡 호지도 웃으며 따라했다.

오즈벡 부인은 그의 빈정거림을 알아채고는 곧바로 발끈하며 쏘아붙였다.

"왜 웃는 거예요?" 그녀는 심지어 발까지 굴렀다. "당신은 웃고 있지만, 우리는 아들을 잃을 뻔했어요. 그런데 왜 당신은 다시? 오 알라여, 우리를 용서하소서!"

"헛된 노력은 사람의 등을 부러뜨린다고, 타지크인들이 그렇게 말하잖소?"

"오! 빌어먹을, 당신의 그 썰렁한 타지크식 유머라니!" 오즈벡 부인이 화를 냈다. "솔직히 말해서, 이 모든 게 당신 탓이에요. 비웃기나 하고, 그냥 웃기만 하잖아요! 그냥 당신이 아이들을 제대로 키울 능력이 없다는 걸 인정하세요."

유수프벡 호지는 다시 웃었다.

"맞아요. 당신은 진짜 엄마지만, 나는 아이를 제대로 키울 능력이 없으니 당신이 이겼소!"

"계속 웃어보세요, 날 그렇게 비웃는 건 죄야!" 오즈벡 부인이 화를 내며 고개를 돌렸다.

"여보, 들어봐요!" 유수프벡 호지가 진지하게 말했다. "헛된 노력은 사람의 등을 부러뜨린다는 타지크 속담은 사실이오. 그런데 당신은 나에게 당신의 부적절하고 쓸모없는 노력들을 지지하라고 강요하고 있잖소?"

"그럼, 내 모든 노력이 헛된 것이고 부적절하단 말이에요?!"

"그렇소!"

"왜 부적절하죠?!"

"당신의 의도는 아들을 마길란 며느리와 갈라놓고, 여기 있는 첩을 데리고 살라는 것인데, 그렇지 않소?"

"맞아요!"

"바로 그런 시도가 부적절하고 헛된 것이란 말이오. 당신이 아들에게 '어느 여자와 함께 있고 싶으냐? 사랑하지 않는 사람과는 이혼하는 게 좋지 않겠느냐'라고 물으면 아들이 뭐라고 답할지 뻔하지 않소? 당신도 그 대답을 알고 있잖소."

"알고 있죠." 오즈벡 부인이 계속했다. "마길란의 주술사가 더 강하니까요. 그 주술사가 불쌍한 우리 아들을 홀려서 그녀와 꽁꽁 묶어놨으니, 떼 놓을 수 있는 방법이 없잖아요."

유수프벡 호지는 웃음을 참지 못했다.

"하지만 당신은 지난 3년 동안 타슈켄트에 있는 모든 주술사와 점쟁이들을 찾아다녔잖소? 왜 당신은 우리 아들이 자이납을 사랑하게 만들지 못한 거요?"

오즈벡 부인은

당황하지 않았다.

“마길란의 주술사는 힌두예요, 하지만 여기서는 힌두를 찾을 수 없었기 때문이죠.”

유수프벡 호지는 웃음을 멈추었다. 그는 아내가 안쓰러워지기 시작했다.

“이제 내 말을 들어보시오, 여보!” 그는 부드러운 어조로 말을 시작했다.

“우리도 이제 그만 헛소리를 멈춥시다. 상식을 가지고 행동하는 사람은 후회하지 않아요. 우리 아들이 유일한 희망이고, 그의 건강과 행복이 우리의 삶을 즐겁게 하니 우리는 무엇이 그를 행복하게 할지를 찾아야지 않겠소? 당신이 이렇게 행동하는 것이 아들에 대한 연민 때문이라는 것을 알고 있소. 오직 연민 때문이니 한편으로는 당신을 비난할 이유가 없소. 이제 말해 주겠소. 아들이 자주 마길란으로 떠나 당신을 좌절하게 만들수록 나도 그 녀석에게 더 화가 났고 때로는 화를 참지 못해 저주할 뻔했소. 내가 웃는 건 그냥 웃는 게 아니라 눈물을 머금은 쓰디쓴 웃음이었는데, 당신은 그걸 이해하지 못했소. 결국 내가 화를 참지 못해서 이번에는 아들을 아예 마길란으로 가지 못하게 했소.”

오즈벡 부인은 남편의 말을 들으며 고개를 끄덕였다. 남편의 마지막 말을 들은 후, 그녀는 마치 깊이 감사한다는 듯 고개를 숙였다.

유수프벡 호지는 계속했다.

“우리 아들이 왜 마길란을 포기하지 못하는지 알지도 못하면서 당신은 주술사의 마법에만 매달리니, 그래서 내가 당신보고 웃은 거요. 사실 그건 내 결정이었소.”

오즈벡 부인은 남편의 말에 서운해졌다.

“왜 나한테 말해주지 않았어요?”

“미안하오.” 유수프벡 호지가 말했다. “하지만 우리는 같은 목적을 가지고 있지 않소? 그래서 내가 오타벡이 마길란으로 가는 것을 막았지만, 대신 사돈어른들께 편지를 써서 며느리를 타슈켄트로 데려오라고 초대를 했소. 당연히 그들은 동의했고, 오늘 아들의 장인어른으로부터 답장을 받았소. 그는 합리적인 사람인 것 같소, 알라께서 그를 축복하시길! 그가 쓴 내용을 들어보시오. '우리는 초대받지 않았어도 사돈어른을 찾아뵈었어야 했습니다. 사돈의 편지를 받고 당황했으며, 특히 당신의 며느리는 진즉에 두 분께 인사를 드리지 못한 걸 후회하고, 시어머니 앞에 어떻게 나설지 몰라 크게 부끄러워하고 있습니다. 그녀의 무례함을 용서해 주시기 바랍니다.'"

오즈벡 부인은 깜짝 놀라며 남편을 바라보았다. 유수프벡 호지의 기발한 계획이 어리숙한 오즈벡 부인을 완전히 사로잡은 것이다. 그는 아내의 대답을 기다리지 않고 계속해서 말했다.

"그분들에게 어느 방을 준비해드리는 게 좋겠소?" 그야말로 연타連打를 날리기로 한 것이다. "어떻게 생각하오? 음식은 뭘 준비해야 할지. 아마도 이분들은 당신이 낙타 한 마리를 잡아 존경을 표한다 해도 놀라지 않을 것이오."

오즈벡 부인은 정신이 얼떨떨했다. 아까 그녀가 언급했던 힌두 주술사에게 홀린 것인지, 지난 3년 동안의 모든 적대감과 원망과 불행이 하루아침에 안개 속으로 사라져 버린 것이다. 그녀의 머릿속에는 "며느리가 둘이나 생겼다!"라는 새로운 생각이 채워져 승리감에 도취했다. 그녀는 낯선 사람들과 가까운 사람들을 떠올리고 그들이 말하는 걸 상상했다. "오즈벡 부인의 마길란 며느리가 왔대. 새끼 앵무새 만큼이나 귀여운 색시라던데, 얼마나 예쁜지 한번 보러 가요!" 지금까지는 시어머니가 자이납에게 매달리며 간청했다면 이제는 두 며느리가 시어머니에게 아첨하며, 그녀의 관대함을 구하고, 그녀의 은혜를 청하는 모습을 상상했다.

"어쨌든, 고귀하고 존경받아 마땅한 사람들인데, 우리 방을 비워 드릴까요?"

"당신이 결정할 일이오."

"우리는 뒷방으로 옮길 거예요. 어쨌든 그들은 귀한 손님들이니까요. 신경써야 할 문제죠."

마침내 3년간의 적대감과 원망과 불행이 은혜와 존경과 환대로 바뀌었다. 오즈벡 부인은 3년이 아니라 3분 만에 마음이 바뀌었다고 해서 얼굴을 붉힐 생각은 없었다. 자기 생각에, 다른 사람들과 어떻게 관계를 유지해야 하는지도 모르고, 아이도 제대로 키울 능력도 없는 남편 앞이니 부끄러움도 느낄 필요가 없었다. 유수프벡 호지는 아내의 우스꽝스러운 변화에 놀라지도 않고 웃지도 않았다. 그는 이미 30년을 이 변덕스러운 여인과 살아왔기 때문이다. 이제 오즈벡 부인이 이렇게 마음을 바꾸게 되자, 그는 잊지 않고 물었다.

"자이납에게도 이 소식을 전하는 게 어떻소? 최대한 부드럽게 말이오."

"이 일에 그 아이가 무슨 상관이 있어요? 결정은 우리가 할 일인데!" 3분 전까지만 해도 그렇게 아끼던 자이납이 이제는 그녀의 머릿속에 마지막으로 떠오르는 존재가 되어 버린 것이다.

"그게 요점이 아니잖소." 유수프벡 호지가 말했다. "두 여자가 한집에 살게 되면, 반드시 조화를 이루도록 보살핌이 따라야 하는 법이오. 여인네들 사이에서 만약 어떤 소문이라도 퍼지게 되면, 쓸데없는 험담이 떠돌아 당신 아들은 물론이거니와 우리도 곤란을 겪게 될 거요."

"며늘애를 부를까요?"

"부르시구려."

오즈벡 부인이 아들을 만나러 나가자 놀랍게도 자이납이 남편과 즐겁게 대화를 나누고 있었다.

"아기 가질 계획을 하는 거냐?"

오타벡은 미소를 지으며 자이납을 바라보았고, 자이납은 일어나 드레스를 고쳐 입으며 시어머니께 들어와 앉으시도록 자리를 권했다.

"대략요, 어머니. 오늘은 그 이야기도 할 작정이에요." 그녀가 말하고는 남편을 바라보며 웃었다.

하지만 오즈벡 부인은 앉기도 전에 주저함 없이 이렇게 말했다.

"너는 두 사람을 위해 똑같은 드레스를 마련해줘야 한다. 한 사람을 다른 사람 앞에서 깎아내리거나 치켜 세워서는 안된다. 자이납이 너의 아내라면, 그녀도 마찬가지로 네 아내야. 더구나 그녀는 너의 첫 아내가 아니냐. 자이납, 나와 함께 가자. 아버지께서 너를 찾으신다."

어머니의 이 갑작스런 폭탄선언을 처음에는 둘 다 무슨 말인지 눈치를 채지 못했다. 하지만 오타벡은 이 모호하고 혼란스러운 말의 의미를 이해했고, 어머니가 마길란 쪽으로 돌아서고 있다는 것과 그의 가장 큰 난적이 사라지리라는 것을 알아차렸다. 또한 아버지가 자이납을 부른 이유도 짐작이 갔다. 하지만, 자이납은 아직 아무것도 이해하지 못한 채 시어머니를 따라갔다.

시어머니가 며느리와 함께 들어와 시아버지 앞에 마주 앉자, 호지는 자이납에게 부드럽게 말했다.

"자이납, 며늘 아가야. 우리는 마길란에서 네 언니를 데려오기로 했다. 네 생각은 어떠냐?"

자이납은 즉시 시어머니를 쳐다보았고, 이제야 아까 그 말이 명확해졌다. 경쟁자를 받아들이지 않을 수 없게 된 것이다. 그녀는 깊은 한숨을 쉬었다.

"무슨 드릴 말씀이 있겠어요?"

"그런 대답을 기다리는 게 아니다." 시아버지가 말했다.

"내가 알고 싶었던 것은 그녀가 오면, 네가 자매처럼 가까워질 수 있도록 노력할 수 있을지의 여부야. 그게 중요해!"

"노력할게요…"

"확실하냐?" 시아버지가 한 번 더 물었다.

"모르겠어요…"

"모르다니?"

자이납은 잠시 생각했다.

"손뼉은 마주쳐야 소리가 나는 법인데" 자이납이 말했다. "저는 친절하게 대해줄 수 있지만, 만약 언니가 나쁘게 대한다면 제가 어떻게 친절함을 유지할 수 있을까요? 지금 약속을 하는 게 무슨 소용이 있겠습니까?"

"정말 옳은 말이야, 아가야. 그녀에게도 약속을 하게 할 거야."

자이납은 침묵을 지켰다.

"자이납은 경우에 맞지 않는 일을 할 아이가 아니에요." 오즈벡 부인이 거들었다. "알라께 감사할 일이지요. 이성적이고 정신이 똑바로 박힌 아이니까요."

"고깝게 생각하지 마라, 그리고 마음에도 담아 두지 마라, 내 딸아. 너와 마길란 며느리 사이에는 차이가 없어, 두 사람 모두 우리 아들과 짝을 이루고 있으니, 너희 둘 다 우리 딸들이야!"

자이납은 고개를 끄덕였다. 유수프벡 호지의 축복을 받은 후 그녀는 오타벡에게 돌아갔다.

오타벡은 처음으로 한숨을 내쉬는 자이납의 얼굴에서 슬픔을 느꼈다. 그들은 서로 마주 앉아 잠시 침묵을 지켰고, 둘 사이에는 어색한 공기가 흘렀다. 오타벡은 참지 못하고 물었다.

"왜 부르셨지?"

"당신은 이미 알고 계실 텐데요." 자이납이 억지로 미소를 지으며 말했다.

"내가 뭘 안단 말이오?"

"그녀가 마길란에서 오고 있어요."

오타벡은 궁지에 몰렸고, 그가 달리 할 수 있는 말은 없었다.

"내 뜻이 아니었어… 아버지께서 결정하신 거요. 아버지의 결정."

"아버지의 결정이지만, 바로 당신이 원하는 바죠."

"내가 뭘 원한단 말이오?"

"당신의 사랑하는 사람과 영원히 함께하는 것이 물론 당신의 뜨거운 소망이겠죠."

"내가 그녀를 사랑한다고 생각하오?"

"물론이죠."

오타벡은 감정을 가다듬으며 말했다.

"당신의 오해요."

"전혀 그렇지 않아요!" 그녀는 계속해서 말했다. "당신은 그녀를 사랑해서 결혼했어요. 하지만 나는… 당신 부모님이 원하셨기 때문에 결혼한 거구요." 자이납의 눈에는 눈물이 가득했다.

오타벡은 혼란스러웠다. 이 솔직한 말들은 그를 완전히 혼란스럽게 했고, 진실을 인정하지 않는 것, 즉 거짓말을 하는 것은 더 어려웠다. 하지만 다른 방법이 없었다.

"처음에… 그래, 당신 말이 맞아요. 나는 사랑해서 결혼했지만 지금은 그렇지 않아요."

"못 믿겠어요."

"왜 못 믿지? 믿으시오!"

자이납은 그를 잠시 바라보며 말했다.

"제가 당신을 믿지 않는 이유가 있어요."

오타벡은 조급하게 물었다.

"이유가 뭐요?"

"우리가 결혼한 지 얼마나 되었지요?"

"2년이지."

"당신은 그 2년 동안 나에 대한 생각이 변하지 않았어요." 자이납이 말했다. "당신은 나를 아내로 여기지 않아요!"

"터무니없는 소리!"

"터무니없는 소리가 아니에요, 여보." 자이납이 화를 내며 말했다. "당신은 마길란에서 돌아온 후에도 응접실에서 지냈다는 사실을 인정하고 싶지 않겠지요. 그리고 내가 당신과 함께 화목한 가정을 이루어 살고자 당신을 향해 쏟은 소망에 대해서도 생각하고 싶어 하지 않았죠."

자이납은 눈물이 쏟아져 말을 끝낼 수가 없었다. 오타벡은 난감한 상황에 처했다.

"당신은 나를 완전히 오해하고 있어요."

"그럼 설명해줄 수 있나요?"

"그 이유는, 내 사랑이여…" 오타벡이 말했다. 그러나 그는 이유를 찾을 수가 없었다.

"그럼 말해 주세요."

"당신이 알고 있을 텐데."

"난 아무것도 몰라요."

"알고 있소."

"몰라요. 하늘에 맹세코."

"당신이 모른다면…" 벡이 말했다. "차라리 모르는 게 나아요. 내가 그걸 말하는 것은 부끄러운 일이오."

"당신의 아내가 부끄럽단 말이에요?"

"고백할까요?"

"고백해 주세요!"

"고백하자면, 나는 약하기 때문이오! 남자로서의 힘이 거의 없단 말이오…"

자이납은 그를 의심스럽게 바라보았다.

"당신은 거짓말하고 있어요."

"당신이 나를 믿지 않는 것은 당신의 자유지만, 이것이 내가 당신에게 다가가지 못하는 진짜 이유요."

"내가 당신을 믿는다고 해도, 당신이 따로 자는 것은 정당한 이유가 될 수 없어요. 나는 그것 때문에만 기분이 상하는 게 아니에요." 그녀는 눈에 눈물이 가득한 채 오타벡을 바라보며 말했다. "당신이 약한 것은 중요하지 않아요. 난 당신 자체가 필요해요!" 그녀는 눈물을 쏟으며 오타벡의 품으로 뛰어들었다.

그는 처음으로 그녀의 아픈 마음을 느꼈다. 가엾은 자이납은 그를 껴안은 채 동상에 입을 맞추듯 간청하고 있었다.

•• 7장 ••

사돈 간의 만남

사돈댁 내외가 오늘 도착한다는 소식을 전날 도착한 상인들로부터 알게 되었다. 손님 마중을 위해 하산알리를 보냈고, 유수프벡 호지는 모든 준비를 직접 점검하며 오이보독이 바깥 마당을 청소하는 것을 지켜보았다. 안쪽의 안채에서는 오즈벡 부인이 하샤르[16]를 초대해 마당을 정리하게 했다. 그녀는 손님들을 위해 3일 전에 자신의 방을 비우고 카펫을 깔아 잔치 준비를 마쳤으며, 숫양 한 마리도 기둥에 묶고 손님들이 도착하면 바로 잡도록 해두었다.

쿠무쉬와 자이납을 위해 미리 구입해 둔 예복용 고급 아틀라스 옷감으로 만족하지 못한 오즈벡 부인은 쿠무쉬에게 옷감 한 벌을 더 얹어주며 말했다. "어차피 쿠무쉬는 태생부터 여린 아이니 중국산 실크를 하나 더 줘야겠다. 여기 사는 며느리는 이미 그런 거 충분히 받아봤으니 말이야." 중국산 무르삭으로 만족하지 못하고 자기가 가지고 있던 고급의 금박 무르삭을 보탰고, 숄 두 개로 만족하지 못하고 칼믹식 스카프를 하나 더 보탰다. 이들은 모두 자신이 신부였을 때 받은 선물이지만 기회가 없어 한 번도 입어보지 못한 것들이었다.

자이납이 화가 난 것 같지는 않았다. 평소처럼 시어머니의 말에 순종하며, 손님들을 맞이하기 위해 다스투르혼을 준비하고 있었다. 오즈벡 부인은 하샤르로 온 여성들 중 한 명에게 산달에 불을 지피라고 부탁한 후, 자이납에게 다가가 물었다.

"다스투르혼은 준비되었니, 아가야?"

"네, 준비됐어요. 다만 바깥의 다스투르혼에는 꿀이 조금 부족한 것

---

16 하샤르hashar는 마을 공동체의 대소사를 위해 자발적으로 모인 지역 사회 여성 집단.

같아요."

"꿀이 부족하다면 곧바로 창고에 가서 가져오고, 오이보독이 바쁜 것 같으니 반죽도 네가 직접 챙겨라. 반죽은 이미 부풀어 올랐을 거야." 오즈벡 부인은 호화스런 접시를 쌓아둔 선반 곁의 창문을 통해 밖을 내다보면서 말했다. 다스투르혼도 만족스러웠다.

"바라크[17]도 잊지 마라." 오즈벡 부인이 말하며 문간에 서 있는 유수프벡 호지를 보고 불러세웠다.

"여기 좀 와보세요."

줄무늬의 흰색 톤 초폰을 입고 머리에는 흰색 토프[18]를 쓴 채 화려한 차림새의 유수프벡 호지는 서두르지 않고 아내에게로 천천히 다가갔다.

"무슨 일이요?"

"우리가 마련한 다스투르혼을 보고 칭찬 좀 해주세요."

호지는 큰 관심 없이 다스투르혼을 쳐다보고 말했다.

"당신 마음에 든다면 좋은 거지."

"백정은 불렀나요? 손님들이 올 때 급히 서두르지 않도록 말이죠."

"백정은 벌써 와있소. 지금 바로 양을 잡을까?"

"아직 아니에요." 오즈벡 부인이 목소리를 높였다. "모든 일엔 때가 있는 법이죠. 음식도 손님 앞에서 익어야 맛있어요. 그런데, 이곳 타슈켄트 사돈댁을 모셔 올 사람은 보냈나요?"

급히 꿀을 가지러 가던 자이납은 시아버지의 대답을 기다리며 잠시 멈췄다.

"보냈소." 유수프벡 호지가 말했다. "올름 판사드 사돈어른은 집에 없어요. 오늘은 밖에 나샀나니, 나머지 식구들만 오기로 약속했소."

---

17 바라크varaqi: 튀김 만두의 일종

18 토프to'ppi: 사발 모양의 전통 모자

자이납은 다시 일을 서둘렀다. 유수프벡 호지는 오즈벡 부인에게 다가가 속삭이며 물었다.

"자이납은 어떤가? 우울하지는 않은지?"

"아주 좋은 기분이에요, 왜요?"

"그냥 물어봤소."

"자이납은 아무 문제 없어요." 오즈벡 부인이 말했다. "오이보독은 바깥 일을 마무리하고 있나요?"

"마무리 중이야. 잘 들으시오. 내가 이웃 사람들도 여럿 초대했으니, 오쉬를 충분히 준비해야 할 거요."

"알겠어요."

유수프벡 호지가 주위를 둘러보더니 물었다.

"아들은 어디 있소? 보이질 않네."

"사랑채에 있었는데, 아닌가요?"

"아니, 난 걔가 이쪽으로 오고 있다고 생각했는데."

"어쩌면 길 건너 바자에 갔는가?" 오즈벡 부인이 말했다.

호지는 응접실로 갔다. 오즈벡 부인의 명에 따라, 자이납은 청소를 끝내고 여인들이 달콤한 빵을 만드는 일을 거들고 있었다.

벌써 정오가 지났다. 모든 준비는 끝이 났다.

오즈벡 부인은 마치 결혼식에 가는 것처럼 꾸몄고, 수르마로 눈 화장을 짙게 했다. 최고급 칸아틀라스 드레스를 입고, 머리에는 화려하고 하얀 스카프를 썼다. 자이납에게도 잘 차려입으라고 부탁했다.

"우리가 며느리에게 누더기를 입혔다는 소리를 듣지 않게 너도 멋지게 차려입어라."

자이납도 실크 옷으로 정장을 차려입어서 마치 신부처럼 빛났다.

자이납의 식구들이 도착했다. 어머니 모히라 부인, 언니 후쉬로이, 그리고 올케 하니파가 왔다. 오즈벡 부인의 가까운 이웃들인 교사 출신의 카리마, 재봉사 출신의 샤로팟, 그리고 마히나바누 여사도 화려하게 차려입고 왔다. 여인들은 안채에 아담하게 마련된 다스투르혼에 둘러앉았다.

오즈벡 부인은 사돈어른이 마길란에서 존경받는 부유한 사람이며 좋은 평판을 가진 분이라며 떠들기 시작했다. 사돈댁은 오타벡이 타슈켄트에서 또 한 번 결혼하는 데 대해 반대하지 않았으며, 심지어 축하해주기 위해서 직접 타슈켄트까지 오고 있다며 자랑을 늘어놓았다.

"우리 며느리가 바로 그런 집안의 외동딸이랍니다. 그분들은 오타벡을 자기 아들처럼 대하며 '내게 이런 아들이 있었다면, 내 모든 것을 물려주었을 텐데, 신의 가호가 있기를 바란다'고 말씀하시는 분들이지요."

모히라 부인은 이 모든 말을 듣고 있기에는 심기가 다소 불편했지만, "오즈벡 부인, 정말이지 온순한 송아지는 두 마리의 어미 소에서 젖을 얻는다잖아요."라며 거들었다.

오이보독이 뙤약볕에 뜨거워진 마당을 식히기 위해 물을 뿌리던 중 갑자기 밖에서 왁자지끌한 소리가 들렸다. 그녀는 서둘러 여인들이 앉아 있는 방의 창가로 갔다.

"그들이 도착한 것 같아요."

오즈벡 부인은 대화를 멈추고 자리에서 일어났고, 손님들도 그녀를 따랐다. 자이납은 얼굴이 창백해지며 자기 방으로 뛰어들어갔다.

오즈벡 부인을 따라 여인들은 마당으로 나갔고 모히라 부인은 미소를 지으며 큰딸 후쉬로이의 귀에 무언가를 속삭였다. 두 사람은 뭔가를 보고 킬킬대며 웃었다.

오즈벡 부인이 현관 가까이 다가가자 이웃집 아이가 뛰어들어 왔다.

"소인츠[19]를 주세요, 마님. 며느리가 도착했어요."

---

19 소인츠so'yinchi: 아기의 탄생, 결혼 등 좋은 소식을 가져다주는 사람에게 주는 감사의 선물. 주로 돈이나 과자 등으로 대신한다.

오즈벡 부인은 풍습에 따라 주머니에서 동전을 꺼내 그에게 주었다.

소년 뒤에는 하산알리가 나타났다.

"자, 마님, 제게도 선물을 주셔야 합니다. 제가 도망가는 며느리를 잡아 마님께 대령했으니 말입니다." 그러고는 복도 쪽을 향해 외쳤다. "잠깐, 잠깐만요, 제 소인츠를 먼저 주셔야죠."

옵톱 부인이 골목길에 모습을 드러냈다. 파란지 가운은 머리에만 걸치고, 차시만드[20]는 손에 들고 있었다. 하산알리가 그녀를 오즈벡 부인에게 소개했다.

"이분이 당신 아들의 장모님이신 옵톱 부인이십니다."

오즈벡 부인과 옵톱 부인은 서로 껴안으며 인사를 했다. 다른 여인들도 오즈벡 부인을 따라 그녀에게 인사했다. 모두가 쿠무쉬를 기다리고 있었다. 그녀를 보고 싶어 하는 이들이 많았으나, 그녀는 아직 모습을 드러내지 않았다. 오즈벡 부인은 현관 쪽을 주의 깊게 바라보았고, 하산알리는 이따금 현관 쪽과 오즈벡 부인을 번갈아 바라보며 그녀에게 의미심장한 눈짓을 보냈다. 여인들과 인사를 나눈 옵톱 부인은 오즈벡 부인에게 다가가 웃으며 말했다.

"아마 부끄러워하고 있는 모양이에요."

오즈벡 부인은 현관 쪽을 바라보며 소리쳤다.

"오, 사랑하는 며느리야! 우리를 기다리게 하지 마! 부끄러워하지 말고! 하산알리에게는 벌써 소인츠를 지불했단다!"

하산알리는 현관 쪽을 향해 고개를 끄덕였다.

그때 쿠무쉬가 얼굴을 붉힌 채 나타났다. 그녀는 손에 파란지를 들고 있었고, 검은 아틀라스 드레스를 입고 있었으며, 그 위에 옅은 파란색 예복을 걸치고 머리에는 화려한 흰색 스카프를 둘렀다. 그녀의 크고 아름답

---

20 차시만드chashmandi: 파란지 아래에 써서 얼굴을 가리는 베일

고 검은 눈동자가 수줍게 웃고 있었다.

"이분이 너의 시어머니 되시는 오즈벡 부인이시다." 하산알리가 소개했다.

쿠무쉬는 고개를 숙여 인사하고, 파란지를 바닥에 둔 채 오즈벡 부인에게 달려가 품에 안겼다. 오즈벡 부인은 그녀를 가슴에 품어 안고는 양쪽 볼에 키스를 쏟아부었다. 그리고 얼굴을 자세히 들여다보며 뜻 모를 눈물을 쏟았다. 기다리던 모든 여성들, 모히라 부인, 후쉬로이 아가씨, 그리고 하니파까지 쿠무쉬를 보며 놀라서 입을 다물지 못하고 서로를 쳐다보았다.

시어머니와 며느리는 한참 동안 서로를 껴안았다. 그리고 쿠무쉬는 오즈벡 부인이 소개해주는 대로 다른 손님들에게 한 사람씩 인사를 했다. 마지막은 이제 막 밖으로 나와 제일 뒤에 서 있던 자이납이었다. 오즈벡 부인은 쿠무쉬를 보며 미소 지었다.

"자, 이 아가씨는 누굴까?"

쿠무쉬는 놀라지 않았다. 그녀는 자이납에게 눈길을 주며 한걸음 가까이 갔다.

"자이납 자매!" 그녀가 인사하자, 자이납도 미소를 지으며 그녀에게 다가왔다.

"안녕? 잘 지내지? 건강하고?" 두 라이벌은 아무런 주저함도 없이 서로의 어깨에 팔을 얹고, 허리에는 팔을 둘러서 인사를 나누었다. "잘 지내지? 건강하고?"

그들이 인사를 나누고 있을 때, 유수프벡 호지가 현관에 나타났다. 여성들은 한쪽으로 비켜섰다. 호지가 그들에게 다가가자 옵톱 부인은 머리에 스카프를 쓰고 그에게 인사를 건넸다. 호지는 반가운 웃음으로 그녀를 환영했다. "환영합니다, 사부인! 여행에 피곤하지 않으신가요? 먼 곳까지 오시게 해서 제가 귀찮게 해드렸군요."라고 사과하며 그녀가 편안하게 느끼도록 했다.

“자, 여보, 이제 당신 며느리를 환영해야죠.” 오즈벡 부인이 쿠무쉬를 가리키며 말했다. 쿠무쉬는 유수프벡 호지에게 수줍어서 겨우 인사를 건넸고, 가까이 다가가서 고개를 숙였다. 유수프벡 호지는 그녀의 어깨를 두드리며 손등에 입을 맞춘 뒤 이마에 손을 댔다.

“우리가 마길란에 이런 며느리를 두고 있었는데, 그 사실을 몰랐습니다.” 그는 웃으며 주위를 둘러보며 말했다. 그리고 기도를 위해 두 손을 들어 올렸다.

“당신들은 멀리 마길란에서 이곳까지 찾아와서 우리를 크게 영광되게 하셨습니다. 알라께서 젊은 부부에게 행복과 평화로 긴 생애를 축복해 주시기를! 오, 알라여, 우리의 기도를 받아주소서!”

모두가 기도를 따라하며 얼굴을 쓰다듬었다. 그런 다음 유수프벡 호지는 쿠무쉬와 자이납을 바라보며 말했다.

“서로 인사하는 모습을 보니 기쁘구나. 친자매처럼 서로를 잘 아껴주기 바란다.”

그러고는 오즈벡 부인을 향해 돌아서며 “손님들을 집안으로 모시세요.”라고 하고, 그는 사랑채로 들어갔다.

•• 8장 ••

은근한 적개심

오즈벡 부인은 쿠무쉬와 그녀의 어머니를 집안으로 안내했다. 다른 손님들도 그 뒤를 따랐다. 가는 길에 오즈벡 부인은 오이보독에게 서둘러 차를 준비하라고 말했다. 그녀는 “가여운 분들이 마차를 타고 오시느라 지쳤을 거야”라고 말하며 옵톱 부인과 쿠무쉬에게로 돌아섰다. “지쳤을 당신들이 너무 안쓰럽군요!"라고 말하자 옵톱 부인은 쿠무쉬에게 슬쩍 눈길을 던졌다.

"아니에요, 그런 말씀 마세요. 저희들이 면목이 없네요."

그들은 방 안으로 들어갔고 오즈벡 부인은 그들을 상석으로 안내하며 "저기 높은 자리로 앉으세요!"라고 강권했다.

옵톱 부인은 그곳에 자리를 잡았지만, 쿠무쉬는 다른 손님들 때문에 부끄러워 멈추자 오즈벡 부인이 그녀를 재촉했다.

"예의 차리려고 애쓰지 말거라, 아가야. 너는 새 며느리이니 오늘과 내일만 우리 집 손님이란다. 셋째 날부터는 내가 네 머리 위에서 맷돌을 돌릴 테니 각오해야 한다, 얄미운 아가씨야!" 옵톱 부인과 뒤따르던 여성들이 모두 크게 웃었다. 그리고 한마디를 더 보탰다. "내가 어떤 사람인지 보여 줄 거야!"

이번에는 쿠무쉬도 웃었다. 옵톱 부인과 모히라 부인이 상석에 앉았다. 옵톱 부인의 왼쪽에는 쿠무쉬가 자리를 잡았고, 그녀의 옆에는 후쉬로이가 앉았다. 모히라 부인의 오른쪽에는 하니파, 그 다음에는 카리마, 그리고 샤라파트와 마히나가 자리를 잡았다. 카리마가 두 손을 들어 기도를 올린 뒤 오즈벡 부인이 환영 인사를 했다.

"환영해요." 오즈벡 부인이 큰소리로 외쳤다.

그러고는 마치 모두가 약속이라도 한 듯 쿠무쉬를 바라보았다. 그러자 쿠무쉬는 부끄러워 눈을 아래로 깔았다. 침묵이 내려앉았다.

잠시 후 모히라 부인이 침묵을 깨트렸다.

"마길란에서 여기까지 긴 여행이 너무 힘드셨죠?"

"그렇게 많이 피곤하지는 않았어요." 옵톱 부인이 대답했다. "보통은 마길란에서 타슈켄트까지 오려면 열흘이 걸리는데, 우리는 일부러 천천히 와서 열이틀이 걸렸어요."

"도로가 무척 질퍽했을 텐데요?" 모히라 부인이 물었다.

"아니요, 그렇진 않았어요." 옵톱 부인이 대답했다. "도로는 깨끗했어요. 양옆에는 초록빛 풀밭이 펼쳐지고 언덕에는 튤립이 피어 있어서 여행하기에 정말 좋은 시기였어요."

이제 오즈벡 부인의 차례였다.

"만약 여러분들이 이번에 오시지 않았다면, 저도 더 이상 오타벡을 마길란에 보내지 않았을 거예요, 신께 감사를! 그리고 오타벡에게 이렇게 말했을 거예요. '3년 동안이나 그렇게 마길란까지 오가는 게 지겹지 않니? 이젠 그들이 올 차례야.' 나는 그를 보내지 않을 작정이었지요."

쿠무쉬는 오타벡의 이름을 듣고는 슬쩍 몸을 일으켰다. 옵톱 부인은 오즈벡 부인의 이 주절거림에 놀라지 않았다. 이미 하산알리가 오즈벡 부인의 막무가내 성격에 대해 귀띔을 해주었기 때문이다. 그리고 이렇게 응수했다.

"그만 꾸짖으세요. 우린 벌써 충분히 송구스럽게 생각하고 있으니까요."

자이납이 음식을 내왔다.

"환영해요!" 자이납은 손님들에게 인사를 하며 음식을 덮고 있던 식탁보를 걷어 제쳤다. 로비에 서 있던 오이보독에게서 큰 쟁반을 전해 받은 그녀는 쿠무쉬를 몇 차례 힐끗 쳐다보다가 마지막 시선이 쿠무쉬와 마주쳤다. 식탁에는 음식들이 차려졌다. 오이보독은 네 개의 찻주전자를 가져와 구리 받침대 위에 놓았다. 자이납이 다기 옆에 앉아 손님들에게 차를 따를 준비를 하고 있을 때, 오즈벡 부인은 마침 나가고 있는 오이보독에게 물었다.

"백정은 왔나?"

"네, 한참 전에 도착했죠. 손님들이 축복을 해주시면 백정에게 양을 풀어줄게요."

오즈벡 부인은 옵톱 부인을 바라보며 물었다.

"축복을 해주시겠어요?"

옵톱 부인은 모히라 부인을 바라보며 말했다.

"부인께서 하시지요. 부탁드려요!"

"양은 부인을 위해 준비된 것인걸요." 모히라 부인이 대답했다. "당신이 축복할 수 있는 권리를 갖고 계신 거예요. 게다가 우리는 이미 여러 번 했어요."

오즈벡 부인은 옵톱 부인에게 고개를 끄덕이며 직접 하라고 요청했다. 옵톱 부인은 부끄러워하며 기도했다. 오이보독이 나가자, 그들은 잔치를 시작했다.

서로 "마음껏 드세요"라고 권하며, 모두가 은근히 쿠무쉬를 칭찬했다. 오즈벡 부인도 그녀를 유심히 살폈다. "많이 먹어라, 아가야." 그녀는 계속해서 쿠무쉬에게 권하며 이렇게 말했다. "나는 먹는 걸 너무 부끄러워하는 사람들을 좋아하지 않는단다. 네가 우리 집에 오자마자 내가 너무 격의 없이 말해서 부담스러울지도 모르겠구나."

"아뇨, 전혀 그렇지 않아요. 오히려 그 반대로 저는 기쁜걸요." 쿠무쉬는 쟁반에 놓인 음식을 한 움큼 가져와 입에 넣었다.

옵톱 부인이 거들었다. "격의 없이 말씀하신 것은 사실 사돈께서 쿠무쉬를 지난 3년 동안 친딸처럼 여기셨다는 증거지요. 제가 감사드려야 할 일이에요."

카리마가 말했다. "맞아요. 사람들이 스스럼없이 대하는 것은 자기 자식에게나 하지, 낯선 사람에게는 그러지 않아요."

"저에게도 결혼 첫날 피로연이 끝날 때부터 스스럼없이 대하신걸요." 자이납이 맞장구를 쳤다.

오즈벡 부인이 말했다.

"저는 친척들에게는 격식 있는 말을 하기가 어려워요." 그녀의 목소리에는 약간의 우쭐댐이 묻어 있었다. "자, 쿠무쉬, 마음껏 먹어, 납작 과자도 좀 먹고. 넌 지금 배고플 때가 됐잖니."

쿠무쉬는 "제가 너무 피곤해서인지 입맛을 잃었어요."라며 용서를 구했다.

오즈벡 부인은 웃으며 말했다.

"입맛이 없는 건 피곤해서가 아니라 남편이 그리워서 그런 거야."

모두 웃음을 터뜨렸다. 자이납도 함께 웃었다. 하지만 쿠무쉬는 고개를 돌렸다. 아마도 그녀는 시어머니의 직관에 감탄하고 있었을 것이다.

오즈벡 부인은 자신의 두 안사돈 옵톱 부인과 모히라 부인에게도 끊임없이 음식을 권했다.

"마음껏 드세요, 젊은 여인네들이야 남편들이 챙겨 줄 테니 신경 쓰지 맙시다. 우리는 먹을 걸 스스로 챙겨야지요."

그들은 다시 웃음을 터뜨렸다. 옵톱 부인도 웃음을 참을 수 없었다. 쿠무쉬도 웃으며 자이납을 슬쩍 쳐다보았다. 그녀도 웃고 있었다.

웃음이 가라앉자, 자이납의 올케 하니파가 쿠무쉬에게 물었다.

"남편을 못 본 지 얼마나 됐죠?" 쿠무쉬는 겁먹은 표정으로 어머니를 쳐다보았다. 옵톱 부인이 대답했다. "약 3개월 정도요. 맞을 거예요."

후쉬로이가 심술궂게 바라보며 말했다.

"네, 사부인 말씀이 맞아요. 남편이 그리워서 입맛도 모를 시간이지요."

"맞아요, 맞아요." 다른 여성들도 맞장구를 쳤다.

"내가 알아요." 오즈벡 부인이 말했다. "오타벡을 석 달 동안이나 못 가도록 한 것은 나였으니까."

쿠무쉬는 혼자 생각했다. '잘 알고 있구나. 고의로 그를 보내지 않았던 것이구나.'

옵톱 부인이 미소를 지으며 말했다.

"우리 딸만 그런 게 아니에요, 저도 왠지 식욕이 없어졌는걸요!"

갑자기 오즈벡 부인은 오타벡을 떠올리며 옵톱 부인에게 물었다.

"오타벡을 보셨나요?"

"아니요, 아직 보지 못했어요." 오즈벡 부인이 자이납을 바라보며 말했다.

"응접실에 있지 않니?"

"거기에는 없는 것 같던데요."

"네 아버지도 아까 오타벡을 찾고 계셨는데. 바보같은 녀석, 도대체 어딜 간 거야?!" 오즈벡 부인은 놀란 듯 말했다. "아침에 너에게 아무 말도 안 했니?"

쿠무쉬는 자이납을 눈이 휘둥그레져 바라보며 조용히 그녀의 대답을 기다렸다. 자이납도 그녀를 똑바로 쳐다보았다.

"저에게 초폰을 가져다 달라고는 했어요." 그녀가 말했다. "어디 가느냐고 물었더니, 어딘가 볼 일이 있다고 했어요."

자이납의 차가운 말투는 쿠무쉬를 섭섭하게 했다. 옵톱 부인도 얼굴이 어두워졌다. 하지만 자이납의 친척들은 서로 흐뭇한 눈빛을 교환했다. 오즈벡 부인은 무슨 일이 벌어지고 있는지 알아차리고, 대화를 막기로 했다.

"아마도 중요한 일이 있는 모양입니다." 그녀는 밝은 목소리로 말했다.

바로 그때, 하산알리가 쿠므스를 담은 가죽 부대를 가지고 문 앞에 나타났다. 문 앞에서 그는 손님들에게 인사를 하고, 쿠므스를 건네면서 옵톱 부인을 향해 미소를 지으며 말했다.

"마님의 사위가 쿠므스를 보냈습니다."

옵톱 부인은 정신이 들었고, 쿠무쉬의 뺨은 발그스름하게 물들었다. 그런가 하면, 반대쪽 사람들은 화난 표정이 눈에 뜨일 만큼 얼굴에 비쳤다.

쿠므스를 한잔 마시고 맘이 편안해진 오즈벡 부인은 하산알리에게 물었다.

"그가 언제 돌아왔는가?"

"방금요."

"어디에 있었던 거야, 바보 같으니라고."

하산알리가 웃으며 설명했다. "어제 유수프벡 호지께서 그에게 일을 맡겼지요. 무엇 때문에 그걸 잊어버렸는지 모르지만, 그는 아침에야 생각이 나서 그곳에 가려고 하더군요. 손님이 도착하기 전에 돌아올 거라고 생각했지만, 너무 멀어서 늦은 거예요. 자기 잘못을 용서해 달라며 쿠므스를 가죽 부대에 두 개나 가져왔던 걸요. 쿠므스를 주면서 면목 없다는 말을 전하더군요."

카리마가 말했다. "우리는 그를 용서하지 않을 겁니다. 쿠므스로는 용서받을 수가 없지요."

옵톱 부인은 손님들을 돌아보며 미소지으며 말했다. "우리는 먼길을 오느라 목이 말라 있기 때문에 용서해 주렵니다."

"정말 다행입니다!" 하산알리가 말했다. "여러분들이 그를 용서했다고 전할게요!"

"그렇게 말해주세요." 옵톱 부인이 말했다.

"아가씨는 어때요?" 하산알리가 쿠무쉬에게 물었다.

쿠무쉬는 꼼짝하지 않고 가만히 앉아 있는 자이납을 바라보며 수줍게 대답했다.

"저도 용서했어요."

"난 아가씨가 제일 먼저 용서할 거라고 알고 있었어요." 하산알리가 말하자 방 안은 여자들의 시끄러운 웃음소리로 가득 찼다.

웃음이 가라앉자, 오즈벡 부인이 물었다.

"그런데 왜 들어오지 않지?"

"아직 장인어른과 이야기를 나누고 있습니다."

하산알리가 자리를 뜨자 오즈벡 부인은 오이보독에게 쿠므스를 커다란 구리 용기에 따르라고 말했다. 양은 이미 도축되었다. 오즈벡 부인은 옵톱 부인에게 의사를 물었다. "어떤 음식을 드시고 싶으세요?"

"제 의견은 묻지 마세요, 손님들이 원하는 대로 할게요."

오즈벡 부인은 음식을 준비하러 바깥으로 나갔다. 자이납은 구리 용기에 담긴 쿠므스를 컵에 따라 손님 접대를 하고 있었다.

•• 9장 ••

유수프벡 호지의 결별

미르자카림과 그의 옆에는 마을의 이맘인 유누스 무함마드 아쿤드가 있었다. 그리고 마을의 원로인 사형집행관[21] 피르나자르와 소트볼드라는 노인이 테이블 상석에 앉았다. 사형집행관이었던 피르나자르 옆에는 오타벡이 앉았고, 소트볼드 옆에는 유수프벡 호지가 앉았다. 하산알리는 가죽 부대에 담긴 쿠므스를 따르며 손님들을 접대하고 있었고, 그들은 나흘 전에 일어난 킵착 유혈 사태에 대해 토론하고 있었다.

"나는 이미 우리 백성들이 무언가를 성취할 수 있다는 희망을 잃어버렸다고 생각해요." 유수프벡 호지가 이야기를 시작했다. "나는 젊었을 때부터 어떤 직책을 탐한 적도 없고 오로지 무슬림들의 이익만을 위해서만 일했지요. 하지만 결국 한 줌도 안 되는 그 건달들에게 어린아이처럼 속고 말았던 거지요. 그들은 총독이나 대감이 되기 위해 권력을 탐하는 자들이

---

21 사형집행관jallod 피르나자르Pirnasar는 실제 직업이 정부 소속의 사형집행관이었다. 나중에 이 직업을 그만뒀지만, 그는 여전히 사형집행관으로 불렸다. [저자 주]

었어요. 심지어 최고 통치자인 칸조차도 그들의 음모에 넘어가 우리에게 아무런 조언도 구하지 않았어요. 무슬만쿨의 재앙 속에서도 내가 그를 구해준 사람 가운데 하나였는데 말이야. 결국, 이 흉악한 자들의 말과 의견, 그리고 그들의 바람이 법이 되고 말았고, 우리는 그저 꼭두각시처럼 속임을 당하고 있을 뿐이란 말이요."

아쿤드 이맘이 끼어들었다. "들어보시오, 호지. 이 모든 악의 음모를 지배하는 자는 결국 최고 통치자입니다. 그가 현명한 사람이었다면, 이 몇몇 흉악한 자들의 악행은 통하지 않았을 것이고, 이 많은 무고한 사람들이 헛되이 피를 흘리지도 않았겠지요. 알라의 전지전능하신 예언자께서도 성스러운 하디스에서 '만약 어리석은 자가 백성들을 다스리면, 우리는 곧 재앙을 당할 것'이라고 경고하신 바 있습니다. 더 이상은 안 됩니다! 우리의 굴욕은 이걸로 충분합니다. 우리는 오랫동안 이 어리석은 자들의 지배를 받아왔고, 이 자들은 수많은 재앙을 끊임없이 일으키고 있습니다. 알라께서 이 눈먼 악당들을 이 땅에서 쓸어버리시길!"

"정말 맞는 말씀입니다." 유수프벡 호지는 다시 하디스를 반복했다. "아, 우리 비참한 자들의 슬픔이여!"

그는 울컥하느라 목이 메여 잠시 말을 멈추고, 하디스 때문에 끊겼던 이야기를 다시 이어갔다. "지금까지 나는 내가 가진 것을 가지지 못한 사람들과 나누며 살아왔소." 그는 자신의 수염을 쓰다듬었다. "이 수염은 사람들의 불행 때문에 희어진 것이오. 자기 이익만 추구하는 자들 때문에 내 심장은 피를 흘렸소. 내 나이 65세가 된 지금, 나는 나의 기도가 진정 기쁜 마음으로 전능자에게 바로 향한 적이 있었는지 기억할 수가 없소. 내가 속은 것은 전능자의 꾸짖음이며, 가진 것을 가지지 못한 자들과 나누려는 나의 부족한 노력에 대한 조롱이기도 하오. 이제부터는 세상 문제를 포기하고 남은 삶은 더 나은 세상을 준비하며 보내는 것이 낫겠다는 걸 알게 되었소."

그의 말은 듣고 있던 모든 사람들을 우울하게 만들었다. 한참 동안 침묵이 계속되었다. 다만, 유수프벡 호지의 말에 감명을 받은 피르나자르 사형집행관은 자신의 직업대로 의견을 표명했다. "악당들을 한 놈씩 처단하지 않고는 사람들을 달래기가 어렵습니다."

이 말이 끝나자 모두가 유수프벡 호지를 바라보았다. 그는 미소를 짓더니 잠시 후 말을 이어갔다. "당신 말이 맞아요, 집행관. 그때는 우리 아들 오타벡도 데려가 주시구려."

모두가 웃음을 터뜨렸다. 미르자카림은 미소를 지으며 오타벡을 바라보았다. 아버지의 암시는 오타벡에게 잘 전달되었고, 그는 귀까지 붉어졌다. 다행히도 이 암시는 하산알리와 미르자카림을 제외하고는 누구도 알아채지 못했다.

피르나자르 집행관은 진지하게 오타벡을 바라보며 말했다. "오타벡은 나와 같은 사형집행관이 아니라 전쟁 지휘관으로도 봉사할 수 있는 능력이 있습니다. 만약 당신이 기도해 주시고, 오타벡으로 하여금 제게 명령을 내리도록 해주신다면, 제가 당장 그 사악한 자들을 쓸어버리고 전투에서 돌아오겠습니다."

유수프벡 호지가 말하기 시작했다. "젊은이든 노인이든 모두가 죽이는 것만 생각하지. 우리는 그들을 죽이면 세상이 평화롭고 우리가 행복해질 것이라고 생각하거든. 집행관이 말했듯이, 나는 전쟁도, 적의 목을 자르는 일도 반대하지 않지만, 몇 가지 예민한 문제가 있소. 첫째, 공공의 평화와 행복을 위해 개인적인 이익을 포기하고 싸울 준비가 된 사람들의 공동체가 있어야 한다는 것이오. 그제서야 우리 발목을 잡고 있는 걸림돌을 치울 수 있겠지요. 이 경우에만 피를 흘리는 것이 정당한 이유가 되고, 이를 위해 죽는 것은 희생이 될 것이오. 그렇지 않으면, 당신들이 사람을 죽이는 것은 그런 자들이 학살을 행하는 것과 다를 바가 없소."

그리고 잠시 말을 멈추며 안타까운 마음으로 한마디 덧붙였다. "불행하게도, 내 인생에서 그런 공동체를 만들 수 있는 사람은 몇 명밖에 만나 본 적이 없소."

그 외에도 여러 이야기를 나눈 후, 그들은 오후 기도를 하러 모스크로 가기 위해 일어섰다. 오타벡도 그들과 함께 가고 있었다. 하산알리가 그를 붙잡았다.

"기다려, 오타벡. 남자들이 밖으로 나간 다음에 우리는 안에 있는 여인들을 보러 가야 해. 네가 늦은 이유를 감추기 위해 내가 그들에게 거짓말로 둘러댔거든."

오타벡은 갑자기 노곤함을 느꼈다.

"알겠어요, 그래야만 한다면…"라고 웅얼대다가 다리에 힘이 풀려 주저앉았다.

•• 10장 ••

하산알리의 꾀

사람이 겁을 먹으면 몸이 경직되고 아프다는 것을 우리는 알고 있다. 물론 이것은 공포심 때문일 것이다. 만약 우리가 호랑이를 만나게 되면 우리는 두려움에 떨게 된다. 죽음보다 더 두려운 것은 세상에 없기 때문이다. 그래서 우리는 이러한 두려움을 자연스럽다고 생각한다. 하지만 흥미로운 점은 세상의 행복이 우리를 기다리고 있고 우리가 축복을 받을 것이라는 예언을 듣게 되면, 우리가 죽음을 기다리는 것과 같은 상태가 되고 몸도 위에서 설명한 것과 같은 상태가 된다는 것이다.

오타벡의 지금 마음이 바로 그런 상태였다. 이런 기분은 아침부터 시작되었었는데 하산알리의 마지막 말에 그는 진짜 겁에 질려 어쩔 줄 몰라 하며 앉아 있었다. 하산알리는 응접실에 들어가기 전에 그에게 지시했다.

"너의 어머니와 자이납은 그 사건에 대해 모르고 있어. 쿠무쉬와 그녀의 어머니에게는 주의를 시켜뒀지. 그러니 네가 그들과 인사하고 이야기할 때, 마치 3개월 동안 만나지 않은 것처럼 행동하라고."

오타벡은 숨을 헐떡이며 대답했다.

"그건 어렵지 않아요…"

"그럼 뭐가 문제지?"

"그걸 모르겠어요?"

하산알리는 오타벡의 얼굴을 한참 동안 바라보았다.

"너는 남자 아니냐, 남자답게 당당해야지!?"

"맞아 남자예요. 하지만, 내 심장은 제 갈 길이 따로 있는가 봐요."

하산알리는 곰곰이 생각했다. 실제로 오타벡의 현재 상황은 미묘했다. 하산알리는 몇 번이나 머리카락과 수염을 쓰담으며 생각했다. 결국 그는 말을 꺼냈다.

"기다려 보거라, 그럼 내 방식대로 해볼테니."

"어떻게 하려고요?"

"지금은 묻지 말고 내가 말하는 대로 하거라." 오타벡은 억지로 웃으며 물었다.

"그게 뭐냐구요."

"묻지 말래두." 하산알리가 말했다. "평소처럼 세정하고 기도부터 하거라."

이렇게 말을 하고 하산알리는 응접실을 나갔다. 오타벡은 하산알리의 최면에 걸린 듯 그가 지시한 대로 세정을 하고 응접실로 돌아와 기도를 시작했다. 약 30분 후 하산알리가 안채에서 나왔지만, 오타벡은 여전히 엎드려 기도를 하고 있었다.

"아니, 아직 끝나지 않았느냐?" 그가 문 앞에 서서 물었다.

오타벡은 고개를 좌우로 돌려 예를 표하는 절차를 잊어버린 채 기도를 중단하고 그를 바라보았다. 하산알리는 오타벡의 행동에 웃음을 터뜨릴 뻔했지만, 가까스로 참았다.

"나와 함께 가자."

"어디로 가는 거죠?"

"안채로."

"다시?"

하산알리는 웃었다.

"이번엔 네가 먼저 들어가는 거야. 조용히 복도를 통해 우선 내 방으로 들어가. 여자들은 아직 기도 중이니 아무도 눈치채지 못할 거야. 네가 들어가면 내가 문을 닫을게. 그 다음에 그녀를 혼자 네가 있는 그 방으로 보낼 테니… 알겠지?"

"알았어요…"

"자, 서둘러!"

오타벡은 일어났다. 그들의 만남까지는 아직 여유가 있었고 그의 마음은 조금 차분해졌다. 하산알리가 앞서 걸어갔다.

"여기야!"

하산알리가 멈추어 서서 방문을 가리키며 속삭였다. 오타벡이 그의 지시에 따라 방에 들어가자 하산알리는 삐걱 소리를 내며 문을 닫았고, 창문을 살짝 열어 다른 쪽 창문에서는 보이지 않도록 했다. 그런 다음, 슬쩍 미소를 지으며 안채로 갔다.

오타벡이 숨어 들어간 하산알리의 방은 오이보독이 이미 청소하고 정리를 해둬서 깨끗했다. 벽은 회반죽으로 마감되어 있었고, 천장은 유광처리가 되어 있었으며, 바닥에는 분홍빛 꽃무늬 펠트가 깔려 있었으며, 침대에는 담요가 단정하게 개어져 있었다.

구두를 복도에 벗어둔 채 오타벡은 안쪽으로 들어갔다. 방을 수차례 왔다 갔다 했을 뿐인데 숨이 찼다. 순간, 벽감을 가려둔 커튼이 흔들거렸다. 오타벡은 그 흔들림을 알아차리지 못했다. 그때 커튼이 갑자기 젖혀졌고 오타벡은 놀랐다. 누군가 벽감에서 그를 향해 미소를 짓고 있었다. 오타벡은 놀란 마음에 떨고 있었다.

잠시 후, 두 사람은 어느 정도 진정한 뒤 서로 다가가 조용히 포옹했다. 오타벡은 금빛 밀이삭 같은 내음이 나는 그녀의 머리카락을 만지며 영혼의 숨결을 느꼈고, 쿠무쉬는 마치 그의 가슴으로 온몸이 녹아들 듯 안겨 있었다. 잠시 그렇게 서 있던 둘은 방의 가장 구석진 곳으로 가 무릎을 꿇고 앉았다. 두 사람은 한마디도 하지 못하고 서로를 바라보고만 있었다. 한참을 그렇게 앉아 있었다.

결국, 기쁨의 눈물을 흘리며 먼저 입을 연 쪽은 쿠무쉬였다.

"당신은… 도망자예요."

"당신은…"

"나요?"

"당신은 쫓는 자이고."

"당신 말이 맞아." 쿠무쉬는 그의 뺨을 살짝 치며 말했다.

"이쪽 뺨도…"

"그쪽은 자이납에게 때리라고 하세요."

"자이납… 그녀는 때릴 권리가 없어." 그녀의 눈에는 전에 본 적 없는 기쁨이 가득했다.

"진심을 말하는 거예요?"

"진심이야!"

"그럼 받으세요." 그리고 그녀는 다른 쪽 뺨을 쓰다듬었다. 그들은 서로를 바라보며 한참 동안 미소를 지었다.

"당신 때문에 내가 늙어버렸어요." 쿠무쉬가 말했다.

"터무니없는 소리, 나를 두고 하는 이야기라면 맞는 말이지만."

"당신을 두고 하는 이야기라고요? 하지만 당신은 아직 젊기만 한걸요."

"거짓말하는군."

"아뇨, 사실인걸요."

"하지만, 당신은…"

"내가 왜요?"

"나중에 말해주겠소."

"지금 말해주세요, 제발." 그녀는 마법 같은 눈으로 그를 바라보며 말했다. 오타벡은 대답 대신 그녀의 뺨에 키스했다. 쿠무쉬는 그의 포옹에서 벗어나 일어섰다.

"잘가요, 그리고 행운을 빌어요!"

오타벡은 혼란스러운 눈빛으로 그녀를 바라보았다. "무슨 일이요? 어딜 간단 말이오?"

"마길란에요…"

"늦었소, 내일 가시오."

쿠무쉬는 조용히 웃음을 지으며 그의 뺨을 다시 한번 슬쩍 쓰다듬었다.

"우리의 비밀스러운 만남을 아는 사람은 우리 어머니와 하산알리 뿐이에요. 다른 사람들이 알면 안 돼요. 특히 자이납이 알게 되면 더 복잡해져요."

"그녀가 알게 되면 어쩌지?"

"문제 될 건 없어요. 하지만 좋을 것도 없죠. 잠시 후 안채로 와서 우리 어머니께 인사하세요. 당신이 인사하러 들어오지 않으니 당신의 두 번째 장모님 기분이 좋은 것 같더군요."

쿠무쉬는 다시 한번 미소를 지으며 방을 나섰다. 오타벡의 마음은 이제야 가라앉았지만, 그의 심장은 오히려 평소보다 더 크게 뛰었다. 그녀가 방에 남겨둔 사랑이 넘쳤기 때문일 것이다. 하산알리에 대한 감사의 마음이 온몸을 감싸안았다. 또한 벌써부터 자신을 기다리고 있을 행복을 맛볼 수 있었다. 아, 아름다운 행복이여! 행복을 기다리는 마음을 표현하기는 참으로 어려운 일이다. 오타벡은 이 세상의 모든 것을 잊어버렸다. 심지어 자이납도 기억할 수가 없었다. 쿠무쉬가 손님들이 모인 곳으로 돌아갔을 즈음, 오타벡도 안채를 향했다. 자기 방에서 오타벡의 모습을 본 자이납은 그의 뒤를 쫓아 들어갔다.

오타벡이 들어서자 모든 손님들이 일어섰고, 오직 오즈벡 부인만 말없이 앉아 있었다. 오타벡은 옵톱 부인에게 먼저 인사를 올렸다. 옵톱 부인은 그를 포옹하고 얼굴에 키스하며 눈물을 떨어뜨렸다. 그리고 그는 자이납의 어머니에게 인사하고, 다른 여성들에게도 인사한 후 쿠무쉬를 바라보며 미소를 지었다.

"잘 지냈소?"

쿠무쉬가 답했다. "알라께서는 자비로우신 분입니다."

인사가 끝난 후 그들은 앉았다. 오타벡은 자기 어머니 옆에 자리를 잡고, 그 옆에는 자이납이 앉았다. 이를 본 쿠무쉬는 살짝 마음이 상해 한참 동안이나 자이납을 몰래 노려보았다. 기도를 마친 사위는 첫 번째 장모님께 사과했다.

"오늘 아침에 저는 장모님이 도착하시기 전에 돌아올 수 있으리라 생각했는데 그렇게 하지 못했습니다. 뿐만 아니라 응접실에 들어갔다가 발목이 잡혀 제때 나오지를 못했습니다. 정말 죄송합니다."

옵톱 부인이 말했다.

"자네는 내 아들이 아닌가, 용서하겠네."

오즈벡 부인이 보탰다.

"하지만 네가 쿠므스를 제때 가져와서 목말랐던 장모님을 달래주지 못했다면 용서받지 못했을 거야."

모두가 웃었다.

카리마가 말했다. "쿠무쉬 아가씨는 자이납이 자기 남편을 숨겼다고 비난해서 혼이 났답니다."

이번에는 자이납이 공포에 떨어야 할 시간이었다. 모두가 큰 웃음을 터뜨렸다. 쿠무쉬는 자이납의 행동에 짜증이 나기도 했지만, 지금은 기분이 좋았다. 오타벡을 몰래 바라보며 웃고 있는 쿠무쉬의 행동을 자이납은 주시하고 있었다. 조용해지자 이제는 손님들을 즐겁게 해드려야 할 시간이었다. 자신의 차례가 왔다고 생각한 오타벡은 자이납과 쿠무쉬를 바라보며 말했다.

"궁금한 게 있는데…"

"무엇이 궁금한가?" 모히라 부인이 물었다.

"왜 자이납은 통통하고 쿠무쉬는 날씬할까요?"

오즈벡 부인이 대답했다.

"그건 내게 물어봐야지, 아들아. 쿠무쉬는 너를 닮아 사려깊고, 자이납은 나를 닮아 명랑하니까."

쿠무쉬는 그들의 닮은 점을 찾아준 시어머니에게 감사했지만, 자이납은 자신을 오타벡과 멀리 떼놓은 것이 섭섭했다.

카리마는 오즈벡

부인의 의견에 반박했다.

“그렇지 않아요, 부인. 그 원인은 《유수프와 줄라이카》[22]를 읽은 사람만이 추측할 수 있어요. 삼 개월은 짧은 시간이 아니에요. 쿠무쉬가 마른 이유는 남편이 그리웠기 때문이죠!”

카리마는 자이납의 상처에 다시 한번 소금을 뿌렸다. 오타벡과 쿠무쉬를 유수프와 줄라이카에 비유함으로써 자이납과 그 친척들로 하여금 질투심이 끓어오르게 한 것이다.

“오즈벡 부인의 생각도 옳아요.” 모히라 부인이 말했다. “자이납은 활발하고, 제 생각에 쿠무쉬는 너무 생각이 깊어 보이네요.”

“정말 옳으신 말씀이군요.” 후쉬로이도 맞장구를 쳤다.

쿠무쉬와 그녀의 어머니는 이상하게 돌아가는 분위기에 불안을 느꼈다. 더 이상 오타벡이 불길에 기름을 붓지 말기를 바라며 침묵을 지켰다. 쿠무쉬는 불만스러운 척하며 오타벡을 쳐다보았다.

“잠깐만요!” 오타벡이 말했다. 모두가 그를 바라보았다.

“아무도 답을 맞추지 못했군요.”

모두가 다시 오타벡에게 주목했다.

“우리가 틀렸으면, 당신이 직접 말해줘요!” 샤로팟이 거들었다.

“여러분들이 알아내지 못했으니, 제가 말할 이유가 없죠.”

“나는 알겠는걸요, 장난꾸러기!” 카리마가 말했다. “그가 말하고 싶은 건 빨간 꽃에는 그 나름의 향기가 있고, 하얀 꽃에도 그 나름의 향기가 있다는 거예요.”

모두가 웃으며 소리쳤다.

“맞아, 바로 그거네요.”

오타벡은 자리에서 일어나서 방을 나서며 이렇게 반복했다. “여러분

---

22 줄라이카는 감옥에 갇힌 유수프에 대한 그리움으로 괴로워하다 쇠약해진다.

들은 알아내지 못했어, 알아내지 못했다구요."

이 말을 듣자 옵톱 부인과 쿠무쉬, 그리고 자이납과 모히라 부인은 한층 마음이 편해졌다. 이 즐거운 웃음과 대화가 이루어지는 중에, 손님들에게는 저녁 식사가 제공되었다.

•• 11장 ••
쿠무쉬의 말장난

해질 무렵, 손님들이 집으로 돌아갔다. 호지, 미르자카름, 하산알리, 그리고 오타벡은 응접실에 앉아 있었다. 손님들을 배웅한 후 안채에서는 오즈벡 부인이 쿠무쉬와 옵톱 부인을 두고 책망을 시작했다.

"당신들 두 사람 때문에 정말 화가 났어요. 거의 폭발할 뻔했다구요. 어떻게 3년 동안 한 번도 오지 않을 수가 있어요? 그리고 내 불쌍한 아들은 맨날 베틀의 북처럼 타슈켄트에서 마길란까지 왔다 갔다 하게 만들고… 내가 이래도 존중받는 사람이에요. 타슈켄트에서 나를 모르는 사람은 없다고요. 유수프벡 호지의 아내로서, 쿠다야르칸께서도 우리 집을 방문할 정도예요. 총독님만 해도 그렇죠. 그 집안에 일이 있을 때는 반드시 나와 상의하는 사이라고요. 제가 이렇게 존중받는 사람인데, 며느리와 사돈댁에서 무시당해서야 되겠어요? 남녀노소 할 것 없이 마을의 모든 사람들이 우리 며느리가 언제 오는지 궁금해했어요. 왜 마길란에 살도록 허락했는지를 묻곤 했어요. 뭐라고 대답해야 할지 몰라서 '며느리의 어머니가 아프다'고 하거나 '며느리가 아프다'고 둘러댔지요. 그런데 이제 보니, 우리 며느리는 아라비아의 준마처럼 생기가 넘치고, 마치 붉은 장미처럼 아름답기만 하군요. 이런 멋진 여인들께 이제는 제 방까지 비워드리게 되었네요!"

오즈벡 부인의 솔직하고 사랑스러운 태도는 금세 쿠무쉬와 옵톱 부인의 마음을 사로잡았다. 이런 장광설에 그들은 그저 웃으며 연신 용서를 구할 수밖에 없었다.

자이납은 오즈벡 부인이 손님들과 함께 떠들고 있을 때 혼자 빠져나와 자기 방에 누웠다. 그녀는 오타벡이 집에 없어서인지, 다른 이유 때문인지 불안해하고 있었다.

오타벡이 방에 들어온 것은 선반에 촛불이 놓이고 늦은 저녁 기도를 할 시간이 다 되었을 때였다. 그가 방에 들어오자, 옵톱 부인과 오즈벡 부인은 젊은이들을 방해하지 않겠다는 듯 다른 방으로 가서 자기들끼리의 이야기를 나누었다.

마치 그들이 나가기를 기다렸다는 듯이, 자이납이 찻주전자를 들고 방으로 들어와 오타벡에게 차를 마시겠냐고 물었다. 오타벡은 마시지 않겠다고 대답했지만, 쿠무쉬가 끼어들었다.

"나는 마실래, 어서 와서 앉아."

자이납은 기다리지 않고 앉아서 차를 따르기 시작했다. 쿠무쉬는 계속 이야기를 이어가며 물었다.

"내가 갑자기 불길한 징조처럼 나타나서 기분이 상했지, 그렇지?"

자이납은 대답하기 전에 오타벡을 바라보았다.

"나야 기분이 상할 이유가 없지." 그녀가 말했다. "언니가 오지 않았더라면 이 사람이 언니께로 갔을 텐데?"

"이 사람은 나한테 오지 않았을 거야." 쿠무쉬가 말했다. "나랑 싸우고 떠났거든."

오타벡은 눈가에 미소를 띠며 몰래 쿠무쉬를 바라보았고, 쿠무쉬도 미소를 지었다.

"이 사람은 싸울 줄 모르는 사람이야." 자이납이 반박했다. "나는 지난 2년 동안 그가 한마디도 거친 말 내뱉는 것을 들은 적이 없거든."

"맞아." 쿠무쉬가 동의하며 말했다. "싸운 건 나였어. 그가 잘못한 건 전혀 없어…. 어떤 악마 같은 놈 때문이었지."

"그 악마가 누구야?" 자이납이 물었다.

"우리 마을에 어떤 비열한 놈이 있었어." 쿠무쉬가 대답한 후 오타벡에게 물었다. "얼마 전에 어떤 사내가 그를 죽였다는 걸 아세요?"

오타벡은 미소를 지으며 말했다. "응, 들었어요."

"난 그 소식을 듣고 나니 참 다행이라는 생각이 들더라고." 쿠무쉬가 말했다.

자이납이 물었다. "그 죽은 사람이 언니한테 무슨 원한이라도 있었어?"

오타벡도 쿠무쉬를 바라보며 "그 다음은?"이라는 표정을 지었다. 쿠무쉬는 괘념치 않고 계속했다.

"그 악마 같은 놈이 내 친구에게 결혼하자고 제안하며 중매쟁이를 보냈었지. 하지만 내가 그 결혼을 막은 거야. 그놈은 내가 그걸 말렸다는 사실을 알아채고는 이 사람 앞에서 나를 비난했지. (그녀는 오타벡을 향해 고개를 끄덕였다) 그런데 이 사람은 내가 그들의 앞길을 가로막았다고 나에게 화를 내는 거야."

오타벡은 쿠무쉬가 거짓말을 지어내는 모습에 조용히 미소를 지었다. 그러나 자이납은 남편의 편을 들었다.

"그럼 언니가 잘못한 거네." 그녀가 말했다. "왜 그들의 관계를 방해한 거야?"

"그래, 내 잘못을 인정해." 쿠무쉬가 말하며 오타벡을 바라보았다. "하지만, 솔직히 말하자면, 잘못은 내 이모의 딸 자이납이 저지른 거야. 그녀가 우리 사이에 가시처럼 끼어들었거든."

오타벡은 깜짝 놀라며 쿠무쉬를 쳐다보았다.

"아니, 자이납을 왜 여기에 끌어들이는 거지?" 쿠무쉬는 웃으며 전혀 당황하지 않고 말했다.

"걱정하지 마세요, 여보." 그녀가 말했다. "며칠 전에 이모 댁에 갔더니, 이 모든 걸 그 나쁜 놈 호미드에게 일러바친 건 바로 자기의 뚱보 딸년인 자이납이라고 불평하더라고요. 이제 이해됐나요?"

오타벡은 웃음이 나오는 것을 간신히 참으며 물었다. "어쨌든, 당신 잘못이에요. 글쎄 왜 그 일에 간섭했냐고?"

자이납이 덧붙였다. "그건 맞아. 남의 일에 간섭하는 건 옳지 않지."

쿠무쉬는 더 진지하게 대꾸했다. "당신이 말한 대로, 뚱보 자이납의 잘못은 아니에요. 오히려 잘못은 내 친구의 부모에게 있었던 거예요. 만약 그분들이 부와 명예를 찾지 않고, 참한 총각이 있었을 때 진즉에 딸을 결혼시켰더라면 이런 문제들은 일어나지 않았을 거예요. 어떻게 2년 동안이나 이런 일로 문제를 키웠느냔 말이에요. 타슈켄트에서 마길란까지가 가까운 거린가요?"

오타벡은 참을 수 없는 웃음을 터뜨렸지만, 자이납은 완전히 혼돈 속에 빠져버렸다. 그리고 이렇게 물었다.

"그런데 그때 왜 친구가 결혼하지 못하도록 말렸던 거야? 기회가 있었는데?"

"돈이 많다고 해서 뒤가 구린 사람과 결혼을 한다고? 돈에 속는 것보다 차라리 무덤에 누워있는 게 낫지 않아?"

"그건 사실이야." 자이납이 말했다.

오타벡은 쿠무쉬의 재치에 놀라며, 그녀가 정말 영리하다고 느꼈다.

하지만 쿠무쉬는 멈추지 않았다. "우리 싸움에 카림, 그 트렁크 제작자의 잘못도 있었어요."

오타벡은 일부러 물었다. "그에게 무슨 잘못이 있다고 그래요? 이러다가 당신은 마을 사람 전부를 탓하겠구려."

"가만히 있어 보세요, 여보." 쿠무쉬가 말했다. "우리 집 대문 앞에서 젊은 사람 하나를 앞뒤도 가리지 않고 쫓아낸 게 바로 그 사람이었어요. 그렇지 않아요?"

"세상에, 일이 그렇게 된 건 바로 그 호미드 때문이었구먼. 호미드는 당신 때문에 화가 나 있는 상태였고."

자이납이 뭔가 질문을 하려 했지만, 쿠무쉬가 가로막았다.

"그도 그녀도 잘못이 없어요. 모든 것은 알라의 뜻일 뿐이에요."

오타벡은 동의를 표했다. "그건 맞는 말이야."

그러나 쿠무쉬의 말은 계속되었다. "주둥이 뭉툭한 개가 꼬리를 쫓다가 기껏 자기 귀를 물어뜯어 모든 게 허사로 돌아간 것도 결국은 신의 뜻이었지."

오타벡은 웃음을 터뜨렸다. 자이납은 마지막 말을 이해하지 못해서 쿠무쉬에게 설명해 달라고 했지만, 쿠무쉬는 이미 가짜 연극에 지쳐 화제를 돌렸다.

"자이납은 지금 몇살이야?"

"열 아홉이야."

"그럼 아직 어린아이구나." 쿠무쉬가 말했다.

"그럼 언니는?"

"내 나이는 묻지 마, 난 벌써 늙었어."

"아직 젊어 보이는걸?" 자이납은 질투 어린 눈길로 그녀를 바라보며 말했다.

"그럼 내가 몇 살인지 맞춰 봐."

자이납은 쿠무쉬의 어린아이 같은 얼굴에 어린아이처럼 가녀린 몸을 보고는 자기보다 어리다고 생각했지만, 감히 자기 의견을 말하지 못했다.

"내가 어떻게 알겠어?"

"나는 스무 살이야."

"그럼 나보다 한 살밖에 많지 않구나."

"물론 내가 한해 더 앞서지."

쿠무쉬는 큰소리를 쳤고, 오타벡은 그 대화에 담긴 비밀을 생각해냈다. 그것은 쿠무쉬가 외모뿐만 아니라 지혜와 다른 모든 것도 자이납보다 앞선다는 뜻이었다.

다시 침묵이 찾아왔다. 자이납은 카펫 가장자리에 달린 술을 만지며 뭔가를 골똘히 생각하고 있었고, 쿠무쉬는 졸음에 겨워하는 듯했다. 오타벡은 쿠무쉬를 힐끗 쳐다보며 그녀가 이렇게 앉아 있는 것이 안타까운 생각이 들었다.

"먼 길 오느라 피곤해 보이는걸, 쿠무쉬."

오타벡의 말에 자이납은 카펫에서 눈을 떼었고, 쿠무쉬는 놀라서 잠에서 깼다.

"그런 것 같아요."

"우리는 갈 테니, 당신은 편히 쉬구려." 오타벡이 말했다.

"좋아요. 너무 피곤해서 저녁 기도를 할 수 있을지 모르겠어요."

"괜찮아요." 그가 말했다. "혼자 자는 게 무섭지 않소? 자이납이 같이 있도록 할까요?"

"아니요, 자이납은 당신과 함께 있어야 해요. 난 혼자 있는 게 익숙해요."

"그럼 어머니를 부를까?"

"고맙지만, 괜찮아요."

"어머니께서 당신 혼자 잔다는 걸 아시면…"

"당신과 자이납이 내가 혼자 잤다는 걸 말하지 않으면 아무도 모를 거에요. 이 침대에서 잘까요?"

자이납은 기분이 좋았다. 쿠무쉬가 벽감에서 침구를 꺼내 스스로 침대를 준비하는 것을 못하도록 하고, 그녀가 직접 깃털 이불을 바닥에 깔았다. 침실 상단 구석에 앉아 여전히 졸고 있던 쿠무쉬는 자이납에게 고맙다고 했다. 반대쪽 구석에 앉아 있던 오타벡이 그녀를 향해 손가락을 흔들자 쿠무쉬는 졸린 눈으로 그를 바라보며 미소로 응답했다.

쿠무쉬는 침구 정리를 끝내고 막 나가려던 자이납을 멈춰 세웠다.

"자이납 자매." 그녀가 불렀다. "그 사람을 응접실에서 혼자 자게 두지 마, 알았지?"

"왜?"

"내가 아버님을 만나면 민망하잖아."

"알았어." 자이납이 말하며 남편을 보고는 "알았어요?"라는 듯한 눈짓을 하고 방을 나갔다.

"자, 이제 당신도 방으로 가세요!" 자이납이 나가자마자 쿠무쉬는 오타벡에게 큰 소리로 말했다. "진짜예요."

오타벡은 못들은 척하며 쿠무쉬에게로 다가갔다.

"당신…"

"저요?"

"당신은 교활해."

"전 교활하지 않아요." 쿠무쉬가 웃으며 말했다. "난 여전히 당신과 사이가 안 좋아요. 아직 화해하지 않았어요."

"당신이 만들어 낸 이야기를 듣느라 나는 조마조마했어요. 비밀이 언제 밝혀질지 모른다는 생각에 너무 걱정했다고."

"그럴 리가 있겠어요? 난 그저 당신에게 이야기를 하고 싶었던 건데 그녀가 숨은 동전처럼 불쑥 나타났지 뭐예요. 어쩌겠어요? 이야기를 포기하는 대신 모든 걸 돌려서 말한 거지요. 혹시 눈치챘을까요?"

"눈치는 못 챘을 거야…. 하지만 걱정했지."

"이 겁많은 심장으로 세 사람이나 죽였다니 믿을 수가 없네요." 그녀는 그의 손에 칼에 베인 흉터를 보며 말했다. "칼에 깊이 베었네요. 새라도 잡으셨나요? 이제 가셔야 할 시간이에요. 난 누울 거예요."

"누우시오."

"뭐라구요? 당신 앞에서 옷을 벗으라고요?"

"부끄러우면 내가 얼굴을 돌리리다." 그가 얼굴을 돌렸다.

"알았어요, 그럼. 보지 마세요!" 쿠무쉬는 옷을 벗기 시작했다.

"아직 덜 끝났어요. … 아직요…. 아직요" 그녀는 계속 반복했다. 그러고는 이불 아래로 낄낄대며 미끄러져 들어가더니 여전히 "아직요…. 아직요!"라고 반복했다.

오타벡은 그녀의 끝없는 "아직 아니에요"에 지쳐 눈을 뜨고 주위를 살폈다.

"당신은 거짓말쟁이요."

"이 거짓말은 이제 시작이랍니다. 나의 도망자님!"

"정말 혼자 자도 두렵지 않아?"

"왜 두려워해야 하죠? 난 2년 동안 혼자 자는 게 익숙해졌어요. 당신이야말로 외로움이 두려운 거지요?"

"당신은 날 조롱하고 있군."

"전혀. 난 그저 사실을 말하고 있을 뿐이에요." 쿠무쉬가 말했다. "지금은 혼자가 아니니까요."

"무슨 말이요?"

"내 말은 나에게 동반자가 있다는 거예요. 나에 대해 걱정하지 마세요."

오타벡은 이해하지 못했다.

"동반자라니." 그는 어리둥절해서 물었다.

"제 동반자요?" 쿠무쉬가 말했다. "그건 누군가에 대한 꿈이고, 누군가에 대한 생각이에요. 이보다 더 좋은 동반자가 있나요? 때로는 이 동반자가 잠보다 더 달콤할 때도 있어요."

이제야 그녀가 누구를 지칭하는지 이해한 오타벡은 쿠무쉬 옆에 누워 그녀에게 입을 맞췄다.

"하지만 난 당신을 믿을 수가 없구려" 그가 말했다.

"왜죠?"

"왜냐하면, 그날 밤 당신은 아무도 생각한 적이 없으니까. 심지어 코를 골 정도로 당신은 깊이 잠들어 있었잖소?"

쿠무쉬는 오타벡의 어깨에 손을 얹으며 말했다.

"맞아요. 그때는 아무런 희망도 없이 잠만 잤지요. 나는 이미 그 동반자에 대한 모든 희망을 잃어버렸으니까요. 그 사람을 생각한다는 건 두려움이었어요. 그때는 꿈꾸는 것만이 달콤했지요. 꿈속에서만 그를 만날 수 있었고, 낮에도 잠들고 싶었어요. 이제 제가 꿈꾸는 환영幻影이 다시 한번 나의 동반자가 된 거예요. 뭘 더 알고 싶나요?"

"난 아무 말하지 않겠소. 하지만 당신은 2년 전 내가 알던 그 쿠무쉬가 아니오."

쿠무쉬는 이불을 얼굴에 덮었다.

"나가세요. 이제 정말 잘 거예요."

오타벡은 겨우 일어섰다. 그가 떠나고 쿠무쉬는 조용히 이불을 걷어

졸린 눈으로 오타벡을 향해 미소를 지었다. 그가 벽감에 있는 촛불 세 개를 끄고 있을 때, 마당에서 발소리가 들렸다. 자이납이 창문에 나타났다.

"아, 당신 아직 여기 있었네요. 당신 자리인 응접실로 벌써 돌아가신 줄 알았는데." 그녀가 말했다. 오타벡은 대답하지 않고 남은 촛불들을 껐다.

'아, 당신 아직 여기 있었네요.'라고 하는 자이납의 말에 쿠무쉬는 눈을 뜨고 잠에서 깨어나고 말았다. 오타벡은 밖으로 나가며 문을 닫았다.

•• 12장 ••

경쟁자는 역시 경쟁자

쿠무쉬는 며칠 만에 자신의 가치를 증명했다. 시부모님은 그녀의 예의 바르고 합리적인 행동에 매료되었다. 유수프벡 호지는 "그녀는 단순한 인간의 자식이 아니라 천사야!"라고 했다. 아닌 게 아니라 자이납만 아니라면, 그는 아예 대놓고 며느리를 "천사"라고 부를 준비가 되어있었다. 오즈벡 부인은 과거의 모든 원한과 적의를 완전히 잊어버리고 언제 그런 일이 있었느냐는 듯이 행동하기 시작했다. 그녀는 마길란 며느리를 보기 위해 찾아온 주변 여성들에게도 콧대 높은 태도로 대했다.

"댁의 며느리는 어찌 그리 예쁘지요?" 입이 마르도록 쏟아붓는 칭찬에 대해 그녀는 이렇게 대답했다.

"예, 나의 진짜 며느리는 내내 마길란에 있었지요."

그녀의 며느리 자랑은 끝이 없었다. 남편과 단둘이 있을 때면, "당신 아들은 정말 복 받았어요! 어떤 색시랑 결혼했는지 한번 보시라고요."라고도 했다. 유수프벡 호지는 빙그레 웃으며 이렇게 대답했다. "그 유명한 힌두 주술사가 당신에게도 마법을 걸었군."

오즈벡 부인은 "정말로, 이 애는 참한 것 말고도 특별한 점이 있는 것 같아요."라며 같이 웃었다. 여인들이 방문하여 쿠무쉬의 아름다움에 한바탕 칭찬을 늘어놓고 떠나면, 오즈벡 부인은 즉시 오이보독에게 향을 피우라고 지시했다. 그녀는 먼저 쿠무쉬에게 향을 보냈고, 그런 다음, 자이납의 기분을 상하지 않도록 하기 위해 그녀에게도 향을 보냈다. 마지막으로, 오타벡이 근처에 있을 경우에는 그쪽을 향해서도 보냈다.

쿠무쉬, 미르자카림, 그리고 옵톱 부인은 호지 댁에서 큰 대접을 받았다. 유수프벡 호지는 매일같이 존경하는 마음으로 미르자카림을 모시고 친구들 집을 방문했으며, 집에 있을 때도 언제나 깍듯이 대했다. 오즈벡 부인은 옵톱 부인을 '자매'라고 부르며 최대한 잘 대접하려고 노력했고, 식사도 항상 옵톱 부인이 원하는 바를 먼저 물어보고 준비하였다.

지난 보름 동안 그녀는 여러 상류층 모임 여성들의 방문도 받았다. 다시 말해, 옵톱 부인은 타슈켄트의 유즈바시, 판사드바시, 쿠르보시, 그리고 쿠쉬베기 부인에 이르기까지 여러 사람들을 알게 되었고 크게 대우도 받았다. 그들로부터 예상치 못한 초대가 밀려왔고, 그들은 그녀를 초대하지 못해 모두가 안달이 나 있었다.

"우리 집을 방문하지 않고는 떠나실 수 없어요."라며 졸라대기도 했다.

오즈벡 부인의 자문에 따라 그들은 이 가운데 몇 군데의 초대에 응하기로 했다. 우선은 노르무함마드 총독의 사라벡 부인을 방문할 예정이었다. 다시 말해, 그들은 요새의 오르다로 가기로 한 것이다. 그들의 방문은 호지를 찾아오는 손님들이 좀 뜸해진, 그들이 마길란에 체류한 지 16일째 되는 날에 이루어졌다. 오즈벡 부인은 총독부인 사라벡에게 그들의 방문 소식을 알리고 하산알리에게 마차를 준비시켰다. 쿠무쉬도 오르다에서 부인들이 사는 방식을 한 번도 본 적이 없었기 때문에 그들과 함께 가고 싶어 했다.

"자이납도 같이 가나요?" 아침 차를 마시며 옵톱 부인이 물었다.

"자이납은 벌써 한 번 다녀왔어요." 오즈벡 부인이 말했다.

"그럼 저는요?" 쿠무쉬가 물었다.

"너도 가지 않을 거야."

실망한 쿠무쉬에게 오즈벡 부인은 "너는 타슈켄트의 유수프벡 호지의 며느리야! 특별 초대 없이 가는 것은 체면에 어울리지 않아."라는 변명으로 대답을 대신했다.

오타벡은 말을 타고 어딘가로 갔다. 유수프벡 호지와 미르자카림은 아쿤드 이맘을 만나기 위해 쿠켈다쉬 마드라사[23]로 갔다. 집에는 쿠무쉬, 자이납, 그리고 오이보독만 남게 되었다.

오즈벡 부인이 배웅하러 나온 쿠무쉬와 자이납에게 마차에 앉은 채로 말했다. "우리가 없는 동안, 두 라이벌끼리 서로 머리끄덩이 잡아당기며 다투지는 말거라. 오이보독, 잘 지켜봐!" 옵톱 부인도 마차에 오르며 말했다. "신께서 축복하길, 두 사람 모두 현명하니까!"

"그들은 라이벌이 아니에요. 자매예요!" 이미 말고삐를 잡고 있던 하산알리가 말했다.

"두 분께서 저를 데려가지 않으시니 자이납이 아니면 누구에게 복수할 수 있겠어요?" 쿠무쉬는 대문 고리를 만지작거리며 말했다. 그리고 자이납을 바라보며 물었다. "우리 서로 싸울까?"

하지만 자이납은 대답이 없었다.

"점심 잘 챙겨 먹어라!" 오즈벡 부인은 두 며느리에게 다소 엄하게 지시했다. 마차가 굴러가자 자이납은 쿠무쉬에게 아무 말도 없이 집안으로 들어 가버렸고, 쿠무쉬도 그녀를 따라갔다. 이 상황이 무엇인지 의아해하

23 쿠켈다시kugeldash 마드라사: 16세기 샤이반드Shaybanid 왕조 때 세운 타슈켄트의 주요 마드라사

Akmal Nur-22

며 쿠무쉬도 잠시 마당에서 서성거리다가 결국 자기 방으로 들어갔다.

쿠무쉬는 날이 갈수록 자이납의 기분이 점점 가라앉는 것을 보면서 자꾸만 낯설게 느껴졌다. 오늘은 그녀의 농담에도 대답하지 않았다. 쿠무쉬는 창가에 앉아 깊은 생각에 잠겼다. 마음 한구석에 어렴풋이 불안함이 자리 잡았다. 자이납의 질투를 불러일으키지 않기 위해 오타벡과의 행동을 신중히 했지만, 이제는 그것이 아무 소용 없음을 알게 되었다. 이 일을 어떻게 해결해야 할까? 보름 만에 자이납의 질투가 이렇게 드러났는데 한 달이면 얼마나 더 커질까?

쿠무쉬는 이렇게 계속될 경우 이 집에 더 오래 머무를 수 없을 것 같았다. 그렇다고 해서 마길란으로 떠나고 싶지도 않았고, 오타벡을 자이납의 품에 오랫동안 양보하고 싶은 생각도 없었다. 말하자면 쿠무쉬도 점점 질투를 느끼기 시작한 것이다. 생각이 여기까지 이르자, 그녀는 며칠 전 오타벡이 자이납을 보며 미소를 지었던 순간과 그때 자이납의 보름달처럼 둥근 얼굴이 유독 매력적으로 보였던 장면이 떠올랐다. 그 장면을 떠올리자마자 쿠무쉬는 벌떡 일어나 선반에서 거울을 가져와 자신을 자세히 들여다보았다.

잘 알다시피, 사람이 거울을 보면 아무리 그럴듯해도 부족한 점만 보이기 마련이다. 마찬가지로 쿠무쉬도 거울을 보며 자신에게 만족하지 못했다. 크고 검은 눈도, 길게 말린 속눈썹도, 짙고 검은 눈썹도, 그리고 검은 점조차도 더 이상 매력적인 요소들이 아닌 것 같았다. 자신에게는 예쁜 구석이라고는 하나도 없었다. 그녀는 자신이 자이납보다 더 왜소하고, 더 어려 보인다고 느꼈다. 거울을 선반에 내려놓다가 진정으로 질투를 느낀 그녀는 다시 창가에 앉았다.

"하지만 뭐 어때?" 그녀는 스스로 생각했다. "문제는 그가 나를 사랑한다는 사실이고, 그걸로 충분하지 않은가?" 하지만 이런 생각은 그녀를 만족시키지 못했다. 그의 사랑은 몇 달밖에 지속되지 않을 것 같았고, 자이납의 매력적인 얼굴이 곧 이 사랑을 끝낼 것만 같았다. 이런 생각을 하며 쿠무쉬는 자이납을 더 자세히 보고, 그녀의 매력을 다시 한번 살펴보기로 결심했다. 그리고 일어나 자이납의 방으로 향했다.

쿠무쉬가 자이납의 방에 들어섰을 때, 자이납은 둥근 모자에 수를 놓고 있었다. 쿠무쉬가 웃으며 말했다. "시어머니 말씀대로, 너랑 티격대려고 왔어."

자이납은 둥근 모자를 옆으로 치우며 일어섰다. "나도 네 방에 가려고 생각하고 있었어."

"오, 그랬구나. 그런데 둥근 모자에 수놓느라 바쁘실 텐데, 어떻게 나한테 온다는 말씀일까?"

자이납은 무슨 말을 해야 할지 몰라 당황했다. 그녀의 행동은 정말로 아이처럼 솔직했다. 이 어색한 상황을 벗어나기 위해 쿠무쉬는 마치 둥근 모자를 더 잘 보고 싶다는 듯 그녀의 손에서 그것을 받았다.

"바느질 장인匠人이네? 바느질이 참 예쁘게 이어졌어. 누구를 위한 거야?"

"특별히 누구를 위해 만든 건 아니야. 어쨌든 누군가가 쓰게 되겠지. 앉아 봐."

두 라이벌이 마주 앉았다. 쿠무쉬는 자이납을 응시했다. 자이납은 여전히 그 어색한 상황 속에서 얼굴이 붉어진 채로 시선을 피했다. 잠시 침묵이 흘렀다.

"내가 너에게 찾아가지 않아서 기분 상한 거야?" 마침내 자이납이 말했다.

"왜 내가 기분이 상하겠어? 나는 어린애가 아니야, 그런 일로 기분이 상하진 않아. 아직 보름도 지나지 않았는데 네가 나를 피하기 시작했잖아. 나는 우리가 자매가 될 줄 알았어."

"하지만 우리 사이에 아무 일도 일어나지 않았잖아? 별것 아닌 일에 상처받은 것 같네?"

"별것 아니라고? 집에 우리 둘밖에 없다는 걸 알면서도 넌 날 피했어. 그건 네가 나를 보고 싶어하지 않는다는 뜻이야."

"그만해, 제발. 너는 별것 아닌 일에 다 상처받는 것 같아. 나는 네가 생각하는 그런 사람이 아니야."

처음엔 농담처럼 시작된 이 가시 돋친 대화는 뜻밖에 심각하게 변했다. 쿠무쉬는 결국 지난 보름 동안 자신을 괴롭혔던 모든 것을 감추지 않고 솔직하게 말했다. "내가 기분이 나쁘다면, 거기에는 이유가 있는 거야!"

"내가 네 방에 가지 않은 게 널 보고 싶지 않아서라는 걸 어떻게 알아? 내 마음속에 무엇이 있는지도 모르면서 말이야?" 자이납도 화를 냈고, 쿠무쉬는 더 신랄하게 말을 이어갔다.

"그걸 알기 위해서 네 생각까지 들여다볼 필요는 없어. 네 행동이 말보다 더 잘 보여주니까."

"어떤 행동?"

"묻지 마. 그만해, 제발."

"내가 모르니까 알려달라는 거야."

"말하면 넌 또 화낼 거잖아…"

"사실이면 화 안 낼게."

쿠무쉬는 가까이에서 집안일을 하고 있는 오이보독이 듣지 않도록 목소리를 낮췄다.

"정말 화 안 낼 거면 말할게." 쿠무쉬가 말했다. "왜 남편이 있을 때는 별 이유 없이 내 방에 자꾸 들어오고, 내가 혼자 있을 때는 안 들어오는 거야?"

"네가 그렇게 말할 줄 알았어." 자이납이 대답했다. "내가 들어오는 게 싫다면, 앞으로 다시는 들어가지 않을게."

"아니, 난 진실을 말했는데 왜 화내는 거야?"

"내가 말했잖아, 너랑 남편이 같이 있을 때는 안 들어갈게."

"내 말을 왜곡하지 마, 자이납." 쿠무쉬가 말했다. "내가 남편과 같이 있을 때 방에 들어오지 말라는 게 아니야, 내 말을 증명하려고 한 거야."

그 순간 둘에게는 다시 침묵을 흘렀다. 오이보독이 창가로 다가와 물었다.

"점심시간인데 뭘 준비할까?"

쿠무쉬가 자이납을 쳐다봤다. "뭘 주문할까?"

"너한테 묻잖아."

"자이납이 제일 좋아하는 걸로 준비해주세요."

"라그몬[24]을 준비할까?" 오이보독이 자이납을 보며 물었다.

"난 배고프지 않아, 알아서 하세요."

오이보독이 더 이상 말하지 않고 나갔다.

"오, 신이여!" 자이납이 자그마한 목소리로 한숨을 쉬었다.

"그런 식으로 말하지 마, 자이납! 비록 네가 이런 대화를 좋아하지 않겠지만, 내가 이야기를 꺼낸 것은 네가 날 혼자 남겨뒀기 때문이야. 난 여기 영원히 머물 생각도 없어. 시아버지와 시어머니를 며칠 동안 뵈러 온 것일 뿐이야. 이렇게 서로 피하고 삐지는 건 정말 곤란해."

'며칠 동안'이라는 말을 듣고 자이납은 기분이 좋아진 것 같았다.

"아, 우리 언니 쿠무쉬." 그녀는 차분해진 목소리로 말했다. "언니가 정말 서운했구나. 만약 내가 정말 나쁜 마음을 먹고 그랬다면, 내일 죽어도 좋아."

떠나겠다는 말에 기분이 좋아진 자이납을 보며 쿠무쉬는 혼자 마음속으로 이렇게 생각했다. '두고 봐. 내가 이곳을 떠날 바에는 차라리 지금 여

---

24 라그몬lag'mon: 얇게 썬 고기에 채소로 만든 소스를 얹은 누들

기서 죽을 거야!'

침묵 속의 고요가 다시 한번 이 두 젊은 여인들에게 내려앉았다. 쿠무쉬는 무릎을 껴안고 앉아 무언가 생각에 잠겼고, 자이납은 다시 둥근 모자에 깔끔한 흰색 스티치를 수놓고 있었다. 한참 후, 그녀는 자신의 라이벌에게 은밀한 시선을 던졌다. 자신을 드러내지 않으려 애쓰며 무의식적으로 한숨을 내쉬었다. 그리고 두 스티치의 수를 더 놓았다.

"자, 그렇게 걱정할 필요는 없어." 그녀가 불쑥 입을 열었다.

쿠무쉬는 대답을 하지 않고 주저했다.

"내가 뭘 걱정할 필요가 없다는 거야?" 그녀는 벽 쪽으로 몸을 기울이며 말했다.

"내 말은… 네가 질투할 필요도 없다는 거야."

"내가 누구를 질투한다는 거야?"

"넌 잘 알잖아, 내가 누구를 말하는지."

"부끄러운 줄 알아, 자이납!"

"부끄러워할 사람은 너야!"

두 라이벌은 마치 닭싸움을 하듯 다시 서로에게 달려들었다.

"내가 뭘 부끄러워해야 한단 말이야?"

"네가 우리 남편과 단둘이 있을 때 나에게 방에 들어오지 말라고 한 것 말이야! 부끄럽지도 않아?"

"나는 네 행동을 못마땅하게 여겨서 그렇게 말한 거야. 네가 내 말을 사실로 받아들였다면, 솔직히 물어볼게. 네가 우리 남편과 단둘이 있을 때 내가 네 방에 들어간 적이 있니?"

자이납은 무슨 말을 해야 할지 몰라 당황했다. 자신이 오타벡과 단둘이 있을 때 쿠무쉬가 자기 방에 들어왔다는 기억이 없었기 때문이다. "네가 내 방이 들어오더라도, 정말이지 반대하지 않을 거야." 자이납이 말했다. "네가 질투한다고 해서 나도 질투할 거라고 생각하지 마."

"자이납! 제발 베 짜는 사람처럼 말을 엮어내지 마!"

"알라여, 저를 베 짜는 사람처럼 말을 엮어내지 않도록 하소서. 우리 조상들 중 베 짜는 사람은 아무도 없었나이다."

"내가 그렇게 말한 적은 없어."

"그 말이 그 말이잖아."

"오, 신이여" 쿠무쉬가 미소를 지었다. "처음엔 내가 질투한다고 하고, 그 다음엔 네가 질투할 거라고 내가 생각한다고 하더니, 이제는 나에게 걱정할 필요가 없다고 말하니… 이렇게 말을 엮어내는 게 베 짜는 사람이 하는 길쌈이야."

"정말이지, 너는 걱정할 필요가 없어."

"계속 말해 봐."

"정말로…"

자이납은 자신의 실수를 깨닫고 말문이 막혀버렸다. 쿠무쉬는 그것을 알아채고 자이납이 인정하도록 재촉했다.

"알겠어." 쿠무쉬가 말했다. "네가 나에게 걱정할 필요 없다고 말한 건 내 남편이 나를 사랑한다는 뜻이지?"

자이납은 안색이 변하며 수놓던 일을 중지했다. 그녀는 쿠무쉬를 빤히 쳐다보았지만, 머리가 하얘졌다. 이 실수를 어떻게 바로잡을 것인가?

"글쎄… 그가 나에게 했던 것처럼 너를 믿게 만들었나 보네." 자이납이 말했다.

"뭘 믿게 만들었다는 거야?"

"글쎄, 그가 혹시 네게도 '너 없이는 살 수 없다'고 말했을까 해서."

"절대 그런 적 없어."

"그가 그런 말을 한 적이 없다고? 나에게는 계속해서 그 말을 반복하길래 너에게도 그렇게 대하는 줄 알았지."

이 거짓말은 자이납의 머릿속에 즉흥적으로 떠올랐고, 라이벌 앞에서 말문이 막히자 다시 한번 순간적으로 터져 나온 것이다. 하지만 이 엉뚱한 말은 쿠무쉬를 불안하게 만들었다. 그녀는 이미 승리를 자축할 준비를 하고 있던 참이었는데, 점점 더 자주 거울을 들여다보게 했던 의심이 다시 불타오르며 자제력을 잃었다.

'자이납이 진실을 말하고 있는지도 몰라!' 그녀는 생각했다. '그가 정말로 나를 사랑했다면 타슈켄트에서 내가 오기를 기다렸을 리가 없잖아?'

자이납은 거짓말이 덜컥 입 밖으로 나온 순간 겁이 나서 급히 다시 수놓는 작업에 몰두했다. 그러나 쿠무쉬는 갑자기 힘이 빠져버린 듯 무너져 내렸다. 오이보독이 가져온 점심이 이미 식어가고 있었지만 두 경쟁자 모두 음식에 손을 대지 않았다.

"먹어, 언니" 자이납이 조용히 말했다.

둘 다 라그몬을 거의 맛도 보지 않은 채, 식탁보 끝으로 손을 닦은 후 각자의 방으로 갔다.

한 시간 후, 오타벡이 돌아왔다. 자이납이 맞았다. 오타벡은 그녀에게 초폰을 건네주고 마당에서 한참 서성거리며 어느 아내의 방으로 들어가야 할지 고민했다. 자이납이 그의 주위를 맴돌았지만 그녀의 방으로 가면 쿠무쉬를 서운하게 할 것이고, 쿠무쉬에게 가면 자이납을 서운하게 할 것이었다. 그러나 쿠무쉬는 나타나지 않았다. 자고 있을지도 모른다고 생각하며 그는 자이납의 방으로 갔다. 자이납은 남편을 기쁘게 하기 위해 온 힘을 다했다. 네 겹으로 접힌 두꺼운 담요 위에 앉도록 했고, 세 개의 폭신한 베개를 그 옆에 놓았으며, 실내화도 깨끗이 닦고, 큰 부채로 시원하게 해줘도 될지 허락을 구했다. 그러나 이런 과도한 배려에 경계심이 든 오타벡은 적당한 핑계를 대며 그녀의 호의를 거절했다. 저녁에 돌아왔지만 끔찍한 더위에 지친 그는 차를 마시고 싶었다. 아직 말을 꺼내기도 전에 자이납은 난로에 불을 지피러 급히 뛰쳐나갔다. 혼자 남은 오타벡은 쿠무쉬의 방으로 불쑥 들어가 보았다. 창문과 문은 모두 열려 있었지만 방은 비어 있었다.

쿠무쉬가 도착한 이후로 오타벡은 날이 갈수록 점점 더 불편함을 느꼈다. 그는 자신의 모든 행동, 시선, 미소를 신중히 고민하기 시작했으며, 내내 어색함을 느꼈다. 자이납은 마길란에서 있었던 자신과 쿠무쉬 사이의 모든 이야기를 모르고 있다. 이전에는 자이납과 자연스럽고 단순하게 행동했지만, 이제는 그럴 수 없었다. 쿠무쉬에게 미소를 지으면, 자이납에게도 곧바로 미소를 지어야 했다. 모든 것이 그렇게 이어졌다. 첫 번째 여인에게는 미소가 애정과 진심에서 나왔지만, 두 번째 여인에게는….

첫 번째 경우를 설명하기 위해 우리는 많은 종이를 써가며 독자가 지루하지 않게 따라오도록 했다. 오타벡과 쿠무쉬의 사랑의 감정에는 진심이 담겨 있었고, 그것은 마치 시와 같은 것이었다고 말해야 할 것이다. 자, 이제 두 번째 경우에 대해 살펴보자. 오타벡에게는 오로지 의무감 외에는 다른 아무런 감정이 없었다. 만약 우리가 다른 무언가를 눈치챘다 하더라도, 독자들에게는 흥미롭지 않았을 것이다. 친애하는 독자들은 무엇이 우리의 주인공을 이렇게 행동하도록 했는지 짐작하고 있겠지만, 우리는 그 점을 한 번 더 짚어보고자 한다.

신앙이 정의를 요구하듯, 오타벡은 부모의 뜻을 존중했다. 게다가, 몇 주 전 자이납이 그의 앞에서 눈물을 흘리며 진심을 털어놓았을 때, 그녀의 고백이 그에게 영향을 미치지 않을 수 없었다. 오타벡 자신도 지난 3년 동안 비슷한 감정을 경험한 바 있다. 그 역시 쓴맛과 단맛을 충분히 맛보았기에 자이납을 연민한 나머지 그녀 앞에서 연기를 할 수밖에 없었던 것이다.

오타벡이 두 번째 찻잔을 비울 때까지 기다린 자이납이 물었다. "우리는 당신이 늦게 돌아올 줄 알고 요리를 준비하지 않았어요. 조금 남겨둔 것이 있는데, 배가 고프시다면…"

시내에서 볼일을 마치고 온 터라 오타벡은 정말로 배가 고팠다.

"그럼 가져오시오!"

여인들이 거의 손대지 않았던 라그몬이 오타벡에게 주어졌다. 다진 고기가 담긴 접시에 손댄 흔적이 없는 것을 보고 오타벡이 물었다.

"당신은 뭐 좀 먹었소?"

"네, 먹었어요. 쿠무쉬도 여기 있었지만 라그몬이 입맛에 맞지 않았던지, 조금밖에 먹지 않았어요. 그녀가 먹지 않으니 저도 어색했죠."

"그럼 지금이라도 같이 좀 먹읍시다." 오타벡이 제안했다.

자이납은 기꺼이 남편과 함께 식사를 했다. 오타벡은 쿠무쉬가 잠자러 들어갔다고 자이납에게서 들었다. 식사를 마친 후, 그도 잠자리에 들었다. 그러나 잠든 지 얼마 지나지 않아, 마치 기다렸다는 듯이 자이납은 그의 베개 옆에 앉아 큰 부채를 들고 부채질을 하기 시작했다. 그러면서 그녀는 계속 쿠무쉬의 방 쪽을 힐끗거렸다. 그녀는 자신의 경쟁자가 이 장면을 보기를 매우 바랐다. 우연이기는 했지만, 적어도 자신이 주장했던 바를 부분적으로나마 증명하고 싶었던 것이다. 자이납은 한참 동안이나 부채질을 하고 있던 중, 마침내 운명의 여신이 그녀의 편에 섰음을 느꼈다. 어떤 이유에서인지 방을 나선 쿠무쉬가 오타벡 옆에서 부채질을 하고 있는 자이납의 모습을 목격한 것이다.

오타벡은 한 시간 후에 깨어났다. 자이납은 라이벌의 마음을 찢어놓으려는 '풍차'를 멈출 수밖에 없었다.

오타벡은 쿠무쉬에게로 갔다. 그녀는 베개에 머리칼을 늘어뜨린 채 잠들어 있었다. 그는 한동안 그녀를 바라보다가 깨우고 싶지 않아 조용히 물러섰다. 그러나 그는 문 앞에 서서 다시 돌아보았다. 잠들어 있던 눈이 떠져 있었다.

"걱정 말아요, 나갈 테니."

그러나 쿠무쉬는 침대에서 일어나 헝클어진 머릿수건을 다시 머리에 둘렀다. 그녀의 눈은 불면증에 시달린 것처럼 빨갛게 충혈되어 있었다.

오타벡이 돌아서서 말했다. "왜 일어났소? 좀 더 쉬지 않고." 쿠무쉬는 대답하지 않았고, 기운이 없어 보였다. "눈이 빨간 걸 보니 잠을 못 잤소?"

"몸이 좋지 않아요."

"맙소사, 그럴 리가!"라고 말하며 오타벡은 쿠무쉬 옆에 앉았다. "어디가 아프단 말이오?"

"모르겠어요." 그녀는 벽감 쪽으로 눈길을 돌리며 대답했다. 농담으로 여긴 오타벡은 미소를 지으며 그녀의 이마를 짚었다. "모른다니?"

"손 떼세요."

"왜 손을 떼라고 하시오?"

"당신이 저를 멀리하니까요."

"내가? 내가 그대를 멀리하다니? 무슨…"

쿠무쉬의 눈이 반짝였다.

"그럼 자이납은요?"

오타벡은 이런 질문을 전혀 예상하지 못했다. 그는 어리둥절하여 마당을 바라보았다.

"그 문제는 … 당신이 잘 알잖소?"

당황스러워하는 오타벡의 태도와 마당으로 눈길을 돌리는 그의 모습은 마치 자이납의 말을 증명하는 듯하여 쿠무쉬는 삐친 듯 얼굴을 돌렸다.

"그런 이중적인 태도는 그만두세요."

오타벡은 아무것도 이해할 수가 없었다. 쿠무쉬의 눈에는 눈물이 가득하여 그를 난처하게 했지만, 그는 웃으며 말했다.

"당신이 잠투정하는구려."

"왜냐하면, 나를 도와서 제대로 잠을 새워 줄 사람이 없으니까."

"아, 그래서 화가 나셨군?" 오타벡이 말하며 웃음을 터뜨렸다. 쿠무쉬는 눈물을 닦았다.

"맞아요."

"잠투정할 만한 가치도 없구먼."

"당신의 이중적인 태도는요? 그건 가치가 있는 건가요? 당신이 우리 둘에게 똑같은 말을 하는 것은 충분한 가치가 있나요?"

"무슨 말인지 모르겠군."

"당연히 모르겠죠! 당신은 알고 싶어 하지도 않으니까요." 쿠무쉬는 생전 처음으로 오타벡에게 화난 태도로 말했다. 오타벡의 머릿속에는 해명해야 할 말들이 번개처럼 스쳐 지나갔다.

"자이납이 그렇게 말했소?"

"맞아요, 당신이 그녀에게 '나는 너 없이는 못 살아'라고 했다면서요?" 오타벡은 아내들 사이에 다툼이 있었다는 것을 깨달았다. 자이납이 쿠무쉬에게 이야기를 지어내어 질투심을 유발한 것 같았다. 그러나 그는 여전히 침착하고 농담 섞인 어조로 말을 이었다.

"그래서 자이납의 말을 믿었소?"

"내가 믿지 말아야 했나요?"

"그래, 내가 그렇게 말했다고 칩시다. 하지만 당신이 화를 낸다는 게 놀랍소. 나는 당신이 이런 불신을 가질 줄은 몰랐소. 더구나 당신 같은 사람이…."

쿠무쉬는 아무 말도 하지 않았다. 오타벡은 그녀의 땋은 머리를 가볍게 잡아당겼다.

"자, 솔직히 말해 보시오. 둘이 싸운거요?"

"그래요, 싸웠어요." 쿠무쉬는 고개를 옆으로 돌렸다.

"만난 지 겨우 보름 만에?"

"다른 여자였다면 아마 첫날부터 싸웠을걸요?"

"신께서 당신에게 인내심을 주길 바라오."

"날 조롱하지 마세요."

"그럼 무슨 일이 있었는지 말을 해보시오."

쿠무쉬의 질투의 불길이 어느 정도 가라앉자, 그녀는 최근 며칠 사이에 있었던 일들에 대해 속내를 털어놓기 시작했다. 자신을 괴롭힌 그 불쌍한 부채 사건도 빠뜨리지 않았다.

처음에는 이 모든 이야기를 무심하게 들었지만, 쿠무쉬의 하소연이 끝나자 오타벡은 깊은 생각에 잠겨 한참이나 말이 없었다. 쿠무쉬는 라이벌 사이의 불편한 관계에 대한 그의 반응을 기다렸다. 마침내 그는 쿠무쉬를 바라보며 미소를 지었다.

“왜 웃으세요?”

“눈물 흘릴 만큼 가치 있는 일이 아니니까.”

쿠무쉬는 이마를 찌푸렸다.

“저는 더 이상 자이납이 저지르는 그런 장난을 참지 않을 거예요.” 쿠무쉬는 화를 내며 다시 한번 이마를 찌푸렸다.

“이 이야기는 그만둡시다. 하지만 먼저 물어볼 게 있소. 나를 믿으시오?”

“믿기도 하고, 믿지 않기도 하지요.” 쿠무쉬가 대답하며 잠시 미소를 머금고 생각했다. “자이납의 그런 말들이 나를 의심하게 만들 거든요.”

“하지만 당신은 모든 의심을 해명할 수 있는 증거가 있지 않소?” 쿠무쉬는 점점 더 우울해졌고, 오타벡은 낮은 목소리로 계속 말했다. “며칠 전 내가 당신에게 타슈켄트에 남을 거냐 떠날 거냐고 물었던 것도, 그런 말에 마음 상하지 말라고 했던 말이오. 당신이 상처를 받는다면, 차라리 타슈켄트를 떠나는 게 낫다고 생각해요. 나는 당신이 이런 식으로 상처받는 걸 원치 않거든.”

“당신이 날 내쫓지 않는 한, 나는 마길린으로 가지 않을 거예요.”

오타벡은 웃으며 말했다. “당신이 계속 이런 식으로 나를 공격하면, 틀림없이 당신을 내쫓게 될 거요.”

쿠무쉬는 여전히 서운한 톤으로 말했다.

"당신을 믿어도 될까요?"

"당신 마음에게 물어보시오."

"내 마음… 내 마음은 당신을 믿지 말라고 해요."

"그렇다면 그 말은 진심에서 나온 게 아니오!"

"물론 진심이에요."

"그렇다면 당신 마음에 나를 믿지 말라고 하는 이유가 있다는 것이구료, 그렇지?"

"맞아요, 있어요."

"그럼 그 이유를 말해주시오."

"내 마음이 당신에게 묻고 있어요. 누가 내쫓겨야 할 사람인지 말에요. 먼저 당신 마음에 물어보세요."

오타벡은 그녀가 묻고자 하는 바를 이해했지만, 어떻게 대답할지 망설였다. 사실, 쿠무쉬는 그를 막다른 골목으로 몰아넣은 것이다. 이는 매우 복잡하고 미묘한 문제였지만, 쿠무쉬는 오타벡의 대답을 기다리지 않고 말을 이었다.

"제가 다른 사람의 마음까지야 알 수는 없지만, 제 마음에 두 사람의 자리는 없어요."

"그럼 내 마음에는 두 사람의 자리가 있다는 말이요?"

"아니…" 쿠무쉬가 말했다. "그런 일은 절대 일어나지 않을 거니까요."

여전히 쿠무쉬는 숨겨진 마음을 전하려고 애쓰고 있었다.

오타벡은 쿠무쉬에게 일어난 갑작스러운 변화와 결단력 있는 태도에 놀랐다. 그녀의 상처 입은 영혼 속에서 모든 것이 완전히 뒤집혔음을 그는 깨달았다. 이는 단지 겉으로 드러나는 변화가 아니었다.

"당신이 무슨 말을 하는지 잘 알겠소." 그가 마침내 말했다. "어쨌든 당신 말이 맞소. 하지만 지금 당장은… 당신이 잘 알 거라고 생각하오."

쿠무쉬는 아무 말도 하지 않았다. 아마도 그녀는 자신의 마지막 질문에 대한 남편의 반응을 알고 싶었을 뿐인지도 모른다.

•• 13장 ••

살아있다면 다시 만나리

타슈켄트에 온 지 20일째 되는 날, 미르자카름은 마길란으로 돌아갈 생각을 했다. 유수프벡 호지와 오타벡은 한두 주일 더 머물기를 강력히 권유했지만, 그는 단호했다.

"집을 방치해두고 왔어요." 그는 변명하듯 말했다. "토이 아줌마와 오이샤 장모님 외에는 집에 아무도 없습니다. 그들이 어떻게 지내고 있는지, 무엇을 하고 있는지 모르겠어요. 게다가 제 사업이 엉망이 되어버렸습니다. 여러분을 방문해서 즐거웠고, 베푸신 후의에 존경과 감사를 드립니다."

유수프벡 호지는 미소를 지으며 말했다.

"하지만, 우리는 이제 며느리는 보내지 않을 것입니다!"

미르자카름은 대답했다.

"그 아이는 이제 사돈어른의 딸입니다. 제 딸만은 아닙니다. 그곳이 그 아이의 집이라면, 이곳도 그 아이의 집입니다. 사돈어른께서 내리는 어떤 결정도 저는 따르겠습니다."

유수프벡 호지는 장난스레 말을 돌렸다. "지난번 사건만 아니었다면, 우리도 그 아이를 여기에 붙잡아두지는 않았을 것입니다." 그리고 좀 더 진지한 어조로 덧붙였다. "딸을 빼앗기고 싶지 않으시겠지만, 사돈께서 너무 불편하지 않다면, 소문이 잠잠해질 때까지 최소 1년 동안만이라도 쿠무쉬가 우리와 함께 있는 것이 현명하다고 생각합니다."

미르자카름은 이 의견을 받아들이며 이렇게 말했다.

"사돈어른의 의견이 아주 옳습니다. 그 아이를 여기 몇 년 더 살게 하죠!"

미즈라카름은 딸 쿠무쉬가 타슈켄트에 머무는 데 대해 전혀 반대하지 않았다. 그는 아내의 의견이나 허락을 고려하지도 않았고, 그것에 대해 생각조차 하지 않았다. '쿠무쉬를 타슈켄트에 머물게 하지 않을 것'이라는 그녀의 첫 번째 조건을 확인하고 또 확인한 것은 그였지만, 어쩌겠는가? 옵톱 부인은 남편의 이런 행동에 이미 익숙해져 있었다.

하산알리에게서 집으로 돌아간다는 소식을 들은 옵톱 부인은 곧바로 딸에게 달려갔다. 왜냐하면 타슈켄트에 더 머물고 싶어하는 것은 남편이 아니라 자기 딸이라는 사실을 잘 알고 있었기 때문이다.

"쿠무쉬." 그녀가 미소를 지으며 말했다. "우리는 떠나. 네 아버지가 그러셔."

쿠무쉬는 손에서 무언가를 꿰매고 있었다. 그리고 일에만 열중하며 눈을 떼지 않았다.

"떠나신다면, 안녕히 가세요."

이 무심한 말을 듣고 불쌍한 어머니는 자제력을 잃었고, 어떻게 앉았는지 알 수 없었다.

"뭐라고 했니?"

쿠무쉬는 어머니를 비웃는 듯 일을 계속했다.

"작별 인사를 했어요! 두 분이 가시기로 결정했으니 말이에요!"

"그럼 너는?"

"저는 여기 남아 있을 거예요."

옵톱 부인은 당황한 표정으로 딸을 한참 바라보았다. 쿠무쉬는 눈길 한 번 주지 않고 바느질만 하고 있었다.

"농담 그만해."

"농담이 아니에요, 사실이에요."

"부끄럽지도 않니?"

쿠무쉬는 웃었다.

"무엇이 부끄럽다는 건가요?"

"그만해라!"

"제가 남아있으면, 제 남편의 집에 남아있는 거지요." 그녀는 말을 이었다. "남의 집에 있는 것도 아닌데 부끄러워할 이유는 없어요."

옵톱 부인의 가슴에는 뜨거운 불길이 끓어올랐다.

"초대받지 않았는데도 남아있을 생각이니?"

쿠무쉬는 바느질을 내려놓고 어머니를 바라보았다. "우선, 제가 여기에 남는 걸 반대하는 사람은 아무도 없어요, 엄마 말고는. 설령 자이납이 엄마 편이라 해도 그녀의 바람이 나에게 중요한 건 아니에요."

"정신이 제대로니?"

"그럼요." 그녀는 미소 지으며 말했다. "저는 엄마의 딸 쿠무쉬예요. 지금 저는 타슈켄트에서 제 남편 집에 앉아 있다구요."

"남편 때문에 엄마에게 등을 돌릴 거니, 이 뻔뻔한 것아?"

"아니요, 엄마에게 등을 돌리는 게 아니에요. 단지 여기 타슈켄트에서 잠시 동안 엄마 없이 지낼 준비가 되어있다는 것뿐이에요."

딸의 가혹한 말에 옵톱 부인은 눈물을 터뜨렸다.

"엄마는 네가 혼자 있는 걸 견딜 수 없을 거야." 그녀가 말했다. "내가 어떻게 너를 첩이 사는 집에 맡긴단 말이냐."

"첩 하나에 친구가 여덟이에요."

옵톱 부인은 눈물을 닦아냈다.

"적을 가볍게 보지 마라, 내 딸아."

"하지만 저도 그녀의 적이에요!"

쿠무쉬는 지금이라도 자이납을 공격할 것처럼 보였다.

"네가 뭐라 해도, 너는 진짜 적이 될 수는 없단다."

"왜요?"

"네 남편이 네 편을 들어주기 때문에 진정한 적대감과 경쟁심은 자이납에게 있는 거야."

쿠무쉬는 어머니의 귀에 속삭였다.

"그런 걸로 걱정하지 마세요."

"왜 걱정하지 말라는 거니?"

"자이납이 계속해서 적으로 행동한다면, 엄마 사위는 그녀를 내 칠 거예요. 그래서 제가 여기에 남아야 한다는 거예요."

"그가 이혼하면, 그때 돌아와도 늦지 않겠구나."

"제가 떠나면" 쿠무쉬가 말했다. "그는 절대 자이납과 이혼하지 않을 거예요."

"왜 이혼하지 않을 거라고 생각하는 거니?"

"시어머니가 며느리 없이 살 수 없다고 나설 거니까요. 하지만 제가 여기 있으면, 그런 말을 할 수 없을 거예요."

옵톱 부인은 여전히 포기하지 않고 애원했다.

"너는 아직 젊다, 내 딸아. 누구에게도 해를 끼칠 필요 없이 나와 함께 가자. 그들끼리 알아서 하게 두렴. 자이납도 희망을 품고 결혼했잖니."

"엄마는 여전히 날 이해하려 하지 않는군요." 쿠무쉬가 말했다. 그때 문 쪽에서 다가오는 발소리를 듣고 말을 멈췄다.

오즈벡 부인이 들어왔다.

"왜 그렇게 서두르시는 거예요? 적이라도 쫓아오나요? 최소 한 달은 머물러야지. 마길란에서 그렇게 먼길을 마차와 낙타를 타고 보름이나 걸리는 먼길을 오셨는데, 한 달도 채 안 머무르고 떠나시다니."

옵톱 부인과 쿠무쉬는 일어나서 존경을 표하며 오즈벡 부인을 맞았다.

오즈벡 부인이 자리에 앉으면서 물었다.

"그 얘기 들었어요?"

"네, 들었어요." 옵톱 부인이 대답했다. "우리도 그 얘기를 하고 있었어요."

"도대체 무슨 일이에요? 벌써…"

옵톱 부인이 사과했다.

"우리가 어떻게 남의 집에서 스무날씩이나 머물 수 있겠어요? 그것만으로도 큰 신세를 졌지요. 하지만 사부인 댁에서 우리 집처럼 편안했고, 많은 즐거움을 얻었어요. 지체 높은 많은 분들과도 친해질 수 있었고, 게다가 그분들의 환대와 존경은 말로 다 표현할 수 없어요. 이제는 사부인께서 우리 마을에 오실 차례예요."

"말도 안 돼요." 오즈벡 부인이 말했다. "우리가 계획한 대로 당신을 대접하지도 못했는데, 이렇게 보내면 우리로서는 명예의 문제예요. 제가 바깥사돈께 권해볼게요. 그분이 우리를 모욕하시겠다면, 그럼 아침에 떠나셔도 돼요."

옵톱 부인은 다시 한번 사과했다.

"우리를 창피하게 하고 싶으시다면 그렇게 하세요. 그러나 우리가 당신께 감사하고 즐거워하는 걸 생각하신다면, 제발 그만두세요."

쿠무쉬가 말했다. "우리가 너무 오래 있었어요, 이제는 충분해요. 이제는 시어머니께서 자이납을 데리고 우리를 방문할 차례예요."

"그럼 쿠무쉬도 떠나려는 거야?"

쿠무쉬는 미소를 지으며 어머니를 바라보았다. 옵톱 부인이 사과했다.

"알라께서 당신을 축복하시기를, 당신 곁에는 자이납 며느리가 있어요. 하지만, 저에게는 쿠무쉬가 유일한 희망이에요. 쿠무쉬를 보내주셔야 해요."

오즈벡 부인은 화난 표정으로 쿠무쉬를 바라보았다. "안 돼요, 안 돼요, 사부인." 그녀가 말했다. "당신은 가셔도 되지만, 쿠무쉬는 안 돼요."

"이번 한 번만 보내주세요, 제발 부탁드려요."

"당신 부탁은 이해할 수가 없군요, 사부인. 지혜롭게 생각하세요. 그리고 너 며느리야, 이건 창피한 일이 아니니?" 그녀는 쿠무쉬 쪽으로 몸을 돌려 말했다. "겨우 어제 와서는, 오늘 도망갈 준비를 한다고?"

"그건 제 뜻대로 할 수 있는 일이 아니에요, 어머니." 쿠무쉬가 말했다. "어머니가 원하시는 대로 할게요."

오즈벡 부인은 쿠무쉬에게 고개를 끄덕이며 "고맙다"라고 했다.

옵톱 부인은 딸에게 원망의 눈길을 보냈다. "쿠무쉬가 무슨 말을 할 수 있겠어요?" 그녀가 말했다. "쿠무쉬는 나에게 상처를 줄 아이가 아니에요. 그게 아니라면 틀림없이 저를 따라 나설거예요."

오즈벡 부인은 자신의 주장을 고수했다. "오타벡이 3년 동안이나 왔다 갔다 했는데, 쿠무쉬가 또다시 떠난다면 정말 부끄러운 일이에요. 사부인의 딸이 타슈켄트에 1년 있는다고 무슨 일이 생기겠어요?"

계속해서 양보를 하지 않자, 옵톱 부인은 다른 방법을 생각해냈는지 쿠무쉬에게 잠시 방을 나가 있으라고 했다. 쿠무쉬가 나간 후 그녀가 말했다. "제가 딸을 당신께 맡기는 것이 못 미더워서가 아니에요, 사부인." 그녀가 말했다. "다른 이유가 있어요."

"그게 뭔지 말해봐요."

"말하자면" 불쌍한 어머니가 말했다. "제가 우리 쿠무쉬의 성격을 너무 잘 알아요. 그 아이는 성격이 급해서 경쟁을 견디지 못해요. 그 아이가 자이납과 다투어 사부인께서 지칠까 봐 걱정돼요. 언젠가는 제가 당신에게 그걸 왜 미리 말하지 않았냐고 화를 내게 될 거예요. 제 딸의 성격을 저보다 잘 아는 사람이 어디 있겠어요? 그 아이는 금방 기분이 상하고, 남에게 쉽게 상처를 주기도 해요."

오즈벡 부인은 이 모든 이야기를 듣고도 표정이 변하지 않았다. "물론, 그런 일은 누구에게나 일어날 수 있는 일이죠." 그녀가 말했다. "신께서 축복해 주신다면, 유수프벡 호지와 제가 살아있는 한 그런 일이 생기지 않도록 할 겁니다. 자이납도 신의 피조물이니, 다투거나 누군가를 기분 상하게 하지 않을 거예요."

"사부인께서 자이납의 성격을 잘 아시는 건 당연해요. 하지만 쿠무쉬의 성격이 좋다고는 할 수 없어요."

"자기 자식을 이렇게 낮춰 말하는 사람은 처음 보네요." 오즈벡 부인이 미소 지으며 말했다. "차라리 사부인께서 나를 믿지 못해 딸을 맡기지 못한다고 말하는 게 낫겠어요."

"믿어요, 그저 사실을 말했을 뿐이에요."

"어쨌든, 우리는 쿠무쉬를 보내지 않을 거예요."

"그럼 제가 어떻게 해야 하나요?" 절망한 옵톱 부인이 말했다. 그녀는 점점 초조해지고 있었다. "나중에라도 쿠무쉬가 맘에 들지 않는다고 제 탓을 하실까 두렵네요."

"만약 사부인께서 떠나기 전에 쿠무쉬에게 잘못된 길을 가르치지만 않는다면, 저는 사부인 탓을 하지 않을 거예요."

마당으로 나가자 쿠무쉬는 어슬렁거리며 마당을 걷고 있었다. 그들은 바로 자이납의 방으로 갔다. 자이납은 그들을 맞이하며 아쉬운 어조로 말했다.

"어르신들이 떠난다는 소식을 들었어요. 머무신지 한 달도 안 됐는데요?"

"우리는 충분히 오래 머물렀단다, 사랑하는 자이납." 옵톱 부인이 말했다. "이제는 네가 우리 집에 올 차례야."

오즈벡 부인이 말을 끊었다.

"내가 여러 번 부탁을 드렸는데도 듣지 않으시는구나. 마치 누군가가 집에서 쫓아내기라도 한 것처럼 말이야. 자칫 사부인께서는 쿠무쉬도 데리고 가실 판이야."

자이납은 어쩔 줄 몰라 하며 간신히 말했다.

"왜 쿠무쉬가 가야 하죠?"

옵톱 부인은 오즈벡 부인을 힐끔 보며 말했다.

"어떻게 같이 가지 않을 수가 있단 말이냐, 자이납. 넌 이성적인 아이니까 네가 판단을 한번 해보렴. 쿠무쉬는 나의 전부야. 그 아이 없이는 내가 살 수 없어. 그런데 네 시어머니는 내 마음을 이해하지 못해."

자이납은 몰래 그녀의 시어머니를 힐끔 보았다.

오즈벡 부인은 옵톱 부인의 저항에 짜증이 났다.

"그만 하세요, 제발." 그녀가 말했다. "딸 없이 잠시 지내는 건데, 그게 어때서 그러세요?"

"당신께서는 여전히 이해하지 못하시는군요, 사부인. 그러면 적어도 신께서는 그걸 아실 거예요."

"그것 봐, 자이납." 오즈벡 부인은 그렇게 말하더니 이제는 옵톱 부인의 말을 아예 듣지 않을 작정이었다. "사부인께서 신경을 쓰는 이유가 너 때문인 것 같구나. 사부인께서는 쿠무쉬가 너를 방해할까 봐, 그리고 너희 둘 사이가 소원해질까 봐 걱정하신단다. 하지만 내가 말했지. 너는 사부인이 생각하는 그런 며느리가 아니라고 말이야. 너는 고귀한 집안 출신이니까. 설사 네가 쿠무쉬를 존중하지 않더라도, 너의 성정에 맞지 않게 우리에게는 그리할 수 없을 거라고 말이야. 그런데도 사부인께서는 내 말을 들으려 하지 않는구나!"

"그런 말씀 하지 마세요. 신께서 다투는 일이 없도록 해주실 거예요!"

옵톱 부인은 난처한 표정을 지었다. 이제 그녀는 쿠무쉬를 뒤에 남겨두는 것도 개의치 않는 듯했으며, 오직 자이납과의 갈등만을 걱정하는 듯했다. 그리고 이렇게 중얼거렸다. "이건 아닌 것 같아요, 사부인."

"맞건 틀리건, 쿠무쉬는 이 집에서 한 발자국도 움직이지 않을 거예요."

옵톱 부인은 숨이 막혔지만, 이 논쟁은 무의미하다는 사실을 깨달았다. 그녀는 이 문제를 남편과 상의하고 싶었다.

마길란으로 가는 마차는 하산알리가 끌기로 했다. 그들이 마길란에서 올 때 고용했던 마부는 타슈켄트에 도착한 다음 날 돈을 지불하고 돌려보냈기 때문이다. 출발이 확정되자 여행 준비가 시작되었다.

오즈벡 부인은 그들에게 보그르속[25]과 톨콘[26]과 토카치[27]를 챙겨주느라 바빴다. 옵톱 부인은 남편에게서도 힘을 얻지 못했다. 남편의 거절은 너무나 단호했다.

"사돈어른께서 우리 아이가 여기서 1년 동안 더 머무는 게 좋겠다고 했어요. 그러니 같은 말을 두 번 반복하지 마시오." 남편은 더 이상 아내의 말을 듣지 않고 외면했다. "사돈어른이 응접실에 계시니 문 앞에서 다투지 맙시다. 부끄러운 줄 알아야지!"

가여운 옵톱 부인은 절망했다. 결국 그녀는 오타벡에게 갔지만, 하고 싶었던 이야기는 꺼내지도 못하고 그의 양해만 들어야 했다. 어느 정도는 장모의 의견에 동의하기는 했지만.

"어쨌든 장모님께서 한 며칠 동안은 힘드실 겁니다. 제가 장모님 편에서서 쿠무쉬를 떠나게 하면, 우선 그녀가 저를 의심할 겁니다. 제가 이 일에 끼어들 수 없는 건 당연하죠. 여인들 사이에 경쟁적 적대감이 생길 것이라는 장모님의 생각은 맞지만, 그 정도까지는 가진 않을 겁니다. 최악의 경우 제가 쿠무쉬를 장모님께 보내드릴 테니 걱정하시 나세요."

---

25 보그르속bo'g'irsoq: 동그란 모양으로 튀긴 빵
26 톨콘tolqon: 설탕과 함께 마른 빵을 버무린 간식
27 토카치to'qoch: 납작한 빵을 자그맣게 말아서 만든 간식

결국, 옵톱 부인은 모든 지지를 잃고 말았다. 쿠무쉬를 볼 때마다 그녀는 마음이 아팠고, 떨어져 산다는 것을 상상할 수 없었다. 한편 쿠무쉬는 마치 어머니를 안타까워하는 척하면서도 자이납이 좌절하고 속상해하는 모습을 아이러니하게 지켜보며, 어머니에게 다가가지 않았다.

모든 준비가 끝나고, 오즈벡 부인이 오이샤 할머니를 위해 준비한 선물도 챙겼다. 손님들이 머무는 마지막 날이었다. 오즈벡 부인은 밤늦게까지 옵톱 부인과 대화를 나눴다. 그러고 나서 그녀는 옵톱 부인을 쿠무쉬와 단둘이 남겨두고 일어섰다. 어머니와 딸은 함께 밤을 보낼 작정이었다. 오즈벡 부인이 떠나자마자 옵톱 부인은 딸을 나무랐다. "너는 네 어미를 불행하게 만드는 게 부끄럽지도 않니?"

"왜 불행해 하세요… 불행해 할 이유가 없잖아요."

"나의 유일한 기쁨이 내 딸인데, 어떻게 불행하지 않겠니? 네가 우리 곁에만 있으면 내가 슬픔에 시달려 찢어진 내 심장을 열어 보일 텐데."

쿠무쉬는 구태여 드러내지 않아도 이제는 어머니의 피 토하는 심정을 느낄 수 있었다. 그녀 또한 자신을 20년간 돌보고 아껴준 어머니와 떨어져 지내는 것에 대해 같은 감정을 느끼기 시작했기 때문이다. "기껏 5~6개월 동안인데… 다 잘 될 거예요, 엄마. 건강하게 살아있다면 다시 만날 수 있을 거예요."

여름의 폭우처럼 뜨거운 눈물이 옵톱 부인의 눈에서 쏟아져 내렸다. 쿠무쉬도 마찬가지였다. 어머니와 딸은 그렇게 한참 동안이나 통곡했다.

"네가 남기로 했으니" 마침내 어머니가 말했다. "시아버지의 사랑을 잃지 않도록 애쓰고, 특히 자이납에게 해를 끼치지 마라. 이롭든 해롭든 그들이 하는 일은 그들이 하게 두고, 어떤 상황에서도 간섭하지 마라."

"그런 걱정은 하지 마세요."

"그래, 그런 건 걱정할 일이 아니지. 하지만 어제 네 말을 듣고 무서워졌단다. 네 경쟁자는 멍청해 보이지만, 사실 그 아이는 보통 애가 아니야.

관계가 어려워지면 반박하지 말고 네 시아버지께 양해 말씀을 드린 후 이 집을 떠날 방법을 찾아봐라. 네 남편과도 이 문제에 대해 이야기했으니, 알겠니?"

"네, 알겠어요."

"신께 감사드린다. 너는 교양 있는 여자이니 언제나 편지 보내는 걸 잊지 말고, 우리를 걱정시키지 마라. 편지를 기다릴게. 2주에 한 번씩 써서 남편에게 전해주도록 하여라."

"물론이죠, 저도 엄마 편지를 기다릴 거예요."

둘은 잠시 침묵했다. 옵톱 부인은 깊은 한숨을 쉬며 쿠무쉬를 슬픈 눈으로 바라보았다. 쿠무쉬는 갑자기 어머니를 바라보더니 뜻 모를 미소를 지었다. 옵톱 부인은 그 자리에서 딸의 미소에 화가 났다.

"내가 이런 상황인데, 지금 웃음이 나오냐, 딸아?"

"아니에요." 쿠무쉬는 웃으며 말했다. "엄마한테 말씀드리고 싶은 게 있어서요."

"뭔데?"

"저… 엄마한테 전에 말씀드렸잖아요, 몸이 안 좋았다고…"

옵톱 부인은 미소를 지었다.

"진짜니?"

"잘 모르겠어요." 쿠무쉬는 얼굴을 붉히며 말했다. "그저, 엊그제부터 속이 메스꺼워요. 특히 오쉬 냄새를 맡으면 더 그래요. 입맛이 쓴 음식만 당겨요."

"축하한다. 이렇게 기쁜 일이 있다니." 옵톱 부인은 환하게 웃으며 말했다. 그리고 쿠무쉬의 귀에 속삭였다. "이건 모두에게 비밀로 하렴, 남편 빼고는. 시어머니는 가벼운 분이니, 특히 네 경쟁자에게 절대 들키지 않도록 말이야."

쿠무쉬는 고개를 끄덕이며 동의했다. 모녀는 나란히 잠자리를 준비했다. 옵톱 부인은 손주 이야기를 한참 동안이나 귓속말로 했다. 그녀는 한 숨도 자지 못했다.

"내가 과연 아기를 볼 수 있을까?"

그들은 새벽 일찍 일어나 차를 마셨다. 아침 기도를 마치고 말에다 아라바[28] 마차를 장착했다. 그리고 짐을 실었다. 하산알리는 고삐를 잡았고, 미르자카림과 유수프벡 호지는 마차 옆에서 이야기하고 있었다. 오타벡은 마차 뒤에 사다리를 기대 놓았다. 여인들이 그들을 배웅하러 골목길에 모였고, 옵톱 부인은 그들에게 일일이 작별 인사를 했다. 그런 후 쿠무쉬를 끌어안고 눈물을 터뜨렸다. 쿠무쉬도 눈물을 참지 못했다. 다른 사람들도 모두 눈물을 흘렸다.

"쿠무쉬야, 너를 신께 맡긴다. 내가 죽을 날이 다가와 널 못 보고 죽는다면, 날 기억해 주렴!"

"엄마도 절 기억해 주세요!"

미르자카림이 여인들이 모여있는 골목길로 다가와 딸의 이마에 입을 맞췄다.

"잘 있거라, 딸아."

"안녕히 가세요, 아빠!"

유수프벡 호지는 골목길 쪽으로 몸을 돌렸고, 모두가 먼길을 떠나는 이들을 위해 축복의 기도를 하기 위해 손을 들었다. 기도가 끝난 후 오타벡은 마구간에서 연한 회색빛의 무스탕 말을 끌어내어 미르자카림에게 건넸다.

옵톱 부인은 여전히 눈물을 멈추지 못한 채 다시 한번 쿠무쉬를 껴안은 후, 차양막을 통과하여 마차에 이르렀다. 그리고 남편의 도움으로 사다리를 올라 앞자리에 탔다.

---

28 아라바arava: 바퀴가 큰 이륜 수레

미르자카림은 유수프벡 호지를 끌어안고 작별 인사를 나눴다. 오타벡은 장인어른이 말을 탈 수 있도록 도와주었고, 자신은 마차의 옵톱 부인 옆자리에 올랐다. 모두가 "알라후 아크바르!"[29]라고 소리치자 하산알리가 말을 몰기 시작했다.

쿠무쉬는 사람들과 함께 대문 앞까지 따라 나갔다.

"잘 가세요, 엄마! 할머니도 안아주시고, 제 친구들에게도 안부 전해 주세요!"

"신께서 널 지켜주실 거야, 쿠무쉬. 몸 건강히 지내세요, 사돈 식구들!"

"안녕히 가세요, 사부인!"

"또 만나자, 자이납!"

"안녕히 가세요, 여사님!"

이별의 인사말은 마차가 길모퉁이를 돌아 사라질 때까지 들려왔다. 아라바 마차는 완전히 시야에서 사라졌다. 쿠무쉬는 계속해서 손을 흔들고 있었다. 그리고, 울면서 안채로 들어갔다. 오타벡은 손님들을 몇 정거장까지 배웅한 후 돌아올 작정이었다.

•• 14장 ••

후쉬로이와 자이납

후쉬로이는 자이납의 언니다. 그들의 어머니인 모히라 부인은 두 아들과 두 딸을 낳았으며, 맏이는 아짐벡, 그 다음이 후쉬로이(어릴 때 그들은 그녀를 후쉬라라고 부르기도 했다), 세 번째는 카림벡, 그리고 막내가

---

29 알라후 아크바르Allahu akbar!: "신은 위대하시다!"

자이납이었다. 자이납은 후쉬로이보다 7살쯤 어렸다. 같은 피를 물려받았음에도 불구하고 그들은 성격이 완전히 달랐다. 성격뿐만 아니라 외모도 전혀 닮지 않았다.

후쉬로이는 키가 크고 마른 체형에 갈색 피부였다. 자이납은 키가 작고 뚱뚱하며 뽀얗다. 후쉬로이는 재바르고 성질이 급했다. 자이납은 둔해서 대답을 한 번 하는 데 열 번은 물어야 했다. 후쉬로이는 생기 넘치는 눈으로 매 순간 주위를 살폈다. 자이납은 항상 시선을 땅에 고정했으며, 얼굴을 맞대고 이야기할 때조차도 그랬다. 어릴 때부터 후쉬로이는 친척들에게 '폭군'이라는 별명을 얻었는데, 그녀는 항상 자신의 의견을 고집하고 모든 사람을 자기 뜻대로 따르게 했기 때문이다. 그렇지 않으면 그녀는 소란을 피우고 난리를 쳤다. 그 때문에 그녀의 동의 없이는 식사도 준비되지 않았고, 대화도 이루어지지 않았으며, 아무것도 할 수가 없었다.

그런가 하면, 자이납은 '능구렁이'라는 별명을 얻었으며, 때때로 그녀의 어머니가 화가 나면 "망할 년의 고집쟁이" 등의 말로 욕을 퍼붓기도 했다. 특히, 다음 사건들은 두 자매의 차이를 설명하기에 충분할 것이다.

모히라 부인은 남편에게 아이들이 하이잇[30] 명절 때 입을 옷을 한 달 전에는 준비하라고 했다. 만약 후쉬로이가 그 옷이 마음에 들지 않으면, 그녀는 그것을 불평하고 자기가 좋아하는 것으로 바꿔야 했기 때문이다. 그러나 자이납은 처음에는 옷에 대해 아무 말도 하지 않다가, 옷감이 잘리고 드레스가 만들어지고 명절이 가까워지면 짜증을 내고 아무 말도 하지 않는다. 모히라 부인은 딸의 불만을 눈치채고 "망할 년의 고집쟁이 같으니라구. 도대체 뭘 원하는 거냐?"라고 묻지만, 자이납은 미간을 찌푸린 채

---

30 하이잇hayit 축제는 두 종류가 있다. 하나는 라마잔이 끝난 것을 축하하며, 라마잔 다음 날 시작되는 라마잔 하이잇Ramazon Hayiti, Eid al-Fitr이고, 다른 하나는 아브라함이 아들을 희생하려 했던 신앙을 기념하여, 라마잔이 끝난 뒤 약 두 달 열흘 후에 지내는 쿠르본 하이잇Qurbon Hayiti, Eid al-Adha이다.

입을 열지 않는다. 결국 하이잇 당일이 되면 자이납의 화는 눈물로 바뀐다. 비록 눈물이 그녀가 진짜 원하는 바가 무엇인지 알려 주기도 하지만, 대부분의 경우 되돌리기에는 너무 늦다.

누군가를 방문하러 가려고 할 때도 그렇다. 후쉬로이는 먼저 "나도 갈 거야!"라고 선언한다. 그러면 아무도 그녀의 방문을 반대할 수가 없다. 다음에는 "가기 싫어!"라고 말한다. 이렇게 되면 또 아무도 그녀의 발을 내딛게 할 수 없다! 하지만 자이납은 어머니와 이모가 어딘가에 가게 되었을 때 아무 말 없이 조용하다. "울지 않는 아기에게는 젖이 주어지지 않는다."라고 한 것처럼, 그들이 방문을 끝내고 돌아오면 자이납은 그때 서야 한쪽 구석에 앉아 울고 있다.

"왜 울고 있니?"

"왜 저를 데려가지 않았어요?"

자이납의 이런 성격은 자라서 결혼한 후에도 변하지 않았다. 오타벡이 자이납에게 어떻게 대했는지는 굳이 말할 필요가 없다. 남편이 몇 달, 몇 년 동안 그녀에게 관심을 주지 않아도 자이납은 침묵을 지켰다. 자이납의 이런 태도에 답답해한 사람은 바로 오즈벡 부인이었고, 그녀는 자이납에게 그걸 지적하며 따지기도 하라고 훈계했다. 하지만, 타고난 천성은 어쩔 수 없는 것이었다.

자이납이 오즈벡 부인의 명령을 따른 것도 오로지 시어머니에 대한 며느리의 의무 때문이었다. 예를 들어, 시어머니가 주술사를 찾아가서 뭔가를 하라고 시키기 전까지 자이납은 손가락 하나 까딱하지 않았다. 남편이 자신에게 관심을 주지 않는 것에 대해서도 어머니나 자매, 혹은 다른 친척들에게 말하지 않았다.

하지만 남편의 태도에 무관심했다는 것은 사실이 아니다. 그녀가 첫째 부인이 타슈켄트로 온다는 소식을 듣고 오타벡의 품에 뛰어들었던 모습을 기억한다. 결론적으로, 어린 시절의 자이납과 오늘날의 자이납을 비교해보면, 어린 시절의 자이납은 잔칫날 입어야 할 옷이 맘에 들지 않는다고 하루 전날 울었다는 것이고, 지금의 자이납은 첫째 부인이 도착하기 전날 남편에게 자신의 감정을 말했다는 사실이다.

독자들은 어린 시절의 후쉬로이에 대해 이미 알고 있다. 이제 우리는 그녀의 결혼 생활에 대해 이야기를 할 필요가 있다. 후쉬로이의 결혼은 긴박한 상황에서 이루어졌다. 대부분의 소녀들은 부모가 선호하는 사람과 결혼해야 했다. 그러나 후쉬로이는 그렇지 않았다. 후쉬로이가 18살이 되자 중매인들이 그녀에게 청혼을 하러 오기 시작했다.[31]

후쉬로이의 성격을 잘 알고 있던 부모님은 그녀의 동의 없이 결정 내리는 것을 두려워했다. 후쉬로이는 많은 남자들을 거절했는데, 그 가운데는 아버지 올름 판사드를 통해 중매가 들어온 많은 존경받는 가문의 총각들도 있었다. 물론 어머니인 모히라 부인이 선호했던 사람들이었다.

하지만 후쉬로이는 "그 총각이 그 사람의 아들이야?"라고 묻는 정도였고, 어머니의 대답은 기다리지도 않은 채 "오 신이시여, 그를 거두어 가소서! 그 사람과 결혼하느니 차라리 땅에 묻히는 게 낫겠어!"라고 말할 정도였다. 오랫동안 그녀의 부모는 딸의 뜻을 존중했지만, 지친 나머지 결국 어떤 적절한 집안에 시집을 보내기로 결정했다. 처음에 후쉬로이는 눈치를 채고도 아무 말도 하지 않았지만, 기도가 시작되고 혼담이 성공적으로 이루어지자 중매인들과 손님들이 앉아 있는 방에 들어가 그들 앞에서 소리쳤다.

"저는 아직 결혼할 마음이 없으니 걱정하는 기도일랑 멈추고 돌아가세요."

---

31 투르키스탄이 러시아에 의해 합병되기 전에는 여성들의 나이가 18세에서 20세가 되지 않으면 결혼할 수 없었다. 심지어 가난한 가정의 소녀들도 25세까지 결혼을 미루기도 했다. 그 이유는 당시 내전과 전쟁으로 인해 남성보다 여성이 많았고, 그 시절 여성들은 현대와 같은 제한된 삶을 살지 않고, 더 자유롭게 살아가며 건강하게 자라났기 때문이다. [저자 주]

모히라 부인은 너무나 부끄러워 땅이 꺼지기를 바랐다. 중매인들은 이 무례한 소녀에게 겁을 먹고 집으로 돌아갔다. 여러 사람들 앞에서 창피를 당한 부모는 그녀에게 저주를 퍼붓고 화를 낼 수밖에 없었다.

오빠가 손을 들어 그녀를 때리려 하자, 후쉬로이는 "내가 뭘 잘못했어?"라며 저항했고, 결국 그는 진정할 수밖에 없었다.

이 사건 이후로 중매쟁이들은 더 이상 오지 않았다. 아무도 후쉬로이에게 청혼하지 않았다. 왜냐하면 중매쟁이들이 길에서 만나는 모든 사람에게 후쉬로이의 비정상적인 행동에 대해 떠들고 다녔기 때문이다. 모히라 부인은 그녀를 비난했다. "너는 평생 결혼하지 못할 거야. 남편 없이 그렇게 살아 봐!"

하지만 후쉬로이는 단호하게 말했다. "지구가 모든 남편을 다 삼켜 버리지는 않았어. 내가 원하기만 하면 내일 바로 결혼할 수 있다구." 실제로 얼마 후 중매쟁이들이 오빠 아짐벡의 친구인 누스랏벡에게 후쉬로이를 소개하고자 찾아왔다. 누스랏벡은 이미 한 번 결혼한 상태였지만, 후쉬로이는 눈 하나 깜짝하지 않고 동의했다. 아버지와 오빠는 이 소식을 듣고 기뻐했다. 왜냐하면 누스랏벡은 존경받는 양반 가문의 아들이었고 높은 직위까지 가지고 있었기 때문이었다. 그래서 그가 이미 결혼해서 현재 첫 번째 아내가 있다는 사실은 별로 중요하지 않았다. 일주일 후, 약혼을 마친 후 혼례 잔치가 열렸다. 하지만, 결혼 이전의 후쉬로이의 행실을 잘 아는 아낙네들은 그녀가 이미 누스랏벡과 모든 것을 미리 합의했음을 즉시 알아차렸다.

첫날부터 후쉬로이는 자신에게 차를 대접하는 첫 부인을 소통하며 밎았다. 다음 날에는 그녀의 머리채를 잡아당겼다. 일주일 또는 열흘 후, 그녀의 남편은 후쉬로이에게 굴복했고, 그녀는 더 이상 남편이 첫 부인의 방으로 가는 것을 허락하지 않았다. 또 몇 주가 지나자 그녀는 모든 가사를 통제하게 되었고, 첫 부인과 그녀의 두 자녀에게 경제적 지출까지 통제하기 시작했다.

누스랏벡은 집 밖에서는 양반으로서의 임무를 다했지만, 집에서는 후쉬로이에게 휘둘렸다. 불쌍한 첫 부인은 후쉬로이의 끊임없는 공격으로 고통받으며, 최소한 두 자녀에 대해서도 남편으로부터 자비를 받지 못했다.

두 번째 달부터 후쉬로이는 첫 부인에게 공개적으로 공격을 퍼부었고, 그녀의 머리채를 잡아채어 목을 붙잡고 끌어내리는 등 박살을 내버렸다. 절망적인 상황에 처한 불쌍한 첫 부인은 남편에게 이혼을 요청할 수밖에 없었다. 강제로 이혼해야 했던 누스랏벡은 그녀를 떠나게 했다. 절망에 빠진 그녀가 아이들을 남편에게 맡기려고 했지만, 후쉬로이는 이렇게 말했다. "너의 강아지들은 아무 가치가 없어. 이 집에 너의 강아지를 남겨두면 다시는 그들을 보지 못할 거야." 후쉬로이의 협박은 불쌍한 엄마의 마음을 아프게 했다. 정말로 후쉬로이는 그렇게 행동할 것이 분명했으므로 첫 부인은 눈물을 머금고 아이들을 데리고 집을 떠날 수밖에 없었다.

후쉬로이는 이미 뿌리내린 가족을 3개월 만에 송두리째 뽑아내고 나서야 마음이 진정되었다. 게다가 그녀는 누스랏벡을 자신의 손아귀에 잡아 둔 상태였다.

이제 몇 년이 지났고, 그녀는 자신의 기분대로 살고 있었다. 만족하고 자부심을 느끼고 있었지만 아이를 가질 수 없다는 사실만이 슬플 뿐이었다. 그녀의 모든 절망과 불행은 그로부터 비롯되었다. 2년 전 누스랏벡은 미소를 지으며 그녀에게 부드럽게 말했다.

"우리가 결혼한 지 벌써 6년이 되었는데, 아직 아이가 없소. 우리가 상담을 받아보지 않은 치료사가 없는데, 이제 어떻게 하면 좋을까?"

남편이 의미하는 바를 짐작한 후쉬로이는 말했다.

"아이가 없어서 살지 못하겠다는 너에게는 내가 독배를 들게 할 것이고, 그 다음에는 내가 그걸 마실 거야."

그때부터 누스랏벡은 이 금기된 주제를 건드리지 않았다. 아무도 후쉬로이의 말을 농담으로 받아들이지 않았던 것이다.

•• 15장 ••

언니의 충고

“한 지붕 아래 두 경쟁자가 살고 있으면 평화란 불가능하다.” 이는 분명히 쓰디쓴 경험을 한 사람이 했던 말일 것이다. 경쟁자가 매일 다투지 않고 최소한 열흘에 한 번은 소란을 피우지 않는다면, 우리는 그들을 경쟁자로 부를 수 없다. 심지어 경쟁의 문제를 가지지 않은 행복한 가족들도 그릇을 깨뜨리며 다투고 나중에 새것으로 바꾸는 경우가 있다. 실제로 “한 지붕 아래 두 경쟁자가 살고 있으면 평화란 불가능하다.”라는 위의 말은 두 아내가 살고 있는 가족들에게는 진실이다.

이 글의 저자인 나는 고인이 된 아버지로부터 “아팠던 시간들”의 이야기를 여러 차례 들을 수 있었다. 결코 지루하지는 않았으나 한 가지만은 예외였다. 아내들 간의 사소한 일로 인한 스캔들과 다툼에 관한 이야기들이다. 사실 경쟁자들의 다툼이 어떤 것인지 모르는 사람은 없다. 그런 다툼에 귀를 막지 않는 사람이 누가 있을까? 따라서 독자들의 소중한 시간을 빼앗지 않고, 내 글도 아끼기 위해, 이 부분은 생략하기로 했으니 용서해 주시기 바란다.

자이납은 분노가 치밀어 오를 때면 친척들을 찾아가 속을 털어놓곤 했다. 몇 달 사이에 그녀는 언니 후쉬로이를 두 번이나 방문했다. 이번이 세 번째다.

“어떻게 여기까지 왔니?” 후쉬로이가 동생을 맞으며 물었다. 초가을의 상쾌한 기운 속에서도 자이납의 얼굴에는 땀이 송골송골 맺혀 있었다.

“왜 기분이 안 좋아, 자이납?! 잘 지내니, 남편은 어때? 건강하게 살고 있지?"

"천벌을 받을 놈이야!" 분을 이기지 못한 자이납이 소리치며 눈물을 쏟았다. 하지만 후쉬로이는 위로하기는커녕 웃음을 터뜨렸다.

"어서, 아이완으로 가자." 그녀가 말했다. "엄마는 찾아뵈었어?"

"아니."

"너희 집에서 곧장 온 거니?"

"응, 그래."

동생이 자리에 앉자 후쉬로이는 하인을 시켜 차를 준비시켰다. 기도를 마친 후 자이납이 물었다. "형부는 어떻게 지내?"

"그 인간은 뒈졌으면 좋겠어! 나즈미딘벡의 집에 갔는데, 나흘째 실종 상태야. 살았는지 죽었는지 전혀 모르겠어." 후쉬로이가 화를 삼키며 대답했다.

지난 석달 사이에 자이납은 알아볼 수 없을 정도로 변해 있었다. 그녀의 몸은 반쪽이 되었고, 얼굴은 창백했으며, 그리고 알 수 없는 근심이 그녀의 눈에 담겨있었다. 게다가 평소의 차분함은 긴장과 초조함으로 바뀌어 있는 것 같았다. 자이납은 언니의 말에 반박했다.

"언니는 고마움을 모르는 사람이야." 자이납이 비난하듯 말했다. "언니는 남편에 대해 불평해서는 안 돼. 만약 언니가 내 입장이라도 불행하다고 할까?"

"내가 너라면, 분명히 불행을 느끼겠지." 후쉬로이가 웃으며 말했다. "모든 사람은 자신의 운명을 스스로 결정할 수 있는 결정권자이고, 행복이건 불행이건 자신을 위해 결정할 책임이 있는 법이야."

"언니는 자기 말을 후회하게 될 거야."

"나는 지금까지 다른 사람 앞에서 머리를 숙여본 적이 없어. 남 앞에서 후회하거나 굽히는 것은 부끄러운 일이라고 생각하고 있어. 그리고 이 부끄러움이 나를 다른 사람들보다 우위를 차지할 수 있도록 도와주었지."

"함부로 말하지 마."

"내가 함부로 말하든 말든, 세상 사람들이 이미 나의 성격을 알고 있고, 더구나 너는 다른 사람들보다 더 잘 알고 있잖아? 이쯤하고, 이제 네 이야기나 들려주렴."

"모두들 지옥으로 떨어졌으면 좋겠어!"

"오죽할까?" 후쉬로이가 말했다. "네 마음이 많이 상했구나."

"내 마음을 상하게 만든 그 인간이 정말 저주받았으면 좋겠어."

"네 마음을 상하게 한 사람은 아무도 없어, 자이납! 네가 저지른 일이야!"

"언니는 꼭 이런 식으로 말을 해야겠어?" 언니의 말에 상처를 받은 자이납이 되물었다. "세상에 대체 어떤 사람이 스스로 상처받기를 원하겠어?"

"너, 그리고 세상에는 너 같은 사람들이 많지."

"신께서 벌을 내리실 거야."

"넌 이미 신으로부터 벌을 받았어."

"내가 스스로 이런 운명을 원한 건 아니잖아?"

"네가 원한 거야!"

자이납은 자신을 향해 비웃음을 보내는 언니의 표정을 읽었지만, 언니의 말을 이해할 수 없었다.

"말해 봐, 무슨 뜻이야?"

"내가 어떤 상황에서 결혼했는지 알지?"

"그럼."

"알고 있다면 너의 결혼 이야기를 하자. 물론 인정하지 않겠지만, 중매쟁이들이 우리를 찾아왔을 때, 넌 아무런 바람도 동의도 없었어. 아마도 너는 바람과 희망이 뭔지도 몰랐을 거야. 어쩌면 바람과 희망이 있었을 수도 있겠지만, 그걸 드러내지 않았기 때문에 아무도 알아차리지 못했지. 그래서 너의 고삐는 부모님의 손에 있었고, 말하자면 너는 부모님께 맡겨진 짐꾸러미였어. 누구에게 팔려 가든, 어디로 가든 너에겐 별 상관이 없었지."

후쉬로이가 말을 이었다.

"내 결혼식 날, 나는 행복했고, 웃으며 마차를 타고 아버지 집을 떠났던 기억이 나지? 하지만 너는 결혼식 날 눈물을 흘리며 남편의 집으로 갔잖아. 그래, 넌 남편을 좋아하게 되었지만, 너의 사랑이 아무것도 아니라는 생각은 못 했겠지. 남편이 너를 무시해도 넌 침묵했고, 네가 빈손임을 알고 나서야 울고불고 야단을 치기 시작했지. 아무리 애를 써도 결과는 마찬가지일 거야. 매일이 죽음 같을 것이고, 그게 너의 업보야. 한 가지 방법밖에 없어. 네가 아직 살아서 제정신일 때 그 집을 떠나는 거야."

후쉬로이의 가차 없는 말이 진실을 드러내자, 자이납은 눈물을 터뜨렸다.

"모든 것이 이렇게 될 줄은 몰랐어."

"넌 생각이란 걸 할 줄 아니?" 후쉬로이가 웃으며 말했다.

"죽어가는 사람을 비웃다니!"

"난 우는 방법을 몰라! 사람들이 울 때, 난 웃고 싶어."

"네가 내 입장이었으면, 너도 끊임없이 흐르는 강물처럼 눈물을 흘렸을 거야."

"내가 네 입장이었다면, 내가 뭘 할 것 같니?" 후쉬로이가 말했다. "세상을 뒤집어버렸을 거야. 내 눈물 한 방울 한 방울에 천 방울씩의 독을 섞어서."

자이납이 언니를 쳐다보자 그녀의 얼굴에는 음흉한 웃음이 서려있었다.

"그렇다면." 자이납이 낮은 목소리로 말했다. "모든 친구들이 적으로 돌아서고, 3년 동안 날 지지했던 시어머니도 적진으로 투항해버리고, 심지어 친부모님조차도 '참아라'라고밖에 말할 수 없다면, 언니라면 이런 상황에서 우는 것 말고 무엇을 할 수 있단 말이야?"

후쉬로이는 얼굴빛 하나 변하지 않고 웃으며 말했다. "적이라는 말이 무슨 뜻이야? 내가 이미 말했잖아. 이 세상에서 친구란 없어. 유일한 친구는 자기 자신이야. 예를 들어, 넌 부모를 친구로 생각했지만, 그들이 널 위해 뭘 해줬어? '참아라!'라는 그들의 충고가 네 절망을 치료해 줄 수 있어? 그럴 리 없지. 네 남편은 처음부터 너에게 아무런 관심도 없었어. 하지만 넌 시어머니와의 약속과 그런 것들을 믿었지. 스스로 생각해 봐. 엄마가 아이를 낳지만, 그 아이에 대한 사랑까지 낳을 수는 없잖아? 그럴 수 없지. 불쌍한 것아, 넌 그것도 믿었겠지. 그다음엔 뭐야? 아버지는 너에게 인내를 주고, 시어머니는 네 적을 축복하고, 그리고 넌 슬픔과 고통 속에서 눈물을 흘리고 있지."

"난 언니의 독설을 들으러 온 게 아니야." 자이납이 눈물을 흘리며 말했다. "집에서도 날 향해 독설을 퍼붓는 사람들은 충분해. 속에 열불 나는 나를 진정시킬 생각이라면, 불난 데 기름은 붓지 말아 줘."

"아무도 널 진정시킬 수는 없어."

"언니는 현명하잖아. 적어도 불행한 여동생을 위해 어떤 해결책이라도 찾아봐 줘. 이런 짐을 지고 언니를 찾아온 게 여러 번인데, 그동안 아무 결과 없이 돌아갔어."

잠시 동안 자이납를 바라보던 후쉬로이가 말했다. "내 말대로 할 거야?"

"합리적이라면, 왜 안 따르겠어?"

"내 조언을 따르겠다면" 후쉬로이가 말했다. "네 남편과 이혼해."

자이납은 눈물을 터뜨렸다. "언니가 그 말을 할 줄 알았어."

후쉬로이가 대답했다. "왜냐하면, 그게 네 절망을 치유할 수 있는 유일한 방법이니까."

"어떻게 이혼을 할 수 있겠어?"

"다른 사람들처럼 하면 되지!"

자이납은 대답하지 않았다. 하녀가 상을 차리고 차를 내왔다. 하녀에게는 부엌일을 지시한 후, 후쉬로이가 직접 차를 따랐다.

"자이납, 뭐 좀 먹어!"

"배고프지 않아."

"내 말대로 하면, 마음도 편해지고 배고픔도 느껴질 거야."

"남편을… 어떻게 떠날 수 있겠어?"

"네가 이혼을 요구하면." 후쉬로이가 웃으며 말했다. "그가 널 보내주지 않을까?"

"잘 모르겠어."

"물론 너는 알고 있어! 하지만 네가 멍청해서 어떻게 해야 할지 모를 뿐이야. 그리고 박수 소리가 나려면 두 손이 마주쳐야 한다는 것도 말이야."

"언니는 나에게 모든 걸 포기하고 어깨를 으쓱하며 떠나라는 거야?"

"물론이지, 그게 너를 위한 유일한 길이니까."

"난 절망 속에 있고, 내 경쟁자는 만족해 하고 있는데, 그걸 내게 조언이라고 하는 거야?"

"지금도 넌 절망에 빠져 있고, 네 경쟁자는 만족해 있잖아, 그렇지 않니?"

"맞아." 자이납이 말했다. "하지만 내가 그녀의 안락함과 편안함을 매 순간 방해할 거야! 한 입을 먹는데 열 번을 뒤돌아보게 할 거야!"

후쉬로이는 웃었다. "그게 무슨 소용이 있겠어?"

"나는 무슨 수를 써서라도 그 굴러온 돌에게 절대 편안함과 평화를 주지 않을 거야."

"네가 그녀에게 편안함을 주지 않으면" 후쉬로이가 말했다. "다른 사람들도 너에게 편안함을 주지 않을 거야…"

"무슨 뜻이야?"

"네가 그들의 안락함과 편안함을 계속해서 방해하면, 네 남편이 널 쫓아낼 텐데?"

이 피할 수 없는 진실에 한방 얻어맞은 자이납은 잠시 생각했다. 후쉬로이는 야수 같은 눈빛으로 동생을 바라보며 웃고 있었다. 웃는 그녀의 모습은 "네가 뭘 할 수 있겠어?"라고 묻는 듯했다.

자이납의 얼굴에는 평소답지 않은 결연한 표정이 떠올랐다. 지금까지 흘리던 눈물이 말랐고, 목소리에는 전에 없었던 날카로움이 느껴졌다.

"멋진 조언을 해줘서 고마워, 언니." 자이납이 말했다.

"나에게 고마워할 일이 아니야." 후쉬로이가 말했다. "네 마음에 확신이 생겼다면, 네 마음에게 감사해야지."

•• 16장 ••

손자의 탄생

출산 예정일이 다가오고 있었다. 손주를 기다리던 오즈벡 부인은 발걸음이 빨라졌다. 출산 달이 오기 한참 전부터 이미 요람을 만들기 시작했다. 누가 산파가 될지, 아끼까[32]를 위해 몇 마리의 숫양을 준비할지, 잔치를 며칠간 벌여야 할지, 손님은 남자와 여자를 각각 몇 명을 초대할지, 또 누구를 초대할지 등 여러 가지 신경 써야 할 일에 대해 골똘히 생각을 하고 있었다.

쿠무쉬는 감출 수 없는 징조를 보이기 시작했다. 이를 알아차린 오즈벡 부인은 아들이 태어날 것이라고 확신했다.

"너는 아들을 낳을 거야, 쿠무쉬. 내가 오타벡을 가졌을 때는 어렵지 않게 출산했으니, 너도 그럴 거야."

출산 준비를 하느라 쿠무쉬가 집안일에서 손을 뗀 지 한 달이 지났고, 자이납이 그중 일부를 맡게 되었다. 오즈벡 부인이 손자를 기다리며 기뻐할수록, 오타벡은 더 걱정이 되었다. 쿠무쉬를 볼 때마다 우스타 알름의 비극이 떠올랐기 때문이다. 그의 부인이 아기를 놓다가 죽고 말았지 않은가?

유수프벡 호지는 킵착족의 학살 문제로 배신을 당한 뒤 세상 문제에서 손을 떼었고, 관직에서 물러나 대부분의 시간을 응접실에서 《쿠란》과 《달러일》[33]을 읽으며 나날을 보내고 있었다. 그는 두 며느리가 다툰다는 소식이 전해지면 그들을 불러 나란히 앉히고는, 먼저 쿠무쉬에게 서운한

---

32 아끼까aqiqa: 이슬람 문화에서 신생아의 출생을 기념하는 종교의식. 양이나 염소를 도살하여 이를 가족, 친척, 이웃, 그리고 가난한 사람들과 나누는 잔치

33 달러일daloyil: 15세기 모로코 출신 학자 무함마드 알 자줄리al Jazuli가 쓴 기도문

어조로 말했다.

"내 딸아, 네가 어쨌든 언니가 아니냐? 자이납은 동생이고. 언니는 동생을 보살펴야 하는 법이야. 이건 옳지 않아!"

그리고 나서 자이납에게 돌아서서 말했다. "네 딸, 아직도 젊은 패기가 있겠지만, 너도 내 며느리라는 걸 잊지 말아라." 이렇게 품위 있는 말로 그들을 축복하고 나서 서로 화해하게 한 뒤, "그게 옳은 일이야! 내 딸들!" 이라며 돌려보냈다.

그들이 떠나고 나면 오즈벡 부인이 방으로 들어왔고, 유수프벡 호지는 "당신은 두 며느리를 다루는 법을 모르는 것 같구려. 자이납을 먼저 화나게 해서는 안 되지. 오타벡에게도 당신이 충고를 해 줄 필요가 있어!"라고 말했다.

이러한 상황에서 쿠무쉬 편을 드는 오즈벡 부인은 "우리 자이납이 문제야, 그 아이의 잘못이야."라고 말하곤 했고, 호지는 "진정해, 진정하라고, 부끄러운 줄 알아야지! 시어머니는 공정해야 해. 자이납은 지금까지 우리에게 기대와 희망이 아니었소?"라며 겨우 그녀를 말렸다.

손주 출산 문제로 지나치게 흥분한 오즈벡 부인을 진정시키며, "자이납도 잊으면 안 돼. 자이납도 당신 며느리잖아."라고 말하며 나서는 것도 유수프벡 호지였다.

보름 전쯤에 쿠무쉬는 어머니에게 편지를 썼다. 그 중요성을 감안해 여러분께 그 편지를 소개하려 한다.

> 사랑하는 엄마, 사위가 쓴 편지 말고도, 저는 엄마한테 여섯 번째 편지를 쓰고 있어요. 하지만 답장은 세 통밖에 못 받았는데, 그 중 두 통은 아빠가 보낸 거예요. 마지막 편지에서 언급하셨던 그 슬픈 소식은 마치 세상을 어둠으로 바꾸어버린 것 같았어요. 사람이 한 번 죽는데, 제가 그 불쌍한 할머니의 임종을 보지 못해 마지막 축복의 말씀을 듣지 못했다는 게 안타까워요. 특히, 엄마와 이렇게 멀리 떨어져 있다는 사실이 슬프기만 하여 저는 쓰디쓴 눈물을 계속 흘릴 수밖에 없었어요.
>
> 할머니를 위해 제가 기도를 시작한 지 닷새째가 되었네요. 알라께서 할머니를 축복해 주시기를 빌어요! 할머니가 평화롭게 안식하시길! 엄마에게도 이 고통의 시간을 견딜 수 있는 인내심을 주시고, 멀리 떨어져 사는 엄마의 불쌍한 딸을 위해 오래 사시

게 해달라고 기도드려요, 아멘!

지극히 높으신 분의 축복으로 저와 남편과 시부모님 모두 무사하며 건강하답니다. 그들의 보살핌을 받고 있는 저는 행복하지만, 엄마 아빠가 너무나 그립습니다. 만약 제가 임신 중이 아니라면, 겨울이지만 마길란으로 향했을 거예요. 시어머니의 말씀에 따르면 아기는 다음 달에 태어난대요. 그녀는 저를 마치 자신의 눈동자처럼 소중히 여기며 하늘에도 땅에도 나를 맡기지 않아요. 벌써 보름째 제가 집안일에 손도 대지 못하게 하고, 물 한잔도 제 손으로 가져오지 못하게 하세요. 시어머니께서는 큰 잔치를 준비하고 계신답니다. 그분은 요람을 주문하고 아기 옷도 만들고 있어요. 그러나 알 수 없는 예감이 제 맘을 무겁게 짓누르고 있어요.

지난번 편지에서 제가 자이납과 사이가 틀어졌다고 쓴 것이 우스꽝스럽게 여겨지네요. 하지만 이제 우리 관계는 너무 틀어져 버린 것 같아요. 저는 자이납이 너무 싫어요. 자이납이 대놓고 저를 싫어한 것은 제가 임신한 것이 밝혀진 바로 그날부터 시작되었어요. 비록 두 분께서는 두 아내의 경쟁 문제를 겪어본 적이 없어 잘 모르시겠지만, 이제 우리는 서로 잡아먹을 준비가 되었음을 이해해 주시기 바래요. 지금도 저는 지난 번 우리의 싸움을 생각하면 수치스러워 얼굴이 화끈거려요. 다행히도 시아버지는 우리가 그렇게 싸운다는 사실을 잘 알지는 못해요. 하지만 소문이 그분 귀에 들리지 않을 리가 없지요. 그러면 우리를 불러 서로 대화하게 했지만 우리의 앙심은 해소되지 않는군요.

아빠가 화내실지 모르지만, 저는 시아버지를 제 아빠보다 더 좋아한다고 말씀드려야겠어요. 남편의 아버지라서 그런 것이 아니라, 저를 향한 그의 친절한 마음과 다독이는 마음 때문이에요. 게다가 저를 '부인'이라 부르거나 '아가'라고 부드럽고 친근하게 불러주시고, 충고조차 따뜻하게 하시니 그분이 말씀하시는 것은 마치 저를 예쁜 꿈에서 깨우는 것처럼 기쁨을 준답니다. 다시 말씀드리면, 자이납과 싸우는 것이 이제는 즐거운 일이 되어버렸지만, 시아버지 앞에서 그의 충고를 듣는 것은 훨씬 더 즐겁다구요. 제가 미친 소리 한다고 화내지 마세요. 제가 옳은지 아닌지 알고 싶으시면 타슈켄트에 오셔서 직접 시아버지의 말씀을 들어보세요. 그럼 제 말을 믿으실 거예요.

어쨌건, 저는 자이납과 불명예스러운 사소한 다툼을 자주 벌이고 있답니다. 이 다툼은 아직 끝나지 않아, 아빠의 사위는 이 싸움에 질려 죽을 지경에 이르렀죠. 며칠 전에 그는 우리의 면전에서 말하더군요. "이렇게 계속하면, 너희 둘 모두와 이혼하고 모든 것을 끝낼 거야!" 이 경고는 우리 둘에게 주어진 것은 아니었어요. 사실, 저는 이 경고에 두려움을 느끼지 않았지만, 자이납이 그 의미를 알아챈 것이 두려웠답니다. 실제로 예상했던 대로 일이 진행된 셈이지요. 이 말이 나온 후 자이납은 기분이 상해 자기 어머니 집으로 가버렸습니다. 그들은 아마 그녀를 꾸짖었겠지요. 며칠 후 그녀는 온순하게 돌아왔더군요. 두 달이 지났지만 우리는 더 이상 싸우지 않았습니다. 가끔 제가 일부러 그녀를 놀려도 그녀는 침묵을 지킨답니다. 하지만 저는 그녀의 현재 상태가 마음에 들지 않아요. 그녀는 오랫동안 우리 삶을 방해하려고 작정한 것 같거든요.

다음 달을 생각하면 심장이 두근거려요. 저녁 하늘을 쳐다보면 다음 달에도 제가 이 세상에 살아있을지 궁금하거든요, 요즘은…. 만약 오이샤 할머니가 돌아가시지 않았다면, 엄마가 이번 달에 타슈켄트에 올 수 있었겠지요? 상복을 입을 시간이야 언제나 있을 것이니, 당신의 딸을 보러 오시는 것이 좋지 않을까요?

아빠께 말씀드리시면, 그분은 반대하지 않을 것 같습니다. 아빠께 안부 전해 주세요. 점점 날짜가 다가오니 두렵기만 하네요.

만약 우리가 다시 만나지 못한다면, 저를 잊지 말아 주세요. 제 친구들과 저를 아는 모든 사람들에게도 인사를 전해 주세요.

쿠무쉬 T. 드림

1269년 카브스 달 1일[34]

쿠무쉬가 편지에서 쓴 것처럼, 요즘 자이납은 정말로 차분하고 온순해졌다. 다시 말해 1년 전처럼 되었다. 시어머니가 자이납에게 "네 언니가 출산할 때가 되었다. 주방 일은 네가 알아서 해라"라고 하면, 그녀는 묵묵히 순종했고, 심지어는 오이보독에게 주방 출입을 아예 하지 못하게 하여 스스로 담당했고, 나머지 집안 청소와 마당 쓸기만 그녀가 하게 했다. 자이납의 변화는 집안일뿐만 아니라 남편과의 관계에도 영향을 미쳤다. 남편이 그녀의 방에 들어오든 들어오지 않든 그녀에게는 별로 차이가 없었다. 심지어 그녀는 남편의 다소 냉정하고 진정성이 결여된 행동에 대해서도 웃으며 반응했다.

****

보름달이 뜨고, 드디어 출산 예정일이 다가왔다. 옵톱 부인이 타슈켄트로 출발했다는 소식이 들려왔다. 하지만 쿠무쉬는 이미 진통을 느끼고 있었다. 첫날, 그녀는 아무에게도 말하지 않았으나, 둘째 날이 되자 더 이상 감출 수가 없었다. 오즈벡 부인이 이를 눈치채기 전에 진통을 제일 먼저 알아챈 사람은 오타벡이었다. 오타벡은 쿠무쉬의 생명에 무언가 위협

34 그레고리력 1852년 11월 22일

을 느껴 누구에게 말할 용기를 내지 못했지만, 오즈벡 부인은 즉시 하산알리를 보내 여섯 달 전에 정해둔 산파를 데리고 오도록 했다. 산파가 도착했을 때 안채에 남자들은 아무도 없었다. 경련을 일으킨 쿠무쉬는 온몸을 뒤흔들며 고통스러워 했다. 오즈벡 부인과 산파는 그들이 알고 있는 모든 방법을 동원하여 그녀를 진정시켰다. 저녁 무렵이 되자, 경련은 점점 심해졌고 간헐적인 진통도 자주 찾아왔다.

오타벡은 집에 없었다. 하산알리는 응접실에서 서성거렸고, 초조하게 손을 문지르며 때때로 마구간에 들러 갈색 준마 무스탕을 쓰다듬기도 했다. 한편으로는 기쁘고, 한편으로는 걱정스러운 표정으로 유수프벡 호지는《달로일》을 읽고 있었는데, 5분마다 책을 덮고 안쪽으로 귀를 기울이거나 창문을 통해 하산알리를 불러 상황이 어떤지를 물어보곤 했다.

오후 기도를 마친 후 하산알리와 유수프벡 호지가 모스크에서 돌아왔다. 오이보독이 저녁 식사를 준비해 주었다. 아무도 그녀의 상태에 대해 묻지 않았고, 오타벡이 집에 없다는 사실에 대해서도 관심을 갖지 않았다. 음식에는 거의 입도 대지 않은 채 서둘러 손을 씻었다.

"저녁 기도를 위한 아잔[35] 소리가 울렸는가?" 드디어 호지가 물었다.

"아직 소리를 못 들었지만, 모스크로 가셔도 될 것 같습니다." 하산알리가 말했다.

그 순간 안에서 갑작스러운 여자들의 비명 소리가 들렸다. 깜짝 놀란 그들은 공포에 질려 서로를 쳐다보았다. 벽 건너편에서 아주 연약한 울음소리가 들렸다. 신생아의 작은 소리였다. 유수프벡 호지와 하산알리는 서로 마주 보며 조심스레 미소를 지었다. 잠시 후 오이보독이 안채에서 뛰어나왔다.

"소인츠를 주셔야 해요!" 그녀가 창문을 통해 소리쳤다.

---

35 아잔azon: 기도 시간을 알리는 호출

유수프벡 호지는 주머니에서 돈을 찾으며 말했다.

"알라여, 찬미를 받으소서! 신이여 찬미를 받으소서!"

하산알리도 주머니에서 돈을 찾기 시작하며 아내에게 물었다.

"아들이야 홀바[36]야?"

"아들이에요!"

"멋진 소식이네!"

유수프벡 호지는 기분 좋은 표정으로 몇 개의 은전과 금화를 오이보독에게 주며 말했다. "은화는 자네에게 주는 것이고, 금화는 산파에게 주시게나."

하산알리도 소인츠를 전해 주고 손을 하늘로 뻗어 축복 기도를 했다.

"신께서 우리 아기에게 장수의 축복을 내리시길!"

그리고 겨우 진정을 한 후, 그들은 저녁 기도를 위해 모스크로 향했다.

오타벡이 아기의 울음소리를 들은 것은 그가 막 응접실로 들어서려는 순간이었다. 그는 즉시 돌아서서 안채로 향했다. 복도에서 어머니와 마주쳤다. 어두운 밤에도 오즈벡 부인의 얼굴에는 기쁨이 분명히 드러났다.

"아들 낳은 것을 축하한다!"

"그리고 아내는 어떤지요?"

"며늘아가도 괜찮다!"

"제가 안으로 들어가도 되나요?"

"아니, 들어가서는 안 된다." 오즈벡 부인이 말했다. "40일 동안 저녁에는 산모 방에 들어가지 않는 것이 좋다. 특히 밖에서 오는 경우는 너더욱. 우신 자이납의 방으로 가거라. 아버지는 집에 계시냐?"

---

36 '딸을 낳았다'는 표현 대신 '홀바holva를 낳았다'라고 함으로써 과자 홀바의 달콤함과 기쁨을 상징한다. [저자 주]

"네, 그런데 아내는 어떤지?"

"괜찮다고 말했잖니? 걱정마라!" 오즈벡 부인이 말한 뒤 안채로 돌아갔다.

오타벡이 뒤돌아서자 아버지와 하산알리가 밖에서 돌아오는 소리가 들렸다. 오타벡은 그들과 마주치는 것이 어색하게 느껴져서 그들이 지나가기를 기다리며 잠시 문옆에 서 있다가 안으로 들어갔다. 자이납의 방으로 가는 길에 몇 번이나 쿠무쉬가 누워있는 방을 힐끗 뒤돌아보게 되는 것은 어쩔 수 없는 일이었다.

"아들 낳은 것을 축하해요!"

자이납이 남편을 맞이하며 이렇게 말했다. 오타벡도 웃으며 대답했다.

"신께서 그를 축복하시고 행복을 주시길."

그들이 자리에 앉았다.

갑자기 자이납이 쓴 웃음을 지었다. "그녀가…" 마치 무슨 말을 하려다가 잊어버린 듯, 그녀는 말을 끝내지 못했다.

오타벡은 궁금한 표정으로 그녀를 쳐다봤다.

"오쉬 좀 드실래요?"

"응, 먹겠소."

"이미 식었을지도 몰라요."

아침부터 아무것도 먹지 않았던 오타벡이 말했다.

"상관없소."

이제 자이납은 마음을 연 것처럼 보였지만, 그녀에게는 무언가 심각한 고민이 있는 듯했다. 다시 말해, 솔직한 모습 뒤에 건망증이 있거나 하고 싶은 말을 숨기고 있는지도 모르는 일이다. 오타벡은 여전히 웃으며 자이납이 "그녀가"로 시작했던 말을 마무리하도록 기다렸다. 결국 그는 물어보지 않을 수 없었다.

"뭐 속상한 일이라도 있소?"

자이납이 씁쓸한 미소를 지으며 대답했다. "왜 그런 생각을 하셨죠? 저는 속상할 일이 없어요."

"아니, 당신은 지금 속이 상해 있어요."

"맞아요. 전 지금 무서워요."

"무엇이 무섭단 말이오?"

"출산의 고통이."

"그녀가 많이 고생했소?"

"그건 고생 정도가 아니었어요. 말로 표현할 수가 없어요. 당신이 직접 봐야 했어요."

"하지만 어머님께서는 나에게 별말씀이 없었는데."

"당신께는 비밀로 한 거예요."

오타벡은 고통으로 심장이 미어지는 듯했다. 쿠무쉬의 고통이 심지어 경쟁자인 자이납까지 아프게 했으니, 이 말을 들은 오타벡이 얼마나 충격을 받았는지는 짐작하고도 남는다. 그는 더 이상 묻는 것이 두려워 찻잔을 내리고 나서 그녀에게 잠자리를 준비해달라고 말했다. 그가 자리에 눕자 자이납은 촛불을 껐다. 아직 잠자리에 들기에는 이른 시간이었으나 자이납은 여자들이 모여있는 쿠무쉬의 방으로 갔다.

오타벡은 잠자리에 들었지만 잠들지 못했다. 자이납이 "그건 고생 정도가 아니었어요."라고 했던 말이 아직 머릿속에서 떠나지 않았다. 눈을 뜬 채 누워 이리저리 뒤척였으나 여전히 잠은 찾아오지 않았다. 게다가 쿠무쉬의 방에서 나는 이야기 소리마저 그의 잠을 방해했다. 여자들도 들락날락했다. 아기 울음소리가 들려왔다. 낯선 느낌이 그의 가슴을 휘저었지만, 그것은 아버지로서의 깊은 감정을 불러일으키기에 충분했다. 그러나 그 소리는 곧 아내에 대한 걱정으로 바뀌었다. 때로는 불쑥 올라오는 초조함, 때로는 기쁨의 파도 속에서 그는 결국 잠이 들었다.

지난 이틀 동안 일어났던 일들이 너무나 생생하게 그의 꿈속에 나타나 깜짝 놀라 깨어났다. 쿠무쉬가 그의 옆에 있었다. 자이납은 없었다. 그는 졸린 눈을 비비며 여전히 쿠무쉬의 방에서 들려오는 여자들의 대화에 귀를 기울였다. 그리고 다시 아이의 목소리가 들렸다. 그는 오른쪽으로 몸을 돌리며 이불을 덮고, 이번에는 평화롭게 잠에 빠져들었다.

꿈을 꾸었다. 그는 꽃이 가득 핀 들판에 서 있었다. 꽃들이 가득 핀 그 초원은 그의 것이었다. 무지개 빛깔에서 눈을 뗄 수가 없었다. 아, 꽃봉오리들은 또 얼마나 아름다운가! 그는 손에 칼을 들고 적을 향했다. 적군은 도망갔고, 아뿔싸, 그들 가운데 아버지와 어머니가 있었다. 들판으로 돌아오니, 거기에는 소 한 마리가 풀을 뜯으며 꽃을 짓밟고 엉망으로 만들어버렸다. 그는 자제력을 잃고 칼을 치켜들고 소를 향해 달려갔다. 그런데 그것은 소가 아니었다. 금발의 야수로 변했다…. 힘이 빠져 칼을 떨어뜨렸다. 온 세상이 어둠으로 변했다…”

몸을 떨며 깨어나 보니, 자이납이 그의 옆에서 잠들어 있었다. 방금 보았던 악몽에 시달려 그의 심장은 빠르게 뛰었고, 온몸은 땀으로 젖었다. 조용히 오른쪽으로 몸을 돌려 마당으로 시선을 보냈다. 그의 움직임에 자이납이 살짝 눈을 떴다가 다시 감았다.

동이 틀 무렵이었다. 주변의 닭들이 차례로 울기 시작했다. 물레방아는 물보라를 만들어 내는 소리로 온 땅을 흔들었다. 옆방의 작은 문 틈새로 타고 있는 초에서 불빛이 새어 나오고 있었다. 하지만 집 안은 여전히 조용했다. 더 이상은 잠들 수 없었다. 전날 밤 쿠무쉬가 겪었던 고통이 떠올랐기 때문이다. 새벽을 깨우는 아잔 소리가 들려오기 시작했다. 날이 밝았다. 오타벡은 마을의 모스크에서 들려오는 무아진[37]의 기도 소리를 듣고 일어나 세정을 하러 나갔다.

---

37 무아진muazzin: 모스크의 미나렛에서 기도 시간을 알리는 아잔azan을 낭송하는 사람

그는 안채에 있는 자이납의 방에서 아침 식사를 했다. 그곳에서 쿠무쉬의 방으로 가기가 쉬웠다. 오즈벡 부인은 그에게 쿠무쉬의 방에 들어가도 좋다는 허락을 했다. 산파도 아침 식사가 끝나고 잠시 쿠무쉬 곁을 떠났다. 쿠무쉬는 방의 상석에 누워있었고, 오즈벡 부인은 아기를 품에 안고 그녀의 발치에 앉아 있었다. 오타벡이 방에 들어섰다. 쿠무쉬는 지친 얼굴과 움푹 패인 눈으로 그에게 미소를 지었다.

"축하해요." 그는 더듬거리며 말을 건넸고, 쿠무쉬는 부끄러워 얼굴을 이불 속에 숨겼다.

오즈벡 부인이 말했다.

"아기를 이 세상으로 보내주신 알라께 감사드리자. 앉거라, 아들아."

오타벡은 쿠무쉬의 위쪽에 앉았고, 오즈벡 부인은 기도를 올린 후 아기를 보여주기 위해 가까이 다가오며 말했다.

"내 작고 귀여운 망아지 새끼를 보여 줄 테니, 아버지인 넌 나에게 선물을 줘야한다."

오타벡은 얼굴을 붉히며 아기를 바라보았다. 쿠무쉬는 다시 얼굴을 이불 속에 숨겼다.

"괜찮소?"

"괜찮아요. 알라께 감사해요."

"당신이 고생했다고 들었소."

"아이를 낳는 건 놀이가 아니니까." 오즈벡 부인이 말했다. 쿠무쉬는 오타벡에게 고개를 끄덕이며 그의 귀에 속삭였다.

"당신의 피 때문이에요."

"뭘 좀 먹었소?"

"어제부터 뜨거운 건 아무것도 먹지 않았단다. 자이납에게 우유가 들어간 아탈라[38]를 준비하라고 할게." 오즈벡 부인이 말했다.

"좋죠." 오타벡이 말했다. 그리고 어머니께 금화를 건네자 어머니는 그것을 받아 들고 조용히 밖으로 나갔다.

정오가 지나갔다.

오후에 오타벡은 응접실에서 책을 읽고 있었다. 하산알리는 현관에서 마구를 수리하고 있었고, 유수프벡 호지는 모스크와 이곳저곳을 둘러보러 나갔다. 그때 갑자기 오이보독이 안채에서 뛰어나와 곧바로 오타벡에게 다가와 말했다.

"벡, 방으로 들어오셔야 합니다. 사람들이 서방님을 찾아요"

오타벡은 책갈피를 끼우고 책을 덮었다.

"무슨 일인가?"

"놀라지는 마시고, 서두르세요."

오타벡은 오이보독을 따라 방으로 들어갔다. 자이납이 쿠무쉬의 방에서 나오고 있었는데, 얼굴은 사색이 되어 있었다.

"무슨 일이요, 자이납?" 오타벡이 물었다.

"잘 모르겠어요." 그녀가 말했다. "언니가 아프다고 하면서 계속 구토를 해요."

오타벡은 문 앞에 이르러 벌써 파란지를 두르고 방에서 나오는 몇 명의 여인들을 기다렸다가 안으로 들어갔다. 오즈벡 부인은 세숫대야를 들고 있었고, 쿠무쉬는 그 안에 구토를 하고 있었다.

"어쩐 일이요?"

쿠무쉬는 대답할 수가 없었다.

"모르겠다. 멈추지 않고 계속 구토를 하고 있구나."

오즈벡 부인이 말했다. 구토로 지친 쿠무쉬는 힘없이 누워 있었다. 그

---

38 아탈라atala: 밀가루나 전분을 물이나 우유와 섞어 만든 따뜻한 죽

녀는 눈에 물기를 머금으며 남편을 바라보았다.

"혹시 먹으면 안 되는 음식을 준 건 아니겠지요?"

"아탈라 외에는 먹은 게 없는데." 그의 어머니가 말했다. "아탈라 반 접시만 먹고, 나머지는 선반에 뒀단다."

오즈벡 부인이 말을 마치자 쿠무쉬는 다시 세숫대야로 향했다. 오타벡은 그녀의 머리를 받쳤다.

"치료사를 부를까?"

"치료사를 불러야겠어요. 나도 그 생각을 했어."

오타벡은 쿠무쉬가 구토를 마치기를 기다렸다가 곧바로 뛰쳐나갔다. 하산알리는 여전히 마구를 고치고 있었다.

"아버지, 치료사를 좀 불러주세요."

하산알리는 일을 멈추었다. "무슨 일이냐?"

"며느리가 계속 구토를 하고 있어요."

하산알리는 즉시 치료사를 부르러 나갔고, 오타벡은 방으로 다시 들어갔다. 자이납은 아기를 안고 있었고 쿠무쉬는 여전히 구토를 하고 있었다. 완전히 기진맥진하여 눈 밑에는 그림자를 드러낸 채 베개를 안고 쓰러졌고, 그 옆에 서 있는 오타벡을 쳐다볼 힘조차 없었다.

"좀 어때?"

"여전히 안 좋아요…"

오타벡은 온몸이 떨렸지만, 쿠무쉬에게 들키지 않게 스스로를 다잡았다.

"신 우유는 먹어보셨나요?" 오타벡이 어머니께 물었다.

"아니, 안 먹였어."

"지금 당장 신 우유를 가져오라고 하세요!"

오이보독이 신 우유를 가져오는 사이에 쿠무쉬는 세숫대야에 엎드려 다시 한 번 구토를 했다. 오타벡이 건넨 물로 입을 헹구고 신 우유를 조금 마신 후 그녀는 다시 누웠다. 온몸에 고열이 있었고, 심장은 엄청 빠르게 뛰었다. 오타벡이 이마를 짚자, 그녀는 조금 안정을 얻었다. 오즈벡 부인은 구석에 앉아 있는 자이납에게서 아기를 받아 안고 세숫대야를 치우라고 했다. 이마에 올린 손이 뜨거워져 오타벡은 다른 손으로 바꾸어야 했다. 시원한 느낌을 받았는지 쿠무쉬는 눈을 떴다.

“좀 나아졌소?” 오타벡이 물었다.

대답 대신 쿠무쉬는 일어나려고 했다. 하지만 세숫대야가 없었다. 오타벡은 재빨리 중국 자기를 가져왔고 쿠무쉬는 그 안에 구토를 했다. 이번에 나온 구토물은 푸르고 노르스름한 것이 신 우유와 섞인 상태였다. 그녀는 입을 헹군 후, 오타벡이 건넨 신 우유를 거절하고 다시 누웠다.

치료사가 온다는 소식을 듣고서야 오타벡은 제정신을 찾은 듯했다. 자이납이 세숫대야를 들고 들어온 것은 그때였지만, 곧바로 돌아 나갔다. 오즈벡 부인도 아기를 안고 방을 나갔다.

오타벡은 그녀의 이마를 짚으며 앉아 있다가 치료사에게 인사하는 것조차 잊고 있었다. 증세가 어떠했는지를 묻더니, 치료사는 그녀의 맥을 짚어보고 입술을 살짝 깨물었다. 그리고 중국 자기에 담긴 구토물 냄새를 맡았다.

“오늘 부인이 먹은 게 뭐죠?”

“아탈라요.”

“아탈라가 아직 남아있습니까?”

“네, 남아있습니다.” 오타벡이 대답하며 어머니가 가리킨 곳에서 그릇을 가져와 치료사에게 건넸다.

치료사는 손가락 끝으로 아탈라를 살짝 찍어 맛을 보더니 바로 뱉어냈다.

“독을 마셨군요!”

오타벡은 깜짝 놀라 얼굴이 일그러졌다.

"말도 안 돼!"

오타벡의 무서운 얼굴을 본 치료사는 겁먹은 얼굴로 일어섰다.

"지금 당장 해독제를 보내드리겠습니다."

오타벡도 그와 함께 일어섰다. "누가 독을 태웠단 말이요?"

무슨 말을 해야 할지 몰라 우물쭈물하며 치료사는 말했다.

"곧 약을 보내드릴테니 즉시 약을 먹이세요, 아셨습니까?"

"알았어요, 알겠다구요!" 불쌍한 오타벡이 외쳤다.

"자이납, 자이납, 자이납… 이 나쁜 년을 불러 와! 당장 불러! … 그보다 약부터 보내주세요."

치료사는 떠났고, 오타벡은 미친 듯이 쿠무쉬에게 달려가 그녀의 얼굴을 헤집고 이마에 입을 맞췄다. 쿠무쉬는 반쯤 눈을 뜨고 왼손을 힘겹게 남편의 어깨에 올렸다. 그때 오즈벡 부인이 아기를 안고 방으로 들어왔다.

"자이납을 불러, 불러와!" 치료사의 말을 전해 들은 오즈벡 부인이 소리쳤다. "자이납, 자이납!"

자이납은 급하게 방으로 들어왔다. 그녀는 얼굴이 창백했다. 오타벡은 쿠무쉬를 눕히고 아탈라가 남아 있는 중국 자기를 들어 소리쳤다. "먹어, 당장 처먹으라고, 이 뱀 같은 년아!"

자이납은 뒷걸음쳤고, 오타벡은 그릇을 그녀에게 던졌다. 자이납은 온통 아탈라를 뒤집어 썼다. 그 순간 유수프벡 호지가 현관에 나타났다.

"나가, 이 비열한 잡년아, 탈록![39] 탈록! 탈록!" 오타벡이 소리쳤다.

"탈록"이라는 말을 듣고 쿠무쉬는 흐릿한 눈을 살짝 떴다가 다시 감았다. 유수프벡 호지는 이 비극적인 장면에 놀라지 않고 말했다. 이미 치료사에게 이야기를 다 들었기 때문이다.

"나가라, 자이납! 저주받아 마땅한 년!"

---

39 탈록taloq: 이혼이라는 뜻이다. 남편이 부인에게 세 번을 외치면 이혼을 선언하는 게 된다.

자이납은 온몸을 떨며 방을 조용히 빠져나왔다. 유수프벡 호지는 쿠무쉬가 누운 침대 옆에 앉았고, 어머니와 오타벡은 발치에 앉았다. 눈을 감고 있는 쿠무쉬의 머리카락은 얼굴에 흩어져 있었다. 헝클어진 머리카락을 부드럽게 가른 유수프벡 호지는 그녀의 푸르스름한 얼굴을 보고 이마를 짚었다.

"아, 내 딸아, 아가야."

유수프벡 호지는 눈을 떠 그를 알아보며 일어나려고 하던 쿠무쉬에게 말했다.

"놀라지 마라, 아가야, 조용히 누워 있거라."

눈물이 그녀의 관자놀이를 타고 흘러내렸다. 유수프벡 호지는 그 눈물을 닦아주고, 다시 그녀의 머리카락을 쓰다듬었다.

"알라의 뜻이라면, 너는 낫게 될 거야, 아가야!"

쿠무쉬가 비틀거리며 세숫대야 쪽을 향했다. 유수프벡 호지가 그녀의 머리를 받쳐주고, 오타벡은 팔을 잡았다. 이번에는 구토가 피로 변했고, 그녀의 코에서는 몇 방울의 피가 흘렀다. 구토를 마친 후 그녀는 다시 누웠으며, 커다랗게 눈을 뜨고 불안한 듯 주위를 둘러보았다.

"어머니, 아버지… 사랑하는 당신…"

그녀가 신음했다. 그녀는 얼굴을 오타벡에게 파묻고 눈을 감았다. 마치 부끄러움을 이기지 못하는 듯.

****

다음 날 장례식이 거행되었다. 타슈켄트의 거의 모든 사람들이 참석했다. 그러나 마길란에서 출발한 고인의 가장 가까운 가족인 어머니와 아버지만 이 슬픈 장례식에 제때 도착하지 못했다. 가엾은 어머니! 가엾은 아버지! 그들은 장례식이 끝나고 사흘 뒤에야 도착했다. 그때 그들의 심정을 어떻게 표현할 수 있을까?!

일곱째 날에 종결 예식으로 쿠란 독송회가 열리고, 쿠무쉬의 추모를 위해 모인 사람들에게는 오쉬가 제공되었다. 그리고 아이의 이름은 여드거르[40]라고 지어졌다.

쿠무쉬의 가족뿐만 아니라 도시의 모든 사람들은 도대체 왜 이런 비극이 일어났는지 잘 알고 있었기에, 자이납에게 어떤 처벌이 내려질지 궁금해했다. 사건이 일어난 지 열흘 후, 자이납이 미쳐서 머리 수건도 벗어버린 채 거리를 돌아다닌다는 소문이 파다했다. 결국 오빠가 그녀를 잡아 수갑을 채웠다. 자이납의 미친 상태가 의료진과 재판관들에 의해 확인된 후, 그녀에게 사면의 결정이 내려졌다. 사실, 자이납이 미쳐버렸다는 것과 수갑이 채워져 억류되었다는 사실만으로도 결코 가벼운 처벌이 아니었다.

사건이 일어난 지 20일이 되는 날, 다시 한번 쿠란 독송회가 열리고, 손님들에게 오쉬 대접도 이루어졌다. 세상에서 가장 소중한 사람을 잃고 홀로 남겨진 불쌍한 부모는 마길란으로 돌아가기로 했다. 마치 날개 잃은 한 쌍의 제비 같았다. 여드거르도 데려가기로 결정했다. 그 아이를 데려가는 것에 반대하는 사람은 아무도 없었다. 떠나기 전날, 오타벡과 미르자카름, 그리고 옵톱 부인은 공동묘지에 벽돌로 새로 조성한 무덤 앞에 멈춰 섰다. 무덤은 두 그루의 시들어버린 플라타너스 나무 사이에 있었다. 그 오른켠 벽돌 가운데 세워진 커다란 석판 묘비는 모든 이의 눈길을 사로잡았다.

> 알라 외에는 신이 계시지 않으며 무함마드는 그의 예언자시다.
>
> 여기, 죄 없는 한 여인이 폭력의 희생물이 되어

---

40 여드거르Yodgor: '기억'을 뜻하는 단어로, 어머니가 아기를 낳고 바로 죽은 경우에 아기에게 붙여지는 이름이다.

이곳을 영원한 안식처로 삼았다.
마길란 출신 미르자카름의 딸 쿠무쉬 부인
1248년 출생 - 1269년[41] 사망

이 묘비는 마음이 갈가리 찢긴 한 사내가 자신이 우상으로 삼았던 한 아름다운 여인을 기리기 위해 세운 것이다. 여기에는 첩의 불행으로 말미암아 드러난 하나의 희생이 묻혀있다.

오, 운명의 회오리여!
어찌하여 나에게 이런 고통을 안겨 주었는가?
내 눈에서는 눈물이, 혀에는 탄식만이 남아있다.
너는 내 인생의 꽃밭에서 나를 떼어냈고,
내 영혼마저 태워 그 재를 바람에 흩어버렸도다.

불쌍한 어머니는 무덤을 끌어안고 통곡했다. 오타벡은 무덤 앞으로 다가가 무릎을 꿇고 눈물로 땅을 적셨다. 묘비를 읽어 내려가던 미르자카름도 눈물을 터뜨렸다. 거의 30분이나 지났다. 너무 지쳐서 누구에게도 기도할 수 있는 힘조차 남아있지 않았다.

유수프벡 호지가 초대한 쿠란 낭송자가 맞은 편에 있는 기도실에서 조용히 나타나 그들로부터 약간 떨어진 곳에 앉아 쿠란을 낭송했다. 옵톱 부인은 흐느낌을 멈췄지만 여전히 눈물을 흘리고 있었고, 세 사람 모두 절망에 빠져 있었다.

---

41 그레고리력, 1832~1852년에 해당한다.

기도가 끝난 후, 미르자카름은 낭송자에게 몇 개의 동전을 건넸다. 그가 떠나자 그들은 마음을 가라앉힌 후, 각각 쿠란을 낭송하며 고인에게 헌정하고 천천히 그들의 길을 떠났다. 친지들도 하나씩 자리를 떴다. 옵톱 부인은 슬픔을 이기지 못해 계속해서 흐느끼며 뒤를 돌아보고 또 돌아봤다. 쿠무쉬가 어머니에게 "저를 기억해주세요…"라고 말하는 것만 같았다.

오타벡은 그들을 집으로 모셔놓고 다시 무덤으로 돌아와 그곳에서 밤을 지새웠다. 다음 날 아침 일찍, 하산알리는 말을 준비하고 마차도 꺼내왔다. 그는 짐을 실은 다음 쿠무쉬의 물건과 어드기르를 안고 나온 옵톱 부인이 마차에 오를 수 있도록 도왔다. 잠시 후 유수프벡 호지와 미르자카름이 나타났다. 미르자카름이 작별 인사를 한 후 마차에 올랐다. 오타벡이 길을 따라오고 있었다. 밤새 무덤을 지키다 돌아온 것이다. 마차 쪽으로 다가갔으나 이미 하산알리가 고삐를 잡고 있었다.

"내리세요." 그의 목소리는 무뚝뚝했다.

하산알리가 내리자 오타벡이 마차에 매인 말 위로 뛰어올라 미르자카름에게 "출발할까요?"라고 물었다.

미르자카름과 유수프벡 호지는 당황하며 서로를 바라보았다. 거리에 이르는 좁은 통로에 서 있던 오즈벡 부인은 대문 틈으로 고개를 내밀었다.

미르자카름은 아무 말도 하지 않았고, 오타벡은 말을 몰기 시작했다.

"안녕히 가세요!"

"건강히 지내세요!"

마길란으로 가기로 했던 하산알리는 길 한가운데 서서 당황한 채 유수프벡 호지를 바라보았다. 유수프벡 호지는 문간에서 얼어붙은 것처럼 서 있는 오즈벡 부인을 바라보았다. 오타벡은 뒤를 돌아보지도 않고 마차를 몰고 떠났다.

•• 에필로그 ••

1년 후, 오타벡은 우스타 알름과 함께 타슈켄트로 돌아왔다. 유수프벡 호지와 오즈벡 부인은 그에게 아무런 나무람도 하지 않았다. 그는 집에서 마치 손님처럼 있었다. 더 이상 아버지 어머니와도 속마음을 나누지 않았다. 타슈켄트에서 우스타 알름과 함께 약 일주일 동안 머문 다음, 떠나기 전날에는 혼자서 쿠무쉬의 묘지를 찾아갔다. 달빛이 밝게 비추고 있었고, 묘지 주변은 적막했다. 멀리서 가끔씩 쿠란을 낭송하는 소리가 들렸다.

오로지 플라타나스 고목 나뭇가지 위에 엄숙하게 앉아 있는 몇 마리의 부엉이들, 주변의 높고 낮은 묘지들, 그리고 무덤 앞에 무릎 꿇은 오타벡만이 그 낭송을 경청하는 것 같았다. 구슬픈 쿠란의 구절들은 마치 오타벡의 눈물인양 무덤 위에 흘러내렸다.

그렇게 한 시간이 지났다. 드디어 쿠란 낭송도 끝났다. 오타벡은 기진맥진하여 몸을 일으켰다. 그 순간 뒤에서 반쯤 옷이 벗겨진 여인의 그림자를 보고 자기도 모르게 무덤 쪽으로 한 발짝 물러섰다. 그 여인은 마치 애원하는 듯 그에게로 다가왔다.

"누구요?"

"나예요, 쿠무쉬."

오타벡은 그 목소리를 알아챘다. 정신이 나간 자이납이었다.

"저리 가!"

"나예요, 쿠무쉬."

자이납은 다시 반복했지만, 그녀는 세상에서 가장 소중한 사람이 "저리 가!"라고 명령하자 어쩔 수 없이 떠나야 했다. 자이납은 뒤돌아보며 떠나갔고, 오타벡은 그녀가 떠난 방향으로 눈길조차 주지 않았다. 그리고 다시 무덤 앞에 무릎을 꿇었다.

다음 날, 오즈벡 부인이 눈물을 쏟으며 손자 여드거르를 위해 지어두었던 옷을 아들에게 건넸다. 오타벡은 우스타 알름과 함께 마길란으로 떠났다. 그 후, 그는 다시는 타슈켄트로 돌아오지 않았고, 오즈벡 부인만이 그 후 몇 차례 마길란을 방문했다.

1277년[42] 가을쯤, 유수프벡 호지는 아블르요 오타[43]에 있는 카노앗쇼[44] 장군으로부터 편지를 받았다.

당신의 아들 오타벡은 친구와 함께 우리 부대에서 복무했습

---

42 1860년

43 아블르요-오타Avliyo ota: 오늘날 키르기즈스탄 국경에 접해 있는 카자흐스탄 남부의 타라즈Taraz를 가리킨다. 2000년 이상된 고도古都이며, 실크로드의 무역 중심지이기도 했다.

44 카노앗쇼Qanoatsho는 오늘날 타지키스탄의 카라테긴Karategin 출신이다. 그는 코칸드 칸의 군사 책임자로 활동했으며, 투르키스탄 지역의 통치자로 재직했다. 부하라에 사절로 파견되어 무자파르칸Amir Muzaffarxon에 의해 처형되었다.

> 니다. 그들은 러시아군과의 아블리요-오타 전투[45]에서 최전선을 지켰으며, 용감하게 전사했습니다. 제가 직접 그들을 묻었습니다.

유수프벡 호지는 아들의 명복을 빌며 쿠란 낭독회를 실시하고 모든 사람들에게 오쉬를 대접했다. 오즈벡 부인은 검은 상복을 입고, 죽은 아들을 향해 뜨거운 눈물을 쏟아냈다.

> 작가의 말:
>
> 내가 지난번에 마길란을 방문했을 때, 나의 가까운 친구들로부터 여드거르가 19세 혹은 20세의 나이로 죽었다는 소식을 들었다. 그에게는 두 아들이 있었는데, 한 명은 책임 있는 직책을 맡고 있었고, 다른 한 명은 페르가나 바스마치 운동[46]에 가담한 뒤 소식이 끊겼다.

---

45 코칸드 칸국은 카노앗쇼 같은 지역 군벌과 동맹을 맺어 러시아에 강하게 저항했다. 그러나 이 전투에서 패배함으로써 중앙아시아 전체가 러시아 제국에 복속되는 계기가 되었다.

46 페르가나 바스마치 운동Basmachilari Harakati: 1916~1930년대 초까지 중앙아시아에서 발생한 반反러시아, 반소비에트 저항운동. '바스마치Basmachi'는 튀르크어로 '침략자' 또는 '약탈자'라는 뜻으로 소련 측에서 이 운동을 비하하려는 목적으로 붙인 이름이었으나 지금은 '독립투사'라는 뜻으로 사용된다. 중앙아시아 민족들의 식민통치와 외세에 대한 저항 정신을 상징하는 운동이다.

부록

주요 등장 인물

노르무함마드 쿠쉬베기Normuhammad qushbegi: 쿠다야르칸의 명에 따라 타쉬켄트로 파견된 진압군 대장. 아지즈벡이 퇴출된 후 타쉬켄트 후임 총독

니요즈 쿠쉬베기Niyoz qushbegi: 타슈켄트 킵착 학살의 주동자

라흐맛Rahmat: 호미드의 조카. 지여 셔히치의 아들

모히라 부인Mohira oyim: 자이납의 어머니

무슬만쿨Musulmonqul: 사위 쿠다야르칸을 섭정한 코칸드 칸국 실권자. 1847년 쿠다야르칸의 친위 쿠데타로 몰락한 밍보시大監

미르자카림 쿠티도르Mirzakarim qutidor: 쿠무쉬 아버지. 오타벡 장인

사오닷Saodat: 우스타 알름의 첫부인

사이프Sayfi: 사오닷의 남동생. 우스타 알름의 어린 처남

소딕Sodiq: 호미드의 하수인. 잔낫의 아들

쇼크르벡Shokirbek: 오타벡의 가명

오이보독Oybodoq: 하산알리의 아내로 오즈벡 부인의 하녀

아지즈벡Azizbek: 1842~1858년 타슈켄트의 총독. 폭정으로 말미암아 무슬만쿨이 보낸 진압군 대장 노르무함마드에 의해 무너진다.

아크람 호즈Akram hoji: 안디잔 출신의 상인. 유수프벡의 옛 친구

올름 판사드Olim ponsad: 오타벡의 두 번째 아내 자이납의 아버지

여드거르Yodgor: 오타벡과 쿠무쉬 사이에서 태어난 아들

오타보이 쿠쉬베기O'tabboy qushbegi: 마길란 총독. 무슬만쿨의 실각 후 후임 밍보시

오타벡Otabek: 주인공. 유수프벡 호지의 아들

옵톱 부인Oftob oyim: 미르자카름 쿠티도르의 아내이자 쿠무쉬의 어머니

우스타 알름Usta Alim: 실크직조 명장. 사오닷의 남편

오즈벡 부인O'zbek oyim: 오타벡의 어머니

유수프벡 호지Yusufbek hoji: 오타벡의 아버지. 타슈켄트 총독의 고문

자이납Zaynab: 오타벡의 첩 혹은 둘째 부인

잔낫Jannat: 사득의 어머니로 들창코 아줌마로 불린다.

지여 셔히치Ziyo shohichi: 라호맛의 아버지. 호미드의 매형

커믈벡Komilbek: 쿠무쉬의 재혼 상대

쿠다야르칸Khudoyar Khan: 코칸드 칸국의 마지막 칸으로 1845~1875년 사이에 세 차례 재위했으며, 장인 무슬만쿨의 섭정을 받았다.

쿠르보시Qurbosh: 마길란의 경찰서장

쿠무쉬Kumush: 미르자카름 쿠티도르의 딸. 오타벡의 첫째 부인. 이름의 뜻은 은銀

토이 아줌마To'ybeka: 오타벡 집안의 하녀

허니퍼Hanifa: 오즈벡 부인의 하녀

호미드Homid: 라호맛의 외삼촌이며 지여 셔히치의 차남

하산알리Xasanali: 오타벡의 하인

후쉬로이Xushro'y: 자이납의 언니

작품에 등장하는 민속 악기들

자료제공: State Conservatory of Uzbekistan

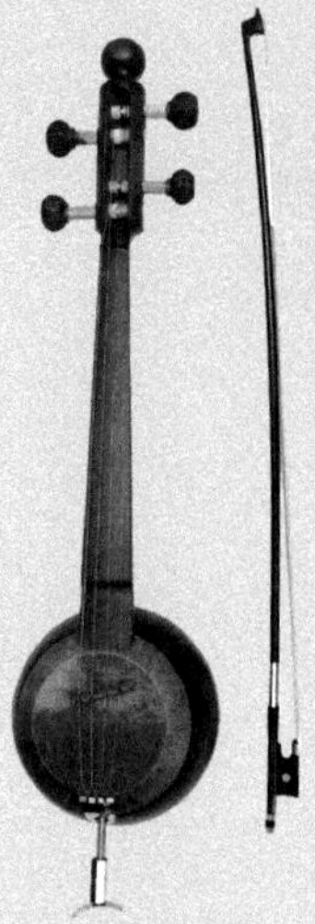

기작g'ijjak**:**
활로 연주되어 감성적인 소리를 내는 현악기

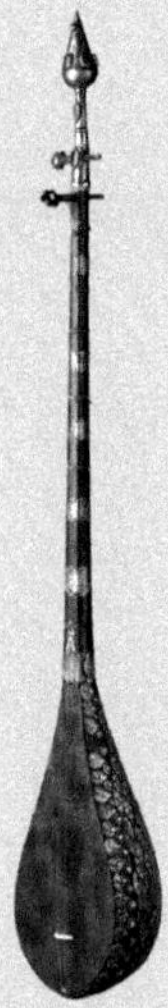

두토르dutor**:**
목이 긴 두 줄짜리 현악기

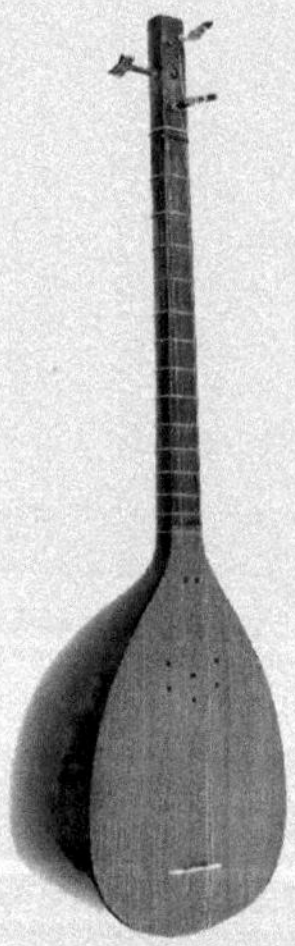

탄부르tanbur**:**
목이 긴 네 줄짜리 현악기로 픽을 사용해서 연주된다.

수르나이surnay**:**
목관 또는 금관의 의례용 이중 리드 관악기

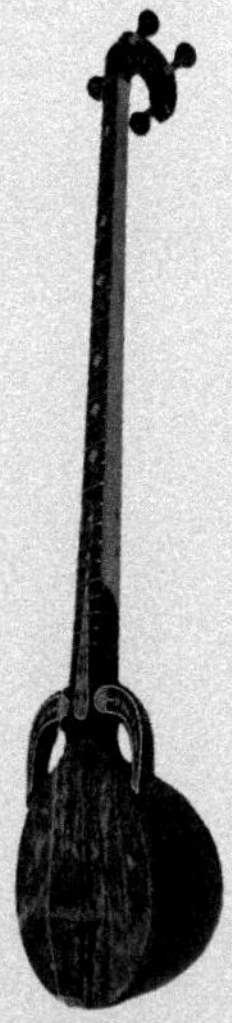

루봅rubob**:**

픽을 사용해서 연주되는 현악기

나이nay**:**

대금(大笒)과 비슷하게 금속리드를 사용하는 대나무 관악기

카르나이karnay**:**

밝고 우렁찬 소리를 내는 의례용 금관악기

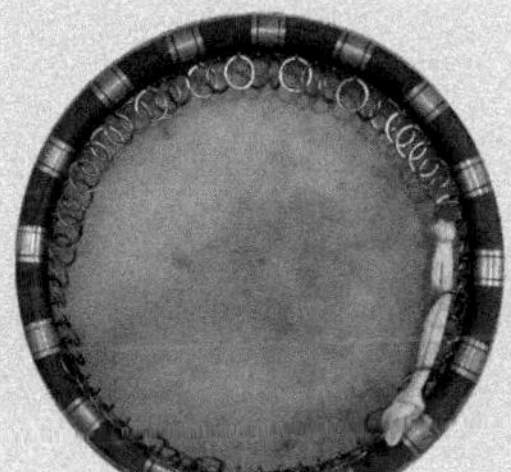

도이라doira**:**

손에 잡고 치는 템버린 같은 작은 북으로 칠디르마childirma라고도 불린다.

작품 해설

《아팠던 시간들》은 압둘라 코디리Abdulla Qodiriy, 1894~1938가 쓴 *O'tkan kunlar*의 번역이다. 우즈벡 근대문학에서 '소설' 장르에 해당하는 최초의 작품이라고 할 수 있다. 소설은 1923~1925년 《인킬롭》*Inqilob*이라는 잡지에 연재되었다가 1926년에 완성된 형태로 출판되었다. 당시에도 엄청난 반향을 일으켰지만, 소련의 체제가 붕괴되고 1991년 우즈베키스탄이 독립을 되찾으면서 이 소설은 새롭게 주목을 받기 시작했다. 무엇보다 민족의 정체성과 모국어의 회복이라는 절박한 과제에 목말라 있었기 때문이다. 미래를 꽃피우기 위해서는 아팠던 과거에 대한 기억이 필요했던 것이다.

1. 우즈베키스탄, 슬퍼서 아름다운 땅

이 책은 19세기 중앙아시아 코칸드 칸국을 배경으로 하는 역사 소설이다. 코칸드 칸국은 18세기 초에 코칸드를 중심으로 창건되었다. 14세기 후반에서 16세기 초 사마르칸트를 중심으로 한 티무르 제국의 영광이 막을 내린 뒤 16세기 초에서 18세기 초 부하라를 중심으로 한 샤이반 왕조와 자니드 왕조 시대가 있었다. 샤이반 왕조의 정치적 공동체인 우즈벡 울루스가 부하라 칸국, 히바 칸국, 코칸드 칸국 등으로 분열되면서 1709년 페르가나 계곡에서 탄생했다. 페르가나는 오늘날 우즈베키스탄 동부, 키르기즈스탄 남부, 타지키스탄과 카자흐스탄 일부를 근거지로 삼았다. 우즈벡과 타직족 중심의 농경민과 키르기즈와 카작족 중심의 유목민들이 공존하는 사회였다. 또한 러시아 제국과 청나라 사이에서 이슬람 세계와의 교역로 역할을 했고, 정치적·상업적 허브 역할을 했다.

소설의 이야기는 1848년 2월에 시작하여 1860년 가을에 막을 내린다. 12년에 걸쳐 전개되는 이야기지만, 실제 벌어지는 사건들은 4년이라는 짧은 기간에 집중되어 있다. 그러나 이 이야기 속에는 19세기 전반, 외적으로는 러시아의 위협, 내적으로는 민족 간의 갈등으로 인해 격변의 시기를 겪고 있던 중앙아시아의 정치적 상황이 응축되어 있다. 소위 그레이트 게임[01]으로 불리는 영국과의 갈등이 심화되던 시기, 러시아 제국은 중앙아시아 지역으로 세력을 확장해나가고 있었다. 1868년에는 부하라 에미레이트가, 1876년에는 코칸트 칸국이, 그리고 1878년에는 히바 칸국이 각각 러시아에 병합되었다. 중앙아시아 전역이 러시아 제국의 지배하에 들어가게 된 것은 거스를 수 없는 국제 정세의 흐름이었다.

코칸드 칸국을 대표하는 타슈켄트와 코칸드와 마길란은 우즈베키스탄이라는 현대적 국가가 성립되기 이전의 중앙아시아 전체를 지칭하는 투르키스탄 지역에 속해 있었다. 칸국의 수도는 당시 코칸드였고, 타슈켄트와 마길란은 각각 총독들이 다스리고 있는 구조였다. 19세기 중반에는 킵착족이 정치적으로 부상하면서 우즈벡 지도층과 갈등이 심화되었다. 킵착 출신의 무슬만쿨이 쿠데타를 일으켜 코칸드의 실권을 장악한 것이다. 이에 반발한 타슈켄트의 우즈벡 귀족층은 반란을 일으켰다. 그리고 러시아라는 공동의 적과 싸우는 대신 모든 책임을 킵착족에게 뒤집어 씌웠다.

---

01 그레이트 게임Great Game은 19세기부터 20세기 초까지 영국과 러시아가 중앙아시아를 놓고 벌인 패권 전쟁을 말한다. 코칸드 칸국에 대한 러시아의 남진 정책은 그 연장 선상에서 이해될 수 있다. 실제로 이 소설에서 언급되는 부하라 감옥은 1842년 영국 외교관이 참수된 곳이다.

1853년, 결국 2만여 명의 킵착족이 학살 당했고, 러시아 제국은 이 기회를 틈타 우즈벡을 비롯한 주변 소수민족들을 강제로 병합하고, 이 지역을 투르키스탄[02]이라는 국가 체제로 재편하였다. 그 후, 더욱 암울한 시대가 찾아왔다. 이전보다 더 잔인하고 무자비한 볼셰비키의 재앙이었다. 투르키스탄은 자신의 피가 강물처럼 흐르는 것을 바라볼 수밖에 없었고, 결국 그렇게 이 땅은 100년 이상 러시아의 지배 아래서 신음해야 했다.

이 소설은 비극적인 사랑 이야기이기도 하다. 그 비통함은 우즈베키스탄의 다면적인 운명을 암시하고 있기도 하다. 작가는 군데군데에서 통탄을 쏟아내며, 투르키스탄 사람들이 어떻게 스스로를 고립시켜 역사를 멈추게 했는지를 지적하고 있다. 마치 서구 중세의 암흑시대로 회귀하려는 듯 문명의 발전을 지체시킨 모습을 지적하고 있다. 알콰리즈미 같은 위대한 조상들이 이룩한 과학적 성과를 어떻게 외면하였는지를 지적하고 있다. 급변하는 바깥 세계의 소리에 귀를 막고 권력에 눈이 멀어 어떻게 자기들끼리 싸우고 허우적거렸는지를 지적하고 있다. 그런가 하면, 칸이 모스크와 이맘들을 장악하여 왕권을 정당화하고, 진보적인 학자들의 다양한 사상을 어떻게 탄압했는지를 지적하고 있다. 이 소설이 근대를 향한 계몽적 성격을 가지게 된 것은 결국 이러한 복합적인 시대 상황을 깊이 있게 반영하고 있기 때문이다.

---

02 러시아는 1867~1917년에 타슈켄트를 수도로 하여 투르키스탄 행정 구역의 총독부를 설치하고 현재의 우즈베키스탄, 카자흐스탄 남부, 키르기스스탄, 타지키스탄, 투르크메니스탄 일부를 포함시켰다. 1917년 러시아 혁명 후 1924년 중앙아시아의 민족 국경이 새롭게 설정될 때까지는 투르키스탄 소비에트 사회주의 자치공화국Turkestan ASSR으로 존재했다. 이후 행정적 개념으로서의 투르키스탄은 사라지고, 오늘날의 중앙아시아가 새롭게 모습을 드러내었다.

2. 절망, 그리고 상실

이야기의 주인공은 스물네 살의 청년 오타벡이다. 타슈켄트 총독의 고문 유수프벡 호지의 아들인 그는 무역을 위해 마길란이라는 도시에 와 있다. 그와 동행하는 하인 하산알리는 오타벡에게 아버지 같은 존재이다. 마길란에서 오타벡은 호미드라는 기분 나쁜 사내를 만나게 되지만, 아버지의 친구 미르자카림의 딸 쿠무쉬와 운명처럼 마주치게 되고 두 사람은 첫눈에 사랑에 빠진다. 하산알리는 오타벡과 쿠무쉬를 맺어주려 애를 쓰고 있다. 쿠무쉬의 어머니는 오타벡이 이방인이라는 이유로 반대하지만 두 사람은 결국 결혼을 하게 되고 모든 일이 순조롭게 진행되는 듯하다.

한편, 타슈켄트는 폭정을 일삼는 아지즈벡 총독의 통치 아래 놓여있다. 유수프벡 호지는 그의 고문으로 활동하고 있지만, 그의 독재적 통치 이념에는 동의하지 않는다. 압제에 견디다 못한 백성들은 코칸드에 있는 쿠다야르칸에게 여러 차례 탄원했으나 아무 소용이 없었다. 심지어 아지즈벡은 칸이 보낸 사절마저 처형하고 말았다. 그리고 그것은 백성들을 킵착족으로부터 지켜내기 위해서였다고 둘러댄다. 결국 백성들의 저항이 시작되었고 코칸드의 칸은 타슈켄트를 함락시키기 위해 군대를 파견하고 포위전이 벌어진다. 엎치락뒤치락하던 정세는 결국 내전으로 이어지게 된다.

이러한 타슈켄트의 불안한 정세 속에서 오타벡과 미르자카림은 호미드의 모함으로 사형 선고를 받지만, 처형되기 직전에 목숨을 구한다. 이번에는 호미드뿐만 아니라 오타벡 자신의 어머니까지도 새로운 걸림돌로 등장한다. 어머니는 오랫동안 아들을 위해 신붓감을 찾고 있던 차에 아들이 타지에서 결혼했다는 소식을 듣고 충격을 받는다. 그녀는 고집스럽고 독단적인 성격일 뿐만 아니라 인종차별적인 태도까지 드러내며, 며느리를 '집시'라고 비난하기도 한다. 오타벡은 마지못해 어머니가 선택한 자이납을 두 번째 아내로 맞이하게 된다. 오타벡과 쿠무쉬의 결혼, 그리고 오타벡과 자이납의 결혼으로 말미암아 소설의 갈등 구조는 더욱 복잡하게 얽히고, 긴장은 고조되며, 호미드의 음모는 더욱 교묘해진다.

엎친 데 덮친 격으로, 정치적인 상황까지 악화되지만, 작가는 여기서 이야기를 끝내지 않는다. 권력욕과 질투와 갈등이 어떻게 한 나라를 무너뜨리고, 어떻게 남녀의 아름다운 사랑마저 파멸에 이르게 하는지를 보여준다. 더구나 여성으로서 부딪히게 되는 여러 가지 사회적 종교적 관습과 제도적 장벽, 혹은 전통의 부조리함이 인간에게 어떤 좌절과 절망을 안겨주는지 그 경험세계를 극대화시킨다. 작가는 자신의 힘으로는 어찌할 수 없는 복잡한 정치적 상실과 함께 그 절망적인 상황을 섬세하게 엮어냄으로써 독자를 비극의 카타르시스로 이끈다. 그것은 시대의 비극이자 궁극적으로 인간의 운명이 마주할 수밖에 없는 비극이기도 하다.

3. 우즈벡어, 희망의 실마리

오늘날 우즈벡어의 전신은 다양한 튀르크어 방언들이 혼합되어 만들어진 차가타이어Chagatai語라고 할 수 있다. 튀르크어를 기반으로 했지만, 사실상 그 발전 과정에서 아랍어와 페르시아어의 큰 영향을 받은 언어이다. 다시 말해, 칭기즈 칸의 둘째 아들인 차가타이가 1227년경, 즉 13~14세기에 세운 차가타이 칸국Chagatai khanate을 중심으로 발달한 언어로, 오늘날 우즈베키스탄, 카자흐스탄, 키르기스스탄, 타지키스탄 및 위구르를 포함하는 넓은 지역을 기반으로 한다.

차가타이어는 아랍어나 페르시아어와 달리 기본적으로 구어체口語體의 성격을 띤다. 따라서 문어文語로서의 정교함이 부족했다. 아랍어나 페르시아어에 비해 종교적·학문적 개념이나 문학적 어휘가 부족했고, 문법과 문체의 체계성도 부족했다. 그러나 15세기 후반, 알리셰르 나보이Alisher Navoiy,

1441-1501가 등장하면서 차가타이어는 커다란 변화를 겪고 새로운 발전의 계기를 맞는다. 그는 차가타이어로 방대한 저술 활동을 펼쳤다. 다섯 개의 서사시 모음집인 《함사》*Khamsa*를 비롯한 다양한 시 작품들을 통해 사랑, 철학, 윤리, 신비주의 등 복잡한 주제를 차가타이어로 표현하며 높은 문학적 표현 능력을 입증했다. 그의 작품은 우즈벡어의 문법, 어휘, 문체의 규범이 되었고, 이후 시인들과 작가들은 그의 문체를 모범으로 삼게 되었다. 나보이가 한글을 창제하여 조선의 문예를 부흥시킨 세종대왕1397~1450과 동시대 인물이라는 사실도 흥미롭다.

한편, 현대 우즈벡어는 19세기 이후 소련 강점기 시대의 언어 표준화 과정에서 많은 변화를 겪으며 차가타이어와 차별화되었다. 특히, 실용적인 표현 방식, 간소화된 문법 등으로 인해 차가타이어와 현대 우즈벡어는 상당한 차이가 있다. 그러나 현대 우즈벡어는 차가타이어에서 어휘와 문법을 이어받았고, 일부 문체적 전통을 계승하며 발전해 왔음은 분명하다. 차가타이어가 아랍 문자를 사용한 데 비해 현대 우즈벡어는 소련 시기에는 키릴 문자를 사용했고, 독립 이후에는 라틴 문자를 공식 표기로 채택했다.

이는 19세기 말에서 20세기 초, 러시아 제국의 지배 아래 있던 중앙아시아, 특히 튀르크어를 사용하는 민족들 사이에서 나타난 '자디드 운동'Jadid Movement과도 밀접한 연관이 있다. 이 운동은 서구 사상으로부터 영향을 받아 계몽을 꾀하려는 이슬람 근대 개혁 운동이다. 종교 위주의 교육에서 벗어나 세속 교육, 과학, 민족의식을 강조하고, 러시아 제국의 억압 속에서도 자율적이고 근대적인 무슬림 사회를 지향하고자 했다. '자디드 작가'들은 이 운동의 핵심 목표가 민중 계몽에 있었기에 보다 간결하고 이해하기 쉬운 언어 표현에 많은 힘을 쏟았다. 압둘라 코디리의 경우에는 《아팠던 시간들》을 통해 봉건적 혼인제도, 여성 억압, 무지와 미신 등을 비판했고, 자디드의 이상을 소설에 녹여내는 데 탁월한 솜씨를 보이고 있다. 그가 활동한 시기는 우즈벡의 러시아화가 진행 중이었으며, 우즈벡어와 러시아어의 상호작용이 활발한 시기였다. 따라서 그의 언어에는 당시의 사회적, 정치적 상황을 반영하며, 우즈벡어의 사회적 가치를 강조함으로써 민족주의와 민속 문화를 보호하고자 하는 의도가 잘 드러난다.

그가 사용한 우즈벡어는 차가타이어와 현대 우즈벡어의 중간적인 형태로, 문학 언어로서의 우즈벡어를 정립하는 데 중요한 역할을 했다고 할 수 있다. 나보이가 차가타이어를 정리하고 예술 언어로서의 기반을 확립한 인물이라면, 코디리는 그 전통을 이어받아 현대 우즈벡어의 기반을 다지고, 이를 현대적 정체성을 지닌 문학 언어로 정착시키는 데 결정적인 역할을 한 인물이라고 할 수 있다.

4. 우즈벡 최초의 근대문학

대표적인 자디드 작가인 압둘라 코디리는 현대 우즈벡 어문학의 아버지로 불린다. 차가타이어의 고루한 문체 대신, 보다 명료하고 간결한 표현으로 현대 우즈벡어로의 전환을 가속화한 대표적인 인물이다. 그는 차가타이어 특유의 수사적이고 복잡한 표현 대신, 독자가 이해하기 쉬운 일상적이고 현실적인 언어를 추구했다.

이 소설에서는 '안'과 '밖'이라는 상징과 기호를 이해할 필요가 있다. 우즈벡의 주거 양식은 안과 밖으로 나누어져 있다는 점에서 한국과 매우 유사하다. 여성 공간인 '안채'ichqari와 남성 공간인 '사랑채'tashqari의 구분이 그러하다. 개인적이고 가정사의 문제가 안채에서 이루어진다면, 사회와 정치의 문제는 사랑채에서 이루어진다. 코디리가 쿠무쉬에 대해 보여주는 애정이 안쪽을 향한 것이라면, 조국에 대한 애정은 바깥을 향한 것이라고 할 수 있다. 첫 장면에서 쿠무쉬는 병약한 모습이다. 묘하게도 그 당시 그의 조국도 병들어 있었다. 그러나 쿠무쉬의 진줏빛 하얀 이빨은 그녀의 내면적 순수와 순결을 대신한다. 저자는 쿠무쉬가 지닌 내적 아름다움을 통해 조국의 외적 안정과 평화를 연상하고 있고, 그 연상은 애절하고 안타까움으로 작동하고 있다. 바깥 세계에서 벌어지는 전쟁과 파괴는 비뚤어진 혼인제도로 말미암은 인간 존엄성의 파괴로 이어진다.

그는 톨스토이를 비롯한 푸시킨, 도스토옙스키, 고골, 투르게네프 등 러시아 문학 거장들의 영향을 크게 받았다. 특히 사실주의적 서술 방식, 인간 심리 분석, 사회 비판적 시각 등의 요소에서 톨스토이와 유사한 면모를 보이고 있다. 역사적 사실과 개인적 서사를 조화롭게 엮는 방식을 사용했으며, 인물의 내면을 심도 있게 탐구하여 우즈벡 사회의 변화와 인간 본성을 사실적으로 묘사했다. 또한 톨스토이가 러시아 귀족과 농노제의 모순을 비판했던 것처럼, 코디리도 우즈벡의 전통적 사회 구조, 봉건적 가치관, 부패한 지배층을 비판하고 있다. 전통과 근대화의 충돌 속에서 고민하는 인물들을 그려내며, 그들을 단순히 영웅이나 악당이 아니라 도덕적 선택의 기로에서 갈등하는 인간적인 캐릭터로 그려냈다.

《아팠던 시간들》이 보여주는 또 다른 특징은 '액자소설'의 기법이다. 물론 《알포미쉬》*Alpomish*와 같은 우즈벡 전통 서사시가 이야기꾼 박시Bakhshi에 의해 전달된다는 점에서 구조적으로 유사하다. 그러나 전통적 운문 중심 문학을 넘어 전통적 구술 이야기 방식과 근대적 서사 구조를 갖춘 산문 중심의 문학으로 전환을 시도했다. 또한 하나의 기본 이야기(바깥 이야기) 속에 또 다른 이야기(안쪽 이야기)를 포함 시키고 있다. 소설의 화자가 아버지로부터 들은 이야기를 독자들에게 전달하는 방식이라든지, 우연히 만난 친구 우스타 알릅이 자신의 삶을 또 하나의 액자를 통해 전달하는 방식이 그것이다. 오타벡과 쿠무쉬의 비극적 사랑 이야기가 일차 서사라면, 전통적 사회 질서의 붕괴와 개혁을 둘러싼 갈등은 이차 서사라고 할 수 있다.

이러한 이중 서사 구조는 역사적 사건과 개인의 비극적 운명을 교차시키고, 독자가 과거와 현재를 비교하며 성찰하도록 유도하는 효과가 있다. 이는 코디리의 문학을 특징짓는 중요한 요소이기도 하다.

코디리의 주인공은 자연을 자신의 감정과 연결하여 어두운 숲, 흐린 하늘, 진흙길로 자신의 혼란스럽고 우울한 심경을 반영하는가 하면, 메마른 들판, 차가운 바람, 무성한 나무로 자신의 외로운 심경을 표현하기도 한다. 그가 걸어가는 황량한 시골길은 우즈벡 사회가 겪는 부조리와 시대적 혼란의 여정을 상징한다. 마치 톨스토이의 《부활》에서 네흘류도프가 카츄샤를 따라가며 섬세하고 감성적인 풍경 묘사를 통해 자신의 죄책감과 내적 갈등을 표현해내는 것과 마찬가지다. 그것은 자연을 통해 인간 존재의 의미와 도덕적 책임을 고민하게 만드는 방식이기도 하다.

러시아의 침략 앞에서 무너져간 코칸드 칸국의 비극은 일본의 침략으로 국권을 빼앗긴 한반도의 운명과 겹쳐지며 자연스레 깊은 동질감을 불러일으킨다. 압둘라 코디리 역시 일제 강점기에 저항문학 또는 계몽문학에 참여했던 대표적인 작가들의 이름과 겹쳐진다. 춘원 이광수는 적어도 1920년대까지는 코디리와 매우 유사한 위치에 있었으며, 염상섭, 한용운, 윤동주 등도 마찬가지로 조국이 맞닥뜨린 근대를 고민했던 작가들이다. 또한 러시아 문학으로부터 영향을 받아 근대문학의 지평을 열었던 동시대의 인물로서 자연 묘사를 단순한 배경 장식이 아니라, 주인공의 내면세계를 반영하고 도덕적 갈등을 심층적으로 탐구하는 수단으로 활용했다.

1938년 10월 4일, 스탈린의 대숙청 시기, 압둘라 코디리는 소련 당국에 의해 처형되었다. 연해주에 거주하던 17만 명 이상의 고려인이 스탈린에 의해 황량한 우즈베키스탄과 카자흐스탄의 초원지대로 강제 이주 당한 것은 그보다 1년 전의 일이었다.

역자 김 중 순

이 책을 만든 사람들

저자 압둘라 코디리 Abdulla Qodiriy, 1894~1938는

20세기 우즈벡 근대 문학의 대표자이자 소설 문학의 창시자이다. 어린 시절부터 오리엔트 고전 문화와 문학의 정신 속에서 성장했으며, 아랍어, 페르시아어, 러시아어를 배웠고 세계 문학을 열정적으로 탐독했다. 또한 1865년 러시아 침공 당시 타슈켄트를 방어하는 전투에 참가한 바 있는 아버지로부터 시대적 경험을 물려받았다.

그의 창작 활동은 1910년대 중반부터 본격화되었으며, 민족주의와 계몽주의, 그리고 "자디드 운동"Jadidism의 정신을 바탕으로 민중의 억압된 현실 고발과 민족의 각성을 촉구하고 있다. 특히 단편소설 《유배지에서》*Uloqda*, 《아팠던 시간들》*O'tkan kunlar*, 《제단 위의 전갈》*Mehrobdan chayon* 등은 뛰어난 완성도를 보이며 20세기 초 우즈벡 리얼리즘 문학의 정수로 평가받는다.

1917년 러시아 혁명 이후, 그는 언론에 종사하며 수많은 저널리즘 에세이를 발표했다. 그것은 단순한 논평을 넘어 당대의 생생한 역사적 기록이자 시대의 연대기다. 결국 1926년에 필화사건으로 인해 잠시 투옥되었다가, 1937년 12월 31일에는 '인민의 적'이라는 누명을 쓰고 다시 체포되어 1938년 10월 4일, 타슈켄트에서 총살당했다. 그의 작품들은 1956년부터 복권되었으며, 1991년 <알리셰르 나보이 공화국 국가상>과 더불어 1994년에는 <독립 훈장>을 받았다.

역자 김중순 Tschungsun Kim**은**

계명대학교 명예교수다. 1988년 독일 짜알란트대학교에서 비교종교학으로 철학박사 학위를 받은 후 계명대학교 교수로 재직하면서 시베리아 샤머니즘과 관련한 야쿠트 민속 전통에 관한 연구를 했다. 실크로드중앙아시아 연구원장직을 맡아 《다문화 시대의 이슬람 이해: 그 반역의 역사》, 《수피즘: 실크로드를 읽는 문화코드》, 《위대한 유산 우즈베키스탄》 등 다수의 저술과 함께 근동 역사, 실크로드 역사, 중앙아시아 역사 등 문명사 연구에 주력했다. 실크로드학 국제학술지 *Acta Via Serica* 및 한국학 국제학술지 *Acta Koreana*의 편집장도 역임했다.

일러스트레이터 아크말 누르 Akmal Nur**는**

현재 우즈베키스탄 국립예술원 원장을 맡고 있으며, 2022년부터 계명대학교 미술대학의 특임교수로 재직 중이다. 2005년에는 우즈베키스탄 국민화가의 칭호를 받았고, 2013년에는 러시아 국립예술원 명예회원으로 임명받았다.